风之语

萧南 著

百花洲文艺出版社

BAIHUAZHOU LITERATURE AND ART PRESS

图书在版编目（CIP）数据

风之语 / 萧南著 . -- 南昌 : 百花洲文艺出版社，

2025.4. -- ISBN 978-7-5500-5813-2

Ⅰ . I247.5

中国国家版本馆 CIP 数据核字第 2024TU6816 号

风之语

萧南 著

出 版 人	陈 波
责任编辑	杨 旭　安姗姗
书籍设计	温 霞
封面题字	梁能伟
出版发行	百花洲文艺出版社
社　　址	南昌市红谷滩区世贸路 898 号博能中心Ⅰ期 A 座 20 楼
邮　　编	330038
经　　销	全国新华书店
印　　刷	武汉鑫佳捷印务有限公司
开　　本	720 mm×1000 mm　　1/16
印　　张	37.25
版　　次	2025 年 4 月第 1 版
印　　次	2025 年 4 月第 1 次印刷
字　　数	500 千字
书　　号	ISBN 978-7-5500-5813-2
定　　价	69.00 元

赣版权登字 05-2024-411

邮购联系　0791-86895108
网　　址　http://www.bhzwy.com

图书若有印装错误，影响阅读，可与承印厂联系调换。

目　录

一 天使之音

做一个世界的水手，奔赴所有的码头。

——惠特曼《欢乐之歌》

有的人喜欢留守，有的人喜欢流浪。不同的生活方式，造就不同的命运。

顾之风选择旅行，不是逃避生活，只是想给自己的心灵找个归宿。一个喜欢风的人，心里没有根。年龄，改变着他的习性。

一辆改装的奔驰 G65，一部手动的徕卡相机，一台装网卡的苹果电脑和一个只有五岁的天使旅伴——安琪。食品、药品、饮用水、衣服、睡袋、帐篷、弩箭和瑞士军刀。

雅加达的阳光和海风，使他的肤色看起来健康而富有魅力。印度尼西亚的海滩和一望无际的印度洋风光，令他流连忘返，然而给他留下深刻印象的，还是那些手提水果篮和花篮追着游客叫卖的孩子。

贫富差距形成严重的两极分化，使那里成为富人的天堂和贫民的地狱。贫民窟一夫多妻及没有节制的生育，使那些未接受正规教育、会说英语的孩子过早分担家庭的负担。他不想要婚姻，却很喜欢孩子。他回国后做的第一件事，便是带上身边五岁的小女孩旅行。

旅行，是心灵流浪的一种方式。它是孤独者的选择。

他心里只真正爱过一个女人。那个女人，他永远都娶不到。她的名字叫苏菲·玛索，是已经拥有自己家庭的法国影星。他欣赏她在电影里表现出的典雅高贵。他看到她的瞬间，便被丘比特之箭洞穿心房。于是，她成为他的B-612小星球上唯一的玫瑰花。也许正因为得不到，她才会在他心里永远完美。他的皮夹里总放有她的相片。这是他的癖好。

他自认为是有个人魅力的男人。魅力来自于保守自我。

面对纷繁复杂的世界，他只愿过简单明快的生活。他不愿同化别人，也不愿被别人同化。他有很多朋友，交心的寥寥无几。他有优越的家庭，却不愿依靠家族的力量。

他是孤独的。不过孤独是他自己的选择，所以他接受这个事实。中学时，他与朋友搞过校园帮会。当发现暴力与血腥摆脱不掉无聊时，他决定放弃。他有个叫肖正阳的朋友。他们之间的友谊保持了二十年。如今他们都不到三十岁。三十而立，他觉得三十岁是个坎儿。迈过去，他将担负起所有的责任，过规律而有节制的生活。可现在的问题是他不想迈过去。

他是个不喜欢读死书的人，却有很多喜欢读书的朋友。他觉得获取知识的途径有很多种，每个人都有适合自己的方式。不读死书不代表不学习，他掌握丰富而实用的各类知识。

从广州起程前，他总在玩味一句读书人的话：二十岁不狂是没有志气，三十岁犹狂是没有头脑。钱锺书，他认为这位喜欢炫耀学问的大师，多少带些读书人的迂腐气。

相比之下，他更喜欢嵇康、陶潜、李白、苏轼、唐寅、袁枚和木心。

他记住这句话，只因时间要将他征服。可他不愿被征服，所以用旅行来抵抗。

抵抗，说明他已意识到自己不再年少轻狂。尤其是现在，他身边带着个五岁的孩子，使他感觉自己像棵年轮密布的老树。不过，他也从孩子身上看到时间带来的憧憬。

打开汽车天窗，有凉风灌进来。风里有新鲜的味道，带着它经过的人事器物的气息。路在延伸，两旁是干硬的土地。有填埋后被动物刨出的垃圾和风化后灰白的塑料地膜。孩子安静地坐在安全座椅里，眼睛漆黑而明亮。齐齐的黢黑头发，衬托出小小的漂亮脸蛋儿。

她要是自己的女儿该多好。可惜……

"老师，花儿为什么会凋谢……"

"老师，要是有蝴蝶的翅膀，你最想做什么……"

花儿，蝴蝶。车里播放着帕格尼尼演奏的小提琴曲。简单的问题总有复杂的答案。他无法回答这些问题；或者，只是不屑。路途，没有尽头。他曾经想在地图上画一条出行线路，最终没有。循规蹈矩，他不想。不过，他还是不得不在前人和今人铺设的道路上行进。

广州曾是南海航线的起点，开启了"通海夷道"连接世界的航程。这座城市，通过海上丝绸之路、海上陶瓷之路和海上香料之路，建立起横贯亚非欧三大洲的繁荣贸易。

他觉得，不论是丝绸之路、草原丝路、白瓷之路、海上丝路，还是信仰之路、黄金之路、奴隶之路、战争之路……人类总能用自己的智慧，开辟出属于自己的道路。

道路，有的带来友谊，有的带来贸易，有的带来战争，有的带来灾难……在内心深处，他厌恶资本的血腥，却有些喜欢鲁滨逊——利用人类的智慧，享受属于自己的自由。

也许鲁滨逊本人不想被困荒岛，可是他愿意。他认为没有人类的地方才生机盎然。

在他的内心深处，有无法排遣的孤寂。也许每个独生子女，都有长期独处形成的心灵伤痕。虽然这道伤口被时间很好地包裹，但它愈合后的疤痕仍清晰可见。

孩子在停车休息点去卫生间，他担心却无法陪她进入。他看着孩子出来，脸上的神情透露着心里的怯意。她睁大无辜的眼睛望着他说："老师，我怕。""没有上厕所吗？"他焦虑地问。孩子轻轻摇头，用漆黑明亮的眼睛看他，努力表现出没关系的样子。

乖巧、娴静，她的懂事使他产生说不出的怜惜。一个没有母亲的孩子，为什么要被造得这么美好又如此可怜？他抽着烟，尴尬地央求旁边在盥洗盆前洗手的女士带孩子进去。

夜，满天繁星。吃过晚饭，他将车停在路边。他觉得远离城市的空气，让人有种回归自然的亲切。孩子蜷缩在安全座椅里入睡，像只小兽。这使他想起临别时肖正阳异样的目光。

孩子，如果不想要，何必生下她。他将烟头掐灭，回到车里，寻找最近的旅馆。

住宿。他让孩子洗澡，安顿她睡觉。自己躺在床上扭开床头灯看《世界地理》杂志。

窗外有风声，孤寂地号叫。他想起"英伦玫瑰"凯特·温斯莱特，在男友死后说过的一句话：只有当你失去所爱的人，才会发现世界并不如想象的那样光鲜。他从没想过一个女人的死，会毁掉一个男人。而现在，身边这个熟睡的孩子……唉，也许孤独和溺爱，使他们这代人有希望照顾别人的愿望。他更愿意把这可爱的女孩当成自己的孩子看待。

曾经梦到世界尽头是冰雪覆盖的海，海水里漂浮着人类的垃圾和动物的尸体。没有陆地，没有植物，只有耀眼的阳光炙烤荒芜的大地。疾病，不断蔓延的疾病。似乎从他毕业那年开始，各种可怕的疾病就频繁"光顾"人间，以人类摧毁自然的残酷方式，摧毁人类。

肆意捕伐，使许多生物绝迹；全球变暖，使很多地区即将葬身海底；世界尽头，将化为沉没的亚特兰蒂斯，还是他梦幻中颓败的景象……答案，不该出现的答案。

只有上帝创造的万物是完美的，人类的创造只是某种意义上的破坏。他感觉人类自诩的智慧，只是短见下的愚蠢。也许无休止的欲望，才是魔鬼摧毁人类最有效的手段。作为一个热爱自然的人，他对这样的行为有深深地排斥。他看着熟睡的孩子，无法入睡。

晨光熹微。有歌声。他睁开眼，看见孩子已穿好衣服，跪坐在椅子上撩开窗帘观察窗外。她用稚嫩的声音，轻声哼唱《龙的传人》。声音很美，让人联想到天堂的天使。

他起床穿衣服，问："洗脸刷牙没？"孩子用亮晶晶的眼睛盯着他，轻轻点点头。

他去盥洗室洗漱。出来，看见孩子在晨曦中的脸，有天使般美丽的光泽。

她灿烂的笑容像盛放的花朵。"老师，咱们这次是要去太阳那边吗？"

"对，去太阳那边。"他微笑，带她下楼去吃早点。他觉得自己天生就有孩子缘。这个天真无邪的孩子，他打心眼儿里喜欢。吃过早餐，收拾东西下楼结账。

店老板是个烫卷发的肥胖女人，喷着浓重的劣质香水。那女人穿着宽松的睡衣，在"开心农场"里种菜，叼支烟和网友视频聊天。结算房钱，女人翻起贴着假睫毛的眼睛说："这么英俊的青年，怎么带个孩子出行。你离婚了吗？"

他将皮夹装好，看一眼那张令人反胃的脸，带孩子离开。

加油。开车进入深山老林。地上满是长年累月积下的枯叶。灌木丛中偶尔跳过松鼠。空地开满不知名的花。他下车，用相机拍摄光影中的森林和林间喧闹的飞鸟。孩子蹦蹦跳跳地在林中采集野花。他抓拍下许多孩子纯真快乐的影像。

他看见有石鸡出没，给孩子编好花冠，安顿她待在车里，取弩箭跟随石鸡上山。

他翻山越岭，用弩箭猎杀两只石鸡和一只野兔。他从心底向往原始而落后的生活，觉得人唯有融入自然才是自然之子。他拎着战利品往回走，恍然记起孩子独自留在车里。想到孩子无助的眼神，他浑身冒冷汗，快速下山，踢得碎石横飞。他在林边山坡上，远远眺见车边有个背硕大旅行包的人，正把手伸进车里。他预感到一种危险，不由端起手中的武器。

一个戴阿玛尼太阳镜的女孩，穿着印有切·格瓦拉头像的 T 恤、磨白牛仔裤和牛仔靴。旅行包很大，吊着一只积木熊配饰。她边给孩子吃风干牛肉，边问着孩子什么。顾之风抓住她的背包带，将她甩出去，冲孩子吼道："陌生人给的东西怎么可以乱吃！丢掉，忘记我怎么嘱咐你了吗！"孩子原本明媚的脸在惊慌中暗淡，那双亮闪闪的眼睛溢出委屈的眼泪。

"你这人怎么这么粗野，你是野人呀！"那女孩满脸怒容，冲他嚷起来，"你怎么一点涵养也没有呀，看把孩子吓成什么样子啦！"

他冷冷盯着她说："你是什么人？刚才给孩子吃了什么？"

"我是什么人，你可管不着！我给她吃风干牛肉，没毒。孩子是你的吗，你怎么能将她独自丢在森林，又不给她留食物和水呢？"她神情里满是母性被激发后的强悍，眼睛里喷出火焰，"你怎么对孩子如此蛮横！嘿嘿，还带着猎物。你不会是人贩子吧？！"

她将孩子抱起来，安慰道："别怕，有姐姐在呢。他是坏叔叔，咱们就报警！"

孩子仰起头望向顾之风，委屈地说："老师，我在车里很乖的。"眼泪沿着小脸流下来。

女孩诧异地看着孩子，质问道："她怎么叫你老师？你不是她的父亲，对吧？"

"这事和你没关系。让开！"他打开后备箱将弩箭和猎物放进去，准备上车。

"怎么不关我的事！你不把孩子的来历说清楚，我可要报警了！"女孩摘下眼镜，露出一双毛茸茸的大眼睛。她护住孩子边掏手机边说，眼神里有无所畏惧的坚定。

顾之风冷笑地瞅着她，觉得这女人的愚昧简直达到不可理喻的程度。

"安琪，和老师走。"他不耐烦道。

女孩望着他，扭头笑眯眯地问孩子："你是叫安琪吧，他是坏人对吗？"

"他是我的老师！他不是坏人。"安琪将小脸仰起来，倔强地说。

"老师，他是你的什么老师？你父母认识他吗？"

"是爸爸让他带我旅行的。姐姐，你和安琪一起走吧。我们要去太阳那边。"

"是吗？那姐姐就和安琪一起走，咱们去太阳升起的地方。"她果断地拉开车门，将孩子抱上车。自己也钻进车里，似乎并不害怕眼前的这个男人是坏人。

尴尬，无语。顾之风是个不善与女子交际的人。对于这样的不速之客，他从心里排斥与她交谈。他一问一答地讲述肖正阳结识的女子，以及他们用爱浇灌的这个孩子。

婚姻，美好；难产，死亡。似乎人生的阴影恰如周易的卦象，由泰及否一卦之遥，而由否及泰却需六十三卦一个轮回。死亡与生命同时出现，这是人生无可逆转的命运。

没有找到饭店，顾之风用瑞士军刀将石鸡和野兔开膛破肚，在山泉边清洗去毛，用钢钎穿好，收集干柴开始烧烤。没有调料，只有食盐，但饥肠辘辘地闻着肉的焦香，已无须佐料。

女孩盯着顾之风冷漠的脸，搭讪道："想不到你还挺能耐，居然有这手艺。"

顾之风冷冷地瞧着她："不用套近乎，吃完野味就各走各路。"

"各走各路，想不到你是如此小心眼儿的男人。你也旅行，我也旅行，搭个伴不好吗？"她打开背包将火腿肠、饮料和水果拿出来递给孩子。孩子摇头，看顾之风。

女孩说："不用管你的老师，姐姐照顾你。"孩子摇头，不接，肚子却"咕咕"地叫。

"吃吧，安琪。"顾之风旋转钢钎，说，"搭车，你要去哪？"

"去西藏。"女孩一副刁蛮可爱的样子。

"哦。"顾之风将烤好的石鸡肉用刀切成小块，盛在饭缸里递给孩子，然后麻利地将野兔支解，分给新结识的旅伴，"你叫什么名字？"

"张露。"女孩接过，嗅着说，"很好的食物。"

"这么美丽的鸟，我们为什么要吃它？"孩子瞧着面前的烤肉，仰头问顾之风。

为什么要吃它？热爱自然，照样杀生。伪善，无法自圆其说。顾之风不知如何回答。

"不吃它，我们就要挨饿。"张露瞅着孩子说，脸上露出愉快的表情。

挨饿就要牺牲弱小的生命，残酷的法则。顾之风将吃剩的肉食打包，残剩的骨头掩埋。他觉得这次旅行，从一开始就有无可抑制的悲伤。驱车，驶向有梦的方向……

二　日光之城

风是一种性格，四处飘流，没有归属。

风把激情与能量耗尽时，会消散为空气，再不留任何痕迹。

顾之风的心里有一种恐惧。他害怕自己的全部生命，只是重复一成不变的生活。

他没有给世界留下伟绩的野心，也没有要青史留名的愿望。他想做的，只是让自己的感觉不被岁月磨钝，而生活不单单只是在他的额头留下皱纹。

少年时，他就经历生活的诸多磨炼。吃苦，在家族观念里是人生必经且必要的阶段。在剑桥读书期间，他得不到家里的任何资助。洗碗、卖报、搬运、除草，他用赚来的钱实践自己的想法，仗义疏财结交各类朋友。在那样的日子里，他学会了为人处世的智慧。所以，他有开创事业的性格、毅力、魄力和智慧，能克服自身固有的矫情、任性、狂妄与无知。

他心中的偶像，是攻打古罗马的汉尼拔。虽然这位伟大的英雄，因被自己的祖国和同胞出卖而最终失败，但这丝毫不会损伤汉尼拔在他心中坚毅而光辉的形象。他认为汉尼拔才是像风般执着漂泊、为心里的目标付诸一切的男人。当古罗马通过横征暴敛成为地中海霸主时，这位英雄靠自己的智慧与谋略统帅杂牌军，以少胜多打破古罗马不可战胜的神话。

他敬慕汉尼拔的自由、机智、勇敢与执着。他明白自己不能像汉尼拔一样，为梦想孤注一掷。因为他背负巨大的责任，像伯利恒降生的耶稣，要独自扛起属于自己的十字架。

他是家中独子，无法推卸家族寄予的厚望。他狂放，他不羁，无论飞多高、行多远，都无法挣脱紧握在家人手中的线。他的命运更像天上御风的纸鸢，整个人生都被规划好了。之所以能自食其力享受短暂的自由，只因他与家族的约定。约定到期，他们会收紧线辊。

"开车还想事情，是不是想你的梦中情人呢？"张露在后座逗弄安琪。

顾之风从后视镜看她。清秀的面容，无辜的眼神。他想，一个成年人，怎么会有如此无辜的眼神。他打开 CD，播放帕格尼尼的音乐。开启车窗，有冷风吹进来。

纸鸢，在风中才会自由。喜欢风，是种习惯，也是种宿命。

"姐姐，有太阳的地方叫什么名字？"孩子的声音，美好而动听。

"有太阳的地方？哦，应该叫——拉萨。呵呵，对，叫拉萨。"张露为自己的睿智而陶醉，得意地问顾之风，"木头人，拉萨是叫日光之城吧！"

顾之风瞪她一眼，看到她回敬自己一个鬼脸。木头人，他对于这个新得的诨号，有些哭笑不得。如此阳光的女子。阳光？他似乎从来都不了解女人。他记忆中的邻家小妹，在他对女孩没有概念的时候，就随父母远赴加拿大。之后，他的圈子都由男人构成。

也许是朱德庸的漫画对他产生了影响。他觉得女人是累赘，而婚姻是束缚。

苏菲·玛索。他想到那个美好而自己却不了解的女子。这个美好的女子藏在他心里，使他在许多年后都漠视身边的女人。他感觉女人是来自金星的生物，有陌生而神秘的特质。

从广州一路走来，道旁是漂亮的人造林，沿途都是人工雕琢的风景。他望着车窗外的景物，无法想象古人何以将这些不悦目的景色画成那么美好的画作。国画写意，意由心生。他的眼中，看不到任何意境。或者，过多的干预在长年累月里已然破坏曾经的意境。

"老师，我们为什么不像鸟儿一样生活在森林？"安琪抬起明亮的眼睛注视他。

"我们原本生活在森林里，那时有的人也像鸟儿一样住在树上或者山洞里。而且大家都聚居，没有什么私人财产，所以除了饥饿和野兽的威胁，他们与族人的生活还是很快乐的。后来……"顾之风不知道该如何给孩子一个满意的答案，沉吟着没有回答。

"后来人们被各种各样所谓的思想引导变得不单纯，而且人越来越多，森林里再也放不下，所以就不在森林里生活啦，明白吗？"张露自作聪明地解释完，看见安琪不住摇头，补充道，"人们为保护自己占有的财产，再也不愿分享……唉，小朋友等你长大就会明白嘞。现在和你说国家、阶级、社会和剩余价值还太远……还是和姐姐做游戏吧。"

"要是大家可以快乐地生活在一起该多好……"安琪纯美的声音透出无限失望。

大家快乐地生活在一起。理论上的美好，如何才能真正实现？他想起在非洲看到的光屁股的小孩，大而暗淡的眼睛里弥漫着生存的无奈与绝望。因长期营养不良发育畸形的身体得不到援助，只有蜷缩着等待死亡——饥饿下的死亡。

疾病、瘟疫、饥荒、地震、冰雹、海啸、飓风、反恐、战争……自然的复仇和科技带来的巨大破坏。没有天敌，只能自毁，疯狂而骄傲地自毁。连上帝都被抛弃，这个世界上还有什么值得尊重……法律可以约束肉体，什么能够规范灵魂？香烟，缥缈的空虚。

始建于南宋的小镇，古旧的风韵。空中飘落细微的雨丝。雨中雾蒙蒙的氛围，给建筑抹上一缕诗意的清愁。复古的阁楼，雕花的窗户，窗口露出姣好的面容。踩着青石道躲雨的居民，佝偻着坐在檐下抽烟的老人。他找到看起来不错的酒店，将车停进停车位。

吃饭，住宿。顾之风要了两个相邻的房间。张露过来，说带安琪去对面的书店。顾之风将电脑待机，陪她们下去。老式书店，被遗忘的存在，只有两个书架摆了些古典名著和过期期刊。

张露踮脚取下《三字经》。顾之风帮她取下《百家姓》《千字文》《弟子规》。

"怎么想起看这些书？"顾之风翻着落满灰尘的书。

"给安琪看。"张露转向安琪，"安琪喜欢看书吗？"

安琪用亮晶晶的眼睛望着她说："安琪喜欢看动画片，不喜欢看书。"

顾之风觉得好笑，将书钱付了。张露用眼睛瞪他，说："不是说好我给她买嘛！"

雨，微渺得像天地间悬浮的潮气，沾湿头发，沾湿衣衫。他们沿小镇南侧鹅卵石铺就的小路漫步。可以看到一条河，河边有巨大的石头。河水里浸泡着各种生活垃圾和水藻。深绿色的河水，散发着腐败而腥腻的气息。张露凝视河水，眼神孤独而忧郁。

她牵着安琪白皙而纤瘦的手，略带神经质地微微发抖。

"人活着，总因为记忆而真实。有些事，悠远而温馨，只是不可复制。"她美丽的眼瞳中有灵魂的影子。本质上的孤独。顾之风感觉到她灵魂的伤痕，一个有故事的人。

古老的城市。大杂院。小巷，有苔藓疏浅的痕迹。粗大的法国梧桐，铭刻着纯真年代的秘密。雏菊、金钱菊、仙人掌、君子兰、文竹、水仙……水缸里养着鲜艳的芙蕖。屋檐下燕子灰泥色的窝，钻进钻出啄食的雏燕。蝴蝶，蜜蜂，点水的蜻蜓。淘气的男孩捕捉蝈蝈、蟋蟀、螳螂、天牛和色彩诡异的蛾子。女孩在榆树下跳皮筋，或者踢毽子。

他脑海里出现张露描述的画面。繁杂的场景中，隐藏着一个女孩。

敞开的窗户，烟雾缭绕的厨房，混杂的味道——炭烟和蜂窝煤的气味。晾衣绳上挂满色彩单调的衣服和花花绿绿的被单。简陋的家具，温暖的家庭。热闹的生活，没有秘密。吵闹声，喧叫声，婴儿的啼哭声。纳凉时烫热的白酒和简单的小菜，声音响亮的闲聊。门口的国营百货，里面卖孩童爱吃的食物、色泽美丽的绸缎、各种农用及民用的器物。

童年的回忆，犹如种在脑海中的藤蔓植物。它们以自己的方式覆盖记忆。

古朴的村庄。山里流出的小溪。溪水边圆润的岩石上有浣洗衣服的妇女，她们嬉笑着捶捣洗旧的衣物。赤足踩着卵石，有鱼虾撞击脚面。大面积的杨树林，层层叠叠的山峦。山脚下弯曲平行的铁轨。大片大片或红或绿或黄或蓝的植物。清澈干净的天空。祖母坚实而笨拙的身影，一双小脚，三寸金莲。往返于城市与乡村孤寂而不固定。一头卷发、高大英俊的父亲，明朗而疏远的面孔。遗传或者境遇，造就漂流的性格。向往，未知的远方。

顾之风倾听张露的讲述，感觉到一种来自灵魂的孤独。

流浪。不羁的性格，还是冥冥中的宿命。城市改造将所有古老建筑摧毁，重建的只是冰冷的繁华。他走过千山万水，最后发现人们的乡愁，正在被现代建筑所吞噬。

隔断，疏离，冷漠。这乖巧的孩子，是否会有古旧而温情的记忆。进步，或者退化。

同样孤独的灵魂，交叉却无法彼此渗透。他觉得人一旦熟悉，面容和身体会变为透明，展现和接触的只剩灵魂。他回到房间，用电脑给安琪播放《鼹鼠的故事》。

孩子安静地坐在床上，神色像大人一样沉静。独生子女，与生俱来的孤独。

多年来，他辗转于北京、上海、广州、巴黎、伦敦、纽约，始终有种强烈的孤独感如影随形。他觉得那是进入"世界尽头与冷酷仙境"的影子，他不可能完全舍弃它。

他总在想张露的话，觉得她是执拗而美好的女子。这样的女子，似乎能够看透人肌肤下的灵魂，像火一样炽热而不稳定。他注视窗外的雨景，直至黄昏。

他曾以为，能用灵魂感受身外世界的女子，唯有林徽因、张爱玲和三毛。她们皆美好而稀有。当遇到张露，他才发现这样的女子似乎世上还不少。只是她们更愿意包裹而非吐露。

顾之风走进她房间时，看到她在读杜拉斯的《情人》，床边放着《广岛之恋》。

旅途中，总有孤独的灵魂，孤芳自赏却不完整。

张露抬起明亮的眼睛，神情无法从沉静恢复到活泼。活泼，也许只是不愿被外人了解的伪装。她微微一愣，随即微笑道："怎么跑到我的房间里来啦？"

"我……"他觉得那微笑像天山雪莲，略带羞涩地说，"过来看看你。"

灵魂疏远而隔膜，被无形的墙阻断。他还是愿意远远地欣赏她，像欣赏一件精美细腻的粉彩瓷器。他取出烟，又放回去，说："你看书吧。不用管我，我只想坐坐。"

"不管你嘞。"她冲他笑笑，继续看书。

暮光从窗外溢进来，在她身上投下柔美的光晕。逆光，将身体的轮廓衬托得有如童贞女玛利亚。专注的神情，灵魂似乎就在她的心扉怯怯地向外窥探。洗旧的棉布衬衫，发白的牛仔裤，给人慵懒而闲适的感觉。扎起的头发蓬松而干燥，有揉碎的花瓣的味道。

他觉得她是那种可以让自己停止漂泊的女子，沉静而美好。可是，他找不到可以拉近彼此距离的方法。也许只是错觉。他不习惯地咳嗽，起身离开。

晚餐，没有过多的言语。回到房间，他给安琪洗脸，让孩子自己洗澡。他用浴巾将她裹好抱回床上，播放《猫和老鼠》。汤姆和杰瑞的争斗，带给孩子阵阵欢笑。

顾之风进入盥洗室，扭开花洒让热水将自己笼罩。热气，水柱，暖流。他想到那幅有名的油画《泉》。原来这世上孤独的人很多，意识到自己体内寄宿灵魂的人也很多。

只是知晓，却无法救赎，反而要抵御更多的痛苦。因为要清澈，不想浑浊。

他出来，看见安琪在被窝里睡着。安静的小脸，皮肤柔软而透明。眼睫毛浓密而修长。小而有形的鼻子，莹润鲜红的嘴唇。他注视这可爱的孩子，将她的被子盖严实。

他独自在走廊抽烟，咀嚼烟雾的寂寞。肖正阳打来电话，询问孩子的情况。他告诉他孩子很好，让他安心在疗养院调养。听着肖正阳虚弱的声音，他的心隐隐疼痛。

房门打开。他看到穿着宽松睡衣的张露。她望着他，说："这么晚还不睡？进来吧。"

他走进去。她关上房门。屋子里很温暖，有淡淡的花瓣揉碎的味道，很好闻。

张露请他坐下，冲了两杯速溶咖啡。缥缈的香气，带着清醒的孤独。

"明天我要走啦。"她啜饮苦涩的咖啡。

"去哪儿？"顾之风明知她要去哪儿，还是说出这样的话。

"日光城。"她微笑地凝视他，说，"我喜欢神秘而有信仰的地方。"

"为什么要独自流浪，不想停下来吗？"

"想，等不再幻想的时候。"她慢慢呷着咖啡，像用嘴唇品尝苦涩。

不知为何，他想起走遍万水千山的三毛，叹口气道："谜一样的女子。"

"什么？"张露扭头望向他，说，"有一个声音，总在召唤我。我常梦见皑皑雪山上，屹立在凛冽寒风中的九色鹿。我想找到它，找到那头令我魂牵梦萦的鹿。"

"九色鹿？"顾之风站起身，不觉想起敦煌壁画《鹿王本生图》。关于丝绸之路的故事，关于善恶有报的故事。他露出浅浅的笑："我该走啦，希望你能找到梦里的九色鹿。"

他陷入某种情绪，需要从中挣脱出来。他看着她来到面前，眼神有悠远的忧伤。

"抱着我。"她说，声音枯涩。他轻轻将她拥在怀里，感觉到她湿润冰凉的吻。那吻，像一滴甘甜的蜂蜜，轻轻地在他的唇上融化，芬芳与甜蜜直流淌进心田。

　　人，抛弃肉体，然后丢失灵魂。黑色闪电，划过脑海。他们虽彼此需索，却不愿就此沉沦。他轻声在她耳边说："答应我，如果有一天不愿漂流，让我成为你驻守的港湾。"

　　他将名片塞进她掌心，感觉到冰凉手指上灵魂的温度……

三　灵魂之舞

"这是黑色的一天，当我接近它时，也就接近死亡⋯⋯"

肖正阳的话，忧郁而绝望。

也许美和爱来自灵魂。当伸手触摸到的只有肉体，才发现除了疲倦只剩空虚。

冰冷的尸体，冰冷的眼泪，冰冷的忧伤，冰冷的绝望。死亡，使面孔美丽而冰冷，像熟睡般安详却不再储存灵魂。没有灵魂，再美的肉体都将丧失美好。

顾之风不愿结婚的另一个原因，是他亲眼见证肖正阳那段唯美而悲伤的爱情。

这爱情，开始是那样完美，结局却异常悲凉。也许只有顾之风身边的这个孩子，才是凄美爱情留下的唯一美好的结晶。除此之外，只有伤痛⋯⋯

一个美妙的下午，肖正阳快乐得像个孩子。他脸上洋溢着无比幸福的光辉，说自己结识了一位天使般美好的女子。他们仿佛五百年前就曾相识，彼此喜欢且能看到对方的灵魂。

郎才女貌，情投意合，琴瑟之好，金玉良缘……也许世间贫乏的词汇，并不能形容他们相爱的美好。所以连有诗人才华的朱月华，都丧失了文字表达的能力。

结婚后的时光，像美丽的织锦细腻而优雅。顾之风每次拜访，都会受到热情且得体的款待。他们的家像一座瑰丽多彩的艺术博物馆。顾之风在豪华别墅里能感受到扑面而来的世界各地的艺术气息。它们协调地构成房间不可或缺的组成部分，让人流连其间不愿离开。

房间里摆着从甘肃、青海、新疆的沙漠或森林里挖出来的肉苁蓉和木化石，还有各种经历岁月沧桑的形态各异的根雕和木头工艺品。地上铺着土耳其地毯，陈列室里摆着博戈罗茨克雕刻、波罗的海蜜蜡、哈萨克斯坦彩陶盘、乌兹别克斯坦细密画、叙利亚古皂、古希腊画瓶、古波斯珐琅器、约旦沙漠树、捷克水晶、波兰刺绣、印度披肩、埃及铜盘、匈牙利陶瓷、意大利皮具……墙上挂有各种少数民族绣品和挂饰，展架上放着各种皮制品和银饰品。

他们曾沿长城和丝绸之路旅行，拍摄的照片摆满背景墙的壁龛。相框是女主人手工制作的工艺品，给人清新自然的美感。她精通七个国家的语言，知晓每一座城市的历史，熟悉每个地方特有的美食。她能使旅行变得浪漫，也能使生活变得雅致。她将偌大的房间，变成童话般美丽的城堡——她成为自己童话世界里名副其实的女主人。

女主人，亲切而温情的名字。她喜欢各种用旧的器物，说上面有岁月过往留下的痕迹。她喜欢惠特曼、叶芝、泰戈尔、聂鲁达和鲍勃·迪伦的诗歌，向往诗一样的生活。她会用极普通的食材，烹饪出口感各异、味道鲜美的菜肴。她自信而淡然，聪慧而敏感。

她是世间稀有的女子，会将生活渲染出不寻常的美好。

才貌双全的朱月华曾说，女子品行如一且聪慧独立的，唯有肖正阳这位贤德的妻子。

顾之风觉得，女子从书本上得来的才情，刻板而缺乏智慧。唯有天生丽质，滋养于书香门第开出的花朵，才有清新淡雅、浑然天成的美好。

然而，这朵看似光鲜靓丽的玫瑰，却长满需要付出血的代价的尖刺。他目睹那些锋利的毒刺，毫不留情地刺穿肖正阳的胸膛，使他成为被荆棘刺穿的鸟，歌唱着死去……

那时他不知道，所有命运馈赠的礼物，都已在暗中标好了价格。

谁都不曾料到，这样美好的女子，竟患上严重的抑郁症，以致怀孕期间精神恍惚，节制饮食，最终在医院发生意外。抑郁，因为她喜欢上一个在网络里结识的男子。

男子，有谁会比肖正阳更有男子气概？可惜，那男子在博客里书写的空灵而诡异的文字，最终俘获安姝婷的心。据说那文字有直抵灵魂的美。她被那样的文字迷惑陷入柏拉图式的爱情，同时受到道德和情感的双重煎熬。幻想和虚弱，终于使这美好的女子彻底崩溃。

火化并埋葬完妻子，肖正阳约见那个网络里的男子。

干瘦而病态的身体，苍白而缺血的脸。脸很大，平庸而乏味。有一双硕大无比的脚，像只营养不良的鸭子。肖正阳和他在上岛咖啡小坐，知道他是流落此地的无业游民，与人合租破旧狭小的房屋。羞怯、孤僻、懦弱、自卑，在现实中没有朋友，也很少能得到异性青睐。喜欢写作，却不曾在任何刊物或报纸上发表。靠在网吧当临时网管，挣取微薄收入。

肖正阳感到无法抑制的悲伤。自己的妻子，从不曾见过这样一个可怜甚至滑稽的人，居然会为这病态的人幻想出的文字郁郁而终。他和顾之风说这些的时候，满脸泪水，像个无助的孩子。肖正阳说，他本想报复这没有道德的小子。可是当看到那小子的时候，他只感到自己的悲哀。这样一个病态而畸形的人，他觉得与之动武是一种侮辱。

那晚，顾之风第一次见到这个敢作敢为的男人，这个少年时当校园帮会头领的男人，这个成年后做外资企业高管的男人，无助得像个弃儿般哭泣。男人的眼泪，因为挚爱的女人。

那之后他才明白，一个美好而被深爱的女人，可以彻底摧毁一个男人。

他看着肖正阳像帝国大厦上的金刚，为保护自己的爱人被无情地摧毁。他的每一拳都击在虚空里，只能双手捶胸，发出无比愤怒的嗥叫。他巨大的躯体上血肉横飞，钢铁般的意志被击得粉碎，只剩下失去硬壳保护的蜗牛般的软弱，让人担忧却无可救助。孤独、颓废、绝望，他每天依靠酒精麻痹自己，窝在屋里不停地看爱尔兰踢踏舞——《大河之舞》。

那是安姝婷在圣三一学院读书时所学的舞蹈，她用这支舞彻底征服了肖正阳。她像美丽的珍·布洛尔，用精湛的舞技点燃所有观众的热情，成为舞台中央璀璨夺目的明星。

灵魂的舞蹈，消耗着寂寞的光阴。直到在抑郁与失眠中垮掉，他被送进疗养院。

顾之风看着这个在祖母家养大的孩子，这个在许多男人的照顾下成长的孩子，他感到生命的无常和生活的无奈。他和孩子一起吃早餐，回想消失的岁月。

"老师，姐姐呢？"安琪喝着牛奶问。

"姐姐走啦。"顾之风望着她，看到孩子的眼睛红红的，有眼泪流出。

"姐姐为什么要离开，她生安琪的气了吗？安琪很乖，安琪没想惹姐姐生气。"孩子明亮的眼睛再次蒙上一层水汪汪的眼泪。

真挚的感情，也许只有孩子才会有。但这样的感情会逐渐被纷繁的人事磨灭，而纯真的小脸会日渐长满忧愁，变成普通甚至令人乏味的脸。

天堂，在圣约翰的描述中，在耶稣基督的口中，人们的灵魂都是孩童的模样，才能在那里无忧无虑地生活。我们为什么不能像孩子般相处？孤独地狱，也许只有我们被欲望牵引，而逐渐沉沦于地狱般的境地。

埋单。他将安琪抱上车，继续孤独而不停寻索的旅程。

他在车里想起亦舒《如今都是错》：凡是人尽可夫的女人，都挂着一个淑女的招牌。

物欲横流的大时代，使人们面对前所未有的诱惑——为了帮助肖正阳挣脱精神枷锁，他曾读过那人的博客。随笔多是模仿王小波的风格，散文抄袭三岛由纪夫的许多文章。这样剽窃别人文字的小偷，居然会被称为文字空灵而诡异。讽刺、可悲，没有创意。

托马斯·曼在《特里斯坦》里描写优雅而高贵的克罗特扬夫人，在"爱因弗利德"疗养院遇到所谓的作家史频奈尔，以一首理查德·瓦格纳的《特里斯坦和伊佐尔德》钢琴曲，结束了自己的生命。出轨，精神的出轨，犹如心灵里蔓延的狼毒草。

高贵还是恶心。为什么只是赞美和不了解，就能诱惑一颗纯美的心灵。或者所有的纯美，只是"一个淑女的招牌"。为什么精明强干、在业内呼风唤雨的肖正阳，会沦为心灰意冷、神志恍惚的酒鬼。他扭头瞟眼安琪，孩子在安全座椅上孤独地望着窗外。

人工文明里幸存下来的自然，有着残缺而冷落的美。沿途停靠几辆驴友的越野车，车身喷绘前卫的图案，插着彩旗。几辆房车停在树林里，妇女们正在洗菜做饭。

大众旅游时代，人们逐渐走出自己狭隘的生活圈。这是幸，还是不幸？

他不觉想起张露，想到她背着硕大的包裹在晨雾中跋涉，向着神秘而有信仰的地方艰难行进。古老的宫殿、粗大的石阶、古旧的佛堂、神秘的经室、耀眼的金塔、威严的塑像、纹理斑驳的平台、刻满经文的转经筒；吐蕃松赞干布、尼婆罗尺尊公主、大唐文成公主、释迦牟尼像、唐蕃会盟碑，带有政治色彩的爱情，也能美好而感动……高原之地，她背着山地包的骨感而坚定的身影，从她头顶清澈的天空飘过浮云……

"老师，我们离太阳的地方还远吗？那里是不是有姐姐？"安琪发问。

他望着没有尽头的公路，略带疲惫地说："还很远哩。"

"很远呀，安琪想马上就到。"孩子声音里缀满无聊。

太阳，远方，光明的地方。世上真有这样的地方吗？这个美好的孩子，该如何才能不被这个世界同化。他觉得人生似乎像片飘落水中的黄叶，随着向前翻涌的河不可逆转地顺流而下。迷茫，除了金钱和享乐，他无法找到自我救赎的方法。

"老师，我想告诉你一个秘密。"安琪神秘兮兮地说。

"什么秘密？"顾之风望向车窗外千篇一律的人造风景。

"我做了一个梦，梦到了姐姐。"安琪仿佛在努力回忆梦境。

"那是个什么样的梦？"顾之风好奇地问。

"我梦到姐姐是一头九色鹿。她的身体像天鹅一样白，从眼角到尾巴，像云彩般飘动着九朵卷云，云上面是渐变的彩虹般漂亮的颜色。"安琪绘声绘色地描绘梦境。

九色鹿？顾之风耐心地听孩子讲述，感到有种疲倦在心中升腾，化作漠视一切的乌云。他不知道为何要开启这段旅程。听完安琪讲述，他脑海中浮现出九色鹿的形象。一头九色鹿，行走在苍茫的戈壁滩。在沙漠尽头，出现一支波斯商人的驼队，缓缓向东方行进……

丝绸之路上的故事，儿时所看动画片的场景。九色鹿拯救弄蛇人，那人恩将仇报，引来国王的军队猎杀九色鹿，最终自食恶果……孩子的梦，带有稚嫩的希望。他轻轻叹口气。

希望，微渺若四处流浪的风。他感觉孤独弥漫在内心，如影随形。

该如何摆脱自己的影子，那个黑暗中的自己。阴暗的躯体，阴暗的灵魂。从古至今，没有任何哲学给人类的灵魂找到归宿，只会使人变得越来越孤独，信仰变得越来越稀薄。

他想起《大河之舞》，美妙的爱尔兰风笛、节奏铿锵的打击乐和优雅明快的舞步。来自灵魂的音乐和舞蹈，使心与心的交流没有隔阂。流淌在灵魂深处的河，使人短暂地忘记孤独，融入雄伟神奇的大自然。他希望自己是个舞者，倾注灵魂的舞者。

路边有相撞的车辆，车体的碎片和玻璃的粉末。血肉模糊的躯体，拖长的已然变黑的血迹。有警察在现场取证，法医在检验尸体。他不由得用手蒙住孩子的眼睛，开车驶过。

疯长的车辆，新增的死亡。统计表里的数据，真实的生命。

他驶出国道，将车停在小道上。他从后备箱取出牛奶、泡芙和香肠给孩子，自己在道边吸烟。坡下有条土路，满是被牛车碾出的带轮胎印迹的车辙，还有风干的牛粪，叽叽喳喳在牛粪边啄食的麻雀，以及野蔷薇、蒲公英、牵牛花和羊齿草。零星的几株杨树，没有修剪的枝条繁茂而杂乱。他吸完，掐灭烟蒂，呼吸清凉的空气，轻声地咳嗽。

手机音乐响起，猫王的歌曲。他取出手机，看到来电显示陌生的号码。接通，听到对方虚弱而干涩的声音："我是张露，生病了，你来看我吧……"

"你在哪里，具体地址是什么？喂，喂……"他听到电话里传来"嘟嘟"声。

断线。他查看那电话号码，回拨过去。几次方有人接听，是满口浓重的方言，勉强听明白说是公用电话，打电话的女子已经离开。他挂掉电话，觉得心里有淡薄的感伤。

没有地址，没有联系方式。为什么突然挂断电话？粗心、后悔或者还有其他原因。

他苦笑，感觉自己陷入某种被动。明明有自己的方向，却被张露的电话牵引，不由自主跟随她的轨迹。他上车，拨 114 查问来电的城市和区域，用笔记下来。

他感觉灵魂被某些说不清的东西吸引，或者冥冥之中存在某种羁绊。他无法摆脱她在心里造成的这种影响。风有了固定方向，会造就什么样的命运……或者说，是否还是风。

他无法预言未来。他甚至完全不了解那个看似美好的女子。他透过车窗望着延伸的道路，怀着渺茫的希望向她逗留的城市行进。他不知道她的病严重不严重，也不知道她会不会在那里等他。他预感到她发生了一些事情，却不知如何与她取得联系。

为什么会如此牵挂一个陌路人？也许有些人因为灵魂相近，所以彼此需索。这种需索是否会像肖正阳那样？他为自己的多虑自嘲，也感到自嘲背后的凄凉。他看着在座椅里安静地吃泡芙的安琪，自言自语地说："阳光的地方，也许并没有想象的美好……"

四　夸父之履

路在脚下延伸，没有尽头，只有新的开始……

顾之风总会想起在西班牙塞维利亚遇到的占卜师。那个有双迷人的褐色眼睛的吉卜赛女郎，让他在幽蓝的水晶球里看到生命之泉、永恒之城和命运之轮……

"你要寻找自己的宿命，因为你是天命之子！"女占卜师用深邃的目光凝视他。

他独自穿窬叹息之墙，像走进博尔赫斯的"环形废墟"，寻找自己的宿命之星。他在混沌中看到那个曾经被安排好一切的自己，那个为了事业疯狂努力的自己，那个无限透支健康最终心脏出问题的自己……他走出囚禁灵魂的黑色渊薮，开始思考人生的意义。

他像一匹拼命追逐猎物的狼，落单后逐渐习惯享受独自游荡的生活。

从那时起，他踏上新的旅途，开始一个人旅行。一个人寻找真正的自我，一个人感受世界的美好。一个人放荡、一个人狂欢、一个人流浪……想走就走，想停就停……

他觉得，旅行是一种开始，流浪是一种告别。每个人都是旅者，行走于人生旅途。

城市，高楼林立的钢筋水泥森林。道路，四通八达的黑色柏油网络。

在城市中长大，他从小看惯高耸冰冷的建筑，见惯柏油覆盖的土地，感觉生命被浇筑了混凝土般正在一点点固化。固化的不仅有身体，还有心灵。

人的异化，成为城市里的灰色存在。城市，逃离城市。然而，每一条路，最终还是通向城市。正如努力逃离无法逃离的生活，却逐渐融为生活不可分割的部分。

人生旅途，匆匆过客。他隐约记得萨特说过，旅行是最好的学校。很多时候，旅行只是从自己待腻的地方，去往别人待腻的地方。对于过客而言，可以感受，却无法融入。

至于能够学到什么，他没有太多感触。他似乎在漫无目的地寻找某种虚幻的影像。

他曾独自穿越一座又一座城市，始终无法驱除内心的孤独。此刻，他望着拥堵的车辆，感觉自己像一个被流放的人。张露，则像孤独的隐者，毫无征兆地消失于茫茫人海。

汽车，无以计数的钢铁甲虫，爬满城市的道路。他不禁联想起《风之谷》里腐海森林的巨型昆虫。甲虫，变成甲虫的萨姆沙。城市人的孤独，卡夫卡的恐惧。

有司机不耐烦地按喇叭，有的摇下车窗恶毒谩骂，有的抽烟，有的扔垃圾，有的玩手机……安琪在车里睡熟，怀里紧抱绣有卡通斑马的暖水壶。她的乖巧，使顾之风心里产生某种自责。这段旅程，对于这个孩子而言，是否太过辛苦。

生命，萌芽的生命。有一天，终将绽放。花开的季节，闪烁记忆的光彩……

产房外，他和肖正阳焦急等待。空气里弥漫着焦虑。内心燃烧着盼望。当听到孩子的第一声啼哭，他们激动得几乎跳起来。随之而来的是孩子母亲产后大出血的噩耗。生命伴随死亡降临，喜悦随同哀恸消散。世界成为灰白的颜色，只有孩子的哭声在无望的空间里回荡。

孩子，改变了他对这个世界的看法。他感到生命延续的力量，冲破时间的硬壳，奔向充满无限可能的未来。他觉得自己颓废的生命，在孩子面前显得微不足道。

他给孩子选包巾、衣服、奶粉、奶瓶、纸尿裤……每次回国，都长时间陪伴孩子。他看着她满床打滚，能够独自坐起来，沿着床围栏蹒跚学步，含糊不清地说出第一个词……他感到快乐而幸福。他会不由自主走进母婴店，会笨拙地唱《摇篮曲》哄她入睡，会学着给她洗澡和理发，会为她精心选购各种各样的玩具……他看着她变得越来越漂亮、越来越懂事。

旅行前，为了孩子的安全，他在后座安装安全座椅。他向有经验的人请教，专门准备了折叠电热水壶、折叠盆、儿童餐具、饭兜兜、瓦楞纸马桶、防丢绳、随身携带联系卡，带了换洗的衣服、鞋子、润肤露、防晒霜、痱子粉、驱蚊喷雾、免洗洗手液，还有牛奶、酸奶、果蔬泥及精挑细选的无添加零食、小型的医药包和给孩子解闷的几件玩具……

孩子成为他甜蜜的负担。他想尽力安排好一切，却总感觉力不从心，纰漏百出。

他完全不了解孩子的世界，甚至怀疑自己是否有过童年。他尝试从孩子的视角观察世界，才发现整个世界都发生了改变。很多成年人踏足的地方，成为孩子的禁区；许多成年人可做的事情，变成孩子的禁忌。他将车停到某个地方，除了带上孩子，还需带上大量孩子的用品。

他想让孩子开心快乐，又怕把孩子弄丢。每一天都如行军打仗般劳累。

他动过放弃的念头，却一次次告诫自己不能半途而废。

坚持，在心中形成执念。他看到记忆深处的那个自己，孤独地站在广袤无垠的草原。他听到来自宇宙的风，在耳边诉说来自黑暗深处的空寂。他害怕，却无处躲藏。

他像个穿越者，游走于现代社会，感觉摩登建筑包围下的古迹，已没有历史韵味。

维多利亚港的夜景、钱塘江的夜景、黄浦江的夜景、京杭大运河的夜景……看多了，便会乏味。在杭州，沿白堤看断桥落日，乘游船观三潭印月，拾级而上赏雷峰夕照；在上海，徜徉于外滩步道，游走于武康路，踟蹰于枫泾古镇；在苏州，雅步拙政园，徒步博物馆，信步七里山塘；在南京，打卡总统府，礼拜夫子庙，登临明城墙，夜游秦淮河……

每次置身于熙熙攘攘的人海，他都感到自己像粒尘埃在无限沉坠。

他想远离城市，又无法远离城市。他尽量将节奏放缓，预订舒适的酒店入住。

他每天做必要的补给，让车里始终有新鲜的水果、充足的淡水和各种有营养的食物。所幸孩子一路上没有上火，更没有生病，他的旅程才得以继续。

车辆开始挪动，绕过几辆连环追尾的汽车。旁边车道是排成长龙的卡车。他焦虑地望着看不见尽头的车队，从后视镜瞄一眼熟睡的孩子。他感觉自己像逐日的夸父，在拼命追逐无法企及的目标。然而，结果很可能是悲剧，像肖正阳那样的悲剧……

他和肖正阳有太多相似之处，他们都有致命的弱点。弱点不是缺陷，但足以在恰当的时机毁掉他们……冰冷残酷，不留余地。

夕阳下，红色的云朵若色晕浓艳、富丽绚烂的云锦。一个男孩孤独地坐在滑梯上，仰起高傲的小脸望向天际。在空荡荡的校园里，他显得独立而倔强。

"你好，请问你叫什么名字？"

"肖正阳。你呢？"

"顾之风。"

"你这么晚还不回家？"

"不想回家。你呢？"

"我也不想回家……"

时间的河里，漂浮琐碎的过往。两个孩子，坐在滑梯上看星星。孤独，弥漫整座校园。时间将两个弱小的身影放大，逐渐成为生活的强者。然而他们内心却没有想象中的强大。

或许，肖正阳更像是参孙，可以徒手撕裂狮子，用未干的驴腮骨击杀一千非利士人，却最终被一个挚爱的女人彻底摧毁。亦如伟大的英雄阿喀琉斯，被冥河斯提克斯河水浸泡，成为刀枪不入、诸神难侵的勇士，却依然有致命的弱点。英雄尚且如此，何况是凡人。

他岂能要求肖正阳成为神祇般的存在？多少年来，他们从不曾放纵情欲，也不曾被傲慢、嫉妒、愤怒、懒惰、贪婪、饕餮腐蚀心灵。他们用生命感触世界，却离世界越来越远。

强大，只是自以为是的假象。因为有家族的庇佑，他们的人生才顺风顺水。

虽然经历些许磨难，但那不过都是坦途上极小的磕磕绊绊。若遇到真正的问题，他们便显得不堪一击。只一次被击倒，便永远丧失再战的勇气——汉尼拔，失败的英雄。他从未向悲剧命运低头，以一人之力对抗强大的罗马。他的强大，才是真正的强大……

安琪像是做噩梦，不断发出呻吟，转而变成低低地哭泣。他从后视镜里观察孩子，大声将孩子唤醒。孩子受惊醒来，揉着眼睛，怔怔地望向顾之风。她轻声哭起来："老师，我梦见爸爸啦，我想要爸爸。我们可不可以回去，呜呜……"

"安琪乖，不哭。你想回家，老师就带你回家。"顾之风怜惜地安慰。

"老师，我们这是在哪儿？我想回家，呜呜……"

"安琪不哭。我们被堵在高速公路上，得离开这里才能回家。"顾之风努力想平复孩子的情绪，却不知道该做些什么。后车不停按喇叭，他将车往前开出十几米被迫停下。

"老师，我不要被堵在这里，我要回家……"

"安琪听话，现在堵车，我们暂时回不去。"顾之风耐着性子说。孩子的哭声扰乱了他的内心。他不停地安慰孩子，没有任何效果。孩子还是继续哭，嗓子变得沙哑。他多么希望张露能陪在身边，那样就可以安慰可怜的孩子。"安琪，我们去找姐姐好不好？"

"我不要姐姐，我就要爸爸……我要爸爸，呜呜……"安琪泣不成声。

肖正阳，他还在疗养院。那个曾经美好的家，如今不过是冰冷阴森的水泥洞穴。

回家，哪里才是孩子的家？他心烦意乱地望向路边接连相撞的车辆，避免被燃烧的情绪焚毁理智。他想抽支烟，犹豫片刻，放弃念头。他深感安慰孩子的徒然，轻轻叹口气。

孩子有什么错？孩子从未要求来到这个世界，也不曾要求顾之风带她旅行，更不曾提出要去什么地方。所有的一切，孩子从头至尾没有选择的余地。难道她不想有疼爱自己的父母，不想有美满幸福的家庭，不想有无忧无虑的童年……她敏感而胆怯、懂事而懦弱、美丽而自卑……这些能怪孩子吗？包括这次旅行，何尝不是他自作主张的安排。

他反省自己，绞尽脑汁讲些哄孩子开心的话。听着孩子因哭累声音越来越小，他的心里生出莫可名状的悲凉。继续，还是放弃？孩子母亲若有在天之灵，是否会后悔自己的自私。

死亡，遗留的问题不会因死亡而消失……

前方，高速公路交警赶到打开临时通道。拥堵的车辆左转后，离开堵塞路段。

天色暗下来，从空中落下大颗大颗的雨滴。狂风里有恐怖的声响，孩子害怕地蜷缩进座椅。顾之风驶离拥挤的道路，驱车加速向预订的酒店行驶。

滂沱大雨从天而降，雨滴噼里啪啦击打车窗。雨刷刮去车前玻璃上的雨水，却抹不去孩子内心的恐惧。他听到孩子急促地呼吸，透过雨幕观察路况，看来无法到达预定的地方。他忧虑地望着窗外，想是否需要在附近的城市留宿。

"嘭"的一声，车身犹如受到重击，成为被风浪掀起的扁舟。爆胎！他的心往下沉，稳住方向盘将车驶向应急车道。车子剧烈颠簸，发出轰隆隆的声响。他打开双闪，将车停稳后，给孩子取了食物。孩子惊慌地望向他，声音沙哑地问："老师，发生了什么事？"

"别担心，车胎爆了。你安心待在车里，老师很快就能修好。"他检查车辆，看到左后轮被利物扎开一个口子。他打开后备箱，从底层取出工具箱和备胎，在一百五十米远处放置安全警示牌。他用千斤顶将车顶起来，将爆了的轮胎卸下，在雨中安装备胎。由于湿滑用力过猛，扳子脱手，手臂被刮掉一块皮肉，血顺着胳膊往下流。他捡起扳子将轮胎安装好，取矿泉水冲洗胳膊上的血迹和手上的油污。他找出医药箱，敷上药，用纱布简单进行了包扎。

他往嘴里塞了几块饼干，将剩下的水灌进胃囊。他像一只失魂落魄的落汤鸡，孤零零地站在冷雨里。飞驰而过的大卡车溅得他满身泥水。他用手将脸上的污水拭去，把轮胎和工具箱收拾好，浑身是水地钻进车里。他从未如此狼狈，心底生出自嘲。

孩子安静地吃着食物，看他坐进驾驶座，担心地问："老师，你的胳膊怎么了？"

"没事，不小心蹭破点儿皮。"他系好安全带，将车启动，给酒店打电话退房。雨水溺死的世界，真该弹着贝斯吼一曲摇滚。他冻得瑟瑟发抖，打开空调，哆哆嗦嗦地点一支烟。

孩子被烟气呛得不停咳嗽，但没说让他别抽烟的话。

他猛吸一口，将烟掐灭，丢进烟灰盒，驱车寻找最近的高速出口。汽车像哈尔的移动城堡，载着他追寻心中的执念。他打开播放器，久石让的音乐从音响里飘出来。他的心情稍微舒缓，开着车心里隐约感到后怕。幸亏爆的是后胎，如若是前胎后果将不堪设想。

大难不死必有后福。他觉得此刻自己很像阿Q，满是精神胜利的自我减压。不被环境压垮，才有翻盘的可能。非要钻牛角尖儿，压在五行山下的孙悟空都可能会患抑郁症。他看到标识牌减速驶入匝道，望见远处灯火辉煌的城市，感到从未有过的温暖。

"老师，我们要不去找姐姐吧？"安琪突然说。

"怎么想去找姐姐，安琪不是想回家吗？"他驶出匝道。

"我也不知道，我就是突然想姐姐了……"安琪犹豫着说。

他在收费站交费，驶向前方的城市。张露，我能找到她吗？他感到前路渺茫。没有联系方式，根本无法于茫茫人海中得知张露的下落。他觉得自己像夸父，在一厢情愿地追逐太阳。可太阳未落在禺谷，而夸父已渴死在半途。

他觉得自己被想法禁锢，回头对安琪说："好吧，我们去找姐姐。"

五　爱神之泪

人的一生，多数时间都在自己的想法和情绪中挣扎。

顾之风感觉自己不再年轻。内心深处，他害怕孩子会成为时代的牺牲品。

手机铃声响起，他走过去看到陌生号码——不知是谁的电话。

他没有接电话，走到窗口观察被雨水溺死的城市。有种微妙的情绪，在心里蔓延。他曾被无数次拖拽回那个悲伤的夜晚，面对被摧毁心智的挚友，感到无比绝望。

肖正阳的悲伤，摧毁他应有的理智。他像迷途的孩子，无法回归原有的生活。伤感的夜晚，他手握伏特加酒瓶，光膀子大口喝酒，像个粗鲁的野蛮人，大声吼唱黑豹乐队的歌曲，任眼泪在脸颊流淌——顾之风觉得他像个卑微可怜的小丑，为他的沉沦而悲伤。

肖正阳眼睛红肿，像头被困陷阱的狼，绝望地吐露心事。

"家里给我安排几次相亲，可我从心里排斥。爱情是两个人的事，婚姻也是两个人的事。如果两个人之间没有感情，为结婚而结婚，对谁都不公平。我痛恨自己越来越轻易地流泪，却不得不接受孤独离去的命运。我用泪水浇灌爱情，看到青春在无奈中枯萎……"

"人，要放过别人，也要放过自己。"顾之风不知如何劝慰。

"除了妹婷，我已无法去爱任何人。不想结婚的时候，似乎到处都有迷恋自己的女子。我就像泛舟莲花丛中，顺手就能采摘到自己喜欢的花朵。可是，必须重新选择时，才发现满塘的荷花早已被别人采撷，自己面对的不再是荷花，而是满眼残败的荷叶。"

他无法忘记肖正阳绝望的神情，也不愿陷入恋爱的泥沼。他感到疲惫不堪，受伤的手臂仍在隐隐作痛。安顿完孩子睡觉，他躺进酒店舒适的床上。紧绷的神经松弛下来，困意悄无声息地袭来。他合上眼睛，沉入梦乡。睡姿，像个熟睡中的孩子。

他走进一座灰色的城市，高耸的建筑形成无法逾越的围墙。他像一只小白鼠，走入约翰·卡尔霍恩建造的"老鼠乌托邦"。没有天敌的人类，成为整座城市至高无上的主宰。

然而，这里不是"美丽新世界"，人类的真正奴役者就是人类。高楼大厦上到处都有领袖的巨幅肖像。那张坚毅果决的脸颊，带有傲视一切的冷漠表情。

街道上到处是全副武装的军队，他们用暴力管制整座城市。不时有形迹可疑的人，被持枪的士兵拖进偏僻的小巷。随后传来沉闷的枪响和绝望的惨叫……

枪炮声从四面八方传来，街头巷尾有不同势力掌控的军队展开混战。残缺的楼宇、炸毁的街道、燃烧的汽车、狼藉的尸体……风中有老人的悲泣、妇女的哀号、孩子的呼救……压迫者和被压迫者的血，如死神之树的根系在大地蔓延。

他拎着提箱，穿过掩体，走进一栋破旧不堪的建筑。阴森的空间，污浊的空气。衣衫褴褛的居民，浑身散发出恶臭。他们像鬼魅从阴暗角落窥探，眼神里满是警惕与敌意。

"滚出去，你这个外来者！""我会杀死你！""这里是地狱，哈哈……"

他穿过那些瘾君子、痨病鬼、嗜癖者、变态狂，听到污秽处传出的咒骂。生活没有希望，他们像躲在地下的鼹鼠，过着暗无天日的生活，最终成为畏光的动物。

一间宽敞的房屋，人们赤身裸体举行某种祭祀。那是一台巨型电脑，它那蠕虫般的躯体布满显示屏，几千条触手在房间里蠕动。它的头部长满眼睛，巨大的嘴张开，数亿枚钢针般锋利的牙齿不停旋转。无数黑色针管插入朝拜者的头颅，将纳米芯片植入大脑。

那些人如同吸食海洛因般，陷入自己幻觉里的完美世界。他们疯疯癫癫离开房间，手舞足蹈冲进武器库拿弹药，怒吼咆哮冲向战火弥漫的街道……

"你来啦，东西带来了吗？"机械体的声音，从蠕虫的喉咙里传出。

他将手提箱平放在污迹斑驳的地板上，输入密码缓缓打开箱子。绿色的光，从箱内爆射而出。一只镶嵌在青铜罩内的玻璃瓶，绿色液体里浸泡一个粉红色的胎儿。

"人类的胚胎，无性繁殖的生命体。没有爱情的结晶，才是最接近于我们的存在。"

数百条触手伸过来，将手提箱里的容器托起。七彩光芒投影到屋顶和四壁，一棵嫩芽破土而出，迅速长成一株茂盛的分别善恶树。树上成熟的果实坠落，化形散落为各大洲人类的始祖。人类不断繁衍进化，与人工智能融合，成为二进制数字系统……最终浓缩成一枚闪耀智慧之光的金苹果。不知从何处伸来上帝之手，抓起苹果咬下一口……

"我不想了解计算机的妄想，只想解救被囚禁的爱神——她，人呢？"

绿色容器和人类胚胎被计算机蠕虫囫囵吞下。它用触须组成一个深邃的通道。磁性的声音从空洞内传出："进来，就能找到爱神。她正张开双臂，期待得到你的拥抱。"

他望着布满毒刺的触须，感到不寒而栗。听到建筑外传来震耳欲聋的枪炮声，他鼓起勇气走进那如黑洞般扭曲的触须隧道。时间的风，如同飞速旋转的旋涡，绞碎他的衣衫、吹散他的身体、分解他的细胞。他的意识化作一束光，遁入另一个时空。

他缓缓睁开眼睛，看到鸟语花香的世界。爱神坐在生命树下，用纤细的手指编织漂亮的花冠。她的身边卧着一头九色鹿。鹿身上的光环已消失，颜色逐渐变为灰褐色。

"爱神，请随我离开！"他躬身施礼。

"你走吧。我不能离开，这里没有战争、瘟疫、饥荒和死亡。"

"这里是虚拟的完美世界。您若沉溺其中，世界将失去爱！"

"人类的爱藏在他们心里。如果没有，说明他们将它杀死了。"爱神从生命树上摘下一只苹果，一滴晶莹剔透的眼泪落在果子上。果子裂开，生出一位美丽女孩——安琪！

他不敢相信自己的眼睛，不解地问："爱神，您要让我做什么？"

"我把生命和爱交给你，也许会给世界带来光明和希望。"爱神说完，将安琪和九色鹿托付给他。她在空中画出一个圆，将他们送出正在分崩离析的虚拟世界。

顾之风醒来，感觉头有些疼。扭头，看到床上熟睡的安琪。

这是爱神赐给他的礼物，他想。他起身去盥洗室洗漱。手机铃声再次响起，还是昨晚拨来的电话号码——接听，是张露的电话："我回深圳了，来找我吧！"

是否要去找她？他回忆自己的梦境。既然张露是九色鹿，就应该去见见她。

他强压下心中的不悦，轻声唤醒安琪。安琪没睡醒，有些不愿起床。顾之风在她耳边轻声说，"安琪，老师带你去看姐姐好不好？"

"好吧，只能听你的了。"孩子睡眼惺忪地瞧着顾之风，突然从床上爬起叫道，"老师，我们现在就去看姐姐好不好？"

他不愿将时间浪费在无谓的等待上。既然已经决定，就忙带孩子收拾行囊。没想到还未真正离开，便要踅回去找张露。他苦笑，带孩子去4S店换轮胎，风驰电掣地开向张露所在的城市。

几个小时的车程，到达已是黄昏。他在车上给张露打电话，开进水泥森林构筑的小区。张露在公寓前等他们，善意的微笑融化旅途的疲倦。他们刷卡进门，乘电梯上十六楼。

顾之风走进温馨的屋子，嗅到薄荷的香味。房间很整洁，陈设简约而大方。客厅茶几上精美的玻璃花瓶里养着水仙花。电视背景墙上挂有她在不同地方留下的身影。清瘦的身体，大大的旅行包，被太阳晒得麦色的皮肤。眼睛漆黑而明亮，透着坚定，望向远方。

安琪紧攥着张露的手，高兴地说："姐姐，我们可想你了。我和老师要去太阳的地方，那里的人好像花儿一样。要是你也去就好嘞。我们一起去太阳的地方好吗？然后一起回家，我要让你认识我爸爸，他和老师一样好！"孩子见到有好感的人就喋喋不休。

"告诉姐姐，这段时间没见，怎么瘦成这样？"张露关切地问。

"安琪感觉自己好像生病了。昨天晚上，整个世界都在旋转，像坐过山车一样，转得我好难受。有时候，安琪从蒙眬中醒来，会看到一个穿黑色衣服的人。他长得很丑，蹲在角落里冲我露出古怪的笑。"安琪眼里露出惊恐地说，"他不让我告诉老师。"

"别怕，那是安琪生病时产生的幻觉。"张露带她坐在沙发上，认真听她讲话。

顾之风问张露的近况。张露说正在整理关于丝绸之路的资料。安琪还想和张露说话，见张露和顾之风聊天，摇着张露的手沮丧地说："姐姐，你浪费我想对你说的一句话。"

张露抚摸她的小脸，含笑说："姐姐听安琪讲，安琪是好孩子。"

"安琪不做好孩子，安琪要做自己。"她抬起明亮的大眼睛盯着张露说。

顾之风不知道安琪的感受。他坐在沙发上，安静地注视张露。

这个清秀女子身上，有股坚硬的力量从骨子里透出来。只是这种力量如今被颓颔的神情减弱。虽然她努力微笑，但他依然能感觉到她在调动全部精力支撑不让自己倒下。在外面长期跋涉和饮食不规律，严重损害她的健康。

中午，三人在轻奢的意大利餐厅吃饭，无意间聊起九色鹿的传说。回来，安琪和张露说话，渐渐有些困倦。她努力抬起沉重的眼皮说："姐姐，我的脑子里什么也没有，我要睡会儿了。"张露将她抱进卧室，安顿她睡下，注视着她盖在毛巾被下的小身体，然后微笑着走出来。

"知道我为什么叫你过来吗，我病了。"张露盯着顾之风的眼睛说。

"什么病，严重吗？"顾之风望着她问。

"这个你不用操心。我只是觉得孤单，希望你能陪我几天。"她说着，从茶几下取出烟，丢给顾之风一支，自己点燃抽起来。

顾之风点燃烟，在灰蓝的烟雾中瞅着她。眼前的女子像雾一样迷离。

他隐约能估计她的年龄已属于熟女，因家庭裂痕造就孤独的性格；独立而不相信任何人，有过丰富而无节制的经历……他将烟灰磕进烟灰缸，看客厅里养的几尾金龙鱼。

他见过太多有学历有背景又自以为是的女子，因狂妄无知而迷失在嫉妒和虚荣里。眼前的女子给他亲切的感觉，像蔷薇般带刺，却有独立的美好。然而女子一旦打破内心的禁忌，就很难被一个男人留住。除非遇到与她完全契合的人，或者她觉得自己已老去。

如今她还不到那样的年龄，也不曾遇见那样的人。所以，自己只是她生命中的过客。

他从茶几上随手拿本书翻看，问："喜欢看莫迪亚诺的《暗店街》？"

"从旧书摊买到的，无聊时看看。我也看伍尔夫的《到灯塔去》、波伏娃的《第二性》和安·兰德的《源泉》。为什么看这样的书，连自己也说不清理由。一个人孤独的时间久了，难免会形成些莫名其妙的习惯。"她露出干涩的笑容，将烟神经质地在烟灰缸里揉灭。

张露起身去卫生间。顾之风环顾房间，见客厅摆着耐旱的植物和淡雅的干花，有绣工精巧的壁挂和精致的餐具。屋子收拾得一尘不染，窗帘、开关、插座及厨房、卫生间墙壁都添加雅致的装饰。卧室里悬挂着似乎是主人亲手绣制的精美十字绣，床上放着两只毛绒泰迪熊和一个哆啦A梦。书房的壁龛和书架上摆放着卡通造型的摆件，窗口挂着一串紫风铃。

整个房间，不若安姝婷家的古雅奢华，却有某种难以言说的小清新。也许这就是张露和安姝婷的不同。这种不同，简约而温馨，像插在瓶里的水仙，开出清新淡雅的花朵。

天光渐晚，安琪还在睡觉。张露挽着他的手臂在楼下的超市买菜，样子亲昵得像情侣。上楼，她疲惫地躺进沙发，像只迷途的羔羊。顾之风去厨房洗菜，切剁，烧水，炒菜，煲汤……在餐厅里摆好一桌丰盛的晚餐。他轻声唤醒熟睡的安琪和在沙发上入睡的张露。

色香味俱全，饭菜可口。顾之风为自己不曾丢下厨艺而隐隐有些自豪。

他给张露夹菜，给安琪盛汤，觉得这种家的感觉似乎也蛮不错。吃过晚餐，张露戴上橡胶手套洗碗刷锅。洗完，她说自己有些累了，带安琪进入卧室。

顾之风打开电视机，看《深圳新闻》。他点支烟，走到阳台眺望深圳的夜景。他觉得身体里有种情绪在亢奋。他凭着多年养成的自制力，努力克制这种异常的亢奋。

他是个男人，虽然没有被西方的"自由"同化，却有生理上的需求。他一直觉得自己可以克制欲望。可是在这个房间里，总有某种气息在刺激他的这种欲望。

他起身去冰箱里取咖啡豆，自己研磨，煮制，盛在杯里细细品味。

张露穿着宽松的睡衣跣足走出来，望着顾之风说："这么晚，还不睡。"

顾之风将咖啡倒进一只杯子里，递给她，声音有金属的味道，说："睡不着。"

张露端起自己的一杯，坐进沙发说："我想告诉你一个秘密。"

顾之风喝着咖啡，望着她，感受苦涩的饮料带来的清醒。

张露并不回避他的目光，问："如果我不再漂泊，你是否愿意娶我……"

顾之风没有预料到这突如其来的问题。他无法理解眼前的女子，也不知该如何回答这不曾细思的问题。他曾对张露说过要成为她驻守的港湾。莫非，如此仓促便要结婚？他将咖啡杯放在茶几上，努力使声音多些温暖的味道："你对我而言，是一个未知的谜……"

六　咖啡之恋

咖啡是一种孤独者的饮品，它使人在苦涩中上瘾，在颓废中失眠，在兴奋中绝望……其实，享用它，只为好好地享受惬意与美好……

顾之风望着咖啡杯上的蒸汽，心里飘荡着某种氤氲的惆怅。

所有的事情，毫无征兆地发生，使他感到猝不及防。

对于婚姻，他曾有过无数种美好的设想。可是，所有的美好都随着肖正阳婚姻的破裂，化为浸满悲伤的碎末。从此，他的心里产生某种恐惧，对婚姻产生深深地排斥。

然而，他内心深处渴望一个灵魂的伴侣，一个让他不再孤独的伴侣。

历经千辛万苦长途跋涉，终于见到灵魂相近的人。不过，这种相见带有叶公好龙的自欺欺人。他觉得自己陷入潜意识的黑潭，黏稠的黑色物质吞噬他丰沛的感情。

婚姻，他是否真的需要婚姻。他是需要一个伴侣，还是需要一段婚姻？

他明白一旦向婚姻屈服，就将向与之相关的很多问题屈服。这种屈服，有时会带来委曲求全的恶果。有人在婚姻里一次次妥协，希望换来美好的结果，却往往堕入绝望的深渊。

汉尼拔，他若被困在婚姻里，还能成为汉尼拔吗？可是，像汉尼拔那样终生实践内心目标，最终一无所有客死他乡，又有什么实际的意义。

眼前的女子，美好而稀有。他们之间微妙的感觉，究竟能维持多久？

他喝着咖啡，苦涩而略带甘甜的味道，如绵滑的丝绸般轻抚过味蕾，温热地淌进喉咙。不知为何，他想起萧红、张爱玲、蔡琴……这些美好的女子，在不完满的婚姻中遍体鳞伤。同时，他想到自己的母亲。物质财富无法弥补伤痕累累的内心。

闪婚，是一种愚昧的冲动。没有古代礼法制度保护，只会上演男欢女爱反目成仇的悲剧。若肖正阳当初能多些理智，又何至于此？而他，不希望自己陷入这样的被动。

他愿意成为眼前女子驻守的港湾，却不愿被钉死在婚姻的十字架上。

莫非驻守就是缔结婚姻？他在心里暗暗问自己。对他而言，婚姻不是一座围城，而是一座迷宫。他感觉自己进入米诺斯迷宫，却没有得到阿里阿德涅赠予的线绳。

张露望着他，露出苦涩的微笑："我们都是不愿被羁縻的人。像我们这样的人，也许生来就不适合结婚。寂寞，不应成为结婚的理由。我去休息了。你也早些睡吧。"

她能读懂我的心思。顾之风想，目送她走进安琪熟睡的房间。

恋爱的感觉和咖啡的感觉一样吗？都会上瘾，都会沉迷，都会清醒，不知不觉中损害神经，不知不觉中趋向疏离。没有荷尔蒙的刺激，彼此的麻木是否会成为痛苦？两个被困在狭小空间里的人，相互暴露无遗且无休止地互相折磨。这是我想要的生活吗?

大而空的房间,每天被锁在屋子里的童年。他跪在楼房的窗台上,像只小兽从窗户好奇又无奈地张望街道上的人来人往和大院里孩子的嬉戏。他孤僻而渴望地注视一切,像个被排除在外的局外人。他冷漠以致残酷,内心的情感耗尽后只剩麻木。

他习惯独处,甚至害怕接触陌生人。他会将所有的玩具拿出来,用它们将自己围在中间才觉得安全。他脑海中最清晰的形象,是那个系着围裙、扎麻花辫子的羞怯的保姆。他觉得他们都是被遗弃的人,困在人造的"岛"上。那时他的父母只是模糊的称谓。

偶尔他会被关在祖父家,看祖父戴着眼镜翻阅大量厚而陈旧的书。祖母是个不愿多言的女人,总是在靠椅里做针线活。他的玩伴,是祖母家的一条狗。一天,在祖母家门前,那条被他叫作"阿黄"的狗被汽车压死,脑袋四分五裂,脑浆和血到处都是。那晚,他一个人躲在角落里无声哭泣。孤寂,是一层层捆绑在心灵上的箍,使他对物质有如此强烈的憎恨。

家族,与国家命运紧密相连的家族。祖父大学毕业后,曾参加"一二·九"抗日救亡运动,为国家独立、民族解放而抛头颅洒热血,为国家富强、人民幸福而尽忠诚挑重担。

父亲积极响应国家改革开放政策,借助家族的力量,前往广州创办企业。

然而,家族企业规模越来越大,他从中感受不到任何有益的东西。物质的丰富,填补不了内心的空虚。他觉得,物质使亲情疏离,使人性变质。他能做的只有自我封闭。

他本想以自己的方式来生活。可是家族使命像某种魔咒,以无限的吸力要将他吸进去。

他拒绝的力量，来自对金钱、权力乃至物质的某种厌恶。他认为无限膨胀的欲望，使人们迷失本性。然而，很多时候人无法按自己的方式生活。他想到精通诗词音律的李煜，想到擅长书法绘画的赵佶。他们是天生的艺术家，却成为政治的牺牲品。

多少年来，被他称为朋友的人少之又少。肖正阳是其中最情投意合的一个。

他们有刚强的性格，有强烈的摧毁一切束缚的欲望。他们带着这种破坏欲，组建帮会打架斗殴，挥霍无度。他们有出众的才华，让所有的老师感到头疼，却成绩优异远渡重洋。他们以自己的方式思考，以自己的方式理解事物，以自己的方式改造环境。他们在不同国度留学，以不同方式建立事业，依然有着骨子里的相似——自我而独立。

这种独立，因为一场让人羡慕的婚姻而土崩瓦解。从肖正阳身上，他看到这种性格的弱点。那就是从小在优越而富足的家庭环境中成长，有来自内心深处的对孤独的恐惧；正直勇敢甚至好斗，对人没有戒备心，以致对于来自心爱之人的伤害没有丝毫抵抗力；习惯于自我反省和独立解决所有问题，一旦出现无法解决或者摧毁性的问题便容易趋向自毁。

晚上休息得不好，仿佛进入平行宇宙，发生许多稀奇古怪的事。早上起来，见安琪已坐在餐椅里吃三明治喝牛奶，张露系着围裙在厨房煎鸡蛋。他去盥洗间洗漱，出来吃早餐。

吃过早餐，张露带安琪用油画棒画画。他洗过碗筷，打开窗户在阳台抽烟。

他俯瞰楼下晨练的居民，回溯童年的感觉。苦笑，坐进藤椅。茶几上放着几本《瑞丽》杂志，他随手翻看，无意中找到张露署名的手绘九色鹿装饰画。似曾相识的画面。

等她们画完画，他们一起在街道上散步。远远可以看见地王大厦。有乌黑腥腻的污水从桥下流过，风中弥漫河水的臭气。安琪走在两个人中间，探起身子看桥下的臭水。

她明亮的眼睛里满是失望："老师，鱼儿生活在这么难闻的水里不难受吗？"

"河里没有鱼了。"顾之风淡淡地说。他心里想着读书期间在欧洲各国旅行的经历。文明是人类留下的痕迹，这种痕迹对于人类自恋式的破坏自然，无疑是种嘲讽。

"姐姐，河里的鱼都到哪去了，去美人鱼姐姐那里了吗？"安琪显然对顾之风的答复并不满意，转头问张露。

"河里的鱼都被工业废水毒死嘞。"张露边说边望向河道。

"为什么要用废水将它们都毒死呢，难道让鱼儿自由自在地在水里游不好吗？"

"因为……"张露显然没有合适的答案。她求助似的将目光投向顾之风。

顾之风感觉到她的目光，没有回答。人是奇怪的动物，远离时心里会被挂念填满，而真正走在一起甚至希望有更亲密的接触时，却不自觉地从心里抵触。

所有风景在未看到时让人有无限向往，而真正看到后又会生出无限失望。

也许人和风景一样，能够持续唤起内心里新鲜感的，是苏菲·玛索那样永远不可能得到的女人。多少年来，他对陌生女人的排斥，也许只是因为不愿为一夜情那样荒唐的作为，去挥霍内心为数不多的纯真……他苦笑，叹口气道："以后会治理好的，鱼还会回来。"

风的感情，也许比"君子之交淡如水"的水还要稀薄。有这种感情的人，也许注定要漂流。即使驻留，也需要一个容器将它收集，使它平复，化作没有任何威力的空气。

不过那样的风，还叫风吗？他想着，再次露出苦笑。

他们在日式餐厅吃料理，出来后带安琪去欢乐谷。他看到张露和安琪在过山车、飓风眼、激流勇进和旋转木马上快乐的表情，觉得自己像个外星人，全没有来自内心的真实愉悦。

他曾经在苗寨待过一段时间，感觉自己是个向往原始生活又无法融入那种生活的格格不入的人。他不知道自己是喜欢那里美丽的风景，还是喜欢那里淳朴的民风。可是当回到生活的城市，在电脑里翻看那些照片时，他又觉得自己根本就不想在那种地方生活。

他觉得自己远不能捕捉内心的感受，像所罗门所说的捕风的人。即使是一场空，也无法停止对内心向往的求索。他在任何地方都不曾产生家的感觉，在任何地方都能很快适应。他以为，自己可能是竹林七贤里嵇康式的人，本应深居山林，却错误地降生在现代社会。

"嘿，想什么呢？"张露带安琪走过来。安琪兴奋地说："老师，你怎么不和姐姐一起同我玩？可好玩啦，像鸟儿飞一样。"

顾之风怜惜地摩挲她的小脑袋，暗骂肖正阳真是个混蛋。既然已经有这么可爱的孩子，为何还要如此任性地自我摧残！

"想吃什么，晚上我下厨。"他从她们身上，捕捉到短暂的欢愉。

"你最拿手的菜肴，我们都想吃。"张露笑眯眯地说。

"老师，我想喝可乐！"安琪蹦跳着叫道。顾之风牵住她的手，给她买可乐和薯条。

安琪手拿可乐，跑到有路灯的地方，向张露喊："姐姐，你和老师别动，别动！"然后她迈开大步往回跳，来到张露身边说，"姐姐，我厉害不，我二十七步就迈回来啦！"

张露微笑道："安琪厉害，安琪真厉害！"

顾之风瞧着她们，颇有些羡慕。他观望安琪和张露愉快玩耍，将手插进裤兜想心事。

他和肖正阳都想摆脱被设计的人生，用嬉皮精神反抗沦为利益工具的命运；他们喜欢蹦迪，在昏暗且彼此不认识的空间挥霍体力发泄情绪；他们曾一起去澳门豪赌，将多年积蓄输得精光赌运气，也曾约朋友在悬崖上蹦极赌胆力；他们去不同的国家体验风土人情，到不同的城市享受奢华宴乐……他将辛苦赚来的钱一次次归零，对经历过的事物一次次厌恶。

他觉得，人应该在保有生命的同时，最大限度地开阔自己的眼界。

然而，无限度地放纵自己，只带来心灵的寂寞。

他曾经享受孤独，在空廓的房间里与自己对话。然后从世俗事务和人际关系中摆脱出来，回归最本真的自己。不过寂寞是种病，是人无法过内在生活而产生的疾病。

有位搞文旅的企业家朋友，喜欢收集字画、玉器、化石、根雕等，投资百亿建设博物馆群。他曾对顾之风说："闲人出思想，无事就翻书，天下事不急。"他觉得很有道理。不过，知道却无法做到，只因失去内心的平和——他变得浮躁，而无法专注。

家族赋予他挣钱的能力，可以看到这个世界到处是商机。可他无法将自己的全部精力集中在人们所谓的事业上。他觉得人们是在被理论愚弄中慢性自杀，而他不想自杀！

离开游乐场，他们开车去超市买所需物品。他感觉自己是个默尔索般的局外人，总想以某种方式逃离现有的生活。一起上楼，安琪最先跑到电梯口，抢着开电梯。

进屋，顾之风洗过手，去厨房做水煮鱼、糖醋排骨、红烧茄子和银鱼羹。安琪和张露在客厅下憋死牛棋。等他做好，张露已经盛好米饭。他隐隐感到某种触动内心的温暖。不知这种感觉来自家庭，还是来自爱情。他觉得有个家，会使疲惫的旅者感到幸福。

吃过晚饭，张露带安琪去洗脸。顾之风洗净锅碗瓢盆，去楼下抽支烟。

家族教育，使他看清人情世故，也看透人性本质。然而，为了攫取更多利益，最终变成冷酷的成功者，是否值得？他乘电梯上楼，坐在客厅里看报纸。见没有需要的信息，起身煮咖啡。煮好，盛一杯，用电脑给合作伙伴发电子邮件。然后喝咖啡，浏览网页。

张露安顿完安琪睡觉，出来。她望着顾之风，说："我得了一种病，不知道会在什么时候发作。我希望可以在有生之年，能够与喜欢的人在一起。我相信愿意娶我的人，一定是真心爱我的人。因为只有心爱的女子，才能使一个漂泊的男子想要结婚。"

"我愿意娶你，但需要一些时间。"顾之风斟酌道。

"其实即使不结婚，我也愿意和你在一起。只希望你不会拒绝。"她点支烟，吸一口，将留有口红印的烟递给顾之风。她自己又点一支，略带神经质地吸着。

"什么病，可以告诉我吗？"顾之风接过烟问。

张露轻轻摇头，脸上的表情有某种残忍与果决。她叹口气说："我想去趟俄罗斯，不知你是否愿意陪我去。那里有我的宿命，我需要找到他，做个了断。"

顾之风盯着她，无法估量她语言的真实性。他隐约觉出自己的选择是种沉沦。不爱，他无法伪装关心；爱，则可能空留疼痛。他苦笑，用味蕾感受咖啡的苦涩。他不怕冒险，却害怕付出真情。因为他明白，他和肖正阳有同样的弱点——会被感情摧毁。

他努力保护内心最柔软的部分，却发现那部分正在咖啡的色泽中慢慢融化……

七　庄周之蝶

歌德评价，帕格尼尼是在琴弦上展现了火一样的灵魂。

灵魂，孤独地离去。顾之风开着车，脑子里总在想张露的话。在没有做好准备之前，他选择离开。爱是带有伤害的，他无法确定是否可以承受这伤害，所以不愿接受这份美好。

他带安琪从广州出发，为了张露赶回深圳。如今再次离开，脑海里涌动回到张露身边的强烈冲动。他努力克制不恰当的欲望，让不断拉开的距离来扯断这份想念。

为何没有深交，却会如此挂念一个人。他感到困惑，怅怅吐口气。

他曾觉得，身体和灵魂，总要有一个在路上。在路上，只因迷恋诗和远方……

然而，人们像被驱逐的亚当和夏娃，自己放弃伊甸园，又想回到伊甸园。

对于被工作、家庭、生活囚禁的人们而言，每个人都需要一场说走就走的旅行。因为一个人行走的范围，就是他的世界。人总要走出自己的小天地，去了解更加广阔的世界。

不过，世界犹如一个被一件件剥光衣服的少女，逐渐失去了她的神秘……

帕格尼尼的音乐，给人灵魂的震撼。在音乐中，他看到在山区给孩子上课的张露的身影，大片大片梯田为背景，蓝天白云下水稻、耕牛、农民和牧童的形象逐渐清晰。残破的围墙，陈旧的教室，锈黑的铁钟，木质的旗杆……她被晒成古铜色的皮肤，疲惫而纯情的笑容。

攀登、跋涉，随遇而安地生活。在不同的地域，孤独而逃避式地旅行……

有一种女人，若悬崖上盛开的孤独仙子草。只可远远欣赏，不能养在家里。她们渴慕内心的自由，追求虚无飘渺的欲望，不愿被束缚，也不愿被读懂；有自己对生活的理解，固执自己的信念；会尽情地释放激情，当挥霍殆尽后会枯萎般安静……

这样的性格，可能形成于不完满的家庭。因为过早独立，又不相信别人，所以产生自我孤立式的自信；敏感而残缺，对于爱偏执而不会释放，不善正确且恰当地表达爱。这样的女子应该被人怜惜，却不适合做妻子。除非能够得到正确引导，而她又愿意彼此配合，否则这样的婚姻会有诸多不稳定……他努力说服自己，以抵消不断涌起的返回去的欲望。

那种被规划所束缚的人生，使他对野性而自由的生活充满期待。他厌恶被规划的人生，不愿像个傀儡般失去自我，只为在社会上谋取更多的资源、财富、权力和地位。

他看到周朝形成的礼制，使中华民族摆脱野蛮，成为世界上独一无二的存在。

那个人之为人的时代，逐渐被卑鄙的争名逐利者破坏。礼崩乐坏，坏的是人心。

他认为，中华民族能够存续至今，得益于地理优越、文化自强和家庭稳定。

一个国家如若失去对婚姻的尊重，是件可怕的事情。因为这不仅会影响结婚的双方，还会影响下一代的结构，以及国家的未来。婚姻不单是两个人的事，还是两个家族，以及未来孩子的事。

这就牵扯到很多问题。如若单从个人情感需求考虑，无疑是自私而不道德的。

如果他是肖正阳，每天面对安琪无辜的眼神——他觉得自己也会崩溃。

孩子有什么错，为何要承担成年人自私的过错？明明让她降生，为何又要让她处于不幸？他无法回答这些问题。虽然他不愿承认，但心里很清楚在孩子这件事上，是肖正阳和安姝婷犯了错。假如有一天这个孩子学坏乃至堕落，他将无法原谅肖正阳。

他望着车窗外，想抽烟，回头看到座位上熟睡的安琪忍住了。那张漂亮的小脸蛋纯净而美好，上面还有离开张露时残留的泪痕。他望着远处的城市，从高速公路上绕城而过。

他觉得自己像个自欺的傻瓜，被不断涌现的想法愚弄。他是身体的主人，可是他无法完全控制想法。他被想法驱使，追逐毫无意义的目标。他感到有种莫名的悲哀。

风的执念是自由飞翔，从蝴蝶效应的一次振翅，逐渐汇聚成摧枯拉朽的力量。若放弃心中的执念，它不过是空气的微小波动，很快便消散得无影无踪。

远眺高楼林立的城市，他心里生出对水泥森林的无限厌恶。从一座钢筋水泥的城市，驶向另一座钢筋水泥的城市。对于各地盲目攀比建设的地标工程，他总觉得是对欧洲城市的拙劣模仿，不免有本末倒置的嫌疑。无限扩张的城市犹如一头灰色怪兽，向生机勃勃的土地伸出尖利的爪牙，使大地成为它们的猎物，变成被吸干生命的坚硬躯壳。

原本这死去的土地，还可以成为漂亮的标本。只是拙劣的模仿，使城市丧失中国特有的古典韵味，成为被抽空灵魂的建筑僵尸。对古迹肆无忌惮地旅游性开发，有些简直可以称为蓄意的二次破坏。他认为高楼林立的都市，可以是世界上任何国家的城市。

那些史书上悠久的都城，那些古文中美好的家园，已无法觅到应有的古意。

不过，这显然存在矛盾。中国的绝大多数古建筑毁于战火，包括被楚霸王项羽焚毁的天下第一宫——阿房宫，被太平天国北王韦昌辉烧毁的大报恩寺琉璃宝塔，被英法联军烧为废墟的圆明园……尚存的为数不多的古建筑，也被快速崛起的高楼大厦挤占生存空间。

在旅途中，他看到大自然被人类建筑蚕食，看到古代建筑被现代文明驱逐。他总会想起宫崎骏《百变狸猫》里的场景，创造还是破坏，无法定性。他绕过一座座城市，不愿被这些刻意浇筑的建筑扰乱心情。可是他不得不进入一座座城市，从中得到旅途必需的物品。

城市，这个他从小成长的地方，成为充斥陌生气息的地域。到处都是拔地而起的高楼，旧的房舍被新的建筑取代。城市在无休止地改造中变得面目全非。每座城市都张开贪婪的大嘴，吞并一座座弥漫历史气息的村庄，吞没一群群被强行纳入城市的人。

他轻轻叹口气，觉得自己始终无法摆脱自我意识的矛盾。

记忆中的场景，被不断从大地上清除。每到一个地方，他都有来自心灵深处的孤独感。这种感觉，折损他的神经。他像一个匆匆过客，孤寂地望着人流，有如置身荒岛的孤寂。

从深圳出发，向新的城市进发。在陌生城市停留，他带安琪进饭馆吃叉烧包和云吞面,有许多背着画板应试的学生也在吃饭。多数孩子都由父母陪同,但对自己的父母没有敬重。

他吃着面,想起唐明皇缔造的"开元盛世"。当安禄山带兵攻打城池时,养尊处优的大唐百姓竟没有丝毫抵抗力。让百姓在无度享乐中沉沦,难道不是纵容恶习劣俗滋生?

疏于对孩子进行传统教育,难道不会使他们缺失敬畏之心?为何刚刚摆脱贫穷,又陷入虚假富足的泥沼?为什么不给孩子历练的机会,而用娇惯溺爱使他们沉沦?他望向安静吃叉烧包的安琪,内心有种莫可名状的情绪。

晚上,他给肖正阳打电话,说自己和安琪平安无恙。吃过晚饭,凝望窗外的风景,他看到光影里有头九色鹿腾空而起飞入云端。几个戴风帽的黑衣人持利刃追捕神鹿。

眼花哩!他揉揉眼睛,定睛远眺,看到只有新月被黑云围困。

宾馆楼道里满是学生们的吵闹声。安琪好奇地扒开门缝往外瞄,回来兴奋地说:"老师,外面好多大哥哥大姐姐。他们包包里有很多漂亮的画。"

她来到顾之风身边,嗫嚅道:"老师,我也想画画。"顾之风怜爱地抚摸她的小脑袋,觉得该给孩子报兴趣班了……

他叹口气,说:"等回去,老师送你上绘画班。"

"真的吗?那太好啦!安琪要把所有美丽的风景都画下来。"

清晨,空气里有重金属的味道。他不愿在城市久留,驱车驶入高速路。有个人骑一辆哈雷摩托车,穿件皮夹克、戴头盔和防风镜在公路上狂奔。顾之风按喇叭,那人因为后备箱的音响声音太大没有听见。他看见顾之风的车驶过,还不停挥手和顾之风打招呼。

超越摩托车手,顾之风想起自己在英格兰,与一帮同学骑哈雷摩托车效仿嬉皮士在公路上驰骋，在酒吧一口气喝一瓶啤酒与人打赌，喝醉酒在郊外与足球流氓斗殴，一帮人在他的豪华公寓里带女友看色情录像……那种麻木的快乐之后，是无尽的空虚。

因为空虚，继续胡闹；胡闹之后，继续空虚。那段时间，他强迫自己阅读大量哲学方面的书籍，似乎戒掉了胡作非为的恶习，却无法芟除内心的空虚。

朋友的女友是种禁区，所以他始终没有打破自身的桎梏。他对女人有种敬而远之的疏离，这种疏离使他心里产生某种隔离区。他越来越不能理解自己，越来越不能理解人类的行为，也越来越不能理解女人……他像个孤独的局外人，将自己隔离在世界之外。

他觉得贤妻良母在这个浮躁的社会成为一种空泛的理论。他需要的女人，是能使他摆脱灵魂孤寂且终生厮守的女人。可是这样的女人，已经在广袤大地彻底消失。

他不能理解，自己一路上为何有这么多想法。似乎只有独自思考，才能使他暂时摆脱无聊乏味。他觉得读书的好处是使人明理，读书的坏处是使人痛苦。痛苦来自想法太多，使人不能单纯简朴地生活。在这个高速发展的社会，应该怎样使安琪不被负面信息影响？

人应该单纯还是复杂，生活应该简朴还是奢华？他在极度享乐中感到厌倦与痛苦时，觉得人们对金钱和享乐的贪婪，都源于内心无法满足的欲望。欲壑难填，自造痛苦。这个繁华豪奢的世界，会让人沉溺堕落丧失自我。而人最终面对的，始终是自身的问题。

他曾经在加拿大结交过两个同性恋的朋友，那两个男人给他留下永生难忘的印象。他们说人生是短暂的、孤独的、痛苦的，能够和自己喜欢的人在一起，无论他是男人或者女人，只要心灵相通，只要能相依为命，就是幸福。他们不去影响别人，不去危害社会，只是在自己的空间里享受自己的生活。这是应该被社会接受和理解的。

这两个人对人很热情，会力所能及地帮助别人，有很好的专业知识和业余爱好。他们唯一不能克服的是接受女人。虽然他们和很多女士交往，但这种交往只是工作关系或普通朋友关系。他们不在乎别人的看法，完全按照自己心里对幸福和自由的理解生活。

顾之风很欣赏他们的生活态度，却无法接受他们的生活方式。

有时，他隐约觉得自己会欣赏特别优秀的男人。他很怕这种欣赏会演变成米开朗基罗式的欣赏。他读托马斯·曼的《死于威尼斯》，觉得每个理想主义者都可能变成阿申巴赫那样的同性恋者。人心是难以驾驭的，很容易被某些东西腐蚀。

他不知道是否所有男人，在某个时刻都会产生女性的心理特征。他觉得自己有时确实会有这种倾向。他不知道这种极少出现的心理，是否是接触过两个同性恋朋友后的结果。

不过，他认为有必要克服这种自己不能容忍的心理。他经朋友介绍和专业登山队爬过一次阿尔卑斯山，在悬崖峭壁上攀岩而上，是对一个人意志力、决断力、思考力和敏锐性的考验。他站在峰顶，很想纵身一跃跳下去。他艰难地下山时，为自己的想法而不断自嘲。

他觉得，如果不能找到一个美好的女子结婚，很可能会迷失自己……

安琪醒来，睁开惺忪的睡眼，说："老师，我梦见妈妈了。漫山遍野的蝴蝶在她身边飞，五颜六色的。可是我看不清妈妈的脸，呜呜……"孩子边说边哭起来。

"安琪不哭，咱们回家看爸爸——"

"不，老师。我想妈妈！"安琪仰起满是泪珠的脸蛋儿，哽咽着说，"老师，妈妈去哪了，她不要安琪了吗？她为什么不愿陪安琪，安琪会乖的。安琪会做个听话的好宝宝。安琪想妈妈，安琪真的想妈妈……很想，很想！"

"安琪不哭……"顾之风想安慰孩子，可眼泪不受控制地涌出来。他将眼泪挤出来以免影响视线，又怕孩子看见，将头扭向一边。他打开双闪，将车停在应急通道。

他多么爱这个天真无邪、纯净善良的孩子呀！这个孩子又是多么的不幸……

"老师你怎么了，你哭了吗？安琪不哭，安琪不惹老师生气嘞。"安琪用小手揉着眼泪，依然陷入梦见母亲的悲伤。她从座位上拿起张露送给她的毛毛熊，嘴里小声地嘟囔："熊熊也想妈妈吗？安琪心里好难受，好难受……"

顾之风叹口气，心里堵着一团什么。一个连妈妈的面都没见过的孩子——此刻他真想揍人——肖正阳，你个混蛋！哎，他下车点一支烟，在微冷的空气里吐个烟圈。

庄周的矛盾是留给别人的，他的辩证诡异而无解，有些优哉游哉的闲散。我的矛盾来自哪里，该如何解决？唉，自己的矛盾只能自己解决，却充满离析与痛苦。

昔者庄周梦为蝴蝶，栩栩然蝴蝶也，自喻适志与！不知周也。俄然觉，则蘧蘧然周也。不知周之梦为蝴蝶与，蝴蝶之梦为周与？周与蝴蝶，则必有分矣。此之谓物化。该怎么办？真想成为庄周梦中的蝴蝶，那样无法辨识的融合，也许才能化解源于矛盾的痛苦……

八　挪亚之舟

"凡有血气的人，他的尽头已经来到我面前；因为地上满了他们的强暴，我要把他们和地一并毁灭。你要用歌斐木造一只方舟，分一间一间地造，里外抹上松香……"

夜里，顾之风做个奇怪的梦，梦见耶和华对挪亚说话，神的光照彻天地。

他醒来，看到窗框的影子显现在窗帘上，听见闹钟在嘀嗒嘀嗒地响。

时间是一切希望与欲望的陵墓。它会以自己的方式征服所有的合理与不合理，让它们最终走向消亡……他侧头观看熟睡的安琪，脑海里不断涌现各种想法。

闹钟支靠在硬纸盒上，不知是以前顾客的疏忽还是店家的故意，都已经无所谓了。

他安静地听着嘀嗒嘀嗒没有尽头的声响。无形的时间被实物化后的嘀嗒声，使他不由自主地想到自己无法追溯的青春。他觉得空气里有衰老的味道。

这种味道像墓穴，有吸纳灵魂的力量。他无法想象，眼前孩子的娇嫩皮肤被时间吸干水分，逐渐长满如刀刻般的皱纹。

晨光，美好而神秘。他似乎很久没有关注过时间，努力驱散潜意识带来的灰暗。

这个嘀嗒声使他产生很多熟悉的感觉。这种感觉是与过去的很多事情连接在一起的。他起身，看到长长的孤独的光线从窗帘缝隙穿过，有教堂里圣灵显现的恍惚。

安琪苏醒，开始穿衣服。顾之风等她穿好，带她去洗漱。

他拉开窗帘，看到一只麻雀斜掠过阳光，落在窗台上，歪着脑袋看他。它的眼睛圆圆的，很亮。顾之风推开窗户想找点食物碎屑喂它时，它倏地离开窗台，飞走了。

他点支烟，望向窗外。没有被旅游破坏的小镇，保有自身的清静。难得的是小镇路畔的商铺播放着班得瑞的音乐。袅袅音乐飘进来，在空中回荡了很久。与其说是人听到的，还不如说是感觉出来的，就像在落日斜斜的光线中看到密密的白桦林和听到教堂里响起优美的赞美诗。

记得从伊斯坦布尔回来，他第一次见到肖正阳的妻子，那种感觉很像今天的晨曦。

外面空气有些清冷。他冲了杯自带的茶，将那本叫《蝴蝶夫人》的书放回包里。

曾经很喜欢爱科莫·普契尼的歌剧《图兰朵》《托斯卡》《蝴蝶夫人》和《波西米亚人》。这种在大剧院里演奏的舞台艺术，比之京剧有更加恢宏而悲壮的力量。

不过，若是昆曲，那种柔婉与缥缈，则是西方歌剧所难以具备的。昆曲被誉为"百戏之祖",然而在晚明时它何尝不是亡国之音。美好的事物,未必能带来美好的结果。

看着孩子盥漱完,他不知为何觉得有些感伤。想到居住的城市,他心里生出莫名的惆怅。他不知这种没有预兆的情绪如何滋生,让他始终被看不清的雾所笼罩,无法消解。

他带孩子吃过早餐,在小镇的街道上漫步。有年轻的女子在阁楼唱昆曲《牡丹亭》,声音优美而空渺,让人不由想到戏台上杜丽娘婀娜的姿态。敞开的店面卖各种常见水果,顾之风过去买几斤柑橘、龙眼和车厘子。他与卖货的摊贩搭讪,知道小城附近的湖泊已然在围海造田时填平,中间的淤泥滩不能种庄稼也不能盖房,常年泛着腥臭气。

顾之风觉得失望,带安琪去小镇的广场吃水果。广场上有高大宏伟的群雕,放眼望去空旷得让人寂寥。偶尔有人经过,反衬托出广场的冷落。安琪吃着顾之风剥好的柑橘,问:"老师,这么大的地方怎么没有人,在这里种花不是很好吗?"

顾之风抚摩孩子的小脑袋,微笑着没有回答。对于这样的小镇,或许一生中只会来一次。这里无数的生命,或许一生都无法再相遇。自我,独立,芸芸众生,乌合之众……

他觉得自己逐渐疏离于人事,有种遁入空门的感怀。他还是不由自主想起张露,暗自责怪自己离开得草率。他真想回去找她,但一次次强行驱散这种念头。

街角几个形体不健全的乞丐,在向阳的地方晒太阳。孩子因为恐惧拉紧顾之风的手。

在街道的尽头有一家小画廊,里面满是色彩强烈的风景画。为节省油彩,没有大面积凸起的色块。虽然这些油画立体感分明，却缺乏某种情绪。顾之风询问后知道画廊的主人是个大学毕业生，因为在城市找不到工作，向家里要钱与同学开了这间画廊。他的画多是装修房子的小镇人买去作装饰。他们已然在机械地复制中泯灭对艺术最后的热情。

"老师，这里的人真少。"安琪好奇地环顾四周。

"人们都到大城市去打工了。"顾之风漫无目的地带孩子游荡。

拐过一条街，有几家古董店，里面有仿古的青铜器、瓷器、漆器、木器。顾之风发现一件手掌大小、长有女性乳房和男性生殖器的铁铸小人，双手叉腰，双目圆睁，头戴圆锥形帽子。他曾在东南亚见过类似的生殖图腾。这个东方小人是什么？他问店主，说要三百。刚想买，一旁研究古董的老先生说这是蒙古族的一种邪神，买了不吉利。

他听从劝告，离开古董店。在道边的小摊，他给孩子买了串冰糖葫芦。

他说不清为什么要在这样一个没有丝毫特色的地方驻留。或许是因为旅途劳顿，或者是因为这里清静陌生。他带孩子到附近的工艺品店，买了个做工精细的虎头帽和制作精巧的人形面具。回到宾馆，他想起张露关于丝绸之路的讲述，便用电脑给孩子播放《丁丁历险记》。

他百无聊赖地坐进椅子，回想各种关于嬉皮士的介绍。那些反对世俗和政治的年轻人，很多沦为流浪汉和瘾君子。他们共同造就一个贬义词。旅行，是前进还是逃离？他想像汉尼拔般探寻心中的圭臬，可这趟旅程除了让他感觉背离，还使他对生活丧失最基本的热情。

泛娱乐时代，人们在娱乐中麻木自己、放纵自己、消耗自己，最终彻底迷失自己。

然而，喝酒、斗殴、狂飙、放荡、攀岩、冒险，这些已成为他的禁区。

这个纯真的孩子和逐年累积的年龄，使他的内心产生禁忌。他觉得自己又回到童年时的孤独，孤独得想去放纵。他取出烟，又放回去。烦躁的情绪，折磨他的身心。

房间的电话铃响起，接听得知是服务台问是否要小姐。他回绝不要。见安琪津津有味地看动画片，他起身下楼，开车去画廊买下两幅仿美国画家霍默的《顺风而行》和正奇的《老船》。他等他们打包画，思忖这个信仰混乱、物欲横流的时代，这种被估价的艺术还能维持多久。

技术让艺术技艺不那么重要，使创作更容易，也使艺术的"灵光"消失了。

意象的辩证法，瓦尔特·本雅明。他的思想根植于犹太教卡巴拉神学传统，接受马克思主义，并受超现实主义等思潮影响，形成自己独特的风格和见解。法国沦陷，这位绝望的德国籍犹太人在法西边境自杀。他死后，大量著作出版，为他赢得显赫声誉。

他不由想起尤瓦尔·赫拉利的话：历史绝不是单一的叙事，而是同时有着成千上万种不同的叙事。我们选择讲述其中一种叙事，就等于选择让其他叙事失声。

自古以来，和平年代的圣君都没有开国的皇帝出名。因为历史以波澜壮阔的场面吸引人。其实战争的目的只有两种，争权和夺利。所谓的大义，不过是符合当时大多数人的利益。而真正得实惠的永远都是少数人。中国古代的官场，也曾产生伪正义的理论。

可以打破吗？吴起、商鞅、晁错、王莽、王安石、张居正，都没有好结果。

也许只有待过很多国家，才能理解政治的含义。无论多么冠冕堂皇的说法，都难以掩盖少数人占有多数资源的事实。天下大同，真正的阻力来自道貌岸然的倡导者。

远离政治，这是祖父的告诫。可是，金钱腐化人心，使人丧失美好的品德。

他无法像梭罗一样找到自己的瓦尔登湖。找人问路，向那被填平的湖开去。

车只能停在路边。水退后的盐碱地上零星有树，荒草长得一人多高。远处有大片枯死的芦苇，还有干裂的泥皮。他望向更远处被雾霭笼罩的地方，点支烟抽起来。

他曾经很向往暮晚渔歌，在像印象派油画般的景色中漂浮一艘乌篷船。船的短桅上挂着灯笼，照亮船边涌动的波浪。现在只有乌黑的泥淖和成群的蚊子。他抽完烟，回到车内。

安琪已经不再看动画片，眼睛红红的，显然是哭过。孩子歪在床上，小脸埋在枕头里睡着了。

闹钟还在嘀嗒嘀嗒地响。时间像无法挣脱的网，密布在封闭空间。顾之风被这种无形的网罩住，想挣脱，却无力挣脱。他感到沉闷的空气，使他的头有种缺氧似的疼痛。

他将闹钟扔进抽屉，觉得自己的行为未免有些可笑。

他不觉想起小说《灵山》，那个被误诊为肺癌的"我"，寻找可以医治他的"灵山"。世界上，是否真的存在灵山？那座灵山是否存在于四维空间，或更高维度的空间。

如爱德华·威滕的"M理论"，结合五种超弦理论和十一维空间超引力理论的假想。具有十维空间的奇点大爆炸，诞生出一个四维宇宙和一个坍缩的六维宇宙。而那个微缩的六维宇宙，就存在于我们的宇宙之中。人类是否曾目睹过六维宇宙，写下《山海经》。

"佛观一钵水，八万四千虫，若不持此咒，如食众生肉""一粒沙中，三千大千世界；三千大千世界，百亿日月""一沙一世界，一叶一菩提"……

造物主若想让人认识他，是否要转化为人的形态，或者人能够理解的形态。菩提树下觉悟的佛陀，究竟看见了什么？

传说出家之前的悉达多有三位妃子，一为耶输陀罗，二为乔比迦，三为鹿王。鹿王是否曾化身为九色鹿的形态？六道轮回，是否是多维空间的入口，转化为新的形态。

那位吉卜赛女占卜师，是否可以通过水晶球，看到高维宇宙的景象？

他躺在床上，瞅着天花板出神。天花板上的水锈像不断涌动的海潮，在不再洁白的天花板上没有规律地延伸。那锈迹里似乎有很多的小人，拿着投矛和盾牌呐喊，用赤裸的躯体对抗泛滥的狂澜。在阿勒山顶造船的挪亚和自己的家人日夜不停地工作。

四十年，面对不停地非议，如何保守自己最初的信念。挪亚，靠什么做到的？世间总有这样的人，像汉尼拔、摩西、张骞、郑和……汉尼拔长途跋涉攻击古罗马，摩西历经磨难领犹太人出埃及，张骞千里迢迢两次出使西域，郑和乘风破浪七次下西洋……

他觉得从天花板上不断倾泻滚滚海水。很快，他的周围都是水。水漫过时间，使他成为漂浮在水上的游民。他感到水里有无数的人面和不断探伸的手臂，无数的哀号在水面翻滚。他又听到安静的角落，出现钟表的声音。他舒口气，觉得这声音里有生命的气息。

上帝，为什么要让洪水灭世？除了因为不信奉他，难道不是为了阻止人类的自我毁灭。

如果堕落成为无法阻止的行为，人类是否会以残忍的方式自毁？他起身，觉得再不与这世界连接，将不可避免地陷入自我。他觉得没有任何能力来对抗现实，他不是汉尼拔。

汉尼拔，他如何在被国家、民族乃至亲友抛弃的时候，建立起战胜古罗马的钢铁般的信仰。而挪亚如何在被所有人质疑的时候，依然愿意耗费青春和生命来执着地建造方舟。放弃是最简单的事，可是放弃自己的信仰，他们又能做什么……他们还是自己吗？

每个人都会遇到麻烦，不同阶层的人会遇到不同层级的麻烦。面对麻烦、处理麻烦、迎接新的麻烦，这是人生必然要经历的过程。真正的强者，不该在困难面前低头。

顾之风感觉自己需要与心灵重新建立连接，用全部的生命来抵抗物质对他的诱惑。他要消除内心的空虚与无力，过充实而有信仰的生活。充实，来自内心的健全。

他轻声唤醒安琪，带她到有当地特色的饭馆就餐。中华美食，蕴含源远流长的饮食文化。他看着孩子安静地吃饭，觉得从孩子身上能够看到涌动的力量。这种力量虽然没有爆发，却安静得让人敬畏。他知道那是生命最原始的力量，是可以主导未来的力量。

人类的本质，就是延续，他想。他从未感觉到眼前的生命是如此健全。

他感受到安琪身体里求知的欲望和对未知的渴望。他想再看看曾经想征服时间而最终被时间征服的人和他为死亡建造的陵墓。对抗时间，是每个人从出生就要面对的命题。

他带孩子走出饭馆，仰望绛紫色的天空，感到冥冥中有什么在召唤他前行。

人要谦卑，因为生于凡尘；也要高贵，因为源自星辰。人类是造物主最伟大的创造，因为他们在尘埃里仰望星辰大海。他轻声咳嗽，思考这趟充满理想色彩的旅行。

挪亚听从造物主的启示，建造拯救自己的方舟，最终拯救了自己和家人。

挪亚的虔诚与执着，听起来很大义，却没有选择。因为背弃，只有死亡。

那么我呢，该何去何从？顾之风暗自发问。所有的问题都来自问题本身，似乎永远没有确切的答案。他低头看安琪，觉得只有孩子才是来自天堂的上帝赐给人类的礼物。

人类离开伊甸园，便选择用自己的智慧和力量开创未来的道路。属于未来的孩子，究竟会创造出天堂还是地狱，皆源于他们内心深处的选择……

九　御龙之湖

离开小镇，顾之风驱车行驶在省道上，车里播放着蔡琴的歌曲《屈原》。

屈原是位伟大的诗人，是位失败的政治家，是位悲情的爱国者……

他本可以随波逐流以得君王赏识，本可以远走他国谋取高官厚禄，本可以隐居山林成为高贤名士……然而，他放弃所有的可能，自沉汨罗江，用生命书写下最后的悲歌。

朝饮木兰之坠露兮，夕餐秋菊之落英……青云衣兮白霓裳，举长矢兮射天狼……举世皆浊我独清，众人皆醉我独醒……吾不能变心以从俗兮，故将愁苦而终穷……

文人，尤其是内心高洁的文人，在争权夺利的时代是弱势而悲哀的。

他本想带安琪去沈从文笔下忧郁静美的凤凰古城，但转念还是驱车前往屈子祠。

玉笥山麓，汨罗江边，屈子祠像一位孤冷的高士。那位清高落魄的屈大夫，无法战胜蝇营狗苟的小人。他不屑于以卑鄙对付卑鄙，最终被一盆盆污水泼成落汤鸡。

他带安琪走过独醒亭、濯缨桥、桃花洞、望爷墩，静心感触这位被流放的老人独居玉笥山的孤独。安琪在园内左顾右盼，轻声赞叹："这里好幽静，我喜欢这个爷爷。"

屈原的死，值吗？楚国未能久存，秦国也没能永续。秦汉三国魏晋南北，隋唐五代宋元明清……过往的王朝都化为历史尘烟，只有那些诗句穿越时空不停闪烁。

几年前，顾之风去匈牙利布达佩斯，专程参观裴多菲·山陀尔的雕像。这位诗人为争取民族独立，被沙俄哥萨克骑兵用长矛刺穿胸膛，为祖国献出生命，年仅二十六岁。他用迸发的激情写下不朽诗篇，穿越时空历久弥新。尤其是那首《自由与爱情》："生命诚可贵，爱情价更高；若为自由故，两者皆可抛。"曾激励他，毫无畏惧地追求自由。

年轻人的身体里蕴藏着一座火山，它爆发出来的炽焰可以焚毁一切。所以，裴多菲被誉为在被奴隶的鲜血浸透的肥沃黑土里生长出来的"一朵带刺的玫瑰"。在裴多菲的雕塑前，他感受不到屈原的忧愁与苦闷，而能感受到自由与热情所燃烧出的火焰。

布达佩斯分为两部分，坐落在多瑙河中游的两岸。左岸有山的城区称为布达，右岸有平原的城区称为佩斯。这座城市如同童话般美好，被誉为"多瑙河的明珠"。

他在冈德尔餐厅吃过四种烹制美味的匈牙利鹅肝，享受足可与法国图卢兹鹅肝媲美的佳肴。还有曼加利察猪肉火腿、土豆炖牛肉、红椒鸡和各种香醇甜品，令人大快朵颐。

欧洲人以枪炮重置世界秩序，也重新定义美食文化。他曾想，在未来某个时期，与肖正阳带各自的爱人去那里静享生活。可惜，肖正阳抑郁沉沦，丢失了曾经的闲适……

时间，无情地碾碎梦想，在希冀的废墟上长满荆棘。

隐约记得蔡澜先生说过，喜欢旅行的人都是诗人。对于普通人而言，更多的是神奇的土地，催生人们心中的诗意。行走于中华大地，处处能感受到这个文明古国的悠远博大。

这里几乎囊括了世界上所有的景观，从南到北、从东到西，民族不同、风俗不同、语言不同……有的省份或城市，面积比欧洲的许多国家都大，人口比欧洲的许多国家都多。在这地域广袤的国家，从秦始皇时代开始，便逐渐形成大一统的政治格局和文化气魄。

在剑桥读书期间，他研读过伽地纳的《英国史》、葛林的《英吉利人民短史》、屈勒味林的《英格兰史》。读这些书籍，反而使他更爱国，为自己生为中国人感到自豪。

抛开夏商周不说，单就大一统的大秦时代而言，那些曾存在于英格兰的民族，都还是些野蛮的部落。然而，近代的屈辱摧毁国人的自信，至今还有很多人崇洋媚外。

他认识的几个英格兰人，对华人并不友好。他们认为是鸦片战争给落后的中国带来文明火种，使野蛮民族得到开化。他无法理解，那些曾经野蛮的盎格鲁—撒克逊人后裔，为何高傲地认为中国人是野蛮落后的民族。而且，一些中国人竟以加入欧美国籍为荣。

记得有次他在香港参加一个饭局，有个华人女子傲慢地说："先生，您弄错嘞。我不是中国人，我是英国人！"她刚取得英国国籍，所以矢口否认自己是中国人。

当时顾之风真想甩她几个大嘴巴子。他终止接下来的商业洽谈，带助手愤然离去。

一个人，若没有强大的祖国做后盾，在任何地方都不会得到尊重！

他认为，中国人是个文化概念。从三皇五帝时代开始，无数民族在中华文化影响下，不断融合壮大成为现有的中华民族共同体。在这个共同体里，君子成为他们的人格，逍遥成为他们的气度，大同成为他们的格局……这样的中国人，曾为罗素所羡慕。

然而，文明大国依然会被落后民族的武力摧毁。正如，西周王朝被相对落后的犬戎部落灭国，古希腊城邦被相对落后的罗马人征服，西罗马帝国被相对落后的日耳曼人攻破……他以为，一匹尖牙利齿的狼可以战胜人，但因此认为狼比人更文明，显然是种谬论。武力的强盛不代表文明的先进。无数曾逐鹿中原的民族，最终融合成中华文明的一部分。

"老师，你在想什么呀？你没有认真听安琪讲话！"安琪生气地嘟起嘴。

"安琪生气咯？"顾之风感觉自己像个臆想症患者，总是陷入莫名的想法无法自拔。他瞧着安琪，略带歉疚地微笑道："好吧，老师认真听安琪说话。"

"老师，听阿姨说，端午节吃粽子是因为刚才看到的老爷爷？"安琪好奇地问。

"嗯。这位屈原爷爷呀，是楚国人。他很爱国，被流放到这里，听说白起率秦兵攻下楚国的郢都，楚顷襄王带百官逼祸陈城，所以投汨罗江自杀哩。"

"唔，我们为什么要吃粽子？"安琪打破砂锅问到底。

"屈原爷爷投江后，老百姓争先恐后划船寻找打捞，就流传下赛龙舟的风俗；因为大伙怕江鱼吃他的身体，就将米团投进江里喂鱼，逐渐形成吃粽子的习俗。"

"可是，秦兵为什么要攻下郢都，屈原爷爷为什么要自杀？"

"秦兵攻城是为了土地，屈原爷爷自杀是因为爱国。"

"土地，不是好好地在这里吗，难道有人能把它们拿走吗？"孩子困惑地喃喃自语，似懂非懂地问，"老师，爱国就要自杀吗，自杀了郢都就不会被秦兵攻下吗？"

"这个……"顾之风不知如何回答，只能无奈地苦笑。土地还在这里，只是不见了秦昭襄王，不见了白起，也不见了秦兵……那么秦人的攻伐究竟为什么，又究竟得到什么……还有投江的屈原，如果没有那些诗篇，他的死对于楚国有什么意义？

饥荒、瘟疫、战争，是历史上困扰人类的三大问题。饥荒和瘟疫在古代非人力所能左右；战争，一次次由野心家发起，给无数人带来痛苦和死亡。然而，土地还在那里……

那些想青史留名的人，将他们的丰功伟绩写入历史。不过所谓的名声，对于死去的人还有什么意义？他们的子孙，不能守得江山永固，反而成为别人刀下之鬼。

他们离开汨罗去岳阳，安琪在安全座椅里熟睡。他独自开车，听到从虚空中传来黑衣人的声音。在某个空间，似乎正爆发一场战争。呐喊、怒吼、哭号、惨叫，交织成浑浊的声浪。

他无法确定声音来源，以为自己出现幻听。他将车停到路边，打开双闪，下车抽支烟。声音源源不断从脑海涌出，几乎淹没他清醒的意识。他听到黑衣人的声音，像一支极速飞旋的弩箭，直射进他的脑颅——"我就生活在你们之中，你们却无法认出我。"

他无法驱除那个声音，便不再理会它。他带安琪去吃岳阳的醋水豆腐、兰花萝卜、小米煮鳜鱼、虾饼和砂锅粥。他们入住预订的酒店，从窗户可以看到风光旖旎的洞庭湖。

在房间里，他给安琪介绍江南三大名楼岳阳楼、黄鹤楼和滕王阁。黄鹤楼始建于三国，历史上屡毁屡建。崔颢和李白的诗，使它名传千古。滕王阁由滕王李元婴修建，多次毁于战火，重修后规模大不如前。王勃写下脍炙人口的《滕王阁序》，成为千古名篇。岳阳楼是东吴鲁肃的"阅军楼"，南北朝时称"巴陵城楼"，唐代李白赋诗后，始称"岳阳楼"。

天气晴好，顾之风带安琪登临岳阳楼。此楼是三大名楼中唯一保持原貌的古建筑。历史上，杜甫、刘长卿、元稹、李商隐、杨维桢、钱大昕等诗人，都曾在此留下诗作。印象最深的，还是范仲淹《岳阳楼记》"先天下之忧而忧，后天下之乐而乐"的名句。

中国是诗歌的国度。最早的诗歌总集《诗经》，有的作品可以追溯到西周时期。不知被孔子删去的篇章，年代是否更加久远……他听安琪用稚嫩的声音背诵《岳阳楼记》，不觉想到这个诗歌国度有恢宏的气度、浪漫的气质，却缺乏本民族宏大的叙事史诗。

古巴比伦的《吉尔伽美什》，古印度的《罗摩耶那》《摩诃婆罗多》，古希腊的《伊利亚特》《奥德赛》，古罗马的《埃涅阿斯纪》，古波斯的《王书》，古阿拉伯的《安塔拉传奇》，德意志的《尼伯龙根之歌》……这些耗费精力的作品，中国人似乎不屑于书写。因为这些史诗，既是神话传说，也是民族历史。中华文明绵延五千年，根本不能以几部史诗记述。

倒是中国疆域内的少数民族，留下不少脍炙人口的长篇史诗，像藏族的《格萨尔》、蒙古族的《江格尔》、柯尔克孜族的《玛纳斯》、羌族的《羌戈大战》……顾之风觉得，中华文明源远流长，历史长河里英雄人物众多，因此无人愿意浪费精力为某位英雄歌功颂德。

屈原的《离骚》、曹植的《洛神赋》、白居易的《长恨歌》，以及徐陵编录的《孔雀东南飞》、郭茂倩收集的《木兰辞》，可算是中国的长诗，但篇幅还是小得多……

"老师，那是谁呀？"安琪手指巴陵广场上高大的雕塑。

顾之风停止胡思乱想，望向远处的雕塑。雄伟神武的大羿手持彤弓，正射杀从水中跃出的巴蛇。他努力从记忆里搜索相关故事，告诉安琪："那是大羿战巴蛇。"

"大羿是谁？"安琪不解地问。

"大羿是古时候帝尧的射师，曾经射下九只金乌。传说洞庭湖有吃大象的巴蛇祸害百姓，所以大羿奉天帝之命斩杀巴蛇。渔民分食巴蛇肉，堆砌的骨头成为巴陵。"

"老师，蛇不是小龙吗，为什么要斩杀它？"

"因为它祸害百姓，所以天帝命大羿射杀巴蛇。"

"人们可以吃蛇的肉，蛇为什么就不能吃人的肉？所有生命都是平等的，安琪不喜欢这个欺负小动物的叔叔！"安琪噘起嘴道。

"巴蛇又叫修蛇，是古代的一种巨蛇，可不是小动物。"

"大动物也不能欺负呀！动物越来越少哩，如果人人都欺负它们，也许有一天我们就见不到所有动物啦——就像恐龙一样。"安琪很认真地对他说。

"恐龙可不是人类灭绝的。"顾之风纠正。

"反正人类破坏环境，使很多动物都见不到啦！"

"是啊，有些动物我们已经看不到了。"顾之风叹道。

人类在征服自然的过程中，逐渐成为世界的主宰。自从人类掌握杀戮的权力，便开始滥杀无辜。如今，人类面临的最大危险，可能有两种：一种是瘟疫，另一种是科技。尤其是科技突飞猛进，给人类带来前所未有的便利，也给赖以生存的星球带来前所未有的危机。

不断增长的贪欲，使人类产生如神祇般存在的错觉，逐渐使科技背离正常轨道。

这颗星球上，其他动物都遵循亿万年形成的生存法则，有节制地生活在地球上。它们没有过度的欲望，没有征服世界的雄心。唯有人类，像亿万只贪得无厌的寄生虫，带着自以为是的高高在上，疯狂地榨取地球母体所有的资源。他们要吸干她的乳汁，喝尽她的血液，吃光她的筋肉，嚼碎她的骨头……最终，必化为无处寄存的星尘，飘散在浩瀚宇宙。

可惜，科学家看到危机，却无力扭转危机。政治家和资本家有能力阻止危机，却不愿放弃既得利益。他们期望通过科技飞向新的星球，却可能永远困死在无法逾越的太阳系。

他拿出食物给安琪，自己找无人的角落点支烟。人类的未来充满某种预知的恐惧。在未来某个时期，人类不是被核战争毁灭，就是被高度进化的人工智能毁灭。瘟疫虽然会造成人类大量死亡，却不足以彻底摧毁人类。也许，这颗还能存续数十亿年的美丽星球，会在几百年间成为死亡之星……那时，属于人类的孩子，将会是多么的悲哀！

如今，被大羿斩杀的巴蛇没有后代，与大羿同样的人类已遍布地极。他们污染了空气，污染了海洋，污染了河流，污染了湖泊……当然，也包括眼前的洞庭湖。

他将烟掐灭，丢进垃圾桶。环顾四周，竟没有安琪的身影……安琪不见了！

一道霹雳将他的胸腔洞穿，坍缩形成黑洞把他整个吞噬。骤然袭来的巨大恐惧，瞬间碾碎所有理智。他浑身冷汗直流，焦急地四处寻找，声嘶力竭地呼唤："安琪！安琪……"

可是广场上人来人往，哪里还有孩子的身影……

十　罪恶之渊

在悲伤与虚无之间，我选择悲伤……

然而，此刻我还不能被悲伤击倒，我还有更重要的事情要做……

世界骤然变成墨蓝色，不断渗入令人恐怖的黑色。景物犹如被渲染上幽冥界的色彩，穿梭其间的游人被阴森笼罩，变为面目狰狞的游魂……顾之风努力使自己镇静，可是恐惧如同从心底钻出的黑色蝙蝠，正贪婪地吮吸他逐渐冷却的血液……

怎么办？他不停向路人询问，可曾见过穿淡黄色 Burberry Kids 棉质斜纹外套的五岁女童。每一次询问都加深内心的恐惧与失望。他被深深的自责灼伤，暗恨自己为什么不给孩子戴防丢绳，为什么不管孩子去角落里抽烟，为什么竟把孩子从巴陵广场弄丢了……

他的灵魂被黑色黏稠液体吞没，无论怎么挣扎都难以逃脱，愤懑、恐慌、窒息……

如果孩子落在人贩子手里该怎么办？如果孩子发生意外怎么办……

新闻报道里那些丧尽天良的人贩子，他们不但猥亵儿童，还以惨无人道的手段虐待孩子。有的孩子被像狗一样拴着囚禁暗室，有的被用砖头敲断手脚沿街乞讨，有的被卖进黑作坊当童工，有的被卖到僻远山区做童养媳，更有甚者摘下孩子的眼球、心脏、肝脏、肾脏等器官牟取利益……他看到狰狞的面孔下，孩子的尸骨堆成一座座"京观"。

"老师，救救我！救救我！"安琪无助的声音在他脑海中回荡。

"安琪别怕，老师来救你……"他自言自语。可是茫茫人海哪有孩子的身影。

他想到新闻里被拐儿童神情麻木的小脸，童真的眼睛里弥漫出深深的绝望……他想到肖正阳得知孩子丢失所遭受的打击，这个噩耗可能会将他彻底摧毁……他害怕得无以复加，疼痛得无法呼吸。他像个疯子般四处奔跑拼命喊叫，可是仿佛整个世界都抛弃了他……

命运，无法逃避的命运。他又看到水晶球里的景象，感到透入骨髓的冰冷。

人在遭遇异常情况时，总会不由自主地想到不好的结果。他努力想打破这种思维定式，可是对孩子的担心使他无法归于平静，翻江倒海的内心不断涌出摧毁理智的狂澜。

报警！对，报警！他想，颤抖的手掏出手机拨了110。他向接警员详细描述孩子的年龄、身高、体形、服饰、特征、丢失时间及大致范围……他想到景区管委会可能有监控系统，还可能有发布通告的大喇叭……时间就是生命，他要尽力争取时间。

几位好心人过来询问情况，也有好奇的围观者议论纷纷。有见过孩子的路人，提供支离破碎的信息。他在脑海中努力拼凑不完整的拼图，以百米冲刺的速度飞奔向景区管委会。

一个头发灰白的矮胖中年人靠在座椅里玩"英雄联盟"。他向那人简略叙述孩子丢失情况和想调监控的诉求。那人慢条斯理道："要请示领导！"随后用座机打电话语速缓慢地进行汇报。

顾之风急得如热锅上的蚂蚁，几次想要发作，却强行压制自己的情绪。

他掏出烟，几次试图点燃都没有成功。那保安立刻睒着他喝道："同志，这里禁止吸烟！""对不起……"顾之风道歉，颤抖着手将香烟塞进烟盒，焦虑地来回踱步。

景区派出所的民警打来电话问他在哪里。他告诉民警自己的位置。

不久，一辆警车停到管委会门口。从车上下来两名警察，顾之风赶忙迎出去。一位长脸瘦削的民警，用锐利的目光上下打量他，态度颇不友好地问："你报的警？"

"对，我报的警。我的孩子不见了。"顾之风连忙回答。

那位民警推门进屋，拉把椅子坐下。他跷起二郎腿询问顾之风的情况，然后才详细询问安琪走失的经过及孩子的体貌特征。顾之风尽量翔实地提供各种资料，把眼前的民警当作孩子最后的"救星"。一名满脸粉刺、戴眼镜的民警做笔录，黑色中性笔在泛黄的纸页上吐出丑陋的文字。记录完，戴眼镜的警员让他签字。他飞速在笔录上写下自己的名字。

调取监控，看到监控视频里顾之风在角落抽烟。孩子被一条拉布拉多犬吸引，给那条狗喂手里的面包，跟随那条狗离开广场……另一个监控里，安琪可怜兮兮地在路边哭泣，手里没有了面包，也看不见那条拉布拉多犬……继续调取其他监控，看到孩子被一位高挑的穿风衣的女子抱起。那女子掏出手机打电话，随后带孩子钻进帕萨特，从监控里消失……

"还有其他监控视频吗？"长脸警察问。

"没有啦。我们的监控范围就这么大。"中年保安面露无奈地说。

"警察同志，从你们的监控里能找到那辆车的车牌号和行车轨迹吗？"顾之风看到一线希望，如同在死亡之海抓住一根救命稻草，慌忙提醒道。

"我们知道该怎么做，这得联系交警那边。小李，你先把相关的监控视频拷贝上。"长脸警察手机铃响，他安顿完戴眼镜的民警，离开监控室接电话。

顾之风真想开车去追那辆帕萨特。哪怕车里有三五名歹徒，他也完全有能力将其制服。他急得团团转，却只能在屋里干等。夜长梦多，谁知道时间拖久了，会发生什么变故。

他觉得自己成了莫尔索，陷入莫名其妙的危机，只能被无奈地拖进深深的荒诞……

加缪说，诞生到这个荒诞世界上来的人，唯一真正的职责是活下去，是意识到自己的生活、自己的反抗、自己的自由……然而，对于解救孩子的事情，他仿佛被迫成为局外人。

可以拯救孩子的人们，为何带着漠不关心的态度无所作为……

时间，一分一秒地过去。锋利的秒针将他的心一层层切片。他像被缚的普罗米修斯，吊在高加索山的岩石上，忍受着来自精神和肉体的双重煎熬。

他想到塞维利亚的吉卜赛女郎，她可以通过水晶球看到神秘空间的事物。那里鳞次栉比的建筑，像沿克莱因瓶壁流动的水流。交织的光影中，有过去，有现在，也有未来。

他像一只蚂蚁，爬进了宏伟庞大的大明宫。看到无数时空的连接点，像计算机排出的密集整齐的数码矩阵。他是个闯入者，以上帝视角看到高耸入云、枝繁叶茂的进化树，看到人类科技如携带蓝变菌的山松甲虫，使进化树枝叶凋零、根脉枯萎……

他沿着进化树的枝干，走进命运错综复杂的脉络。他像一枚细胞，走进浩瀚无垠的世界。那里有孕育生命的泉水，然而泉水已被核污染变质发臭，树木上挂满孩子苍白的尸体；那里有光辉闪耀的永恒之城，然而城市已被核武器炸成废墟，空气里飘浮气化人类的亡灵；那里有不停旋转的命运之轮，通向地狱或天堂的钥匙，仍然掌握在人类手中……

他穿窬叹息之墙，仿佛走进时间虚无与死亡混沌。他看到六道轮回中的自己在读《鹿母经》。他曾经是一滴水，后来变成一株草、一朵花、一棵树；他曾经是一粒蓝藻，后来变成一条鱼、一只鸟、一匹鹿。他看到化身为人的自己，在不同国度、不同朝代轮回。

他在时间里航行，寻找自己的宿命之星。他在混沌中窥到装着发条的鱼、背负锅盖的海龟、嵌满弹片的猿猴、鲜血淋漓的犀牛、锈迹斑驳的青鸟、浑身溃烂的苍鹰……还有无数在废墟中哭泣的孩子、在战火中倒下的青年、在颓败中故去的老人……

那里曾是自然的天堂，已变成人造的地狱。是谁，让天堂变成地狱？

他听到从云端传来天籁之音："你是天命之子，要寻找解开生命密码的钥匙。"

他没有被大光明扑倒，也没有像摩西或保罗，引导以色列人出埃及去往迦南地，或三次宣教旅程将神的道传遍罗马帝国。然而，他有自己的使命，要寻找某种神秘的钥匙。

他走出囚禁灵魂的黑色渊薮，挣脱水晶球里的世界，开始思考人生的意义。

无数画面涌入脑海，里面似乎有孩子无助地哭泣……

可是，自己怎么能够联系到占卜师。还有神秘的黑衣人，他是否来自高维空间？

他是无神论者，但他相信超弦理论，相信量子纠缠，相信平行宇宙。他相信牛顿、爱因斯坦、杨振宁、霍金关于宇宙造物主存在的言论，对于整个宇宙怀有未知的敬畏。

如果献出他的灵魂，可以换取安琪平安回归，他情愿与魔鬼签订契约！

但他无法打开通往平行宇宙的门，也无法找到解救孩子的方法。

记忆。无规则涌入的记忆。那是他不到四周岁的夜晚，父亲和母亲声嘶力竭地咆哮。他们用恶毒的语言彼此伤害。父亲歇斯底里地怒吼，将随手抓起的物品狠狠地摔在地上。破碎的粉末迸溅得到处都是。母亲蹲在角落里号啕大哭，不停用手捶击自己的胸脯……

他感到从未有过的恐惧。他幼小的身体里奔涌出保护母亲的欲望。他拉住母亲的手，拉着她走到小卧室，努力安慰母亲道："妈妈你别哭，咱们到小卧室，别管他。"

"宝贝，妈妈爱你……"母亲的眼泪扑簌簌落下。

"妈妈你别怕，有我呢。要不，我去骂骂他……"他穿着小拖鞋，走进黑暗的大卧室。父亲站在黑暗里，不再大喊大叫，像一个黑色幽灵。他站在门口，大声叫喊："哎……哎……"他不会骂人，也不知道怎么骂人。他只能用"哎"来宣泄自己的不满。

他走回小卧室，爬到床上，对不停呜咽的母亲说："妈妈你别哭啦，我骂了他啦。咱们就在小卧室睡吧。有我陪着你，咱们不理他……"

从黑暗里走出的父亲来到小卧室。他努力克制情绪，继续与母亲争辩。没有谁对谁错，只是各执己见地争论，最终演变成更加激烈的争吵。父亲将手腕上的表摔在地上，表盘里的零件四散飞扬。母亲怪怨父亲的鲁莽，将如此名贵的表摔坏。那是他们婚前一起去瑞士买的情侣表……父亲像头失去理智的野兽，竟抓起顾之风最喜爱的玩具，摔得粉碎……

他惊恐地望着父亲，时间仿佛在刹那间停止。他无助地看向母亲，想哭却哭不出来："妈妈，我的玩具……"母亲将父亲推出卧室，重重地把房门关上，从里面反锁……他被哭泣的母亲紧紧抱在怀里，耳边传来母亲不停哽咽的声音，"宝贝，妈妈爱你……妈妈爱你……"

"妈妈，我也爱你……可是，我的玩具……"他的眼泪委屈无助地流下。

那一夜，他不用被躲在房间里的小保姆哄睡，也不用忍受离开妈妈的孤寂。他幸福地躺进母亲怀里，小手紧紧攥着妈妈的手指，迷迷糊糊沉入梦乡……从那以后，他没有了安全感，对家庭感到失望透顶。因为父亲从国外带回的擎天柱玩具，被摔成一堆碎片。

那款元年版擎天柱，曾陪伴他度过无数个孤独的夜晚。他将自己所有的不开心都告诉它，也将幼儿园里有趣的事情告诉它——它不仅是一款玩具，还是他童年最好的朋友。

可是，父亲粗暴地将它摔得粉碎。后来父亲买来同款玩具，他却再也没有碰过它。

他的"朋友"，已经死了。他无法用一个替代品，填补它在他心中的位置。

不知为何，这段往事深深嵌入他的记忆。他甚至可以用特写镜头搜索出场景中的每一个细节……他不再依赖任何人。他认为至亲的人，可能带给他最深的伤害。

童年的阴影，碎裂成黝黑的碎片。他感到碎片吸干空气里的水分，变成占据整个空间的暗物质。他的灵魂不断膨胀，所有的神经和毛细血管几乎被无情地扯断。

他像站在月球上的阿姆斯特朗，不敢回头看蔚蓝色的地球。漫无边际的恐惧，犹如西西弗斯推动的巨石，随时可能压碎他的理智。他感到口干舌燥，无名之火几乎焚毁他的灵魂。他瞳仁充血，身体冒出缕缕青烟。他要变成一头怪物，摧毁所有的一切！

"否定过往，就是杀死从前的自己。"黑衣人的声音，冻僵他的身体。

他从混沌的意识里看到黑衣人的眼睛。那双阴鸷的眼睛，透出狼瞳般绿色的光。

"你拐走了孩子？"他内心的声音，与黑衣人对话。

"没有，我的任务是猎杀九色鹿，不是掳走那个孩子。"黑衣人冷漠道。

"为什么要捕杀九色鹿？它是佛国的图腾，与你何干？"

"这个嘛，无可奉告！"黑衣人的眼瞳如两盏灯笼，逐渐消失于浑噩的意识世界。

"等等，可否告知我孩子的下落？"顾之风从心里发问。他感觉这阴冷的黑衣人，像肩负有关 UFO 事件使命的执法者，也像身着黑衣的撒旦的使者。他甚至联想到巴里·索南菲尔德执导的科幻电影《黑衣人》——可是，这些神秘人，如何侵入他的意识？

"孩子，会平安无恙。"黑衣人说完，消失在他的意识深处。

他不知黑衣人的话是否可信，心烦意乱地环顾屋子里漠不关心看手机的儿人。他感觉身体里的血液正在逐渐变冷。那种极寒的温度，通过血管传遍全身，将他整个人冻成冰雕。

"孩子找到啦！"那长脸警察推门走进来，带进外面世界的嘈杂声。

"安琪找到了！"顾之风如猎豹般跃到警察身边，悲喜交加重复道。

"先别高兴得太早！"长脸警察表情严肃地说，"现在，请你跟我们回趟派出所。讯问你老半天，你怎么不说孩子不是自己的？我们怀疑你有拐卖儿童的嫌疑！"

十一　王者之剑

阴霾的天空，苍冷的建筑，灰暗的人群，孤寂的灵魂。

是喜是忧，还是喜忧参半？顾之风坐进警车去派出所，被带进隔间。他感觉自己像被审判的约瑟夫·K，也像不愿为自己辩护的莫尔索。可他要努力摆脱荒诞，回到现实世界。

他向派出所的民警提供各种证明，脑海不停闪现那些触痛内心的记忆……他被迫讲述肖正阳的不幸婚姻，讲述带孩子出行的目的……被迫提供孩子的身份证、护照、港澳通行证……被迫给肖正阳打电话，简略叙述自己遇到的麻烦，让他为自己提供证明……被迫给分公司的经理打电话，让他过来为自己证明身份……人要证明自己，有时真的很难……

时间，熬干他所有的耐心，将他熬成一位头发花白的老人。

心脏，再次绞痛。这是文明社会留给他的后遗症。那场晕厥，曾使他看到异象。

他想到梵高的孤独，想到卡夫卡的孤独，想到极寒之地因纽特人的孤独。

还有那个凄冷的夜晚，孤独的自己面对荒诞世界产生的无力感。

那是八岁，或者更早时候，一个清寂的夜晚，他孤独地坐在自己的书房，拼一张梵高《星月夜》的拼图。整个星空像旋转的蓝色旋涡，奔涌的激流源源不断涌入神秘时空。

他丢失了一块拼图，找遍整个房间都找不到。他像油画中那棵如火焰般跃动的柏树，深深扎根在黑暗沉寂的虚空中。然而，那株若鲜花般绽放的树，失去一颗心。

"那些柏树总是占据我的思绪——从来没有人把它们画得像我看到它们的样子，这使我惊讶。柏树线条和比例如埃及金字塔及尖碑那么美丽——在晴朗的风景中黑色飞溅。"

他的耳边再没有冷漠的声音，逼迫他学英语、书法、绘画、围棋、钢琴、马术、游泳、滑雪……他的瞳孔里走出一个小人，走进那块空缺拼图背后的灰白空间。

灰白色的世界，犹如洗去金黄色表皮的沙漠。无数瘦骨嶙峋的人，身穿白衣走向伤痕累累的巴别塔。战火摧毁的城市，延伸着干硬的死亡。核污染的废水，漂浮着鱼虾的尸体。枯萎朽败的森林，散落着动物的白骨。硝烟弥漫的空气，弥散着死神的气息……

他，孤独地站在世界中央，成为灰白空间里卑微的存在。无数破败的摩天大楼，长满黑色丑陋的植物，像大地刺出胸腔的白骨。地面上满是被核辐射后变异的畸形生物和被机械改造的奇怪生物。它们像人类留在大地上活的墓志铭，书写着人类对这颗星球犯下的罪恶。

"你来自哪里？"阴霾的天空中传来悲悯的声音。

"我？"他抬头仰望灰云中的白日，看到残破的书籍如受伤的白鸽从云端飘落。

"就是你，从哪里来？"云端没有伸出米开朗基罗《上帝创造亚当》的"上帝之手"，也没有出现使摩西扑倒的大光明，而是缓缓走出一位半机械体半人类的小女孩。

"我来自地球，更确切地说，来自中国！"他望着从云端走来的女孩说。

"这里就是地球。"女孩的声音里羼杂金属音。

"我生活的地球，和你所处的地球不一样。"他惶恐四顾，不知所措。

"这是被破坏的地球。"女孩的声音蕴含无限悲伤。

"被破坏的……地球……"他难以置信地重复。

"跟我来。"女孩伸出纤纤玉手，牵起他的手。他感到那双手传递的冰冷，不由联想起《攻壳机动队》里的草薙素子。他怀疑自己的梦，也怀疑是否走进了未来世界。

女孩带他走上云端，从上帝视角俯瞰脚下的世界。

那是地狱般的景象，烈焰燃烧的火烧云，下面是岩浆般通红的城市。高耸的烟囱喷吐出滚滚浓烟，像巨大无比的焚尸炉。无数废弃的车辆，上面落满骨灰般的灰烬。

在犹如奥林匹斯山的高科技堡垒，大腹便便的权贵、豪族、政要、财阀、寡头、富翁等，正在狼吞虎咽吞下仅有的资源。他们贪婪地享受奢华，全不顾整个世界分崩离析。

"为什么带我到这里？"他被眼前的景象惊得几乎要哭出来。

"因为你是天命之子！"女孩露出信赖的微笑。

"天命之子？"他无法理解这句话的含义。

他望着那些猪猡般肥硕的食客，不觉想起《动物农场》里的那些猪。它们通过革命驱逐压榨动物的人类，成为农场新的独裁统治者——普通动物依旧被欺骗、被统治、被奴役。

他看到女孩舒开手掌，掌心的硅胶皮肤分开，露出魔方般不断变化凹陷的黑洞。黑洞里伸出一个小型玻璃瓶，里面有一棵微型柏树，树下长满葳蕤的花草。岩石边有潺潺流水，水中有点点浮萍，竟然还有小鱼游弋——这是一个微观的生态系统！

他从小被逼着读《不列颠儿童百科全书》，可是眼前的景象还是远超他的认知。

"这是什么？"他好奇地问。

"希望！"女孩话音刚落，从天穹传来震耳欲聋的轰鸣。天空出现裂缝，裸露的金属元件和纤维支架间闪烁火花。碎裂的天空，像被打碎的水银镜面，破碎的投影从天而降。

"快离开这里！"女孩牵起他的手，向云端的黑色涡流飞奔。

他扭头看到整个世界都变得支离破碎，碎裂的镜面上投射出光怪陆离的景象。建筑像旋转的魔方条，不断变幻各种姿态。整个空间像一条受伤的蛇，不停在疼痛中扭摆。

他感觉眼前一黑，被女孩甩进旋涡，回头看到女孩破碎的形象……

八岁以前的孩子，可以看到成人无法看到的景象。他始终无法弄清楚记忆中的场景，是出于自己的遐想，还是现实中真实存在的事情。但他清晰记得那些梦境般的景象。

现实，臆想，梦境。他作自我陈述时，似乎脑海中出现潜意识的平行世界。

不过，这些随着西装笔挺的呆明昊出现，最终画上不完满的句号。

作为分公司的经理，呆明昊利用自己的人脉，很快将所有事情处理妥当。

人情社会，许多事情都需要靠关系。顾之风带安琪离开派出所，感觉无数潜规则编织的网遍布整个社会。然而，在资本的悄然运作下，整个世界也被利益网所笼罩。

世界的荒诞性，源于背后的操控者隐藏了真相。那些无法知道真相的人们，在自己的认知世界里懵懵懂懂地活着。他们成为被设计的世界里孤独而荒诞的存在。

命运，折翼的飞鸟。他透过时间，看到那只飞鸟带血的翼翅下，越高级的物种，灭绝速度越快；越发达的文明，给人类带来的灾难越深重。鸟的悲鸣，无法唤醒执迷不悟的人类。

经济社会飞速发展，人性却始终没有多大改变，甚至在某些方面出现退化。

丢孩子的事，会给肖正阳带来怎样的忧虑？接下来的旅程，是否还要继续？当他抱起安琪走出派出所，看到孩子眼中深深的忧伤与恐惧，心里感到从未有过的疲倦。

这是不幸中的万幸。他对送孩子到派出所的女子千恩万谢。

他给女子现金，请她共进晚餐，都被那位叫崔莉莉的女士婉言谢绝。这位有些像韩国影星朴信惠的女子，有种清雅脱俗的气质。她用美丽的大眼睛望着顾之风，甜美的微笑犹如拂过寒冬的春风，带来满树樱花的幽香。她说自己还有事情，再三嘱咐顾之风看好孩子。

女子随穿黑色风衣的中年男子坐进帕萨特，消失进车辆奔流的长街。

顾之风将安琪紧紧抱在怀里，感觉发生的一切恍若梦境。安琪竟有些舍不得崔莉莉，见她离开流下伤心的眼泪。顾之风和呆明昊再三安慰，孩子才勉强止住哭泣。

呆明昊是位英俊睿智的高管，祖籍江苏邳州。据说他的祖先是明朝贵族，清军入关后，为避祸和纪念明朝，所以改为"杲"姓。他毕业于浙江大学经济学专业，对公司经营有一套自己的方法。他热情邀请顾之风共进晚餐。顾之风征求孩子的意见，随他前往酒店。

"老师，我想回家……"路上安琪疲惫地说。

"咱们和明昊叔叔吃完饭就回，好不好？"

"好吧，只能听你的咯。"孩子困倦地靠在安全座椅里说。

在洞庭湖畔的湘菜馆，杲明昊提前约了当地几位商界名流作陪，点了火方银鱼、红煨土鲍、锅巴海参、组庵鱼翅、百鸟朝凤、霸王别姬、冰糖湘莲、岳阳三蒸等经典菜肴。

他隆重向大家介绍顾之风，大烹五鼎之余，不忘给顾之风介绍湘菜渊源和谭组庵的诸多逸事。他在商场政界皆如鱼得水，倒颇有"维新四公子"之一的谭延闿的风范。

安琪因受惊吓，晚饭吃得很少。她喝下几口饮料，蜷缩在椅子里打盹。

顾之风完全没有食欲，对眼前的几人也没有多少好感。他礼节性地举杯，胡乱夹几口菜敷衍。席间，众人推杯换盏、觥筹交错，他却有种排斥融入的疏离感。

他讨厌酒精麻醉后，人们显露出来的丑陋；也厌恶揭开面具后，人们本质上的贪婪与无耻。他发现传统被抛弃后，人们道貌岸然的外表下掩盖的是对利益的赤裸裸的欲念。

他不禁想起毛姆的话，钱能给人带来世上最最宝贵的东西，就是不求人。

然而，在中国社会，有钱并不能解决所有问题。他苦笑，像个旁观者参加酒局。

他曾在马尔代夫伦格里岛水下餐厅享用美食，也曾在日本东京吉兆岚山本店品味佳肴；曾在法国巴黎三星米其林餐厅饫甘餍肥，也曾在英国伦敦的戈登·拉姆齐餐厅大快朵颐。但他觉得拥有五千年文化传承的中华美食，才是真正适合中国人胃口的绝世美味。

不过，此时的心境，即使有凤髓龙肝、炰鳖脍鲤，他也实在没有心情下咽。

酒席结束，呆明昊开车送他们到入住的酒店。他再三邀请顾之风和孩子，去他闲置的公寓入住，皆被顾之风婉言谢绝。顾之风向呆明昊道谢，带孩子上楼休息。

安琪看见顾之风满脸疲惫的神情，小心翼翼地问："老师，你是不是因为安琪走丢不开心呀？安琪不是故意的。安琪只是喜欢那只小狗狗……老师，对不起。"

"说对不起的应该是老师。老师没有照看好安琪……"顾之风怜惜道。

"那个狗狗好像会说话，安琪能读懂它的唇语。可是，它后来消失不见哩！"

"安琪累了，早点休息吧。"

会说话的狗，穿靴子的猫，上发条的鸟。这个世界，总有不可思议的事情。

"老师，你带安琪旅行，安琪很开心。"安琪盯着他的眼睛说，"拜托，我们继续旅行好不好？安琪以后做个听话的孩子，不走丢，也不让老师担心，好不好？"

"安琪不想回家吗？咱们回去看爸爸。"他忧心忡忡地问。

"不想。回家没人跟安琪玩儿，安琪好孤单好伤心呀。"安琪满脸失落的表情。

回去，还是继续？他望着孩子美丽的小脸，心里翻滚着矛盾的情绪。这趟旅程，从一开始就像打开潘多拉之盒。他预感到某种冥冥中的召唤，在将他引向宿命的归途。

"好，老师继续带安琪旅行，一定照看好安琪。"他答应。

"老师真好，谢谢你！"安琪认真地说。

顾之风带孩子到盥洗室，安顿孩子洗漱。孩子洗脸、刷牙、抹油油，换好睡衣自己躺进被子里睡觉。由于太累，孩子在床上打起小呼噜，说梦话不停叫"妈妈"。

虽是虚惊一场，仍然让人身心俱疲。顾之风疲惫不堪，却睡意全无。他靠坐在床里，翻看吴芳思的《丝绸之路两千年》。读几页，他感到头昏脑涨，将书放在床头柜上。

不知怎么的，他莫名想起张纯如自杀前打电话询问父亲，人类存在宇宙中的意义是什么？

一个弱女子，她怎么能够背负"南京大屠杀"那般的沉重历史……他曾听过这位为揭示南京大屠杀真相鼓而呼的奇女子的演讲，可惜华人和华裔未能保护好她……

孩子睡得很熟，鼻息均匀。记得孩子刚上幼儿园时，他带她去理发。理发师傅问："理发这么乖呢？"她一脸认真地回答："我都上幼儿园嘞！"孩子的懂事，带给他某种刺痛。

时间，无数经历的影像，消失进时间的长河。无从追溯，无法打捞。

他的懂事，是从父母的那次争吵开始的。之后，他的心变得孤独。所谓幸福的家庭，不过是种貌合神离的表象。他讨厌精致利己主义者的伪装……那时，他至少还有疼爱自己的母亲。眼前失而复得的孩子，从出生便失去母爱……懂事，不过是心中长出丑陋的疤痕。

他的心始终是孤独的。直到他在幼儿园，认识同样孤独的肖正阳。

从那时起，他有了一个朋友，一个彼此可以交心的朋友——肖正阳的宿命，仿佛是拔出石中剑的亚瑟。在校园里他们组建"圆桌骑士团"，开启通往自强之路的辉煌征途。

这个隐喻，或许本身就是悲剧。亚瑟王的人生，伴随太多的偷情与背叛。他的王后桂妮维亚与骑士兰斯洛特发生私情。他与摩根的私生子莫德雷德篡位，杀死了他……

肖正阳与安姝婷结婚，是对家族所规划的人生的反叛。然而，安姝婷长期背负沉重的精神枷锁，最终因为"柏拉图式"的恋爱而丧生。肖正阳放弃商业联姻，成为背叛家族的弃子。他倔强地想要争取独立与自由，却最终成为受到致命重击的亚瑟王。

王者之剑，究竟是被伯林诺王斩断的石中剑，还是亚瑟王让贝狄威尔投回湖里的湖中剑……他不知道。他无法扭转悲剧的命运，却要为孩子开启全新的旅程。

十二　灵魂之旅

《在路上》，杰克·凯鲁亚克的长篇小说。

顾之风读它的时候，是在高中。这部自传性小说，是凯鲁亚克即兴完成的作品。七年的旅程，三周的创作。它被奉为"垮掉一代"和嬉皮士运动的经典之作，影响了几代美国人。

他记得读这本书时，听的音乐是顺子的《回家》。他觉得文字与音乐有某种微妙的联系。这种感觉从他初中时读法捷耶夫的《青年近卫军》，听朴树的《白桦林》开始。

现在他的车里播放着顺子的音乐，他不由自主想起这本书。

与呆明昊打电话告辞，他像只孤独的金刚鹦鹉飞向遥远的崇山峻岭。

他的脑海同时浮现出萨尔的感叹和迪安的问话——啊，美好温暖的夜晚，月光如水，搂着你的姑娘，喝喝酒，说说话，啐啐唾沫，简直是天上人间——你的道路是什么，老兄？——乖孩子的路，疯子的路，五彩的路，浪荡子的路，任何的路。到底在什么地方、给什么人，怎么走呢？——我一生就这样随遇而安……

　　掌握开启通向神秘的种种可能和多姿多彩的历练本身之门——旅行，或者只是一种压抑的释放，或者只是一种心灵的回归，或者只是一种东方式的无法突破，或者只是一种不断消耗热情的颓丧之旅。巨大的社会压力，使年轻人被囚禁在城市封闭的空间；传统的观念束缚，使青年人被拘囿进狭隘盲从的思维。而我呢……他无法摆脱心里的漂泊感。

　　高速公路，从城市边缘飞速掠过。他的车犹如劈开雨幕的一柄利刃，以最快的速度赶往那座历史悠久的城市。他试图用速度追赶时间，可惜这种速度无法穿越现实。

　　西安，长安，丝绸之路的起点。金城千里，天府之国。秦岭、兵马俑、钟鼓楼、大雁塔、华清池、碑林、大明宫……这些古迹，或许没有秦腔（梆子腔）、皮影戏、木偶戏、羊肉泡馍、腊羊肉、锅盔更能使人感受这座城市的鲜活。一种是历史，一种是生活。

　　当年，他和肖正阳一起来陕西，探寻埋藏半部华夏史的城市，欣赏闻名遐迩的关中八景：华岳仙掌、骊山晚照、灞柳风雪、曲江流饮、雁塔晨钟、咸阳古渡、草堂烟雾、太白积雪……这些景物远没有想象中美好，却带给人来自心灵的感动。他们一起绕着老城墙，聊着中国的传统文化，在暮风中感受这座城池斑驳悠远的历史，伸手便可触摸到岁月沧桑。

　　他们狂妄地认为，只要努力就可以创造历史。可惜，记忆中那个阳光自信、没有结婚的肖正阳，如今已然消散进微渺尘烟。只有身边的这个孩子，延续一种透明的倔强。

　　为发展旅游开发的古迹，有现代文明平庸而肆意留下的瑕疵。顾之风觉得约旦的佩特拉古城、秘鲁的马丘比丘、埃及的金字塔、意大利的神庙和中国的莫高窟，才是更具岁月原貌的历史见证。那些为了牟取经济利益的盲目性改造，不过是种狗尾续貂的拙劣行径。

他给孩子买下装帧精美的皮影。他们在古旧作坊里，看头发花白的阿姨伏在蜡板上，用刻刀雕刻透明的牛皮，制作齐天大圣孙悟空的剪影。孩子觉得很神奇，不停向阿姨询问。

开车去秦始皇帝陵博物院，有种穿越历史的恍惚。无论来多少次，这里都能给人灵魂的震撼。秦始皇，这位伟大的君主，缔造了中国政治基本格局，废除春秋残酷的人殉，以俑殉葬建立宏伟的地下军团。这个功过三皇、德高五帝的男人，为自己建造了一座宏大的俑城。

然而从汉代开始，包括司马迁在内的众多史家，不断抹黑这位奠定中华民族大一统格局的雄主。直到里耶古镇大量秦简出土，才使他对所谓正史记述产生前所未有的怀疑。

安琪爱不释手地摆弄装框的皮影，下车也不愿放下。她紧跟顾之风，仔细端详皮影人物，兴奋地问："老师，画里漂亮的人物，怎么只有侧边的脸？"

"它们是皮影戏的道具，侧面才能使观众看清……"顾之风笨拙地回答。

"老师，这里好多泥人！他们就是我在书上看到的兵马俑吗？还有泥马呢……"安琪不再听他的答案，好奇地从不同角度观察兵马俑，不知如何表达自己的激动情绪。眼睛里跳动快乐的火花，小脸因兴奋而变得通红。她手舞足蹈地评论军吏俑、骑兵俑、跪射俑的形貌。

这些陶人陶马，是劳工用血汗乃至生命造就的。比之意大利的巨大石质雕塑，这些带有黄种人体貌特征的武士俑，更像是穿窬时间来到现代的有灵魂的秦人。骑兵、步兵、弩兵和战车混合编组的大型军阵，使人隐约能听到金戈铁马穿越时间的历史之音。

顾之风把皮影拿过来，拉紧孩子的手以防她走丢。他望着这些被希拉克誉为"世界第八大奇迹"的兵马俑，觉得时间赋予它们神秘，也为它们注入情感上的血脉根连。

那种亲切是一种不同于参观石质雕塑的温暖感觉，没有高大与冰冷的气息。

离开博物馆，他给安琪买蜜枣甑糕。沿途有银杏和水青树，隐约能听到袅袅的钟声。

三论宗祖庭草堂寺、法相宗祖庭大慈恩寺、密宗祖庭大兴善寺、华严宗祖庭华严寺、律宗祖庭净业寺、净土宗祖庭香积寺，六宗祖庭俱在西安。可惜，已无法目睹大唐盛世。

他没有带孩子参拜寺庙，以免孩子看到塑像产生恐惧。他掉转车头，开往动物园。

安琪去过广州、成都、上海、北京的动物园。可是她看到被圈起来的大熊猫、金丝猴、扭角羚、鬣羚、黑鹳、血雉、金鸡等无精打采地应对游人，还是很开心。

天光黯淡，他带安琪去吃胡辣汤面。安琪怕辣，不停地吐舌头。顾之风买肉夹馍和凉皮给她。回酒店后有些疲惫，本打算晚上去参观曲江新区的大唐不夜城，看安琪已然蜷缩在床上睡着，他放弃这样的打算。他在房间里无聊，将房门锁好，下楼抽支烟。

车库里停满布加迪、帕加尼、迈巴赫、法拉利、劳斯莱斯等豪车。他不知这酒店有何特别，为何停着这么多豪车。他从后备箱里取出几本画册，回到房间翻看。

画册是乔治·拉图尔、彼得·勃鲁盖尔和萨尔瓦多·达利的作品，他们分别是"瓦尼塔斯"风格、农民画风和达达主义的代表。记得几年前，他曾看过彼德·克拉斯的《瓦尼塔斯静物》。骷髅、书页、熄灭的油灯、停止的钟表和倾倒的水杯，整个画面透着神秘与颓废。

这种感觉，使他怀疑存在的意义，开始了漫长、放纵、孤独、忧郁、快乐、麻木的寻找之旅。他和国外的同学在异域狂喝滥饮、沉迷酒色、流浪放纵、打架斗殴、嬉皮任性、精疲力竭，在挥霍青春与激情之后迷惘而无助。

如今，看着《油灯前的抹大拉》里抹大拉沉思的神情，看到《基督在木匠店里》里约瑟盈盈的泪光，他觉得心灵再次被震撼——人本质上的自我，使自身感知的世界带有主观而片面的色彩。但是，以这种自我内省的形式出现，就会看到灵魂的缺陷。

如果将他置于特定的环境，这种内省又显得微不足道。

观赏勃鲁盖尔和达利的画，就像看一个人的卑微与自大在激烈冲突。勃鲁盖尔的《通天塔》《伊卡洛斯的羽翼》《儿童游戏》《行往受难地》《伯利恒的户口调查》，显示了个体在环境中的渺小；达利的《记忆的永恒》《悍妇与月亮》《煮熟的豆角解构图——内战的预感》《比基尼岛的三尊狮身人面像》《面部幻影和水果盘》，显示了人之梦的主观与狂妄。

顾之风认为无限地放大狂妄，会造就疯子，也能成就天才。

达利曾说："我特别在乎世俗的财富和金钱，傲慢无礼，喜欢像小丑一样乔装打扮。小时候，最令我兴奋的是怪异地装扮自己，我每天晚上戴着假发和王冠，赤身斜披着斗篷，之后看镜子里的自己，这令我快乐无比。除了搞笑，我对一切都漠不关心。我从小就疯狂地想炫耀自己。"顾之风觉得达利、毕加索和马蒂斯都是狂妄而幸运的人。

达利曾呐喊："我是天才，所以不会死。"可惜，他最终还是死了。但是他的画至今流行。那本叫《萨尔瓦多·达利的内心世界》的书，依然被很多从事绘画职业的人研究。

可是与他相比，同样具有超凡绘画天赋的文森特·梵高就不幸得多。他的画作《星月夜》《向日葵》《鸢尾花》《有乌鸦的麦田》《夜晚的咖啡馆》以及自传《亲爱的提奥》，都不逊于任何名家或大师。可是他在世的时候，却活得贫穷而不幸。

梵高朝自己开枪后，回到二楼躺下，说："我就是想这样死。"

他留下的纸条上写着："噢，我的画，我为它赌上了我的生命，甚至连理性都半埋了。"他所传世的三十七幅自画像，像自恋的那喀索斯，灵魂变成了水仙花。

他看完画册，起身唤醒安琪。安琪睡眼惺忪地说："老师，你打断了我和仙女姐姐的约会。我要赶快睡觉，不然她就不理我了。""洗漱完再睡。""老师让我睡觉吧，你看安琪多可怜。"见孩子沉入梦乡，他进入盥洗室扭开花洒让肆意喷洒的水流覆盖全身。

他感到热气侵占空间，有让人窒息的闷热。烦躁，弥漫在水汽里。

早晨起来锻炼的西安人，晨练完喜欢拎着菜篮子逛早市。顾之风带安琪去吃岐山臊子面。他很羡慕这些豪爽而庸俗的居民。一座西安城，半部中国史。自己若能融入一座城市，有一个温暖而幸福的家庭，该是件多么美好的事情。吃完结账，他带安琪去剧院。

听说西安有根据古半字谱排练的长安鼓乐《昭陵六骏》，询问得知最近不上演。倒是临街的小院里有几位老人，声调铿锵地排练原生态的老腔。他想在附近买几个大花馍给安琪，没找到卖处。安琪守着用竹条编灯笼的老人不愿离开，顾之风付钱买下一个灯笼。

　　或许是昨晚看画册的缘故，他一路上总在想梵高。一个人有了深深的挫败感，才能了解梵高的无奈与无助。梵高在给提奥的书信里说："画家的义务是投身到大自然中，尽全力把自己的情感倾注在画里，这样才能引起别人的共鸣。如果只是为了卖画而画，就不可能实现这一目的，只不过是在欺骗艺术爱好者的眼睛。真正的艺术家绝对不会做这样的事情。若用心去创作，那么终有一天会引起人们的共鸣……"

　　梵高的悲剧，在于坚持自我；梵高的伟大，也在于坚持自我。传教失败后的自卑，摧毁了他的自信。可是在绘画里，他得到了灵魂的宁静。但是穷困潦倒和不被认可，最终摧毁了他，使他失去了自我，陷入精神的错乱。

　　不同的人，通过不同的方式来寻找并正视自己的灵魂。然后，拘禁或释放它。绘画，也是一种直面灵魂的方式。这种方式，顾之风只能欣赏却无法抵达。

　　库贝尔在万国博览会上因为《奥尔南的葬礼》和《画室》被拒展。他愤怒地说："我是我画作的唯一批评家。我是画家，同时也是一个人。我作画，不只是为了艺术，还为了获得知性的自由。我研究过传统艺术，并从中脱离，成为自由之身。在所有法国的现代画家中，唯独我有勇气用独创的方式表达自己的个性和自己的世界！"

　　顾之风感到疲惫。他似乎迷失进某种意念。他不知道如何获得知性的自由，只感到抗争时间的无力。这种感觉消耗着他体内的热情，使他觉得自己的灵魂正在苍老。

　　酒店楼前，停车位上停靠十几辆宝马摩托车。附近的居民围拢来看热闹，有人用手机给难得一见的摩托车拍照。顾之风将车开进车库，看到里面的众多豪车还在。

回酒店，见身穿各种名牌的陌生人在餐厅用餐。十六楼封闭，说是已被外地客商包下。他带安琪进房间，关上门。打开电脑，发完几封商务邮件，他见肖正阳在线，与他视频聊天。

肖正阳憔悴而颓废，两颊消瘦下去的部分，在摄像头下呈现大片阴影。他的精神好了很多。安琪看到他，兴奋地喊"爸爸"。肖正阳脸上露出笑容，眼神里满是阴翳。

安琪说有好东西给爸爸看，跑到床边搜寻旅途中收集的物品。肖正阳问顾之风什么时候回来。顾之风说过段时候回去。安琪拿出皮影和毛绒玩具给肖正阳展示。

顾之风知趣地离开，进入卫生间。他用冷水敷脸，注视镜子里的自己。

德国文豪马努埃尔·迦瑟说："自画像是一个人、一位艺术家站在自己直觉的顶端时成就的。通过自画像，透过那单纯的肖像，我们能感受到作品在创作过程中的一切，甚至可以看到画家的整个人生。"梵高的自画像里，有个颓废而孤独的灵魂。

镜子里的自己呢？顾之风望着自己的脸，像审视一个冷漠的陌生人。

他走出房间，听到楼上有异样的响动。怀着好奇，他从步梯走向十六楼。刚到楼梯口，从上面下来几个彪形大汉将他围住，眼神里带着凶光。他知趣地退下来，觉得事情蹊跷。

回房间，看到安琪还在和肖正阳亲热地聊天，他转身到安全通道里抽烟。

有人从下面冲上来，几乎将他撞倒。随后又是几个人蜂拥而上。一个人以迅雷不及掩耳之势将他擒拿制服。他刚想反抗，随即愣在那里。因为这个人的手里居然拿着枪……

十三　狂欢之夜

列宁曾说："没有坐过牢的人，不是一个完整的人生。"

祖父常复述这句话。不过，被关进监狱的人，不免会陷入囚徒的困境。

在特定情况下，有的人因为无法克制内心爆发的情绪或欲望就会犯罪。一个人不具备相应的能力、时间和条件，又没有力量克制内心的欲望、冲动和愤怒，就会变得不幸。

然而，顾之风被拘禁，有种存在主义的荒诞。他没有办法自证清白，也不会因揭发别人而减轻罪责。他觉得自己被萨特的"墙"围困，像即将被执行死刑的帕勃洛，在荒诞中遭受命运的作弄。他没有反抗的可能，也不知这种经历，会对人生有什么造就！

开始是惊慌和恐惧，当心情平静下来，他的脑子里浮现出欧仁·德拉克洛瓦的那些关于地狱、战争和死亡的绘画，以及所体现出的野蛮、混沌、愤怒、嫉妒、惧怕和绝望。那艘穿越冥河的《但丁之舟》，那场恐怖的《希奥大屠杀》，那幅嫉妒的《美狄亚弑子》，那张绝望的《十字架上的基督》……还有他的同窗席里科等待救援的《梅杜莎之筏》。

白色的墙面，融合各种污迹，散发出霉湿而灰冷的味道。空间，狭隘而绝望的空间。他感到墙像失去水分的纸，缩成勒在他意识里的纸枷锁，使他产生幽闭恐惧。

德拉克洛瓦曾给雨果写信说："应该惧怕传统这一匕首。不，为了我们心中的野蛮人的快乐，果断地屠杀我们自己吧……"屠杀我们自己，让他想起《自由引导人民》。

冷漠，难以建立信任的徒劳的解释。这样的局面，使他联想起卡夫卡的《诉讼》和加缪的《局外人》。面对权力，人会变得无力而封闭；面对误解，人会变得自嘲而颓丧。

他注视着满脸横肉的警员，感到自己的身体正坍缩进某个异度空间。有种存在的不真实感压迫他，使他的意识被降维成纸枷锁上丑陋的纹理。他随同意识变成纸片人。

他在非洲加纳的时候，曾住在叫查尔斯的黑人家里。贫瘠匮乏的生活，没有遮蔽他们内心的纯真。那种心与心无障碍的交流，那种纯净与快乐的交往，那种善意而热情的帮助，那种积极而乐观的态度……这些与所谓文明社会的功利和狂妄是多么不同。

骄傲在败坏以先，狂心在跌倒之前。人生的变化并非取决于决心和努力，而是取决于心灵的变化。人们陷入劳碌奔波，内心变得空虚而孤独。因为太在意自我的感受，而阻断心灵之间的交流……他不断胡思乱想，以此来转移困境造成的心灵的痛苦。

他想到旧时代坐牢的曾祖父，想到"文革"时坐牢的祖父，想到新世纪坐牢的自己。

从古至今，像司马迁、嵇康、苏东坡、岳飞、文天祥、唐寅、李大钊、柏杨、苏格拉底、拿破仑、梭罗、欧·亨利、列宁、高尔基、曼德拉等，都有过坐牢的经历……

有时，他会产生奇怪的感觉。他似乎看到伏羲沿洛水，只身走进高维宇宙，窥见四维宇宙的时间轴。他通过绘制八卦，想告诉同伴远超所处时代的秘密。可惜，无人能懂。

西安的同学蒋明坤带安琪过来保释，才将他从迷惘与混沌中拯救出来——原来他所住酒店的六层被人包下进行巨额赌博和毒品交易，财大气粗的商人和富二代阴差阳错地给他带来麻烦。若不是蒋明坤去照料安琪，真不知把孩子独自留在酒店会出什么事。

他没有迎来一场十二怒汉式的辩护，也没有得到应有的补偿。他重新获得自由，仅此而已。自嘲，他去地下车库取车，带安琪到蒋明坤的住处。蒋明坤在西安做建筑师，在建筑业蓬勃发展的几年间，混得风生水起。国内的许多知名建筑，都有他的功劳。

这位与建筑大师贝聿铭同校的哈佛毕业生，有不屈从于环境的倔强。他依然单身。

房子装修得简约时尚，收拾得干净利落。客厅墙上挂着米勒的《拾穗者》《晚钟》和《春》。布艺沙发简洁而大方，纯白茶几上摆着一个精致的青铜马车工艺品。旁边有装框的香港中银大厦、北京香山饭店、日本美秀美术馆及卢浮宫水晶金字塔的照片。

书房满满一书架的建筑工程类书。《建筑十书》《建筑：形式、空间和秩序》《城市发展史》《中国建筑史》《安藤忠雄论建筑》《自然的建筑》等，以及国标、地标图集。陈列柜中摆着工程中获得的各种奖杯、奖牌和荣誉证书。

书桌上放有整套的《黑镜头》与《世界名画全集》，还有斯宾诺莎的《伦理学》、塞缪尔的《信仰的力量》、费尔巴哈的《基督教的本质》、尼采的《对一切价值重新估价》《偶像的黄昏》，以及罗素的《西方哲学史》《心的分析》和梭罗的《瓦尔登湖》。

"与有肝胆者共事，于无字句处读书。"蒋明坤走过来，从陈列柜内取出一尊精致的自由女神像、一个签名的俄罗斯套娃和几枚精美透明的雪花送给安琪。

安琪说声"谢谢"，高兴地拿着礼物，跑回客厅放在茶几上摆弄玩耍。

"这么大的房子，不准备为它物色一位女主人吗？"顾之风问。

"家里催得厉害。可是为了结婚而结婚是件痛苦的事。自从与朱月华分手后，我实在无法说服自己，和一个没有任何感情的女人麻木地生活一辈子。"蒋明坤苦笑。

"这里不是欧美，不婚族或丁克还不是能被大众普遍认可的生活方式。"顾之风递支烟给他，用 Zippo 打火机打火帮他点燃，自己也点一支。

"倒不是想单身，只是难以找到合适的结婚对象而已。"蒋明坤懒散地吐个烟圈说，"一个人无论读什么样的大学、有多么好的工作、取得如何出色的成绩，只要婚姻不幸，他的人生还是不幸的。没有人可以欺骗自己的内心，我宁可多一份等待。"

安琪将套娃一个个拆开取出来，专注地将它们排列在一起，那神情像脆弱而倔强的肖正阳。肖正阳是被不幸婚姻毁掉的男人。我们都是顺从内心想法的人，顾之风想。

"等待没有结果，感觉生命在焦灼与绝望中逐渐枯萎。有时候真想随便找个女人结婚算啦，可还是不愿割舍心底那份最初的执着。呵呵，肉麻吧？"蒋明坤走回客厅，用手抚弄安琪柔软的头发，"这个时代盛产剩男剩女，不是没有选择，而是无从选择。"

安琪抬头望向他说："叔叔，她们是一家人吧。她们生活在彼此的身体里，永远不要分开。这是多么美好的事情！"她对顾之风从俄罗斯带回的套娃没有特别的感情，倒是很喜欢蒋明坤送的套娃。顾之风觉得孩子像来自纳尼亚的精灵，偶然闯进人类的世界。

"有时候，实在难以理解肖正阳……"蒋明坤冲安琪微笑，回头对顾之风说，"肖正阳是我们中最有潜力的人——实在难以置信，他能被摧毁。"

"其实我们都一样——畏惧爱情！"顾之风将烟灰磕进烟灰缸。

"也许吧，或者是畏惧直面自己的内心。今晚约几个同学一起坐坐，有几个人在西安混得不错。"蒋明坤掏手机订雅间，感叹道，"女强男弱，像回到母系社会。"

顾之风将烟蒂在烟灰缸里掐灭，与安琪一起把套娃挨个放回母体。

无论做什么事，只单纯追求个人利益，都会以失败而告终。随着经济社会发展，人们的眼界开阔，欲望也急剧膨胀。我们对于爱情失去信心，对于婚姻丧失敬畏。笃信爱情和婚姻的人，最终被爱情摧毁。是谁的错？他爱怜地望着安琪，觉得心里有隐隐的刺痛。

蒋明坤从冰箱里取出榴莲、黑加仑、蔓越莓、车厘子和血橙，用刀划开榴莲坚硬的外壳，取叉子和食碟放在茶几上。非洲人说榴莲有"地狱般的气味，天国般的味道"。

安琪捏着鼻子叫道："好臭臭呀。叔叔，我们为什么要吃这么恶心的食物。"

"气味虽然难闻，味道还是很不错的。"蒋明坤自己先尝一口，显出美味而陶醉的表情。他轻轻地吧唧嘴，给人津津有味的感觉。

安琪皱起眉头瞧他，回头问顾之风："老师，这么难闻的东西会好吃吗？"

"很好吃。"顾之风自己吃一口，做出美味的表情。当初，在非洲查尔斯家里吃榴莲的时候，他觉得很难吃。可是吃过几次之后，他感觉那是特别美好的食物，甚至会上瘾。

安琪捏住鼻子尝一口，脸上出现古怪的表情，忙吐在垃圾桶。

她用手扇着，眼睛红红的，委屈地说："老师骗人！味道怪怪的，真难吃！"

孩子没吃过榴莲吗？他想着，似乎很多次买榴莲，却没注意孩子有没有吃。感觉自己真是很粗心，似乎在张露那里也曾买过，而且张露好像做过美味的榴莲披萨。

安琪吃着车厘子和黑加仑，迷惑地瞧他们美滋滋地品尝榴莲，觉得不可思议。

她小声地嘟哝："老师和叔叔真奇怪，喜欢吃臭臭的食物。"

蒋明坤带顾之风用漱口水漱口，取木糖醇口香糖给顾之风和安琪。他吃两粒，看看表，将安琪抱起来说："既然安琪不喜欢吃榴莲，叔叔带安琪吃好吃的食物好不好？"

"好！"安琪对于不熟悉的人，有种小动物般的胆怯与害羞。她将通红的小脸埋在蒋明坤的肩膀，长长的黢黑的头发有柔美的光泽。

同学聚会，更像是毕业后的成绩总结会。每个人的成就，在熟识人的圈子更能得到响应。酒桌上发展好的同学意气风发、喋喋不休，发展差的同学垂头丧气、唯唯诺诺。

顾之风像一个局外人冷眼旁观，不时起身照顾与同学的孩子一起玩耍的安琪。他的酒量受家族遗传，足有公斤级。他记挂安琪，只和同学敷衍几杯。

吃完饭，蒋明坤招呼同学们一起去 KTV 唱歌。私聊时，顾之风知道几年前杜哲浩陪妻儿去医院检查时，被连环追尾翻滚而来的出租车活活砸死。他在这边的舅舅至今瞒着他的父母，说他被公司派去了韩国首尔。

杜哲浩是个优秀的人。他们在高中时组织 CS 战队，他是很出色的狙击手。他、顾之风和肖正阳被称为学生会的"三剑客"。顾之风知道他毕业后在一家外企发展得不错。

"人生苦短，世事无常"，没想到杜哲浩居然已经去了另一个世界……他轻轻叹口气，心情沮丧地喝酒吧里的劣质洋酒。不知为何，他想起被盛在盘中的圣约翰的脑袋。

虚无主义者说死亡是终结，原教旨主义者则说那是开始。他不禁想到西班牙巴塞罗那的圣家族大教堂。这座有灵魂的教堂，由西班牙建筑师安东尼奥·高迪设计。整体以大自然的洞穴、山脉、花草、动物为灵感，用象征主义手法体现耶稣基督的诞生、受难及复活。

高迪曾说，直线属于人类，而曲线归于上帝。他在这座教堂里，真正感受过来自天堂的气息……死亡，是人类无法回避的主题。地狱，孤独地狱。自己排斥家族设定的轨迹，如无根的浮萍四处流浪。人生，该从何处攫取力量，使之绽放出璀璨耀眼的光华……

他一杯杯喝闷酒，听同学们在包厢鬼哭狼嚎地吼歌，感到孤独而寂寞。内心平和才有力量。他需要先平静下来。平静内心最好的方法是信仰和音乐——音乐，在此刻成为一种揉碎平静的噪音。有个没有印象的搞餐饮的麦霸，一首接一首号唱跑调的口水歌。

安琪坐在角落安静地吃爆米花和果脯。已婚的男女互相调侃，说起读书时彼此的暗恋和相思。有个搞房地产的男同学抓住当年班花的手，鼻涕眼泪糊得那女同学满手都是。

一个妖艳的女同学自我介绍说叫栗莉娜，坐在顾之风旁边不住地挤眉弄眼。顾之风对她颇觉反感，又不好走开，硬着头皮与她聊些不着边际的话。蒋明坤起身放迪曲，镭射灯耀眼的灯光下，男男女女如鬼抽筋般扭腰摆臀，给人狂魔乱舞的感觉。

安琪犯瞌睡，迷迷糊糊地依偎在他身边，含糊不清地说："老师，安琪困哩。叔叔阿姨们怎么啦，他们相互咬耳朵、还咬嘴唇……"顾之风摩挲她的小脑袋，哄她入睡。

昏暗中，他想起女人禁地——阿索斯半岛，希腊东正教圣地。暮鼓晨钟，青灯古卷，祈祷诵经，潜心苦修。对物质主义失望的年轻人，寻求灵魂归宿……为何会想起这些？

离开KTV，有人建议去野外。开车到无人的荒郊，几个男同学围在一起撒尿。他们捡拾枯枝点篝火手拉手围着跳舞，像马蒂斯的油画般带有野兽派的野蛮。顾之风坐在车里，冷眼观望他们，头疼欲裂。安琪在后座上睡得很香。那个叫栗莉娜的女子在车里照看她。

回城里，去预订的酒店开房间。几个人从车里取麻将赌博。顾之风要了个亲子房，抱起安琪回房间。他唤醒安琪让她去洗澡。安琪瞌睡地哀求，说不想洗澡只想睡觉。顾之风将她放在床上盖好被子，自己进洗手间扭开花洒冲澡。冲完，觉得头疼得厉害。

不知是各种酒混喝，还是心情抑郁的缘故，他躺在床上感到无数冰针刺入头颅。

听到用房卡开电子锁的声音，他迷迷糊糊睁开眼望向门口。他记得在门口挂了免打扰，怎么会有人进来？门被打开，闪进一个人。那人身材苗条，穿件蕾丝睡衣。顾之风强忍头疼爬起来，感到栗莉娜如同一条泥鳅滑溜地钻进他的被窝……

十四　但丁之舟

我转身去看那些灵魂，他们遭受着怪兽的袭击，雨雪冰雹不时地打在他们身上，为了减轻痛苦，他们拼命地扭动着身体，但是，痛苦永无止境。

——但丁《神曲》

沉沦，向着更深的黑暗。黑暗变得黏稠，他被拽进流动的旋涡。

燃烧的恒星，塔比星存在的二级文明，制造出无比巨大的戴森球采集利用恒星能源。流漫的星际尘埃，被吸入高维空间的灵魂。穿嵛时间厚壁，看到奇异的景象。

黑色旋涡，形成吸纳灵魂的黑洞。顾之风陷入黑洞，像进入黑色立方体的鲍曼开启全新的星际旅程。他的形态似乎发生奇异变化，完全融入那潭神秘的黑潮。

折叠宇宙，被折叠103次的纸；上帝拨动的宇宙弦，来自太空的电磁振动；多元宇宙交汇，金字塔里隐藏的神秘数字142857……他在黑域里迷失，看到不可思议的场景。

头痛欲裂，他的思绪跟随张骞和堂邑父，走进神秘危险的西域……

柏拉图描述的亚特兰蒂斯，原来真实存在。那个被环形岛屿包围的辉煌岛屿，创造出理想国式的神秘文明。只是火山喷发，最终将它彻底摧毁，包括它的文明。

火山弹、火山灰、火山碎屑和海啸，全不纪念人类文明。它们以自然冷酷的方式，将那些具有丰富感情和高度文明的亚特兰蒂斯人，逐出他们祖先的领地，无情地毁灭。

原来人也不知道自己的定期；鱼被恶网圈住，鸟被网罗捉住，祸患突然临到的时候，世人陷在其中，也是如此……他想到在英国读书时，所读的所罗门王的《传道书》。

高维宇宙的生命体来到地球，是否会被落后的地球人奉为神明？受唯物主义影响的人们，会如何看待西方人的信仰。天道，还是迷信？拥有高度文明的西方人，是否因为"傻"而信仰。也许在猪的世界，人类都是傻瓜。就像奥威尔在《动物庄园》里的描述。

所罗门王，犹太历史上最伟大的君王。他所著的《传道书》，深刻地书写人生的虚空。然而，智慧的父亲并不能培养出智慧的儿子。以色列王国只历经扫罗、大卫和所罗门三王，国家便发生分裂。他谆谆教诲的儿子罗波安，未能守住他的基业。

帕斯卡说：人是思想的芦苇。很长时间，顾之风都在思考这句话。就像莎士比亚的"世事本无好坏，皆因思想使然"，或者笛卡尔的"我思故我在"。

当人类不在地球上坐井观天，而是从宇宙维度鸟瞰浩瀚星海，甚至在浩渺群星中回望地球，是否能够重新认识自己、重新认识历史、重新认识地球、重新认识宇宙……

直到栗莉娜闯入的夜晚，他才知道人性的脆弱——日子将到，我必命饥荒降在地上。人饥饿非因无饼，干渴非因无水，乃因不听耶和华的话……那种肉欲的迸发，使他陷入野兽般的饥渴。他不想将自己的软弱归罪于酒精。他不得不思考自己的信仰。

人，应该直面自己的软弱。当他想自救时，发现心里没有根。

人生不同的阶段，在经历的同时，能细品出不同的味道。冲破内心的禁忌，反而看开许多问题。他想，原来我们都是自以为是的人。自以为很强大其实很弱小，自以为很博学其实很匮乏，自以为很优秀其实很普通，自以为很成熟其实很幼稚……

我们因为认知狭隘，怀着"初生牛犊不畏虎"的心态，来面对"猛于虎"的社会，所以被自己的幻想悄无声息地摧毁。独自咽下苦果，才发现世界还有更隐晦的样貌。

顾之风离开西安，脑子里总在想和栗莉娜度过的那个头疼而激情的夜晚。

当时，他陷进一种狂乱而晕眩的感觉里无法自拔；事后想起来觉得荒唐，甚至有些恶心。栗莉娜的身上散发出厨房里饭菜混合的味道和迪奥香水味。那种味道和她身上油腻腻的感觉，如同被从头到脚浇下一桶泔水，在他的心里留下抹不去的阴影。

他觉得自己很没道德，居然和有夫之妇发生一夜情。他觉得自己的行为很恶心，憎恶自己居然和已婚同学发生关系的事实。他知道不应该将人划分为三六九等，他清楚自己并不高贵。可是这种恶心感，始终在他的心头泛滥，让他干呕却呕不出任何东西。

他不是萨特笔下的罗丹冈，但是胃里不由自主地犯恶心。

他开着车，记忆被伦敦的某个温柔夜晚覆盖。剑桥的同学奥利维亚像位美丽的天使，意外降临在他面前。他们在米其林餐厅共进晚餐，一起观看泰晤士河上美轮美奂的新年焰火。他们入住旅馆共度良宵，却什么也没有发生。那之后，奥利维亚与他情同陌路。

那晚，奥利维亚送给他一件礼物。回去打开，是一本线装《圣经》。书是可以用拉链闭合的中英文合订本。每一卷有月牙状的凹口，写着卷名的首字母，以方便查阅。

有时他想，如果那夜发生了什么，也许奥利维亚便不会离开。只是他无法突破内心的禁忌。从那以后，他养成每天晨起读经的习惯。他喜欢里面的《约伯记》《诗篇》《箴言》和《传道书》。这些文字像泰戈尔和纪伯伦的诗歌或散文诗，带给人心灵的抚慰。

他不知为何会想起奥利维亚。想到她，逐渐驱散脑子里不时泛起的恶心感。可是，栗莉娜富有弹性的乳房，那带着海水咸味的诱人感觉，还是会涌入他的脑海。

恶心吗？他自问，更恶心的是心里泛起淫秽的念头。人在尊贵中而不醒悟，就如死亡的畜类一样——他认为基督教像儒释道对于中国的影响，是西方文明所绕不过去的。

离开基督教，西方很多伟大的作品会难以理解，甚至会少了思想的根基。

他觉得只有书里的文字，能减轻内心的痛苦——有钱人因钱多而忧虑，穷人因没钱而担心。眼看，看不饱；耳听，听不足。人在喜笑中，心也忧愁，快乐至极，就生愁苦。有一条路人以为正，至终成为死亡之路……这些智慧的话语，使他摆脱心灵的阴翳。

他不想皈依任何宗教，只是不得不从另一个角度，审视自己的人生。

他打开天窗，抽一支烟。安琪皱起眉头，小脸上出现厌恶的表情。

她抬头望向顾之风说："老师，为什么喜欢抽烟？这样呛呛的味道，很难闻耶。"

他掐灭烟，想起母亲"成人不自在，自在不成人"的话。他的克制，深受这句话影响。

在菲律宾海峡，有一个生活在海上的种族。如果没记错的话，名字音译过来应该叫巴焦人。这些人生活在水中，搭建的房屋像干栏式竹楼，不过他们的房屋多是木质结构。他们中有的人一生都不上陆地，偶尔到大陆交换油米和其他食物，会晕地。

他见到巴焦人时，很多孩子因为从出生就生活在水中，眼睛开始发生变化。他们进入水里反而更容易对焦并看清事物。有的水下猎人，甚至能在水中用意念呼吸，手持特制的武器在水底行走捕鱼或其他海洋生物。他不知道自己为什么忽然想起那些生活在海里的巴焦人。

海的味道，鱼的味道，人的味道……他的鼻孔里似乎总有栗莉娜身上的味道。

我这是怎么啦！凌晨，栗莉娜就离开了他的房间，像一条鲶鱼滑离他的视线。

他的身体里某种欲望被唤醒。他赤裸着身体，坐在清冷的空气里。他开始理解大卫王被拔示巴诱惑的感觉，美妙夹杂内心禁区被侵犯的惶惑与厌恶。他觉得自己违背了内心，而颠覆他理智的热浪焚毁最后的城防。他的灵魂裸露在荒原，没有羞耻与尊严。

他认为所罗门是有智慧且享尽人间极乐的君王。可惜，他并不是最有作为的君王。世界三大枭雄，乃是亚历山大、成吉思汗和拿破仑。不过，他心里真正钦佩的还是汉尼拔。汉尼拔——如果他来到中国，看到四川的汉阙和比紫禁城大六倍的未央宫，是否会沉溺于无休止的享乐？他的伟大源于强大的灵魂，不为俗世的享乐所诱惑，只忠贞于内心的理想。

安琪在座位上翻看几米的画册。她拿起一本《渴望生活——梵高传》，仰起头问顾之风："老师，为什么不是每本书都画上美丽的图画，而要有许多看不懂的文字？"

玛雅文字更像是图画。迪戈·德·兰达主教最终毁灭了它。玛雅柯巴树皮制作的树皮纸，象形文字记录的天文、地理、历史、占卜、医术和祭祀，巨型石碑雕刻的国王形象和记录的重要事件。文明与野蛮，只是自以为是的认知。这种认知，使人类难以认识自身。

张骞开启文明交往之旅，迪戈开启掠夺杀戮之旅……

后面的车辆快速超车撞上高速公路护栏，翻滚着带起浓烟和碎片。顾之风正在思索，突然瞥到眼前惊心动魄的一幕。他急打方向盘，意识里一片空白。

生与死，只在一念之间。没有哲学理性的思辨，只有生命本能的应对。

顾之风的车像被龙卷风甩出去的船，携带漂移后横冲的劲势绕过出事车辆。惯性使然，安琪的小脑袋磕在汽车侧窗玻璃上，因为疼痛孩子哭出声来。顾之风将车泊在紧急避险道上，见安琪大颗大颗晶莹剔透的泪珠扑簌簌落下，忙用手给她轻轻搓揉，又是心疼又是爱怜。

安琪很乖，哭声变为抽泣。虽然他们长久相处变得亲切，但这个小小身体里封禁的灵魂，还是有着与生俱来的腼腆与羞怯。这是独生子女特有的性格，孤独而不善与外界建立联系。

人在习惯中形成各种禁忌，然后终生被这些禁忌封闭。打破，需要勇气，也需要长久而不懈的努力。他想抽烟，掏出，又塞回去，不习惯地干咳。

每个人，总有一天要面对自己的内心。邻近城市，他的想法无度地泛滥。

有路虎、悍马、凯雷德和法拉利从他的车旁超过。顾之风扭开播放器，空灵优美的班得瑞音乐缥缈在车厢。安琪出神地望向车窗外的田野和朦胧的山脉，红着眼睛问："老师，见到爸爸的时候，你是不是就不理我嘞？然后，很长时间都不会来看我？"

顾之风从后视镜里看她，见她白皙的眼皮渗出微红，像雍正时期的粉彩瓷器。她的眼睛明亮而纯净，像从矿脉里采出的水晶，带有天然的美好。她为什么要问这样的问题？在这个小小的身体里，包藏一个什么样的灵魂？她心里有不舍，源于孩子最纯真的感情。

我呢？顾之风轻叹口气，能感到自己内心流淌的不舍。

他怎样从母胎赤身而来，也必照样赤身而去；他所劳碌得来的，分毫不能带去。他来的情形怎样，他去的情形也怎样……他为风劳碌有什么益处呢？无尽的思想。

城市里长大的孩子，会成为依赖城市的弱体动物。去除城市的硬壳，他们没有任何应对荒野与危险的生存能力。退化的身体，进化的大脑，尔虞我诈、争权夺利……人们在丧失自然赋予的各种能力后，只能退缩进水泥钢筋的建筑，呼吸缺乏生机与鲜氧的空气。

城市人的心理特征，苍白而乏味。他已厌倦了报表、会议、谈判、公差、飞机、酒店、虚伪、猜忌的城市生活。这些耗费青春和精力的模式化生活，耗尽他身体里燃烧的激情。

这样冷漠的城市，会滋生爱情吗？张露，她现在好吗……人们习惯于安全和稳定，将物质世界的思考掺杂进纯净的感情。掌控，带着自以为是的狂妄。

经过收费站进入城区，开始绵绵无期的等待。堵车像城市凝滞的血液，使钢铁的爬虫散发出死亡的臭气。抬头，他看到天桥上匆匆而过的人流和被建筑分割的灰霾天空。

居然有一个戴鸭舌帽、留披肩发的摄影师，在人丛中拍摄这座繁华的城市。

摄影，这也是自己的爱好。他曾经查阅过大量波利·博兰、詹姆斯·奇德尔、安迪·戈茨、卡伦·麦克布莱德、罗伯特·普雷基、大卫·伯耐特、唐·麦卡林和薇姬·戈德堡的作品。

对于红墙摄影师钱嗣杰能够专职为毛泽东摄影，他心里有无限的钦慕。

摄影使不擅绘画的人，得以通过图像与画面表达对这个世界的看法。

不过，他认识的一些国内娱乐圈的摄影师，却没有如此高尚的品德。他们可以轻易与拍摄的模特发生肉体关系。高超的技巧与低劣的人格，这是多么恶作的混搭。

据说将明星以知名度划分出 ABCD 四类：A、B 类在百万至千万不等，C 类在十万至几十万不等，D 类在三万到五万不等。很多商界精英通过这些摄影师联络心仪的女星。

孔子说："饮食男女，人之大欲存焉。"孟子也说："食、色，性也。"可见圣人对于两性问题是很看得开的。若没有宋儒的曲解，中国古代的性文化会更加发达。

不过，一个文明礼仪之邦，从秦汉前的野合之风，到道家的房中术……是否存在西方文化的腐蚀且另当别论，在当下衍生出如此下作的利益链条，倒着实令他感到惊讶。明码标价的肉体，潜藏人性隐匿的丑恶。出卖肉体来换取金钱，挥霍金钱来满足肉体。

人类的欲望，是否应该划分阶级。在从猿到人的过程中，人类是否已完全摆脱兽性，而成为高尚的存在？

从古至今，人们在欲望的驱使下，会不知不觉沦为肉欲的奴隶。

这奴隶，也许还包括他自己……

十五　璀璨之星

每个国家都从自己主观的视角叙述历史。

很多辉煌的文明被历史的尘沙掩埋；很多强盛的王朝被新兴的国家取代；很多先进的民族被落后的种族击败；很多无言的真实被喧嚣的假象遮盖……

历史，从不为过去辩护，只是把过往埋藏。它在时间的长河里沉睡，等待真诚善良的人将它唤醒。更多的时候，谁掌控了话语权，谁就能冠冕堂皇地讲述自以为是的历史。

顾之风能感受到各个国家存在的差异。他觉得在飞速发展的过程中，越来越多的人疲于奔命，无法跟上时代的脚步。他们被固化进阶层，逐渐丧失自由选择的权利。

胡适先生说："一个干净的国家，如果人人都不讲规则却大谈道德、谈高尚，天天没事就谈道德规范，人人大公无私，最终这个国家会坠落成一个伪君子遍地的肮脏社会。"

二十世纪，伯兰特·罗素访问中国，在北京讲学，羡慕的恰是中国人精神的自由。

他怀念大唐时期的长安，其规模远超阿拉伯巴格达、拜占庭君士坦丁堡。它的面积是汉长安城的两倍之多、古罗马城的七倍之多……这座开放的大都市，不仅有唐太宗缔造的贞观盛世，还有经济、宗教、文化、艺术的繁荣发展；不仅有唐玄宗开创的开元盛世，还有李隆基与杨玉环的凄美爱情……对于西安而言，一座城市的历史就是一个民族的历史。

他觉得，西安的厚重，犹如覆盖黄土的青铜鼎。比之上海的繁华、苏州的雅致、杭州的风韵，有着被历史层层包浆的古朴，散发出来自悠远文明的芬芳的泥土气。

就都城的历史而言，同为十三朝古都，洛阳的历史比西安要早，却远没有西安出名。洛阳的二里头遗址是夏朝都城的旧址，西安在周武王灭商后才成为丰镐都城……史书上，帝喾都西亳，夏太康迁都斟鄩，商汤定都西亳……还有何尊铭，"迁宅于成周，宅兹中国"。

它记载周成王营建洛邑王城，以洛邑为天下之中，成为"中国"最早的出处。

东汉时期，汉明帝派班超从洛阳出使西域，首次将丝绸之路延伸到欧洲的罗马帝国；隋唐时期，以洛阳为中心开凿的隋唐大运河，成为中国古代南北交通的大动脉……

他带安琪进入古城，有"直须看尽洛城花"的感怀。他给孩子讲洛阳历史，也讲河图洛书、周公制礼、洛阳太学、白马驮经等典故……起初，安琪还耐心听他讲话。见他喋喋不休讲个没完，孩子终于不耐烦地抱怨："老师，你好烦哟。你讲的东西，安琪不喜欢！"

"唔，不喜欢吗，那老师不讲嘞。"顾之风略显尴尬地说，不由想起希腊圣地德尔斐的箴言：童年时，听话；青年时，自律；中年时，正义；老年时，智慧；死去时，安详。

若问古今兴废事，请君只看洛阳城。他将车驶入停车场，带安琪沿护城河漫步。

经过丽京桥，进入瓮城。拾级而上，穿过丽京门，便是城楼……仿古建筑，缺少历史原有的风貌与韵味。他带安琪参观天后宫、九龙殿、贤良庙、观音阁、城隍庙，被苍凉的基调浸染心情。孩子喜欢高高的箭楼。登上城头俯瞰洛阳城，古城风貌尽收眼底。

长长的步行街，挂满酒馆、茶楼、商铺等招客的幌子。沿街是卖牡丹饼、雪花酥、不翻汤、唐三彩、古文玩、金石斋的店铺。他给孩子戴好防丢绳，跟随兴致勃勃的孩子在老街上闲逛，给孩子买喜欢的牡丹扇和唐三彩马。在老洛阳馄饨吃晚饭时，邻桌的老太太夸安琪皮肤好，逗弄道："给奶奶点好不好？"孩子很认真地说："不行，这可割不下来。"

华美的诗歌，艳丽的丝绸，锦簇的牡丹，鲜彩的服饰。在老街游走，顾之风不禁有种穿越回古代，徜徉于洛阳街头的恍惚感。不知古代丝绸之路，会是怎样一番景象。

丝路，是一种连通。波斯帝国阿契美尼德王朝、马其顿帝国亚历山大大帝、贵霜帝国、萨珊王朝……坐落在波斯、印度、中国三大文明交汇处的撒马尔罕……它们因为亚历山大大帝东征，逐渐连通……东西方世界，在张骞出使西域之前，便频繁开展贸易交往。

顾之风曾与牛津大学的几位教授交流，认为亚历山大大帝对世界历史的影响，远胜过世间很多君王。马其顿帝国统一希腊全境，占领埃及全地，横扫中东地区，荡平波斯帝国，抵达印度河流域……十多年征战，将波斯帝国据为己有，将地中海到印度河，黑海、里海、咸海到阿拉伯海、波斯湾、红海的广袤地域，几乎全都囊括于马其顿帝国的版图。

在文化上，亚历山大的影响甚至远超其在政治上的影响。他不到三十三岁去世，帝国被托勒密、塞琉古、安提柯等部将瓜分，分别建立托勒密埃及王国、塞琉古王国、安提柯王国等等。这些希腊化王国，在公元前一世纪末陆续衰落消亡。然而，希腊文化已与埃及文化、阿拉伯文化、米索不达米亚文化、波斯文化、犹太文化、印度文化交流融合。

亚历山大大帝去世百余年后，秦王嬴政统一六国，建立起强大的秦帝国。他以前所未有的大智慧，推行书同文、车同轨，统一度量衡；对外北击匈奴，南征百越，修筑万里长城……他的帝国存续时间很短，但影响中国两千余年历史的政治制度由此形成……

这些，都为张骞凿空西域，以丝绸之路为主线促进中西方文明交融奠定基础。

"老师，这里像南锣鼓巷，像古文化街。嗯，也像西津渡，也像河坊街……"

"安琪知道这么多地方呀。"顾之风把她抱进怀里。

"当然啦。老师带安琪去过的地方，安琪都记得。"安琪骄傲地说。

孩子，她将来会变成什么样子。旅行，会在孩子心里留下什么？

洛龙区的白马寺，被誉为丝绸之路上的"释源"。据说汉明帝刘庄夜宿南宫，梦见身高六丈的金人自西方而来飞绕殿庭。他听取博士傅毅的启奏，派大臣蔡音、秦景率随从出使西域求佛。在大月氏国，使臣遇到印度高僧摄摩腾、竺法兰，邀请他们以白马驮佛经和释迦牟尼佛白毡像东赴中国弘法布教。为纪念白马驮经，所建寺庙取名白马寺。

他征求孩子意见，带她进入寺庙。寺院里相对比较清静，檐间不时有鸽子飞落。偶有穿黄色僧衣的僧人走过。他带安琪到"止语茶舍"喝茶，看不语的游客安静读经。他不觉想起苏州戒幢律寺，古树下、石桥边、池水畔、竹林里懒洋洋打瞌睡的猫，处处散发出禅意。

离开茶舍，安琪好奇地问："老师，这里为什么不让说话？"

"大概想让人们参悟佛经吧。"

孩子对他的回答似乎不太满意。不久，她被草坪的鸟雀吸引，不再理会顾之风。

齐云塔院是座比丘尼道场。齐云塔始建于东汉，重修于金代。因为体量较小，看起来不免令人失望。大雄宝殿和招引殿，孩子不愿进去。狄仁杰墓则显得孤冷凄凉。

在国际佛殿苑内，有印度、缅甸、泰国等风格建筑。安琪觉得新奇，饶有兴致地跟随顾之风参观游览。顾之风想给她讲关于佛寺的历史，孩子厌恶地说不想听。

晚餐，专门去吃洛鲤伊鲂、牡丹燕菜、烫面饺和驴肉汤。回到酒店，安琪央求他讲《大闹天宫》的故事。他搜肠刮肚，讲石猴出世、龙宫寻宝、初上天庭、蟠桃盛会。

安琪好奇地问："老师，蟠桃园里不就是些桃子吗，有啥好看的？太白金星为什么说蟠桃园很好看呢？他们还让猴子去看管蟠桃园，难道神仙不知道猴子爱吃桃子吗？"

顾之风从未思索过玉皇大帝派一只猴子去管蟠桃园的失智。他想随便找个理由搪塞，发现孩子已躺在被褥上睡着了。他不忍吵醒孩子，给她盖好被子，独自去盥洗室冲澡。

翌日，他带安琪参观龙门石窟。安琪喜欢水，每次坐船都很开心。他原以为安琪看到佛像会害怕。颇为诧异的是，孩子不仅不害怕，还朝奉先寺卢舍那大佛喊"妈妈"。

这座石窟始凿于北魏孝文帝年间，后世不断开凿扩建成为现在的规模。据说卢舍那大佛是按照武则天的形象塑造，雍容华贵，娴静端庄，有种神圣不可侵犯的威严。

安琪的怪异举动，莫非就是因为这尊佛像是以武则天为原型的。偏女性的容貌，使孩子感到亲切？顾之风百思不得其解，满怀好奇地问："安琪，为什么管大佛叫妈妈？"

"安琪梦里的妈妈，就是这副模样。老师，安琪想妈妈……"孩子目不转睛注视大佛，眼睛里涌出清亮的泪水。顾之风慌忙为她擦拭，心里不是滋味。

武则天是位奇女子，也是位雄才大略的女皇帝。她智略过人，兼涉文史，颇有诗才；她建立武周，定都"神都"，开创盛世；她推行科举，改革吏治，任用贤能；她大兴佛教，广建寺庙，弘扬佛法；她轻徭薄赋，奖励农桑，有贞观遗风……她大力发展陆上丝绸之路，建立起与东罗马帝国的联系；积极开拓海上丝绸之路，促进与亚洲诸国的连接……

世界上伟大的女君王哈特谢普苏特、推古女皇、伊琳娜女皇、玛格丽特一世、伊莎贝拉女王、伊丽莎白一世、叶卡捷琳娜二世、维多利亚女王、佐迪图女皇……她们向世人宣示女性的力量。而武则天，是最璀璨夺目的中国女皇。她和安姝婷像吗？他不觉得。

安姝婷是位雍容典雅的美人。初次见面，顾之风觉得她像法国女画家维杰·勒布伦。肖正阳在安姝婷去世后，将她所有的照片付之一炬。因此安琪从小就不知道母亲的容貌。

安琪梦见武媚娘的形象，莫非因为每隔几百年，总有相貌相似的人出现……

历史，将无数人埋入虚无。他们曾经活生生的存在，如今已化为朽土。他们耗费心血地建造那些古老的建筑，因是土木结构和战火连绵，能存留于世的寥寥无几。倒是这些寺庙和佛像，因为信仰而得以保存或重修。不知为何，他想起同肖正阳来这里的场景。

他不愿惹安琪伤心，没带孩子上奉先寺，也未参观龙门二十品。

离开洛阳，汽车行驶在高速公路上，车窗外绵延山峦逐渐趋于平阔。景物成为走马观花的飞掠，偶有惊鸿一瞥的美好，也匆匆逝去。安琪在安全座椅里无聊地摆弄泰迪熊。

中途，在朋友的庄园小憩。朋友叫孟晓勇，是他的初中同学。

他带顾之风和安琪欣赏建造得如大观园般豪奢的古典庭院，还炫耀地带他们参观可随时离开的各条房内通道。他吹嘘当地官员来此宴乐，都能平安无事地离开。

这位靠给领导开车，娶到领导千金，通过权钱交易发家致富的朋友，言语间充满对社会底层民众的蔑视。他叼着玛雅西卡斯雪茄，向顾之风介绍自己收藏的明清红木家具和各种名家字画。

他以调侃的方式讲述现代版"官场现形记"，把所有关系都视为赤裸裸的价值交换。顾之风对他的言论颇为反感，却没有与他作无谓的口舌之争。

对于这位曾经为身世自卑的朋友，如今夸夸其谈讲他的房地产、连锁酒店和葡萄酒产业，顾之风礼貌性地说些恭维话。他对这种唯财富论的心态，产生某种隐忧。

在翡翠庄园小住，饱餐山珍海味。然后他向朋友告辞，带安琪继续上路。

孩子在车里睡熟，醒来看到熟悉的城市。连绵不绝的车辆，习以为常的拥堵。

汽车驶入宽敞的街道，到处是高楼大厦，满眼是商业广告。随着车流移动，经过十字路口，道路逐渐通畅。他望着无数机械甲虫，想起变成甲虫的小职员高尔·萨姆沙。

车驶到小区门口，拘谨的保安冲他微笑。这是他在北京的住宅，再忙也要回来几趟。

他将车开进自家车库，打开后备箱整理睡袋、雨衣、简易帐篷、排汗内衣、绳索、刀具、药品、手电、绑腿、胶鞋，将无用的物品取出，整齐堆放在车库。

"老师，我们终于回来喽！踩在土地上的感觉真好，还有好闻的泥土气息。"

顾之风活动活动筋骨，摸着安琪的小脑袋说："走，咱们回家吧！"

"回家啰，嘿嘿，回家真好！"安琪牵着顾之风的手，满脸阳光般的笑容。

若非旅居英国，经常往返于伦敦、广州、上海和北京，这里才是他生长于斯的家。

他带安琪从地库上楼，心里泛起淡淡的疲惫。打开窗户，城市的嘈杂声肆无忌惮地灌入他的耳朵。这种声响强迫他明白，他终将回到忙碌而无趣的生活。事业成功带来安定与舒适，带来隐形上流社会的优越与满足，也增加内心的孤独。但成功没有带来幸福。

夜阑人静，他躺进沙发喝咖啡，能清晰听到来自内心的忧伤。

诗人但丁跟随导师维吉尔，走上没有出路的冥河之旅。他能听到悲凉的声音，在心灵深处不断回响。那位伟大君王亚历山大喝下冥河之水……世上遍布摧毁英雄的力量。

然而，孩子是来自未来世界的希望。他们会创造未来，会缔造全新的世界。

他不觉想起安妮宝贝《莲花》中的句子：生命各有途经，不管它最终抵达的目的是卑微还是荣耀，这是力量的控制带给我们的界限所在。安妮宝贝是个有独特灵魂气息的女子。

生命总会以自己的方式找到出路。他似乎看到丝绸之路上，穿行于沙漠戈壁的驼队。黄沙中出现一扇门，通往未来之门。门里有贝阿特丽切，引导他上升的永恒的女性……

十六　列子之风

夜，冰冷而漆黑。冷雨击打窗户，模糊了窗外的灯火。

外面风雨交加，雷电未能劈开黑暗，发出怒不可遏的咆哮。孩子已安然入睡，迷人的小脸散发出天使的光泽，像土耳其凡湖猫，也像诱人流口水的土耳其面包。

他给孩子盖好被子，独自到走廊抽烟，心里生出莫名的忧伤。

他认为，人类拥有力量后，便毫无顾忌地走向孤独。有的人享受这种孤独，便将自己囚禁在高耸的象牙塔。他望着窗外林立的高楼，似乎看到无数囚禁灵魂的高塔。

二十世纪，牛津和剑桥曾流行"抽烟主义"。教授和学者都爱抽烟，学生们跟风也培养出抽烟的习惯。他隐约记得林语堂、徐志摩就曾写过相关文章。其实抽烟与学术无关，不过为附庸风雅找个理由。如今戒烟成为一种时尚，他却无法改掉这种习惯。

在北京的几日，他陪孩子观赏天安门前美丽的喷泉，同孩子在故宫御花园钻来钻去，给孩子与天坛吉祥物拍照留念，带孩子在圆明园万花阵捉迷藏，在前门大街吃全聚德烤鸭，在朝阳门外吃松鹤楼松鼠鱼，在颐和园谐趣园喂锦鲤，在北京动物园看海豚表演……

他带安琪乘高铁去天津，逛意大利风情街。孩子乘坐马车时问他："非洲小男孩为啥晒得那么黑？""因为上帝烤面人时，没掌握好火候，把非洲人烤糊了。"他想起关于肤色的笑话。他带孩子在狗不理餐厅吃包子，在于记老津味吃煎饼馃子，在泥人张买精美的泥塑，在瓷房子看私人的收藏，在古文化街逛老字号店铺，在杨柳青镇参观制作木版年画……

日子，在闲散中变得慵懒而温馨。他彻底放空自己，任疲惫从体内退去。

回到房间，无法入睡，他随手翻看罗伯特·M·波西格的《禅与摩托车维修艺术》。

波西格长期思考二元对立与二分法带来的分裂问题，曾试图寻找支离破碎的文化整合之道。他义无反顾地钻入学术的牛角尖，成为偏执型精神分裂症和临床忧郁症患者。据说他多次被送进精神病院，先后接受过28次电休克疗法。治疗期间，妻子与他离婚。

为进行自愈，他开始以写作来表达内心想法。通过文字引领，他逐步走出自造的象牙塔。出院后，他带十岁的儿子克里斯，骑摩托车从明尼苏达州到加州长途旅行，在旅行中体悟生命的意义，寻找自我救赎之路，写出奇特而有趣的书。

在信息时代，如何成为有信仰的人，如何去学会信仰？他在心底发问。

大量信息不会使真相清晰，反而使真相被无限掩盖。寻找真相变得越来越困难。

民族主义、恐怖主义、文化冲突等不断蔓延，未来核战争、全球化生态问题、科技颠覆等潜伏危机，使人类面临前所未有的挑战。随着基因工程、仿生工程、无机生命工程和人工智能的发展，若不能认真审视可能存在的风险，人类很可能在未来社会被取代。

洗漱，冲澡，喝着苦涩的咖啡。他想到切·格瓦拉的《南美丛林日记》。埃内斯托与阿尔贝托·格拉纳多的旅行，切·格瓦拉与好友亚柏托以机车环游南美的旅行……

旅行，会塑造什么样的灵魂？谁能想到一段摩托车旅行，会缔造一个伟大的革命者。

他在疲倦中睡去，醒来时已是清晨。孩子还在熟睡。他洗漱毕，收拾携带物品。

孩子醒来，乖巧地穿衣服，到卫生间洗漱。等她洗漱完，一起在餐厅吃早点。

"咱们继续后面的行程，好吗？"吃过早餐，他问孩子。

"当然好啦，咱们现在就出发吧。"安琪欢快地回答。

他见孩子没异议，在超市买水果和各种必需品，开车从野狐岭隧道前往草原天路。

路边，两个彪形大汉脑袋上裹着纱布，唠着嗑看吊车吊开进沟里的越野车。皮肤黝黑的当地农民，牵着瘦骨嶙峋的马招揽顾客。顾之风将车开到高耸的风力发电机下，孩子快乐地在草丛里奔跑。他呼吸混有马粪味的空气，感觉满身疲倦被凉风拂去。

列子御风而行，泠然善也，旬有五日而后反。（《逍遥游》）

不知怎么的，他想起御风的列子。列子拜老商氏为师，学道九年，"心凝形释，骨肉都融；不觉形之所倚，足之所履，随风东西，犹木叶干壳。竟不知风乘我邪？我乘风乎？"

有包头巾的妇女，过来兜售炒豌豆和胡麻籽。他各买少许，驱车进入天路。

因为季节的关系，草甸里没有开出多少花朵，满眼绿色依然层次分明。在观景台小憩时，安琪同木栈道上新结识的小伙伴玩得很开心。孩子的心灵不设防，轻易就能交到朋友。分别时，两个孩子都有些恋恋不舍。安琪在车上嘟哝："我们还会见面吗？"

汽车在蜿蜒曲折的公路行驶，远处沟壑纵横峰峦跌宕。大片的风车森林，成为独特的风景。时常可见骏马和羊群。安琪起初还透过车窗看风景，不久便沉沉睡去。

顾之风开车经过侯营坝烽火台、阎片山，随后直奔桦皮岭。孩子的小呼噜，从安全座椅里传来。他下车采些不知名的野花，插进矿泉水瓶，然后驱车前往丰宁坝上。

在英国时，他曾读过乔恩·克拉考尔的《荒野生存》，后来看了西恩·潘执导的同名电影。他曾专程去美国阿拉斯加迪纳利国家公园，登上费尔班克斯142号公交车。

克里斯托夫·约翰逊·麦坎德利斯，从埃默里大学毕业，改名，将存款捐给慈善机构，烧掉钱包里的现金，只身前往阿拉斯加……这位受梭罗、托尔斯泰、杰克·伦敦等影响的青年，走向自己的孤独。因饥饿和误食毒豌豆，在"荒野巴士"内离世。

"我想要的，是跃动的而非安逸的生命历程；我向往的，是刺激和危险，并愿意为所爱牺牲自己。我感到，自己有无比充沛的精力，但在我们平静的生活中找不到宣泄之处。"

他开着车，想起麦坎德利斯在《家庭幸福》中画下的段落。生命是不断探索和追寻自我的过程。这个过程要经得起风雨、耐得住寂寞，才可能觅到幸福之所在。

他将车开进预订的酒店，轻声将孩子唤醒，带她到前台取房卡。

亲子房，背景墙贴有白雪公主与七个小矮人的卡通画。孩子进入房间，爱不释手地玩起床头柜上摆放的自行车花篮。顾之风将皮箱打开，取出自备的床单铺床。

生活，原本幸福而简单。他用折叠电热水壶烧矿泉水，晾得温度合适灌进暖水壶。

"老师，我们一直住在这里好不好？"安琪在床上推动自行车花篮问。

"为什么要一直住在这里？"顾之风将水壶递给她，让她多喝水。

"因为我好喜欢这里，想骑自行车送花。"安琪仰起精致的小脸说。

"我们先去吃饭，一会儿回来送花好不好？"顾之风微笑道。

"也行呢。"安琪丢下花篮，大口喝水，爬下床自己穿好鞋子。

丰宁满族自治县大滩镇，被旅游开发的乡镇。空气里到处飘荡羊膻味和马粪味。街道上的很多店铺都经营风干牛肉的生意。他根据孩子的喜好选择饭馆，看到陆续驶入镇里的汽车和旅游大巴。孩子喜欢吃松仁玉米和鱼香肉丝，戴好饭兜兜，用筷子和勺子吃得津津有味。

他要杯啤酒，吃烤得不正宗的羊肉串，思考接下来的行程。

夜晚，酒店院子里举行篝火晚会。乘坐旅游大巴前来的游客吃着烧烤，喝着啤酒，载歌载舞……安琪兴奋异常，跟随音乐蹦蹦跳跳，手舞足蹈。顾之风站在人群外抽烟，想起西安的同学聚会，也想起在俄罗斯艾尔米塔什博物馆看过的马蒂斯的画作——《舞蹈》。

一位戴牛仔帽，穿灰色短夹克、蓝色牛仔裤的大眼美女来到他身边，手里举着两杯啤酒，递一杯给他。顾之风望着她迷人的眼睛，接过啤酒呷一口，冰凉的感觉。

"陌生人给的酒也敢喝呀，不怕我在里面下毒吗？"女子的笑容如绽放的野罂粟。

"喝完才告诉我，看来是无药可救喽。"顾之风继续喝着冰镇啤酒。

"我有解药，你想要吗？"女子喝口啤酒问，眼中有万种风情。

"你觉得呢？"顾之风反问。不知为何，他竟想起《香草天空》里的汤姆·克鲁斯。他不善于应付陌生女子的搭讪，喝啤酒以掩饰内心的羞涩。

"可以告诉我，你叫什么名字吗？"女子柔情蜜意地问。

"顾之风。"他的目光越过女子，望向与几个小孩围着火堆蹦跳的安琪。

霍比特人！他脑海里灵光闪现。托尔金一定是看到自己的孩子，才产生如此奇妙的构思，写出《霍比特人》和《魔戒》。在那位牛津大学教授眼里，肯定出现过类似的景象。因为他看到篝火边的孩子们，情不自禁想到那个奇妙的种族，那个温和、善良、淳朴的种族。

"很好听的名字，风一样的男子。"女子的眼神里有读不出的含义，她轻轻叹口气，略显失望地说，"你不想知道我的名字吗？"

顾之风不知她搭讪的意图，将杯中酒一饮而尽："请问姑娘芳名……"

"蔡冰莹。"女子淡淡地说。她的身上有种稀有的气质，卓尔不群、孑然自赏。

她将酒杯放在越野车的引擎盖上，从包里取烟，递给顾之风一支。她用红色 Zippo 打火机点燃，悠悠吐口烟问："我看到你带着孩子，离婚了吗？"

"我朋友的孩子。"顾之风将酒杯还给她说，"谢谢你的酒。"

"不客气。"女子接过酒杯，放在引擎盖上问："为什么带朋友的孩子旅行？"

顾之风不知该如何回答她的问题。他没必要因为一杯酒，向眼前的女子讲述肖正阳的故事。灵魂，彼此疏离。他抽着烟，感到灵魂深处无法愈合的裂痕。

安琪不知什么时候跑过来，仰起汗津津的小脸问："老师，这个姐姐是谁呀？"

"姐姐叫蔡冰莹。你的名字是什么呀？"女子俯身佯作亲昵。

"我叫安琪。"孩子略显胆怯，躲到顾之风身后。她仰起头对顾之风说："老师，我想回去。"冷却的话题，如同篝火暗淡的灰烬。顾之风将孩子抱起道："我该回去了，认识你很高兴。""我也是。"女子拿起酒杯，哼着歌回到人群。顾之风抱安琪上楼。

清晨，天空灰蒙蒙的像要下雨。顾之风带了热水和食物，驾车去大汗行宫。

买票时，售票员送给安琪一只皮质挂饰。安琪拿着小礼物，在建造拙劣的大汗行宫建筑间跑来跑去，对攻城车、投石车、弩车和草地里的蒙古骑兵雕塑表现出浓厚的兴趣。

伊金霍洛旗的成吉思汗陵，正蓝旗的元上都遗址……当年，蒙古铁骑东征西讨，开拓东起日本海、西抵地中海、北跨西伯利亚、南至波斯湾的辽阔疆域；在原有丝路基础上，拓宽草原丝绸之路，设置帖里干、木怜、纳怜三条主驿路，造就各国使者、僧侣、商人齐聚元上都的盛况；拓展海上丝绸之路，建立东、西、南三条主航线，促进亚欧非贸易空前兴盛。

他对现代仿古建筑不感兴趣，陪孩子在军帐、鹰帐、寝帐游玩，在微缩的钦察汗国、察合台汗国、窝阔台汗国和伊利汗国捉迷藏。他带安琪回酒店，遇到昨晚邂逅的蔡冰莹。

"帅哥，以为你已经离开。没想到……"她从酒店大堂走出去，留下个芬芳的笑。

安琪望向蔡冰莹远去的背影，回头对顾之风说："老师，这个姐姐喜欢你。"

"小孩子，别乱说话。"顾之风责备。

"我就是知道，这个姐姐喜欢老师。"孩子固执地说。

从酒店的餐厅吃晚餐，窗外下起牛毛细雨。顾之风见驶入两辆大巴，卸下满院子的游客。餐厅变得拥挤不堪，他带孩子离开喧闹的场所。前台服务员向他推荐千松坝森林公园、舞马世界、童话草原、白桦林、情人谷等景区，说从酒店订票可以优惠。

顾之风道谢后拿了张宣传单，从车里取出插在瓶里的干蔫花束，带安琪回房间。

他安顿安琪洗漱、洗澡、穿睡衣。孩子在床上推着自行车花篮玩送花的游戏。

他掀起窗帘，见黑暗中噼里啪啦下起雨，从背包里翻出本《美国众神》来读。

孩子自己在床上玩耍，扮演各种想象出的角色。他埋头读书，偶尔抬头见孩子已在床上睡着。他将花篮放在床头柜，给孩子盖好毯子出去抽烟。

楼下餐厅里导游组织游客做游戏，输了的男游客被罚唱歌，鬼哭狼嚎的腔调令人难以忍受。他将烟掐灭丢进垃圾桶，回到房间……神会死去。而当他们真正死去的时候，是无人哀悼、无人铭记的……脑海中浮现出书中的话语。

安琪睡得很香，梦里不停地念叨"爸爸"。看来孩子想肖正阳，他轻轻叹口气。

门铃响，起身开门，他见侍者端着一瓶红酒、两只高脚杯和烤虾、牛排、薯条、烤生蚝、烤土司、水果沙拉。"您好，这是您的夜宵。"

"你弄错了吧，我没订夜宵。"顾之风感觉蹊跷，望向空荡荡的走廊。

侍者看看房间号，很肯定地回答："没错，就是这个房间。一位女士订的餐，让送到这个房间。我给您端进去吧。"侍者说完，将夜宵放到桌上退出去。

女士订的餐，会是谁呢？莫非是张露，她也入驻这家酒店。顾之风坐回靠椅里，想订餐的女士不久就会露面。百无聊赖，他拿起书准备读。听到门铃声，他起身开门，见蔡冰莹穿了件 La Perla 真丝睡衣，犹如一朵娇艳的罂粟花，精致里透出无限诱惑。

她白皙修长的手指夹了支烟，吸一口轻轻吐出，慵懒地问："我可以进来坐坐吗？"

十七　诱惑之夜

每个人的心，都是一座城堡。城堡里的秘密，外人很难知晓。

墙，萨特笔下的墙。或者，黑色的忧伤形成无法穿越的墙。顾之风感觉自己被无形的墙围困，陷入某种荒诞的氛围无法脱身。

蔡冰莹的声音，犹如墨西拿海峡塞壬的歌声，诱惑过路的航海者。

"我曾经相信一见钟情，在阿姆斯特丹遇到心仪的男子。我从中央车站出来，拉着旅行箱徒步去梵高博物馆，邂逅那个高大英俊的法国男子。"蔡冰莹啜着红酒，脸上泛起娇美的红晕，"他喜欢梵高，先后去了巴黎、阿尔勒、圣雷米以及比利时的安特卫普。他飞到荷兰先去纽南，然后坐火车来到阿姆斯特丹。他是个浪漫的人，然而……"

她被自造的悲伤湮没，无法讲述过去的经历，眼中滚落大颗大颗的泪珠。

顾之风耐心听她讲述自己的情史，将面巾纸递给她。

"对不起……"她接过面巾纸拭泪，起身去洗手间。

顾之风独自喝红酒，望着熟睡中微微打鼾的安琪。他将酒杯放下，小心翼翼帮助孩子调整睡姿。孩子口里念叨"爸爸，我想你"，翻身继续睡觉。他听到孩子的呼吸变得均匀，坐回椅子。酒，酸涩中透出诱惑的蜜糖甜味，点燃他内心里尘封的欲望。

丰盛的宴席，迷人的女巫，变成猪的命运。他想到喀耳刻的岛屿，也想到《千与千寻》里的场景。喝着红酒，他似乎看到自己变成了猪——一只特立独行的猪。

蔡冰莹出来，有西子抚心的柔媚。她似乎洗去了满心忧伤，脸上散发出迷人的笑意。她从茶几上取过烟灰缸，在包里掏出烟点燃递给顾之风，自己取一支点燃轻吸一口。

顾之风望着手里沾有口红印的香烟，犹豫着没有送进嘴里。他将烟掐灭，放在烟灰缸的边上，感到脑海里魔鬼与天使肆意地争执，令他心烦意乱。

"怎么不抽，嫌弃我？"蔡冰莹眼中漫过寒意。

"不想抽。"他喝口酒，透过酒杯，望着眼前如花似玉的女子。他感到体内奔涌出想要占有的岩浆，随时都可能将他的躯体焚毁。他曾有过放荡不羁的生活，但始终不愿使肉体沉坠堕落。他为自己建造起一座围城，使自己成为洁身自好图圈中的囚徒。

"你是一个让人琢磨不透的男人。"她露出迷人的微笑，将一个烟圈轻轻吐到顾之风脸上。她把烟在烟灰缸里揉灭，浇了红酒，发出吱吱声。她一口接一口喝闷酒，声音透出内心的落寞："每个女子都想有个陪她到地老天荒的男子。可惜，很多时候可遇而不可求……"

"也许，只是错觉……"他想到《柏林苍穹下》，天使丹尼尔眼中的世界。

"为何不将错就错……"她眼中显出迷离，神态中有贵妃醉酒的妖媚。

顾之风轻轻摇头，没有接她的话茬。他感觉自己被某种枷锁捆绑，无法使身心放纵。

蔡冰莹苦笑，呷口红酒，继续讲述在纽约大学读书的经历，讲她独自驾车到犹他州布莱斯峡谷和锡安国家公园，以及在莫阿布认识的男子；讲她在摩洛哥撒哈拉大沙漠、白色首都拉巴特、蓝白小镇舍夫沙万、红色之城马拉喀什的旅行；讲她独自去冰岛首都雷克雅未克，在史费拉大裂缝浮潜，在瓦特纳冰川公园极光酒店看极光；讲她在迪拜享受一边黄沙、一边海市蜃楼的奇观，体验乘坐直升机俯瞰棕榈岛，在阿布扎比享受低调奢华的旅程……

她是个有故事的女子，精致而脱俗，不愿随岁月沉沦。

顾之风安静地听她讲述，努力想看清她灵魂的实质。他感觉自己对于世间的女子，似乎从来都不曾了解。这些美丽的生命体，包藏着无比稀有的灵魂。

"世界上，无非就是男人和女人。但为何我们不能在一起？"她用水汪汪的大眼睛盯着顾之风。眼中的渴望犹如泛滥的潮水，随时可能将她眼前的人吞没。

"寂寞，不应成为在一起的理由。"顾之风感觉嗓子干涩，犹如烈日下的沙漠。

他觉得自己像聋哑人辛格，承受着绝对的孤独。

《心是孤独的猎手》，卡森·麦卡勒斯。内心的孤独和无助，弥漫整个房间。

蔡冰莹不胜酒力，情绪略显激动，讲起独自旅行的孤独。她渴望有一位伴侣，陪她走遍天涯海角，携手直到天荒地老。她讲自己在法国巴黎过春节的孤寂，在印尼布罗莫火山栈道上的落寞，在索马里马儿卡遭遇的危险，在坦桑尼亚阿鲁沙忍受的病痛……

顾之风取下她手中的酒杯，劝她回自己的房间休息。她竟然伏在顾之风肩膀上失声痛哭。顾之风没有应对女子哭泣的智慧，不知如何安慰眼前情绪失控的女子。

"我好冷，抱抱我好吗？"蔡冰莹眼中闪烁泪光。

顾之风机械地搂住她纤细的腰，可以闻到她头发里菊花的香味。

某一刻，他感觉眼前的女子足以将他内心沉积的冰层融化。他听到蔡冰莹含情脉脉地在耳畔说："不知为何，从看到你的第一眼，我就固执地认定你是我苦苦寻找的人。"

"你醉了，我送你回房间吧。"顾之风努力让自己保持冷静。

"我没醉。我放下矜持，只因我从心里缴械投降。我们是相似的人，从人群中可以彼此辨认。我不愿伪装，只愿坦诚相待。"她的声音里溢满苦涩。

顾之风不知初识的女子，为何要对他说这些。是有感而发，还是酒后醉言？

他不觉想起邂逅的张露，心里产生莫名的疼痛。他松开搂着她的手臂，轻声说："我不是你要寻找的人，也不相信一见钟情。我们萍水相逢，不该沉溺于感情冲动。"

"难道你不想要我……"蔡冰莹的眼神被痛苦遮盖。

想要吗？他在心里问自己，感到那丰腴的肉体散发出令人心醉神迷的香味。那是格雷诺耶发现的来自青春少女的体香，这种香味唤醒他身体里沉睡的欲望。

"想，如果我爱上你，我会渴望得到你的全部。现在我希望将你完璧归赵……"顾之风感到体内的欲望之火，炙烤得他唇焦舌燥。他的声音变得干涩而无力。

"想，就别自欺欺人——"她的芳唇吻上他的嘴唇，犹如一滴甘甜的雨露落在干裂的土地。他感到她的舌头犹如粉红而润滑的水蛭，钻进他的口中，轻轻搅动他体内涌动的欲望。他感觉无数欲望之虫从火焰中钻出，如附骨之疽在他的骨髓里绽放出恶之花。

"别，别这样……"他含糊不清地说，感觉那条光滑水润的舌头直往嗓子眼儿里钻。他使出浑身气力把她推开，仿佛残忍地将自己撕裂成两半。他的身体灼热难耐，无数细密的汗珠浮现在额头鬓角。他像头饥饿的野兽，真想要将眼前娇嫩的美人囫囵吞下。

"怎么，你……"蔡冰莹眼神迷离，仿佛一张布满倒钩的网将他笼罩。

"给我时间，让我爱上你。否则，我会鄙视自己！"他费力地吐出几个字，将绵软无力的蔡冰莹抱起来，步履艰难地送她回自己的房间。他感觉自己的每一步，都在跟另一个自己分裂。那个留在原地的自己，已然血肉模糊，痛不欲生。

他用房卡打开房门，看到房间里被她收拾得像家般温馨。顾之风将她轻轻放进床里，感到双手有对温香软玉的不舍。蔡冰莹温柔地勾住他的脖子，声音幽幽地问："你会爱上我吗？"

"我也不知道。"顾之风苦笑，听到来自灵魂深处轻蔑的嘲笑。

他强迫自己离开蔡冰莹的房间，可是脑海里总挥不去那温软芬芳的胴体。

他在走廊里点支烟，听到楼下传来男女游客肆无忌惮的嬉闹声。他从未想过自己要做柳下惠，却始终无法突破内心的界限。那个界限使他成为自己，也使他陷入无比的孤寂。

不过，栗莉娜的形象如鬼魅般出现在脑海。他不禁打个寒战。

回到房间，他望着熟睡的安琪，给孩子盖好踢开的被子。他进入盥洗室拧开花洒冲澡，感到心里流淌出黑色的眼泪。他凝视镜子里的自己，似乎面对一个陌生人。那个陌生的自己，目光如刀划过他的皮肤。他用毛巾擦去身上的水珠，像个初生的婴儿般离开浴室。

夜里，他梦见自己变成大江健三郎《个人的体验》里，那个想去非洲的"鸟"，安琪则变成那个脑残疾的婴儿。惊醒，他穿着睡衣走出房间抽烟。日本人深深记住原子弹爆炸带给他们的沉重创痛，却不愿记住他们给中华民族留下的惨痛伤害……

他在俄罗斯旅行时，曾问当地的朋友是否痛恨德国人。那位朋友无所谓地说："德国人，不过是我们的手下败将。为什么要痛恨被我们打败的民族呢？"

胜利者永远显得大度而健忘，受害者才会铭记深仇大恨，用以支撑他们在苦难中奋进。

失眠，这是他初次体验的难熬滋味。他回房间，躺在床上听孩子均匀地呼吸。

两年前，他征得肖正阳同意，带孩子开始有计划的旅行。他给孩子办好身份证、护照和港澳通行证，想让孩子成为比他们更优秀的人。两年后，他躺在丰宁坝上的酒店里，聆听孩子的呼吸，感到前所未有的迷茫。他不知自己将去向哪里，该将孩子带向何方。

此次出行，他被吉卜赛女巫的命运之说牵引，走进无法穿越的迷茫……

为何从雅加达回来，他的情感变得如此脆弱，他的欲望几乎不受控制？他感觉时间模糊内心的界限，使他变得浑浊而没有棱角。他努力驱除脑海的杂念，不知何时沉入梦乡。

他梦到自己跟随列子御风而行。一片竹林里，隐现几间茅屋草舍。低矮的木篱笆上攀附牵牛花，院内种满芳香的菊花。林中潺潺溪水边，庄周、屈原、宋玉、曹植、阮籍、嵇康、陶潜、李白、王维、苏轼等人曲水流觞，吟诗作对。

列子乘风而来，收了风，加入畅饮的名士。顾之风难以驾驭风，一个筋斗从空中直坠下来。他睁开眼，感觉头痛欲裂。

安琪已经洗完脸刷完牙，穿戴整齐抱着花篮车静静望着他。他坐起来，微笑问："安琪什么时候起来的？"

"安琪起来很久了。老师，你是不是很累呀？"安琪关切地问。

"还好，老师有的是精神。"他到盥洗室洗漱，思考往后的行程。

他带孩子在餐厅吃早餐，没有遇见蔡冰莹。他们回房间收拾东西，到前台退房。

在崇山峻岭间驱车前行，隐约可见蜿蜒雄伟的长城。孩子玩印有博派标志的雪佛兰玩具汽车。他安顿孩子多喝水，播放酋长乐队的专辑。感觉到身体不适，他将车停在服务区。安琪去完卫生间，在路边摘蒲公英吹着玩。他从便利店买了水果和酸奶，继续上路。

出行的意义，究竟是寻找快乐，还是遇见未知的自己？群山环绕的古镇，给人远离城市喧嚣的宁静。他将车停入停车场，把必需的物品放进皮箱，带孩子去预订的酒店。

商业开发的古镇，使他联想到周庄。可惜，他去的周庄，已不是陈逸飞的周庄。

他给孩子戴好遮阳帽，穿上防晒衣，选择一家经营台湾菜的餐厅，坐在临水的位置吃午餐。一路上，孩子对京剧表演、杨家将铁板书、民间杂技杂耍不感兴趣，倒是很喜欢风之屋里手工制作的风筝、鹊桥和牌楼下的卡通松鼠，喜欢在英华书院里买鱼食喂鲤鱼……

他们在西餐厅吃晚餐，观赏戏台上演的京剧；夜里，提着买的仿古灯笼游司马台长城。

他和肖正阳曾带孩子登过八达岭长城。那时肖正阳虽然阴郁，却不消沉。孩子抓住栏杆，边走边说"我要保护爸爸"。如今他带安琪俯瞰脚下灯火粼然的星空小镇，感到心底悠然升起无限悲凉。孩子说自己有些累。他带孩子在温泉泡去满身疲乏，然后回酒店美美入睡。

连续奔波，使他感到疲惫。他决定在小镇逗留几日，让自己短暂休憩。吃过早点，他带孩子徜徉于青石道、石拱桥，在镇远镖局踩梅花桩，在皮影戏馆看皮影戏，在月老祠堂许下心愿，在永顺染坊感受技艺……他们乘船在河里游走，孩子担心地问："老师，小船会不会把水里的鱼儿压死呀……"在望京楼看水舞秀，孩子害怕地哀求顾之风带她离开。

在古镇小住，游客不算多。他让身心放松，日子变得悠闲而惬意。

孩子在童玩馆玩耍，他会坐在休闲椅里读书。当人们越来越依赖手机，他反倒越来越喜欢读书。面对变得喧嚣而浮躁的世界，他需要找个地方来安放灵魂。

手机铃响，他放下书，掏出手机。熟悉的号码，接听，听到枯涩的声音："我是张露，我已从高黎贡山安全回到拉萨。彼此珍重，勿念。"电话挂断。

她为何给我打电话？顾之风听着"嘟嘟"声，犹豫是否拨回去。最终，放弃念头。

看来张露选择了从深圳去西藏的路线。她不是生病了吗，为何还要固执地进藏？

她去中缅边境的高黎贡山，是否去看面部文着靛青花纹的独龙族妇女？珍重，勿念。要不要去找她？羁绊，无可羁绊。顾之风无法判定后面的路线，感觉有追风的无奈。

丝绸之路，似乎在冥冥中召唤，使他不知不觉走上与历史契合的探寻之路……

　　然而，为何如此在意路上邂逅的女子？他从心里发问，却没有任何答案。

　　张露是他无法解开的心结，使他成为被囚困笼中的飞鸟。我应该见见她，解开这个心结。他收起书，走向快乐玩耍的安琪，决定去追赶命运。可是，她会在那里等我吗……

十八　众生之相

鲁迅先生说，其实地上本没有路，走的人多了，也便成了路。

曾经有很多人行走在路上。老子骑牛走在出关的路上，孔子乘车走在游说的路上，墨子徒步走在止戈的路上……张骞、班超走在出使的路上，法显、玄奘走在取经的路上，杜环、徐霞客走在游历的路上……他们孤独地走自己的路，虽偶有跟从者，但内心依然孤独。

当然，在路上的并非全是孤独者。秦始皇巡游、隋炀帝泛舟、郑和下西洋、乾隆访江南……那种豪迈与自信，那种奢华与气魄，成为人世间另一种风景。

这个世界，有相聚，亦有分离；有繁华，亦有落寞。顾之风将车驶入云冈停车场，不由想起白马送经到洛阳的迦叶摩腾、一苇渡江开禅宗的菩提达摩、东渡日本弘律法的鉴真法师。这些高僧，也是尘世的旅者……当然，还有被苻坚遣吕光劫至凉州的鸠摩罗什。

鸠摩罗什，这位得道高僧未能普度众生，反而给所到之处带来兵燹之祸。

焉耆、龟兹，因苻坚对这位高僧的仰慕，遭受灭顶之灾。姚苌杀苻坚，吕光据凉州，鸠摩罗什成为滞留凉州的文化囚徒。姚兴攻后凉，迎鸠摩罗什入长安，从此幽居草堂寺。

没有人能将智者永远囚禁。囚禁的不过是躯体，无法囚禁的是智慧。

百年之后，深受鸠摩罗什影响的凉州文化，孕育了北魏复兴佛教的名僧昙曜。这位德高望重的沙门统，受北魏文成帝拓跋濬之命，于武周山北壁开凿出昙曜五窟。

云冈石窟，承载着北方佛教的历史沧桑。他觉得另一半中国史被悄然打开。

他将安琪抱下车，看到几名艺校学生坐在马扎上画灵岩禅寺。古旧的对联，冷寂的山门，空廓的庙宇，缥缈的禅音。他往背包里装好所需物品，牵起安琪的小手走下山道。

安琪好奇地睇盼，仰起头问："老师，这里是哪儿？"

"云冈石窟。"顾之风轻轻抚摸她的小脑袋。

"石头会哭吗，我们为什么要来这里？"安琪满脸疑惑地问。

"是石窟，不是石头哭。老师想让你了解中国的历史文化。"顾之风解释。

"反正都一样。安琪不想了解历史文化，一点也不想。"安琪摇头说。

顾之风无奈地苦笑。他曾和肖正阳参观过云冈石窟、莫高窟、麦积山石窟和龙门石窟，由衷赞叹古人创造的伟大杰作，似乎看到佛教的"三千世界"。他在敦煌梦到自己走进莲花构成的世界，那里通向万千世界之门。他看到芸芸众生在六道轮回，不生不灭。

难道要带孩子重走他们走过的路吗？很多问题都没有答案。

他不需要别人强制灌输的某些思想，更不想成为别人思想的复制品。他要自己去寻找答案——自己人生的答案。然而，这个孩子是否要成为他意志的复制品？

矛盾，纠结于内心。对教育孩子，他缺乏应有的智慧。

他曾认真研读蒙特梭利的《童年的秘密》《有吸引力的心灵》，发现自己想给孩子的，或许并非孩子想要的。他认为教育孩子如同建设国家般困难。柏拉图的《理想国》和卢梭的《爱弥儿》，都是充满理想主义的作品，不会造就完美的国家和完美的个人。

完美的人，更像圣人口中的君子。然而从古至今，真正的君子可谓寥寥。

他不是一名遁世者，对于这个世界怀有炽热的感情。不知为何，他的内心被巨大的悲凉侵袭，使他陷入徒劳无益的思索。是肖正阳的抑郁，安姝婷的去世，还是杜哲浩的离开，抑或内心颓然老去，他无法找到原因……时间漂白记忆，他变得迟钝而浑浊。

他像逐日的夸父，失去追逐的目标，甚至开始怀疑自己为何要追赶太阳。

他从对金钱、权利、名誉、地位的角逐中挣脱出来，发现自己正在变得复杂而世故，内心仍努力想保有仅剩的纯真。他在做无力的抵抗，目睹灵魂枯萎凋零。

他感觉人性的恶，犹如黑色幽灵，正在一点点侵蚀他的灵魂。

在大同游玩时，他恍然记起这里是北魏开国皇帝拓跋珪定都的平城——那位雄才大略的北魏道武帝，最终难逃晚期昏聩、被弑身亡的命运。其实，他终年不过三十九岁。北魏为中华文明注入鲜活血液。若没有北魏孝文帝改制，也许根本不会有后来的大唐盛世……

历史，早已湮灭英雄的身影。但顾之风愿意找寻中华文明的根脉。

城市里的寻常百姓，继续过平凡无奇的生活。没有人会在意历史。他带孩子去华严寺、九龙壁、土长城、释迦塔、雁门关……对历史一无所知的孩子，对古老建筑没有兴趣。

她似乎只喜欢与自己同比例的东西，对于宏大场景难以留下深刻印象。

倒是登上悬空寺，使孩子既兴奋又害怕。她不停地问："这是神仙住的楼阁吗？"

慈祥的四面佛，镂空的窗棂，古拙的壁画，优雅的陈设……文化古迹，似乎都变成了景区。他心里厌倦，有逃离人群的冲动。人类不愿成为自然之子，心里产生成神的傲慢——没有信仰，丢弃祖先崇拜，骄傲地崇拜自己。男神、女神、神童，丑陋的自我膜拜——

昙曜，衣袂飘飘、面容慈悲的清瘦僧人。这座由吴为山先生创作的雕塑，袈裟飘忽，逸气袭人，广袖似云，衣纹若水，奇峰突兀，独立苍茫，佛意荡漾，明月晃耀……

"老师，这位爷爷是谁呀？"安琪仰视昙曜高僧雕像问。

"昙曜，北魏时期的著名僧人。"顾之风回答。

"他为什么要站在这里？"安琪问。

"因为他主持开凿了昙曜五窟。"顾之风带她走进石窟群。

"昙曜五窟是什么？"

"昙曜五窟是云冈石窟十六到二十窟。因为它气魄恢宏、雕饰瑰丽，成为云冈石窟艺术的精华。五窟里的五尊佛像，象征北魏五朝的五代皇帝。"

"为什么要象征五代皇帝？"

"这个，老师也不知道。"顾之风觉出自己的知识匮乏。

山堂水殿，烟寺相望，林渊锦镜，缀目新眺。《水经注》，郦道元眼中的世界。

顾之风觉得，无论历史长出多少赘肉，中国文化的脊梁始终坚挺在那里。

时间会磨蚀掉粉饰与虚假，将真实显露出来。然而，在佛眼中，有多少是真实、多少是假象……

他抱起安琪，走过骑象四棱神柱间的佛道，经过七孔桥头手捧博山炉的立佛，来到山堂水殿的灵岩寺。千佛殿供奉燃灯佛、释迦牟尼佛、多宝佛、观世音菩萨、大势至菩萨及四壁千佛，大雄宝殿供奉燃灯、释迦、弥勒三世佛……不知为何，他想起那些匠人。

他们夜以继日开凿石窟，将青春与精力耗费在冰冷的石头上。他们没有留下姓名，最终消散进历史的尘埃。可是，他们留下的奇迹，在历史长河中显露出来。

茫茫人海，孤独行者。每个人欲在芸芸众生中，寻找生命的唯一。然而，谁才是生命的唯一？人生，是一场从自我到自我的旅程。人们执着地寻找生命的真谛，寻找人生的目的，寻找世间的唯一。许多人寻找，却注定没有结果……

信仰，人类是否需要信仰？参观石窟，令他思绪万千。诸法实相、无依无得、一念三千、圆成实性……青灯古佛，无限寂寥。看破红尘，不过是放下欲念。他神游佛国时不禁想，若人类从来就没有信仰，这世界会变成何种模样？是喜，是忧？无解。

弘一法师李叔同，独自走进"青灯古寺寻旧梦，从此夕阳山外山"。

"老师，人为什么会死？"安琪漆黑的眼睛噙满泪水。不知是谁在孩子心里播进死亡的种子，让她总会询问关于死亡的问题。别的孩子有妈妈，她没有妈妈。她无法理解死亡，却知道母亲已经死去。孩子害怕死亡，每当听人谈论生老病死，总要搂紧他的脖子说，"老师，我不想让你死，也不想让妈妈死！"他没有答案，不得不编谎言安慰孩子。

如今，他携孩子穿梭在人潮汹涌的石窟，不觉想起曾经浸满悲伤的小脸——

生命，充满希望。他觉得有了孩子，人就可以坦然面对死亡。可是这个美好的孩子，终究会衰老，会枯萎，会死去……这是多么悲伤的事情。他不敢继续想，抱起安琪，随游人走进石窟。

第三窟，昏暗的光线，拥挤的游客，可见传说中的昙曜译经楼。安琪感到害怕，紧紧搂住他的脖子。游客拍照，惊起几只鸽子，从弥勒佛和两尊菩萨造像上飞出石窟。

历史，因时间而变得厚重。佛像，因信仰而变得神圣。他似乎看见无数哭喊的灵魂，在六道不断轮回。经过石佛寺，有位女学生在独自画油画。她在画风景，无意中成为别人眼中的风景。顾之风拿出暖水壶，给安琪取面包充饥。安琪吃饱喝足，他们继续上路。

龙王庙下有潺潺溪水。安琪看见水显得异常兴奋。几个小男孩在溪水边嬉闹，安琪胆怯地望着他们不敢靠近。他陪孩子来到溪边，看孩子用面包喂鱼。他曾带孩子去乘游船，买鱼食喂锦鲤。孩子念念不忘的就是喂鱼。她似乎很喜欢鱼，总怕船把河里的鱼压死。

孩子的世界，大人总是难以理解。一对外国夫妇，带着五个孩子游石窟，在拥挤的人群中感受中国历史文化的沧桑。安琪对风蚀的佛像感到害怕。她看到彩绘的壁画和造像，甚至会瑟瑟发抖。顾之风不知道，成人眼中的世界，在孩子眼里会是何种模样……

他进商铺给孩子买热狗和冰激凌，请摄影师给他们在大佛前拍照。

在博物馆文创商店，孩子看到一只绘有九色鹿纹样的瓷盘。她惊呼："姐姐，安琪梦里的姐姐！"顾之风拿起瓷盘，觉得烧制得略显粗糙。他见安琪喜欢，询问后买下瓷盘。

九色鹿，张露怎么会是九色鹿？荒谬的想法，还是某种预兆。

安琪显出疲惫。顾之风带她离开博物馆。他本想在景区里吃饭，但拥挤的食客不愿给他和孩子让座。他抱起孩子，环顾来来往往的人潮，感到每个灵魂都在冷漠地窥视他人。

不远处的池塘有娇美的莲花、高贵的天鹅和戏水的野鸭。安琪强打精神，取出面包，跑到木栈道上喂天鹅和鸭子。孩子看到面包被抢食，高兴得手舞足蹈。

亲近自然，是孩子的天性。他感到饥肠辘辘。安琪似乎忘了饥饿，边喂野鸭边说："老师，我想在这里喂鸭子，不想看那些无聊的大房子，也不想看那些吓人的石像。"

"咱们去吃饭好不好？"顾之风问。

"也行呢。"安琪将手里的面包都抛出去，随顾之风离开景区。

景区外有露天馆子。他要了大同刀削面、浑源凉粉和五香驴肉，口味不算地道。

巷子里有师傅在吹糖人，围着几名游客。顾之风见安琪喜欢，请师傅吹制糖人。师傅头发花白，戴副厚厚的老花镜。老人将饴糖加热，揪下一块，揉好后拉出一根细糖棍儿，眼睛眯缝瞅着手里的糖稀，鼓起腮帮子边吹边捏，不一会儿就捏出只活灵活现的小猴子。

他微笑着将吹好的糖猴递给安琪，对顾之风说："我们吹糖人的祖师爷可是刘伯温。"

顾之风付完钱，并未感觉幽默。他抱孩子去取车，目送返程车辆从身边驶过。他多么希望张露会搭乘其中一辆。可惜，只是空想。他还是记挂张露，不知道她是否还在拉萨。偶然邂逅的女子，却会在他心里扎下根。忘却，需要时间。有些人，此生只会遇见一次。

　　孩子趴在他肩膀上睡熟，手里抱着糖猴。顾之风小心翼翼地将她放进安全座椅，系好安全带。他将糖猴从她手里取下，却没有合适的地方存放。他关上车门，但不小心将糖猴碰碎。

　　他感到可惜，把它丢进路边的垃圾桶。不知孩子醒来会不会要，他懊恼自己笨手笨脚。

　　旅行是短暂的停留，生活是长久的坚守。我们好奇的，也许正是别人厌倦的。

　　人们都喜新厌旧。我们亲手制造偶像，又亲手毁掉偶像。我们共同制造生活，又想方设法逃离生活。众生有万象，人心却不止万象。人在创造文明，又在毁灭文明。人在欲望中起飞，又在欲望中坠落……人心，是一切的本源，连接我们与整个世界。

　　驱车，离开城市。沿途，是似曾相识的村庄。路上，阳光变得晃眼。

　　他看到村子里留守的老人，拄拐杖，坐在门前石头上晒太阳。皱纹堆垒的脸，有僵硬而麻木的表情。眼睛里满是生活的辛酸，没有任何神采。只是一瞥，他看到的是真实，还是想象。那张脸始终浮现在他的脑海，皱纹逐渐舒展，眉宇间增添几分慈祥，眼睛里涌现出对生命的渴望。面目逐渐模糊不清，变成了佛陀、悉达多，变成了芸芸众生……

　　几个小时的寂寞车程，沿途可以看到风力发电机形成的"风车森林"。他想起在瑞典旅行，曾见过满是风车的田野。汽车驶入乡间小路，孩子醒来，说想上卫生间。

　　他驱车寻找路边的旱厕，将孩子抱下车。不远处是开满蓝色花朵的胡麻花田。田埂边生长着几棵白杨树，几只麻雀落在枝杈上啾啾乱叫。他点支烟，远眺点缀在山坳里的村庄。

田园牧歌，已然伴随城镇化逐渐消失。农村，成为没有灵魂的躯壳。

不远处传来摩托车熄火的声响，他扭头，看到两个人停车向这边走过来。他没有在意，把烟掐灭，将烟屁股弹进茅坑。安琪从厕所里出来，想要说什么，表情瞬间僵在脸上。他感觉脖子下发凉，听到身后恶意的威胁："哥们儿，兄弟们手头紧，想借几个钱使使。"

十九　修罗之刃

抢劫！暴力的黑色幽默。顾之风感觉刀刃割破皮肤，隐隐有些疼痛。

对于这两个穷极而为的歹徒，他没有感到恐惧，而是感到愤怒。在远离都市的穷乡僻壤，没有监控的路边，如此卑劣的抢劫手段，不该出现在不谙世事的孩子面前。

他稍加思索，冷静道："钱包在车里，你们去拿吧。"他望向安琪，使眼色让她躲避。他不知这两个人只是劫财，还是会图财害命。他需要尽快脱身，保护幼小的孩子。

安琪很聪明，没有被吓得"哇哇"大哭，而是领会顾之风的意思，悄悄躲回厕所。

一个歹徒去车里翻找钱包。另一个歹徒用刀抵住顾之风的脖子，不停地吸鼻涕，精神显得萎靡不振。他扭头望向同伴，威胁道："你要敢玩花招，老子宰了你！"

料子鬼！瘾君子！顾之风飞速思考对策，想到西安被吸毒青年灭门的画家。

"钱，都给你们。但请你别伤害我。"他故作胆怯地央求。

"少废话，那得看老子心情！"持刀歹徒不耐烦道，转头朝草地吐口痰。

顾之风趁他说话分神之际，以迅雷不及掩耳之势使出分筋错骨手，劈手夺下他手中的匕首，顺势将他的手臂摘脱臼。那歹徒始料不及，疼得满地打滚，发出杀猪般的嚎叫。

"嘿，小子！我看你是不想活啦！"另一个歹徒拿到钱包，持刀冲过来。

顾之风冷眼瞧着冲来的歹徒，使出李小龙的凌空飞脚踢中对方面门。

那人满脸是血栽倒在地，爬起来想跑，被顾之风扫堂腿绊倒。他赶上一步，拳头如疾风暴雨般落下。那人被打得不断求饶。顾之风将他的匕首夺下，拿回钱包去找安琪。

那个胳膊脱臼的歹徒，用另一只手捡起短刀冲上来偷袭。顾之风听声辨位，回身踢在那人颈部。那人闷哼一声，倒地不起。顾之风取走他的匕首，丢进旱厕的粪坑。

两个料子鬼或赌鬼，在光天化日下抢劫！他瞅着倒地不起的两人，生出莫名的厌恶。

他从不沾毒品，对于吸毒者有种天生的戒备。他知道在毒瘾驱使下，人会做出禽兽不如的事情。任何闪失，都可能使他和安琪陷入无可挽回的悲惨境地。

他望着倒地的两人，心里不是滋味。幼年时，他和肖正阳跟随名师学习八极拳、擒拿手、截拳道和跆拳道。家族想培养他们的自卫能力。他们用学到的本领搞校园帮会。他不崇尚暴力，却认为暴力问题要用暴力方式解决。以暴制暴，暴力的黑色幽默。

顾之风召唤安琪，从厕所边把瑟瑟发抖的孩子抱起来。孩子受到惊吓，脸色惨白地盯着倒地的歹徒，眼泪汪汪地低声问："老师，那两个叔叔是什么人呀？"

"他们是坏人。"顾之风说。坏人，这个定义是否准确？

他把孩子放进安全座椅，点支烟，想着如何处理两个歹徒。一念之差，可能毁掉一个人。但愿他们好自为之。他将抽剩的烟掐灭，给孩子系好安全带。没有报警，驱车离开。

"老师，你的脖子在流血。"安琪声音颤抖。

"别担心，只受了点皮外伤。"他摸着隐隐作痛的伤口。

"老师，他们为什么要做坏人？"安琪忐忑地问。

他们为什么要做坏人？顾之风开着车想，为了钱，为了生计，为了不劳而获……铤而走险需要勇气，尤其在一个法治社会。也许坏人是相对的称谓，对于受害者而言他们是坏人，对于他们的家人来说可能是好人……或许他们家里有需要养活的妻儿。

他不由想到打家劫舍的梁山好汉，隐约记得林冲上梁山要纳投名状。那么，林冲究竟是好人还是坏人……替天行道，还是自以为是的标榜。在法制不健全的古代社会，暴力是否在某些时候代表正义……为何我们不恨梁山上的那帮"坏人"？

按照社会达尔文主义的说法，"优胜劣汰、适者生存"，那么力量代表绝对的权威。狮子成为百兽之王，只因它具有强大的力量。没有人会责怪它杀戮，反而很多人崇拜这种力量。很多时候，人类社会是用力量来代表正义，哪怕这种正义是"霸权"或"独裁"……

窃钩者诛，窃国者诸侯。好与坏的天平，总会人为地倾斜。难以回答的问题。

他不知道如何回答孩子的问题，轻轻叹口气说："安琪，老师不知道他们为何要做坏人，但老师希望你长大后，成为一个正直的人——一个正直的理想主义者。"

"老师，什么是理想主义者？"

"对未来满怀希望和梦想的人……"他谨慎地回答。他从未发现自己的言行，可能会影响这个纯真的孩子。他犹记得给安琪讲世界尽头，而安琪有段时间总说要去"世界远头"探险；他在幼儿园第一学期末接安琪，问她放寒假高兴不，孩子说"不高兴，我不想放'寒假'，我想放'热假'"……他觉得孩子像座宝藏，总会给人意想不到的惊喜。

"老师，为什么要怀有希望和梦想？"

"因为，有希望和梦想才能活得更幸福。"他再次感到自己的匮乏，不免想起参与两小儿辩日的孔子的尴尬。比起自认为广博的成年人，孩子更容易触及事物的本质。

他想到木心对孔子的评价——孔子，既不足以称哲学家，又不足以称圣人。他是一个庸俗的高级知识分子，奇在内心复杂固执，智商很高，精通文学、音乐，讲究吃穿。他欲望强盛，种种苛求，世界满足不了他，他一定要把不可告人的东西统统告人。

顾之风觉得，孔子讲的是周礼。他在春秋乱世讲"仁"，使人心没有彻底堕落。

视野变得开阔，可以看到路边的村庄。他以前听牧区的朋友说过火山草原，驱车驶向乌兰哈达火山群。他在火山脚下停车，看到最大的火山被开采，有卡车在装浮岩和火山渣。

司机是个穿磨损灰色夹克的黑色胖子。他戴墨镜从驾驶室出来，用蓝色塑料水杯喝泡得酽酽的浓茶。他脸上有道伤疤，面目略显狰狞，操浓重方言问："从外地来旅游的吗？"

"嗯，过来看看火山草原。这里不是景区吗？"顾之风递支烟给他，用打火机点燃。

"没有开发成景区，免费的，随便看。"他叼着烟，指向前面的火山说，"我们管这些火山叫太上老君的炼丹炉。那座是南炼丹炉，那座是中炼丹炉，那座是北炼丹炉。"

顾之风顺他手指的方向望去，感觉这些火山荒凉而壮美。

他曾去过夏威夷奇劳威亚火山及马克·吐温火山屋，也曾去过阿拉斯加的克里夫兰火山和墨西哥的科里马火山。比起那些著名的火山，这里的二十多座火山不过是低矮的山包。然而它们出现在草原上就给人别样的感觉，像茅盾在高原上看到白杨树般令人赞叹。

孩子兴奋地喊："老师，快看远处有羊群，还有牛群，在草地上吃草！"

"城市里的孩子，没见过牛羊。"司机笑着回到驾驶室。

顾之风从车里取下帽子给安琪戴上，带她沿斜坡登火山。孩子饶有兴致地捡拾散落的火山岩。她仰起精致的小脸问："老师，我可不可以把这些石头带回去？我好喜欢这些石头。"

"可以，只要你喜欢就好。"顾之风脱下外套，让她把捡来的石头放进去。

远处山脚下停了几辆越野车，几个男男女女在搭帐篷准备露营。孩子兴奋地跑到他跟前说："老师，看这是什么？！"顾之风见她手里拿了颗捡来的石头，微笑道："这是玛瑙！"

"我好喜欢这里的漂亮石头！"安琪仰起小脸说，"老师，我们留在这里好不好？"

"你想留在这里？"顾之风确认道。

"嗯，安琪想留在这里可以吗？"安琪眼神里充满期待。

"好吧，今晚我们留在这里。"他爱怜地用手抚摸安琪的小脑袋。

从火山口向下看，可见里面像一口长满野草的锅，锅底丢着玩过的纸牌、空饮料瓶和其他垃圾。中间有个水洼，里面满是沾满泥浆的火山岩——人类站在时间的入口，卑微得像一群蚂蚁。然而这群蚂蚁产生出巨大的破坏力，以证明他们的存在。

"老师，人们为什么要在里面扔垃圾？"孩子怅怅地问。

为什么？因为公共空间意识淡薄，还是柏杨先生说的"丑陋"。各人自扫门前雪，休管他人瓦上霜。这种陋习，是否应该改变？他从未觉得西方文化优于中国文化，反而觉得中国文化博大精深，值得每个中华儿女为之骄傲。但是每种文化都有缺陷，革故鼎新才能与时俱进。他叹口气，岔开话题道："走吧，咱们去搭帐篷好不好？"

"也行呢。"安琪答应道。

我们应该怎样教育属于未来的孩子？他边走边想。

记得有天晚上，孩子说老师我们以后做好朋友吧。他说好呀，做可铁可铁的好朋友。孩子认真地点头说，嗯，就像甜甜圈一样的"铁"、黑的"铁"，像面包一样"铁"、可甜可甜的"铁"。他哑然失笑，望着眼前蹦跳往下走的孩子，感觉世界都变得年轻许多。

他把安琪捡来的石头放进后备箱的塑料袋，取下折叠帐篷找块相对平坦的草地搭帐篷。夕阳西下，给火山镀上一抹艳丽的红色。不远处停着一辆吉普车，一个戴牛仔帽的男子坐在引擎盖上弹吉他，唱《美丽的草原我的家》。他的女伴在歌声中翩翩起舞。

顾之风搭好帐篷，取下自热火锅倒上矿泉水，等可以食用了唤安琪过来吃晚餐。安琪蹑手蹑脚在草地捉蝴蝶，听到呼唤欢快地跑过来："老师，有好多蝴蝶！"

虽然不是蒙古包，但坐在帐篷里吃简单的食物，还是有种回归自然的惬意。

暮晚的风带着花草的清香，有悠扬的牧歌从远处传来。他把吃剩的食物放进垃圾袋，取出水果用矿泉水洗净给孩子吃。肖正阳打来电话询问孩子的情况，声音里透出颓废与软弱。顾之风简要地介绍后面的行程，刻意隐去遇到危险的经历。

顾之风问他是否要和安琪通话，听到那边一声长叹，随即挂断电话。

顾之风望着采集野花的安琪，心里生出从未有过的落寞。巨大的孤独感压迫他，使他仿佛漂泊于浩瀚太空，成为宇宙中渺小的星尘……他的心在疼痛中片片碎落。

肖正阳，他亲如手足的兄弟，如今成为彻头彻尾的失败者。那种失败气息从他体内弥漫而出，使任何人都能感受到他那巨大的挫败感。他内心的城堡已轰然崩塌，残垣断壁里杂草丛生。这个如拿细耳人参孙般强大的男人，有着一颗如此脆弱的心灵。

天色暗下来，天空如克什米尔蓝宝石般清澈透明。月亮如同冰冷的弯刀在头顶高悬，璀璨群星亮晶晶地在空中闪烁。草丛中不时传来蝈蝈和蟋蟀的鸣声。他缓缓点支烟，望向摘下满手花草奔来的安琪。孩子采来紫花苜蓿、蒙古黄芩、野芍药、矢车菊、山丹花、金莲花、格桑花、鸽子花和小黄花："老师，这里有好多漂亮的花。"

他将烟掐灭，接过孩子递来的花，说："老师帮你把它们插起来好不好？"

"好！"孩子高兴地说。

他用瑞士军刀把空矿泉水瓶割开，把那些漂亮的花插进瓶子，倒上矿泉水递给安琪。安琪用小鼻子轻嗅花香，神情陶醉地说："真香，我要把这些花送给爸爸！"

顾之风轻轻捏下她的小脸说："你爸爸一定会很开心。"

孩子多么单纯，她不知道这些花根本保存不了多久。但是他不愿让孩子失望，违心地说出这样的谎言。谎言，或许还有补救的方法。他的脑海随之产生制作干花的念头。

"安琪，我们要不要让这些花保存得时间更久？那样就可以在带给爸爸的时候，仍然像现在这样漂亮。"他望着安琪问。

"当然想。我们现在就让它们保存得更久吧。"孩子充满期待地说。

"好吧。"顾之风将水倒掉，用瑞士军刀把多余的枝叶去除。他找棉线绑在花朵的底端，用面巾纸将花茎上的水吸干，在后备箱挂起晾晒绳，将花倒挂在绳上。

孩子安静地在旁边观看，等他做完所有事情，才好奇地问："老师，你这是要做什么？为什么要把花儿像晾衣服一样挂起来呀？"

"老师要把它们制成干花，那样它们就能保存得更久。"顾之风微笑道。

夜清澈而透明，仿佛所有的一切都包裹在蓝宝石里。安琪在睡袋里熟睡，鼻息变得均匀。顾之风关掉露营灯，独自坐在帐篷外边抽烟。不远处的帐篷亮着灯光，隐约有说笑声从帐篷里传来。远处村庄有零星的灯火，偶尔有犬吠从村子里飘来。

这里，据说曾是草原丝绸之路必经之地。在东方，草原丝绸之路和沙漠丝绸之路、海上丝绸之路，开辟包容互信、交融互鉴、合作互利的大通道。在西方，"枪炮、病菌与钢铁"，没有带来文明，而是摧毁文明。它们摧毁千年积淀的文明，也摧毁人们内心的信仰……

星空下，他隐约看到山顶上站着一匹白色盘羊。可是，那羊怎么会发光？他从车上取下望远镜，聚焦后看清山巅站立着一头曜曜放光的九色鹿。他疑心自己看错了，想走近些观看，却发现九色鹿已消失进茫茫夜色。他揉着眼睛，感到说不出的诧异。

月亮如同白色利刃，高悬在每个人的头顶。他将望远镜放回后备箱，怅然若失地走向自己的帐篷。他不禁想，我们的心灵正被这个物欲的世界侵蚀，所以无法看到真实的自然。

阿修罗，如神如鬼的存在。它的利刃划过世界，会给人类留下怎样的伤痕……

二十　孤独之鹰

"从未想过你我会这样结束，心中没有把握，只是记得你我彼此的承诺，一次次的冲动……"汽车音箱里播放黑豹乐队的《Don't Break My Heart》。

这首作品，由窦唯填词并谱曲，每一次都能触动他内心深处沉睡的记忆。

那个属于"魔岩三杰"的年代，窦唯、张楚、何勇签约滚石唱片公司。他们像冷寂夜空中绽放的焰火，在短暂的辉煌后，化为黑暗里悬浮的烟尘。

顾之风听着黑豹乐队的歌曲，感觉某种情绪正在侵蚀内心。

他需要祛除心里的负面情绪。他开车飞驰在高速公路，任风从车窗灌进来，吹乱他飘逸的长发。他将音乐调到适度，感觉沸腾的情绪，燃烧着涌动在血管里的激情。

"老师，你开得太快了，危险！"安琪不知何时已醒来，慢悠悠地说。

"对不起，老师开慢点。"顾之风从情绪里挣脱，降慢速度。

"老师，我喜欢听你唱歌。可以吗？"安琪轻声说。

"老师播放的音乐不好听吗？"顾之风问。

"好听，可是安琪更喜欢听老师唱歌。"安琪说。

"安琪喜欢听什么歌？"顾之风将车里的音乐关掉。

"嗯，喜欢听《龙的传人》。"安琪声音欢快道。

"遥远的东方有一条江，它的名字就叫长江；遥远的东方有一条河，它的名字就叫黄河；古老的东方有一条龙，它的名字就叫中国；古老的东方有一群人，他们全都是龙的传人……"

顾之风有浑厚而高亢的嗓音，特别适合唱摇滚。他读大学时曾组建苍狼乐队，做过相当长时间的主唱。他的贝斯弹得不错，钢琴和绘画更是伴随成长的漫长时光。不过自从他迷上架子鼓，就不愿再当主唱，而是愿意用架子鼓声来挥发自己的情绪。

摇滚，可以带人进入忘我的境界，在震撼中将消极的情绪排出体外。

他非常需要理查德·怀斯曼所说的"正能量"。他的身体里住着另一个自己——那是个不受任何拘束的带有邪恶能量的暗黑自己。他不愿自己灵魂深处那个沉睡的黑暗天使苏醒，将原始而邪恶的力量爆发出来。他需要孤独地平复，然后回归正常生活。

"老师，我们为什么是龙的传人？"安琪好奇地问。

"这个，和图腾有关。"顾之风边开车边思考如何回答。

"那是什么？"安琪无法理解顾之风的话。

"华夏民族的祖先是炎帝和黄帝，因此我们被称为炎黄子孙。涿鹿大战，他们联合起来打败蚩尤，逐步统一天下部族。当时，黄帝为安抚归附的其他部落，便将他们的图腾各取一部分组合起来，包括蛇身、猪头、鹿角、牛耳、羊须、鹰爪、鱼鳞等，形成了'龙图腾'。我们中国人信奉'龙图腾'，也就成为'龙的传人'。"顾之风字斟句酌地说。

"老师，什么是图腾？"安琪继续问。

"图腾，是由于人们对自然不够了解，所以就把某种动物、某种植物、某种器物，作为自己的祖先或保护神，进行崇拜。"顾之风稍感吃力地应对孩子的问题。

"不了解就要崇拜吗，真奇怪！"安琪叹口气。

奇怪吗？苦笑。顾之风习惯孤独，并享受孤独；感觉自己沉溺于孤独，逐渐丧失交谈的能力。他的身体里有一种力量，始终支撑着他，使他不会堕落。孤独时，他才能真正感觉到这种力量。然而，孤独正在不断侵蚀他，使他逐渐远离人群，成为浩瀚虚空的一部分。

他害怕，有一天自己会被虚空彻底吞噬……

在充满叛逆的年代，他和肖正阳、蒋明坤、杜哲浩，偷偷从外跨楼梯爬上百货大楼的天台。他们用录音机播放卡带，啃着鸡腿、喝着啤酒，吼唱何勇的歌《垃圾场》：

我们生活的世界，就像一个垃圾场。人们就像虫子一样，在这里边你争我抢。吃的都是良心，拉的全是思想。你能看到你不知道，你能看到你不知道？我们生活的世界，就像一个垃圾场。只要你活着，你就不能停止幻想。有人减肥，有人饿死没粮……

他们买下专辑，疯狂地吼唱。只为这叛逆的歌曲，契合心中叛逆的思想。

他们都有不错的家境，但父母忙于工作，忽视他们的成长。他们内心深处，叛逆如野草般疯长，用以遮蔽长期被无视的创伤。他们在一起很快乐；更多的时候，他们只能独自咀嚼漫长的孤独。他们像一群猴子，迫不及待想冲出森林，变成花花世界里的成人。

他们的叛逆，一部分是想发泄心中的不满，更多的是想引起别人的重视。他们不愿被忽视，所以用叛逆来引起人们的注意。他们渴望被关注，更渴望被理解。

可是，他们只能得到物质上的给予，而根本得不到心灵上的慰藉。他们将叛逆奉为图腾，满怀对于社会和成人世界的敌对情绪，肆意破坏他们认为美好的一切。

他们就要成年，却无法独立。他们有自己的理想，却无从实现。他们年轻，他们自我，他们充满青春活力。可是，那些地火般涌动的能量，只烧灼他们的内心，却没有合理的渠道迸发释放。他们聪明而独立，承受清醒的痛苦。痛并快乐着！这就是他们的无奈。

"小孩，从出生开始就在原谅家长，原谅家长犯的各种自以为是的错误。直到有一天，孩子不想再原谅，就变为成人眼睛里所谓的叛逆……"他忘了这句话是谁说的。

青春，是叛逆的。不知为何，他开始怀念已然逝去的青春。

人们已知不再拥有，所以开始选择怀念。也许自己真的不再年轻，他觉得自己已和年轻人有了代沟。他不是"低头族"，不愿将大量时间浪费在没有价值的事情上。可是他的努力和效率，最终只换来银行账户里的数字。冰冷的数字，使他觉得自己的人生很失败。

时间摧毁很多东西。至少，他的很多优势，被时间抹平了。

"老师，我想去卫生间。"安琪嗫嚅道。

"好的，老师找最近的服务区。"他用导航搜索，将车开进服务区。

安琪走进去。他去超市买了包烟。孩子出来，在盥洗台前洗手。他带安琪走出服务大厅，到屋后空旷处抽烟。远处有开拖拉机的农民。人们渴望田园生活，其实农民的生活辛苦而乏味。人们向往草原生活，可是辽阔与广袤的背后，是常人难以想象的孤独与寂寥。

在乌兰哈达火山野营，他突发奇想，想带孩子感受草原丝绸之路。他与朋友简短通电话，就仓促驱车开进锡林郭勒牧区。清澈明净的天空，无边无际的草原，豪放热情的牧民，成群游荡的牛羊……记忆中原始而粗犷的生活，是否会使人忘却城市的喧嚣与烦忧？

他抽完烟，将烟蒂掐灭，走向停在服务区的汽车。超市的扩音器里，播放着赵传的歌《我是一只小小鸟》。他进去买了衡水老白干、熬奶茶用的川字砖茶、新鲜的水果和蔬菜、食盐、必要的调味品及各种糖果、巧克力。他给安琪买了安慕希酸奶和奥利奥饼干。

店老板在用笔记本电脑玩"大话西游"，女售货员过来结账。他将采购的物品放进后备箱。一个穿棉布衣服的清瘦女子，扎着麻花辫，神色木然地坐在休闲椅上发呆。一个有故事的女人，流落在这偏僻的高速公路服务区。他想，不知张露是否还在继续自己的旅行。

他苦笑，把安琪抱上安全座椅，系好安全带；启动汽车，驶回高速公路。

每一个叛逆者，都曾对他叛逆的目标抱有强烈的愿望。他们之所以反叛，只因他们已然失望——彻底的失望。自己是否感到失望，是否会重新成为一个叛逆者？

他驶出高速公路，进入省际公路。省道上有一老一少，骑着插彩旗的山地车，驮着帐篷和饮用水谈笑风生。驴友，望向快乐的他们，他觉得亲切。国内越来越多的人开始迷上旅游，越来越多的地方被粗暴地开发成景区。骑自行车的自助游，是简捷而环保的方式。

沿途有小卖部、汽车修理铺和小饭店。他找了家看起来还算干净的饭店用餐。安琪喜欢吃鱼香肉丝，他迁就孩子，饮食发生变化。他们走出饭店时，天空飘起细雨。

"小伙子，进牧区要备好汽油。不然，会被困死在无人区！"

"谢谢老板。"他买了备用油桶，去加油站加满油。

他给孩子放好水果，驱车进入茫茫草原。雨越下越大，伴随轰鸣的雷声。他打开刮雨刷，依然难以清除车窗上的雨水。他将车停下来，坐在车里孤独地望着雨。

"老师，我们就在车里好不好？我喜欢这种感觉。"

"好呀，我们就坐在车里看雨。"顾之风望着外面的疾雨。

草原在滂沱大雨中变成灰蒙蒙一片，仿佛从平地上升腾起云雾，有烟雾缭绕的感觉。乘坐的越野车成为他们的避难所。他无所事事地枯坐在车里，听雨点砸在车身上噼里啪啦的响动。雷声轰隆隆从头顶呼啸而过，远处可以看到蓝紫色闪电。

几年前，他在美国俄克拉何马州，曾与几位研究龙卷风的朋友，驾驶改装过的特殊汽车，去追踪龙卷风。铺天盖地的黑云，形成飞速旋转的巨大漏斗。一条犹如巨蟒的龙卷风，将树木连根拔起，抛向灰暗的天空。闪电如树木繁杂的根系。暴雨拼命砸击车窗玻璃。他们目睹风暴形成，远眺它席卷而来，感到恐惧而兴奋。如今，他无聊地被困在车里。

"老师，我长大后要嫁给你！"安琪突然说。

"什么？"他感到震惊，不由发问。他不禁想到纪德的《田园交响曲》。当然，还有作家刘易斯·卡罗尔。据说他喜欢上小爱丽丝，为此里德尔一家与他断交。

"安琪喜欢老师！"孩子稚嫩的声音敲击他的灵魂。

"安琪不能嫁给老师。"

"为什么呀？"安琪焦急地问，"安琪就想嫁给老师！"

"因为老师是长辈，所以安琪不能嫁给老师……"顾之风声音干涩道。

他不知孩子为何会产生这样的想法。荒谬，怪诞。自己不该与孩子太亲昵，否则会影响她的成长。幸亏，雨来得猛烈，去得也快。他见雨势减弱，开车沿湿滑草地，继续前行。

他感到心口压着块石头，使他透不过气来。他凭着记忆，开往朋友的住所。

锡林郭勒草原，是成吉思汗之孙忽必烈称帝的地方。蒙哥汗在漠北即位，命弟弟忽必烈总领漠南汉地军国庶事。忽必烈在滦河北岸建立开平府。他建立元朝，定都开平府。开平府，后改称上都。

顾之风曾在金莲盛开的季节，与朋友游览正蓝旗的元上都遗址。他望着被杂草覆盖的残垣断壁，心里有无法言说的感喟。夜晚，罐鼓、四胡、马头琴、火不思、托布秀尔、冒顿潮尔和呼麦演奏的动人心魄的乐曲，才使他摆脱低落的情绪。

这里没有呼伦贝尔大草原的草甸，也没有阿拉善沙漠的胡杨。这里水草丰美的乌拉盖草原，更能充分体现生物多样性。每个时节都呈现不同的颜色，美得令人心旷神怡。

他此行目的地不是乌拉盖草原，而是洪格尔高勒草原。沿途可见起伏的草原火山、连绵沙丘、甸子地和水泡子。整片草原因季节变得丰富多彩。遍野的羊草、野麦子、沙芎、芨芨草，夹杂车前草、香青兰、灯芯草、黄芩等。山坡上的树木更是色彩斑斓，美不胜收。

雨过天晴后，隐约可见云朵间出现的彩虹。湛蓝的苍穹下，驱车行驶在辽阔无际的草原，远眺鸿雁高飞、鸨鸟狂奔、沙鸡隐现，以及偶尔从草丛窜出的黄羊或狍子，随时随地能感受到草原带给人的意外惊喜。他沉闷的心情逐渐开朗。安琪也开始观察外面的风景。

他们驱车到达俄日勒和克的毡包，已是黄昏时分。天边的云彩被染成艳丽的红色，又渐变成银灰乃至铅黑。草上挂满亮晶晶的水珠，被美妙的光色晕染。

俄日勒和克骑着蒙古马，手持柳木套马杆飞奔而来。后面跟着一匹毛色漆黑的小马驹。他望见顾之风的越野车，将枣骝马拴好，笑容满面地奔过来。顾之风和他亲热地拥抱。

黑背黄足牧羊犬窜出来，"汪汪"乱叫，在他们周围兴奋地活蹦乱跳。

他用粗犷浑厚的声音喊："奥敦高娃，你看谁来啦？"

他的小儿子嘎鲁和两个女儿阿茹娜、阿如温查斯跑出来。

他将小儿子嘎鲁抱在怀里，故意用胡子楂扎他粉嘟嘟的小脸。嘎鲁用胖乎乎的小手抵抗父亲，嘴里嘟哝："额吉在照顾客人。阿瓦是刺猬，满脸都是刺！"

俄日勒和克将顾之风让进蒙古包，说："奥敦高娃，我的好安达来啦！"

"最近过得好吗？"顾之风把车上的东西搬进蒙古包。

"还不错。我们在政府的支持下，加开六个包。天气暖和的时候，接待外地来的游客。我雇了两个厨师，一个面案。我母亲格根塔娜和妹妹陶格森欧德，也帮忙招待游客。六月至九月，是草原旅游的黄金期。过了这段时间，天气凉了，游客也就没了。"

顾之风走进毡包，看到架子上落着一只鹰。那只鹰爪上戴有脚环，显然还没有驯好。他知道俄日勒和克是熬鹰和驯鹰的高手，但始终没见过他熬鹰，只目睹过他带猎鹰捕野兔。

他出于好奇，走近那鹰。鹰扑腾翅膀，威胁地叫起来。他看到鹰眼中的敌意，也看到它目光中透出的孤独。不知为何，他心生怜悯。他没有继续走近，不觉愣在那里。

他望见架子上的物件，暗想，莫非张露也曾来过这里！

二十一　草原之狼

在这里，人的脚和鹰的脚，在一起歇息于险恶的高山洞穴，以雷鸣的步子在黎明踩着稀薄的雾霭，触摸着土地和石块，直到在黑暗中或者死亡中把它们认识……

——聂鲁达《马克丘·毕克丘之巅》

这个世界，总有些事物，给人似曾相识的感觉。

有时，这种感觉使人产生前世今生的联想。万物轮回，周而复始……

在将暮未暮的黄昏，他安静地读聂鲁达的诗集，呼吸清冽的空气，享受清寂的生活。

顾之风始终有种感觉，自己是风之子，也是草原之子。他喜欢草原的辽阔，喜欢草原的博大，喜欢草原的自由，喜欢草原的不羁……来到草原，他看到自己灵魂的模样。

安琪喜欢和比她大的孩子玩，不停追逐着阿茹娜、阿如温查斯，快乐得像个草原上的小郡主。对于想跟她玩的嘎鲁，安琪总是满脸嫌弃地把他推到一边。嘎鲁满脸委屈"哇哇"大哭，口里喊"姐姐、姐姐"。他的两个姐姐忙跑过去哄他，想办法逗他开心。

俄日勒和克与奥敦高娃对孩子缺乏宠溺。他们觉得孩子是长生天的恩赐，采取散养方式，任由他们在草原上生长。他们夫妇都是海量。大家吃着手把肉，喝着马奶酒，唱着蒙古歌，聊着过往事……等一切归于平静，顾之风独自在草原漫步，才觉出心中的寂寥。

俄日勒和克是顾之风在北京结交的朋友。大约是五年前的冬天，顾之风和肖正阳、吕斌一起去看车展。晚上，三人跑到簋街的胡大饭店喝啤酒、吃小龙虾。几个喝醉酒的小流氓大呼小叫，对邻桌俄日勒和克漂亮的妻子动手动脚。俄日勒和克喝了酒，与几人动起手，被小流氓们围起来群殴。顾之风看不惯，出手相助。肖正阳和吕斌也大打出手。

人家招呼帮手，顾之风等人见势不妙落荒而逃，跑出几条街，几人打车离开。

那之后，顾之风与俄日勒和克及他的妻子成为朋友。顾之风每次想来草原，都会给他打电话。每年八月初，锡林郭勒举办那达慕大会，他都会给顾之风打电话问来不来。

当初，俄日勒和克想经营蒙古餐厅缺资金，顾之风帮他解决燃眉之急。餐厅经营起来，顾之风每年都利用自己的关系，给他介绍几个大旅游团……俄日勒和克性格豪爽，待人真诚，是可以交心的好安达。这种亲如手足的兄弟情义，不因时间和距离而改变。

两人都是性情中人，没有虚情假意的客套和应酬。掏心窝子说话，尽情开怀畅饮，随心所欲在草原上驰骋。他曾想邀肖正阳来牧场散心，被肖正阳婉言谢绝。

　　顾之风喜欢田园牧歌，安静地享受生活。他羡慕俄日勒和克和奥敦高娃的生活，却无法过他们那样的生活。首先，没有心灵契合的女子，陪他过这种生活；其次，没有实现心中的梦想，不甘心过退隐生活；再次，不希望年事已高的父母，因他离开而伤心终老。

　　在草原上的悠闲日子，他可以静心读书，也开始思考自己过往的人生。

　　随着年龄增长，他逐渐理解父亲创业的艰辛和人生在世的不易。

　　创业者，难免会面临事业与家庭的抉择。权衡利弊后，他们只能痛苦地作出决定。

　　有些决定，也许不能算作痛苦。因为"大丈夫何患无妻"的古训，为古代的英雄在家庭上开辟新的出路——只要你是成功者，不仅可以有三妻四妾，还可以有三宫六院……随着现代文明的发展，引入西方基督教的一夫一妻制，人们缔结婚姻才会从一而终。

　　这是婚姻的幸运，还是婚姻的不幸？为此，他倒有些钦佩自己的父亲。

　　父亲创业成功后，没有做背德者，也没有舍弃婚姻。他始终保持男人应有的尊严，做自己的事。他没有依附于祖父的荫庇，而选择以自己的方式开创事业。他想让顾之风继承自己创造的庞大企业。可是，顾之风更愿意创造属于自己的未来。他们本质上是一样的。

　　父亲为他创造一切，希望他在有生之年不用为钱而辛苦打拼。这种优越，使他有足够的时间实现自己的梦想。父亲不干涉他的生活，希望他能够独立，而非成为一事无成的"啃老族"。然而，他更愿意像祖父或父亲，成为一个创业者，而不是一个守业者。

　　"创业难，守业更难。时代已经变了，中国人应该打破富不过三代的怪圈。"这是他离家之前，母亲对他说的话。母亲希望他与父亲和好，也希望他能成为家族企业未来的领导者。

可他不愿坐享其成，不想坐拥父亲创造的财富，更不想自己的一生只是父亲商业生命的延续。他看到可悲的阶层固化，看到"官二代""富二代""星二代"的诸多弊端。他希望整个社会，能够变得更开明、更开放、更开阔，而不是更黑暗、更闭塞、更狭隘……

矛盾，始终存在。他不愿接受父母安排的命运，也不愿意一再伤父母的心。

他活着，不是因为他是一个有感觉的人，而是因为他是一个有思想的人。

他认为，叛逆是年轻人的专利。到了一定年龄阶段，人应该学会承担更多责任。

愚忠愚孝固然不可取，不忠不孝则更不可取。孟子讲，"老吾老以及人之老，幼吾幼以及人之幼"。连自己的父母都不孝顺，谈什么人格与思想，不免自欺欺人。

一直以来，他只顾及自己的感受，全然不考虑父母的感受。

他像旷野的基督，独自面对命运的抉择。读过"浪子的比喻"，他才逐渐明白父亲的心意。从伦敦回来，他始终携带一本中英文版《圣经》。在痛苦无助的时候，这本书使他得到心灵的安慰。他隐约明白人的本质和上帝造人的目的。人类需要救赎，否则只能自毁。

在伦敦时，美丽的姑娘奥利维亚送给他这本书。她说，这是智慧之书，也是拯救之书。它起源于世界文明的源头，跨越漫长的历史之河。那个被选中的民族，从一个弱小的游牧部落，扩散到世界上绝大多数国家，几乎传遍整个世界——了解，然后相信它。

顾之风不愿反驳，也没有相信。他认为，知识没有国界，也不应刻意划分种族。人类的情感是相通的，人类的智慧也是相通的。人之人之间，没有必然的仇恨，也没有必然的隔阂。他愿意了解人类的智慧。他读马克思和恩格斯的著作，也读佛经和《古兰经》。

在英国乃至欧洲，他见到人们虔诚的信仰，觉得不可思议。他读了西方的圣书，还是无从理解他们的信仰。人的能力是有限的。事物发展到能力极限所无法解决的阶段，很多人选择以孤独而绝望的方式，走向生命的终结……这可能是很多企业家自杀的原因。

顾之风从小溪边往回走，看到栅栏旁的青石边，有一明一灭的微弱火光。

那火光像夜色中的一只萤火虫，在孤独地对抗无边无际的黑暗。

他走近，才看清是一位穿着棉布裙、披着黑色外套的清瘦女子。她像哥本哈根的美人鱼雕塑，娴雅地坐在青石上抽烟。她扎着马尾，刘海遮去半边脸，使脸显得很小，眼睛显得很大。她的眼睛清澈如同夏日阳光，鼻子小巧而高挺。丰腴且性感的嘴唇，使整张脸有种动人的魅力。轻柔月光下，她的皮肤白皙而细腻，像一位匠人精心烧制的白瓷，稀有而美好。

顾之风知道这可能是错觉。常年旅行的人，多数皮肤会因风蚀而粗糙。

女子抬眼瞧着走过来的顾之风，眼神深邃而忧郁，隐藏着外人无法得知的故事。

"抽烟吗？"她的脸上露出似有似无的笑意，像蜻蜓点水般一闪而逝。

"谢谢！"顾之风接过她递来的烟，掏火点燃。

"为什么男人都喜欢用Zippo打火机？"她问完，不再看顾之风。似乎这问题不需要回答。何况顾之风也不代表所有男人，他只能代表自己。

"也许因为它不仅有故事，而且是唯一。"顾之风抽着烟，微觉尴尬，不知道该坐在青石上，还是一直站着。面对陌生的女性，他总是缺乏应对的智慧。也许内心平静的人，能够洞察茫茫人海中，与他灵魂相近的同类。虽然不曾相识，却没有疏离感。

听到顾之风的答案，女子抬眼打量他，令他微感不舒服。她转而注视手中的烟，似乎自言自语地说："很多人认为，服装、皮鞋、手表、汽车，乃至香烟和打火机，会彰显出一个男人的品位与资历。不过，一个真正资深且有品位的男人，不需要这些，也照样会显得与众不同。因为他的言行和举止，便足以透露他的身份与地位。"

"何以有如此论断？"顾之风瞥见她胸前佩戴着一枚锋利的狼牙。

"男人的气场，是他最好的名片。"女子自顾自地说。

"你很了解男人？"顾之风吐了个烟圈，注视它在夜色中消散。

"我只了解，我能了解的男人。为什么来草原？看你不像是来旅游的。"她深深吸口烟，将烟蒂在草地上揉灭。她揉得很用力，略带些神经质。物质可以装饰人的外表，却无法掩盖人的内心。人，来自灵魂的苍白，是物质掩饰不了的。

"为什么我不像来旅游的？"顾之风没有回答她的问题，反问道。

"直觉。女人的直觉，通常是很准的哟。"她怅怅吐口气，抬头望向星空。

"女人的直觉用在男人身上，往往会出错。"顾之风不喜欢抽女性的苏烟，将烟掐灭，换成自己的烟。"抽吗？"女子摇了摇头。顾之风自己点支烟，"有的人旅行是为了释放，有的人旅行是为了炫耀，有的人旅行的是为了寻找……"

"很有诗意。"

"为什么独自在外面？"

"和你一样。"她用秸秆在草地上画着图案。顾之风不由想起地上画字的耶稣。她的手指纤细，骨节分明。她仰起头，叹口气道："独自旅行的人，内心一定孤寂而冰冷。"

"为何这么绝对？"顾之风透过袅绕的烟，瞧着她。

"其实，你心里明白答案。"她站起身道，"我该回去了。希望以后还会见面。"说完，她朝一座蒙古包走去。她的身影被月光拉长，显得悠远而孤独。

顾之风望着她的背影，觉得有种熟悉的味道。是谁呢？张露吗，她身上还残存少女的清纯。眼前的女子已褪去少女的青涩。她像成熟期的张爱玲或三毛，已然被岁月深深印记。

夜里，蒙古包里飞进几只蚊子。顾之风费了九牛二虎之力，也未能将蚊子完全清除；反而因筋疲力竭睡得沉，被蚊子在眼皮、手臂和大腿上咬下几个包。他觉得奇痒难耐，用衣服蒙住头才勉强睡安稳。心想，幸亏安琪与俄日勒和克的孩子们睡，不然也会被叮。

清晨起来洗漱才发现，眼皮肿得几乎将眼睛封死，手臂和大腿上肿起鸡蛋大的包。没想到草原上的蚊子这么厉害！他找奥敦高娃要风油精抹上，仍觉得痒得钻心钻肺。

昨晚邂逅的女子和几个朋友在驾驭上鞍鞯的蒙古马。在晨曦里纵马奔驰的神情，与昨夜的颓废判若两人。顾之风用奶茶泡手把肉吃早餐，欣赏晨光里女子英姿飒爽的风采。

张露会不会也曾来过这里？他想到俄日勒和克毡包里，那本杜拉斯的《抵挡太平洋的堤坝》和一串藏传佛教的白砗磲项链。他猜测这两件东西，可能是张露的物品——或者，本就是奥敦高娃的物品。她可能喜欢杜拉斯，又信奉藏传佛教。他决定询问奥敦高娃。

俄日勒和克骑摩托车去镇里办事，奥敦高娃去收拾退订的蒙古包。

他经过昨晚女子坐过的青石，看到地上画着一匹狼——草原狼。

狼图腾，草原民族的图腾。母狼阿史那的后代，美丽动人的匈奴公主……

宫崎骏的《幽灵公主》，是否取材于突厥的古老传说？珊，被狼神莫娜收养，成为森林的守护者。

顾之风远眺骑马驰骋的女子，恍惚觉得她像某位匈奴公主的转世。

走进毡包，见奥敦高娃在铺床单，他犹豫再三问："高娃，你毡包里有串白砗磲项链很漂亮，我想买一串带回去，不知从哪里可以买到。"他为自己拙劣的说谎而赧颜。

奥敦高娃含笑望着他，说："是要买给女朋友吗？喜欢你就拿去吧。"

"这怎么合适？"顾之风觉出自己的虚伪。

"那是几个月前，来这边旅游的女孩留下的。她只待了一宿就离开了。我收拾毡包，就把它搁在那里。我曾给她打电话，她说相遇即是有缘，这项链就送给我哩。"

"那女孩叫什么名字？"

"好像叫赵璐，或者张露，哦，应该叫张露吧。"奥敦高娃说。

几个月前，张露来过这里。看来自己的猜测没错。

"那个女孩很特别，她的后颈有一枚鹿头文身。"奥敦高娃回忆道，"我们蒙古族有关于苍狼白鹿的传说，所以我对那个叫张露的女孩印象很深。"

"我来这里之前，曾邂逅那个女孩。"

"哦，这么巧，真有缘分。"奥敦高娃的眼睛笑成弯弯的月亮，显得很迷人。

"这不叫缘分吧。"顾之风苦笑，走出蒙古包。心里漾起淡淡的惆怅。

"等下，我给你取白砗磲项链。"奥敦高娃追出蒙古包。

"不用了，别人戴过的东西，还是给她留着吧。"

鹿文身，九色鹿，张露是否真是九色鹿的化身？那么，经常出现的黑衣人呢，是否是传说中的苍狼？看来我得破解这个谜题，找到隐匿的答案！顾之风想。

二十二　荒野之狐

禹年三十未娶。行涂山，恐时暮失嗣，辞曰："吾之娶，必有应也。"乃有白狐九尾而造于禹。禹曰："白者，吾服也；九尾者，其证也"……于是娶涂山女。

三十未娶。遇九尾，而娶涂山女娇。顾之风夜梦九尾狐，想起《涂山歌》。

九尾狐，九色鹿……触手可及，或远隔千里。他感到自己的行为很荒唐，像在空中随风飘舞的蚍蜉。他告诫自己，不该让旅途邂逅的女子，在心里激起万丈狂澜。

他始终认为，只有经历过狂风巨浪的人，才会渴望平静的港湾，也才能懂得家的温暖。他见过很多卓越的成功人士，他们不会炫耀自己的经历，只会沉默地过好生活。

人应该坚持原则，明白自己想要什么，清楚自己能给予什么。就像海明威《老人与海》里的桑提亚哥，拖回大鱼的骸骨，安睡在自己的屋前。爱情，何尝不是如此。

对于婚姻，他始终抱有宁缺毋滥的态度，想找一位姱容修态的伴侣相守到老。可是，这个愿望似乎成为一种奢望。有时，他真怀疑月老是否将他的红线拿去织秋裤了。

不断涌动的想法，犹如要将他囫囵吞下的魔沼。他拼命想挣脱出去，却更深地陷入纷乱的思绪，被它们缠裹拖进无底的渊薮……他被思想的烂泥堵住口鼻，无法呼吸、更无法呼救。泥沼里无数伟大的面孔露出阴鸷的狞笑，贪婪地吸食他躯体里鲜活的生命……

渴望，如奔涌的岩浆，随时会冲破脆弱的血管，在干裂的皮肤上流淌出红色的河。他看到无数欲望的精灵，在红色的岩浆里跳舞，无情地嘲笑他愚蠢的行为。

一见钟情，还是长久孤独的需索？他原以为自己可以从容应对孤独，总有猝不及防的人事，将内心深处积压的情感搅乱。他心里明白，却无法走出无形的困局。

坐在青石上，他点支烟，望着远处策马飞奔的游客，心里涌起莫名的感伤。

安琪在采集白色的芍药、黄色的野罂粟、蓝色的鸽子花、红色的山丹花。她蹦跳着向顾之风跑来，脸上洒满阳光，高声喊道："老师，我告诉你一个秘密！"

"安琪要告诉老师什么秘密呀？"他微笑着问，努力驱散心里的阴霾。

"老师，"安琪趴到他耳边悄声说，"姐姐是头九色鹿！"

"姐姐，为什么是九色鹿呢？"他不理解孩子为何总要纠结这个问题。

"昨晚，我又梦见姐姐嘞。她是一头九色鹿。她的头上长着蓝色的角，有圣诞公公的驯鹿角那么大。"安琪伸开双臂比画，说，"鹿角发出蓝色的光，像冰蓝色的水晶！"

"那不过是安琪的梦。姐姐是人，不是鹿。"他纠正道。

"就是鹿，姐姐是九色鹿！"安琪噘起小嘴不满道，"早晨，我向奥敦高娃阿姨讲我的梦。阿姨说，这是长生天托梦给我。还说很久很久以前，有一头叫孛儿贴赤那的苍狼，和一头叫豁埃马阑勒的白鹿，结合生下蒙古人的先祖巴塔赤罕。"

"苍狼白鹿，巴塔赤罕……"顾之风重复，不知她如何记下这些复杂的名字。

阿茹娜和阿如温查斯召唤安琪。她冲顾之风做个鬼脸："老师，姐姐就是九色鹿！我找好朋友去咯……"她欢快地奔向自己的小姐妹。草原的阳光，将她晒得有点黑。不过，看着她在草原上获得友谊和前所未有的快乐，顾之风心里生出几许暖意。

安琪记性很好，可以达到过目不忘，也许是继承了安姝婷的优良基因。他带安琪去学钢琴，别的孩子还在理解老师说什么，安琪已经全部记住并能弹奏。

安琪会自己编故事哄自己开心。这是没有父母陪伴，没有同龄孩子陪玩，自己不得已学会的技能。肖正阳家的三个保姆，两个略上年纪，负责烧菜和做家务；一位名校毕业的研究生，给孩子教牛津英语，陪练钢琴和舞蹈。可是，孩子不喜欢她们。

幼儿园李老师说，安琪的语言，不是孩子的语言，而是大人的语言。她不会和同龄的孩子交流，有自己的主见，喜欢自己躲在角落里玩。这种孤僻，让他看到肖正阳的影子。独生子女，在村上春树所处的时代，被日本人视为异类，却成为另一个国度的普遍现象。

他似乎看到雪原上，一只银白色的狐狸，唇边挂着血丝，走进纯白的绝望……

俄日勒和克驾驶四座皮卡车，像一匹烈马扬尘而来。他把头伸出车窗，冲顾之风喊话，"安达，想什么呢？从外蒙古跑来许多狍子和盘羊，我们驾车打生去吧。"

顾之风闻言，挣脱萎靡不振。他本想告知安琪，但见孩子专注于玩耍，根本不在意其他事情。他苦笑，登上皮卡车，坐在副驾驶座问："捕猎野生动物不违法吗？"

俄日勒和克露出无所谓的表情，道："不是保护动物不犯法，在我朋友的牧场。这些外来的野生动物祸害草场和庄稼，我们狩猎是为了生存。前些年还打狼呢。你尽管放心好嘞。"

"台格！"俄日勒和克招呼他的猎犬。那牧羊犬如闪电奔出，跃上皮卡车后座。

乌日塔那顺是个黑瘦精干的汉子。一双眼睛，犀利如黑暗中的霹雳。他妻子萨日娜是个胖乎乎的矮个子女人，有一双褐色眼睛，稍微有点斜视。他们没有孩子。

乌日塔那顺夫妇都是热情好客的人。他们和俄日勒和克家是世交。乌日塔那顺是捕猎能手，猎枪没上缴前，每年都能收获不少野味。他说："猎人没有枪，就像雄鹰失去翅膀。"

萨日娜准备了丰盛的晚餐招待客人。她笑容满面地端上烤羊背、手把肉、灌肠、奶豆腐、奶皮和马奶酒。蒙古族人的酒量都很大，顾之风曾经领教过。他们在毡包拉着马头琴载歌载舞，开怀畅饮直到黄昏。因为夜里要狩猎，几人喝到半酣，便不再喝酒。

乌日塔那顺从墙上摘下弓箭，俄日勒和克则带了特制的弓弩。顾之风负责开车，感觉回到了金戈铁马的古代，跟随蒙古勇士开始一场期待已久的狩猎。

"安达，你留在车上！"俄日勒和克说完，同乌日塔那顺下车。猎犬跟在他们身边。草原上基本没有夜行人，更别说在自家牧场。他坐在车里乏味无趣，吃带来的风干肉和奶酪，喝草原上特有的"闷倒驴"——这酒有六十多度，喝下就能感觉到自己的食道和肠胃在燃烧。

草原上没有人查酒驾，喝酒反而可以御寒。顾之风与几位朋友，曾专程去蒙古国持枪夜猎。他们猎杀野猪、狐狸、袍子、黄羊和马鹿，拍视频炫耀自己的战利品。

如今，他坐在车里昏昏欲睡，听到黑暗中有响动，打开手电，看见俄日勒和克和乌日塔那顺扛着一只袍子往车上放。他下车帮忙，将猎物捆扎好。三人回到车里，俄日勒和克和乌日塔那顺喝着烈酒，聊起成吉思汗的黄金家族、草原丝绸之路和蒙古族荤段子。

猎狗吃了俄日勒和克割下的几块生肉，在草地上嗅着，"汪汪"地叫。

乌日塔那顺让猎狗上车，坐在副驾驶座上为顾之风指路。皮卡车在草原上疾驰。

"牧场围封啦，按牧户分草场。不让草场休息，会沙化。"乌日塔那顺担忧地说。

"去年冬天有野狼挂在围栏上，今年发现时已经成了一张狼皮！"俄日勒和克叹口气，在后座哼《狩猎斗智歌》。在指定地点停好车，他们带猎狗继续出发，让顾之风在车里守夜。

顾之风对这项工作颇为不满，却没有明说。他在车里待得无聊，下车在漆黑的草原上溜达。草原昼夜温差大，夜里寒气往骨头里钻。他穿上绿军大衣，才能勉强抵御寒冷。

他沿着朋友去的路线前行，突然听到"砰"的一声。他循声赶过去，看到一头盘羊倒在草丛。俄日勒和克跑过来，抱怨道："安达，若不是我眼尖，你就被当猎物射杀嘞！"

"嘿嘿，车里待着实在无聊！"顾之风自我解嘲道。

他跟随朋友抬猎物，发现还有两只獾和十几只野兔。他帮朋友将猎物带回车上。

俄日勒和克、乌日塔那顺灌了几口酒，躺靠在车里打起盹来。不久，车厢里满是他俩山响的呼噜声和熏人的酒气。顾之风不愿在车里待，走下车，仰望星光璀璨的夜空。

黑暗中有奇怪的响动。他警觉地用手电照过去，看到一双绿色的眼睛。他吓得一激灵，险些摔倒。他将包手电的布撤去，白色强光直射出去。那双眼睛消失在黑暗深处。

刚才看到的是什么东西？他惊魂未定，呆呆望向黑暗，觉得不可思议——据说姜戎的《狼图腾》腹稿，就源于锡林郭勒盟的东乌珠穆沁草原——难道看到的是狼？

前些年，锡林郭勒草原狼由于生态破坏几近绝迹。不过，听俄日勒和克说，近几年随着草原植被逐步恢复，曾有狼群袭击牧民的羊群。许多牧民取得批复，再次配备猎枪。

他快步跑回皮卡车旁，唤醒熟睡的俄日勒和克。俄日勒和克迷迷糊糊睁开眼，嘴里满是酒臭味。他含糊不清地问："什么事，有猎物来啦？"

"狼，草原狼！"顾之风兴奋地叫道。

"狼，我们可不能随便打。"俄日勒和克推门跳下车，在沙蓬前哗哗地撒尿。

"我还没有在草原上看过狼呢！"顾之风急切地说。

"我们倒是可以看看，别让狼把猎物叼走了。"他从后座取出蒙古刀，递一把给顾之风。两人沿沙丘和灌木寻找，没有看到狼的踪影，倒是有逃窜的野兔。

"野兔破坏草场，猎杀越多越好！"俄日勒和克说，"这几年，阿巴嘎旗草原狼时常出现，大多数都是在冬季食物稀少的时候。夏天草原上食物充足，狼群一般不会袭击羊群，也很少袭击牧人。草原上孤狼比较罕见，除非是掉队的老弱病残或受伤的狼。"

他们钻进灌木丛，并未发现有狼出没的痕迹。回到车旁，俄日勒和克披件军大衣值夜。顾之风将车座放平，蜷缩在副驾驶座位上睡觉。乌日塔那顺鼾声如雷。车窗上凝结着蒙蒙水汽。他躺下睡不着，用手机看电子书，看得眼睛生疼，才迷迷糊糊坠入梦乡。

夜里，做奇怪的梦。醒来，只隐约记得有头九色鹿，还有两只银狐。它们在冰雪覆盖的森林，发出令人毛骨悚然的悲鸣。他坠落山涧，带着求生的渴望，像只软体动物在雪里匍匐前行，身后留下脓血的黏液。一头受伤的狼，龇着冷冷的牙，尾随在他身后……

他伸个懒腰坐起，见俄日勒和克已狩猎归来，正坐在车边的大石上抽烟。乌日塔那顺想是去巡查了，还没有回来。顾之风从车上下来，感觉腰有些僵，浑身疼痛。

天还没有亮。东方地平线，黑色变成浅灰。天光放进来，有橙黄向蔚蓝再向深紫渐变。天和地，还是混沌的灰蒙，已经看不到星辰。东方一带犹如北极光带给人美好的遐想。随后色彩被洗淡，天空出现鱼肚白。苍穹仿佛变为透明，逐渐渗入玫瑰紫。橙红色曜灵，如农家笨鸡蛋的蛋黄。初生的金乌，在平直的天际线探出头，使万物流淌出金色的喜悦。

空气冷冽，带有花草的清香。俄日勒和克掐灭烟，从车里取下风干肉和酸奶，递给顾之风。自己大口撕下肉干，就酒津津有味地大嚼起来。顾之风吃着风干肉，小口喝酸奶，望着草原上升起金色的太阳。他头有些胀痛，脑海总会浮现昨夜看到的那双绿色眼睛。

天边的太阳，吃力地爬上地平线。鲜润的颜色，仿佛一枚蜜腺，使人有想咬上一口的欲望。随着太阳缓慢爬升，金乌的颜色变得靓丽。不过，还未形成耀眼的光华。它像一个初生的婴儿，无力地挣脱褓褓。终于，火红的球犹如挣脱母腹的哪吒，一下跃离地平线。肉球燃烧爆裂，从内部涌出无限能量。它的光芒变得夺目刺眼，人须眯缝起眼睛才敢看它。

但这只是它无穷力量的开始。它的能量源源不断地爆发，亿万道金光犹如利剑射出，照亮整个天空。它由橙红转为橙黄、转为鲜黄、转为赤白、转为白色，白得耀眼、白得夺目、白得令人不敢直视……黑暗被光明驱散，天空变成湛蓝。

顾之风看到烈日变成一只金乌，飞向高远的苍穹。他和俄日勒和克、乌日塔那顺收拾战利品，清点数目，打到了一只狐狸、一只狍子、一只盘羊、两只獾子、二十五只野兔。

三人将猎物捆绑好，一路高歌开车回驻地。

萨日娜已准备好早餐。他们在毡包里吃早餐，粗略分了战利品。俄日勒和克与朋友道别，开车回自己的牧场。俄日勒和克说："我父亲早年跑口岸，从外蒙古带回来两张雪豹皮和五张猞猁皮。这几张毛皮能换辆好车。可惜出售这些东西违法，所以只能留在家里。"

在毡包外停好车，俄日勒和克给顾之风分猎物。顾之风婉言谢绝。他不愿带野生动物的尸体，给自己招惹不必要的麻烦。俄日勒和克不强求，说将捕到的狐狸送给他作为礼物。

俄日勒和克是熟皮子的能手。他说，可以用这张皮做个暖和的围脖送给女朋友。顾之风不好拒绝朋友的好意，勉强同意。他为自己参与杀戮，感到某种难言的不适。

那双狐狸的眼睛，刺痛他的心。这只美丽的动物，有种让人怜惜的娇媚。他想到自己的梦境，觉得动物似乎都有人的长相。听祖母说前世为人，后世可能轮回成某种动物。

一个杀戮者，一个血腥的屠夫！瞅着眼前娇小美丽的狐狸，他突然产生强烈的负罪感。他让自己的灵魂沾满鲜血。因为，他觉得这狐狸像一个人，一个深爱过他的人。

二十三　天使之瞳

生命中总有不期而遇的美好，最终消失在茫茫人海。

顾之风的脑海，浮现出一双美丽的眼睛。那双眼睛，温柔而忧郁。

修长的睫毛，每一根都天然而美好，像婆娑的树影，投映在清明的眼眸。眼瞳像晶莹的褐色水晶，镶嵌于光洁水润的白璧。瞳孔有神秘而诱人的魅力，让人陷进去就再也无法出来。灵魂的黑洞，吸纳灵魂……那是天使般的眼眸，有来自天堂的清澈与明净。

时间的风，吹走过往的迷雾，使某些动人心弦的瞬间逐渐清晰。

少年时的某个阶段，顾之风喜欢躺在沙发里听齐秦的专辑《丝路》——他有些怀念消逝的年代，怀念那个散发青春荷尔蒙的自己——他像个垂暮的老人，偷窥记忆里那个熟悉而陌生的自己。那是一个无法用言语准确表述的年代，焕发出青春的躁动与狂放……

满是绝症、大海、奔跑、殉情、眼泪和兄妹恋的韩剧，带给迷惘、自我又憧憬爱情的少年懵懂的惆怅；满是侠义、江湖、轻功、奇遇、热血和兄弟情的小说，激荡骄傲、无畏又迷信友谊的少年稚嫩的心胸……他感觉，那时的少年都有狂躁的梦想和澎湃的激情。

多少年后，他在新几内亚岛看到天堂鸟的时候，才突然感触到青春的味道。只是那感觉一闪而逝，便离开他的躯体。仿佛被黑漏斗蜘蛛咬伤的人，在麻痹与迷幻中沉寂死亡。

单纯，是一种力量。这力量，也许比喧哗与骚动、成熟与世故更能打动人心。

原始的美，如塞加拉地区分布的金字塔，那种凝固的历史与文化，即使没有言语，也能给人来自灵魂的触痛。或者，像胡夫金字塔两百万块的巨石，五百万吨的重量；像六百年前在荒漠中被遗弃的塔尼斯都城，撒哈拉沙漠腹地石洞里赭石颜料留下的手掌印和原始而粗犷的岩画……它们不需要现代人自以为是的解说，就能给人震撼心魂的力量。

他觉得，那种单纯与洁净，甚至没有清晰的表白，或者在心里形成似有似无的忧郁感觉。也许比猛烈而灼热的带有肉欲企图的爱情，更能产生撼动魂魄的力量。

那年夏天，他搬进一个叫阳光小区的地方。房子三室两厅，是他叔叔闲置的房产。暑假归来，他不愿回家，就在那里小住。房间的采光良好，有大大的书架和铺着原木板的榻榻米。阳光明媚的下午，躺进藤椅里喝茶读书，给人温馨而舒适的感觉。唯一的缺陷是厨房里有蚂蚁入侵。他想了许多办法，采取了很多措施，始终没能很好治理。于是独处时在厨房里长久地观察蚂蚁，成为他百无聊赖中鲜有的乐趣。

一个阴郁的黄昏，他从新华书店买书回来，遇到一位久未谋面的朋友。朋友，也许算不上朋友。他隐约记得那人名叫宣铭鸿，是一个同学的表哥。他独自坐在街边石凳上，闷闷不乐地喝易拉罐啤酒，看到低头经过的顾之风，大声喊他的名字，引得路人纷纷注目。

顾之风见他失魂落魄的样子，不想搭理他，但挨不过他死皮赖脸的纠缠，便邀他去住处小坐。他将喝完的空易拉罐丢进垃圾桶，提起石凳上的塑料袋，摇摇晃晃地坐进顾之风的车里回小区。塑料袋里有火腿肠、泡椒鸡爪和几罐啤酒，想来是他的晚餐。

"哥们儿，你的车，真不错！你们都发达了，不像我，被埋没的陶俑——永无出头之日嘞！"他出生在北京，祖孙三代挤在破落的四合院，守着有价无市的房子，过着穷困潦倒的日子。他说已经三个多月没洗澡，想借用顾之风的盥洗室洗个热水澡。

顾之风等他洗完，带他去附近餐厅吃丰盛的晚餐。宣铭鸿很感激他的热情款待，茶余饭后不忘抱怨社会，穿插讲他几年来的经历……所有故事的开始，也许都源于莫名的邂逅。

连年扩招，使大学毕业生就业压力山大。他们像群猴子，被撵出栖身的宿舍；骑自行车四处张贴求租广告，想找个安身之处。苦苦寻找后，几个人合租在几十平方米的出租房。

一个室友始终难以找到合适的工作，被保险业洗脑成为业务员。没有保底又挣不到提成，他决定离开城市，回家乡搞养殖。后来听说遭鸡瘟，投进去的钱赔得血本无归。

一个室友在装饰公司做设计师兼业务员，生活十分拮据。那家公司老板以试用为名，每隔一段时间招聘一批求职者跑业务。试用期不给工资，试用期不到便把没有业绩的业务员找个莫须有的理由开除。如此，总有源源不断的毕业生充当免费劳动力。那个室友被公司无故解雇，感觉在城市前途渺茫，便依从家里安排回县城与从未谋面的女子成亲。

现实是残酷的。他们从出生就输在起跑线上，准备开跑时，发现连参赛资格都没有。他们从农村或县城来到城市，没有钱，没有车，没有房子。他们像浮萍般拼命想抓住泥土落地生根，可他们抓住的是从指缝滑落的流水，然后被时代的潮流冲回贫瘠的故里。

无奈，他和室友在电线杆和小区宣传栏贴出租广告，期待与人合租以分担房租的压力。出租广告贴出去，始终没有回音。他们沿途查看发现广告早被环卫工人清理得一干二净。室友不甘心，重新打印出租广告，没贴几张被城管逮住，受罚用铁刷子刷洗大半夜的小广告。

宣铭鸿灰心丧气地讲述生活的艰辛，抱怨社会为何不给年轻人活路——他们终于接到求租电话，过来两个美女看房子。她们是师范学校的自费生，对房子很满意。他和室友考虑女生可以帮忙收拾房间，决定减少租金租给两个女生——故事，就从那里开始。

他用牙线剔着牙说："我喜欢其中一个女生，那女生叫薛佳琪。她像一束明媚的阳光，刺穿我乏味的生活。她和同学因租住的屋子漏水，所以决定改租我们的房子。"

吃过晚饭，宣铭鸿乘公交车回住处。顾之风觉得故事本应就此结束。然而他的善举犹如打开潘多拉之盒，使那个叫薛佳琪的女子，深深嵌入他的记忆。

宣铭鸿得知顾之风的住处，没事便过来蹭吃蹭喝。他见顾之风独自待得无聊，便把室友和两个美女叫过来打牌。后来，肖正阳、蒋明坤、韩晓冉、朱月华陆续加入这个小圈子。

这里不再成为独享清静的桃源胜地。尤其是薛佳琪，总会找各种理由过来看他。

他模糊记得，那时很流行阿瑟·柯南道尔、马里奥·普佐、阿尔弗雷德·希区柯克、托马斯·哈里斯和东野圭吾的小说。他从书店买回一堆书，无聊时常会躺在藤椅里看小说。

薛佳琪坐公交或地铁过来，给他沏好茶，会默默地坐在旁边看他。他玩"魔兽世界"或"反恐精英"，她总会做好可口的饭菜放在电脑桌上，安静地守在一旁等他吃饭。

她的眼睛纯净而透明，美丽若水晶的眼瞳，犹如天使之瞳。多少年来，他似乎只从她的脸庞看到过那样美丽的眼眸——苏菲·玛索的眼睛，有种会让人心痛的迷人魔力；薛佳琪的眼睛，有种天使般纯净的甜蜜魅力。她的样子，像苏菲·玛索参演的影片《芳芳》里的角色。

正是因为看过那部影片里的苏菲·玛索，他才从心里深深迷恋上这个法国姑娘。

世界上总有许多无法预知的冥冥中的机缘。它们不像凯莱的"四色命题"，可以严谨地用逻辑求证，而更像黎曼假说给人不确定的迷惑。然而，他是麻木的，甚至是木讷的。

有时，他甚至怀疑自己是否认识过记忆中的人。或者，不过是臆造的遐想。

他害怕，某天他所处时空的天穹会出现裂缝，所有的事物不过是幻想出来的假象。像《香草天空》里车祸后的大卫·阿姆斯，所有的生活不过是自己的记忆和梦境。

他喜欢数学家保罗·厄多斯式的流浪。他向往自由而随性的生活。他认为，每一个人都需要流浪。只是很多时候，不是每个人都能放下既得的一切，让心灵重获自由。

记忆的片段，从那个暑假结束。他飞回英国，所有一切烟消云散。后来，他从朋友口中得知，自己给薛佳琪留下无法抹去的伤痛。爱神丘比特用箭射穿她的心房，使她成为爱情牢笼中的囚徒，沉溺于单相思的痛苦无法自拔……远走他乡的顾之风，再未见过她。

事情显露出的表象，也许并非事物本身。其中被隐藏的部分，才是事物的本质。

他努力让自己的生活慢下来，只是想清醒地看透这种本质。人们已然习惯如何使生活变快，使自己变得盲目而忙碌，这种行为减少思考的痛苦，也丧失保持自我的可能。

他之所以不停地回忆过去，只因已迷失生活的方向。他仿佛走进一个扭曲空间，看到像浆果软糖般溶化流淌的事物。自己的某些部分被凝结进空间，变得残缺不全。

生命是一个流向体，带有无限可能性。人心被功利化后，出卖掉部分灵魂。很少有人愿意用一生专注于一件事。像欧冶子或者干将倾尽心血铸一柄剑，像默默无名的匠人用数十年磨一块玉，像《国榷》的作者谈迁用十几年写一部史，像《石头记》的作者曹霑用一辈子著一部书。这些都与现代人相距那么邈远。而他愿意默默坚守，守住自己正在风蚀的灵魂。

去年在冰岛，他曾去一个以狩猎为生的牧人家里做客。他们整个部族因为拥有的海域和土地发现大量石油，每年享受英国石油公司提供的巨额股份。那里的居民，从出生到死亡都衣食无忧，所以不用为工作发愁，不用为金钱担忧，过着悠闲自在的生活。那种日子在最初一段时间，使他觉得真是羡煞旁人。可是待久了，他心里生出莫名的寂寥。

他不再满足于驯鹿肉带来的芳香美味，不再能忍受每日盯着电视无聊地耗费光阴。他沿着海边漫步，常会看到孤独的老人站在退潮的礁石边阴郁地凝视大海。那时他才明白原来不用为金钱和生计发愁，人要面对的才是灵魂的孤寂。可是离开那个地方后，他看到的依然是为了金钱、权利、名誉、地位钩心斗角、尔虞我诈的人们。他感到迷惘。

迷失自己是可悲的。人，渴望家的温暖，也许因为恐惧来自灵魂的孤独。

物质文明快速发展，使人们在物质生活方面，过得比以往任何时代都丰盛。然而即便如此，也不能说心里的喜乐和幸福就比以前增多。人们对于婚姻，没有了两情相悦的单纯，更多地趋向于感官的刺激和条件的优劣——隐性的门阀，成为壁垒。

近来，他总会想起自己伤寒时，薛佳琪用棉被裹住他，为他端汤送药，眼睛熬得通红，整晚悉心照顾他；七夕节晚上，薛佳琪在深夜冒风雨送来巧克力，脸埋进他的胸膛痛哭流涕；他手机停机，薛佳琪给他交话费后声音里的焦急和她打车赶来见他的欣喜若狂；回伦敦的前夜，不会喝酒的薛佳琪喝下许多酒，坐在角落里无助地哭泣……

回忆，总在意想不到时倾泻而出。无数往事，成为让心隐隐作痛的图景。

顾之风无法理解自己当初的行为。他不清楚自己为何如此高傲，以近乎冷血的方式伤透无辜女子的心。每个人都有爱与被爱的权力。纵然自己心里没有爱意，也不该骄傲地去伤害别人。她们从来都不欠谁的。只为心中的一份信念，心甘情愿为所爱之人付出。如果没有那份爱，她们可以变得高傲而绝情……他苦笑，望向车窗外绿得让人心醉的草原。

爱情里没有谁高谁低、谁对谁错，只有谁爱对方更深沉更痴迷。那时薛佳琪总在一遍一遍地听刘若英的《为爱痴狂》。直到现在他才明白，那歌词唱出的是她的心声。

为何总是这样，在我心中深藏着你，说好不为你忧伤，但心情怎会无恙……

顾之风聆听车里的音乐，轻轻叹口气，凝视手机里的苏菲·玛索。他点支烟，深吸一口，不知为何会陷入对薛佳琪的回忆。他透过车窗欣赏辽阔而单调的风景，有种无法言述的感伤。

安琪穿着奥敦高娃送的蒙古袍，在草地上像只叽叽喳喳的云雀。阿茹娜牵着嘎鲁，阿如温查斯带着牧羊犬，捕捉草丛里的蝈蝈和蟋蟀。阿茹娜性格温柔，会用草秸编漂亮的笼子。她送给安琪一只如翡翠般碧绿的蝈蝈。这只体型硕大的蝈蝈，脸瘦须挑，胸宽背阔，翅短腿长，声音洪亮。安琪给笼里投放黄豆、白菜和胡萝卜，傍晚守在笼下听它骄傲清亮地鸣唱。

我们在飞速发展中，究竟丢失了什么？我们得到的，是真正想要的吗……

他有些羡慕孩子的无忧无虑。对于这个冷酷的世界，父母用温情营造出幸福的港湾，使孩子免受成人世界的伤害……可是他的童年，似乎没有多少温馨的记忆。他在空荡荡的建筑里徘徊，忍受灰色空气浸入骨髓，吞噬他特有的色彩，逐渐沦为灰色的存在。

那个懵懂无知的自己，被迫学习很多不喜欢的技艺。它们像无数灰色怪物，无情地吞噬他童年的快乐。无数个夜晚，他躲在自己的小屋里无声哭泣……

他仿佛站在时间入口，四周是无限折叠的灰色平面。无数灰色楼梯螺旋式上升，深深嵌入落满星尘的厚重墙体。灰色与黑色在扭曲的空间里堆砌，只有高不可攀的穹顶上漏下惨白的光。他无法突破侏儒般的躯体，抬头仰视淹没在灰色空间的白光。

他想逃离这绝望的空间，却发现自己已丢失逃出去的时间……

二十四　诈马之宴

爱是一种遇见，却无法预见。只有一个人愿意等，另一个人才愿意出现。

在没有饥饿和死亡威胁的时代，人们不再暴露人性，而是去寻找爱情。没有经过血与火洗礼的民众，无法理解整个时代更深沉的主题。时间，淡化所有伟大与悲壮……

顾之风觉得自己像图卢兹·劳特累克。他会记住生命中所有的人事，莫名生出感伤的情绪。他曾看过一部叫《红磨坊》的电影，也曾参观过法国阿尔比劳特累克博物馆。

他不知道究竟哪个是真实的劳特累克，只知道这个人用画笔，记录下生命里那些出现过的女子。他无法阻止她们老去，却让她们成为一个时代的记忆……世间总有很多相似的人，比如马赛尔·普鲁斯特，比如曹雪芹，他们用文字追忆生命中的诸多人事。

人，终究都会死。那些美好的孩子，会长大成人，会年老体衰，会颓然死去……

不知为何想起这些，他躺在毡包里无法入睡，感到来自心底的孤独，不觉再次想到薛佳琪迷人的眼睛。他苦笑，自嘲躯体里封禁的，可能是个叫段正淳的情种。

不过，他冷酷的自制力，使所有情种都成为绝望的囚徒。

安琪探进小脑袋往毡包里张望。她看到和衣而卧的顾之风，慢悠悠地走过来，眼睛红红地说："老师，你怎么不和安琪道别，就偷偷离开？安琪好伤心！"

大颗大颗眼泪，从那双美丽明亮的眼睛里滚落。

"对不起，老师向安琪道歉。"他感到一股浑浊的自责，从胃里涌进口中，带有胆汁般黄绿色的苦涩。他从床上坐起，将孩子抱在怀里，心疼地说。

"老师，可不可以去哪儿都带上安琪？"孩子用小手拭泪。

"老师保证，此次旅程再也不离开安琪。"

"阿姨说，承诺再多，做不到，那也只不过是谎言。"安琪噘起嘴说。

"哪个阿姨说的，这么有哲理？"顾之风故意逗安琪。

"褚子萱阿姨说的。"安琪盯着顾之风，认真地说，"老师，我可爱你啦！"

褚子萱，陌生的名字。她是来这边的游客吗，安琪怎么会认识她？顾之风没有多想，觉得孩子给他灰暗的生命，带来光明和希望。他抚摸安琪的小脑袋问："哦，有多爱？"

"嗯，就像老鼠爱大米，就像老虎爱吃肉！"安琪笑起来，眼睛像弯弯的月亮。

"安琪这么爱老师呢！"顾之风伸出手指，"咱们拉钩，老师会一直陪在安琪身边。"

"好啊！拉钩上吊，一百年不许变。"安琪脸上绽开幸福的花朵，伸出小手勾住他的手指。她眨着毛茸茸的大眼睛，道："老师，我们的约定，一百年不许变！"

"好的，一言为定。"他与孩子拉钩道。

安琪轻盈地飞离毡包，去找阿茹娜姐弟玩。顾之风因过度劳累，直睡到太阳平西。

梦潜入他的意识，可见草原上有一座用石头堆砌的圆形遗址。

汉族、九黎、犬戎、匈奴、东胡、鲜卑、突厥、女真、契丹、蒙古的首领，坐在圆形遗址中央，围着篝火其乐融融地吃焦香的烤肉。美丽的女子为他们跳胡旋舞。

他们头顶的天空形成倒置的旋涡，在雷鸣电闪间翻飞各种材质的书籍。散落的纸页像惊慌失措的飞鸟，被深蓝色风暴卷入闪烁火光的虫洞……

透过虫洞，可见那些石头和各族首领，原来坐在一个碗状的陆地上。一只巨大无比的手，托着那块如天空之城般悬浮的陆地。那是如泰坦般伟岸的巨人，伸出长满藤蔓的手。

那巨人站在博格达乌拉山上，身边是一头神骏壮美的九色鹿。

神秘祝祷声中，从时空流转的旋涡，可以看到蔚蓝的星球、浩渺的星空、膨胀的宇宙、无限的时空……可是，梦里的视角，究竟是谁的视角？上帝，还是造物主……

他迷迷糊糊醒来，浑身说不出的难受。走出毡包，闻到扑鼻而来的烤肉香。他嗅着香味走过去，见俄日勒和克在烤炉边烤全羊。羊身上涂抹特制的酱和佐料，在果木烘烤下香气四溢，诱得人满嘴口水。俄日勒和克是远近闻名的烤全羊好手，烤出的羊外焦里嫩、芳香可口。

顾之风见过俄日勒和克做烤全羊。他用蒙古刀直接刺穿羊颈动脉，取血灌血肠；熟练地用气筒给羊打足气，用热水麻利地褪羊毛；娴熟地洗净羊内膛，割掉羊蹄子；用自制的器具将羊固定好，然后拿盐涂抹羊身，将调料填入割开的四肢和肚膛；再用湿布包裹，静置两小时；之后涂抹酱料，放入预先烧好的烤炉。烤全羊是个考验耐性的活儿，火候、配料都颇讲究，需要四五小时才能烤好。由此可见，俄日勒和克并未睡多长时间。

他曾听俄日勒和克说，以前只有蒙古贵族才能享用烤全羊。现在这道菜肴已成为来牧区的普通游客都能品尝的美味。不过，对于烤全羊而言，真正闻名遐迩的是蒙古族特有的宴飨——诈马宴。这种整牛或整羊宴席，始于薛禅汗忽必烈，乃是元朝宫廷大宴。

顾之风点支烟递给俄日勒和克，自己点支烟坐在旁边观看。他对美食情有独钟，喜欢亲手制作美味佳肴。不过，对于烤全羊这种大型烹饪，还是感到力不从心。他曾在鄂尔多斯吃过烤全牛，那里有名的郭师傅，据说可以用特制的烤炉烤全骆驼。

他无法忍受烧烤灼热，起身离开烤炉，看到曾邂逅的女子，独自骑马在草原上奔驰。每次见到这女子，他都会莫名其妙联想到张露。他不懂爱情，只有朦胧的感觉。或许，爱一个人，会不由自主地将自己完全陷进去。爱得越深，陷得越深，最终彻底沉沦。

恋爱与婚姻，需要不同品质和能力。明白其中差异的人，懂得转变身份，尽快融入生活；不懂其中差异的人，会用恋爱标尺丈量婚姻，并极可能导致婚姻不幸。

它们的起点都是爱情，而终点却可能大相径庭……

适合恋爱的对象和适合结婚的对象，也许不是一个人。受贾平凹影响，他觉得像张爱玲和三毛，更适合做情人；像林徽因和杨绛，更适合做妻子。张爱玲和三毛是独立而叛逆的，林徽因和杨绛是智慧而贤淑的。她们自身的秉性，决定她们恋爱与婚姻的不同。

真正喜欢你的人，会喜欢你的优点，包容你的缺点；不喜欢你的人，连你的优点也会看为缺点……但包容，是否有时限？他像陷入迷宫，无法辨清方向，也无法找到出路。

有的人，注定是心口上一道无法愈合的伤。不经意间触碰，会让内心久久无法平静。因为它长在心灵最柔软的地方，所以触碰时会流血。血，从眼眶涌出，变成透明的眼泪，一生都流不完的眼泪……林黛玉的眼泪，用来浇灌爱情的青苗。有些人注定埋藏在记忆里，陪伴人们慢慢老去，成为身体和灵魂无法分割的部分……他苦笑，带些诗人的自嘲。

"想什么呢？"那位曾经邂逅的女子，拎着马鞭走过来。她似乎很喜欢骑马，每天都有很长时间在策马飞驰。她的旅伴，似乎也都是骑马的好手。

"没想什么。"顾之风将长长的烟灰弹落。

马和狗是人类忠实的朋友。不过越来越多的人不再把它们当朋友，而当作宠物。这种歧视，是种悲哀。欧洲许多女士喜欢骑马，也养马。国内女子如此喜欢骑马，倒也少见。

"老板的羊肉烤得真香，闻着就有食欲。"她没有接话，将注意力转向俄日勒和克。

她的皮肤在日光下看起来还算细腻，呈健康的小麦色；眼睛明亮而迷人，眼角有细微的皱纹；长发披肩，戴着牛仔帽，穿着牛仔服，踏着牛仔靴，有西部牛仔的神韵。

"谢谢夸奖，只要你们客人满意就行。"俄日勒和克说，哼起苍凉悠远的蒙古长调。他的嗓音浑厚嘹亮，有些像达瓦桑布的嗓音，颇为动人。

"你叫顾之风，对吗？"女子扭过头问。

"没错，你怎么知道我的名字？"顾之风颇觉诧异。

"奇怪吧，这就是本姑娘的过人之处。只要想知道的事情，总有办法知晓。"她说着露出得意的笑。那笑像盛开的格桑花，散发出让人迷醉的芬芳。

顾之风发现，原来这个看似不羁的女子，竟有如此动人的笑容。

每个女子都是一处有待发掘的宝藏，没有人知道，那里面隐藏着何等丰富的资源。正如罗丹所说，"生活中从不缺少美，而是缺少发现美的眼睛"。对于女人，男人看到的远没有她们隐藏的多。冰山理论。或者，即使她们毫不隐藏，我们也难以发现。

"唔，这么神通广大。不知姑娘的芳名，可否告知我？"顾之风将烟蒂掐灭，瞧着眼前的女子。很多年前似曾相识的感觉。他努力在记忆里搜索，最终一无所获。

"一个喜欢思考的男人。"女子说完，点支烟，她慵懒地抽着，"我的名字，总有一天你会知道。"她优雅地将烟圈吐出，露出神秘的微笑，转身离开。

顾之风目送神秘女子离开，微微苦笑。对于陌路相逢的女子，他缺乏深入了解的热情。

神秘是一种品质，做作就显得苍白。所有粉饰，都是对愚蠢的掩盖。

夜晚，虽然有些凉意，却不能阻挡它的美妙。夜神用黑袍将万物笼罩，使空气弥漫温馨的味道。在蒙古大帐内，客人们分宾主落座。顾之风和几位尊贵的客人，身穿蒙古汗服坐在正面王座。身穿华服的蒙古大臣解说"诈马宴"由来，顶盔掼甲的蒙古将军宣读圣旨。左边，一名拿拍板的蒙古侍臣说"斡脱"；右边，一名拿酒杯的蒙古侍臣说"打弼"。

豪迈悠扬的蒙古音乐响起，几位穿盛装的蒙古美女蹁跹跳起蒙古舞蹈。

按照蒙古传统宫廷礼仪，歌舞毕，蒙古勇士推出颈系红绸带、身披黄绸布的烤全羊。典雅音乐随之而起，宴会厅顿时为之沸腾。俄日勒和克和奥敦高娃以蒙古族最高敬客礼节，向客人献上哈达和马奶酒。他们依照客人的年龄、辈分、职务，依次敬献到客人面前。

奥敦高娃手捧哈达，唱起嘹亮热情的祝酒歌。她微笑敬献哈达，用银碗向尊贵的客人敬酒。每个客人都双手接过，作为回礼用右手无名指蘸一滴酒弹向头顶，表示祭天；再蘸一滴酒弹向地，表示祭地；再蘸一滴酒弹向额头，表示祭祖先；随后把酒一饮而尽。

蒙古勇士把烤好的整羊送到后厨改刀，由俏丽的姑娘端进灯光明媚的蒙古包。他们按照宴会礼仪，将各种美食依次摆上宾客餐桌。俄日勒和克将木盘抬回，按羊的结构顺序摆好，从每一件上割一小块肉放在羊头。他把羊头朝上，举向尊贵的客人，请他们享用。

宴会分为天赐乳香、那颜朝会、可汗赐福、蒙古八珍、塞外三宝、盛宴惜别等程序，每个餐桌都摆满蒙古馓子、黄油酥、乌日莫、查干胡日达、醍醐、羹沆、野驼蹄、鹿唇、驼乳糜、天鹅炙、马奶酒、紫玉浆、烤全羊、苁蓉滋补汤、奶茶、酸奶、四鲜果等美食。

歌声不停酒不断。人们欢声笑语开怀畅饮，尽情享受夜晚带来的无尽欢乐。

客人们用过餐，走出毡包，看到空地上已用大块木头垒起篝火。火上浇汽油，浓烟滚滚，升腾起熊熊烈焰。火星飞溅，散作满天繁星。也许人类天性中就有对火的热爱，看到篝火的女士们欢呼雀跃围拢过来。男士们借酒劲儿大呼小叫、手舞足蹈。

俄日勒和克从毡包搬出大音箱，播放乌兰托娅的《套马杆》。清澈嘹亮的歌声回荡在空旷的草原，瞬间点燃人们的激情。人们情不自禁地围着篝火翩翩起舞。

穿牛仔服的女子走到顾之风身边，挽起他的胳膊围篝火欢快地跳舞。她像一只草原上的白天鹅，曼妙身姿带着特有的优美。那种天然的节奏感，是与生俱来的，有些像伊莎多拉·邓肯。女子翩翩起舞，在他身边如彩蝶蹁跹。她凑到顾之风耳边说："我叫褚子萱。"

"褚子萱……"他重复这个名字，想起安琪曾提到这名字。原来她就是安琪说的那个阿姨。莫非她有意向安琪询问，所以知道自己的名字。

"我看过你的照片，所以一眼就认出你哩！"她的笑容被篝火镀上一层暖色，使她被酒染红的脸颊更加迷人。那种贵妃醉酒的千娇百媚，令整个夜晚变得璀璨动人。

"我的照片……"顾之风沉吟。他从不在微博里发照片，也没有在网站上晒照片的习惯。这个女子怎么可能看到他的照片？他感觉蹊跷，望向在人群里优雅舞蹈的女子。

音响播放乌兰托娅的《放歌大草原》，歌声使空气变得欢快。

"张露是你朋友吧，我在她那里见过你的照片。"她的笑依然迷人。

她是张露的朋友。张露怎么会有我的照片？难道是我们邂逅时，她用手机拍的。她为什么要给别人看我的照片？无解的谜题。顾之风询问："你们是朋友吗，她在哪里？"

"我也不知道她在哪里。很久以前，我们在呼和浩特相识，当时她病得很重。有段时间，我陪伴在她身边。她给我讲旅途中的见闻，讲她的人生和她的病……她是个很不错的女子，可上帝对她很不公平！"褚子萱从手舞足蹈的人群中出来，幽幽地说。

"为何这样说？"顾之风觉得奇怪。他走出人圈，望向孤冷的黑色草场。

"她得了一种病。"褚子萱点支烟，叹气道，"她似乎很喜欢你。在微信朋友圈发了你和安琪的照片，配有大段深情而悲伤的文字——人生真是奇妙，原来你也在这里！"

二十五　心灵之笺

顾之风从未给月老送过月饼，没想到月老却给他牵起红线。

他从褚子萱的毡包出来，心里有种说不出的感觉。

他不知道褚子萱为何要将张露的私人物品给他。他像进入某种预设的魔咒，不知不觉被牵引到一种神秘的境域。他感觉自己仿佛被催眠，正在走向那个女子的命运。

那是个灰色的毛毡笔记本。本皮右下方压出深灰色驯鹿形状。本子卡扣，是片镂空的金色树叶。顾之风喝过奥敦高娃端来的奶茶，翻开张露的笔记本，看到清瘦的字迹。

7月6日

我想，自己是一只鹿；经过轮回，来到这个世界。

7月10日

每个人，在前世曾是一种动物。

我是一只鹿，然而我爱上一匹狼。我认定，他前世是匹狼。爱一个人，原来可以如此痛彻心扉。所有慢热的人，爱都是一点一滴渗入骨髓。分离，也必然会痛入骨髓。

我多想趴在他肩头痛哭流涕，我多想依偎在他怀中安然入睡，我多想……可是我不能。我不能以爱的名义，摧毁爱我的人。我不能，我不能，我不能……

7月16日

天空落着泪。泪水撞裂在玻璃上，支离破碎。

根是地下的枝，枝是空中的根。泰戈尔未泯的童心，让世界变得清澈而善意。

荒凉的小城镇，偏僻的小旅馆，漂泊的异乡人。孤冷的空气，冻结人心。我讨厌漂泊，讨厌没有根的感觉。如果说，旅行是一种欢愉；那么，漂泊是一种痛苦。

我们总以为上天的给予是恩赐，但某天他将给予的收回，我们才知道，这种给予本身就是痛苦。每天夜里，思念肆无忌惮地蚕食我的灵魂。它要将我心里积储的幸福，全部蚕食殆尽。我忍着病痛，感到无底绝望。我无能为力。

8月3日

我重看《冬季恋歌》，仍禁不住流泪。

因为这部影片，我喜欢上崔智友。那个有着清纯而迷人魅力的女生。

尹锡湖是位优秀的导演，他让我饱尝虐心的痛楚。上帝是不公平的，他让人在错位中备受煎熬，最终却不给人心灵的安慰。

我们不是兄妹，本可以生生世世相守终老。可是，我不得不离开挚爱的那个人。

我继续漂泊的生活。不知道自己该去哪，能去哪？我不敢回深圳。我怕见到所爱之人的那一刻，自己就再也没有勇气离开。我不是足够坚强的女子，没有决绝离开的残忍。

我沿丝绸之路，寻找失落的记忆。在敦煌的几日，我先后游览莫高窟、鸣沙山、月牙泉和大漠戈壁中的敦煌古城、玉门关。我爱那种苍凉荒冷的美。我爱那个朝思暮想的人。

8月19日

贞操，是从丰富的爱情中生出来的果实。（《飞鸟集》）

汽车在蜿蜒的公路上行进；车窗外是贫瘠荒凉的景象。膝上放着泰戈尔的书，我为那唯美而触动心灵的词句所感动。

有时候会想，人类为何要有感情，尤其是爱情。也许因为太年轻，心性纯净，所以才会倾尽所有、耗尽全部去爱那个人。我将他当作做生命的全部，爱得越深，伤得越重。

可是，爱一个人从来都是不由自主的事。

我旁边坐着一位浑身散发汗味和饭味的师傅。他说自己是做兰州拉面的厨师。他的手短粗而油腻，食指和中指裹着胶带。他给我讲兰州的故事，而我只去过金牛街。

前排座位上是带孩子的中年妇女和鬓发花白不停抽烟的男人。妇女带的孩子，卖力地哭闹；男人将瓜子皮和零食随意乱扔，并向车窗玻璃吐口水。

邻座是一对小情侣，咀嚼味道浓重的千层牛肉饼打情骂俏。我望着他们快乐的身影，眼泪润湿眼眶……我想将自己的思绪埋进书里，可是我真的无能为力。

8月31日

临夏县属于临夏回族自治州，据说有近四十万人口。除了汉族和回族，还有蒙古族、藏族、土族、土家族、撒拉族、保安族和东乡族。

我和临夏县教育局取得联系。他们给我安排支教的地方是莲花镇莲城村小学。

这是一个依山傍水的地方，古老而落后，生态而原始。

红砖褐瓦的村庄，仍有许多土坯房。黄土路上散发羊粪和牛粪的气味。大片的绿色植物装点山坡和村落。清冽而无污染的空气，使人心情有空冷的舒畅。

学校给我安排了宿舍。房间简陋，却还算干净。我用整个上午将房间收拾好。

下午，我带着给孩子们买的文具和小礼物，在校长的引荐下与孩子们见面。孩子们穿着破旧的衣服，皮肤粗糙，羞涩而胆怯。他们有些怕生，不过并不讨厌我。我很喜欢他们土黄色小脸上，那一双双漆黑明亮的眼睛。

我要在这里开始自己的新生活。我的心里充满期待！

9月15日

来莲花镇，我带了《泰戈尔诗集》《尼采全集》。

生活，忙碌而充实。白天给学生讲课，带领他们做游戏。夜晚则备课和读书。

宿舍里没有电视机，也没有电脑。我从镇上买了一台收音机，睡前会听广播节目。

手机里有电子书，偶尔会打开看看。平时都关机。因为不愿和任何人联系，也不想受到骚扰。生活变得简单而纯粹，吃粗茶淡饭，过平凡人生。

清晨和黄昏，我会徒步爬山。林子里偶尔能看到鸟雀。我从山上采下野花，编织花冠或插在水瓶；在屋子里养了几盆花，有风信子、绿萝和勿忘我。

随身携带的 iPod 里有《蓝色生死恋》的插曲《秋天的童话》《祈祷》，《冬

季恋歌》的插曲《从现在开始》《My Memory》，《天国的阶梯》的插曲《想你》
《Remember》。

这些略带哀伤的歌曲，每次听都让人热泪盈眶。

9月19日

今天是中秋节，月亮又圆又大。

想起"独在异乡为异客，每逢佳节倍思亲"的诗句。虽然王维说的是重阳
节，用在此时此地也很恰当。思乡，是佳节时游子共有的情愫。

小时候，家门两侧有"忠孝传家久，诗书继世长"的楹联。

那时，父亲高大而英俊，总会给我买各种礼物。我的记忆，被那些熟悉的
场景构筑；清晰、温暖，有诱人眼泪的味道。它们是我存在的明证，支撑我坚
强而艰难地活着。

学校里发一小箱月饼和一箱水果。记得小时候在祖母家，祖母会蒸镶嵌红
豆和红枣的面月兔，而且摆上大月饼和各种水果供月亮。那时，我总盼着快点
儿供完月亮，可以吃让人眼馋的月兔和各种美味的水果……

不过，一大家子人围坐在一起吃饭，似乎已是很久远的事情。

9月25日

人要是永远活在童年该多好！

多少年来，我似乎早已习惯独处。可是，今天为何如此渴望有家人陪伴？

不知道他现在过得好吗？若是当初留下来，两个人围坐在插满蜡烛的餐桌
旁共进晚餐，该是多么幸福的一件事情。可是，我能吗？不能。

如果某一天我不在了，他心里会是何等悲伤。他习惯我不在身边，又始终
相信我活着，对于他何尝不是好事。或者，他认为我绝情，彻底将我忘记，也
未尝不是好事。

我除了悲伤，什么也不能给他。

没有结局的结局，也许是最好的结局。

10月1日

国庆长假，原计划去西藏，最终选择了宁夏。

党项族首领李元昊在此建立西夏王朝。以前曾去过贺兰山和西夏王陵，所以选择中卫市的金沙岛。这里位于腾格里沙漠东南，离腾格里湖不远，是秋季理想的度假之所。

沙漠绿洲，碧波岛屿，花海鸟港，丽日驼铃……这里比尹锡湖拍摄的电影里的景色还要美——也许，因为没有感人至深的故事，所以不为人知晓。

若能在这里拍婚纱，必定是浪漫而幸福的事。可惜，这只是我的痴想和奢望。

我喜欢这里优美的景致和雅致的建筑；喜欢这里明媚的阳光和纯净的空气；喜欢这里的风轻云淡和秋高气爽……我喜欢这里美得让人心碎的一切。

如果他在我身边该多好！每到一个美好的地方，都禁不住想要他的陪伴。

我希望自己生命最美的时光，都能烙上心爱人的印记。

我喜欢木质的房屋、木制的家具和松软而舒适的床；喜欢坐在散发着木香的椅子上，书写自己的心情。这里没有繁华都市的喧嚣，也没有旅游旺季的拥挤。我将自己孤寂的灵魂安置在这里，是一种宿命的必然。

听说中卫的沙头坡，也是不错的去处。还有固原市的六盘山。固原西吉县的火石寨、禅佛寺、扫帚岭的石窟，也颇可观瞻。我希望用自己有限的生命来感悟造物的伟大，我希望神明能够感知我的良苦用心，不要让病魔如此快地褫夺我的生命。

10月8日

旅途是疲惫的，它耗尽你所有多余的能量，让你回归本位，休养生息。

11 月 14 日

初雪。喜欢下雪，守在小火炉边，看雪花飘落。

若是有红泥小火炉，有煮好的茶、藤椅和古籍，会别有韵味。

近来常常失眠，夜里能够感知死亡。感到自己的生命戛然而止，所有感觉瞬间消失。

冷寂的夜，有彻骨的冰冷。我清晰地感到对死的恐惧。这世上，有那么多我深爱并留恋的事物。我怎么舍得离开？如果生命就此结束，将是多么可怕的一件事！

12 月 17 日

很想回到属于自己的城市，可是又不愿半途而废丢下孩子们。

快圣诞节了，城市里一定张灯结彩，充满节日气氛。村子里没有丝毫过节的气息。冬天的村庄，显得冷寂荒凉。植物枯萎，万物凋零。狂风呼啸，寒气逼人。

现在深圳的天气，最适合人们过冬。深圳每年的圣诞节和新年都举办隆重活动，常常会有歌星开演唱会，或者公司举办迎新年会。各大商场举办盛大的促销活动。我和闺密们逛商场，或者夜里在酒吧狂欢，都是很不错的选择。

再坚持一下就好，到时就可以离开这里，回到自己温暖舒适的家。

12 月 25 日

冷清的圣诞节。冷清，让人心寒。

我再次去敦煌，没有看到"鹿王本生"壁画。据说那是释迦牟尼转生的九色鹿。

不过，无所谓。我想，自己是只鹿，所以才喜欢圣诞节。我始终有个梦想，就是和传说中的圣诞老人，给孩子们送去礼物和快乐。

1月1日

元旦放假，去了临夏县城。

听当地的老师说，这里曾是丝绸之路和唐蕃古道的重要驿站。

我曾经想背起行囊，去看看丝绸之路沿线的城市和人民。他们在经历漫长的岁月后，会是何种模样。可惜，这个愿望始终没有实现。

1月8日

我要离开这个西北的小村庄了。

除了校长，我没和任何人告别。我害怕分别时的依依不舍。

我是一个负担不起感情的人。只能让所有感情在心底沉淀，被时间消化。

唉，毕竟我曾来过。即使以后可能永远都不会再来，但毕竟我曾来过。

2月9日

除夕，独自做了可口的食物，安静地将它们吞进胃里。

关机，便与世隔绝。我独自坐在沙发里看《春节联欢晚会》。

外面是万家灯火。我打开房间所有的灯，还是无法驱散内心的阴冷。

想念，吞噬我的灵魂。我积聚所有的勇气与之对抗，结果惨败而归。我将手机卡取出丢进马桶，听着冲水声，想着那个人的联系方式将彻底化为乌有。

我心里默默地说：对不起，真的对不起！

2月14日

我听着孟庭苇《没有情人的情人节》，独自坐在餐厅里喝红酒。

今天是情人节，心里觉得委屈而感伤。

我多么希望他能来找我，可他怎么可能来。我不知道自己还能活多久，只能克制想念。——"谁的眼泪在飞，是不是流星的眼泪？昨天的眼泪变成星星，今天的眼泪还在等。每天都有流星不断下坠，飞过我迷蒙的眼睛。"——诗可以歌，许多歌词比现代诗写得好。

我听孟庭苇的专辑，那纯粹而忧伤的声音，触痛我的内心。她是歌的仙子，每一首都是那么哀婉而美妙。哀而不伤，触动内心，化作相思泪。

2月27日

今年，我开始研究丝绸之路的历史。

我要找到隐藏在历史中的那头鹿，也要找到隐藏在时间里的宿命！

4月12日

我来到呼和浩特市，从白塔机场下飞机，觉得陌生而新奇。

我没有看到茫茫大草原，只有一座相对现代化的城市。

在酒吧里唱歌的锋，开车来接我。虽然是初次见面，却没有陌生的感觉。

锋留披肩长发，有一张英俊而饱经世事的脸。他微笑着将我接进车里，开车驶向市区。车载音乐放着汪峰的《生来彷徨》。我很喜欢里面的歌词："我们精神褴褛却又毫无倦意，徘徊着寻找着那虚空的欢愉，奔波着抗争着那无常的命运……因为像我们这样的人生来彷徨。"

我们生来彷徨。也好，我们生来彷徨……就让命运牵引我们人生的方向……

文字，连接着浩瀚的精神世界。那个被潜意识包围的世界，犹如无边无际的黑色空间。他无法穿越意识的黑洞，进入那个充满未知的空间。迷惘，没有出路的感伤。

原来她有爱人，为何还要让我娶她？或者，是我说要成为她驻守的港湾，使她产生嫁给我的念头……他感到一种无言的愤怒！不是对张露，而是对自己。

如果没有离开，不知会是什么结果。他苦笑，有种被愚弄的感觉。

九色鹿，会不会像《寻羊冒险记》里的羊，以某种方式进入别人的身体。

顾之风轻轻合上笔记本，点支烟，望着笔记本扉页上张露的签名，出神。张露对于他，像个永远解不开的谜。他起身走向褚子萱的毡包，决定破解这个生命中的谜。

二十六　黑暗之路

每个人都在做出人生的选择，每种选择都可能影响他今后的人生。

褚子萱与张露的相遇，是在一个叫野狼爵士酒吧的地方。那时张露独自坐在角落里喝酒，显得孤独而冷漠。因为她们有相近的气质，所以才能穿越人群彼此相识。

她们一起喝酒，一起抽烟，一起谈男人，一起聊过往。于是，她们成为朋友。

她得知张露寄宿在一个叫林子锋的男人那里。那个男人是她从网络认识的朋友，在野狼爵士酒吧的野狼乐队当主唱。不过那个男人吸毒、酗酒，还动手打她。可她不愿离开那个男人。

褚子萱劝张露离开动手打女人的男人，她觉得打人是绝对不能容忍的行为。

可是，张露痛苦地摇头，声音枯涩地说："每个人都需要救赎。我不愿看着他彻底堕落，只想用尽自己的全部，将他从罪恶的渊薮拉回来，重新开始光明的生活。"

"没有人，可以真正拯救另一个人。除非他希望被救赎！"褚子萱说。

"我知道自己在世上的日子不多了。如果不能救赎，我情愿守着一个不讨厌的男人了却残生。我不想给任何人添麻烦，也不想再欠任何人的情。"张露的眼中透出绝望。

褚子萱去过张露的寄宿处，在玉泉区的一栋老楼。房间狭小而简陋，破旧而肮脏。屋子是与人合租的，他们住一个单间，里面只有一张破烂不堪的床和一块铺在地板上的厚床垫。茶几铺着塑料布，上面放两只杯子和一支电热钳。地面上没有地砖，墙角堆满空酒瓶。墙上悬挂着几幅装框的落满灰尘的油画。没有衣柜，没有家具，衣服都叠放在破纸箱里。

褚子萱觉得，唯一令人欣慰的是窗台上有一盆盛开的水仙花。她讨厌那样的环境，也讨厌那种灰暗的生活……她不知道是什么，引诱这美好的女子，甘愿被囚禁在灰死的空间。

褚子萱认为一个拥有丰富灵魂的女子，不该将生命浪费在苍白而愚蠢的男人身上。可是爱情这东西，有谁能说得清呢！她没有决定别人如何生活的权力，只是心里觉得惋惜。

她始终没有见过那个男人。直到张露生病被送进医院，那男人才迟迟露面。

深夜，那男人开朋友的面包车，酒气熏天地骂张露装病浪费钱。他留着青皮头，满脸横肉，左眼到下颌有道愈合的丑陋刀疤。他穿件黑色背心，一条花格子大裤衩。他满嘴酸腐和酒臭味，吼叫声响彻整栋医院大楼。他裸露的皮肤文满杂乱的文身，非常刺眼的是后脖颈上文着单词"Fuck"。他像个从垃圾堆爬出的人渣，浑身散发着来自地沟里的恶臭。

褚子萱帮张露垫付了几天医药费，照顾了她一段时间。病中的张露，给她讲童年时的美好记忆，给她讲宠爱她的邻家哥哥，给她讲旅行途中的所见所闻……褚子萱不愿再看到这不幸的故事继续。她照顾到张露痊愈，便离开呼和浩特。那之后，她再没见过张露。

顾之风对于这样一个故事，不知该说什么。张露，酒吧歌手，悲伤而无意义的存在。最终，张露离开林子锋，走向属于自己的日光之城……她让烈日晒干潮湿的心情，变得开朗而充满阳光……这是他能作出的最好的设想。不知为何，他想到摧毁肖正阳的安姝婷。

他把那本毛毡笔记本还给褚子萱，不由想起茨威格写过的一个故事——《一个女人一生中的二十四小时》。舍己救赎，对于一个赌徒。他无法找到合适的理由说服自己，有些羡慕能够精神胜利的阿Q。人没有这种精神上的自我麻痹，只能清醒地面对残酷的现实。

褚子萱点支烟说："我曾回过呼和浩特，在皇马酒吧遇见那个叫林子锋的男人。他对我的出现没有感到意外，反而酒气熏天地质问我，'你是张露那贱货的什么人，你把她藏到哪儿去嘞？老子正想找她呢。她卷跑老子十多万元积蓄，这笔钱你正好替她还！'"

"有这回事吗？"顾之风点支烟，忧郁地望向蒙古包外。

"你觉得呢？这样醒醌的男人，能有多少存款。张露在深圳有房产。我真想不通她为何要委身于这样的混蛋！当时我鄙夷地望着他说：'你就是坨臭狗屎！'"

"我也想不通。"顾之风掐灭烟，感到某种痛苦冰结他的灵魂。

"我离开那个酒吧后，他追出来，涎皮赖脸地瞧着我说：'你的车真不错！哥们儿在呼市不仅有车，还有房。嘿嘿，我看你的车不错，人也不错！要么，咱们玩玩儿！''滚开！你个人渣！'我走到车前，准备离开。他抓住我的胳膊，讪笑道：'张露那贱人欠我的钱，你来还吧。''你嘴巴放干净点。还有，松开你的脏手！’我冷冷地呵斥他，心里强压怒火。”

顾之风安静地听她讲述，感觉所有场景清晰地浮现脑海。

“‘你他娘的是哪根葱、哪瓣蒜，敢这样对我说话？张露那贱人不还钱，你就得陪大爷睡觉！嘿嘿……大爷让你在床上，欲生不能，欲死不得！’他满嘴隔夜酒臭，唾沫星子狂喷。我一个过肩摔将他重摔在地。‘娘的，你敢打人！’他灰头土脸地爬起来，猛扑过来。我闪身躲开，一拳挥在他脸颊上。他鼻血直流，吐口血唾沫，口齿不清地说：‘你让老子流血，老子让你在床上流血！嘿嘿，老子饶不了你！’我从没见过那样的恶棍，当时真的好怕！”

“物以类聚，人以群分。唉，张露……”顾之风叹口气，轻声咳嗽。

“可能，她活在自己的幻想里，以为自己是舍身救人的九色鹿……”

“九色鹿？真像个童话！”他从来都不了解女人。

“那男人双拳挥得虎虎生风。他长年待在酒吧，有丰富的打架经验。幸亏我学过跆拳道，才能勉强应付。可面对虎背熊腰的男人，我还是感到力不从心。我想激怒他，再寻找脱身的机会。在昏暗的停车场，很可能使我陷入更加危险的境地……”褚子萱讲述着。

顾之风点支烟，默默抽着，像一个局外人，冷冷倾听“人之恶”。

褚子萱的声音，继续笼罩他的灵魂：“我当时很害怕，就扯开嗓子嚷：‘我打的就是你这杂种！你算什么男人，竟然打女人！’他像条疯狗冲过来，嘴里怒骂：‘女人都是婊子！老子和你拼了，干死你个骚货！’他还未冲到我身边，被赶来找我的朋友抬腿踹倒。我朋友练过散打。他爬起来和我朋友动手，被我朋友三拳两脚打翻在地。他再次爬起来，满脸是血。我朋友示意他过去。我看到他眼中流露出恐惧，扭转身跑得无影无踪……”

这是别人的故事，顾之风听出无可抑制的悲哀。他心中喷涌的怒火，足以焚毁他的灵魂。他像从天堂坠落的炽天使，看到超乎想象的丑恶——张露究竟为什么！

他从心底发出疑问：为什么要喜欢这种卑鄙的人渣！为什么不早点离开那座陌生的城市！

"张露，她究竟是个什么样的人？"顾之风喃喃自语。

"她相信人性中的善，愿意用善意的眼光看待这个世界。"褚子萱略带沉思，缓缓地说，"有时候，我觉得她像《绿里奇迹》里那个黑人柯菲，那个耶稣基督式的人物。"

"你把她描述得太好了。我们都习惯带有主观的臆测论断人。"顾之风不相信那个拯救林子锋的故事。他看过弗兰克·德拉邦特执导的同名电影，也看过斯蒂芬·金的小说。那本小说充满宗教隐喻，带有西方启示神学的意味。她不该将自己标榜为基督，那是亵渎。

"也许，是她将自己描述得太过完美，使人产生某种错觉。"

"我遇见她的时候，她准备独自去拉萨——那里是藏传佛教的圣地。佛教有九色鹿舍己救人、尸毗王割肉救鸽、萨埵太子舍身饲虎的故事。我想她是受佛教影响，所以产生拯救别人的想法。其实别人不需要她拯救，她只是自作多情罢了。"顾之风叹道。

"我对她了解不深，只能告诉你这些。我想，她选择踏上黑暗之旅，期待救赎别人，可最终会断送自己。她的病，是否像黑人柯菲，把别人的痛苦转嫁到自己身上？"

"我们好像谈论的不是人，而是位道成肉身的神。这是荒谬的。"

"是呀。自以为是的固执，有时会毁了自己。"

"也许吧。"他想起在318川藏线自驾，看到过的一只独自沉思的猴子。

"我曾目睹过'恶之花'，吞噬一个年轻美丽的生命。"褚子萱眼中溢出忧伤，声音哀婉地说，"那个女孩是我的闺密，叫邬燕妮。她的家境非常优越。她在参加一次活动时，邂逅坐在轮椅上的残疾艺人马德福。她没想到一个人失去双腿还能如此坚强，心里生出照顾他的愿望。她想无微不至地照顾他，用自己的生命温暖他冰冷的人生……"

"博爱的女子！"他不觉感叹。

"这不是博爱，是愚蠢！可是，她就是这样做了。不顾父母和朋友的反对，毅然决然嫁给那个残疾人。"褚子萱愤怒地反驳，美目中噙满眼泪。

"为何如此草率地出嫁？"顾之风问。

"鬼迷心窍呗！可生活从来不是童话。"她的眼泪大颗大颗落在地上。

"他们的婚礼很简陋，没有父母的祝福，也没有亲朋好友的祝愿。婚后生活，起初还算平静。然而，那个残疾艺人始终不明白，一位美丽大方的姑娘为何要嫁给他。他怀疑自己的妻子不忠，怀疑妻子别有用心，怀疑他们的孩子不是亲生的。怀疑像条毒蛇，昼夜不停地撕咬他的灵魂。他像个浑身溃烂的病人，被遐想出的假象折磨得死去活来。他用家里的铁钳、铜勺、火铲痛打妻子，夜里像条疯狗般在她身上乱咬……我的闺密被打得几次流产，甚至被打得大小便失禁……他像条疯狗，当着孩子的面，想尽办法折磨可怜的妻子。"

"怎么会有这种事？"顾之风难以置信。

"我的闺密为嫁给这头多疑的畜生，与自己娘家决裂。她鼻青脸肿地找到我，痛哭流涕诉说自己的后悔。她说自己全心全意对一个男人，可换来的是无休无止地猜疑和打骂。那人藏起他们的结婚证，用各种理由威胁她，使她成为他发泄怒火的工具……她的孩子，每次都会在父亲的暴怒下，拉在裤子里。那是他的亲生儿子，可是他不相信。做过亲子鉴定，他还是不相信，没人能使他相信——这畜生，还毒打自己的儿子！"褚子萱情绪激动地说。

"那孩子几岁？"顾之风想到安琪，感到某种揪心的痛。安琪降生前，他看到孩子没有特别的感情，甚至有些讨厌闹腾的小孩。自从他和肖正阳守着安琪出生、守护她长大，就对孩子生出莫名的亲昵感。有时看到别人的孩子，他都觉得特别可爱，不由爱屋及乌。

"那孩子大概四岁吧，本来是极聪明可爱的孩子。他很乖巧，很会察言观色讨父母欢心。可是，那人每次喝醉酒就变成六亲不认的畜生。孩子目睹父亲的残暴，性格变得异常孤僻。他害怕陌生人，总是用细瘦的小手揪着母亲的衣角。他漆黑的眼睛里装满对整个世界的不信任。他的脸上失去笑容，在充满恐惧的世界里没有任何安全感。"褚子萱叹口气说，"他不应该降生在这个世界，更不应该降生在那样的家庭。"

"那孩子现在还好吗？"顾之风不由问起孩子的情况。

"他和母亲在天堂里，应该过得挺好吧。"褚子萱点支烟，递给顾之风。

"他们……"顾之风没有往下说，感到心脏骤停，疼痛袭遍全身。

"那是两年前的事。据说有天夜里，我的闺密趁丈夫睡着，问孩子是否愿意和妈妈去无忧无虑的地方。那孩子高兴地说'愿意'。然后，她就抱起孩子从十八楼的窗户跳出去……对白，可能是朋友们后来杜撰的。她要带着儿子跳楼，心里该是什么滋味呀……"

顾之风没有继续发问，安静地抽着烟。他感到四周的空气凝结成冰，将他整个人冻结在透明的冰块里。他感到痛入骨髓的冰冷，脑海满是女子抱孩子跳楼的情景。

"我相信救赎。不过很多救赎，从一开始就踏上了一条黑暗之路，最终将自己送入死亡的深渊……我听到张露的故事，首先想到的是我的闺密。所以我和张露做朋友。"褚子萱克制自己的情绪，淡淡地说，"这个世界上，什么事都可能发生……"

顾之风离开褚子萱的毡包，像迷失在海上的船夫，满眼空廓与寂寥。在篝火晚会上，安琪与阿茹娜欢笑追逐，激动地燃放仙女棒。此刻，游人早已散去，被掩埋的灰烬仍有缕缕青烟。我们不该高估人性。那个随妈妈跳楼的孩子，如幽灵般爬进他的脑壳。

那双无辜的眼睛，漆黑而空洞，从灵魂深处瞪视他，似乎在追问，这个世界为何要如此对他。爱与救赎，误解的悲伤……他仰望星空，隐约可见无数孩童的眼睛。

张露，谜一般的女子。她是九色鹿的化身，还是四处漂泊的凡人。

他是个执着对爱信仰的人，莫名对毫不了解的女子动心。他内心的情感被点燃，像封存在密闭空间的氢气瞬间爆炸。他像只火中的飞蛾，被火焰毫无征兆地吞没……仅此而已。

二十七　离殇之歌

在湖水那边，是史留斯料峭的高地，

那儿，一座绿荫的小岛上

苍鹭振翅，惊醒了恹恹的河鼠；

那儿，我们在魔桶里藏进了

满满的浆果，还有

偷来的红艳艳的樱桃。

来吧，人间的孩子，

到水边和荒野里来吧，

和一个精灵手牵手吧，

这世上哭声太多，你不懂呀……

——叶芝《被偷走的孩子》

这个世界，因为有人与人之间善意的羁绊，才变得异常丰富而美丽。

可惜，被欲望腐蚀的人心，给整个世界带来不幸。人类本可以联手创造一个更加美好的世界，却不断挑起战争，制造灾难，破坏生态，污染环境……

顾之风望着长有超细长腿的蚊子和蜘蛛，感觉自己置身达利绘画"醒着的梦"中。在他心里，曾经对陌生人有某种恐惧。有时，他会产生某种错觉，觉得自己像斯皮尔伯格执导的电影《人工智能》里，那个拥有人类情感的小机器人——大卫。

那个孩子，渴望被母亲疼爱，渴望成为真正的人类。可他的愿望从来都没有实现。

那部电影，曾让他泪流满面。它似乎真实地再现了他内心深处的孤独。他有一颗柔软的心，总会被某些事物感动。无数个阴雨天，他孤独地望向窗外，感到来自心底莫名的忧伤。

俄日勒和克不知何时走到他身边，戴护具的胳膊上落着那只驯好的鹰。

熬鹰，是人与鹰精神力和意志力的较量。一旦鹰的精神防线崩溃，它就会死心塌地效忠于自己的主人。不过，只要过了捕猎季节，牧人就会将鹰放归自然，让它重获自由。

"安达，坐在这里想什么呢？"俄日勒和克露出憨厚的笑容。

"想你如何熬过漫长的孤独。"顾之风微笑，眼中弥漫着迷茫。

"万物皆有灵。人是万物的一部分，为何会感到孤独？"俄日勒和克不解地望向顾之风。他信萨满教，对于天地万物有自己的理解。他曾武断地说宗教的源头在萨满。

"孤独，是人的本质。每个人都无法逃脱。"

"那是你不愿用心感受这个世界吧。每一颗石子，每一株草，每一滴水，它们都有灵魂。这灵魂可能来自神灵，可能来自鬼魂，可能来自亡者，可能来自动物……"

"这倒是很奇特的想法。"他眺望茫茫草原，有种渺小感袭来。

"它们都有自己的生命周期，在漫长的时间之河里生死轮回。你若生活在草原，用心聆听，能听到风的诉说、树的低语、石的沉吟、花的浅唱……它们有自己的语言。唯有自然之子，才能听懂它们的话语。"俄日勒和克坐在顾之风身边的青石上。

"你能听懂它们的语言吗？"他好奇地问，不觉想起传说中所罗门的戒指。据说戴上那枚戒指，就能听懂鸟兽鱼虫的语言。所罗门的智慧，或许来自那枚戒指。

"我听不懂，但是我的祖父能听懂。"俄日勒和克轻叹口气说，"他活了一百零八岁，曾参加过哈拉哈河战役。那场战役，蒙古取得胜利，可我的祖父俄日敦斡齐尔却成为俘虏。夜里，一只老鼠咬断捆绑他的绳子，引导他离开地狱般的困境。"

"老鼠咬断绳子，竟会如此巧合？"

"不是巧合，那是只会说话的老鼠——萨满的老鼠！"

"老鼠说了什么？"他觉得不可思议。

"那老鼠说：'我是一只萨满饲养的老鼠，奉萨满之命来营救你。'"俄日勒和克惟妙惟肖地模仿老鼠的声音说，"我祖父获救。可是好心的萨满阿日斯兰被日本兵抓获。残暴的伊藤少佐命当地猎户活剥萨满的皮，但没有任何蒙古人去伤害萨满。日本兵就让被俘的蒙古勇士跪在地上，挨个砍下他们的头颅。有两个好汉子不愿下跪，被日本兵用刺刀扎透胸膛、挑破肚子，肠肚、血水和屎尿流得满地都是……"

"哦，早在诺门坎战役前两年，华中派遣军司令松田石根指挥侵华日军实施惨绝人寰的南京大屠杀,有三十多万中国人被血腥屠杀。两个少尉军官向井敏明和野田毅从句容到汤山开展杀人竞赛……现在想来,我们远离战争不过几十年的时间。"顾之风给朋友递支烟,点火,抽烟。冷风吹拂他的脸颊,风里有风干牛粪的气味,带着野性而粗犷的味道。

"你们汉人像羊,没有血性,任人宰杀。狼闯入羊群叼走羊,其他的羊都漠不关心。因为是一盘散沙,所以鸦片战争时几千西洋侵略军,就能让有四亿人的大国割地赔款。"

"汉族与其他民族的战争,多数是防御性战争。我们以和为贵,不奴役他人。"

"生存,从来都不是件容易的事情。长城内的居民,生活得太安逸哩。"

"我祖父曾说共产党是黏合剂,通过'七分政治、三分军事'的方针,把无组织的老百姓变成全民皆兵的整体,使日本侵略者陷入人民战争的汪洋大海……没有美国人的原子弹,日本军队也会被中国人民彻底蚕食消灭。读《论持久战》,就会明白其中的道理。"

"我们的祖父都参加过抗日战争,我们都是铁骨铮铮的中国人。"

"我祖父在大学读书时,参加过抗日救亡运动。后来加入左翼作家联盟和中国共产党,在延安陕北工学学习近两年时间。他在绥蒙地区开展抗日活动,带部队在大青山革命根据地进行游击斗争。他的两个堂弟,一个被日本兵杀了,一个被炮弹炸死。"

"战争是残酷的。萨满被杀后,我祖父带着萨满的老鼠,逃到锡林郭勒大草原。他在这里娶了我的祖母乌仁图娅,从此再没离开这片草原。"俄日勒和克叼着烟说。

"新中国成立后,我祖父被调到北京工作,为共产主义理想奋斗终身。我出生在北京，可是在某种意义上，我总觉得自己是草原之子。"他把烟屁股丢在地上，用脚踩灭。

"人们总是健忘的。现在，很少有人会刻意记起那些血腥的战争。年轻人丧失敬畏心，过着穷奢极欲的生活。而用鲜血换来的土地，却养出很多可恶的寄生虫！"

"这个伟大的时代，给我们成为自己的无限可能。"顾之风望着辽阔的草原说，"我去过一些落后国家，那里的人们生活在水深火热之中，饥寒交迫、朝不保夕。"

"倒也是。对了，你带安琪准备去哪儿？"俄日勒和克转开话题。

"以前没有明确的目的地，只想带她感受这个世界；现在嘛，想带她去看丝绸之路。"

"这里属于古代草原丝绸之路，辽代时通过与宋建立的镇州榷场进行贸易。元代达到顶峰，全国建立一千五百多个驿站，使元上都成为享誉世界的贸易之都。"

"和平贸易可以使世界更美好，可是很多人选择战争。"

"本性嘛。人离开自然，就不能感受长生天的存在。穿梭于城市，对孩子毫无益处。让她亲近自然吧，成为大自然的孩子。"俄日勒和克说，"安达，我们的孩子属于长生天。"

顾之风望向围着毡包捉迷藏的安琪，心里涌起父亲般的慈爱。他叹口气说："我想让她看看祖国的大好河山，走走古代的丝绸之路，了解中华大地深厚的历史文化。"

"唔，让她感受自然更好，感触万物的灵气，感悟上苍造物的伟大。"

"我是无神论者，无法产生真正的信仰。不过，我相信造物的存在，也相信孩子会改变未来。"顾之风苦笑，无意改变他人的信仰。他觉得心里根深蒂固的观念很难改变。

"如果没有信仰，那么地球不过是颗悬浮在空中的石头。宇宙吹来的一阵风，便可将它卷入永远的黑暗……"俄日勒和克抚摸臂上的鹰说，"正因为人们丧失信仰，所以才会将自己奉为神，肆意伤害比他们弱小的生命，肆意破坏本应敬畏的自然。"

"这看法未免悲观，人类创造出前所未有的文明。"

"在腾格里眼中，人类的创造微不足道。人类无法创造天地万物，无法创造日月星辰，无法创造生态系统，无法创造鸟兽鱼虫……人类过分高估自己的能力。"

"人类创造文明，也创造出属于自己的发展奇迹。"

"人类是反自然的存在。他们不断繁衍，总有一天会吃光空中的鸟、地上的兽、水里的鱼……人们把野鸪、沙鸻、伯劳等食虫鸟打完，草原上就蝗虫泛滥成灾咯。"

"很多人已经意识到生态保护的重要性，草原生态会逐步得到恢复。"他说。他觉得有些不可逆的破坏，已经没有办法补救。他不知道为何同朋友聊这些，隐隐产生无趣感。

"我有种奇怪的想法，存在四十亿年的地球，肯定诞生过其他高等文明。只是那些文明最终狂妄地自毁，也可能被外太空某种文明或某颗流星给摧毁了。现在诞生的人类文明，不过是近十几万年的再次进化。我们绝不是地球上唯一创造过辉煌的族群。"

"没想到中央民族大学研究生物科学的人，会有这种奇怪的想法。"顾之风诧异地凝视俄日勒和克，感觉像看一个从不认识的陌生人。真是士别三日，当刮目相待。

"现在很多年轻人都读过大学，他们对世界有自己的看法。"

朋友和妻子继续为晚餐而忙碌。顾之风去蒙古包找到安琪，带她骑马在草地上驰骋。孩子的笑声洒满整片草原。策马回来，他和安琪在蒙古包享用丰盛的蒙餐。

宴席上，俄日勒和克为大家演唱呼麦《四岁的海骝马》。他浑厚而粗短的气泡音，犹如瀑布飞泻、山谷回响。一缕高音如矫健的雄鹰掠起，带有利箭穿透长空的动人心魄。在如重金属摇滚的混响声中，出现金戈铁马的蒙古骑兵，扬起滚滚烟尘。一匹快如闪电的白色蒙古马，四蹄生风，呼啸奔腾，长鬃飞荡，烈尾飘扬……它的血气蒸腾彤云，它的飞奔踏出雷霆，它的忠诚燃起烈火，它的勇敢冲破敌阵……

顾之风和孩子们为精彩的表演喝彩，仿佛穿越回刀光剑影鼓角争鸣的古战场。

奥敦高娃演唱长调《辽阔的牧场》。她的声音婉转悠扬，仿佛在辽阔草原上流淌的额尔古纳河，带给人"天苍苍，野茫茫，风吹草低见牛羊"的无限畅想。那歌声婉转如百灵鸟的浅唱，悠扬如马头琴的低鸣，明媚如夏日里的阳光，绵延如额尔古纳河的流水，清新如草原上的微风，沧桑如记忆中的烟尘……在优美流畅的曲调中，一只天鹅飞离草丛，飞向充满希望的云端。眼见它气力耗尽，担心它会从云间坠落，它却陡然一个飞旋，再次飞向更高的云霄。那只翱翔高空的飞鸟，在云海间跌宕起伏，如炽热的火焰，烧红层峦叠嶂的浓云……它是天地间高傲的精灵，用嘹亮的声音歌唱草原的辽阔，歌颂自由的欢畅……

晚宴后，顾之风回到毡包，给安琪讲《哪吒闹海》的故事。孩子不喜欢听哪吒自刎陈塘关，觉得东海龙王是个大坏蛋。他收拾行李，告诉安琪明天离开。

安琪听说要离开草原，依依不舍流下眼泪。这段时间，她与阿茹娜、阿如温查斯、嘎鲁朝夕相处，晚上不在顾之风的毡包，而是和阿茹娜姐弟同睡一张床。她在城市里没有伙伴，与幼儿园同学不能很好交往。她珍惜草原上结识的伙伴，眼泪扑簌簌往下落。

顾之风停下手里的活儿，安慰孩子。孩子很懂事，没有再纠结离开的事。顾之风收拾完，她躺在顾之风旁边安静睡去。夜里，孩子说梦话"我们还会再见"，呜咽地哭起来。

顾之风轻声将孩子唤醒，孩子扑进他怀里啜泣："呜呜……安琪好舍不得离开这里，好舍不得阿茹娜……呜呜，老师，我们为什么不能一直在一起，总要分开……"

为什么总要分开，他也没有答案。哄安琪继续入睡后，他躺在床上翻来覆去睡不着。好不容易挨到天亮，起来洗漱。等安琪醒来，洗漱毕，他们向俄日勒和克和奥敦高娃告别。安琪从车上取下玲娜贝儿和星黛露送给阿茹娜、阿如温查斯，送给嘎鲁一台遥控小汽车。阿茹娜和阿如温查斯送给安琪一条手串和一只玳瑁。俄日勒和克给顾之风拿上熟好的狐狸皮围脖。

他拍着顾之风肩膀说："好安达，有时间就来草原。这里的风会吹走你心中的阴霾！"

"好的，后会有期。"他和俄日勒和克拥抱告别，把安琪抱上安全座椅，驱车离开不属于他的草原。路上他反复地听信乐团的《离歌》。这首由苏见信翻唱韩国歌手金建模的歌曲，有催人泪下的力量——想留不能留，才最寂寞；没说完温柔，只剩离歌。心碎前一秒，用力地相拥着沉默，用心跳送你，辛酸离歌……

那种撕心裂肺的无奈，多么契合他此时的心情。安琪在安全座椅里睡熟。

他将音箱的音量调小，独自咀嚼长时间开车的寂寥乏味。到达呼和浩特市，已是夜晚。

他在香格里拉酒店订房，将车停进停车场。他们在酒店的自助餐厅吃晚餐，回房间冲热水澡。孩子趴在房间窗台上看外面，感到无聊，坐在床上翻看《彼得兔的故事》。

这里是青色之城，也是张露驻留的城市。他很想去野狼爵士酒吧，见见那个叫林子锋的男人。可是，他没有付诸行动。他俯视窗外川流不息的车灯，似乎能清澈地看到自己的灵魂。一个完全陌生的自己，在玻璃反光里，冷漠地瞅着他。他清楚，那映射的幻象不是自己。因为他看到那个酷似自己的人，脸上露出诡异的微笑。而现实中的他没有任何表情。

莫非是出现在平行世界的假象？他将脸凑近窗户，看到自己英俊而冷漠的脸。为何在这座城市，产生如此奇怪的幻觉？他苦笑，看到玻璃上自己苦涩的笑容。

二十八　青色之城

旅行，是一场心灵的修行。顾之风的旅行，陷入一种孤独的循环。

他凝视玻璃上的自己，清晰地看到那个隐藏在黑暗里的另一个灵魂。他冷冷地望着那人睖晰地冲自己做鬼脸，眼神阴鸷地消失进浓深的夜色。他不知是现实，还是幻觉。

他觉得躯体内囚禁着一个灵魂。那个躲藏在阴暗处的影子，像伺机复辟的铁面人，随时准备将现实中的他拖进超现实的阴森幻境，使他沦为冷酷仙境的囚徒。

他感到某种力量，不知不觉侵入社会各个角落，使社会变成一台高速运转的机器……他觉得村上春树描述的超现实世界，正在悄然变成现实世界。他意欲突围，想给心中的疑惑找到答案，也想让孩子走出灰暗的生活。

可是，他不知道该怎么做。他像一只迁徙的发条鸟，在落单后不断寻找心中的目标；也像被风吹走的蒲公英的种子，始终随漂泊的风流浪，逐渐丧失落地生根的能力。

这个世界上，总有一些人为人类的解放和幸福而努力奋斗；也总有一些人为私欲要将整个世界踩在脚下，要将所有财富据为己有，要将无辜平民变成奴隶……

草原丝绸之路，以长城为纽带开展和平贸易，曾连通中原文明、草原文明和西域文明。他认为，唯有秉持互利共赢、和平发展、为民造福的思想，才能实现"天下大同"。

几年前，他去看望俄日勒和克，专程到巴音塔拉镇参观元代集宁路古城。在遗址上，曾出土大量封藏在大缸内的瓷器。一个不产瓷器的地方，几乎囊括定窑刻花瓷和印花瓷、景德镇窑青花瓷和釉里红、磁州窑白地黑花瓷和褐彩瓷、耀州窑素胎黑彩瓷和唐三彩、钧窑铜红釉、越窑青天釉、龙泉窑青瓷、建阳窑天目瓷。作为元代草原丝绸之路的重要枢纽，这里的居民深埋财物，期待有朝一日还能回来。可是他们踏上了一条迁徙的不归路……

他参观从固尔班乡豪堑营村辽代古墓发掘出的契丹女尸——辽缎衣服、铜丝网络、鎏金面具、枯槁身体……她被陈列在玻璃罩内，是否想回归厚重的土地？还有女法老哈特谢普苏特、乌卡克公主、马王堆辛追夫人、泰雅王后、楼兰女尸……她们穿越历史的风沙，走进现代人的视野。她们像无家可归的孩子，被抛弃在时间的荒原，被迫承受无尽的孤独。

鹿王本生。九色鹿。张露。冰封在阿尔泰山的乌卡克公主。她身上穿着价格不菲的中国丝绸，左臂文着由鹿的身体、兀鹫的喙和山羊的犄角组成的神兽……未知的古代图腾。

那图腾，是否是出现在北方游牧民族传说里的九色鹿？他觉得，人们脚下的土地，被层层厚重的历史所覆盖。它们成为腐朽的土壤，滋养我们世代相连的根系。然而，无数人被从泥土中拔出，赤裸地抛入钢筋水泥的城市森林，成为被异化的孤独体。

人们摧毁古老的图腾，在现代文明的基础上树立新的图腾……

"老师，这里为什么叫青色之城？"安琪在床上翻滚，仰起头问。

"呼和浩特，蒙古语的意思是青城。"

"老师，为什么人们会有那么多种语言？"

"很久以前，人们都说同一种语言。后来人们想在示拿地建造通往天堂的高塔——巴别塔。这种狂妄行为惊动了耶和华，耶和华就变乱人类的语言，使他们分散在全地上，彼此不能沟通。"顾之风解释。如果人类抛弃神话，也就抛弃了与之契合的历史。

如今，人类利用科技，建造新的巴别塔。他轻叹口气，躺回温软的床上。

梦里，他进入一座奇怪的城堡。旋转的楼梯通往用书籍砌筑的高塔。他沿着楼梯，走向浩瀚的星空。地球成为无数胶囊组成的"蜂巢"。每个人都生活在电脑营造的虚拟世界。他眺望不需要读书、不需要思考的人类，人类如同被人工智能饲养的蜂蛹……

他坐在塔尖，嗅着风中悲伤的味道，感到自己像一个不合群的异类。

我们共同创造一个时代，最终被所创造的时代抛弃。他看到金属穹顶的人工草坪里，不时飞起钛金蚱蜢、剃刀螳螂、黑铁甲虫，以及穿行于街道上的机械狼、智能猿、生化蛙、改造人。他用仿生眼搜索九色鹿，喝着劣质机油，独自咀嚼无边无际的孤独……

醒来，他努力回忆梦境，感到莫名孤独。望着熟睡的安琪，他不知该将这个美丽的小天使带到何方。他想让孩子看看色彩缤纷的世界，接触形形色色的人群，亲近博大深邃的自然。旅行中，他从孩子的微观视角，看到一个全新的世界……

他带安琪找到文化商城的店铺，请师傅把采摘的干花制作成漂亮的工艺品。书店，多已变成教辅资料店。人们对于文化的认知，缩减到狭隘的范围。他们驱车去大昭寺，徜徉于塞上老街，环顾鳞次栉比的仿古建筑间喧嚣的人群，感受空气里飘浮着历史尘埃。

定襄。十七岁的霍去病北击匈奴。他用短暂神武的一生，打通河西走廊。

"老师，这个伯伯好奇怪！"安琪驻足，摇晃他的手说。

顾之风顺她小手所指方向望去，看到一颗头发蓬乱、胡子拉碴的脑袋。从邋遢的茂密毛发间，隐约可以辨认出麻木如枯树皮的脸。一双浑浊的眼睛镶嵌在脸颊，犹如两枚装满绝望的玻璃球。那人穿着件油黑得分不出质地的衣服，向顾之风伸出骨节分明的手。

"葛峰学长，你怎么——"他感觉无数话语涌进喉咙凝结成干涩的硬块。

安琪仰头望着顾之风，又扭头望向葛峰，胆怯地躲在顾之风身后。

"风，我用自己的一生，对抗可憎的父亲。嘿嘿，我毁掉自己，也毁掉他的创造……"葛峰咧开灰白麻木的嘴唇，像一块树皮撕开干裂的伤口，伴随笨重的"咔嚓"声，显露出一排参差不齐的黄褐色牙齿。从萎缩的牙龈缝隙，源源不断涌出腐尸的臭气。

顾之风心生厌恶，不知这位曾经优雅的学长，何以变成这副模样。他从街边给安琪买了支泡泡枪，同葛峰一起走进路旁的铜锅涮店。葛峰身上的异味，引来服务员的掩鼻。

"这是你的孩子？"葛峰眯缝眼，伸出手想抚摸安琪的小脑袋。

"你是个坏伯伯，安琪不喜欢你！你身上有怪怪的味道，很难闻！"安琪害怕地缩进椅子，举起泡泡枪喷射出气泡，威胁道，"你要是敢碰我，我就用枪射你！"

葛峰尴尬地苦笑。那笑像树皮疼痛地抽搐，碎裂在皱纹堆累的脸上。他轻声咳嗽，将滚烫的茶水灌进喉咙，叹道："我老哩，连小孩子都讨厌我喽。"

"学长，这些年发生了什么事？"顾之风试探地问。

"没什么。我和我父亲展开旷日持久的冷战。他想让我成为他理想中的样子，堵死我所有的出路。我索性成为孤家寡人，将自己囚禁在老宅的南房。我不结婚、不工作、不出门，成为关在黑屋子的活死人——如今，我父亲死了。我也死了。"

"这样做，有什么意义？"

"没有意义。人生本来就没有任何意义。我们在无数偶然中生成，必然会在某个偶然中灰飞烟灭。仅此而已。"他吃着涮羊肉，咀嚼的声音很响，像一条饥不择食的狗。

"为什么不妥协，中庸地处理你与伯父之间的关系？"

"为什么要妥协！他毁了我的人生，逼迫我心爱的女子嫁给别人。他是家庭里的暴君，是个摧毁我精神世界的野兽。我一次次地妥协，只换来他变本加厉的伤害！"

"为人父母，总有他们自己的考虑。也许是我们不能完全理解。"

"人，最可怕的是以爱的名义，无休无止地摧残身边的亲人。我想逃避，可是我无处可逃。我只能与他进行精神对决，最终看着他无奈地死去。"葛峰哽咽道。

逃避是解决问题最简单的方式，也是最无效的方式。它只会使人陷入恐惧的囹圄，无法自拔。真正的强者不会在困难面前低头，就像不屈不挠的汉尼拔。

因为唯有积蓄勇气去面对、想尽办法去处理、发动人脉去解决，才是纾解困难的方法。如果在困难面前逃避，那么问题不仅得不到解决，还可能对此后的人生造成不良影响。

"我心爱的女人，她永远地离开了我。"葛峰胡须上满是食物的残渣。

"人生不如意十之八九。"顾之风说出老气横秋的话。

一个人在精神上死亡，便确乎是死了。他的躯壳不过是行尸走肉般苟活在人世。他想到《奇鸟行状录》的间宫中尉，目睹剥人皮的血腥，目睹战争的残酷，成为精神死亡的活人。

"我爱自己的恋人，习惯于两人顺其自然地相处，倾尽全力使对方活得幸福。可是，在对方态度不明确时，我不知道自己该采取什么样的态度或方式来相处。这是我性格的缺陷，束缚我的感情……可是，我父亲摧毁我的信念，摧毁我的爱人……"

"今后有什么打算？"顾之风给安琪夹肉和菜，看她细嚼慢咽地吃饭。他从孩子身上看到希望的青苗，正刺破幽深的黑暗，长成一株象征真善美的七色堇。

"我卖掉老宅院，将钱都捐给红十字会。我要身无分文地去流浪，过自由自在的生活。"

"你这样生活，有多久了？"

"两年。我游走于不同的城市，靠捡破烂维持基本生活。有闲钱，我会去书店买书；读完，我会将它送给有缘的路人。偶尔我会遇到跟从者，会给他们讲古代哲学，讲世界历史，讲量子理论，讲时间简史……我挣脱心灵的囚笼，成为快乐的流浪汉！"

"为什么不融入社会，而选择以流浪的方式逃避现实？"

"我缺乏两种能力：一、奴颜媚骨；二、死皮赖脸。只因我坚守一条底线。这条底线，使我丢失许多利益，也使我始终保持人的尊严。"葛峰眼中焕发出光彩，"保持人的尊严和良心，尽可能做一个正直的人。只有这样，我才不会鄙视自己。"

不知为何，顾之风想起弑父娶母的俄狄浦斯，竭尽全力想摆脱神所预言的悲剧命运，最终还是被残酷的命运吞没。他的悲剧，源于那个遭受诅咒的父亲拉伊俄斯，还是源于众神毫无怜悯的报复……他轻轻叹口气，问："你心里没有任何愧疚？"

"愧疚？那些让我来到这个世界的人，他们才应该愧疚！或许，我应该像圣贤宣扬的那样，去做一个'孝子'。可是，我却成为精神上的'弑父者'。这是我的选择。"

文人的骄傲，还是自以为是的辩词？顾之风感觉眼前这个人，体内隐藏着一条黑色的三头恶犬。那条恶犬用凶狠的目光仇视整个社会，发出来自另一个世界的咆哮……

那座破落的庭院，满是排泄物散发的恶臭。肮脏的垃圾、发绿的污水、成群的苍蝇、蠕动的蛆虫……空气变得黏稠而浑浊，使人的皮肤生出毒疮，使人的躯体流脓溃烂。那些巷子里的居民瞪着满是眼眵的眸子，像阴暗处的毒蛇仇视这个世界。他们嘴里喷出瘴气和恶语，彼此仇视、互相为敌。他从那里出来，像一条蛆期待蜕变成嗡嗡飞行的苍蝇。

顾之风觉得灵魂被狠咬一口，带有某种残缺的疼痛。葛峰像个黑色幽灵，钻进他的脑壳，使他的意念被那挥之不去的嗡嗡声干扰。他回酒店退房，开车前往包头。

到达包头，已是黄昏。他们在海洋世界附近住宿，找了家干净的餐厅用餐。晚上，他带孩子去包百商厦逛商场。安琪对琳琅满目的商品不感兴趣，而是钻到地下商场玩得乐不思蜀。

安琪喜欢胡桃夹子木偶，喜欢仿古电话亭，喜欢卡通兔促销员……她拉着

"兔子姐姐"，完全沉迷于自己想象的世界。她不愿"兔子姐姐"下班离开，哭得让人几近崩溃。

顾之风好说歹说将她抱走，在商店买一只独角兽，说让独角兽陪伴她。孩子抱着独角兽，还是不停地哭。直到回酒店房间，她还在不停地念叨"兔子姐姐"……

早晨起来，吃过早餐，他带孩子去赛罕塔拉生态园喂小鹿，骑白色小矮马，到海洋世界观赏表演……不知为何，他想起在北京海洋馆，看到的一只凝视墙壁上南极照片出神的企鹅。那只孤独的企鹅，成为满足游客好奇心的玩物，再也无法回到自己的故乡。

他没有在包头久留，带孩子去库布齐沙漠响沙湾。他们在沙漠景区乘小火车，观赏沙雕，骑骆驼，玩滑沙，看表演。晚上，入住蒙古特色酒店，孩子在睡梦中发出快乐的笑声……他瞧着熟睡的孩子，感觉有种温暖的火焰，在胸腔散发出幸福的光芒。

读完格里高利·罗伯兹的《项塔兰》，调暗灯光，他回想自己和肖正阳的旅行。他们一起去腾格里沙漠赏月亮湖，到武威（古凉州）观天梯山石窟，往张掖（古甘州）瞧丹霞地貌，进额济纳看胡杨林……那时，他们是无忧无虑的小伙子，怀有征服世界的雄心壮志。

时隔多年，他要带安琪从鄂尔多斯进入河西走廊。他们仿佛走进时间的闭环，在未来的某个时刻，相遇在某个时间的节点。那个节点，连接被历史浸渍的土地。

那片连通中西方文明的土地，犹如一位翩翩跳起胡旋舞的美丽女子。舞姿宛如敦煌飞天般美妙。在琵琶、箜篌、羯鼓和哈甫声中，隐约听到来自历史深处的乡音。

二十九　河西之廊

历史中，一百多人奔驰在飞沙走石的戈壁滩。

这些被扣留十年之久的汉使，冒死从匈奴营地逃脱，前往大宛国寻找迁徙的大月氏族。他们的干粮已所剩无几，许多同伴饥渴而死，有的则埋骨沙窝或葬身冰窟……

他们穿过河西走廊，经车师、入焉耆、溯塔里木河西行，过库车、到疏勒、翻越葱岭……前有险阻，后有匈奴；大漠雪山，皑皑白骨。在干粮耗尽的绝境下，张骞命向导堂邑父射杀禽兽聊以充饥。他们风餐露宿，爬冰卧雪，历经千辛万苦，抵达大宛国。

大宛国王深受感动，派兵护送他们寻大月氏。大月氏人已安居，不愿向匈奴复仇。无奈之下，张骞越妫水南下，抵达大夏蓝氏城。无功而返，他们改变路线，走塔里木盆地，绕昆仑山返程。归途，再次被匈奴俘虏，扣留一年。元朔三年，张骞与堂邑父乘匈奴内乱逃回长安。

太史公司马迁称张骞此举为"凿空"。因为他出使西域，访问大宛、康居、大月氏、大夏诸国，打通汉朝通往西域的道路，开辟出历史上著名的"丝绸之路"。

穿窬历史，秦始皇曾派大将蒙恬率军击败匈奴，匈奴势慑，不敢南面而望十余年。汉高祖曾率大军三十万，平定韩信勾结匈奴叛乱，被围困白登山七日七夜，重贿单于妻阏氏突围。汉武帝曾派张骞出使大月氏，与安息、身毒、奄蔡、条支、犁轩建交，开辟出由长安到罗马乃至埃及的贸易通道；派卫青、霍去病等进击匈奴，使匈奴帝国逐渐走向衰落。

顾之风驱车行驶在大西北的高速公路上，脑海里浮现出历史影像。

这条路，张骞、卫青、霍去病、赵破奴、窦融、班超、朱士行、竺法护、法显、玄奘等名人走过，无数操突厥、吐火罗、摩尼、于阗、粟特、西夏、蒙古、回语的百姓走过，民族交融、语言混杂、商旅络绎、驼铃悠扬……多少历史人物的身影，消失进漫漫黄沙。

多年前，他和肖正阳踏上这条路，从宁夏银川方向进入河西走廊。他们专程拜访一位德高望重的前辈，向他请教关于凉州文化方面的问题。那位年逾古稀的学者，身着驼丝锦灰蓝色中山服，戴一副老式水晶眼镜，眉宇间蔚然而苍秀，带有与生俱来的儒雅。

"从长城视角切入历史，才能看清完整的中国史。以长城为中心，连接起中原文明、草原文明和西域文明。而凉州使各种文化交融互鉴，形成多元一体的中华文化。"

余老先生的话，打开他观察历史的新视角，影响了他后来的思维方式。

那个怡人的午后，在退思斋品茶论道，倒不失为一件快事。余老先生很健谈，给他们讲儒家文化、佛教文化和伊斯兰文化，也谈丝路文化、凉州文化、西夏文化及敦煌文化。

余先生对凉州文化颇有研究，说在儒学上，有郭荷传郭瑀，郭瑀传刘；在乐舞上，月氏、乌孙、匈奴、羌人、鲜卑、突厥、吐蕃、党项、蒙古皆能歌善舞，羌笛、筚篥、琵琶、羯鼓、胡角等西域乐器和各国乐舞盛行；在佛学上，鸠摩罗什、僧肇、竺法护、竺佛念、浮陀跋摩、昙无谶、沮渠京声、玄高、师贤、昙曜、宝云、智严等本籍和寓籍高僧云集，尤其北魏从凉州掳走大批精英及工匠，为云冈石窟、龙门石窟开凿提供样本，造就"凉州模式"。

他说陈寅恪讲过，凉州这个地方，当中原大乱的时候，居然把中原文化保存得很好，让中原文化很好地进入隋唐文明；范文澜曾阐述，十六国以来，河西是当时北中国保存汉族文化最多，又是接受西方文化最早的地区。西方文化在凉州初步汉化后，再向东流。

余先生饱含深情地总结："文化是一种信仰，每个中国人都应该坚守这种信仰。"

那时的肖正阳心高气傲，对老先生的高论不以为然，反驳道："文化在当代有什么实际价值？科技能带给人们触手可及的福利，文化对于当代人没有任何意义。"

"文化没有意义？如果没有文化就会亡族灭种。我们曾无数次被其他民族征服，这些民族最终融合为中华民族。如果没有文化，我们会像被雅利安人征服的古印度人，永远沦为没有自己文明的贱民。如果当年我们被日本征服，从幼年起便被灌输日本文化，用不了一百年就会不认识汉字，成为黄皮肤黑眼睛的'日本人'！匈奴、鲜卑、突厥、氐族、契丹，这些民族哪去了？如果没有中华文化，我们就没有根，很快会在烈日下枯死！"

顾之风听他们对话，不由想起菲利普·迪克的科幻小说《高堡奇人》。那部以《易经》为底板的小说中，轴心国打赢二战，重构世界秩序……现实与替代现实，光影交错。

"可惜，人们越来越实利主义，没有多少人真正关注文化。"

"文化影响人的精神。如果人从精神上改变，比如当年被策反的国民党军，他们会用先进的武器倒戈而击。很多事情不能单靠武力来解决，而是要形成文化影响力和文化认同。攻心为上，攻城为下。改变人心的是文化，而非武力。如果我们割断与五千年文明的联系，又没有形成更为优秀的文化，那么整个民族都是危险的。目光短浅，不足以论事！"

肖正阳的出言不逊，引来余老先生的强烈反感。他们被礼貌地逐出门。然而，这场关于文化的谈话，却深深印刻在顾之风的心底。他从心里认同余老先生的观点。

他开车驶入武威，不觉想起关于凉州文化的谈论——汉武帝时，张骞凿空西域，霍去病封狼居胥，匈奴昆邪王杀休屠王降汉，置武威、张掖、酒泉、敦煌"河西四郡"。河西走廊纳入西汉管辖。这条丝绸之路枢纽路段，连接着亚欧非三大洲的贸易与文化交流。

诗歌中的凉州，有王翰的《凉州词》，"葡萄美酒夜光杯，欲饮琵琶马上催"；王建的《凉州行》，"城头山鸡鸣角角，洛阳家家学胡乐"；杜牧的《河湟》，"唯有凉州歌舞曲，流传天下乐闲人"……凉州，这座汉唐时仅次于长安的城市，随着丝绸之路开通，希腊、罗马、印度文化涌入，各种文化汇聚、碰撞、融合，形成具有多种文化特色的五凉文化。

"老师，快看那匹飞马，好漂亮！还有字呢。"安琪的话打断他的思绪。

"那是雷台汉墓出土的马踏飞燕，那里还出土了铜奔马仪仗队。"

"老师，什么是出图？画出来的图画吗？"

"不是。出土，是把埋在地下的文物挖掘出来。"

"为什么要把文物埋在土里？"

"因为古时候墓主人希望陪葬品可以带给亡魂冥福。"

"什么木主人，什么鸣福，他们像小孩子，喜欢把东西埋到土里！"

"出土的文物，可以还原历史的本来面目……"

安琪对他的回答失去兴趣，那些乏味的语言枯死在车厢。他找了家看起来地道的饭馆，吃雪山驼掌、多食合、哲赛和行面、腊肉、冰糖圆枣茯茶"三套车"。用过餐，他们找酒店住宿。接下来几日，他带安琪游览武威文庙、灵钧台、大云寺、鸠摩罗什寺和天梯山石窟。

历史，被时间不断覆盖的认知。无法看到一条清晰的线，而是一抔黄土的覆盖堆砌。那些无法识别的历史，那些没有文字的历史，那些道听途说的历史，那些随风而逝的历史……

我们无法真切地看清历史，无法确知自己从何而来，最终将要去往何处……

"老师，你知道恐龙化石是怎么来的吗？"安琪凑到他耳边问。

"不知道呀，安琪知道是怎么来的吗？"

"恐龙化石就是一只恐龙掉进坑里，然后它没东西吃，然后它饿呀饿呀，它的肉就越来越少，最后就剩下骨头啦，然后就被我们挖出来……"

"为什么想起来说恐龙化石？"

"我觉得那些大佛，是被我们从石头里挖出来的。而且，我快变成化石哩。"

"你很饿吗？"

"不是，我感觉自己的皮肤干得快要裂开了。那样我就只剩下骨头啦。"

顾之风将车停到服务区，从后备箱找出保湿乳和护肤露给孩子敷上，并给她涂了防晒霜。他从超市买了张掖红梨、冰川雪提、临泽红枣、黑番茄和苹果梨，洗净给孩子路上吃。

"老师，我好喜欢你！一看见你，我的头顶就冒爱心泡泡，闪闪的那种。我头上有一个地球大的爱心泡泡，转到你这边，'噗'就没有了——因为它进你的心里啦！"

顾之风将安琪抱上安全座椅，给她系好安全带，心里洋溢着无言的幸福。

张国臂掖，以通西域。来张掖，他不为"半城芦苇"的自然美景，也不为"半城塔影"的历史风貌，只为"此曲只应天上有，人间能得几回闻"——《霓裳羽衣曲》。

这首曲子，据说是唐玄宗根据甘州流传的《婆罗门曲》改编的，由千娇百媚的杨贵妃起舞，"天阙沉沉夜未央，碧云仙曲舞霓裳"。可惜，没有听到古曲，也未看到霓裳羽衣舞。

他给张掖当导游的朋友翟文俊打电话，请他带自己和安琪参观当地的名胜古迹。

翟文俊是甘肃天水人，口头禅是"天水盛产'白娃娃'"。他有张娃娃脸，喜欢炫耀天水的伏羲文化、大地湾文化、先秦文化、麦积山石窟文化和三国古战场文化。

他是个文学青年，自费出版过两部散文集。他带顾之风和安琪去迦叶如来寺、木塔寺、土塔寺、西来寺、马蹄寺、镇远楼和黑水国遗址，给他们讲许多历史典故。

他颇为自豪地介绍："隋炀帝继位，为拓通丝绸之路，经营西域商贸互市，在大业五年，过凉州、临张掖、登焉支山，参禅天地，谒见二十七国使臣，举行盛大的'万国博览会'。他修通大运河，实行科举制，西征吐谷浑，三征高句丽，是位雄才大略的皇帝。"

"历史上，短命王朝的皇帝，都没有好名声。"

"是呀，胜利者书写的历史，充满对失败者的诽谤！"

"老师，这里的山五颜六色的像彩虹一样！"

"小朋友，这是七彩丹霞地貌，有赤、橙、黄、绿、青、白、灰、黑多种颜色。"

"这么多颜色哇，是不是织女姐姐把织锦铺到这里啦。"

"安琪真聪明。小脑袋里装的都是奇思妙想哩。"

他边走边介绍："张掖嘛，可概括为'一山一水一古城'。山是祁连山，水是黑水河，古城就是甘州城，也就是张掖。这里好玩的还有焉支山、康乐草原、平山湖大峡谷。"

"我们可以去看看平山湖大峡谷。"

"那里可是大自然的神奇造化，是鬼斧神工造就的五彩斑斓的奇观！"

"人烟稀少的地方，更能接近神祇或探寻宇宙的奥秘。"

"面对神奇的大自然，人会不由自主产生信仰。尤其在绝望时，这种感觉更强烈。"

"唔。绝望，怎么会有这种感觉？"

汽车行驶在峡谷地段，可见侏罗纪积淀形成的红色沙砾岩，犹如一幅幅艳丽夺目、摄人心魄的山水画卷。下车，他们徒步行走，欣赏属于大自然的粗犷壮美。

翟文俊手指一处陡壁说："我曾被困在蜿蜒曲折的大峡谷，仰望浩瀚无际的星空，俯瞰奇突绝伦的景观。在峭壁之上，盛开一朵璀璨夺目的彼岸花，花瓣娇艳玲珑，包藏整个宇宙。我看到万里江河，看到溪水鱼虾，看到雪山湖泊，看到落叶蝼蚁，看到苍茫大漠，看到沙粒世界，看到九面镜子映照无限循环，看到无数高楼囚禁孤独众生……"

"你在沙漠里看到海市蜃楼了吧——"

"不是海市蜃楼,是血红色的彼岸花。我从花中看到三千世界,看到生死轮回……"

奇怪而无解的梦境。神秘而有信仰的地方。神话与信仰、历史与现实交织融合,凝聚成奔涌不息的历史洪流,奔腾咆哮间有旗纛旌旄、骠骑勇士、烽火狼烟、笳鸣马嘶、边关大漠、长河落日、胡商驼队、华服美饰……缤纷色彩飞旋流转,汇成恢宏绚烂的图景。

"我曾梦到过九色鹿,九色鹿就是姐姐。"

"九色鹿?敦煌莫高窟里有壁画《鹿王本生》,就有九色鹿。"

"老师,我要去看九色鹿,看'鹿王本生'!"

"好吧,老师带安琪去看鹿王本生图。"

晚上,翟文俊设宴招待顾之风,席间介绍酒泉大法幢寺、敦煌莫高窟、安西锁阳城、雅丹地质公园,以及当地流传的狮舞、龙舞、旱船、跑驴、铁芯子、太平鼓等社火。

顾之风感觉疲惫,吃过晚餐,带安琪回酒店休息。安琪洗漱完便躺在床上睡熟。

他困倦无眠,扭开床头灯,倚靠枕头翻阅从英国带回来的《一个人的朝圣》。朝圣,在失去信仰的土地。他感到年龄带来的压迫,想象那个叫哈罗德的老人举步维艰的行程。

每个人,终要孤独地面对衰老和死亡。这种孤独与恐惧,根植于灵魂深处。

在剑桥大学的某个夜晚,他半睡半醒坠入漆黑虚无的死亡幽谷。那里空间扭曲成虚无,阴风带有侵入骨髓的寒冷。他枯坐在生命的原点,任由来自丰饶之海的无数虫豸噬为齑粉，最终被时间的风吹进永恒的虚空……他看到死亡的黑雾，吞没命运之轮。

他想要挣脱这囚禁灵魂的黑色迷雾，隐约看到蜿蜒的历史长河，无数孤独者走进幽深的黑暗。那些伟人、那些英雄、那些王侯、那些凡人，最终成为堆叠的泥土。

厚重的泥土，深埋对于死亡的恐惧。在河西走廊，悠远的历史衬托出卑微的孤独。他扭头望向安琪，想到这个孩子终究会死去，心里生出某种隐秘的疼痛。

这是一种怎样的多愁善感！人类要战胜死亡，是否要采用荒诞的形式？

他苦笑，不觉想起那个要"在世界的屁眼儿里放一颗炸弹"的亨利·米勒。

三十　丝绸之路

文明被无数次摧毁，历史被一层层覆盖。

除了为数不多的史籍，我们对脚下的土地了解得远远不够。

历史，若不在人们心里生根，最终会枯萎成古老的废墟。那些废墟被岁月风蚀，消失进永恒的虚无……生命，从太古宙、元古宙、显古宙走来，走向对抗死神的未知……

一切都将逝去，唯有死神永生。人类从诞生之初，就不断破解生与死的谜题，想尽办法与死神对抗，期待逃出死亡的黑域。四十亿年，地球上是否存在过久远文明或外星生命，那些文明不断被时间尘埃覆盖，直到近一千万年，新的智慧生命体——人类诞生！

一个戴风帽的黑衣人，用冰蓝色的眼睛凝视顾之风。他在顾之风的脑海诞生，用带着死亡寒气的阴冷声音说："我就生活在你们之中，你们却无法认出我。"

那时，他站在金莲川草原的元上都遗址，黑色闪电河流淌着岁月的忧伤。

那里曾是世界的心脏，曾是中国乃至世界的政治、经济、文化及军事中心，被马可·波罗誉为"东方神话"。中国的"四大发明"活字印刷术、司南、火药、造纸术及元制火铳等传到欧洲，西亚、欧洲的数学、艺术、宗教、天文、医药学等传入中国……如今，成为"一座拥抱着巨大历史文明的废墟"。

他眼中呈现奇异景象：他手持流淌橙蓝色光焰的双色剑，黑衣人高擎弥漫黑色冷炎的长柄镰，站在冈仁波齐峰顶展开巅峰对决。他手中巨剑卷起漫天风雪，每片雪瓣都营造出历史的图景。黑衣人手中镰刀划破辽远苍穹，每道豁口都有兵燹吞噬无辜的生命……

历史，在干涩的空气中凝固，浓缩成一块块土砖，堆砌起一座巍然雄关。

嘉峪关，天下第一雄关。光化门，光化楼，歇山顶式结构，精雕细刻，古拙沧桑。箭楼、敌楼、角楼、阁楼，牌楼、戏楼、关帝庙，游击将军府、井亭、文昌阁。城墙横穿沙漠戈壁，北连黑山悬壁长城，南接天下第一墩……走在关城的青砖古道，他又看到黑衣人。

他穿窬历史的厚壁，消失进熙熙攘攘的人流。那身影像一匹草原的苍狼，更像来自地狱的三头犬刻耳柏洛斯。顾之风想捕捉他的身影，可是边关的风沙吹花他的双眼。

风吹石头跑，地上不长草，天上无飞鸟，山头似孤岛。大明王朝为守御山河固险，在"向前看，戈壁滩，向后看，鬼门关"的河西走廊咽喉，修建连陲锁钥、建筑雄伟的嘉峪关。这里作为古"丝绸之路"交通要塞，由于嘉峪关的建造，而把玉门关尘封进历史。

对于安琪而言，这天下雄关，与山海关、雁门关一样，都是古建筑。远不如老龙头长城下的沙滩好玩。她无法理解厚重的历史，也无法明白雄关的意义。

顾之风抱起安琪，穿过人群，在西瓮城门楼前驻足，看到檐台上的一块砖。

"老师，这里为什么会放一块砖？"安琪好奇地问。

"砖？这是定城砖，是一位叫易开占的工匠放在檐台上的。"

"易开占，他为什么要在这里放砖，为什么不把它拿走？"

"据说这位易开占，精通九九算法。兵备道李端澄不信，让他计算嘉峪关用砖量。易开占计算完说，需要九十九万九千九百九十九块砖。兵备道依言发砖说，如果多一块或少一块，都要砍你的头，罚众工匠劳役三年。竣工后，只剩下一块砖，放置在西瓮城门楼后檐台上。兵备道发觉后大喜，想克扣易开占和众工匠的工钱。易开占说，这块砖是神仙所放的定城砖，如果搬动，城楼便会塌掉。兵备道不敢再追究。因此，这砖就一直放在这里。"

"老师，神仙会不会长生不死？"

"应该会吧……"

"老师，安琪希望你可以做神仙，长生不死！"

"为什么呀，人都会死，这是自然规律。"

"呜呜……"孩子竟低声呜咽，抽泣道，"老师，我不想让你死，死好可怕！"

死亡，这孩子何以对死亡如此敏感。莫非是安姝婷的死，给她造成了心灵的创伤？

离开嘉峪关。驱车，到敦煌市南郊鸣沙山。他带孩子骑骆驼、玩滑沙，徜徉于古朴雅肃的古建筑间，小憩于美丽神奇的月牙泉。安琪喜欢玩沙子，兴奋地用翻斗车搬运沙子，用小桶盛水制作沙雕城堡。他望着轮藻、眼子草和茂密芦苇，想着古人来此游玩的景象。

丝绸之路，草原丝路、沙漠丝路、海上丝路及西南丝路、东亚丝路，恰是无数人走出的繁荣之路、友谊之路、和平之路。这条路，使中国走向世界，也使世界了解中国。

历史，可以是宏观的叙事，也可以是微观的解读。在历史长河中，有雄才大略的君主、雄心壮志的君主、野心勃勃的君主、阴险狡诈的君主，有奉命的使节、朝圣的僧侣、奔波的商旅、迁徙的流民……在宏观政策下，普通人的生活交织成丝路历史。

德国地理学家李希霍芬首先提出"丝绸之路"的概念。当初，他为探索修建山东到德国的铁路寻找历史依据。于是借古罗马妇女喜欢来自赛里斯的丝绸典故，选择以"丝绸之路"冠名。后来，瑞士探险家斯文·赫定到新疆考察，才真正找到"丝绸之路"的历史渊源。他的助手埃尔迪克在取铁铲时，还意外发现被黄沙掩埋的楼兰古城。

这条通道，自中国古长安出发，经中亚国家、阿富汗、伊朗、伊拉克、叙利亚等，抵达罗马——如果说长城的作用是"拒止冲突、互通有无、规范往来、纲维秩序"，那么丝绸之路的作用就是"交融互鉴、求同存异、和平共处、共生共荣"。

近代，敦煌藏经洞发现大量文书，有汉文、藏文、梵文、粟特文、回鹘文、于阗文、希伯来文等。它们记录下活生生的历史。从前秦宣昭、北朝隋唐到安史之乱，从吐蕃时代到归义军时期，从于阗灭亡到伊斯兰教覆盖西域，丝路曾经的辉煌在岁月长河里历久弥新。

前秦时，乐僔和尚云游至鸣沙山，见山顶金光万丈，仿佛有万尊佛像显现，他被这奇景震撼，在此坐禅修行，请人于崖壁上开凿一个石窟，莫高窟就此诞生——莫高窟没有云冈石窟的宏伟壮观，将所有精髓都深藏在洞窟之内。顾之风带安琪游览坐狮弥勒、地藏菩萨、维摩诘变、五台山图、飞天壁画，参观三层楼、九层楼、涅槃窟、法华窟、藏经洞……

安琪有些瞌睡，伏在顾之风肩头昏昏欲睡。她不停地问："老师，什么时候可以看九色鹿？"走到二百五十七窟，顾之风轻声唤道："安琪，可以看《鹿王本生》哩！"

安琪强打精神，睁大眼睛望向洞窟。可见窟前部人字披顶，后部平棋顶，中间有塔柱。柱东向面开大龛，内塑倚坐佛说法像。南壁前部绘立佛，后部绘沙弥守戒自杀、弊狗因缘；西壁绘九色鹿王本生、须摩提女因缘。鹿王本生图栩栩如生，九色鹿几欲破壁而出。

"姐姐，我梦到的姐姐！"安琪大声喧哗。顾之风忙制止孩子，让她低声说话。孩子眼睛直勾勾盯着九色鹿，似有千言万语想要倾诉。墙壁上的九色鹿，似乎发出微弱的光。顾之风恍惚看到神鹿后蹄蓄力，如流光飞身跃入安琪的眼瞳。他揉揉眼，觉得不可思议。

离开洞窟，安琪依依不舍，小声哀求："老师，安琪想留在这里。"顾之风无奈地苦笑。倒有些羡慕张大千，能在莫高窟内待两年之久，临摹这些精美绝伦的壁画。

顾之风低头想心事，感到有人轻拍他的肩膀。回头，见一位身穿 Burberry 蓝色风衣的女子，戴褐色牛仔帽和欧古诗丹太阳镜。那女子用纱巾包住脸颊，看不出本来面目。

他感到诧异，不知这陌生女子为何如此轻佻地打招呼。

"你好，怎么认不出我嘞？"女子娇声道，声音穿过纱巾，没有熟悉的感觉。

"我们认识吗？"他略感迟疑，努力从记忆里搜索与之相关的形象。莫非是张露，她怎么打扮成这样？应该是怕皮肤被晒伤吧。可是，张露怎么会出现在敦煌？

"姐姐，你是谁呀？你把脸捂得那么严，我们怎么可能认出你。"

"我是蔡冰莹呀，真是贵人多忘事！"女子摘下墨镜，将遮面的纱巾摘下，露出一张美丽动人的脸。这张精心修饰的脸，唤起顾之风关于坝上草原的记忆。

"咦，是喜欢老师的那个姐姐！"孩子瞪着毛茸茸的大眼睛说。

听到孩子的话，顾之风感到脸上生出火辣辣的灼热。他像一只被煮熟的螃蟹，完全丧失自卫的能力，结结巴巴地说："真巧啊，没想到在这里遇见。"

蔡冰莹满脸绯红，为掩饰尴尬忙将墨镜戴上。她从衣兜里掏出棒棒糖递给安琪，声音愉悦道："宝贝，不可以乱说哟。告诉姐姐，是喜欢老师的姐姐，还是老师喜欢的姐姐……"

"是喜欢老师的姐姐！"安琪坚定地回答，没有接棒棒糖。

"噢，说谎的孩子可就不可爱哩！"蔡冰莹为自己解嘲。

"安琪没有说谎，姐姐就是喜欢老师。安琪知道！"孩子很认真地说。

"安琪，不可以乱讲话！"顾之风略显严厉。他看出蔡冰莹的不悦，也看到孩子眼中委屈的晶莹。他心生怜悯，用手摩挲孩子的小脑袋。

夕阳下沧桑的废墟，没有驼铃，没有商队，没有高僧，也没有行者……它曾是多少人魂牵梦萦的地方。他故意岔开话题："你要去哪儿，莫高窟可真够偏远的。"

"我约几个朋友重走丝绸之路。"蔡冰莹露出得意的神情。

"很奇特的想法。"

蔡冰莹自豪地说："我们准备从新疆出境。新疆的吐鲁番据说是古代的高昌，玄奘去天竺取经，就是从瓜州偷渡先到的高昌。当时高昌王鞠文泰听说玄奘到来，打着火把等玄奘晨起弘法。见无法留住玄奘，他就与玄奘结拜为兄弟。后来玄奘大师从天竺取经归来，著作《大唐西域记》，专门派人不远千里送给高昌国王。还有，和田就是古代的于阗国。"

"看来此次旅行，你做了不少功课。"

"那当然喽。我们准备先去哈萨克斯坦、吉尔吉斯斯坦、塔吉克斯坦、乌兹别克斯坦、土库曼斯坦，再到阿富汗、伊朗、伊拉克、叙利亚、土耳其，然后去希腊、保加利亚、罗马尼亚、匈牙利、意大利，最后从意大利乘船回广州。"她将棒棒糖纸剥去，塞进嘴里说，"我还打算写一系列游记，寄给杂志社。怎么样，愿意与我们同行吗？"

顾之风摇摇头，婉拒道："不好意思，我们要去拉萨。目前，伊拉克和叙利亚的局势不容乐观，自驾游很可能会遇到危险。"

"有危险怕什么？在那里我们可以配枪，多刺激呀！"

"听起来倒是挺刺激。"

战争是可怕的。没有去过爆发战争的地方，不能真正体会和平的可贵。他没去过叙利亚，却为参观巴比伦城到过伊拉克。战争的废墟，那些经历战火麻木无助的孩子、那些母亲和孩子的尸体，深深烙印在他的脑海……孩子有什么错？他们无法选择，啼哭着降生在所谓文明人制造的地狱。他们惊恐、战栗、迷茫、无措……在痛苦的煎熬中，绝望地走向死亡。

历史上有多少丰功伟绩的创造，最终都化为废墟。那些争名夺利的君王，没有使自己的王国千秋万代，却使无数可能成为未来希望的生命，永远埋进亘古不变的大地。

"年轻，就应该自由地追寻梦想。"蔡冰莹挑逗地瞅着他。

"姐姐，我们要去日光之城。"安琪骄傲地说。

"日光之城？姐姐早就去过啦。"蔡冰莹露出嘲弄的神情。

顾之风看到她的表情，心里生出莫名的厌恶。他想起那晚蔡冰莹的样子，觉得她在日光下像换了个人。他见孩子神采奕奕的小脸变得暗淡，轻声安慰：

"姐姐去过日光之城，可安琪还没去过，对不对呀？老师带安琪去日光城，也许能在那里遇见张露姐姐。"

"嗯，安琪喜欢张露姐姐！"孩子脸上重新焕发光彩。

"冰莹，快走啦。"远处一个穿 Escada 棕色外套的女子冲这边摆手。她的身后还有两男一女，旁边停着一辆陆地巡洋舰和一辆路虎揽胜。蔡冰莹瞟一眼顾之风，说："人生何处不相逢。我走嘞，拜拜！"她快步走向自己的同伴。两辆越野车绝尘而去。

不要试图了解一个人，越深的了解只会带来越深的失望。同一个屋檐下，没有美女，也没有英雄……他不由想起李敖和胡因梦，尽力驱散内心的失望，继续自己的行程。

驱车到达玉门关遗址，眼前一派荒凉景象。他不由想起"青海长云暗雪山，孤城遥望玉门关"的诗句。元封三年，汉武帝命赵破奴率军攻楼兰、车师，修筑酒泉至玉门间长城，玉门关成为军事关隘和丝路要道。他们从东南角马道登上城墙。

"老师，我们为什么要来这里？好荒凉耶。"

"这里就是古诗里的玉门关。"

"玉门关难道不是用玉做的吗，怎么全是土墙呀。"

"古时候西域的玉石从这里流入中原，所以就叫玉门关。"

"老师，我会背'春风不度玉门关'！"

这座丝路重镇，只剩残垣断壁。他见孩子疲惫，离开遗址，前往阿克塞哈萨克族自治县找酒店用餐休息。听说当地有石油小镇和苏干湖，本想去看看，因为旅途劳顿遂作罢。

明天准备向格尔木进发。他不知道孩子会不会有高原反应，也不知道会不会遭遇危险。他将灯熄灭，在黑暗中等待光明降临。他期待新的一天，开启全新的旅程。

三十一　艰险之途

宇宙间只有一个永不改变的法则，那就是一切都在改变，一切都是无常。

顾之风每次读《西藏生死书》，都会重新认识生死。死亡本不属于年轻人，却越来越粗暴地闯进年轻人的世界。正如书中所言，在地球的任何地方，死亡都可以找到我们。

犹记得初读这本书，是在安姝婷去世三个月后。他的朋友西普曼推荐这本书，说是曾在剑桥大学研究比较宗教学的索甲仁波切写的。他当时正在研究史蒂芬·约瑟夫的 THRIVE 模型、马丁·赛利格曼的积极心理学和菲利普·津巴多的时间治疗法。

他想帮助极度痛苦的肖正阳，却不知从何入手。这本书带给肖正阳短暂的安慰。

他和肖正阳曾两次入藏，那时他们还是无忧无虑的小伙子。一次是常规旅行，无非是游览布达拉宫、大昭寺、哲蚌寺、色拉寺、甘丹寺、纳木措、羊卓雍措等重要景点；另一次是去阿里的冈仁波齐神山和古格王朝都城遗址，让浮躁的心回归平静。

冈仁波齐是冈底斯山脉主峰，与梅里雪山、阿尼玛卿、尕朵觉沃并称藏传佛教四大神山——它在佛教里是须弥峰，乃释迦牟尼佛道场；在藏地苯教里是贯通宇宙的神山，据说可以通行三界。他们沿途遇到很多虔诚的朝圣者转山，期待在"世界的中心"遇见更好的自己。

可惜他们没有那份虔诚，也没有遇到心灵深处的自己。

古格王朝是吐蕃王室后裔德祖衮建立的王朝。这里曾留下灿烂辉煌的文明，经历过十六位国王世袭，在一夜之间神秘消失。其前身可以追溯到象雄王国。象雄是古象雄佛法的发祥地，留下转神山、拜神湖、风马旗、玛尼堆等习俗。信仰随岁月深入骨髓。

他们行走于红庙、白庙、轮回庙和残垣断壁间，在雍仲本教源头思索未来的方向。

他自己曾三次进藏，只为心中的一份执念。先后去过雅鲁藏布江大峡谷、南迦巴瓦峰、卡定天佛瀑布、卡若拉冰川、汗密瀑布、珠穆朗玛峰……每次入藏都是一次朝圣之旅。他在这片离天堂最近的土地，感受宇宙万物的浩瀚博大，感受个体生命的卑微渺小。

他曾随门巴友人旺东，从波密前往墨脱，领边境通行证，深入隐藏于丛山峻岭间的莲花秘境。他们骑骡马前往甘登，在雾气缭绕的云端行走，可见猕猴、云猫、蓝矶鸫、火尾绿鹛。在珞巴友人家吃科嘎宗嘎岗当、阿香板，喝帮羌酒，徒步去果果塘大拐弯。

第三次进藏前，他去海西被称为"天空之境"的茶卡盐湖。首次见到这片恍如仙境的地方，有种进入太虚幻境的错觉。他认为，它比之玻利维亚波托西省的乌尤尼盐湖和美国犹他州的大盐湖，美得小巧、美得别致，更像一块经过精心雕琢的美玉。

湖光山色的青海湖、风光秀丽的孟达天池、中华水塔的三江源，以及宗喀巴大师的诞生地塔尔寺，在领略青海的壮美风光后，他驱车驶向通往可可西里的青藏公路。

这条公路上，曾有孤身闯入无人区的女子，因缺乏经验而成为野狼和秃鹫的食物。

新疆的乌鲁木齐、阿克苏和喀什，是通往撒马尔罕的必经之路。当年，他、肖正阳、蒋明坤、安姝婷、朱玉华和李雨露，曾开三辆越野车穿越高山峡谷、丘陵沟壑、荒漠戈壁、草原湖泊，沿古丝绸之路追寻历史足迹。他们从喀什出境，开启通往亚欧各国的旅程。

正是从那次旅行开始，安姝婷喜欢上收集根雕、化石、珠玉、蜜蜡、绣品、陶瓷等各国各地的工艺品，将它们摆满别墅的陈列室，营造出属于自己的浪漫王国。

可惜，物是人非，时光难溯。而那个叫蔡冰莹的女子，也从新疆出境重走丝路。

察尔汗盐湖是中国最大的盐湖，驱车到达时已近中午。据说这里的万丈盐桥是柴达木盆地的一大奇观，由慕生忠将军的部队用盐在盐湖上修筑而成。路面若有损坏，用镐刨盐晶浇上水，便能恢复如初。他曾在旅途中结识一位老人，当年随齐天然修筑过敦格公路。

他们从工厂门禁刷卡进入湖区。他将车停在湖边，从后备箱取酸奶、果泥、饼干和鳕鱼肠给安琪充饥，自己喝矿泉水吃风干牛肉。孩子对沿途的沙漠、戈壁和草原没有兴趣，看到盐湖却显得兴奋异常。她狼吞虎咽地吃下食物，便迫不及待地奔向美丽的盐湖……那双漂亮的小脚丫，在湖边盐晶上留下清晰的印迹。

"小伙子，带孩子旅行啊。"他身后传来苍老的声音。回头，见一对老夫妇推山地车走来。他微笑点头，有些羡慕这对老人。他给老人递烟。老人摆手："戒烟很多年，不抽嘞。"

"你们这是要去哪？"他见对方不抽烟，也将抽烟的欲望压下去。

"我们准备骑行去都兰吐蕃墓。那里的墓葬群可是咱中国的金字塔！"老人六十岁左右，身材瘦削，精神矍铄，一双眼睛熠熠放光。老人摘下帽子扇凉，头发所剩无几。

他的妻子看起来要年轻许多，保养得仿佛只有四十岁。只是鬓角白发，泄露了年龄的秘密。她深情地望向丈夫，温柔地说："老张很想去看看当地人所说的九层妖塔。他是个考古迷，我们为他的爱好，已经骑行大半个中国。"

"嘿嘿，什么九层妖塔，不过是血渭一号大墓。吐谷浑人原本是辽东鲜卑族，他们的吐谷浑政权被吐蕃所灭，就成为吐蕃的邦国。"老人说起古墓眉飞色舞。

"我从《鬼吹灯》小说中粗略了解过一些。"他为自己的知识匮乏感到赧颜。

"小伙子，这柴达木盆地可是块宝地。西宁的莲花山是格鲁派创始人宗喀巴的诞生地，剪脐带滴血的地方曾长出一株白旃檀树。当年宗喀巴去西藏修习佛法。他母亲香萨阿切思念儿子，托仓环诺日桑布给儿子捎去一绺白发，希望能见儿子一面。宗喀巴以鼻血调和颜料绘自画像，修书说：'佛事繁忙，无暇返里，母亲若能在我出生地用那株菩提树和十万狮吼佛像作胎藏修一佛塔，犹如亲见儿面，并且对那里的佛教兴盛有所裨。'次年，他母亲与众信徒以石片砌成一座宝塔，取名'莲聚塔'。后来信徒们不断扩建，才有了塔尔寺。"

"塔尔寺我去过，如今印象深刻的倒是坛城、堆绣和酥油花。"

"小伙子，别见怪。我家老头子就喜欢谈古论今。他和别人说起历史就滔滔不绝，也不管人家爱不爱听。"他妻子不好意思道。

"男人们多数都喜欢谈论历史吧？家长里短是女人的事。"老人用手指梳理寥寥无几的头发，露出一脸憨笑，"你们这是准备去哪里呀？"

"我带孩子去拉萨。"顾之风说。

"爷爷，你在说什么呀，安琪爱听。"孩子不知何时从盐湖跑回来，仰起小脸说。

"小女孩儿真可爱！"老人从背包里取出几颗牦牛乳酪塞进孩子衣兜道："爷爷从果洛那边过来。可惜爷爷看完盐湖还要赶路，不然一定给你多讲讲格萨尔王的故事。"

"爷爷，我想听格萨尔王的故事。"安琪仰着脑袋说。

"宝贝，咱们边去盐湖边讲故事好不好？"老人边推自行车，边给孩子讲故事，"这格萨尔王呀，本来是莲花生大士的化身。他可是青藏高原上鼎鼎大名的大英雄。有座阿尼玛卿山，是格萨尔王的战神山。它的山神被称为'战神大王'……"

盐湖，没有花草，没有游鱼，也没有飞鸟。只有湛蓝的天空和白嫩的云朵，在湖中投下倒影。湖面盛开洁白如雪、变化万千的盐花，也有盐晶结成的亭台楼阁、奇珍异兽。顾之风给孩子拍照，宛如置身仙境般奇幻美妙。不久，孩子的兴奋便被无聊所取代。

他与老夫妇道别，用矿泉水给孩子洗掉腿脚上的盐渍，驶向格尔木。

格尔木，世界上辖区面积最大的城市，被称为"天下第一城"。在半个世纪前，这里还是杂草丛生、狼群出没的蛮荒之地。据说当年慕生忠将军率领部队援藏，在修建青藏公路时从搭帐篷的地方建起这座城市，可谓是老一辈共产党人书写的西部奇迹。

顾之风很喜欢这座城市。它会使人联想起丝绸之路——在没有路的地方开辟出路，在荒无人烟之处建造城市——以勇敢、智慧、真诚、友善开辟贸易之路，还是以残忍、狡诈、恶毒、仇恨开辟战争之路，源于人类自己的选择，也会带来截然不同的结果。

他开车进入市区，找还在营业的餐厅，要了牦牛酸奶、大骨汤、羊肉串、尕面片、甜醅和糌粑。孩子很喜欢喝牦牛酸奶，结账时他请教餐厅老板到超市买了两箱放进后备箱。在市里休整两天，他领孩子在儿童公园溜达，在购物中心和超市闲逛，买进藏前必要的物品。

从格尔木上青藏线，海拔上升很快，生存环境恶劣，旷世美景颇多。

听翟文俊说，这条路可以饱览天堑昆仑桥、昆仑神泉、玉虚峰、玉珠峰、西王母瑶池、唐古拉山、沱沱河、长江源头等美景。其实从格尔木到那曲，沿途需要持行驶证、驾驶证和身份证领限速单，进加油站加油需要身份证登记，使整个行程都变得迟缓。十几个小时的车程，还带着五岁的孩子。他感到没有规划的失策，为尽快赶路而心急如焚。

经过昆仑山口，进入可可西里自然保护区，沿途可见飞翔的高原鹰和落在路边的乌鸦。意外看到一只藏羚羊，警觉地在不远处吃草。孩子管藏羚羊叫小鹿，趴在车窗上不停地问问题。他摇下车窗，用相机拍下难得一见的景观，脑海不时闪现电影《可可西里》的镜头。

中午遇到堵车，他拿水和食物给孩子充饥，自己嚼着风干牛肉焦急等待。

可可西里的道路严重变形，车行驶在波浪形的道路上，稍有不慎便可能车毁人亡。路上车不多，遇到的都是送完货物的重型卡车。沱沱河路段在修路，到处是大坑和水洼，必须小心翼翼驾驶才能安全通过。一路颠簸，驶入唐古拉山口后，下起滂沱大雨。

天地陷入无底黑暗，雨点噼里啪啦砸击车窗。孩子胆怯地望向窗外，小脸煞白瑟缩在安全座椅里。他出现严重的高原反应，头疼得厉害，呼吸变得困难。远不过阿里，苦不过那曲。他想起当地人的话，忙给孩子戴好氧气袋，自己将车停在路边大口吸氧。

头痛、心慌、气短，感觉自己像要被溺死在深海。他不由想起奥斯维辛集中营，那位幸存的犹太心理学家维克多·弗兰克尔的话，在艰难环境中，人也能决定自己将成为这样的人，即使曾经堕入无边黑暗，我们也能最终找到光明，只要杀不死我们的，那些曾经的伤害只会使我们更加勇敢、更加坚强。他的意志，在高原反应下土崩瓦解。

他曾多次入藏，即使去阿里纳木那尼峰，也从未有过高原反应。此次，竟然出现异常严重的高原反应。他挂着氧气袋，等症状稍微缓解，决定去安多县暂宿一晚。

他强忍不适，勉强开两个多小时车，驶入安多县城。

雨还在下，潮湿的空气使人很不舒服。他找了家看起来还不错的酒店，撑伞将孩子抱进去，办理入住。他和酒店订晚餐，孩子吃得很少，他自己则根本吃不下。夜里，他用氧气罐吸氧，仍头痛欲裂。在卫生间干呕，却吐不出来。几次强撑着起床看孩子，怕她有高原反应，见孩子鼻息均匀睡熟，才稍微安心。他躺回床上吸氧，忍受巨大痛苦，最终被疲倦拽入梦乡。

日上三竿，他感觉浑身乏力。夜里那种严重不适感已减退。他带孩子找饭馆吃饭，在安多县城歇息半日。睡眠质量虽然不好，但经过休息身体已恢复得差不多。

下午，经过两个多小时车程，进入那曲市。沿途有两颊紫红的藏族小孩朝他伸手，他将身上的零钱和糖果分给他们。他很喜欢这些孩子，从他们纯净的眼睛里可以看到希望。

在那曲市区短暂停留，看孩子没有异样，他驱车去纳木措——这里是古象雄佛法雍仲本教的神湖。它的海拔超过四千七百米，是世界上海拔最高的湖泊。湛蓝的天空如同清澈的水晶，远处的白云与皑皑雪山在湖中投下迷人的倒影。幽蓝的湖水，翻涌的浪花，飞翔的海鸟，白色的牦牛……这种摄人心魄的美，使心灵尘垢被涤净，让人禁不住热泪盈眶。

"老师，这里是天堂吧，真是太美丽啦！"安琪凝视碧绿湖水说。

"这里叫纳木措，也叫腾格里海，是世界屋脊上的'天湖'！"顾之风赞叹。他的身体仍感到不适，心脏如同压着巨石，胸闷得厉害。他庆幸自己没有死在路上。

每次到纳木措都给人不同的震撼，每次来纳木措都会产生疏浅的遗憾。他和肖正阳来纳木措时，这里安详静谧。湛蓝如海的天穹下，五色风马旗在风中飘扬。一位藏族牧民骑白色牦牛，悠闲地驱赶羊群。巍峨雪山倒映在湖面，天地间美得如同仙境般不真实。

顾之风听到犬吠，见有人用车拉着五条藏獒来到湖边。他从车里拿出食物和水，同孩子简单地吃完，收拾好，离开依旧美丽的纳木措。安琪明显消瘦了，所幸没有生病，还能继续接下来的旅程。她在车里总问起那几条藏獒，对凶猛的动物生出喜爱之心。

孩子的心单纯而善良。他们才属于这个神圣的地方。

他脑海浮现出很多年前，在大昭寺见到一名七八岁的小女孩虔诚朝拜的景象。有时信仰会变得沉重，会将娇嫩的身躯压垮，变成痛苦中无奈的煎熬。

汽车驶进拉萨，沿途低矮楼房映入眼帘，他心里不由涌起几缕喜悦。

他情不自禁地打开音乐，播放郑钧的歌曲《回到拉萨》。多少个日日夜夜的艰辛跋涉，他们终于来到这座魂牵梦绕的城市。他在心里呐喊："我来啦——拉萨！"

三十二　幸福之光

　　幸福像一缕光，可以看到却不知该用什么样的容器来盛装。

　　拉萨，沐浴日光的城市。特色鲜明的建筑，陌生而神秘的感觉。青稞酒、酥油茶、牦牛肉、藏香猪……紫红而粗糙的皮肤，深陷却精明的眼睛。冷漠的藏民，纯洁的灵魂。千里而来的行者，虔诚朝拜的信徒。藏传佛教的圣地，神圣且有信仰的地方。

　　沿途有各地前来的朝圣者，也有各种肤色的外国人。文明与落后，自由而无规律地羼杂。阳光、蓝天、白云，让人心情舒畅的风。安琪贪婪地四顾车窗外的风景，吃着牦牛酸奶轻声感叹："太阳的地方真美，这边的人皮肤和衣服像花儿一样。"

　　拉萨河，青绿的河水，悠闲的飞禽。安琪在水边快乐地蹦跳，向水中丢石子。顾之风坐在石头上抽烟，望着无忧无虑的孩子，心里生出怜爱。他从车里取出相机，给孩子拍照。

　　香格里拉大酒店，西式建筑与藏式风格的混搭。罗布林卡路 19 号，顾之风进入主干道的藏式门廊，徒步从斜坡走入酒店。房间很舒适，从窗户可以看到布达拉宫。在三楼的香巴拉餐厅吃完纯正的藏餐，他带孩子到五楼的观景台，俯瞰暮色中的拉萨城。

酒店位置极佳，向东两公里是宗教圣地布达拉宫，向西两公里是西藏园林罗布林卡。

由于旅途疲惫，他先带孩子到氧吧恢复体力，随后去一楼的 ChiSPA 享受亚洲传统古方水疗。理疗师是泰国人，手法很专业，通过精准有力的按摩帮助他舒缓身体，他感觉疲劳从身体里一点点被挤出。他和孩子回到房间，整晚都睡得很香甜，没有梦境。

清晨，远眺建在玛布日山上的布达拉宫，感觉整座山就是一座城。与地脉式建筑故宫相比，这里似乎更加雄伟。这座宏伟的建筑，更像奥地利萨尔斯堡、法国圣米歇尔山城堡、德国霍亨索伦城堡或者英国的爱丁堡。他和安琪前往布达拉宫，通过安检进入广场。

"这座宫殿真漂亮！我们要是能住在这里就好嘞！"安琪情不自禁赞叹。

布达拉宫的建筑据说源于日喀则宗山桑珠孜宗堡，是吐蕃王朝赞普松赞干布为迎娶尺尊公主和文成公主而兴建。吐蕃王朝灭亡，古老宫堡大部分毁于战火。明末，和硕特汗国护法王固始汗和格鲁派摄政者索南群培、却吉坚赞、阿旺罗桑嘉措等重建布达拉宫，这里成为历代达赖喇嘛的冬宫居所。其后历代达赖进行增建，布达拉宫才具有如今的规模。

"老师，这白墙像牛奶做的！"

"布达拉宫的白墙，用牦牛奶、白石灰、蜂蜜、白糖及雪莲、藏红花等材料粉刷而成；红墙用苃玛草砌压而成。"顾之风说，"这块雕有雍仲符号的石头，是藏王的上马石。"

他带安琪拾级而上，从山脚无字碑沿曲折的青石路往上走。扶着厚重古朴的宫墙，感受坑坑洼洼中积淀的历史。古老王朝远不如古朴的信仰存续长久。没有人心这个容器，所有的历史都会在记忆里灰白褪色，直至消失于浩瀚的时间之海。

"老师，安琪喜欢这里金碧辉煌的房子！"安琪挣开顾之风的手，大步走上台阶。她冲顾之风大声喊："老师，看我有多厉害。我要自己走完所有台阶。"

穿过绘有四大金刚壁画的东大门，一路走到德阳夏广场。游客和信徒多起来，他把孩子抱在怀里。他想带孩子去看法王洞、镇宫之宝和十三世达赖喇嘛灵塔殿，遂给朋友打电话。

不久，藏族消防员强巴旦增过来引他们从侧廊进入僧人修行的地方。在参观后堂佛像时，高僧从抽屉里取出装红色和黄色谷物的"夏米纳"，口诵祝福语送给顾之风和安琪。

由此扶梯而上，进入光线昏暗的宫殿。参观完十三世达赖喇嘛灵塔殿，消防员将他们带出通道后告辞。他们随人流参拜强康、轮朗康、其美德丹基、喇嘛拉康，以及五世达赖、七世达赖、八世达赖、九世达赖灵塔殿等，佛塔、塑像、壁画、唐卡、佛经、金册、玉印、陶瓷、锦缎、金银器、珐琅器……绚丽多彩的文物，使人如同徜徉于时空隧道。

然而，孩子对于佛像还是感到害怕。顾之风穷尽所学给她讲解佛教典故，依然无法使孩子留在宫殿。孩子喜欢上上下下走台阶，顾之风便陪她走宫殿外的台阶。

从布达拉宫出来，开车十多分钟到达大昭寺。沿途有五体投地的虔诚朝拜者。有两个女孩穿着时尚，显然是来自内地的汉人，也绕着大昭寺虔诚地五体膜拜。

"老师，他们为什么要匍匐行走？"安琪好奇地问。

"他们是虔诚的信徒，为心中的信仰，千里迢迢来这里朝圣。"

他曾去过耶路撒冷，在那座以色列和巴勒斯坦共有的首都，切身感受过犹太教、基督教、伊斯兰教共同的圣城所弥漫的神圣气息。对于西方世界，信仰的力量远胜于道德。西方法治建立在宗教人性本恶的基础上，所以用严格的制度规避人性的弱点和缺陷。

"老师，信仰是什么？"

"信仰是心中强烈的信念，是支撑他们的精神力量。"

"老师，什么是信念，什么又是精神力量？"安琪瞧着那些信徒说。

"信念是种坚定不移的想法。精神力量是来自人精神领域的力量，或者说是从内心产生的力量。"顾之风解释，对于孩子的问题感到从未有过的匮乏。

他为避免自己陷入窘境，敷衍道："很多事情，等安琪长大就会明白咯。"

大昭寺是松赞干布为纪念尺尊公主入藏而建，融合藏、唐、尼泊尔、印度的建筑风格。寺前终日香火缭绕，两侧种虬曲盘结、苍劲有致的公主柳，青石地板留下信徒们虔诚叩拜的等身痕。主殿门前燃万盏酥油长明灯，无数信徒边走边绕大殿推动转经筒。各佛殿分别供奉释迦牟尼、弥勒佛、宗喀巴大师、莲花生大师、松赞干布、班旦拉姆、神羊热姆杰姆等神像……

顾之风在大昭寺感受到来自灵魂深处的信仰。这种感觉，是他在俄罗斯谢尔盖耶夫镇圣三一大修道院所感到的虔诚。这种神秘的氛围，抚平人们内心的创伤，赋予他们重生的力量。他给朋友打电话，说想拜拜文成公主入蕃时带来的释迦牟尼十二岁等身佛像。

据说先有大昭寺，后有拉萨城。拉萨之所以被称为"圣地"，就与这座佛像有关。

朋友的父亲是当地宗教协会的会长，他带顾之风和安琪拜见常人无缘见到的释迦牟尼等身佛。传说该造像由释迦牟尼奶母从旁指导，故与本人酷肖。安琪听从顾之风的嘱咐，安静地参拜等身佛像。出了大昭寺，她便迫不及待询问关于释迦牟尼等身佛像的问题。

下午，朋友多吉和女友卓玛开车过来，请他们在安多诺增藏餐厅吃饭。他们点了店里的安多盖饼牦牛肉、手抓羊排、天然酥油烤蘑菇、酥油人参果、芝麻菠菜、酥油茶和自酿青稞酒，给孩子要了自制酸奶。多吉是他在剑桥大学的同学，会说流利的英语和不太流利的汉语。

他们聊起剑桥的生活，也聊些彼此的近况。多吉回到拉萨后，进入当地统战部门工作。他的女友卓玛在电视台工作。他们准备在年底结婚。多吉酒量很大，与顾之风喝出"酒逢知己千杯少"的豪气。用过餐，多吉邀顾之风到家里坐坐，被顾之风婉言谢绝。

他说想带安琪在拉萨城里转转。多吉也不强求，由卓玛开车载他离去。

顾之风本打算带孩子在八廓街逛逛，经风一吹，酒劲上来感觉头晕目眩。他慌忙打出租车，乘清醒回到酒店。安琪看他酒醉的样子有些害怕，独自洗漱后上床睡觉。

酒醒后，头微微有些胀痛。他带孩子吃过早餐，闲来无事，徒步去罗布林卡转悠，游览格桑颇章、金色颇章、达登明久颇章，观赏园林内的奇花异草。

日子变得悠闲而惬意。从园林出来，他们打车到八廓街闲逛。八廓街被藏族人称为"圣路"，是拉萨最著名的转经道和商业中心。街道由手工打磨的石块铺成，两旁有卖铜佛、念珠、贡香、转经筒、经幡旗、酥油灯的店铺，有卖藏服、氆氇、皮囊、火镰、藏刀、鼻烟壶、酥油桶的店铺，也有卖蒙古、克什米尔、尼泊尔、不丹、印度等地商品的店铺。

他给孩子买了皮囊、手绢等手工艺品，带她在曲结颇章、驻藏衙门、白色香塔、木鹿宁巴、吐巴府邸等景点漫步。晌午，他和安琪进入玛吉阿米餐厅用餐。这家藏式风格的餐厅不算大，却颇有人气。原本经营尼泊尔、印度及中国西藏风味的餐饮，后经改良偏于西化。

很多游客慕名而来，只因传说这里是仓央嘉措与情人幽会的地方。

"在那东方高高的山尖，每当升起那明月皎颜，玛吉阿米醉人的笑脸，会冉冉浮现在我心田……"仓央嘉措的情诗，每次吟诵都禁不住热泪盈眶。吃过晚餐，去取车，看到一个身穿藏服的小女孩从门前经过。她脸庞精致得犹如天使，手里拿着转经筒神情肃穆。

离开拉萨城区，他带孩子去羊卓雍措游玩，感受"神女散落的绿松石耳坠"的迷人魅力。几个北京来的游客在草地上搭帐篷，餐桌上摆满自带的美食。远处可见成群的牦牛和山羊。越来越多厌倦都市生活的人，前来这片神圣而安静的土地朝圣。或许，只因丢失了内心的信仰。

他想，若倒退一百年，谁会把西藏作为心中的圣地？

黄昏，找旅馆歇息。夜晚的味道，原始而粗糙。陌生的地域，无法适应的气候。晚上刮起风，使房屋在无法回避的撕扯中惨叫。安琪用漆黑的眼睛望向窗外，声音满是恐惧地说："太阳公公睡着了，月亮婆婆也睡着了。可风为什么要欺负屋子？听，它都哭了！"

天蒙蒙亮，顾之风起床，洗漱毕，轻轻掩上门坐在旅馆外的石台上抽烟。

他望向远处的雪山，感到身心俱疲的乏累。他带安琪出行，有太多地方不能涉足。孩子的纯净与这个世界格格不入。城市的夜店和自然的险境，他向往，却只能隐忍。

山上可以看到点点牦牛。牧人持鞭在山腰唱情歌。他想让孩子变得优秀，却不知道该给予她什么……他认为人类对自然丧失敬畏之心，便大规模破坏自然。科技在给人类带来舒适的同时，不仅加速缩短这颗星球的寿命，也使人们的心灵变得荒芜。

他起身，回旅馆，唤醒安琪，照顾她洗漱，在前台结账。开车，向林芝进发。

安琪安静地坐在座位上，看宫崎骏的动画片《幽灵公主》。车在崎岖山路上行进，偶尔会看到松鼠和山雀。安琪觉得动画里的场景可怕，打开《风之谷》，看到巨大的虫王，忙切换成《天空之城》，没多久又切换成《千与千寻》，最后打开《龙猫》，安静地看起来。

大片原始森林，在丛林尽处可以眺见古城的遗迹。他将车停下，把安琪抱下车，从后备箱取出野餐垫，拿下面包、果泥、火腿和沙丁鱼罐头，用瑞士军刀打开罐头。

周围有各种草虫的低鸣和各类鸟雀的浅唱，偶尔能看见藏雀、血雉和藏雪鸡。

安琪活动双腿，说："老师，我们为什么要来这个没有人的地方呀？"

他取出卡通辅助筷子，用矿泉水洗净递给孩子，说："这片森林里有古城遗址，曾经有很多人生活在这里。我们来这里，就是要去探访古老的遗迹。"

"可是，现在这里没有人，我们为什么还要来这里。让它睡在丛林里，我们不打扰它不好吗？"孩子边吃罐头边说。

顾之风简单用过餐，从后备箱取出相机，沿着遗址捡拾许多陶器碎片，用相机拍下土城的遗迹。荒凉与破坏，使他对这片土地产生悲凉的同情。远处能望见皑皑雪山，没有被污染的天空，显露出自然的纯净。他曾经幻想邂逅皮肤粗糙、笑容灿烂的藏族女子，在山坡或者湖畔用原始而富有魅力的声音唱民歌。可惜，只是他的幻想。

　　沿途所见，不是冷漠的表情，就是被生活压迫已然麻木的神情。他叹口气，回到车边。

　　孩子早已吃过罐头和火腿，抬头望着走近的他说："老师，我想爸爸了！"

　　他看着孩子，心里满是怜悯。他轻轻抚摸孩子的小脸说："好吧，咱们回家。"

　　他将垃圾收进塑料袋，放回后备箱，感觉像被遗弃在原始森林。他小心翼翼抽支烟，将安琪抱上车继续上路。手机响起来，接听，听到期待已久的声音。

　　"喂，之风，我是张露。我回深圳了，你来看我好吗？"没等他回答，电话已挂断。不留余地的表达，有让人无法拒绝的效力。他盯着手机上的号码，去还是回家……

　　他的热情已在旅途中耗尽，心里生出莫名的抵触。

　　"安琪，咱们一起去看姐姐好不好，看完姐姐再回家……"他试探着问孩子，觉出成年人的自私与虚伪。看似美好的话语，隐含不可告人的秘密。

　　我们在何时丧失诚实的能力。自责，良心的自责，混杂着疲惫将他层层包裹。

　　"好啊！"孩子兴奋地说，"我们把姐姐带回家，我要把她介绍给爸爸。到时候爸爸和我，还有老师和姐姐，我们快乐地生活在一起！"

　　他重复孩子的话："我们快乐地生活在一起……"

　　孩子的愿望如能实现，也许才是世间美好的事情。他望着漫山遍野的高原植物，想起儿时孤独而缺少温情的生活。去深圳见张露，不知会有怎样的结果。他打开车窗，望一眼在安全座椅里的孩子。心里空荡荡的，没有寄托。

三十三　月光之茧

困惑，总来自内心。不能破茧而出，便会被困死于心灵之茧。

皎洁的月光，一只悬挂在树上的茧。茧内两张稚嫩的脸，紧闭眼睛期待破茧重生。

这对孪生兄弟是战神玛尔斯与祭祀西尔维娅的儿子，他们分别叫罗慕路斯和勒莫斯。台伯河漂浮的摇篮，母狼养大的兄弟。罗慕路斯杀死勒莫斯，在帕拉丁建起罗马城……

那张脸，有一双冰蓝色的眼睛——那是罗慕路斯的眼睛，也是戴风帽黑衣人的眼睛。那个罪犯、奴隶和亡命徒的庇护者，穿越冥王哈迪斯的宫殿，悄然走进他的世界。

九岁，大约是那个年纪。某个神秘的夜晚，他走进一片诡异的区域。紫罗兰色的苍穹，一枚橙黄色的月亮，绚烂星海如流动的火焰，群山之巅屹立银灰色的城堡。十几匹白色独角兽悠闲在河湾吃草，偶尔发出马嘶般的鸣叫。他站在一棵枝繁叶茂的参天大树下，听到从树干内部传来空洞的声响。枝杈间垂挂无数褐色的蛹，许多有翼的婴孩破蛹而出……

梦，还是现实，他始终无法确认。他确信孩子的眼睛，可以看到成人看不到的事物。他的眼睛，已然蒙上世俗的尘垢。他无法回到那片区域，探寻它隐藏的无穷奥秘。

世界上绝大多数生物都消失了，没有变为化石的，早已化为朽土。

有时，他幻想世界尽头连通平行宇宙。那些曾经存在过的物种，穿越时空之门，进入充满希望与未知的世界。他曾登上冈仁波齐峰，可是没有看到新世界的入口。

在318国道的色季拉山垭口，可以看到满山经幡。孩子跑到牛头钟下，学着过往的游客和信徒敲响牛头钟，祈求南迦巴瓦峰上的山神赐福。驱车望见美丽的小镇鲁朗，他回想起儿时的记忆，感到心里的坚冰正在融化。他找店铺买了氧气罐，到鲁朗老字号石锅用餐。

石锅里熬制放羊肚菌、牛肝菌、松茸、天麻、灵芝的藏鸡汤，喝过感觉浑身每个毛孔都熨帖。他们开车去鲁朗扎西岗高原牧场，犹如置身阿勒泰夏牧场般辽阔畅快。

半路，他带孩子在巴宜区观看世界柏树王，顺时针绕巨柏祈福，在木栅栏系白哈达。

晚上在藏王酒店住宿，观赏波密温馨的夜景。次日，请美丽的索央带他们参观红楼，了解西藏和平解放和社会主义建设历史。开车去多东寺，参拜宁玛派达向·怒旦多吉活佛。

宇宙的奥秘，我们知之甚少。人们选择来西藏，或许因为这里是有信仰且未被过度开发的地方。他们驱车去然乌湖休息，到八宿县的饭庄吃午餐，欣赏沿途美不胜收的景致。

他似乎在追赶什么，可惜像个捕风者，什么都没有追到。途经怒江七十二拐，孩子显得有些兴奋，随后便失去兴趣，在安全座椅里睡熟。晚上在左贡县住宿，他睡得并不踏实。

他心里燃烧着欲望，有种迫切想见到张露的渴望。在莫高窟看到九色鹿，他莫名产生一种奇妙的想法——诡异区域，可能存在于现实世界。九色鹿，可能存在于现实世界。

那个戴风帽的黑衣人，必定会出现在某个地方。他预感到那黑衣人，冥冥中与他存在某种联系。他要设法解开这个谜，因此忽略沿途的风景。孩子对周边景物逐渐丧失兴趣，偶尔打开电脑看《大闹天宫》。他准备去迪庆藏族自治州，但路途遥远，中途在芒康县休息。

天蒙蒙亮唤醒孩子，他将她放进安全座椅，系好安全带，盖好毛巾被。孩子迷迷糊糊在座椅里睡熟。他抽支烟，继续上路。中途吃饭后短暂休息，经过九个小时车程终于到达。

“老师，我们为什么总在赶路，慢慢地生活不好吗？”安琪下车疲惫地说。

为什么总在赶路？是谁使我们的生活变得如此忙碌，我们究竟在追赶什么？内心的浮躁，究竟发端于何处？他轻声问自己，感到心里升腾的火焰，焚毁原本平静的心湖。

“慢生活”，这是当初罗素所羡慕的中国人的生活方式，如今被很多人彻底抛弃。我们像越跑越快的仓鼠，在奔跑中丢失奔跑的意义。他苦笑，把孩子抱进酒店。

迪庆藏语意为“吉祥如意的地方”，是云南唯一的藏族自治州。这里金沙江、澜沧江、怒江三江并流，滇、川、藏三省区交汇。闻名遐迩的香格里拉，美得如同天上人间。

他将车停好，带孩子进入普达措国家公园。普达措景区由碧塔海和"三江并流"两部分构成，其中湖泊湿地、森林草甸、河谷溪流应有尽有。随处可见杜鹃、箭竹、忍冬、云杉、红桦、山杨、白桦，偶尔能看到猕猴、黑鹿、林麝、血雉羚、黑颈鹤和绿尾红雉。

他觉得所谓诗和远方，不过是加注个人想象和情感的憧憬。真正的远方，没有诗，也没有浪漫。一个人不能在内心找到浪漫，那么在任何地方都不会找到真正的浪漫。

安琪在景区的木栈道上奔跑，完全没有长途奔波的困乏。她有个好习惯，上车不久便睡觉，到达目的地就醒来。顾之风紧跟她欢快的脚步，努力甩掉连日奔波的疲累。

安琪回头对他说："老师，我们留在这里好不好？安琪想留在这里。"

"安琪想留在这里，咱们就留在这里。"顾之风怜惜地说。

在天然氧吧漫步，清新的空气涤荡他胸中浊气。他望着青石道边的菩提古树，不觉想起在丰宁见过的九龙松。树木经过千年造化，吸收天地灵气，是否会有灵性？

那棵在潜意识里不断生长的树和那棵参天大树结出生命的蛹，究竟与现实世界有什么联系？他走到树下仔细观察，惊奇地发现树干上长着一只伸进岩壁缝里的手。

他久久凝视那神奇的手，掏出手机拍照。扭头，见安琪正与花栗鼠对视。

那只花栗鼠瞪圆漆黑的眼睛，歪起脑袋瞧安琪。安琪掏出饼干丢给它，它抱起饼干快速吃起来。安琪蹲下身观察它，耐心地抛食物给它，直到它吃饱后跳到树上不见了。

安琪跑到顾之风跟前，突然放声大哭。顾之风将她抱在怀里，惊慌失措地问她怎么了。她泣不成声地说："安琪好喜欢……喜欢那只花栗鼠，不想……不想让它离开。"

顾之风不知该如何是好，手足无措地安慰孩子。他抱起孩子往前走，想出各种理由让孩子接受花栗鼠离开的事实。可孩子陷入自己的情绪，嘴里不停嘟哝让花栗鼠回来，哭得让人心烦意乱。所幸继续往前，看到有不怕人的松鼠等待游人喂食，他才稍稍松口气。

没想到安琪如此多愁善感。他望向小心翼翼给松鼠喂食的孩子，心里生出无法言说的感喟。不知为何，他再次想到眼前这个可爱的小女孩终有一天会死，会彻底从这个世界上消失。他感到心里刺痛。每个生命，无论生时多么喧哗热闹，死时总要孤独面对。

他预订了公园内的酒店。他努力克制想抽烟的欲望，在矛盾中平复自己的情绪。孩子天生就亲近自然，开始恢复欢呼雀跃的状态。他想让孩子玩得开心，想让她更多地认知这个世界。

在酒店休息，似醒非醒间听到求救声。那声音仿佛来自另一个时空，犹如许多利箭射进他的脑皮层。起床，感到浑身疼痛。从香格里拉到丽江，沿途景色宜人。他疲惫地带安琪坐缆车上玉龙雪山，耳朵里总会出现幻听。孩子有些害怕，始终依偎在他怀里。

下山的时候，孩子才敢站在窗口看外面的景物。我是太疲惫了吗，所以出现种种幻象。他不觉想到张国荣在《异度空间》里的论述。人的精神崩溃，会陷入意识的泥沼。

他们驱车进入丽江古城，能明显感到生活的悠然与惬意。舒适，扑面而来。孩子被眼前的景象吸引，趴在车窗上赞叹："老师，世界上怎么会有这么漂亮的地方呀！"

"中国有很多漂亮的地方。老师带安琪去好不好？"

"当然好啦，安琪都想去看看。"

没有语言的空间，从某种意义上说是清寂的。这种寂静的美，可以是"蝉噪林愈静，鸟鸣山更幽"，也可以是"月出惊山鸟，时鸣春涧中"。但是，如果整个世界失去语言，那将是多么诡异而恐怖的事情……他与孩子交流，使自己不被封禁于遥远的黑暗。

丽江，每一处都那样古旧而精致，仿佛一件精雕细琢的艺术品。

一个人在丽江，两个人在大理。丽江是个充满故事的地方，也是个一不小心就会遇见爱情的地方。丽江的美，美得温柔，美得浪漫，美得让人融入其中无法自拔。

一座城池，三处古镇，几条老街。大研古城、束河古镇、白沙古镇，热闹中不浮华，朴实中不单调。古旧的水车，沧桑的老街，雅致的房舍，温馨的角落。行走间有东巴文字的鲜活，有小桥流水的静谧，有土司木府的辉煌，有五凤楼阁的绚丽……阳台上有懒洋洋晒太阳的猫，橱窗前有睡眼蒙眬望着行人的狗……时光清婉，岁月静好。

顾之风和安琪在四方街的纳西风味小馆吃美食，在疏浅的商业气息点缀下，享受古城灯火中的秀丽美好。孩子恋恋不舍想留在丽江，这似乎是她对美好地方的独有情愫。

顾之风陪她在古城里游玩，让时光变得舒缓而有质感。

"之风，好久不见！"

顾之风听到背后熟悉的声音里透出惊喜。回过头，看到西装笔挺的宣铭鸿搂着个花枝招展的姑娘正笑眯眯地瞧他。有股"他乡遇故知"的喜悦，悄然漫上心头。

"铭鸿，怎么你也在这里？真巧啊！"

"老师，这个叔叔是谁？还有这位漂亮阿姨是谁呀？"

"之风，这是你的孩子？没想到几年没见，你孩子都这么大嘞！"

"老师，你怎么不回答我的问题。你浪费我和你说的一句话！"

"这是正阳的女儿。"顾之风扭头对安琪说，"问叔叔阿姨好。"

"叔叔好，阿姨好。阿姨，你真漂亮！安琪喜欢你！"

"安琪真聪明，阿姨也喜欢你！"姑娘笑颜如花，用软玉修长的手抚摸安琪的脑袋。

"差点忘了介绍，这是我的女友初晓丽。晓丽，这是我哥们儿顾之风。"

"走，咱们借一步说话。"顾之风见古街人多嘴杂说话不便提议道。

几人找一家古香古色的茶馆，选择临窗的一间清雅茶室就坐，窗口映入古树青檐小桥流水。一个面庞秀美的姑娘，身穿哈尼族服饰引领他们就坐，向他们介绍茶点。选茗、择水、烹茶，以古朴雅致的茶具，品尝浓醇温厚的普洱茶，别有一番滋味在心头。

宣铭鸿，见到他不免想起薛佳琪。顾之风初识他时，他是名列前茅的好学生。父母离异后，他的成绩一落千丈，考了所杂牌学校。他喜欢看卫斯理系列小说，却不知那是倪匡的杰作；他买下贾平凹的《废都》，只喜欢里面被省略掉的部分……大学毕业后，他始终无法找到合适的工作，靠微薄薪水勉强度日。他觉得生活没有出路，单枪匹马去广东韶关闯荡。

他在韶关结识同事初晓丽。他们旅行度假，准备在年底结婚……

顾之风听宣铭鸿夸夸其谈，总觉得有些地方不对劲。他耐心等待谈话热度冷却后，选择当地特色餐厅用餐。初晓丽显出不耐烦，颇不愿别人搅扰他们的二人世界。吃过午餐，顾之风同两人告辞。他驱车赶往大理古城。孩子在车上睡熟，醒来时已进入紫城内。

如果说丽江有小家碧玉的风韵，大理则有大家闺秀的端庄。作为古南诏国和大理国的都城，这里早在唐代便成为云南的政治经济文化中心。大理相比丽江冷清许多，因为有苍山和洱海，景色反而更胜一筹。有人说，在大理才是真正的生活。这里的五华楼、文献楼、南城楼、北城楼各有特色，太和城遗址、崇圣寺三塔、西云书院更有积淀。

大理能让人的心静下来，融入蓝天、白云、阳光、石滩、海浪、微风之中。

很多厌倦都市生活的白领精英，选择隐居洱海享受慢生活。也有特立独行的艺术家，在这里创作自认为绝世的作品……顾之风和安琪到喜洲小镇看蝴蝶泉，吃喜洲粑粑，享受难得的惬意时光。老舍先生说这里像剑桥，顾之风来后完全没有这种感觉。

小镇名胜古迹甚多，到处流漫传统的韵味。古泉、古亭、古桥、古井、古洞、古碑、古牌坊、古戏台……古得质朴，古得雅拙。这里比之剑桥，有东方独特的娴静美好。

夜里，安琪突然发起高烧，用额温枪检测将近四十摄氏度。他慌忙将孩子送往医院，焦急等待医生给孩子退烧。孩子持续高烧，吃退烧药好转，药劲过后，便又烧得说胡话。足足一周时间，孩子病情才略有好转。安琪小脸瘦了一圈，两只眼睛失去往日的光彩。

顾之风深感自责，无微不至地照料孩子。没想到自己的疏忽，使安琪遭受如此痛苦。安琪需要调养。他想到定居昆明的朱月华。等孩子康复，他给朱月华打电话问地址。

他找托运公司将汽车托运到朱月华的住处。买好机票，乘飞机去昆明。安琪再次坐飞机，显得很兴奋，也很喜欢飞机上的空姐。她坐在靠窗位置看云海，说那是甜甜的棉花糖。

不久，孩子在座椅里睡着。顾之风无聊，翻看余秋雨的散文集《中国文脉》。

他收起书，闭目养神，看到混沌之海，飞来一只金色羽毛的雄鹰。是幻觉，或者……但见那只雄鹰背上正襟危坐头戴风帽的黑衣人，手里平端一柄寒光闪闪的长剑……

三十四　救赎之翼

现实与梦境，有时无法完全分清。比如《黑客帝国》里的尼奥。

顾之风想驱除脑海里的黑衣人，反而更加频繁地被脑海中的幻象侵扰。

他拿起杂志翻阅，看到介绍川、滇、缅通道和西藏"宝石之路""食盐之路""麝香之路"的文章。世界，可以通过和平贸易实现富强，也可以通过战争掠夺得到财富。

脑中灵光乍现，他豁然想到，黑衣人可能代表邪恶与战争，给整个世界带来生灵涂炭；九色鹿可能代表善良与和平，给整个世界带来繁荣发展。因此，黑衣人要追杀九色鹿！

他思绪飞转，直到飞机落地也未想明白。他带安琪出机场，看见接机的朱月华。

朱月华是个理想的完美主义者，对于生活和爱情抱有不切实际的幻想。

只要想象一下外貌出众的美女，竟是位女诗人，就不难理解她的单纯与复古。

朱月华的家，像一座小型私人生态园。客厅和阳台上养满象牙树、巴西木、凤尾蕉、酒瓶兰、散尾葵、龙骨柱、波斯顿蕨、黄刺金琥，卧室里养着瓣莲兰花、十丈珠帘、风信子、水仙花，书房的几案上摆有清幽古朴的通派盆景和意境高远的徽派盆景。

这些优美的植物和盆景，使顾之风这个不愿耗时费力打理植物的人，在眼花缭乱间内心激起养护植物的欲望。他曾经伺弄过一阵子花。因为缺乏花卉知识，养花经验不足，养的几盆花都先后枯萎死去。这些鲜活的生命断送在他手里，让他心生负疚，遂放弃养花的念头。

有段时间，他非常想养几条鱼，让刚性而呆板的空间多些灵动。想到自己经常不在家，以及养鱼的麻烦，最终打消念头。其实，他还是很喜欢家里绿意盎然、生机勃勃的样子。

对于一个忙于事业的男人而言，这样的想望简直就是一种奢侈。

他觉得朱月华的房间很美。相对于这样的房间，他的房间只有刚性且物质化，缺乏生命气息。他怀着吃不到葡萄的狐狸心理，夹杂酸溜溜的状味欣赏朋友的房间。朱月华久别重逢的亲密，在感性的房间被催化。甜蜜而黏稠的氛围，使顾之风感到不适。

安琪在小卧室熟睡。难得有躺在家里床上的舒适，孩子微微打起鼾来。

他不知如何与女生独处，去厨房冲杯君山银针，到书房看朱月华的藏书。书架上摆着《诗经》《纳兰词》《猛虎集》《孩儿塔》《晓珠词》《望舒草》《双桅船》，《神曲》《浮士德》《吉檀迦利》《曼弗雷德》《一条狗》《花的智慧》，及她自己出版的几本诗集。

若想了解一个人的思想，应该先了解他读过的书或接触过的文化。

"你不是不爱读书吗，怎么跑到我的书房里来嘞。"

"我只是不愿读乏味的书。这书房，颇有诗人气息。"

"诗人，是这个时代被遗忘的群体。当年那些哗众取宠的诗人，毁掉了诗歌。"

"如此悲观？"顾之风啜口茶说，"我一直觉得诗人很高尚。"

"那是古代诗人，现代诗人更像行为艺术学家。"她苦笑，神情透出悲凉。

"为何这么说？"

"现代诗源于西方诗歌的翻译体，没有脱胎换骨，便畸形地诞生。"

"不懂。"顾之风不是文艺青年，无法理解诗人的悲伤。

"所以产生很多怪胎，完全没有美感。"

"有同感。很多现代诗歌，还不如方文山写的歌词。"

"正阳现在还好吗？"朱月华看出顾之风的不耐烦，便转移话题。

"他在疗养院，总说会在梦里进入一个灰色城镇。那个镇子被高墙围封，他丢失自己的影子，无论如何都走不出那个地方……这种场景，有些像村上春树的'世界尽头'。"

"城市，压垮人的精神，将他们变成没有思想的动物。"

"这是你来昆明的原因？"

"昆明是个好地方，很多少数民族汇聚于此。这里有彝族的'火把节'、白族的'三月街'、傣族的'泼水节'、苗族的'踩花山'和傈僳族的'刀杆节'。"

"你来这里寻找灵感？"

"不，我来寻找郑和！"朱月华露出迷人微笑，"这里是郑和的出生地。当年，郑和船队从刘家港出发，经海上丝路到达越南、泰国、柬埔寨、马来半岛、印尼、菲律宾、斯里兰卡、马尔代夫、孟加拉、印度、伊朗、阿曼、也门、沙特和东非的索马里、肯尼亚，用携带的金、银、铁器及丝绸，交换珠宝、香料、苏木等物品……"

顾之风很佩服她一口气说出那么多地名。他不知道朱月华为何要寻找郑和，简单地评价道："这种和平交往，彰显出明王朝睦邻友好的大国风范。"

"想知道我为何要寻找郑和吗？"

顾之风苦笑，摇摇头。他喝口清香的茶，感到芬香四溢的茶汁，不能化开空气里弥漫的浓愁。不觉想起张露，感觉她是一种幻觉，又真实存在。他感到内心明显的疼痛。这是一见钟情吗？为什么不能珍惜眼前人，而要陷入一种自己无法掌控的痛苦。

"我要为他写一部史诗，像《奥德赛》那样的史诗！"

"真是个了不起的想法。"

他拿起《猛虎集》，心不在焉地翻看。徐志摩是个多情而且给很多人带来痛苦的人。他的感情热烈无度，甚至不专一。他被内心的情欲驱使，盲目享受感情带来的感官刺激。

徐志摩、林徽因、张幼仪、王庚、陆小曼、翁端午……多少人在感情旋涡里痛苦挣扎，然后颓然谢幕。才华，遮蔽世俗的眼睛，开出妖艳的彼岸花。

这使他想起渡边淳一《失乐园》，殉情的久木和凛子。

久木和凛子，他们的死亡何尝不是上苍的愚弄。若两人在合适的时间出生，在合适的时间相遇，在合适的时间恋爱，在合适的时间结婚……那么他们的人生，何尝不是一种幸福的范本。可惜，上帝将一切都打乱了。现实中的渡边淳一本人，不是也有过类似的经历吗？那么没有选择殉情，活得长寿的渡边，为何没有继续那段浸渍炽热爱恋的感情？

人类，不过是上帝造出的人偶，所有命运都操纵在永恒而未知的全能者手中。

《青鸟》中那对不愿分开而被"时间"强行分开的恋人，因为投胎后出生的时间不同，而永远无法在世界上相遇。或许这就是宿命。人类无法改变宿命。人类的科技再怎么发达，也无法改变恋人比你晚出生几百年的命运——于是你的降生，便只能与不爱的人结婚。

人类自以为是的狂妄，何曾摆脱过隐形的宿命。这种宿命，也许就是存在本身。

他将诗集放回原处，觉得生命对于这个充满未知的世界，就像一叶扁舟被抛入风雨飘摇的大海。我们看似必然的生命，整个过程却由无数偶然组成。

他记得塔克维尔的《罗拉快跑》——罗拉只有二十分钟时间来拯救自己的恋人。罗拉的跑，是种偶然形成的命运。虽然都在跑，但是跑的速度不同，跑的心态不同，得到的结果也不同——为自己而跑、为曼尼而跑、为爱情而跑——可是人生何曾有过回放，又何曾有过选择，只是一个偶然就会形成必然的结果。这个结果既然出现，就会合理地存在下去。

爱情，在人们不断恋爱的过程中被稀释淡化。朱月华的手机铃声，宇多田光的歌。大学时，他曾喜欢宇多田光、滨崎步和仓木麻衣的歌，尤其喜欢仓木麻衣富有魅力的嗓音。

朱月华接听电话，说有位朋友要过来。随后响起门铃声。

难道朱月华有约会？他想，走出书房。朱月华开门引进一个大腹便便、西装革履的男士。朱月华为顾之风引荐，才知道这男士是她的男朋友，叫霍炳国，在政府机关工作。男士显然久居官场，深谙官场的应酬之道。他满面堆笑打招呼，眼中弥漫某种敌意。

看来这个男人有误解，把自己视为情敌。他有些后悔贸然带安琪来朱月华家。

安琪不知何时醒来，在小卧室呼唤顾之风。他赶忙跑进小卧室，看到安琪揉着惺忪睡眼，脸颊上挂满泪珠。她嘴里嘟哝："老师，我以为，你不要安琪了！"

顾之风抱起她不停安慰，孩子的情绪逐渐平复。朱月华和霍炳国走进来，孩子茫然望着二人，显然不清楚自己身在何处。朱月华拿下蒙奇奇送给她，安琪木然说声"谢谢"。

收拾完毕，霍炳国邀请几人去日本餐厅吃料理。他向侍者要了活鱼拼盘、寿司鱼片、酒蒸蛤蜊、关东煮、寿司卷、大阪烧、味噌汤和清酒，给女士和孩子要了果啤和饮料。

酒文化，在国人生活里有着举足轻重的地位。它是局道文化不可或缺的一部分。它不仅可以打破尴尬沉闷的局面，使气氛因酒的催化而变得活跃起来，还能解决很多谈判桌上无法解决的棘手问题。顾之风本不愿喝酒，碍于情面不得不喝酒。

顾之风望着霍炳国的大肚腩，就不难揣测这位仁兄的酒量。霍炳国很健谈，几杯酒下肚就打开话匣子。不过谈的都是些国内国际的新闻，避而不谈政治。

他饶有兴致地谈论美国的窃听丑闻与霸权主义、伊拉克曾经的安定及战争造成的不幸、叙利亚当今并不乐观的局势、乌克兰政变对东欧的影响、日本核泄漏及军国主义倾向……他认为，二战之后形成的相对稳定的和平发展局势，正逐渐向世界格局多极化、经济发展全球化和安全问题复杂化的方向发展……

他谈论滇池，谈论古滇国的历史。他说，古滇国是楚将庄蹻率众建立，拥有举世无双的青铜工艺，形成独具特色的建筑风格。秦始皇曾派兵攻破古滇国。不料古滇民再次复兴，被汉武帝所灭。很多古滇人漂洋过海，定居在美洲的小岛，过起原始而相对平静的生活。

他还谈到曼德拉的去世，说起曼德拉的传奇人生。随后将话题引向官场，借着酒劲儿聊起他最初回避提及的事情。他侃侃而谈，像个踌躇满志的演说家。

他带有某种优越感，身为官员的优越感。他被宣布去某县当县长，所以称该县居民为他的"子民"。他讲官场既有显规则，又有潜规则；早期看不透，等看透时也快出局了。

顾之风耐住性子听他侃侃而谈，其实并不想听这些无关痛痒的议论。为避免失礼，他努力表现出专注的样子，与对方有一句没一句地聊天，偶尔提杯来掩饰自己的心不在焉。

他端详眼前的霍炳国，不觉想起山西晋城的皇城相府，想起康熙的老师陈廷敬，想起"读书者不贱，守田者不饥；积德者不倾，择交者不败"的家训。他不觉想起祖父，想起与俄日勒和克的交谈，想起为民族独立和人民解放而抛头颅、洒热血的革命先辈……

朱月华不停皱眉，显然不爱听男友高谈阔论。女子喜欢谈论生活，谈论共同熟人的近况，以及最近推出的新款衣服、名牌包和化妆品。她们对于最近谁结婚、谁有小宝宝、谁有婚外情、谁离婚的热情，似乎还高于对首饰、服装和化妆品的热情。也许餐馆本就是她们谈论家长里短的场所，若是在商场她们定会专注于商品的品鉴和购买，而无暇顾及别人的私事。

男人们在一起，总要谈论些时事来显示自己的博识和不落伍。这种谈话，有时甚至会演变成一场毫无意义的争论。顾之风不愿参与这种无意义的争论。

顾炎武认为"清谈误国"。国人似乎总愿逞口舌上的英雄，而不愿用实干兴邦；有些人甚至连传承数千年的爱国精神和孝道文化也遗失殆尽，暗地里做些损公肥己、伤天害理的勾当。

餐厅里播放着《四季歌》，最后放节奏更为舒缓的《樱花》。

顾之风以为，日本和韩国继承中国传统文化精髓，发展出有本民族特色的地域文化。他们的文化、地域和人口，远不及历史悠久、幅员辽阔、人口众多的中国，却创造出令人瞩目的经济文化成果。这些是值得国人虚心学习的。即使近代，同样作为受西方欺压的东方国度，日本很快就通过明治维新，学习西方先进科技文化迅速崛起，跻身于世界强国之列。

我们不应只是无谓地指责，而应更多地自省并学习借鉴他国之长，才能变得更强大。

他起身带安琪去卫生间，预订附近的酒店。他感到深深的厌倦，用冷水洗把脸。安琪有些瞌睡，不停问："老师，我们可不可以走呀。这个叔叔好无聊，安琪想回去睡觉。"

好在谈话随着用餐结束而枯萎在空气里，几人起身结账离开餐厅。

他向朱月华和霍炳国告辞，带安琪离开餐厅。霍炳国的司机等在外面，要送他们过去。他婉言谢绝，打车，去预订的酒店。安琪在车上睡着，到地方后顾之风付钱，用外套包住孩子快步走进酒店。他办理入住，侍者帮他开电梯，去自己的房间。

房间很舒适，可以看到城市河岸灯火辉煌的夜景。他将孩子放进床里，小心翼翼帮她脱掉外套。他去盥洗室冲澡，不觉想起霍炳国满是皱纹的脸，及朱月华幽幽的抱怨。

"认识不到半年，就准备结婚哩。都这把年纪喽，再不把自己嫁出去，真成老姑娘喽！"朱月华最终还是放弃理想，向冰冷的生活缴械投降。他感到透心的悲凉。

朋友，在不知不觉中已经疏离。他们向各自的生活飘荡，落地生根、开花结果。

婚姻，则成为当代青年男女的围城。他们像折翼天使，被囚困于冰冷灰暗的城市。他们"以爱之名"献出自己的翅膀，从此失去返回天堂的能力……

三十五　欲望之都

回广州，还是去深圳，这是个问题。

顾之风没有抛出硬币，来决定自己的去向。他既没有《美国众神》中影子得到的金币，也没有使人起死回生的力量。然而他愿意跟随直觉的脚步，解开命运的迷局。

深圳作为新兴移民城市，显示出特有的地域包容性和文化多元性。

顾之风很喜欢这座城市，觉得它像阿联酋的迪拜、美国的迈阿密、加拿大的多伦多、荷兰的阿姆斯特丹。这些移民城市，向全世界证明一个事实，那就是不同种族、不同地域、不同文化、不同信仰的人们，可以幸福地生活在一起。人类本来没有那么多歧视、仇恨、冲突、纷争，所有差异和不同，只会使生活变得更加丰富多彩，使世界变得更加瑰丽多姿。

"老师，姐姐的城市好拥挤，到处都是人，到处都是车，到处都是大楼房！"

他开车回自己在深圳的寓所，一路上不停地胡思乱想。安琪对于繁华城市早就习以为常，缩进安全座椅听喜马拉雅的童话故事。张露的手机打不通。巨大的失落，犹如劈头盖脸浇下的冷水，将他所有的热情冲进地沟。他洗了个热水澡，搂着孩子看深圳卫视。

傍晚，他带安琪下楼去附近的餐厅吃面，觉得寡味而没有嚼头。拔地而起的摩天大楼，巨幅的邓小平画像，地下通道弹唱的流浪歌手，手机店播放的《自由飞翔》……高速发展的城市，行色匆匆的俊男美女。他牵着安琪的小手，不免有无处安身的失落。

《当幸福来敲门》中，克里斯·加德纳牵着儿子克里斯托弗的小手，面对整座繁华而冷漠的城市……无论生活多少次将我们击倒，我们都要微笑着站起来，勇敢地面对它！

他想，应该从罗湖去趟香港，可是去香港做什么呢？维多利亚港湾、杜莎夫人蜡像馆、红磡体育场、迪士尼乐园、海洋公园……若不想购物，不愿见朋友，还不如留在深圳。

留在深圳干什么呢？去世界之窗、大梅沙公园、欢乐谷、中英街吗，还是在城市的大街小巷闲逛。他带安琪漫无目的地在街上游走，觉得自己像失心的比干，走入无尽迷茫。

从新加坡到泰国有趟五星级酒店列车，沿途的旅行奢华而美好。中国如果开通这样一趟列车穿越最美的地方，一定会吸引很多游客。不过，这是他一厢情愿的想法。世界上没有一条可以让人阅尽所有风景的航线，也不会有一个让人忘记所有烦恼的地方。

有一些人，只会在我们生命的某个阶段出现，之后便永远消失进茫茫人海。

顾之风想到张露，有种莫名的感伤。似乎有某种冥冥中的羁绊，把他与这个素不相识的女子联系在一起。他茫然无措地回到住处。心被某种情绪压迫，他感到身心疲惫的困累。

"老师，你为什么闷闷不乐呀？"安琪仰头望着他。

"没什么，老师感觉有些累。"顾之风敷衍道。

"安琪给你捶捶背。"安琪从客厅搬来小凳，让他坐下，用小手给他捶背。

他感到孩子小手传来的关心，那是来自纯洁心灵的脉脉温情。因为张露生活在深圳，所以他有种怅然若失的感觉。选择一个相守到老的人，其实就选择了一种人生。与张露在一起的人生，未必是他想要的人生。要不要去找她？他努力挣脱怅惘，给同学吕斌打电话。

那张清秀的脸，是否曾出现在他的意识幻境。还是说从水晶球里，看到过类似的形象。他似乎与某种神秘磁场产生了共鸣，能够感受到来自某个平行宇宙的碎片信息……

吕斌接到他的电话，一个小时后开车过来。他诧异而疑惑地望着安琪，当得知安琪是肖正阳的女儿，便亲昵地抱起她。他说已约好几位朋友，载着顾之风和安琪去夜店。

喧嚣的音乐、暧昧的灯光、浑浊的空气、寂寞的人群，帅哥靓妹摩肩接踵拥挤在舞池，清爽漂亮的啤酒妹穿梭于客人桌前。酒吧里有很多外国人，他们邻桌的几人在喝鸡尾酒。

吕斌叫两个辣妹一起喝酒，滔滔不绝地向顾之风介绍这些年在深圳的情况。

顾之风有些担心安琪，感觉孩子手心都是汗。他在震耳欲聋的音乐里，听清一句，听不清一句，基本上了解了吕斌的现状。吕斌毕业后通过家里的关系进入驻深圳办事处。他负责办事处的接待工作，同时利用办事处的便利，筹钱在深圳开了一家旅行社。

这些年在深圳买房买车，也算小有成就。他姐姐吕芳来深圳帮他管理旅行社。他和姐夫合资，共同注册了一家贸易公司，现在同德国、英国、荷兰、法国和意大利做贸易。

他说："曾经谁征服了海洋，谁就征服了世界。广东的广州、福建的泉州、浙江的宁波，开启海上丝绸之路、海上陶瓷之路和海上香料之路。如今，深圳这个海上丝绸之路的节点城市，迎来前所未有的发展机会。这里是对外开放的窗口，也是创业者的天堂。"

"你倒挺适合在深圳发展。"顾之风见安琪打盹，将她抱在怀里。

"风哥，你应该回来这里投资。在深圳可比伦敦挣钱的机会多。年轻人来到这里，到处是赚钱的机会，到处是激扬的梦想……"吕斌借着酒劲说。

顾之风见安琪睡着，将她放在长椅里，脱下外套给她盖在身上。

一个辣妹可能喝得有点高，靠在顾之风身边舌头打结地诉说她包养了个年轻帅气的小白脸。她的男友以前是这家夜总会的保安。他们同居后，她的男友辞去工作，整日在租住的房子里打网络游戏，无所事事，白吃白喝，不去工作。可她心里疯狂地喜欢他。她说自己偶尔也坐台，再有几年，就能攒够买房子的钱。然后她会和男友结婚，过正正当当的小日子。

她说很多来这里的大老板都喜欢她。她们中有很多姐妹被大老板包养，过上了豪华奢侈的生活。她不愿被包养，因为男友不同意。她说只爱那些挥金如土的大老板的钱，并不喜欢那些老色鬼。她只和喜欢的人做爱。她说她喜欢顾之风，希望顾之风能够带她走。

顾之风望着眼前这个浓妆艳抹却掩饰不住稚气的女孩，感叹她的人生何以变成这般模样，心里翻江倒海不是滋味。他不知是什么使这个漂亮的女孩沉沦于纸醉金迷的世界。

他脑海浮现出巴兹·鲁赫曼执导的电影《红磨坊》。那部影片，使他喜欢上妮可·基德曼，那位黄头发蓝眼睛的澳大利亚美女。不过他很确定自己喜欢的是妮可·基德曼在《红磨坊》里的角色。现实中，他还是深深地迷恋那个让人心痛的女子——苏菲·玛索。

吕斌显然已经习惯夜店灯红酒绿的生活，与身边女子打情骂俏聊得颇为投机，不时传来欢声笑语。顾之风去卫生间，用凉水敷把脸，回来和吕斌说有事，便抱起安琪离开。那个妖艳的女孩眼泪汪汪地盯着顾之风，央求他带她走，被他委婉拒绝。他叫了出租车，满身酒气回到居所。

夜里他做了奇怪的梦，梦到自己与恋人潜入敌后展开抗日游击斗争。与他同样毕业于日本振武学堂的日本军官，居然喜欢上他的恋人。他在暗室里解救自己的恋人，与因民族仇恨成为敌人的同学展开短兵相见的殊死搏斗。那个恋人居然长得像内地演员韩雪……难以理解梦境和现实究竟有怎样的联系。他满脑子都是南京大屠杀死难同胞纪念馆里震撼人心的图片。

他在美国期间，听说美籍华裔女作家张纯如收集大量中、日、德、英文资料，出版用英文写作的《南京大屠杀：被遗忘的二战浩劫》。可惜他去加州，才得知这位卫道者早已抑郁自杀。他曾专程去加州的天堂之门墓园，祭拜这位敢于揭示日军侵华真相的女作家。

晨起，他和安琪在盥洗室洗漱，听到敲门声。开门，见吕斌等在外面。他进屋就开始帮顾之风收拾东西。顾之风站在一旁莫名其妙地问："什么意思？"

"我在罗湖有间六十多平米的单身公寓，除了喝得烂醉如泥回那里，一般房子都空着。你和安琪搬去我那里住吧。我搭照起来方便。"他麻利地将东西收拾好。

"我住自己的公寓，不是更方便，为什么要去你那里？"顾之风感到莫名其妙。吕斌已提起东西往外走。顾之风和安琪跟出来，乘他的捷豹去罗湖的单身公寓。

房间在十二楼，做了简约的装修，有一卧、一卫、一厨和一个的客厅。客厅和卧室铺了木地板。客厅的背景墙用实木和烤漆玻璃做造型，挂着一台液晶电视。从卧室的窗户，可以看到远处的罗湖口岸和香港。床头柜上放着几本爱伦·坡的英文小说。

吕斌带他和安琪开车去经营泰国菜的餐馆，点了冬阴功汤、绿咖喱鸡肉、炭烧虾、椰香芒果饭。吃过饭，吕斌打电话招呼公司里几个美女一起去 KTV 唱歌。

安琪很喜欢抱住话筒唱歌，她奶声奶气地唱《两只老虎》《吉祥三宝》和《龙的传人》。一个女子有德德玛的嗓音，一曲《美丽的草原我的家》唱得荡气回肠。几个美女点播《冰河时代》，在场地中间扭腰摆臀地蹦迪。安琪跑过来，安静地待在顾之风旁边。

"科技带来生活节奏加快和社会分工细化，个人作用在社会中越来越模糊。人们像机器里的螺丝，被赋予固定而单一的功能，逐渐在充满社会压力和生活压力的氛围中，变得烦躁不安。恐惧，成为人们面对社会与未来无法消除的心理阴影。"吕斌酒气醺醺地说。

"越来越像哲学家哩！"顾之风喝口啤酒道。

"生活哲学，谁都会的嘛！"吕斌坐回座位，打开易拉罐将啤酒灌进嘴里，指向几名员工说："她们只有在这里最放松，可以肆无忌惮地跳舞唱歌。大学赋予她们什么？千篇一律的模式，一成不变的知识。你学的东西别人也会，你就没有优势可言。所以容貌和身材，反而成为她们的竞争资本。

"这样说，未免太武断！"顾之风心里不是滋味。社会与现实，共同践踏梦想。

"现实本就是这么残酷嘛！社会已经不允许有个人英雄主义。现在需要团队合作。团队合作是什么？是有你没你不重要，重要的是有不同能力的人组合在一起，才能面对日益激烈的竞争。经济社会，不需要你拎两把菜刀闯江湖，需要用脑子来挣钱。"吕斌发表完议论，招呼跳舞的大眼美女陪他喝酒。

人们总在以自己的价值观，做对自己有利的选择。这种选择，因为各自的私心而变得复杂。顾之风喝着闷酒，越来越讨厌为利益不择手段的做法。

他觉得阶级是种人为划分的概念。西方社会的功利化思想，随资本家的血腥盘剥，逐渐成为一种共识。但是，在社会财富积累到一定程度后，他们转向社会福利和慈善事业。

很多有抱负的年轻人，完全可以凭借自己的才华实现梦想。然而，财富过度集聚，可能使年轻人没有出头的机会。若放眼世界，也许更多人可以参与海外贸易和投资建设。

人，若为财富而丢失本真，难免透出可悲。他不赞同吕斌的观点，也不愿意去反驳。

唱歌豪迈的女孩坐到他的身边，轻声问："怎么，不开心吗？"

"没有。"顾之风扭头望向她。她并不属于南方骨感美人的范畴，而是带有北方女子的灵气与丰腴。她的五官很美，尤其那双水汪汪的大眼睛清澈而纯净，又微带忧郁的神情，使人产生怜惜的感觉。她的皮肤白嫩而细腻，没有北方女子受风沙吹蚀的粗糙。

"你的女儿？"她问完，扭头向安琪打招呼，"小朋友，你好！"

"阿姨好！"安琪腼腆地低下头。

"我朋友的孩子，叫安琪。"

"安琪，天使的名字。你怎么带朋友孩子出行？"女孩喝口酒问。

"这是我自己的事情。"顾之风讨厌别人刺探自己的隐私。这个天使般的孩子，曾带给他无限希望。他轻叹口气，看着孩子安静地坐在角落里吃爆米花。

"我叫纳荷芽，来自内蒙古。"女孩神情黯然，给自己添上酒，闷闷不乐地喝酒。

"对不起，我不喜欢聊自己的私事。"顾之风苦笑，感觉生硬的语气可能伤害到了女孩。他将自己封闭，不愿同陌生女性搭讪。他记得一句忠告，每段感情分开时都可能给彼此带来伤害，没有能力毫发无伤地结束一段感情，最好别盲目地开始一段感情。

蹦迪后，人们开始喝酒。顾之风的酒量，在南方应该很少有对手。他心里烦乱，独自一瓶接一瓶喝闷酒。纳荷芽与他喝酒时，他才发现这女孩的酒量惊人地好。

啤酒源源不断被侍者提进来，其间还有红酒和白酒。顾之风喝着酒，觉得自己的舌头越来越大，大到嘴里已经放不下，说话都很困难。他意识到自己醉了，起身招呼吕斌离开。

他隐约记得自己跌跌撞撞走下楼梯，口齿不清地安顿大家路上慢点，摇摇晃晃上了吕斌的车……然后，他就什么都不记得了。整晚头疼得厉害，想是各种酒掺和喝的缘故。

他觉得脑袋不断膨胀，像要炸裂般疼痛难忍。他咬牙爬起来，踉踉跄跄去卫生间，用凉水敷把脸，迷迷糊糊走回卧室，发现原来他的床上还躺着一个女人……

安琪呢，我怎么忘了安琪！他感到浑身冰冷，灵魂片片凋落……

三十六　恋爱之倪

我们变得越来越软弱，只因我们把希望寄托在别人身上。

我们以为他们是救世主，其实他们同我们一样软弱。

顾之风坐在沙发上抽烟，盯着吕斌无法拨通的号码出神。他偶尔从黑暗中瞧向床上的女子，思考自己何以从一个自由人，变得如此伤感而懦弱。他在离殇中放逐自我，使自己成为扯断线的纸鸢。更可悲的是，他现在所做的这一切，根本就是种徒劳的自欺欺人。

年岁越大，忘记一个人所需要的时间越长。他不是天生的情种，却有丰富而脆弱的感情。它们被生活阅历所包裹，重新被剥开后，依然能感到赤裸裸的疼痛。

张露，何以扰乱他内心的平静。他带安琪旅行，本来有自己的想法。如今跟随欲望来到深圳，却把安琪给弄丢了。他感到疲乏无力，渴望得到超自然力的帮助。可是，他只能独自面对。他的自信和刚强，支撑他走到现在。当这些被击得粉碎，他变得无所适从。

他的性格，决定他不可能去做缩头乌龟；即使想做，也没有一副供他躲藏的龟甲。许多人之所以变得强大，更多的原因是在没有退路的时候，不得不选择坚强。

该怎么办？留在这里，还是去……他将烟蒂在烟灰缸里揉灭，起身走进卧室。

我昨天究竟喝下多少酒？他低头望向躺在床上熟睡的纳荷芽，不知她何以躺在自己床上。这么小的床，上面还躺着一个人，自己竟浑然不觉。

顾之风摸黑将衣服穿好，无意义地在室内踱步。头有些疼，身体因酒后大量出汗，产生某种不适。他去厨房倒杯水，坐回客厅喝完。深更半夜，房间里有浓重的酒臭味，使空气变得浑浊不堪。他在心里默默祈祷，希望酒醉的吕斌不要忘记带上安琪。

可是他的脑袋空空如也，根本找不到安琪的痕迹。为何他的短暂失忆，唯独漏掉关于安琪的部分。我这个浑蛋！他心里咒骂自己，担心安琪，不知该如何向肖正阳交代。

他努力让自己保持冷静。暧昧的光线，泛着诱人光泽的皮肤。熟睡的脸，微微翘起的嘴唇。朦胧中欲望像潮水在血液里流淌。有一只蚊子，在房间不厌其烦地吵闹。他打开手机，循着黑暗中的嗡嗡声，看到它落在屏幕光照的白墙上，出手将它拍死。

无聊，担忧，瞌睡。他躺在沙发上和衣而卧，迷迷糊糊又沉入梦乡。

纳荷芽轻轻将他唤醒。他睁开眼睛，看到纳荷芽明媚灿烂的笑容。他坐起身，脖子因着凉落枕而难以向左扭转。他尴尬地冲纳荷芽露出不自然的微笑，听到纳荷芽温柔的声音说："洗漱完，过来吃早餐。"他答应，去卫生间洗漱，心里有暖暖的感觉。

"安琪呢？"他洗脸时猛醒，忙跑出来问纳荷芽。

"安琪，不是被吕斌带走了吗？"纳荷芽沉思道。

"你确定？"顾之风忧心忡忡，心脏被恐惧攥紧，无法及时回血。

"我也不太确定。"纳荷芽一脸茫然答道。

顾之风带着满脸水珠，跑到茶几前拿手机，给吕斌拨过去。许久，电话被接起来。他怒气冲冲喊道："吕斌，你个浑蛋，怎么不接电话！安琪呢，你把安琪弄哪儿了！"

对方没有回音，顾之风几乎咆哮道："怎么不说话，安琪哪儿去啦！"

良久，电话那边传来稚嫩的声音："叔叔睡着了，我也不知道自己在哪……"

"安琪，我是老师。你没事吧，你没事真是太好了……"他的眼泪夺眶而出，抱着手机蹲在地上，他多么害怕失去这孩子，安慰说，"安琪别担心，老师这就去接你。"

他扭头问纳荷芽："你知道吕斌的住处吗？"

"我只知道他这里的公寓，就是你们住的这间单身公寓。"

顾之风再次拨通吕斌的电话，听见吕斌口齿不清地说："他娘的，赶着去投胎呀！什么事这么着急，还让不让人睡个好觉嘞！"

"你在哪儿，我现在过去接安琪！"

"安琪待得挺好，我一会儿就给你送过去。有艳福都不会享，亏得老子一片好心，被当成驴肝肺喽，挂啦……"手机里传来挂断的声音。

"既然安琪没事，就先吃点早餐吧。"纳荷芽说。

顾之风答应"好的"，回盥洗室将洗到一半的脸洗完。

早餐是炸酱面，味道还不错。不过心里牵挂着安琪，吃得有些心不在焉。

纳荷芽等他吃完收拾好，到厨房洗碗筷。门铃声响，吕斌带安琪走进来。

他环顾房间，脸上露出诡秘的笑："亏我还按门铃，早知道你们相敬如宾，我就用房卡开门嘞。"

"老师，安琪好想你！"安琪挣脱吕斌的手，快步扑进顾之风怀里。

"吕斌，你带走安琪也不说一声！"

"我可跟你说嘞。你昨天醉得跟条死狗似的，完全没当事儿！我今天有个客户要见，就让我们的大美女陪你四处逛逛吧！你这叫狗咬吕洞宾，不识好人心嘞！"

吕斌离开后，安琪鬼头鬼脑地趴到顾之风耳边说："老师，你喜欢这个姐姐对不对？"

"小孩子，不可以乱说话！"他瞧见纳荷芽满脸绯红，呵斥安琪。

城市景观，更多的是种人文景观。高楼林立的深圳，有逐步超越香港的趋势。他和安琪随纳荷芽漫步在罗湖区的大街小巷，感受满是外地人的城市特有的紧迫感。高速、效率、快节奏的生活，使人与人之间有匆匆而过的冷漠。地王大厦像刺向天空的一根刺，给人某种不协调的高耸。高楼大厦镶嵌巨型宣传画，商场前挂满促销条幅，橱窗里贴满优惠广告。

这座年轻的城市，与东莞满是制造工业的氛围相比，更显出以科技为支撑的智慧。曾经有人说日本人的步伐快，也有人说香港人的步伐快，如今深圳人的步伐变得越来越快。

纳荷芽将手放入顾之风的衣兜，微带湿润地握住他的手。他微感诧异，轻轻握住纳荷芽的手，感到那双绵柔的手轻微颤抖。他轻轻将她的手拿出去，为避免尴尬，故意不去看她。

高楼林立的城市，纵横交错的街道，高速行驶的车辆，匆匆而过的人流……

他不喜欢这种快节奏的生活。城市的存在是为了使人生活得幸福。快节奏，让人产生迷失生活本真的迷惘。人们想尽一切办法获得财富，最终目的却在追逐过程中迷失。

想来，意大利是真正充满艺术气息的国度。罗马的许多伟大建筑自不必说，就是城市内的大街小巷，也体现出条条大道通罗马的便捷。因为鲜有大排量的豪车，小型车使城市生活规律而快捷。佛罗伦萨城区不允许汽车进入，那种到什么地方都需要步行的慢生活，使人感到前所未有的惬意。威尼斯的运河生活则会使人忘记有汽车的存在，快艇成为生活最重要的组成部分。或者选择步行沿着各种桥开始自己的旅行，能够触摸历史的厚重。

顾之风骨子里受老庄思想影响，有种古人闲云野鹤的秉性。他觉得中国的城市越来越欧美化。不知这种同化是否会使中华文化丧失本源。欧洲的古迹保护堪称典范，他们将自己的古文物很好地保存下来，在古文明之外，建设现代文明的建筑。中国的许多城市建设，则是直接将古建筑拆除，在古迹的废墟上新建现代建筑。这种破坏得不偿失。

礼失求诸野。乡村，或许是中华优秀传统文化最后的坚守。除了从史书上查阅，我们很难在深圳找到南越部族远征海洋的痕迹，也很难寻觅南宋商船出海贸易的踪迹。作为中国改革开放的前沿，深圳作出变革与牺牲，或许无可厚非。不过就整个中华民族而言，在城镇化进程中使本土文化大面积流失，还是不免令人感到惋惜。

"老师，安琪走不动啦，咱们可不可以坐公交车呀。"

"当然可以啦。"纳荷芽抱起她，似乎并未受到刚才小插曲的影响。

这位美丽的姑娘，使人感觉很舒服。也许是气场契合的缘故，甚至感到很愉快。他们一起乘公交车，安琪喜欢纳荷芽抱着她。她给纳荷芽背唐诗，还给她讲幼儿园的事。

他们去世界之窗游玩，与微缩景观合影。他为安琪和纳荷芽拍下许多照片。从镜头里看到纳荷芽，有种别样的美。他的心弦"咯噔"一声被触动，有种类似喜欢的念头闪现心头。这样对谁都没有好处！他不是个滥情的人，告诫自己克制心里不恰当的念头。

这个世界是残酷的，你种因的时候，总有一天要尝到果——甜果，或者苦果。

在国外时，他有过放荡不羁的生活。那种无度地放纵欲望、狂喝滥饮、肆意流浪、打架斗殴的生活，他已然厌倦。在路上的年轻人，挥霍完青春，依然要面对生活的沉重。

"老师，我想去世界各地旅行，去所有漂亮的地方！"

"好呀，到时候可别忘了老师。"

"我要带上爸爸和老师，还要带上纳荷芽姐姐。"

"安琪这么好，要带上姐姐呀。"纳荷芽来露出来自草原的纯美笑容。

她邀请顾之风和安琪喝奶茶，兴致勃勃给他们讲家乡的事情。她讲成吉思汗统一草原的传说，讲窝阔台远征欧洲的故事，讲草原丝绸之路的繁华，讲蒙古族游牧生活的惬意。

她初见陌生人时有些腼腆，一旦熟悉会释放出火一样的热情。

顾之风没料到她会如此健谈，安静地喝奶茶听她讲述。安琪对于草原历史不感兴趣，央求姐姐讲自己的故事。她眼神中透出犹疑，缓缓道出自己的故事。

小城里，美丽的蒙古族姑娘，从小被家人送到培训班学舞蹈。成长的岁月，有无数混混、阿飞和恋慕者围绕在她身边。虽然家里管得很严，可是上学途中、课间活动、回家路上，依然难以避免流里流气男生的骚扰。她开始了解学校之外的世界，学着抽烟、喝酒，和那些让同学害怕的不良青少年一起滑旱冰、打台球、玩跳舞机。她知道自己在学坏，却无法抵御那种与学校枯燥生活形成鲜明对比的校外生活的诱惑……她的成绩，一落千丈。

家人惊异于她的变化，经过与她商量，送她到河南的武校习武。同一批去的，有她认识的三个男生。他们都比她大，是她的师兄。她是小师妹，被师兄们疼爱。她习武吃了很多苦，却没有用武之地。学艺的师兄妹各奔东西，她独自去天津闯荡。奔波数年，没有得到想要的生活。她只身来到深圳，想开始新的生活。可这一切并不尽如人意。

顾之风很喜欢她乐观而不服输的性格。他将咖啡喝完，带她和安琪去商城，为她购买几件衣服，陪安琪乘坐小火车。他心里感到莫名惆怅。有时候他很难理解自己的感情，对于那些在社会底层苦苦挣扎的人，会生出难以抑制的悲悯。可是，他没有办法去帮助所有人。

他想让她到自己的公司工作，又怕自己会陷入感情旋涡。他叹口气，打消念头。

他曾有过一个信念，找一个愿意陪他一起吃苦的女子，然后用他一生创造的财富善待她。可惜，不过是一厢情愿。很多次，他以为遇到了这样一位女子。他那可怜的自尊与孤傲，使他难以启齿向女子表白。之后，他发现那名女子，并不是他希望共度一生的人。

他将自己封闭在孤独的自我世界，因为他始终相信会有这样的女子出现。

他曾认为苏菲·玛索是这样的女子。可惜，这不过是自己的一种主观。

人在很多事情面前都是无力的，这种无力感深深刺痛他。他怀着极为复杂的心情，望着眼前快乐的安琪和纳荷芽，觉得自己的心里正流出黑色的眼泪。

晚上，顾之风预订餐厅吃晚餐，心里有淡淡的感伤。安琪依偎在纳荷芽身边，愉快地讲述她的感受。他给纳荷芽夹菜，心里越来越喜欢这个外表阳光的美丽女孩。他为自己的这种感情生出难以言说的痛苦，像漂浮在茫茫人海的小船，越来越难以把握自己的航向。

他的脸上堆满笑容，心里在唱一首离殇之歌。他明白真正动情的时刻，也就是必须离开的时候……他无意成为古希腊式的悲剧人物，更不想在感情脆弱时制造某种伤害。

他用看似愚蠢的行为，坚持自己内心的信仰——离开深圳，离开这个产生爱情端倪的地方。他不愿做残忍的事情，便需要调动演技来诠释这种完满。他不忍伤害眼前这个美丽的女孩，违心地做着看似欢愉的交流。他始终面带微笑，不敢让自己有丝毫懈怠。

因为内心有任何松动，他都可能为眼前的女子而放弃所有的坚持。他瞟着与安琪玩"剪刀石头布"的纳荷芽，心碎地喝着苦酒，觉得自己是这个世界上最可笑的傻瓜。

时间，犹如果冻般将所有的人事都凝固其中。他的目光穿过人群，意外看到坐在不远处独自用餐的张露。他的目光与张露的目光相遇，交织成某种无法言说的情绪。

他站起身想要过去，却发现那座位上根本没有人。错觉，他自我解嘲地苦笑。

他给分公司经理电话。不久，公司的师傅开辆宾利车过来。师傅是个留着连鬓胡的中年人，与顾之风简单寒暄几句，上车送纳荷芽回家。纳荷芽到家后依依不舍与他分别。

师傅开车将他和安琪送到家，把车停到车库，与他打声招呼，背起小包去赶公交车。

他牵着安琪的手，听到手机铃响。接听，是张露的电话。她声音苦涩地说，"之风，你能陪我去趟俄罗斯吗？我遇到些棘手的事情，现在只有你能帮我！"

三十七　蓝色之门

如童话般美丽的国度。美丽背后，凝结着独特的历史和文化。

俄罗斯是个让人向往的国度，起源于东欧草原上的东斯拉夫人罗斯部落。

顾之风从小读普希金、果戈里、莱蒙托夫、屠格涅夫、陀思妥耶夫斯基、托尔斯泰、契科夫、高尔基、蒲宁和帕斯捷尔纳克的作品，对这个国家怀有某种特殊的情感。

取护照，准备携带物品，办理出境手续。他感觉自从接完张露的电话，便鬼使神差地操办所有事情。直到登上飞机，他还有些恍惚，仿佛自己中了某种魔咒。

"公元九世纪，罗斯人被留里克为首的瓦朗几亚人征服，成为留里克王朝的臣民；二十年后，维京人奥列格建立基辅罗斯，领土包括俄罗斯、乌克兰和白俄罗斯。"

顾之风扭头，见白发苍苍的老人正给老伴介绍俄罗斯历史。祖辈们都有俄罗斯情结，因为它的前身是苏联。顾之风的母亲会说俄语，幼时偶尔会给他读

《森林报》。

他渴望母亲的陪伴，期待她给自己讲睡前故事。甚至像患有失眠症的马塞尔，期待妈妈临睡前的一个亲吻。可是很多时候，这是难以企及的奢望。童年，无法挽回的童年——出发前，他给肖正阳打电话，征得朋友同意后带安琪登机。他希望陪伴安琪成长。

张露的宿命，究竟是什么？为何要来俄罗斯，这是个未解之谜。对于这个陌生的国度，他虽然来过几次，而且有相熟的同学。可是完成张露的心愿，他没有丝毫把握。

"十一世纪中期，基辅罗斯陷入封建混战，分裂成十八个公国。十二世纪初，来自亚洲东部的蒙古军队占领基辅罗斯，建立钦察汗国。十三世纪末，留里克王朝支系莫斯科公国正式建立。十五世纪，莫斯科公国统一罗斯。十七世纪，建立罗曼诺夫王朝。通过彼得大帝和叶卡捷琳娜二世发展，俄罗斯成为东欧强国。"老头还在说，老太太笑眯眯听着。

十个多小时的飞行，漫长而无聊。顾之风坐在波音七七七的机舱，听学识渊博的老人讲俄罗斯历史……人类历史上，很多相对落后的民族会突然崛起，消灭强大的王朝，成为新的帝国。如果不是彼此消灭，而是各民族大联合，这个世界会变成何种模样？

他想起人类建造的巴别塔。洪水灭世之后，上帝以彩虹立约，不再用洪水毁灭大地。因为挪亚方舟的拯救，挪亚之子闪、含、雅弗生养形成宗族，各随他们的支派立国。那时，天下人的口音、语言都是一样的。他们在示拿地的平原，准备建造一座城和一座通天塔。

耶和华看到所建的城和塔，说："看哪！他们成为一样的人民，都是一样的言语，如今既做起这事来，以后他们所要做的事，就没有不成就的了。我们下去，在那里变乱他们的口音，使他们的言语彼此不通。"于是，耶和华使他们从那里分散在全地上。他们就停工不造那城，所以那城名叫巴别——意为"变乱"。《圣经》的故事，是否真实存在？

人类的联合，使上帝感到害怕。人类的纷争，使自身变得渺小。他联想起刘慈欣小说里的"智子"。它们限制人类基础科学的发展，使人类永远只能成为"虫子"。

我们为什么不愿联合，而是无休止地彼此伤害？我们为什么不愿互信，而是无休止地彼此猜忌？我们为什么不愿合理利用资源，而是无休止地疯狂掠夺……

他感觉想法像萦绕脑海的魔咒，盘踞在潜意识的暗处，随时随地都可能跑出来侵蚀他的表意识。他伸个懒腰，看机载电视里播放马丁·斯科塞斯执导的电影《雨果》。

安琪看腻了《彼得兔的故事》，也看腻了连绵无尽的云海，安静地躺在座位上。

他向空姐要条毛毯，给安琪盖在身上，耐心阅读斯图尔特的《贼巢》。

二十世纪八十年代，以迈克尔·米尔肯为首的金融大鳄，及伊凡·布斯基、马丁·西格尔、丹尼斯·利文等人，在华尔街建立起巨大的内幕交易网，从金融市场卷走数十亿美金，导致大量公司和个人投资者破产，并最终导致一九八七年的股市崩盘。

几年前，他曾研读霍夫曼的《寡头》。这本书讲述的是从上世纪八十年代，戈尔巴乔夫改革到普金总统执政初期，权力推手别列佐夫斯基、媒体大王古辛斯基、石油大亨霍多尔科夫斯基、银行巨头斯莫伦斯基、青年改革家丘拜斯、莫斯科市长卢日科夫，推动财富与权力的联姻，逐步控制国家的石油、电力、冶金、金融业，并操控媒体、操纵舆论的故事。

"姐姐，俄罗斯是不是用螺丝做的？"安琪仰头问，"你要去找九色鹿吗？"

"嗯，俄罗斯是个国家。那里有马鹿、驯鹿和梅花鹿，却没有九色鹿。"

"哦，没有九色鹿啊。"安琪失望地说，"为什么还要去那里？"

"姐姐去探索草原丝绸之路的历史，也去找一个人。"

"找人，什么人呀？"安琪追根问底道，"还有丝绸之路上为啥没有丝绸呀？"

张露被问得哑口无言，扭头求助地望向顾之风。

"丝绸之路嘛，因为以前运送丝绸而得名。"他问张露，"丝路与俄罗斯有关系吗？"

"有啊。西伯利亚是古丝路的重要枢纽，还有更古老的冰雪丝绸之路呢。"

"看来是我见识短浅喽。"他自我解嘲地苦笑，将目光移回书籍。

人类的进化，使独立的个人不完全依赖群体，就能在自然界中存活。人类没有演化成蚂蚁那样的社会族群，而是将个体凸显出来，产生伟人政治或英雄主义。这个过程中，普通民众的利益受到极大损害。为王朝永续，贵族权益和资本家利益得到巩固，既得利益阶层利用知识分子从思想上奴化百姓，使他们认为自己生来就是被统治的乌合之众。

人的贪得无厌，使他们想无穷无尽地占有财富。所以他们无休止地盘剥百姓，最终招致百姓揭竿而起，推翻集权暴政。随着科学技术发展，人类的野心被逐渐放大。他们开始用先进武器对其他国家进行残酷殖民统治。人性的弱点，使他们不会以史为鉴，也不会放弃个人利益，所以历朝历代都在上演少数人侵害多数人利益的悲剧。

马克思和恩格斯想通过创立的学说，改造世界。苏联是成功的实践，可惜无法规避人性弱点的社会改造，最终无法摆脱因贪污腐败而失去民心的命运。

顾之风觉得，不论多么完美的社会制度，若不能清除人们内心贪婪的蛀虫，不仅会造成宏伟的上层建筑轰然倒塌，也会给普通民众带来无法弥补的伤害。

透过舷窗，见飞机穿过厚厚云层，准备降落在莫斯科伏努科沃机场。

他轻声召唤安琪，把零散物品装进旅行包——爱马仕，神使赫尔墨斯，旅行者的守护神。飞机落地后滑行一段距离，安静下来，人们纷纷解开安全带。

顾之风背起包，帮张露从行李舱取出旅行箱，牵起安琪的手跟随旅客往外走。

整个行程像是追着太阳飞行，落地后看到夕阳照得天边通红。他拉紧安琪的手，排队等待通关。张露排在他后面，低头看手机。胖乎乎的金发女警察示意他上前。他将护照递给年轻英俊的边检员，耐心等待他仔细端详护照，缓慢地在护照上盖章。

环游世界旅行，使他消除民族偏见。对于古代中国而言，由于对他国历史了解甚少，因此产生天朝大国的傲慢，缺乏对各民族应有的尊重。岂不知，正是一次次民族融合、文化碰撞、经济交流，给中华文明注入源源不断的新鲜血液，促成中华民族多元一体格局。

在人类文明历史长河中，中华文明不是最古老的文明，也不是最伟大的文明，却是存续最长久的文明。它能够传承至今，因为特殊地理环境形成天然闭环，使它不至于被其他强大文明所摧毁；长江和黄河构成两河流域，为中华民族发展壮大提供无比优越的条件；悠久的历史文化、先进的官僚体系和人口众多，使它在发展壮大过程中可以抵御各种危险。

很多学者认为，人类文明的摇篮是幼发拉底河和底格里斯河孕育的美索不达米亚文明。在发展演变中，分化出截然不同的中华文明、印加文明、玛雅文明、阿兹特克文明。在人类起源地，不同文明犹如植物的种子，在不同地域开花结果，形成新的文明源头。

人类只有一个地球，各国共处一个世界。唯有构建人类命运共同体，才能拥有未来。

世界上不同的国家，从有利于本国的角度，来记述充满主观色彩的历史。随着信息时代到来，人们逐渐能够从全球视野正确看待各国历史，也许能逐渐从种族主义的桎梏里挣脱出来。他坚信，人类只有抛弃狭隘的观念，才能在未来面对更大的挑战。

"在想什么呢？"张露来到他身边问。

"想外星人怎么侵略地球。"他摸着鼻子调侃道。

"姐姐，你不想抱抱我吗！"安琪仰起小脸问。

"好的，抱抱。"张露甜美的微笑，将安琪抱在怀里。

"姐姐，安琪最喜欢你啦。"安琪搂紧张露的脖子，神秘兮兮地说，"安琪有好多话，要悄悄告诉姐姐。"她似乎想把积蓄心里所有的话，都说给美丽的姐姐听。

"嗯，姐姐很想听安琪的悄悄话。"张露用手轻点她的小鼻子。

顾之风望着莫斯科的夜景，想起独自来这里的情景，想起那首动人的《莫斯科郊外的晚上》。有张露同行，使他心情愉快，感觉整个旅程都焕发出异样的光彩。

他曾在童话般的城市苏兹达里，度过一段悠闲惬意的时光。那里有风光旖旎的卡敏卡河，有沿线的克里姆林宫、基督诞生大教堂、圣母修道院、圣尼古拉教堂、君士坦丁大帝教堂、木造建筑博物馆及颜色鲜亮的民宅。它们就像从童话里采撷而来，点缀在河的两岸，配上岸边画风景的艺术家，游走于草地上的耕牛，构成让人流连忘返的风景画。

大学时，他很喜欢艾萨克·列维坦、伊万·希施金和康斯坦丁·尤恩的油画。

这片神奇的土地，不仅有勒拿河柱状岩、间歇泉谷、厄尔布鲁士山、伏尔加河、大理石峡谷，还有西伯利亚明眸贝加尔湖。他曾在那里感受和谐于天地的宁静。据说湖最深处接近马里亚纳海沟，生存着贝加尔海豹、凹目白鲑、奥木尔鱼……这个信仰东正教的国家，给人静谧而美好的感觉。随着中俄关系越来越好，两国人民将和平橄榄枝编成友谊的花环。

顾之风见娜塔莎开车过来，与她亲切拥抱，向她介绍张露和安琪。

娜塔莎美丽端庄，性格开朗，不久便与张露亲昵地聊起天。她的中文说得很流利，略带些北京腔。汽车到达旅馆，他们取护照办理入住手续。晚餐选择附近的中餐馆。老板来自河南商丘，是个笑容可掬的矮胖子。用过餐，娜塔莎送他们回房间，说明天早晨过来。

安琪由于飞行劳累，洗漱后便躺在床上睡熟。顾之风冲杯速溶咖啡，用多功能转换插头接好笔记本电脑，连接酒店的 Wi-Fi，查看合作伙伴发来的电子邮件。

他的合作伙伴叫李威廉，是个有四分之一中国血统的英国人。他们是剑桥同学，能优势互补，所以合资开公司。他能够过相对逍遥的生活，很大程度得益于这位诚实正直的朋友。

人生有多少时间是生活在回忆里。他自嘲地苦笑。

他认为，西方从野蛮到文明，有数千年的历史积淀，又经过数百年的自我革新。希腊岛国，每次发动战争都需要各城邦联合。特洛伊战争，就是斯巴达王墨涅拉俄斯之妻海伦被帕里斯诱拐，迈锡尼王阿伽门农联合诸岛国，发动的大规模战争；后来雅典城邦曾联合斯巴达克斯多次抗击波斯王国入侵……男人投黑白石子的民主，成为西方民主的雏形。

他曾思忖，在中国三皇五帝时代，禅让由首领主观命定，很可能存在逼宫或美化的成分。秦始皇统一六国，建立起疆域广袤的帝国。唯有采取集权统治，才能保证政令畅通。因此以农立国的王朝，选择大一统的组织结构。汉朝继承郡县制，汉武帝时采用儒家推崇的君权至上，使皇帝成为高高在上的天子。君主制与科举制，使中国社会结构趋于稳定。

两大文明发展至今，各有利弊。求同存异，合作共赢，才能促进世界和平、稳定、繁荣。

他喝着咖啡，不知道自己想这些，究竟有什么意义。他发完邮件，关闭电源，将电脑放回包里。起身去盥洗室冲澡，使劲甩着头发，想把脑子里杂乱的想法甩出去。

晕眩中，他看到莫斯科河开启蓝色之门，那里有无数和平的天使在飞舞……

三十八　泡沫之恋

"没有正义之人就不能解决问题，没有圣徒就没有城镇。"

谢尔盖耶夫镇的名字，源于三一修道院的创始人圣谢尔盖·拉多涅日斯基。据说他联合俄罗斯各大公首次战胜蒙古帝国的军队，被人们视为俄罗斯的守护神。

谢尔盖耶夫镇是俄罗斯东正教的中心。俄罗斯有一半以上的历史都跟东正教有关。

在英国读大学期间，顾之风曾随同学娜塔莎来到这座美丽的小镇，觉得这里是神圣而有信仰的地方。娜塔莎带他参观三圣教堂，给他讲这座金顶白石墙教堂的历史。

她是个虔诚的东正教徒，排队亲吻安放圣者谢尔盖的棺木。顾之风没有宗教信仰，却被源源不断前来朝圣的信徒感动。在圣洁悦耳的圣歌声中，他曾觉得这里就是天堂。

娜塔莎听张露说明来意，带大伙去见她的祖父伊万诺夫。老人是位参加过二战的老兵，会讲不太流利的汉语和蒙古语，喜欢抽来自古巴的乌普曼温斯顿爵士雪茄。

顾之风事先向娜塔莎打听老人的爱好，给他带来几包拉欧普利西亚公牛雪茄。该款雪茄采用墨西哥和尼加拉瓜两种奢华烟草混合而成。茄衣烟叶是深色墨西哥圣安德烈斯，茄套选用科罗乔和克里奥罗两种尼加拉瓜烟叶，茄芯用的是加西亚家族种植的古巴种子烟草。

老人很懂雪茄，收到礼物特别高兴，热情地款待他们。祖母瓦列里娅依次端出冷盘、汤、热菜、茶点，尤其是红烧牛肉、烤肉串、炸肉饼、鱼子酱和红菜汤颇为美味。

黄昏时分，顾之风和老人坐在院子里聊天，娜塔莎则做必要的翻译。张露抱着安琪听老人讲述，不时陪她玩娜塔莎送的胡桃夹子和洋葱头教堂音乐盒。

老人的记忆力很好，鲐背之年还能讲出许多年轻时的故事。他喜欢给年轻人讲斯大林格勒保卫战中的经历，讲死亡在他记忆里留下的无法磨灭的创伤。他的记忆像五颜六色的玻璃碎片，听者通过不停地收集相关信息，会逐渐拼接出一个相对完整的马赛克图形。

老人记忆里总有男人的尸体、女人的哭声、孩子的残肢……他目睹德军Ju-88式轰炸机用燃烧弹将市区炸成废墟。男孩和母亲被炸弹击中，细瘦的小腿带着焦煳味落到他面前。他的耳朵在巨大的轰鸣声中失聪，无数士兵被火光与热浪抛到空中，鲜红的血液、焦黑的弹片、褐色的泥土、白色的浓烟……到处都是浑身血污的尸体以及散落的残肢断臂。

他痛恨德国人挑起战争，痛恨惨无人道的血腥屠杀。城市变成瓦砾和废墟，到处都是烧焦或腐败的躯体。虎式重型坦克在街道上肆虐，炮弹将建筑夷为平地。MG42机枪子弹在耳边"嗖嗖"飞射，将无数勇敢的士兵变成尸体。他的十几个战友被炮弹轰炸成冒烟的布片和碎肉。他的邻居伊万被子弹击中头部，鲜血和脑浆伴随弹头从后脑喷射而出。

苏联伊尔 –2 强击机给了入城的德军虎式重型坦克沉重打击。他们在街巷里躲藏，随时给入侵的德军以迎头痛击。每条街道，每座楼房，每家工厂内都发生激烈的枪战。每天都有大量士兵死亡，新的面孔不断涌现，而前一天出现的面孔都变成僵硬的死尸。他认为自己能活下来，简直就是个奇迹。有两次，他躲在残破建筑的掩蔽体下，伏击入侵的德国佬。瓦西里·柴瑟夫从暗处射杀准备偷袭的德国兵，他才知道自己早已在敌人的枪口之下。

北部工厂区、马马耶夫高地、第一火车站、巴甫洛夫大楼……所有的场地都是无情的绞肉机。老人边讲述过去，边不停地咒骂战争。战争这头贪婪的怪兽，将活生生的人囫囵吞下。他每天都活在煎熬中，不知道自己什么时候会死去。他看到身边的人，有的将杀人变成嗜好，有的在战争中变得麻木，有的在恐惧中精神错乱，有的在伤痛中等待死亡……

他时常被噩梦惊醒，迷迷糊糊走进硝烟滚滚的战场。他看到一个身穿黑袍的人，手持沾满鲜血的巨型镰刀，目光阴森地站在血肉模糊的尸体中间。他的脚边蹲伏一头巨狼……

黑袍人，巨镰，生命收割者，死神？北欧神话的巨狼芬里尔，诸神黄昏之战吞噬诸神之王奥丁。他的两个儿子，斯库尔和哈提分别追赶太阳与月亮……答案，没有答案。

"我知道那个黑衣人，他是隐藏在世界上的邪恶力量！"张露眼中弥漫恐惧。

"黑衣人，也许是种错觉。"顾之风安慰她，不由联想起看到的幻象。

"不，他们真实存在。他们就混在我们中间，并在我体内播下死亡的种子！"

323

"我相信你，不管怎样都会帮你找出那个罪魁祸首！"

"谢谢！但愿此行顺利。"

他们在伊万诺夫家休息。次日吃过早餐，去圣母安息教堂。这座教堂由伊凡雷帝下令修建，据说是仿照莫斯科克里姆林宫的圣母升天大教堂建造的。四个蓝色洋葱头圆顶，围绕着金色大圆顶。教堂里绘有大量宗教题材的壁画，其中有很多安德烈·鲁布廖夫的作品。

"老师，你快过来，这里真的好漂亮。"安琪牵着张露的手说。

"你和姐姐看吧，老师在这里等安琪。"顾之风微笑道。

张露裹着头巾，抱起安琪，请娜塔莎给她们在圣母安息教堂前拍照。

安琪很喜欢张露，黏着她在修道院里游逛。顾之风望着她们快乐的身影，感觉阳光特别明媚。顾之风和娜塔莎沿小道漫步，听她讲教堂历史，思考可能隐藏的信息。

她介绍说："五层钟楼由建筑师苏玛合与乌赫托姆斯基设计。这里曾是俄罗斯最美的建造物，也是古时候莫斯科周边最高的建筑。十月革命前，共有四十二口钟。后来大钟被拆毁，仅剩二十三口挂钟。第二层的大钟，是大牧首阿里克谢二世主持重新铸造的。"

张露带安琪去红色的圣水房接圣水。据说这里的圣水使许多身体不适的朝圣者疾病痊愈，使一位失明的修士重见光明。因此朝圣者蜂拥而至，排队等待接圣水。

顾之风觉得自己像兰登，被迫破解达·芬奇密码。不过娜塔莎更像托尔斯泰的《战争与和平》里，那位外表美丽、天真无邪的伯爵小姐——自己是她的朋友，不是安德烈公爵，也不是皮埃尔。他非常清楚，娜塔莎应该嫁给皮埃尔，那个心地善良又真心爱她的人。

安琪捧着盛满圣水的瓶子跑到顾之风身边，兴奋地说："老师，这是圣水！"

"安琪盛了满满一瓶圣水哟。"顾之风抚摸她的小脑袋。

"我要把圣水带给爸爸。"安琪小心翼翼捧起水瓶。

"这些水不能带上飞机，而且泉水存放时间久了会变质。"顾之风不想让孩子扫兴，却不得不告诉她事实。既然无法让孩子活在童话世界，就应该让她了解真相。

"嗯，我要带着它。等遇到美丽的花儿，我会用它来浇花。"安琪将瓶盖拧紧，跑到张露身边。顾之风苦笑，看来孩子没有想象的那么脆弱，是自己的狭隘限制了孩子。

修道院旁边有条斜斜的小路。本地居民摆摊卖俄罗斯套娃、胡桃夹子、博格罗茨科耶玩具、巴甫洛夫斯基波萨德头巾、霍赫洛玛餐厨具装饰画等工艺品。很多游客围观并购买喜欢的物品。顾之风给安琪买博格罗茨科耶玩具。张露买了条巴甫洛夫斯基波萨德披肩。

张露披上披肩，露出甜美的微笑。她白皙清秀的脸庞，恰到好处地烘托出美丽迷人的大眼睛。那双眼眸明亮而深邃，犹如通向无限世界的黑洞，有种摄人魂魄的力量，使人的整个灵魂沉陷其中无法自拔。她很像英国影星凯拉·奈特莉，独具水仙花般稀有的气质。

顾之风望着亭亭玉立的张露，心里漾起某种莫名的感情。这种感情与爱恋无关，是种温暖内心的微妙感觉。他有些讨厌自己性格里隐藏的刚硬而冷傲的秉性，轻叹口气，也许自己始终都自欺欺人。即使内心生出喜爱的情愫，也会被他深深地埋藏。

他的性格有喜欢独处的成分，这是独生子女的孤独——像少年的村上春树。所以他从不刻意与别人保持联系。他的心里生出诸多感情，在独处的漫长时间里被独自消化。

爱情、婚姻、金钱、财富，世俗化的观念，无法突破的罗网。人们被越来越多的条件包裹，成为没有任何感情的木乃伊。只是这爱情的裹尸布，使用更为昂贵的材料而已——莫斯科不相信眼泪。不愿成为僵尸的人，总能通过不懈努力得到自己的真爱。

印度的两极分化，造成两个分裂的世界。在印度自驾游时，他接触到很多恒河流域的平民。他们因宗教信仰而安于自己的阶层，过着贫苦而简陋的生活。他们的观念落后而保守，与富人阶层的生活形成鲜明对比。所有礼仪与时尚在贵族或富人阶层形成，而真正意义上的传统与风俗被普通民众保留。很多年轻人不断努力，还是逐渐被漏到社会底层。

他想到伊拉克的反对派、利比亚的反对派、叙利亚的反对派、埃及的反对派……那些纳赛尔的信徒及追随者，在推进阿拉伯民族主义过程中，建立起自己的独裁统治。他们没有给国家带来强盛，没有给民众带来幸福。他们用铁血、独裁、贪污、腐败，为自己培养出大量的反对者，将国家拖入战争的泥沼，将民众拖入贫困的深渊。

在中国古代社会，曾出现过世卿世禄制、征辟制、军功制、养士制、察举制、九品中正制、科举制……既出现过阶层固化，也出现过选贤任能。尤其是科举制，使各阶层频繁轮替，保证古代社会相对稳定；使精英人才效命朝廷，保证国家基本稳定。

农耕民族与游牧民族，在中华文化大背景下交融互鉴，融合成中华民族共同体。

哪种社会制度更优越，他不敢妄加评论。他认为，对于普通人而言，他们希望得到更多的机会，改变现有的人生。他想起那些用着上几届学生留下的破旧课本，连铅笔和橡皮都买不起的伊拉克孩子。他们求知若渴的眼睛里，透出对美好生活的无限向往。

知识改变命运。他很同情那些可怜的孩子，却无法真正帮助他们。他们从天堂的某个角落降生人间，睁开双眼便要面对冷酷的人世。他们渴望用知识来改变命运，可无情的战争摧毁他们所有的梦想……他无法理解，人们并不缺衣少穿，为何要为自己活得更舒服，而来剥夺别人的幸福与生命。人道主义，莫非就是博取眼球的文字游戏？

他隐约看到黑衣人用锋利的镰刀，割碎奥斯曼帝国、奥匈帝国的版图，又割开朝鲜、印度、苏联等国的领土，将仇恨的种子播撒地面。他露出狰狞的笑，声音里满是得意。

他走过去，见张露与娜塔莎在聊天，安琪在用圣水浇一株向日葵。梵高的《向日葵》，插在花瓶中的向日葵。一个荷兰画家，将俄罗斯的国花画成生命特有的样式。

他曾很刻苦地学习各种知识，付出比别人更多的努力。他掌握可以改变命运的知识，却陷入无望的泥沼苦苦挣扎。他很讨厌现在的自己，像个丧失信仰的人，内心流淌出足以将他冻僵的冷漠——梵高将内心的火焰变成向日葵，在冰冷的灰烬中走向自我毁灭。

那是怎样的心境，三毛失去荷西时会是怎样的心境？一个人在医院的马桶上将自己勒死，她的内心得多么荒凉而寒冷。没有丝毫热度能温暖生命，死亡会变得麻木而冷静。

顾之风望向道边的植物，希望自己能够像植物般拥有生命却没有思想。

他不奢求书本或影视剧里风花雪月的爱情，只想有一位贴心的伴侣。此刻，瞧着远处的张露，他心里生发出萌动的思想。他为自己的想法感到赧颜，强迫自己从遐想中挣脱。

娜塔莎接电话，随即招呼大家到教堂外的餐厅吃午餐。俄式餐厅，侍者端上奥利维耶沙拉、甜菜丝鲱鱼沙拉、小块焖牛肉、熏肠、黑面包、草莓果酱、奶酪糕、蜜饼和罗宋汤。安琪很喜欢这些食物，吃得比平时多。吃过午餐，娜塔莎说要带大家去弗拉基米尔。

顾之风躺靠在座椅里，听娜塔莎讲俄罗斯的奇闻逸事。她绘声绘色地讲彼得大帝去西欧学徒、叶卡捷琳娜二世雄才大略、普京总统的各项改革……她邀请大家表演节目。安琪抢着唱《铃儿响叮当》，娜塔莎哼唱《喀秋莎》，张露唱了首《泡沫》，歌声幽婉触动心弦。

"美丽的泡沫，虽然一刹花火，你所有承诺，虽然都太脆弱，但爱像泡沫，如果能够看破，有什么难过……再美的花朵，盛开过就凋落；再亮眼的星，一闪过就坠落……"

泡沫。无数向蓝色苍穹飞升的泡沫，在空中碎裂成坠落的水滴。苍狼，白鹿，遥远的图腾，破碎的梦——顾之风听着忧伤的歌曲，心里生出某种不祥的预感。

三十九　玫瑰之约

当美妙的黑暗将帷幕，

静静地张开在他们头上，

当时间推动着指针，

在缓慢的时钟上徜徉，

当自然那幸福的宁静中，

只有爱情还没有入睡，

……

——普希金《给丽达的信》

在莫斯科周边，由西向东，谢尔盖耶夫、佩列斯拉夫尔—扎列斯基、罗斯托夫、雅罗斯拉夫尔、科斯特罗马、伊万诺沃、苏兹达里和弗拉基米尔八个城镇组成金色的环形。这些古镇都有东正教教堂，金色洋葱头尖顶，被俄罗斯人诗意地称为"金环小镇"。

在改信基督教之前，斯拉夫人信奉主神斯文托维特、雷神佩伦、冥神维列斯和月神西丝拉伯格。这些神祇逐渐被人遗忘，消失进宇宙原始的混沌……神的反抗，是想永远留在人们的心里。可是喜新厌旧的人类，以科学驱逐众神，将自己树立为神。

顾之风没有符号学方面的知识储备，对宗教绘画也没有深入研究。他只能根据吉卜赛女巫水晶球的启示，以及自己的感知和张露提供的信息，来寻找关于黑衣人的线索。

在走向波克罗夫教堂的乡间小路，可以看到天边的云彩漏下神圣的光束。教堂犹如高贵的白天鹅，典雅地矗立在涅尔利河岸边。雾气缭绕的河面投映教堂优美的倒影，两位美丽的俄罗斯姑娘在河边聊天，犹如希什金的古典油画中站着柯罗油画里的仙女。

娜塔莎说："俄罗斯民众重新皈依东正教。他们将苏联的社会主义称为不成功的'社会改革'。对于民众而言，无法带来实惠的政党，无法用口号使他们长久维持一种信仰。"

"人类总是信仰比他们更强大的力量。当人类借助科技拥有力量，便抛弃最初的信仰。但他们无法超越生死。由于对永生的渴望和对死亡的恐惧，他们依然需要宗教信仰。至于哲学可以启迪人的心智，却很难长久成为一种信仰。包括中国的儒教。"

"如果没有神话，地球不过是颗悬浮的行星，月亮不过是颗坑洼的星体。人类孤独地生活在地球上，自以为是地摧毁赖以生存的母体，骄傲而绝望地走向灭亡。"张露感叹。

"从旅行者一号传回的照片上，地球不过是宇宙沙海中的一粒沙子。"

"宇宙从何而来，我不相信某些科学家的推测，不相信宇宙大爆炸。我相信某种更伟大的力量孕育浩瀚宇宙。宇宙中存在很多生命体，甚至存在平行宇宙。几十万年可以诞生人类奇迹，那么百亿年的宇宙，肯定诞生过更多奇迹……即使地球，也曾孕育很多奇迹。"

顾之风听娜塔莎如此说，不觉想到自己的梦境和记忆的种种异象。在弗兰基米尔镇，他曾参观白石建筑金门、圣母安息大教堂、德米特里耶夫教堂，油然产生一种神圣感。

安琪不满地嘟哝："大人们就喜欢说小孩子听不懂的事情，真讨厌！"

张露抚摸孩子的小脑袋，将她抱在怀里："我们冷落安琪喽！"

"姐姐，这座教堂好美丽，安琪好想留在这里。"

"安琪为什么要留在这里？"张露好奇地问。

"这里像安琪梦见的地方，河边有九色鹿、白狐和黑色的狼。"

张露脸色骤变，诧异地盯视安琪，声音颤抖地说："宝贝怎么做这样的梦？"

"我也不想做奇怪的梦，可是总会做奇怪的梦。而且我在生病时，看到一个穿黑衣服的叔叔，说要带我去很遥远的地方，不让我告诉别人……"安琪略带惊恐地说。

"原来是这样……"张露眼中积蓄复杂的情绪。

几名中国游客跟团参观教堂，其中两人面红耳赤地争论着什么。顾之风稍加留意，弄清楚他们在争论俄罗斯与中国的关系。秃顶老人说："我们和俄罗斯的关系好得很哪！"

戴礼帽的老人反驳："世界上没有永恒的敌人，也没有永恒的朋友，只有永恒的利益。康熙年间，彼得大帝派兵入侵中国，签订《尼布楚条约》，实际上将北方大片土地，通过条约的方式划给了沙俄；道光年间，沙俄出兵逼迫清廷签订《瑷珲条约》，割占黑龙江以北、外兴安岭以南六十万平方公里土地，还强占海参崴港口作为海军基地……"

"那是沙俄,不是苏联,更不是现在的俄罗斯!"秃顶老人气呼呼反驳。

"都一样!咸丰年间,签订《北京条约》,割让乌苏里江以东四十万平方公里土地;同治年间,签订《勘分西北境草约》,霸占巴尔喀什湖以东四十万平方公里土地;《伊犁条约》和勘界议定书,侵占中国北疆七万多平方公里领土……中国强大,才能不受欺辱!"

顾之风望着高谈阔论的老人,不禁想起曾留学法国的外祖父。外祖父是个温文尔雅的人,爱读书,不喜多言。少年时,他听过很多外祖父从国外带回的老唱片。他的壁橱至今收藏着外祖父的《月光》《曼多林》《小夜曲》《星光之夜》等唱片。他目睹外祖父离世,看着生命气息从他的鼻孔呼出,一滴眼泪从他左边眼角滑落。他的眼皮微动,再也无法睁开。

他感到外祖父布满褶皱的眼皮下,黑色眼睛想再看看这个世界;感到那颗浑浊下坠的眼泪,满含对于人世深深的眷恋……他为何能感知,连他自己也说不清楚。

有段时间,他的叛逆曾经化作一种自毁的怨怼。他用不合作来抵抗父亲的专制,用桀骜不驯来反抗家族的安排。他在国外接受嬉皮文化,过放荡而无节制的生活。

他存放世界禁曲《忏魂曲》《第十三只眼睛》《黑色星期五》,禁播电影《杀人不分左右》《魔法圣婴》《不可撤销》《切肤之痛》《战舰波将金号》《意志的胜利》,以及《七宗罪》《猜火车》《蝴蝶效应》《穆赫兰道》《死亡幻觉》《记忆裂痕》之类的影碟。

他以为自己会死于某些冥冥中的灾难,或者被某种神秘力量攫取灵魂。他能看到内心深处陷入绝境的自己,总有一个声音牵引他从无底的黑暗走向光明。

他和朋友李威廉合作创建公司。他们用知识与智慧来赚取财富，用年轻人特有的方式来挥霍财富。他们享受挥霍金钱带来感官的刺激，也承受物欲无法满足的灵魂孤独。

除非公司有重要事务，他才会与李威廉进行必要的会面。多数时间，他们都是以各自的方式工作和生活。他在网上和客户洽谈业务，也在网上和李威廉进行沟通。

他感到网络正在吞噬正常的人际交往，使所有情感都变成计算机冰冷的程序。

他的合作伙伴李威廉，有个吸毒成瘾的嬉皮士父亲。他父亲反对民族主义和越南战争，曾目睹美国大兵屠杀越南平民，患上严重的"战后心理综合征"。他与趣味相投的流浪者组建"流浪人之家"乐队。后来因为丧失信仰，而变得终日酗酒和吸食大麻。

李威廉由母亲抚养长大。他接受过良好的教育，有自己独立的思想，是英国 IT 界的奇才。可是，他无法摆脱父亲遗传的影响，性格放荡不羁，而且疯狂地喜欢摇滚乐。

他们最初成为朋友，就是因为音乐上的共同爱好。他们有相似的灵魂，也有截然不同的性格。他们都喜欢冒险，都喜欢极限运动。偶然的机会，他们接触到一个独自跋涉的行者，改变他们对生活的认知。那个人叫史蒂芬·纽曼，是徒步环球世界纪录在案第一人。

他曾经晦暗的生活，被对未知的好奇和与生俱来的征服欲刺穿。他尝试走进自然、感受自然、领悟自然，重新认识那个渺小而狂傲的自己。他从不后悔自己的任何经历，那些经历丰富了他的生命。他学会克制、学会珍惜、学会善待、学会宽容，生活变得健康而有节制。

旅行为他打开一扇窗，开阔他的眼界，也锻造他的意志。他清楚自己选择旅行，源于对现实社会的深深失望。可是他对这个世界充满美好的期望，所以用自己的方式来面对整个世界。他不愿效仿别人，也无意被盲目同化。他以自己的方式，过自己的人生。

这一切，在张露出现之后，被毫无征兆地打破。时间软化了他的感情、他的意志、他的心。他开始明白，除去坚硬而冰冷的外壳，他的心比任何人的都更柔软。

喜欢乃至爱一个人，原来不需要日积月累地生成发酵。而只是内心深处被短暂相处甚至某个瞬间的感情激发，就会爆发出让人难以抗拒的力量。这份被激发却没有归属的爱，肆无忌惮地摧毁他的内心。那份郁积的能量无处释放，使他变得封闭而忧郁。

他开始介意自己的年龄，开始怀念青春的岁月，开始收敛性格的锋芒，开始期待温情的生活……他想起年轻的肖正阳，也想起美丽的安姝婷。安姝婷像众神赐给肖正阳的潘多拉，美貌背后是无休止的厄运。可是自己呢？他难以亲近任何无法打动他的女人。

这种爱情洁癖，成为他的魔咒，使他无法随便恋爱，也无法玩弄感情。然而，当张露在他心灵之堤凿开小洞后，那道固若金汤的堤坝，被积聚的感情冲击得荡然无存。

他不愿被这种软弱与无助摧毁，心里激发出前所未有的愤懑。他早已过了愤青的年纪，可是内心仍存有愤怒。他感到有无数道无形的墙挤压他，使他压抑而恼火。

也许，爱情从来都是悲剧。就像《罗密欧与朱丽叶》《乱世佳人》《魂断蓝桥》《人鬼情未了》和《泰坦尼克号》，不能"有情人终成眷属"。他觉得事业上的成功，不能弥补婚姻上的残缺。他望着逐渐昏暗的天光，无法抑制内心不断涌出的想法。

安琪牵着张露的手，在河边捡石子打水漂。娜塔莎走过来，与顾之风聊起过往。在剑桥的岁月，犹如被洇湿的泼墨山水画，已然在多愁善感的心里变成模糊的影像。

娜塔莎凝视顾之风，诚挚地说："你要保护自己，那个女孩很危险！"

顾之风不知她何出此言，苦笑，没有回答。

离开波克罗夫教堂，在中餐馆吃晚餐。餐厅装修古香古色，上海菜做得还算地道。餐后，娜塔莎带他们到预订的酒店休息。娜塔莎和张露住一间房，顾之风带安琪住一间房。

顾之风冲杯咖啡，望向窗外迷人的夜景。他不清楚张露是要找俄罗斯的苍狼，还是找散落的匈奴狼图腾。他有一种预感，那个黑衣人与黑狼存在某种神秘的联系。

安琪请他给她讲故事，他给孩子讲《神笔马良》。当听到马良的神笔，安琪仰起头感叹："老师，我要是有支马良那样的神笔就好哩。"

"安琪为什么想要神笔？"

"要是有神笔，我就能给自己画个妈妈了……"

顾之风听孩子的话，感到扎心的刺痛。

他讲完故事，带孩子到盥洗室洗漱，给孩子抹儿童霜。他从旅行箱里取出折叠盆，放热水让孩子泡脚。安琪仰头问顾之风："老师，我可以不脱袜子洗脚吗？"

"不可以，安琪为什么要这样做？"

"因为不脱袜子，我脚脚也洗了，袜袜也洗了，多好呀。"

传来短信提示音，顾之风取手机打开，见是张露的信息：我在酒店楼下，等你。

张露为何要发这种信息？他去阳台打开窗户，看到张露在楼下的花坛前徘徊。他用毛巾给安琪擦脚，将她抱到床上，问她可以不可以自己睡。他说："老师下趟楼，安琪找老师的话，在窗口喊一声，老师就会上来。"安琪乖巧地点头同意。顾之风穿外套下楼。

张露穿一袭优雅的 Dior 翠绿色绸缎长裙，喷了兰蔻珍爱午夜玫瑰香水——这款香水有梦幻般紫色光晕。它与代言者艾玛·沃特森有浑然天成的美好。

苏菲·玛索曾为 Dior 的化妆品代言。那种成熟女人的魅力，至今仍在他心头萦绕。

此刻，张露的某种神韵，颇像苏菲·玛索。她系了条爱马仕橙黄色绣花丝巾，提着路易·威登手包，亭亭玉立地站在花坛前，更彰显出那种与生俱来的稀有气质。

顾之风心里产生某种微妙的变化。他感觉自己的心被捆绑，始终无法释放。

张露露出甜美的微笑，略带腼腆地说："我们可以到旁边的咖啡厅小坐会儿吗？"

"安琪独自在房间。"顾之风抬头望向房间的窗户。

"安琪那么乖，我们很快就回来。"她伸出纤纤玉手，牵起顾之风的手走向咖啡馆。

顾之风略作迟疑，随张露进入咖啡厅，点了两杯俄式咖啡——热的摩加佳巴。张露安静地坐在沙发里，默默注视顾之风。顾之风很不适应这种略显尴尬的氛围。张露给自己的咖啡加入方糖，用咖啡匙轻轻搅动。顾之风望向窗外，有些担心独自在屋里的安琪。

张露，人生若只如初见。人生是多么的偶然而不可回溯。对于记忆好的人，又是多么的无奈。面对眼前的女子，他感到心隐隐作痛——这是美好得令人心痛的女子。

张露安静地喝咖啡，美得像一朵含苞待放的"英伦玫瑰"，优雅而带着神秘的诱惑。顾之风喝口咖啡，努力驱除心里的担忧，用心享受这位美丽女子陪伴的温馨氛围。

人要离开父母与妻子连合，二人成为一体——创世纪，给人的启示。他无法停止胡思乱想。自己的忧郁，产生于源源不断的想法。真正面对张露，才发现完全没有想象中的悲伤。

"约我出来，莫非只是一起喝杯咖啡？"顾之风试图打破僵局。

"谢谢你，陪我来俄罗斯。"张露斟酌良久，用明净深邃的目光凝视他，犹豫不决地说，"之风，如果有人与魔鬼签下契约，你是否愿意拯救他的灵魂？"

四十　水晶之心

丘吉尔有句名言，成功就是不断失败，而不丧失热情。

顾之风呷口咖啡，不知为何想起这句话。浓厚的咖啡味，热情激烈的口感。这种高热量饮料，适合在寒冷的冬天饮用。喝了四百多年的茶，俄罗斯中产阶级逐渐青睐咖啡。

咖啡，源于埃塞俄比亚的植物，以其独有的"热情与力量"，征服世界各地的人。

他专程去过圣彼得堡的文学咖啡馆，位于涅瓦大街、大马尔斯卡亚街和莫伊卡街的交汇处。据说普希金、莱蒙托夫、陀斯妥耶夫斯基、舍夫琴科等名人曾是那里的座上客。

如今，他喝着咖啡，望着眼前忧郁而美丽的女子，陷入无可奈何的感伤。

魔鬼契约，浮士德与梅菲斯特的契约。顾之风无法准确理解这句话的含义，他的眼神冰冷如刀想刺破重重迷雾，可惜未能看清任何真相。他声音干涩地问："什么意思？"

"没什么，一种拙劣的比喻而已。"张露苦笑，低下头。

"我曾多次见到黑衣人。本以为是自己的幻觉，没想到真实存在。"

"那些腐蚀人心的东西始终存在。它们使人堕落，使世界变得污秽……"

顾之风轻轻叹口气，感觉自己从来都不了解眼前的女子。如果她与魔鬼签订契约，自己是否愿意拯救她的灵魂？哪怕付出生命的代价。他想起马嵬驿的杨贵妃，想起抛弃挚爱的唐明皇——霓裳羽衣舞，消失于无爱的历史尘埃。

历史，会被眼前的事物冲刷。随着经济快速发展，很多美好的事物被抹去。在古老的丝绸之路，许多民族放弃传统、放弃信仰、放弃记忆，最终成为忘记来时路的一群人。他想到八剌沙衮，那个曾被认为是世界中心的城市。如今，它成为世界上被遗忘的角落。

九色鹿，为何不是儒家的麒麟，或者道家的瑞兽青龙、白虎、朱雀、玄武。

他与张露交谈，总有某种不真实感。若非那黑衣人曾数次出现，他会把这种玄而又玄的事情，看作是某个疯子的臆想。可是，张露为何会纠结起黑衣人和苍狼的事情。

当微商和网购，成为一种时尚；手游和视频，成为一种追求；低头族和啃老族，成为一种大众现象……大量的时间，在无意义的行为中流失。人们在喧闹中迷失，成为彼此隔绝的存在。黑暗中，有多少人与恶魔签下契约，以实现心中不可告人的企图。

沉默，伴随无尽遐想。顾之风盯着张露，心里弥漫无解的问题。

"我总梦见一匹白狼和一匹黑狼，不停追杀三个男孩和一个女孩。他们拼命跑向一座柏树木高台，可是就像进入克莱因瓶般重回原点。两个男孩受伤，女孩无助地哭泣……"

"为何会做这种梦，我是说它有什么寓意？"

"那个女孩，应该是我的前世。为什么被追逐，我也说不清。"

"亚利桑那州塞多纳被美洲土著称为'纳万达'。据说沙漠红岩'众神之门'，可以把人传送到另一个时空。英国有位多萝西·艾迪，总做奇怪的梦。她称自己是古埃及祭祀转世，凭记忆帮考古学家发掘埃及遗址。这个世界上，有很多未解之谜，包括我们的梦境。"

"你是个有故事的人。"张露喝口咖啡，话里透出悲凉。

"每个人都有故事，说与不说而已。"顾之风心里涌起莫名的怜惜。

"自从与你邂逅，不知为何，总会莫名其妙地想念一个人。"张露轻咬嘴唇，美丽的眼眸掠过一缕薄如蝉翼的忧伤，令人怜爱，却不知如何抚慰。

顾之风察觉到她眼中的情绪，轻声咳嗽以掩饰慌乱，岔开话题道："你寻找的黑衣人，还有苍狼，是否就是梦境中的男孩，还有追赶你们的白狼和黑狼？"

"也是，也不是。不知从何时起，黑衣人就出现在我的周围。他像一个幽灵，似乎想向我传递某种信息。唉，何必为这些事烦心——你没有拒人于千里之外，能陪我来俄罗斯，我就很开心啦。"张露站起身，像只从芦苇上飞起的翠鸟。

她身材健康而匀称，充满青春而成熟的魅力。那种美，像一朵盛放的郁金香，浑身散发优雅而醉人的芬芳。这是来自天然的美，有动人心魄的魅力，从每一个毛孔、每一寸皮肤散发出来。灯光下，看似白嫩细腻的皮肤，犹如无瑕白璧或者细腻温润的白瓷，优美得令人不忍触碰——她，确实是位让人内心悸动的俏丽佳人。似乎今晚，他才发现这个秘密。

顾之风努力收回眼光，抑制心里涌动的不恰当的情欲。

"好嘞，我们该回去哩，不然安琪该着急喽。"张露唤侍者结账。

她凝望顾之风，那双清澈而美丽的眼睛，有种无法言说的柔情蜜意。

爱，总会不经意带来伤害。顾之风爱恋地望着张露，感到来自心底的痛楚。

回到房间，安琪已经蜷缩在床里睡着。顾之风有些自责，轻轻给孩子盖好被子。

冲完澡，他躺在床上翻来覆去无法入睡，拧开床头灯，重读加缪的《西西弗的神话》。很长时间，他非常认真地读加缪的《局外人》和《鼠疫》。他从加缪的作品里，感到存在的孤独、冷漠、不安、恐惧与无奈，也感到人道、正义、勇敢、反抗和关爱。

他觉得，能耐心把《源氏物语》《红楼梦》写完的人，内心一定沉静如水。每本用心灵写作的书籍，纵然没有与作者对照的人物，也一定以某种方式表达了作者灵魂深处的感悟。这样的文字能够让他的心静下来，使他的生活节奏变慢，慢得可以与灵魂散步。

在巨大的孤独中，他曾耐心地读完普鲁斯特的《追忆似水年华》、乔伊斯的《尤利西斯》、穆齐尔《没有个性的人》、西蒙的《弗兰德公路》、品钦的《万有引力之虹》、佩雷克的《人生拼图版》、帕维奇的《哈扎尔辞典》和马尔克斯的《百年孤独》。

孤独是种能力，他不想拥有这种能力。熄灯，躺在黑暗的房间，心里漫上死亡吞没生命的恐怖气息。他感到生命消失后，自己所有的思想、感情、记忆，都将毫无声息地消失。

如果未来生物技术和基因工程，可以使人的大脑器官得到保存，或者植入其他物质的身体、嫁接机械义体，但是没有亲人、朋友和恋人，生活将会变得多么陌生而恐怖。

他无法想象，身边这个稚嫩的孩子，终有一天，也会衰老甚至死亡。生下她，莫非就是要将她交给死神？他看到黑衣人露出的狞笑，从枯骨手指上坠下鲜红的血液。

有一天，随着恒星的毁灭，人类所有的一切都会被烈焰吞没。那时，他多么希望自己的身边躺着一个女人，一个可以温暖他灵魂的女人。他扭头望向朦胧中熟睡的安琪，感到有种莫名的踏实。孩子是人类的希望，小小身体里蓄积改变未来的无限可能。

他起身倒杯热水，坐在沙发里翻看手机。韩晓冉发的朋友圈，有薛佳琪的照片。多数是在重庆、乌鲁木齐、依列茨克、莫斯科和杜伊斯堡拍的，身后还有中欧班列。

薛佳琪，已出落成一位真正的美人。她像一枝馥郁的玫瑰，散发怡人芬芳。

中欧班列，驰骋在"渝新欧"铁路上的国际联运列车。这些集装箱装满货物的"钢铁骆驼"，正沿着铁轨开辟出新的开放之路、繁荣之路，把中国的善意带到欧洲各国乃至世界各地——薛佳琪呢，她去过很多城市，是参与铁路建设，还是开展对外贸易？

"有时候读书，是为了印证自己的存在。不管什么书，总能在某些时候唤醒人沉睡的灵魂。"他曾对薛佳琪发表过故弄玄虚的言论。思绪像泛滥的潮水，不断在脑海翻涌。

"我觉得你说的话富有哲理。"薛佳琪坐到他身边，用那双明亮的天使之瞳盯着他，"我喜欢你，也许因为我从内心深处，一直崇拜你，心甘情愿沦陷，无法自拔。"

为何会想到薛佳琪，他听到来自另一个自己的嘲笑。长时间的孤独摧毁他，使他深陷自我的世界，不断沉坠。他喜欢来自薛佳琪崇拜的眼神。在父母那里，无论他获得什么奖项、取得什么成绩，都只能受到严苛地打击。即使没有可批评的，也会被批评不该骄傲。

这种无休止地打击，使他的心里产生深深的自我怀疑。虽然他表现得骄傲而冷漠，但是内心深处总有无法抹去的自卑——正因这种自卑，他付出比别人更多的努力，来一次次证明自己的优秀。可他明白，真正的优秀是无须证明的。

他想起宫崎吾朗，曾执导《地海战记》《来自虞美人之坡》，却从未得到父亲宫崎骏的认可。一个孩子，多么渴望得到父亲的认可。可是所谓"伟大的父亲"，从未给孩子应有的尊重。不知为何，他牢牢记住薛佳琪的话，那些发自内心的告白是黑暗中的蜡烛。

随着年龄的增长，他的心变得柔软而脆弱。他一直以为自己很坚强，内心足够强大，可以凭借超人的毅力和坚韧，来完成别人不可能完成的事情。可是，他逐渐明白，那不过是想摆脱家族来证明自己，从小到大依靠自己的力量孤独地面对世界所形成的假象。

他用心理暗示使自己相信，自己坚韧而强大，甚至多数时候会变得犀利和冷血。

当他独处时，才隐约感到内心的柔软。他需要寻找快乐，以得到心灵的宁静。

闲暇时，他会一遍遍看河森正治的《超时空要塞》、鸟山明的《龙珠》、车田正美的《圣斗士》、北条司的《城市猎人》、井上雄彦的《灌篮高手》、岸本齐史的《火影忍者》、尾田荣一郎的《海贼王》……他会冲好咖啡，惬意地享受动画带来的单纯快乐。

有天深夜，他看高畑勋的《萤火虫之墓》，彻底崩溃。他看到可爱得让人心碎的小女孩节子，因饥饿而死去时，眼泪决堤般夺眶而出。他感到胸口压抑，无法呼吸。他不知该如何排除这种情绪，浑身颤抖，几乎被悲伤溺死。那只装有糖果的小铁盒，那碗用糖果冲出的水，那些漫天飞舞的萤火虫，那份战争时期的兄妹情深……汇成茫茫无际的悲伤之海。

他诅咒战争，诅咒军国主义。他多么希望，有个人可以听他的倾诉。他拿起电话，不知道该打给谁。深夜，他怅怅吐气，胸闷而悲怆。节子躺在床上吃哥哥买回的西瓜，拿用泥土做的食物给哥哥吃的场景，绞碎他的五脏六腑。他不敢看那些画面，流着泪躲进客厅。

他望着灯火阑珊的夜景，明白他的心远比想象的软弱……可是，他无能为力。

那时，他多么希望有位女子陪在身旁。他感到巨大的孤独，让人无法抵御。他多么希望可以进入影片去照顾可爱的节子，可以帮助饱受战火蹂躏的兄妹脱离困境。他不敢打开播放器。他怕悲伤再次摧毁理智，唯有不断奔泻的泪水可以冲淡浓得化不开的忧伤。

若不是凌晨强迫自己看宫崎骏的《龙猫》，他真不知该如何挨到天明。

他不知为何会忽然想起这些。有一位能够理解自己的女子，也许生活会变得温馨而美好。他想起在阳光小区，用唱机播放仓木麻衣的音乐。那种穿透灵魂的声音，曾舒缓内心的忧伤。

薛佳琪，曾是那样纯净透明。那颗水晶般的灵魂，残留被他伤害过的条条伤痕。

"每个柔弱美好的女子，都是坠落凡间的天使。她们为爱降生，一次次积蓄勇气，为心中的梦想拼尽全力勇往直前。"薛佳琪眼神里满是痴迷与崇拜，甚至浸渍着悲伤与痛楚。那种眼神曾经膨胀他的虚荣，使他的行为带有忘乎所以的幼稚——伤痛割碎灵魂。

"我感觉自己配不上你，可是我就是阻止不了自己喜欢你！我好无助……"晶莹的眼泪，大颗大颗从薛佳琪面颊滚落。现实与记忆，混杂的真实。他发现，自己所认识的留在记忆里的"薛佳琪"，在现实中，早已因生活与阅历不断丰富而悄然蜕变——那种被曾经记忆遮蔽的变化，那颗曾经纯净圣洁的水晶之心，已实现"丑小鸭"向"白天鹅"的蜕变。

为什么要想这些？既然陪张露寻找黑衣人，为何不祝愿那株看似平凡无奇的睡火莲，幸福而自由地盛开在某个地方。经过时间洗礼的薛佳琪，成为有着优雅高贵与独特魅力的格兰蒂亚之花不好吗——他苦笑，觉出自己的虚伪，默默送出祝福。

"男人都很虚伪，所谓一见钟情，首先是钟脸。没相貌，谁会关注你的灵魂。"他想起韩晓冉的话，发觉自己也是以貌取人的外貌协会成员。

他曾经认为，结婚是为获得幸福；如果结婚会变得不幸，那么就没有任何必要。

或许，他这样想也是种固有的思维习惯。他将爱情过分神圣化，把目光投向天际，所以忽略近在咫尺的风景。人心是捉摸不定的东西，跟从欲望，只会成为情色的奴仆。

他将手机丢在茶几上，给翻滚的安琪盖好被子，回床睡觉。

在不眠之夜，他饱尝失眠的滋味，听到内心深处的呻吟。自己究竟想要什么，他感到迷茫。黑暗中，他听到天文学家卡尔·萨根的话，"一个微小的蓝点，那便是人类赖以生存的地球"，每个人"都住在这里，一粒悬浮在阳光下的微尘上"。

四十一　温馨之夜

圣彼得堡，被称为俄罗斯的"北方首都"。

十八世纪初，彼得大帝在涅瓦河三角洲的兔子岛上修建彼得保罗要塞，以防御瑞典军队的进攻。后扩建为城市圣彼得堡，并将首都从莫斯科迁到这里。

"圣彼得堡见证俄罗斯帝国最辉煌的时代，是当之无愧的俄罗斯灵魂。据说彼得大帝为建造这座城市，向过往船只征收石头税，才用石头垒起这座城。"娜塔莎介绍。

沿着涅瓦大街，徒步可以到达坐落在圣彼得堡广场上的圣伊撒基耶夫大教堂。

"这座教堂由法国建筑师蒙费朗设计，耗时四十多年修建而成，与梵蒂冈的圣彼得大教堂、伦敦的圣保罗大教堂和佛罗伦萨的圣母百花大教堂并称为世界四大圆顶教堂。"

娜塔莎带领顾之风、张露和安琪，踩着两百多级台阶登顶，俯瞰尼古拉一世青铜像、玛丽亚宫、阿斯托利亚酒店、海军总部、十二月党人广场和涅瓦河的风景。

"这里的房子都是用石头建造的吗，真漂亮！"安琪站在楼顶感叹。

"多数都是用石头建造的。如果有损毁，会按原来的设计图修缮或重建。"娜塔莎说。

"十二月党人广场原名元老院广场，为纪念十二月党人试图推翻沙皇专制和农奴制的武装起义而改名。十九世纪二十年代，佩斯捷利、穆拉维约夫—阿波斯托尔、霍夫斯基、雷列耶夫等青年贵族军官，受法国资产阶级革命的影响，发动了这场流血政变。"

顾之风读过《欧洲史》，认为拿破仑影响并改变了整个世界格局。

拿破仑战争，使英国失去汉诺威领地，使德意志诸国得以统一，使神圣罗马帝国被摧毁，使俄国获得大量欧洲土地……形成维也纳体系，俄、普、奥三国组成"神圣同盟"主宰欧洲，英国实现海外殖民利益最大化，欧洲各国加快海外扩张，掀起侵略亚洲的高潮，影响美洲殖民地格局。十二月党人革命，也是受拿破仑影响，由俄国青年军官发动的武装革命。

熵增定律，克劳修斯的热力学定律。玻尔兹曼大脑，路德维希·玻尔兹曼的假想——"如果已知的低熵态宇宙是来源于熵的涨落，那涨落中也应该会出现许多低熵的自我意识，比如一个孤单的大脑。"碳基生物，硅基生命，未来永恒的生命体。他想起人类历史上绝无仅有的全才列奥纳多·达·芬奇，想到被神启示的数学天才斯里尼瓦瑟·拉马努金……

童年，他像个孤独的囚徒，在书房里一遍又一遍读屋里的藏书。他憎恶这个世界，不知父母为何要生下他。既然生下他，为何不管他？他幼小的心灵，时常被悲伤吞没。

他少年的叛逆，源于内心深处的憎恶。他仿佛站在命运的十字路口，向左走或向右走，最终将决定他会变成天使或魔鬼。所幸他没有成为魔鬼，而是变成一个特立独行的人。

他们在蜿蜒的小路上漫步，观赏广场中央竖立的彼得大帝骑马雕像。

安琪用崇拜的眼神眺望彼得大帝青铜雕塑，牵着张露的手快乐得像只百灵鸟。

"这块四百吨重的天然花岗石是在芬兰发现的，当年叶卡捷琳娜二世悬赏七千卢布，让数百名农奴把巨石拖出沼泽，用巨木滑行一年多拉到芬兰湾，用木排经水路运达广场。"

权力，使百姓成为草芥。人类欣赏的无数宏伟工程，都是用百姓的生命筑造的。

娜塔莎热心地向几人介绍圣彼得堡的文物古迹，颇像一位资深的导游。

安琪在街道跑来跑去，如同翩翩起舞的蝴蝶。她自从见到张露，便黏着张露形影不离。她撒娇地让张露抱，搂住张露的脖子，亲昵地说："姐姐，现在我和你融为一体。"

"这可不是融为一体，只能算是黏在一起。很小的时候，安琪在你妈妈肚子里，那才是真正的融为一体。"张露用手指轻戳她的小鼻子，温柔地说。

"我在妈妈肚子里？小时候，是不是妈妈把我吃掉哩，所以我俩融为一体。"

"这个……"张露求助地望向顾之风，不知该如何回答。

"那咱俩黏在一起吧，用很黏很黏的胶，扒都扒不开……"安琪笑着说。

冬宫艾尔米塔什，曾是叶卡特琳娜二世的私人博物馆。他们排队寄存衣物，佩戴耳机，安检后进入。馆内有埃及石棺、木乃伊、浮雕、纸莎草纸文献、祭祀用品和科普特人的纺织品，也有中国甲骨、丝绸、绣品、瓷器、珐琅、漆器、敦煌雕塑和壁画样品，还有古希腊和古罗马的雕像、花瓶，古巴比伦、亚述、土耳其的文物和世界上最大的伊朗银器。

顾之风走到断臂维纳斯雕塑前，向工作人员询问文物来历。女馆员骄傲地说："这些奇珍异宝都是沙皇巡游列国，各国皇帝赠送给他的礼物。"他想起看到的古埃及棺椁，觉得胖墩墩的女馆员很有幽默感。过廊里几位穿燕尾服的音乐家在演奏柴可夫斯基的名曲。

安琪既不喜欢看瓷器，也不喜欢看油画，倒是很喜欢金碧辉煌的孔雀钟。

她恋恋不舍地盯着落在橡树上会炫目开屏的孔雀、昂首打鸣的大公鸡、转头环视的猫头鹰、活灵活现的小松鼠及展翅飞翔的金蜻蜓，神游于精妙的魔法花园，久久不愿离开。

张露喜欢绘画和雕塑，带安琪欣赏达·芬奇的《戴花的圣母》《圣母丽达》，拉斐尔的《科涅斯塔比勒圣母》《圣家族》，米开朗基罗的雕塑《蜷缩成一团的小男孩》，及鲁本斯、伦伯朗、雷诺阿、高更、马蒂斯、毕加索等大师的作品。

从拉斐尔艺术长廊返回时，安琪看到赤裸的爱神雕像，慌忙扭转头。她满脸绯红地捂住眼睛跑向顾之风。娜塔莎看到安琪娇羞的样子，不觉露出会心的笑容。

从冬宫出来，张露和安琪在亚历山大纪念柱前拍照。两名俄罗斯小朋友手牵手来到她们旁边，满脸笑容地与她们合影。随后，他们乘车去格里鲍耶陀夫运河旁的滴血教堂。

这座教堂由沙皇亚历山大三世为纪念被极端分子刺杀的父皇，在遇刺地点以莫斯科红场圣瓦西里大教堂为蓝本修建。教堂内嵌满以旧约圣经故事为题材的镶嵌画，装饰大量意大利大理石及俄罗斯宝石的精美马赛克。在教堂旁的小摊，他们品尝了美味的俄罗斯面包。

他们在涅瓦大街上闲逛，在沃尔夫与贝兰热甜食店喝咖啡，游览果戈理、柴可夫斯基的故居，参观喀山大教堂。据说这座教堂由俄罗斯建筑师沃罗尼欣设计，供奉喀山圣母像，分别于伊凡雷帝、俄法战争和二战时期显灵，使蒙古军队不战而退；帮助库图佐夫元帅战胜拿破仑，使德国军队遭遇寒流。他们在半圆形柱廊游走，瞻仰库图佐夫和巴克莱·得利纪念像。

顾之风购买了波罗的海蜜蜡、俄罗斯白玉、天然孔雀石和紫龙晶准备送给朋友。他给安琪买了纯手工套娃和阿伦卡巧克力，送给娜塔莎一只香奈儿手镯，送给张露一条紫金项链。娜塔莎回赠他一块尼卡金表。顾之风觉得这种互赠有些做作，无奈地苦笑。

这个世界上诞生天才，可能受到某种神谕，或得到某种启示。他带孩子参观圣凯瑟琳教堂、亚美尼亚教堂，观看狮身人面像、中国石狮子，总会想到"费米悖论"，以及由此延伸出的潜伏者、天敌、幻境、独苗、资源筛子、技术自杀、黑暗森林等理论。

物理学家尼古拉·特斯拉曾说，"太阳系是被制造出来的"。是谁创造了太阳系？人类究竟是地球上最智慧的存在，还是宇宙中最无知的存在？我们理解上帝，是否像蚂蚁理解人类？直到夜幕降临，顾之风仍不由自主地思考漫无边际的问题。

夜晚是神秘的，给人温馨的感觉。回到酒店，安琪躺在床上睡去，还打起小呼噜。顾之风拧开床头灯，靠在枕头上，读菲利普·波佐·迪·博尔戈的《第二次呼吸》。

书的内容有些压抑，却能唤醒人的灵魂。受过良好教育的贵族世家子，因滑翔伞事故摔断脊椎骨，只能在轮椅上度过下半生。对于灾难中瘫痪而自省的人，阿伯代尔成为他的"护身魔鬼"。联想到《香草的天空》，那个被毁容的大卫·阿姆斯，以及他经历的离奇古怪的事情。顾之风庆幸自己的健全，认为每个人能够健康而平安地生活，就是幸福。

尼采宣扬上帝死了，想让自己取代上帝，成为人们信仰的对象。可是，他不能替代上帝，也无法使自己不死或不朽。他死之后，他的追随者没有信奉拜火教。那些无信仰的大众，成为毒品与性的奴隶。这种貌似真理的哲学，没有解决任何实际的问题，不过使学术界增加新的理论，使社会与人类出现逆反的倒退。思想禁锢不好，无度的自由未必就好。

顾之风盯着书，神思驰骋千里之外。他将书放回床头柜，起身冲杯速溶咖啡。

狼人、狼族、狼图腾……他不知道张露此行的真正目的，觉得这不过是场无意义的旅行。他坐进靠椅里，瞧着睡熟的安琪，觉得自己的想法荒唐而不切实际。

他怅怅吐口气，将手机放到床头柜，关掉阅读灯，辗转反侧无法入睡。仿佛电影镜头，许多无意义的图像，形成杂乱而无序的拼图。这些影像散发出忧伤的气息。

他的心被思绪缠裹成僵硬的木乃伊。纷乱的想法像无头的线团纠缠不清。它们弥散进黑暗，挤掉空间的氧气，使他变得忧郁而缺氧。眼睛酸涩，困倦疲惫，心里亮堂堂无法入睡。

不该让悲观情绪搅扰内心。他瞧着熟睡的安琪，感觉沉入梦乡是种甜蜜的幸福。

痛苦对于事情本身没有丝毫益处。他扭开床头灯，用手机播放宫崎骏的动画片《悬崖上的金鱼公主》。他觉得，动画是治愈心灵的良药，使人在纯真而善意的氛围里得到平静。

当然，高畑勋的《萤火虫之墓》是个例外。那部以"死"为主题的影片，使他很长时间陷入悲伤的情绪里无法自拔。他感到自己的灵魂，还是个充满幻想的孩子。

他记得日本导演田野日出志，曾拍摄地下实验电影《下水道里的美人鱼》。整部影片丑陋而污秽，充满让人想呕吐的恶心而恐怖的画面。相较于田野日出志的电影，宫崎骏拍摄的动画片则美丽而纯净，充盈着让人感动的温馨与梦幻的场景。

"咚咚咚"的敲门声。顾之风起身开门，看到张露穿着睡衣，拿着啤酒和酒杯，像一株晚香玉开在朦胧的夜色里。似曾相识的场景，他不觉联想起丰宁酒店里的蔡冰莹。

顾之风声音干涩地问："这么晚，还不睡？"

"睡不着，想找个人坐坐。"张露声音柔美地说，"不想请我进屋吗？"

"请进。"顾之风歉意地微笑，"不好意思，手机声音将你吵醒嘞。"

"没有，我始终都没睡着。"张露走进来，将啤酒和酒杯放在茶几上。

"怎么想起独自喝酒？"顾之风没话找话地问。

她将酒倒进杯子里，苦笑着说："我有些口渴，本来想喝点水。可是吧台没有矿泉水，所以就买瓶啤酒上来。看到你的屋里有光亮，好奇地敲敲门。你不会介意吧？"

"不会。"顾之风木讷地说。

"自己喝酒是件无聊的事情，所以就想到你……"她带着惺忪而迷人的笑意。

喝着啤酒，顾之风有种恍惚的错觉，仿佛月色怡人的夜晚，听着仓木麻衣的《Your Best Friend》，与恋人坐在可以看到灯塔和海景的窗前享受浪漫惬意。

他心里泛起想将张露拥入怀中的冲动——每个男人都可能会因动情的女子，而涌起难以抑制的冲动。

他为自己辩护，克制不理智的情绪，把自己从遐想的旋涡中拔出来。

他曾经有种错觉，听到仓木麻衣的歌声，似乎会不由自主地喜欢上那位有着天使般迷人嗓音的女子。何况让人内心悸动的仓布麻衣，还是那种有着别样魅力的美丽女子——不过，这些都是假象。即使不是假象，也是让人陷入痛苦而无法自拔的不恰当的感情。

过分理想化和求之不得的爱情是痛苦的。就像苏菲·玛索，永远像位高贵的女神般成为他心里的坚守。他曾经专门去过法国和美国，可是始终没能见到苏菲·玛索本人。

即使见到本人，现实中的苏菲·玛索，将是何等的高不可攀。而且他喜欢的，或许只是那个出现在影片或杂志里的苏菲·玛索，这种单向的迷恋何尝不带着叶公好龙的假象。

马尔克斯的《霍乱时期的爱情》，不过是本小说。他，不过是个一厢情愿的崇拜者。

"你总是心事重重。"张露小口啜着啤酒。

"成年后，每个人都有心事。"顾之风望着那张迷人的脸庞，努力使自己的目光从她脸上移开。他怕自己在这样的夜晚会把持不住。他不知道为何会产生如此强烈的感情。

曾经，张露仿佛只是个模糊的影像，抑或一株不引人注目的植物。她悄然生长在顾之风的潜意识深处。可是再次相见，她如此清晰地进入顾之风的生命。那种夺目的光彩，使他再也无法忽视这生命体璀璨的存在！他默默注视着，有些不知所措。

"男人有心事，女人该怎么办？"张露坐在顾之风身边，用那双充满魔力的美丽眸子望着他，声音温柔得如同流淌在心间的暖流，"你心里从来都没有把我当成一个女人吗？什么时候，我才能成为那个可以真正走进你内心的女人……"

四十二　风萤之语

历史，在中西方是两种完全不同的概念。

在东方，从孔丘撰《春秋》，便饱含"春秋大义"，兼有政治理想与君子人格；在西方，从希罗多德写《历史》，便满怀"科学精神"，兼有理性思辨与科学考证。

顾之风认为，司马迁撰写《史记》，采用纪传体，是将人作为历史的核心。其后的二十三史，是在写史，更是在写人。即使司马光采用编年体写的《资治通鉴》，也是总结历史教训，为统治者提供借鉴了。因此"仁者爱人""舍生取义"的君子精神，成为中国社会的文化脊梁。中国大多数文人，都怀有"人生自古谁无死，留取丹心照汗青"的气节。

修昔底德著述《伯罗奔尼撒战争史》，记录最近发生的事件，突出政治与国家的主题，缔造"修昔底德之塔"；优西比乌斯的《基督教会史》、奥古斯丁的《上帝之城》，注入线性时间观念，使历史逐渐为神学服务；爱德华·吉本的《罗马帝国衰亡史》，使历史与哲学发生关联，开始探讨理性、人性等宏大主题。兰克强调历史应严格忠于事实，马克思认为社会和经济环境影响历史人群，使历史科学化，与经济学、社会学产生关联……

顾之风的遐想，不受控制的思想。究竟是人在控制思想，还是思想在控制人？面对如花似玉的美人，为何要神游物外？理智与情感，还是傲慢与偏见……

"你已经走进我心里，只是你不知道而已。"顾之风说，努力排斥杂乱的想法。

"我明天要离开这里，独自去找宿命中的苍狼。"张露苦涩微笑。

"我可以陪你去。"顾之风握住她冰凉纤细的手指。

张露没有抽回手，声音里结满犹豫："谢谢你的好意。我曾见到一位蒙古族的萨满，他告诉我苍狼与白鹿的传说。也许我是九色鹿的转世，所以必须找到转世的苍狼。"

"九色鹿，不是蒙古传说中的白鹿。转世，不过是种迷信。"

"科学的尽头，神学的起头。人类可以发现规律，而神祇真正创造规律。"张露抽回手，端起酒杯喝啤酒。她修长的睫毛遮掩美丽的眼瞳，犹如虔诚的童贞女。

"为什么要找苍狼，留下来不好吗？"

"因为宿命！"张露有些不耐烦。她不喜欢别人干涉她的自由，可是顾之风显然已经触犯这种禁忌。她站起身，疲惫地说："我有些累，先回去了，晚安！"

"晚安！"顾之风没有挽留，目送她离开房间。

宇宙是否存在造物主？牛顿、特斯拉、爱因斯坦、拉马努金、杨振宁，他们都认为宇宙存在造物主。特别是杨振宁曾说："如果你所谓的上帝是一个人形状的，那我想是没有的。如果你问有没有一个造物者，那我想是有的。因为整个世界的结构不是偶然的。"

人类历史，是人类在发展进程中创造的文明史。相对于自然界的发展史，这段历史极为短暂而且极具破坏性。如果将目光越过这条线段，从整个地球的进化史来看，人类这种偶然出现的生物，对这颗星球甚至是整个宇宙的了解，实在是微乎其微。

顾之风曾设想，若人类从未出现，这颗星球的生物将遵循自然规律如何进化；若人类从此消失，这颗星球将会用多长时间把人类的伟绩彻底抹去；若人类无限发展，这颗星球将于什么时候成为资源枯竭的死亡之星；若人类毁灭地球，这颗星球的流浪者将往何处安身或随着星球灰飞烟灭……由于宇宙不断膨胀，人类可能永远无法离开太阳系。

从某种意义上说，被封锁的地球是否出现过塔斯马尼亚岛效应？人类是否从高等文明，退化到原始社会？人类若不自省，灾难终将降临……这是深谋远虑，还是杞人忧天？

他苦笑，觉得自己的想法未免多余。他望向熟睡的安琪，感到深深的担忧。

他对历史的认知，多数源于外祖父。儿时在外祖父家，老人常给他讲年轻时周游欧洲的奇闻逸事，及世界各国的历史文化。老人特别爱讲大清及民国的历史。他至今记忆犹新的是清末在容闳的积极奔走下，曾国藩和李鸿章联名上书，先后派遣四批留学生求学的事情。

有时，老人会讲关于顾维钧的故事，讲他在嘉定私塾读书便卓然不群，后来进入基督教会所办中西书院和上海英华学院读书。他随施肇基率领的官费生赴美留学，在纽约州库克学院和哥伦比亚大学求学。归国后，给袁世凯当英文秘书，给唐绍仪当内阁秘书。

在巴黎和会上，他就收回德国在山东的一切特权，与西方列强展开唇枪舌剑的辩论。他将山东比作耶路撒冷，说山东诞生的圣人孔子犹如西方的耶稣基督。这里是中国人膜拜的圣人诞生地，所以中国决不能失去山东这块神圣领土的主权。两年后，他参加华盛顿会议，与内山康哉反复沟通，签署《解决山东悬案条例》。日本把德国旧租借地胶州交还中国。

老人总是语重心长地说，顾家子弟应该常怀报国之志，即使肝脑涂地也在所不惜。顾之风曾专程到纽约芬克里夫墓园祭拜这位长辈。他的书房里收藏有《顾维钧回忆录》。

晨起，张露已退房离开。安琪不停问"姐姐呢"，顾之风告诉她实情。安琪得知张露已离开，眼圈有些泛红。娜塔莎说要带她去好玩的地方，她的心情仍未好转。

离别，异国他乡的离别。他来俄罗斯究竟为了什么？顾之风心中伤感，又不愿影响别人的情绪。他们驱车到达芬兰湾南岸森林的彼得大帝夏宫，映入眼帘的是如诗如画的风景。

安琪随顾之风走上石桥，环顾四周说："老师，原来世界上有这么多漂亮地方。"

"这些可是俄罗斯人的伟大创造！"娜塔莎抚摸安琪的小脑袋自豪道。

"人类的创造，始终无法与大自然的创造相媲美。"顾之风淡淡地说。

"这座夏宫由瑞士人多梅尼克·特列吉尼设计，沿用法国凡尔赛宫殿的模式，分为宫殿、上花园和下花园。"娜塔莎边走边介绍，"著名的叶卡捷琳娜宫，由叶卡捷琳娜二世主持修建。整座宫殿采用俄国建筑师拉斯特雷利的设计，堪称巴洛克风格的经典之作。"

"姐姐，你说的这些好深奥呀！"安琪露出崇拜的眼神。

"我们可以感受到整座建筑精巧淫靡，色彩清新柔和，到处弥漫着柔美、娇媚的风韵。这座宫殿内的设计更是独具匠心、金碧辉煌，犹如走进一条金色的艺术长廊。"

参观闻名遐迩的琥珀宫时，安琪惊讶地失声叫出来："老师，这里简直就是童话王国。太美了！"顾之风示意她小声说话，将她抱起来，免得看到的都是游客的双腿。

"琥珀宫是为庆贺普鲁士国王弗里德里希一世加冕，在柏林王宫中建造的。整座宫殿通体由琥珀和黄金装饰而成，所用琥珀、黄金、钻石等总量高达十多万片，曾被誉为'世界第八大奇迹'。威廉一世与彼得大帝结盟，把这座价值连城的琥珀宫送给俄国沙皇。"

"彼得大帝人缘真好！"顾之风略带讥讽地说。

"在第二次世界大战期间，琥珀宫被德国纳粹洗劫，拆装运回德国。二战结束后这些旷世宝藏离奇失踪。苏联曾派出由专家、建筑师、美术家、考古学家等组成的秘密搜寻小组，对柯尼斯堡的庄园、城堡、贵族豪宅、地下室进行地毯式搜索，结果一无所获。"

"唔，现在的琥珀宫是——"

"赫鲁晓夫时期开始重建琥珀宫，直到圣彼得堡三百周年纪念时，才由俄国的能工巧匠重新复原出琥珀宫当时的面貌。据说曾流传'琥珀宫诅咒'的传言。"

顾之风不觉想起圆明园的重建。他抱着安琪欣赏富丽奢华的宫殿，感叹当权力和财富积聚在极少数人手中时造就的辉煌奇迹，也感叹为争夺权力和财富所挑起的血腥战争。

安琪很喜欢中国瓷器砌筑的壁炉。不过走入皇家园林，她马上就被巧夺天工的园林景观所吸引，尤其是大宫殿前的瀑布喷泉群更是令她欢呼雀跃。

在喷泉雾气氤氲的氛围里，金光灿灿的三十七座雕像，使人犹如登上希腊众神居住的奥林匹斯山。半圆形水池中央，力士参孙以力拔山兮的气魄，正掰开一头雄狮的大嘴——据说这是彼得大帝战胜瑞典的象征。从雄狮口中，喷射出直冲云霄的水柱，使安琪不禁惊叫欢呼。

顾之风询问娜塔莎，得知喷泉于二战期间被德军炸毁，二战后才得以重建。他徜徉于优美的夏宫园林，总不由想起被焚毁的圆明园，想起令人胆寒的"黑暗森林法则"：

"宇宙就是一座黑暗森林，每个文明都是带枪的猎人，像幽灵般潜行于林间，轻轻拨开挡路的树枝，竭力不让脚步发出一点儿声音，连呼吸都小心翼翼……他必须小心，因为林中到处都有与他一样潜行的猎人。如果他发现了别的生命，不管是不是猎人，不管是天使还是魔鬼，不管是娇嫩的婴儿还是步履蹒跚的老人，也不管是天仙般的少女还是天神般的男孩，能做的只有一件事：开枪消灭之。在这片森林中，他人就是地狱，就是永恒的威胁……"

人们总愿意摧毁与之不同的文明。摧毁后，再以胜利者的姿态居高临下加以研究。

顾之风牵紧安琪的手，盯着人身鱼尾的水神屈东奋力战胜怪鱼的"橘园喷泉"，耳际竟响起罗辑的声音——那声音来自他的内心，声音里饱含对未来的恐慌。

他清楚，苦恼源于想法。然而，他始终无法摆脱自己的想法。生活，远比人们想象的更加丰富。可他像罗丹雕塑的坐于"地狱之门"的思想者，始终沉浸于极度痛苦之中。

他总会想起张露。他认为比起渡边淳一《失乐园》里沉溺于无法自拔的情爱，沈复《浮生六记》的夫妻生活会更加浪漫温馨。司汤达的《红与黑》、托尔斯泰的《安娜·卡列尼娜》、劳伦斯的《查泰莱夫人的情人》，都是无法挣脱情欲所产生的痛苦。这种所谓情爱，不过是抛弃道德与责任，披上自由与恋爱外衣的背德者。它解构婚姻，也造成社会不稳定。

"婚姻是爱情的坟墓"是人在荷尔蒙刺激下产生的自私而主观的论断。如果没有这坟墓，爱情不仅会暴尸荒野，还会在荷尔蒙消退后不断诈尸，为满足肉欲而滥情乱性。

中国在春秋战国之前就有野合之风，逐渐进步才形成相对稳定的社会婚姻结构。如果文明的发展，只为"进步"成为自由野合的兽类，那么这种文明是值得商榷的。

他们离开夏宫，去涅瓦河瓦西里岛古港口灯塔，乘坐游船欣赏两岸的美景。

穿民族服饰的俄罗斯小伙拉奏手风琴，留两撇大胡子的中年人弹奏多木拉琴，面堂红润的矮胖子吹奏瓦尔干口琴。身材窈窕的俄罗斯女子歌声欢快嘹亮，满面笑容地邀请娜塔莎和安琪一起跳舞。安琪穿上漂亮的俄罗斯传统服装，像只轻盈的蝴蝶在人群中飞舞穿梭。

读大学时，他很喜欢林语堂先生的著作，颇认同他的观点——"中西方艺术最大的差异，在于灵感来源的不同：东方人的灵感来自自然本身，西方人的灵感则来自女性人体。"

顾之风认为，婚姻与艺术相同，如果只拘泥于屋内，则热烈的爱情不免冷却和厌倦；除了肉欲，婚姻中能够有更多情意相投的爱好，则婚姻也许就不会被无聊和乏味吞噬。

他望着跳舞的安琪与娜塔莎，心里涌起热乎乎的感觉。为什么要思考爱情和婚姻，他无法回答自己的问题。似乎意识深处的另一个自己，总要自己进行思考。

他喝口热气腾腾的咖啡，小口品尝涂抹黑鱼子酱的薄片吐司，觉得有安琪陪伴真好。座位上有人聊起"草原丝绸之路"，阿尔泰游牧人与匈奴贵族的故事，巴泽雷克墓地和诺彦乌拉墓地出土的中国丝绸，以及艾尔米塔什博物馆里诸多来自中国的珍贵藏品。

他欣赏涅瓦河灯火璀璨的夜景，不觉想起京杭大运河。隋炀帝曾动用两百万人开通大运河，加强中央集权、控制南方经济、开展南粮北运，也埋下天下大乱的祸根。他是位急于想建立秦皇汉武功勋的雄主。后世文人对他的丑化，有多少是为献媚大唐朝廷……

繁星满天的夜晚，有温馨浪漫的美好。他从历史长河收回思绪，望向唱起俄罗斯民歌的娜塔莎，想起同她在新西兰怀托摩溶洞的情境——在美轮美奂的"萤火虫洞"，他们观赏各式钟乳石、石笋及萤火虫装饰点缀的迷幻梦境，共度浪漫而惬意的美好时光。

之后的行程，他们参观瓦西里岛古港口灯塔，带安琪游览彼得堡保罗要塞的大教堂、钟楼、船屋、造币厂、兵工厂和克龙维尔克炮楼，听娜塔莎讲关押在这里的陀思妥耶夫斯基、车尔尼雪夫斯基、高尔基等文豪的故事。晚上吃过晚餐，他们乘坐商务火车返回莫斯科。

在红场游玩半日，中午娜塔莎请他们吃午餐。下午，娜塔莎送他们去机场，乘直飞北京的航班返程。分别，略带惆怅。娜塔莎眼中的失望，犹如无数冰锥刺进他的心脏。

他与娜塔莎之间，是种什么样的感情？他无法确定。他总是错过生命中的美好。他想美化自己的行为，然而这是多么自欺欺人。自己千里迢迢来俄罗斯，究竟为了什么？

时间，变成灰白的存在。他看到萤火虫飞舞的草原，一位倔强的女子独自走进灰白，寻找宿命中的苍狼。她消失于俄罗斯蓝白色的背景……自己在圣彼得堡，把她弄丢了。

四十三　绿茶之韵

回到家里，有温暖而惬意的感觉，同时裹挟着淡淡的忧伤。

家是一个港湾，像海鸟的巢，有经历风浪后平静的温暖。只是这北京的家，也给他心灵的负荷，使他不由自主地想到一些事情——深埋在记忆里的事情。

顾之风躺在阳台的藤椅里，喝着绿茶，注视茶叶在玻璃杯慢慢地舒展，带有生命色泽，将透明的液体渗入温润的黄色。氤氲热气升腾出袅袅清香，使人的心在无声无息中陶醉。

扭开播放器，班得瑞舒缓而优美的音乐弥漫在空气中，给人心灵的抚慰。他拿起黎巴嫩诗人纪伯伦的《沙与沫》，在简短的文字里感受贴心的智慧。其实中国人的文字，也有类似的优美。

张潮《幽梦影》佳句颇多："春听鸟声；夏听蝉声；秋听虫声；冬听雪声""赏花宜对佳人；醉月宜对韵人；映雪宜对高人""因雪想高士；因花想美人；因酒想侠客；因月想好友；因山水想得意诗文"……这些词句，都是带有东方智慧的优雅而感性的文字。

顾之风不喜欢死读书的人。他认为读书只是获得知识的一种方式，而不是生活的全部。能够死记硬背许多经典文章的人，很多没有掌握人生至高的智慧。

少年时代，他阅读大量中外名著，包括中国的诸子百家、二十四史和《鲁迅全集》，国外的《俄狄浦斯王》《贝奥武甫》《玫瑰传奇》《天路历程》《被解放的耶路撒冷》等作品。

近年来，他很少读文学作品。毕业后，阅读了大量经济学、成功学、心理学和企业管理学方面的书。偶尔会读黑格尔、罗素、费尔巴哈和尼采的文字，或者看些法律方面的书籍。

他认为没必要为快餐文化式的畅销书而浪费时间，甚至多年后翻看金庸的著作，亦觉得缺少些什么。后来，他总不厌其烦地看三本小说：紫式部的《源氏物语》、曹雪芹的《红楼梦》和普鲁斯特的《追忆似水年华》。每次读，都会有不同的感悟。

读书是滋养心灵的一种方式。若是单纯地为获得技能而读书，未免太过功利。

电视、电影、网络、游戏、歌厅、酒吧……给人太多感官的刺激，却越来越钝化人们的思考力。唯有读书，能够给人心灵的休憩，使人触摸到封闭在躯壳里的灵魂。

可惜太多文字成为时尚风潮的附庸，被金钱染色成功利色彩的文字垃圾。

楼下传来一声凄厉的猫叫。他走到落地窗，什么都没有看到。猫，薛定谔的猫。

选择旅行，究竟是对现实的逃避，还是对心灵的救赎。他羡慕竹林七贤和陶渊明式的生活。不过竹林七贤最终还是被功利分化，多数人成为司马氏政权的政治附庸。

他无法隐居山林。只有房子成为独守的孤岛，将他禁闭在自我空间，与世隔绝。

他曾经在云南的高黎贡山嗅着湿润的空气，踩着茶马古道那深埋进泥土的凹凸石头，观赏稀有的不知名的植物；看到罕见的太阳鸟在花丛中采集蜂蜜，偶有一米多长的黑色大松鼠从杜鹃树的枝条间跳跃觅食；爬上人迹罕至的高山，远远观望孤独有灵性的滇金丝猴；躲在茂密丛林里，静静观赏伏在树上有着迷人毛色的可爱的小熊猫……

那些记忆在音乐里流淌，使躺进藤椅的顾之风被滟滟阳光浸泡出浓浓的睡意。无边无际的竹海，绿意盎然的气浪，黄蜂大小的扁颅蝠在他的耳边嗡嗡。

背着 NIKKO 登山包，长途跋涉。面对心灵的孤寂，承受身体的极限。没有尘嚣喧哗，只有人在天地间孤寂地行走。没有书籍的时候，人类仍有伟大的智慧。许多少数民族代代相传的经验，也曾缔造辉煌而神秘的文明。有文字的文明，许多已然成为难以破解的谜。

楔形文字、玛雅文字、古印度的梵文、中国的甲骨文、古老的契丹文字和满文都给世人留下太多唏嘘与疑惑。古老而神秘的文字，当然还有那些带着信仰力量的藏文。

神秘和韵律的诵经声，简陋而浸渍宗教色彩的房舍；刻满金文的转经筒，围墙里与人和谐相处的受伤的黑颈鹤；健壮憨实的牦牛，高大灵巧的盘羊；保护区内的藏羚羊、雪豹，珠穆朗玛峰上的跳蛛，水中游弋的温泉蛇，市镇交易中的灵芝、松茸、麝香、鹿茸、冬虫夏草；充满信仰而静穆的寺庙，声音沧桑而浑厚的西藏法号……封闭，有时是种自我保护。

他觉得越来越多的古迹，已落满现代文明的灰尘，喧嚣里满是湮灭的颓丧。他认为抛开历史的残忍，如今的西藏更像一片心灵净土，带着亘古不变的荒凉与神秘。

电话铃响起，是贝多芬的《命运交响曲》——选用这首音乐，是因为它能给人警示与力量。从迷迷糊糊的回忆挣脱，他起身接听，是韩晓冉的电话。韩晓冉说要过来看望他。他有些诧异，韩晓冉何以如此神速得知他回来。转念，或许是从肖正阳那里知晓的。

他将安琪送过去，与疗养归来的肖正阳会面，心里留下些阴影。肖正阳像早衰的奇灵渥斯，两腮消瘦，脸部显得棱角分明。他康复得很好，疗养院的空气和医疗条件给他注入健康与平静。不过，顾之风还是能明显感觉到他的变化。他没有了锋芒，变得沉静而忧郁。

人的改变，总有不可逆的悲哀。这种悲哀，来自于对过往的留恋。

虽然不了解婚姻，但是很多人最终都要走进婚姻。越来越多的人从他的生活里被分离出去，营造属于自己的安乐窝。只有自己，独守狭隘封闭的孤岛，过着保持自我的生活。

当初，肖正阳是多么阳光自信的青年；如今像被抽空一般，丢失了灵魂。

还记得读大学期间，他利用假期去大兴安岭探访居住在那里的鄂温克族土著居民。据说生活在森林深处饲养驯鹿的牧民，只剩下三四十户。他在那里看到一只落入猎人陷阱而受伤的东北虎，眼睛露出凶光，龇牙发出威吓的声音来威慑靠近解救它的人。可是它已然血肉模糊的身体，难以支撑它站起来。那种王者的孤独与绝望，骄傲与恐惧，都从那双满是王者之气的眼睛映射出来。那头老虎，多么像昨天见到的肖正阳。

肖正阳描述自己被囚困的世界：那里宛如仙境。生活着乍得沙赫人、南方古猿人、鲍氏傍人、直立人、格鲁及亚人、弗洛雷斯矮人、尼安德特人、丹尼索瓦人。他们已进化为比智人更有智慧的人种。他们在那里建立国家、建设城市，创造属于他们的文明。

那个世界，中间是陆地，四周环绕大海；海又被群山包围，群山外是混沌的世界。

山峦覆盖茂密的森林，林中长满奇花异草。不时有鸢鸟、鹆鵌、蛊雕、猗训、鹿蜀、九尾狐等异兽出现。围绕陆地的海里有旋龟、巴蛇、蒲牢、鲮鱼、蠃鱼、冉遗鱼等游弋。

那里高度智慧的人，已经理智地克服所有感情。他们经过基因进化，拥有不死之身。不需要文字，不需要艺术，所有事物都变成网络数据和数字代码。纸质书籍是极为稀有昂贵的古董，最资深的学者都难以破译其中奥秘。因为，已经没有人能读懂那些古老的文字。

那些人仿佛在无影灯下生活，每个人都没有影子，像安徒生童话里失去影子的学者。他在那个光明如白昼的世界，遇见了不同年龄的自己，也遇见了六道轮回的自己。

他在那里可以成为伏羲，也可以成为姬昌，可以清晰地看到过去、现在和未来。他以第一人称身份发现，伏羲曾进入过那个世界，他用画卦的方式想建立与那个世界的联系。

有时，他会产生某种错觉，认为自己具有上帝的能力，甚至自己就是上帝。

他能够看到未来发生的洪水，因此可以告诉挪亚提前建造方舟；他能够看到埃及面临的饥荒，因此可以启示约瑟给法老解梦；他能够看到犹太人定居迦南地，因此可以晓谕摩西率以色列百姓出埃及；他能够看到大卫将来成为君王，因此可以引导他建立强盛的国家……

他甚至可以用意念创造家庭、城市、国家，他可以随心所欲地创造星球和星系，制造出无比浩瀚的宇宙。他认为那是四维宇宙甚至高维宇宙，是灵魂可以进入的宇宙。

他发现了一个秘密，地球本来出现过四次高等文明。人们本来就生活在四维世界，只是作为三维存在的实体，无法穿越时间，因此无法看到过去与未来。那个世界就是实体化的四维宇宙。它的内部隐藏一个更高维宇宙，可能是六维宇宙，也可能是十一维宇宙……

顾之风呷口杯中绿茶，感受温润的液体从味蕾流过，淡淡的苦涩混着悠远的香气，给人心旷神怡的感觉。这感觉仿佛来到山野，隐约可见漫山遍野的茶树开满淡雅幽香的茶花，有朴素憨厚的茶农戴着斗笠在田垄边照理茶树。风，带有清凉宜人的温婉。

福建客家人的淳朴，阳光下采集富含茶油的茶叶。那样的情景，有劳动的快乐，有收获的喜悦。独特而拙雅的土楼，烘焙、筛选、挤压制作的茶叶。桥墩上生满牡蛎的石桥，用牡蛎分泌物黏合的花岗岩。不过，比之茶叶的芬芳，他更喜欢茶花的美好。

福船，航行在海上丝绸之路的帆船，将神奇的东方树叶带到世界各国……

意识，不受约束的意识。他可以理解肖正阳的描述。可是别人听到他的讲述，是否会认为他是疯子？也许肖正阳没有生病，只是他的意识进入某个未知的世界。

初中时，回忆里满是肖正阳和韩晓冉的味道，有种特有的阳光与美好。那时，他们曾去斗金山，带着烧烤架、遮阳伞、高压锅、矿泉水、整桶扎啤，以及各种肉食和水果。肖正阳打头用狼眼手电照明，众人手牵手穿越当年抗日游击队凿出的幽暗蜿蜒的隧道。

他走在最后，独自找角落方便后，找不到进来的同学。肖正阳、蒋明坤、杜哲浩、韩晓冉、朱月华、李雨露……他们仿佛突然消失。他感到害怕，在黑暗的隧道里奔跑。他像进入米诺斯迷宫，能够听到黑暗深处猛兽粗重的喘息声。他拼命呼喊，可是声音融化在黑暗里。不知过去多久，他看见巨大的石门，光亮处有漫山遍野的鲜花野草。

他像在凡尔赛宫穿越的莫伯利和乔丹，看到无数顶盔贯甲的蒙古士兵正在安营扎寨。一名颧骨高凸、身材魁梧的猎户，头戴黑绒饰狍头帽，用蒙古刀开剥一只黄羊。有个面色红润、精神抖擞的百户，从马背上取下掐丝珐琅东布壶……他蹑足钻进山洞原路返回。

洞外落起淅沥小雨，肖正阳从车上取大伞撑起来，韩晓冉、朱月华、李雨露忙着切羊肉、串鸡翅、撕生菜、洗水果。杜哲浩在烧烤架前烤烧烤，给串好的鸡肉、牛肉、羊肉、青椒、蘑菇、馍片刷上辣酱，撒上孜然、椒盐，香气弥漫诱人口水。蒋明坤捡拾石头围成小灶，放上木柴和煤炭点燃，架起铁锅炖牛肉。他将西瓜从溪水里取出，用西瓜刀砍成大瓣……

门铃声响，顾之风从视频电话里看到韩晓冉。开锁后不久，韩晓冉明媚靓丽的脸出现在门口。那张鹅蛋脸，洁白而秀美，有东方女子特有的水润与细腻。

他将韩晓冉让进屋。韩晓冉换上拖鞋，将外套挂在衣架。她倒是很随意，面带微笑坐进沙发，说："帅哥，回来怎么不通知我，也好给你接风洗尘。太不够意思嘞！"

顾之风给她倒杯茶，莫名感到词穷。因为他本就是个不善与女子交谈的人。他喝着苦涩的绿茶，以掩饰自己的尴尬，淡淡地说："你怎么会想起我？"

韩晓冉啜口茶道："谁像你，冷血而孤傲。我可是常常惦记你呢！"

"惦记我，怎么会……"

"实话告诉你吧，我昨晚接个电话，今天特意来看你。"她喝口茶，开门见山道，"薛佳琪，你还记得她吗？她在你出国的时候，离开了这座让她心碎的城市。"

"哦……"顾之风不知她为何旧事重提，缓缓道，"什么时候离开的？"

"有七年了吧。"她望着顾之风，轻轻叹口气，"佳琪参与中欧班列 IT 产品出口贸易，现在在杜伊斯堡出差。昨天她给我打电话聊了半宿，我觉得心里疼痛，过来看看你。"

"她结婚了吗？"顾之风问，还是觉得她的行为莫名其妙。

"没有。那时，她竭尽所能将最好的自己展现给你，然而你却视而不见。她在你面前，仿佛就是空气。有时候我心里都有些恨你。你出国后我偶尔会给她打电话，每一次她都泪流满面，说自己心口疼。喜欢一个人，是件多么痛苦的事情……"韩晓冉喝口茶道。

顾之风给她添上茶水，没有言语，独自品味茶汁的温醇与苦涩。

有时候回忆起曾经的自己，像在审视一个难以理解的陌生人。岁月，改变着习性。

"我觉得吧，你也该为自己的终身大事考虑了……"

时间不断地追逐他，使他无处可逃，逐渐衰老。宁缺毋滥，或许，这是仅有的对于自己的安慰。可是，他心里何以无法接受那个美好的女子？剩男剩女结婚，若不是出于爱情，便是出于恐惧。人们想在青春枯萎前，抓住最后的救命稻草。他，愿意孤独地等待。

送走韩晓冉，他心里总在想关于薛佳琪的事。每个人，总有一天要面对自己的内心。这种面对，与纷繁世事无关。他上阁楼，听到电话铃响。接起

电话，听见肖正阳微带沙哑的声音。挂掉电话，他说不清是怎样的感觉，只感

到许多催泪的记忆，毫无预兆地涌到眼前。

四十四　寂寞之夜

顾之风和自己的灵魂对峙，在清冷空寂的夜里。他用生命诠释坚持，灵魂用忧郁诉说希望。他们都在岁月的河里老去，却依然坚守着最初的信仰。

他说他想放弃，然后庸俗地死去。灵魂望着他，有黑色的感伤。他们都是软弱的生物，只能靠仅存的一点信念存活。他们不知道还能坚持多久，只期望路的尽头会有温存和美好……每个灵魂都是孤独的。很多时候人们选择以另一种方式，回避直接的面对。

我们努力营造生活，可生活在不知不觉中已然偏离我们的预期。顾之风想，望向街道上的灯火。孤独是种单身都市人不得不习惯的味道。这味道有时弥漫着淡淡的忧伤。

他觉得自己像《西西弗的神话》里那个被理想化的西西弗斯——无论从他的热情或他的苦刑来说，他都是个地道的荒诞人物。他对诸神的蔑视，对死亡的仇恨，以及对生命的热爱，使他赢得这难以形容的报应。这报应使他用尽全力而毫无所成。

这就是对尘世的热爱，所必须付出的代价——他昼夜不休地推滚巨石上山。到达山巅时，由于巨石本身的重量，又滚了下来。他不得不再次继续永远完不成的苦役。

夜，对于孤独的人是漫长的。对于这种漫长，顾之风逐渐强迫自己习惯。

他曾经在学校办过乐队。乐队解散后留下一套架子鼓。他把书房隔壁的健身房开辟出来，请工人做了木地板、吸音板和软包。他的台式电脑也在这间屋子。百无聊赖的时候，他会用音乐合成器软件和声打架子鼓。那种嘈杂与喧嚣使他可以忘记环境，麻木地迷失自己。

思维是种痛苦。遇到难以解决的问题，他会在跑步机上不停地奔跑，直到精疲力尽为止；或者在椭圆机和健身车上练得浑身是汗。他觉得运动可以让人不去思考，让多余的精力随汗液蒸发。哪怕是一遍遍地做俯卧撑和仰卧起坐，也会令他变得机械而兴奋。

体内分泌的多巴胺和肾上腺素，使他的大脑产生短暂的愉悦感。

有时他认为自己很神经质，不过每个长期独处的人都不免神经质。年龄越增长，他越不喜欢看电视剧。偶尔，他会看央视的体育、新闻和纪录频道。

他会用电脑处理各种文件，必要时到阁楼会议室开短暂的视频会议。信息时代的到来，使人们不必见面依然可以办成很多事情。他害怕自己会成为被科技封闭的孤独囚徒。

每晚过节制而规律的生活。自己磨咖啡豆，煮咖啡。喝完，听着央视节目扫地、拖地、擦拭家具。百无聊赖地看地方台的娱乐节目，不需要深度思维，盯着屏幕无所顾忌地傻笑。

没有可观看的节目，他会去卧室里喝着绿茶上网。他有时会玩网络游戏，但不沉迷。他对任何事情都没有绝对的热情，所以不愿沉迷于任何事情。他会在网上游戏厅与素不相识的人打斯诺克，或者和网友下围棋或象棋。不过，绝不玩耗时而无聊的从众游戏。

疲累时，他会在网上看《康熙来了》。没有新鲜的节目，则在星空顶放映厅里一部接一部地看王家卫的电影。他觉得王家卫的电影像书，观赏时需要思考。他的《旺角卡门》《阿飞正传》《东邪西毒》《重庆森林》《堕落天使》《春光乍泄》《花样年华》《2046》，每一部都是很不错的影片。他的电影有鲜明的个人风格，以及堪称经典的镜头语言。

他偶尔会想起张露，也会想到薛佳琪。孤独时，会莫名地想念一些人与事。

他觉得自己的想法，是种自私的自欺。他甚至会泛起想结婚的念头。可是，为逃避寂寞而结婚，是出于自己的本心吗？如果只是延续一种没有结果的爱，又何必徒劳地带给对方不必要的伤害。他点燃烟，明明知道它不利于健康，还是一次又一次地继续。

随着年龄增长，他的性格逐渐被某些固定的观念束缚。其中一条就是他不愿再做任何自己无法掌控结果的事。他不愿被世俗同化，还是不知不觉在生活中沉沦。

他的书房有数千本书。他看书只看感兴趣的部分，同时会看五到八本书。不过，很少有耐心将整本书全部看完。只是记忆力颇好，很多年后翻看夹书签的书页，还是能回忆起以前看过的内容。他觉得，每个人无论多么排斥读书，总有一天会在审视自己灵魂的时刻，需要与书籍进行有益的交流。这与学识无关，而是与伟大的灵魂进行沟通。

有时，他很想安琪，想念这个可爱又懂事的孩子。记得有天晚上孩子很兴奋，在床上大喊大叫不愿入睡。他吓唬孩子说："别喊，把大灰狼招来呀。"孩子愣怔片刻，满脸委屈地说："老师，你别说大灰狼吓唬我，我害怕呢，你要说小老鼠，我就不怕咯……"

还有一次，孩子在床上扮演大棕熊。因次日要赶路，他故意吓唬孩子："老师的耐心小饼干快吃完喽。""吃完怎么办呀？""吃完就打你屁股！""老师，吃完，你就轻轻揍我。""老师下手很重的哟。""老师，对不起……"孩子蹭过来，搂住他的脖子撒娇。

想到孩子，他露出会心的微笑。不论在城市还是荒原，他都是孤独的行者。

他的孤独来自内心，无可救药地侵蚀他的意志。他曾经幻想，有一位女子会与他相守到老。可惜上帝好像将她造在了另一个时空，所以他苦苦寻觅只有徒劳和失望。

坚守对爱情的信仰，使他逐渐游离于现实，成为难以融入群体生活的异类。

他无所事事时，会刻意看一些怪异的影片，像阿尔弗雷德·希区柯克的《后窗》、大卫·芬奇的《战栗空间》、根据斯提芬·金小说改编的《1408幻影凶间》、根据艾朗·罗斯顿峡谷遇险改编的《127小时》，以及罗德里格·科特兹执导的《活埋》。

他认为，城市现代化像个贪婪的怪物，使人们不知不觉丧失所有陷入孤独。透视这种孤独，变成冷漠而疼痛的自我解剖。他看到被剥去皮肉的躯体鲜血淋漓。

他收藏一些自己喜欢的纪录片：《迁徙的鸟》《微观世界》《帝企鹅日记》和《黑猩猩》。夜阑人静时，他会播放《猫》《魔笛》《歌剧魅影》等经典歌剧。

他像在荒漠里的行者，努力寻找心灵的绿洲。

他在内心不断地美化自己，美化到孤独而骄傲。习惯于欧洲国家的生活，回来后留下一些习性的残余。强调个性与自由，也就放弃群体的快乐与盲从。

他不想成为异类，觉得屈原是种痛苦的清醒，像鲁迅所说的黑房子里最先醒来的人，无助而绝望地挣扎。

无聊时，他会去底层酒吧间独酌，或到外面的酒吧喝一杯。独自待在偏僻的角落，感受喧嚣带来的麻木。整个社会，由全民渴望读书，转为全民不屑读书。人们在不知不觉中变得自我而浅薄。他远远地观察穿着时尚、举止轻浮，甚至粗鲁的年轻人，寂寞地喝闷酒。

期待会发生点儿什么，可心里又生出不由自主地排斥。他觉得每个人都会面对诱惑，不同的选择，使他们走向不同的命运。他有时很渴望结婚，有时又觉得很害怕婚姻。守着一个没有好感的人乏味地生活一辈子，直到耗尽生命全部的热情与梦想，想想都觉得恐怖。

可是年龄和俗念催逼他，终究要寻找一位生活的伴侣。

如果再找不到，他就需要为所谓人生的责任和使命，找一个没有爱情的人结婚。

在年轻的时候，他认为心中的伴侣是个有内涵、有情趣的女子。随着年龄的增长，他越来越觉得男人是以色相来取人的，一见钟情是钟于脸。所谓情趣与内涵，不过是附加的条件，或者条件的局限。他身体里涌动的欲望，使他逐渐理解美对于男人的吸引力。

他知道这种想法带有片面和武断，还是不由自主陷入这样的思维。

每次回小区，他都会坐在假山后小广场的凉椅上发呆。让自己什么都不想，是对抗时间的本能。孤独是种耐人寻味的味道，他只能独自饮下这杯属于自己的苦酒。

黄昏，他看到一对像情侣的年轻人背着旅行包朝自己走来。他们风尘仆仆的样子，显然不属于这座城市。他扭头，确认身边没有其他人；回过头，疑惑地望向这对年轻人。

他们在他的身边坐下，开门见山说是无钱宣教旅行的夫妻。

顾之风含糊地应着，不知他们过来搭讪的意图。小区广场上几个孩童在玩滑板和旱冰鞋。远处有几位老人坐在凉亭的石凳上下象棋。顾之风收回目光，冷漠而谨慎。

年轻夫妇拿出《圣经》，给他讲耶稣基督的教义。他留学期间接受过基督教思想，心里没有抵触。不过，他不知道这两个自称无钱传道的人，是否可信。他与那个身体强壮、面容和善的男子聊天，知道他们是来自韩国的短期宣教士。他们先后到过尼日利亚、坦桑尼亚、多哥、加纳、马拉维等非洲国家传福音，后来又去菲律宾、尼泊尔和中国香港传道。

这次他与妻子出来，是想凭着信心无钱旅行宣教。他们准备沿丝绸之路，给所遇到的人传福音，一直走到圣城耶路撒冷。他们从首尔出发，历经千辛万苦来到这座城市。

顾之风觉得他们像是借信仰乞讨的骗子，心里产生抵触。他冷冷地盯着他们，想看透他们会耍什么花招。年轻男子开始读《罗马书》的章节。读罢，问顾之风是否有信仰。顾之风摇头。那人问他是否愿意信奉基督教。他冷漠地回答"不想"。

那人问他是否听过罪得赦免的福音。他一愣，从兜里掏出烟盒，取一支点燃抽起来。他问年轻传道者是否抽烟。那人微笑摆手说"不会"。那人耐心地指着《罗马书》的经句给他讲解，说耶稣基督一次献祭，担当人类所有的罪愆。只要相信，就能白白地称义。

顾之风抽着烟听他讲述，觉得人类是奇怪而乏味的动物。

无钱旅行宣教，和无钱旅行不是一样吗？只不过路上多出一条宣教的使命。他曾经听过西方人讲的宗教史，或者可以称作教会历史。他也曾了解过丝绸之路上的宗教故事，包括为收复圣城耶路撒冷的十字军东征。恩格斯曾评价，在十字军远征期间，当西方的"重装"骑士将战场移到东方敌人的国土上时，便开始打败仗，在大多数场合都遭到覆灭。

他觉得把所有的历史事件和神祇联系在一起，总会透出无法言喻的诡异。

年轻宣教士继续说，耶稣基督一次流血，洗尽全人类的罪。人们只要相信，就得以因信称义，成为蒙福的义人——人们惧怕死亡，而伪造出许多假意的虔诚——他在欧洲时觉得信仰是一种时尚。别人有信仰，你没有，会显得像个怪胎。

看到眼前这个人，他才发现原来年轻人的心里，也有不可理解的虔诚。

他想起美丽的奥利维亚，曾送给他线装版《圣经》。还有穿越西域，远赴印度取经的玄奘——他写了《大唐西域记》。可惜，不到百年时间，西域佛国便逐渐伊斯兰化。

那名年轻女子，始终依偎着丈夫，神情显得异常疲惫。不带任何金钱跟随自己的丈夫四处流浪，听起来似乎挺浪漫，现实中却苦不堪言。身无分文，吃、住、洗澡都会成为问题。如果得不到帮助，很可能会困在陌生的城市，甚至遇到歹徒。

二战之后，美国的很多青年选择搭车旅行，横跨南北。或者，带着冒险精神，去西部猎奇。可是这种风尚早已随着社会的稳定与富足而遗失殆尽。现在亚洲地区莫非又兴起这样的旅行？可是，去信仰伊斯兰教的地区传道，是否带有自杀式的愚昧……

他瞅着这对男女，心里生出莫名的感情，认为他们已走上一条不归路。

天色已晚，见他们无处落脚，顾之风邀请他们去自己的住所。

顾之风问他们是否吃过晚餐。他们说没有。他便去冰箱里取些鸡蛋和火腿，用面包机和面粉制作面包，用面包刀切开抹上黄油，夹上煎鸡蛋、火腿和生菜端给他们。他冷漠地观察他们吃晚餐，问是否喝酒。年轻男子说不会。他从冰箱取出牛奶，倒进他们的杯子。

望着他们用餐后感谢的样子，他心里纳闷，自己为何要接待这两个人。

女宣教士去厨房收拾。他和男子边看体育频道的斯诺克比赛边聊天。原来男子在韩国有两个女儿和一个儿子，都在教会办的学校读书。他是海外留学生，毕业于耶鲁大学。妻子从首尔大学法律系毕业。他们在大学期间成为基督徒，做过短期宣教士，被按立为传道士。

顾之风听着他的讲述，觉得人生的轨迹变幻无常。女宣教士收拾完从厨房出来，他们进入顾之风安排的房间读《圣经》，唱赞美，做晚祷……感到来自灵魂的充实。

他关闭电视，回到卧室躺在床上。他始终无法理解年轻人何以产生如此虔诚的信仰。

世界在悄然发生改变。而他，似乎被世界远远抛弃。他苦笑，感到荒诞。

寂寞的夜晚，总要熬到很晚才会觅到睡意，像跳进冰冷的大海，捕捞一条似有似无的鱼。如今房间里多了两个人，感到莫名的不适应。他觉得自己应该将这两个人带给肖正阳。

也许肖正阳有了信仰，会从丧妻的痛苦中挣脱出来。可是，自从尼采宣称上帝死了，人们便义无反顾地抛弃上帝。当上帝也抛弃人类，人们便肆无忌惮地启动自毁模式。

在黑暗中，他看到肖正阳和安琪的形象，心里逐渐涌起无尽的感伤……

四十五　青春之殇

人生如同钟摆，在痛苦和无聊之间摆来摆去。自从人们把痛苦和折磨变成地狱之后，留给天堂的就只有无聊了。叔本华的话总是耐人寻味。

顾之风再次见到肖正阳时，似乎略略明白这句话的含义。

他接到李雨露的电话，在汽车后备厢放了帐篷、睡袋、防潮垫、手提式铝合金折叠座椅、折叠烧烤架、便携式不锈钢烧烤炉、木炭、固体酒精、钎子、鱼夹、刀、烧烤调料和矿泉水。他驱车来到肖正阳的楼下，在停车位将车停好，按门铃，看到久违的朋友。

肖正阳家还是保持老样子。房间摆满带有原始粗犷之美的根雕和木头工艺品，墙上挂有土族、苗族、水族、瑶族、黎族、侗族、羌族、藏族的绣品和挂饰，展架上摆着蒙古族、鄂伦春族、鄂温克族、赫哲族、达斡尔族、壮族、白族的皮制品和银饰品。这样的装饰，让人不由自主想起这里的女主人。

过往的美好，会给人的心里留下伤痕。这种伤痕，虽然会被时间愈合，疤痕也会淡化，却总会被某些事物在不经意的时刻触痛。

肖正阳像头大病初愈的猎豹，清瘦的脸颊上一双目光犀利的眼睛，带有不被驯服的野性。顾之风看到这双眼睛，确认他已康复。不过这双眼睛里有意无意流露出的忧郁，又分明透露出他内心留下的致命伤痕。伤痕，是愈合的表征。

安琪见到顾之风显得异常高兴。她拉起顾之风的手不停地说："老师，你怎么现在才想起来看安琪。安琪以为老师把安琪忘了呢！安琪有一天梦到在灰色建筑里，老师再也不理安琪啦。安琪哭得好伤心！"安琪说着，漆黑的眼睛里满是委屈的眼泪。

顾之风将她抱进怀里，亲着她的小脸蛋儿说："老师当然也想安琪啦！只是老师有自己的工作要做，所以这么晚才来看安琪。"成人的谎言，带有无可回避的违心。

顾之风将她放在腿上，从手提袋里取出为她准备的礼物——一辆四轮驱动遥控电动车。

这个孩子是在爷爷家里长大的，后来偶尔跟着肖正阳。肖正阳怕孩子会和自己陌生，等孩子长大一些就接回来自己带，并雇了三个保姆。顾之风很喜欢这个孩子，在她小时候给她洗过尿布。虽然超市里卖纸尿裤，可是老人受传统观念影响一直给孩子用尿布。

除了幼儿园，安琪很少有和同龄女孩子玩耍的机会，性格有些像男孩子。

她不太喜欢布娃娃一类的玩偶，倒是很喜欢电动车、遥控飞机等男孩子喜欢的玩具。得到一款新型的遥控车，安琪兴奋异常，拆开包装，在各个房间里驱动电动车。她不停地自说自话，不时跑回客厅让肖正阳和顾之风观看她驾驭电动车的非凡本领。

肖正阳起身冲两袋速溶咖啡。这个曾经很喜欢自己磨咖啡豆的人，已然改掉以前的许多良好习惯。顾之风喝着味道呆板的速溶咖啡，觉得眼前的发小熟悉而陌生。

那个叫安姝婷的女子，像一柄利刃刺穿这个刚毅男人的阿喀琉斯之踵。从此以后，这个有着完整而强大灵魂的人，变得残缺不全。所幸，他没有因此而送命。

"在疗养院的时候，我总在想过去的许多事情。感觉自己像青春流逝后的一具躯体，带着无可逃避的忧伤，衰老枯萎。那种感觉很可怕！"肖正阳喝咖啡的表情，像在咀嚼自己的忧伤，他将咖啡杯放回茶几说，"我一次次地向恐惧妥协，最终失去自我。"

"叔本华的悲观主义并不能解决他心中的困惑，反而使他一生都生活在自我的痛苦中。我在非洲见过很多没有文化却单纯而快乐的人。他们死去后被人用担架抬离村子，挖坑埋葬后没有任何的痕迹。一场雨就会让他们彻底消失。没有存在，也没有纪念。"

顾之风观察自己的发小，斟酌着如何恰当地表达出需要表达的意思。

"我一直有一个梦想，就是和心爱的人过幸福而简约的生活。可是这个梦想成为落地的琉璃球，瞬间变得支离破碎。"肖正阳望向安琪。他的体内似乎有股邪恶的力量，随时都可能爆发。他学过散打和泰拳，握紧的拳头能使人感到其中蕴含的力量。

"一切都可以重来，没必要为过去灰心丧气。"

"重来，可能吗？为了安姝婷，我毫无保留地燃尽自己。如今，我心里满是灰烬。我陪她去乌兰乌德、阿拉木图、撒马尔罕、托克马克、伊斯坦堡、伊斯坦布尔、胡占德、拉合尔、科尼亚、科托尔、新德里、开罗、罗马、巴黎、维也纳、马德里……"

"这些故事，我都知道。"顾之风想阻止他陷入自我。

"我竭尽所能实现她所有的愿望。为了她喜欢的食物,我可以开车十几个小时去附近城市所有餐厅寻找;为了她喜欢的场景,我可以动用公司所有的资源来营造属于她的浪漫;为了她钟情的剧目,我可以放下所有工作陪她去维也纳看歌剧;为了她钟情的品牌,我可以动用所有关系带她去购买限量品牌;为了她心中的信仰,我可以跟随她去耶路撒冷圣殿哭墙下哀哭祈祷;为了她心中的愿望,我可以陪着她重温三毛与荷西的撒哈拉之旅……"

"正阳,过去的已经过去。"顾之风看到他扭曲的脸,想阻止他再次沉陷。

"嘿嘿,我所做的一切,都比不上那个营养不良的恶棍随心所欲写的几篇文章。我把自己作为祭品,焚毁在爱情的祭坛。"肖正阳眼中噙满泪水,声音里浸满悲凉。

没钱时,人们所有问题都是钱的问题;有钱时,人们才要真正面对人的问题。

"过去,你可不是这样的。人不能总是活在过去。我们应该珍藏的,是生命中幸福快乐的记忆。它们会在绝望时给予我们力量。还记得我和你爬上韩晓冉家屋顶,用线系着石头和信,从屋檐上往下吊情书吗?"顾之风点支烟,透过烟雾望着肖正阳。

肖正阳苦笑,露出痛苦的神情说:"你还记得这些事?那时,我们都是女生心目中的白马王子,谁知如今都成了灰头土脸的落魄黑奴啰!"

"哈哈,黑奴!黑奴是需要解放的。今天我来,就是想带你这黑奴,做回离家远游的堂吉诃德。我准备了烧烤的家什,韩晓冉、李雨露、付郁楠和温舒雅正在串制烤串呢。安琪在家一定也很憋闷,大家出去放放风。"顾之风望着肖正阳,希望得到明确的答复。

"我被困在意识的世界,遇见轮回中的安姝婷。在那里,我看到她变成一个小女孩，身边是一头散发异彩的九色鹿。整个世界像一幅达利的画，充满超现实主义的荒诞。"

九色鹿，肖正阳和安琪都看到了九色鹿。莫非安舒婷才是九色鹿的化身？

"爸爸和老师是在聊关于妈妈的事情吗？"安琪眼中弥漫忧伤。

"不是，我们在商量要不要出去玩儿。安琪想不想和老师一起出去玩呀？"他岔开话题。从阳台的榻榻米吹进的风，有雏菊怡人的味道。那味道里似乎混着青春的气息。

"老师，我们要一起出去玩吗？太好啦！爸爸，我们一起去好不好？"安琪转忧为喜，将电动车遥控器放到茶几上，瞪着清澈明亮的眼睛问。那双眼睛像天空中璀璨的明星，带有这间房屋曾经女主人特有的无辜与纯净。

"安琪想出去玩吗？"肖正阳将孩子抱在怀里，用手抚摸她鬓黑如绸缎般的头发。安琪仰起头说："当然想啦！安琪好久没有出去玩，都快忘记外面世界是什么样子哩！"

顾之风将烟掐灭，丢进烟灰缸。他望着这对父女，心里泛起淡淡的忧伤。自己要是有一个这样的女儿该多好。可惜，他连一个心仪的女友都没有。李雨露打电话，说车已到楼下。

他站起身说："他们过来哩。出去走走，换换心情。"

"好吧……"肖正阳喉结移动，似乎在艰难地咽下喉中鱼鲠。

李雨露开车在前面带路，中间开路虎的据说是刚从希腊回国的高中同学。顾之风的车在最后。他和肖正阳对于那个高中同学都没有印象。风从车窗外吹进来，有淡淡的泥土的清香。树木与农田形成的风景，有居斯塔夫·库尔贝和罗莎·博纳尔油画的感觉。

安琪看到有农夫赶着骡车，后面跟着一匹白色的小马驹，快乐地冲那马驹叫喊。这个被长时间关在家里的孩子，看到农村的景物显露出无法掩饰的好奇。路边的野花上沾满蝴蝶，突然惊起后飞出弧线越过车辆。农家院里传出毛驴撕心裂肺的嚎叫。有雄赳赳的公鸡瞪着圆溜溜的眼睛，机警地观看过路的车辆。几只灰色家鸽落在红色屋顶上。

在水库边的树林将车停好，顾之风从后备箱取出折叠烧烤架、不锈钢烧烤炉。肖正阳将手提式铝合金折叠座椅打开，在桌子中间圆孔插入遮阳伞。他装好座椅，往外搬矿泉水。

安琪像只快乐的云雀，蹦跳着帮拿木炭和固体酒精。

那名开路虎的同学叫马文杰，从后备箱取出一大袋西瓜放进河里。他点支烟，从后备箱提出钓鱼装备，在水库边的树荫下支开马扎，放钓竿。李雨露和韩晓冉将串好的羊肉串、鸡翅、无骨鸡柳、骨肉相连、鱼丸、鱿鱼、青椒、茄子和馍片提过来，放在肖正阳支好的桌子上。温舒雅往外搬啤酒，付郁楠则拎来两手提袋水果。

肖正阳见两个女生力亏，上前帮忙。安琪化作一只轻盈的蝴蝶，不停地在人群中穿梭。她一会儿地跟着肖正阳跑，一会儿又回到顾之风身边，看他用木炭和固体酒精生火。

肖正阳从后备箱取出折叠帐篷，确定好位置将帐篷平铺在地上。他将折叠的帐杆拉直并接好，穿入帐篷的营管。安琪见父亲搭帐篷，哼儿歌跑过去观看。肖正阳将纤维杆的一头插入企眼洞，将帐篷拱起另一头插入针环。

顾之风费了九牛二虎之力才将木炭引燃，摆开调料架，用小碗盛上油，放好刷子，在辣酱里兑入少量啤酒，陆续将烧烤调料摆好。他见木炭烧成白灰色，便坐在马扎上烤羊肉串。

李雨露守在一旁，给他做助手。

温舒雅和付郁楠用矿泉水洗水果，韩晓冉提啤酒去找搭好帐篷的肖正阳。安琪钻进帐篷，把小脸从纱窗露出来，冲顾之风喊："老师，快看我。我在房子里！"

顾之风的烧烤手艺是向俄日勒和克学的。他给烤得焦黄的羊肉串上撒调料，两手分抓肉串将上面的调料抹均匀，撒上椒盐，冲安琪摆手。安琪犹如小鹿飞跑过来，接过顾之风递去的羊肉串，津津有味地吃着说："老师烤的羊肉串比爸爸带我去烤吧里吃的好吃！"

"这是阿茹娜和阿如温查斯爸爸，从锡林郭勒草原寄过来的羊肉！"

"安琪想他们啦……"孩子明媚的小脸上飘过乌云。

"安琪这么小就会恭维人哩！咦，怎么还伤心起来喽？"李雨露微笑逗安琪。她身材高挑，是那种像张钧甯般清丽秀美的佳人。少年时代，顾之风有段时间很喜欢她。不知怎么的，后来对这位美女失去了爱慕之心。

"姐姐，不信你尝尝，真的很好吃。"安琪将手中一支肉串递给她。

她面带微笑，小口吃起肉串，回头对顾之风说："没想到你还有这手艺，哪天咱们合资开家烧烤店。"

"好啊，姐姐和老师开烧烤店，我和爸爸天天去吃。"安琪天真地说。

顾之风将烤好的羊肉串递给李雨露："将肉串分给众人，我再烤。"他望向李雨露的背影，心里泛起淡淡的感伤。为什么会有这样的感觉，连他自己也不清楚。

肖正阳和韩晓冉走过来。肖正阳的烧烤技艺比顾之风高明，以前每次野炊都是他做主厨。顾之风瞅着过来的两人，心里不由想如果当初肖正阳娶了韩晓冉会是怎样的结果。肖正阳面对韩晓冉显得有些尴尬。他过来接替顾之风。顾之风识趣地将手里的活计交给他。

付郁楠和温舒雅给大家分水果，顾之风提两瓶啤酒找树荫下的马文杰。

马文杰白白胖胖，一张与人为善的胖脸。听说他卖了北京的四合院，去希腊奋斗十几年。挣回八九百万，却发现根本在三环买不起房；而卖掉的院子已经升值到几个亿。他接过顾之风递来的啤酒小口喝着，专注于水上的浮漂，说："钓吗，包里有鱼竿。"

顾之风过去从包内取出一副碳素钓竿，挂上鱼饵和鱼漂，将鱼线甩出去。

他给马文杰递支烟，自己叼一支，坐在马扎上。他见马文杰的钓箱、鱼护、超网及配件都是进口的，不免觉得有些奢侈。两人盯着鱼漂，有一句没一句地聊天，说起葡萄酒色之海——爱琴海、希腊文明的源头——克里特岛、迈锡尼文明的摇篮——伯罗奔尼撒半岛。

马文杰钓了十多条鱼，顾之风只钓到两条。付郁楠过来催两人。他们将竿支在架上，回到帐篷前。几个人围坐在折叠桌椅边谈笑风生地喝啤酒吃烧烤。韩晓冉给烤好的青椒和馍片刷酱，肖正阳刷完油烤馍片和鱼丸，马文杰用鱼剪和小刀开剥钓上来的活鱼。

熟悉的感觉，仿佛穿越回斗金山的野炊。顾之风望着眼前的一切，有种不真实感。他想到詹姆斯·洛夫洛克的"盖亚假说"，隐约觉得人类是超自然力量的刻意创造。

安琪神秘兮兮地来到他身边，拉住他的手说："老师，安琪告诉你个秘密。"将小嘴凑到他耳边，"姐姐在那边等你，说和你有话说。她专门让我过来叫你！"

顾之风一愣，望向远处林边的李雨露，心里泛起无法说清的感觉。

四十六　荒山之爱

一颗单独的星算不了什么，但无数颗星星布满夜空，夜空就会变得很美，很美……

——贝·泰勒

荒山的夜晚，难得能看到城市里无缘得见的星星。浩渺的星空，给人深邃而悠远的感觉。清澈、瑰丽、璀璨、神秘，让人不自觉地感到自己的渺小。

顾之风盯着篝火，脑海里不断涌出李雨露的话。

他心不在焉地望向与付郁楠依偎在一起烤火的李雨露，心里涌起莫名惆怅。

年龄越增长，越没有激情。面对没有征兆的爱情，心里会不自觉地生出排斥。

如果是多年以前，他一定会毫不犹豫地选择李雨露作为恋人。可是时间风化了青春，使那些微妙的感情早已在岁月里稀释殆尽。如今，他的心里仿佛有一个巨大的空洞。这个空洞，不是被世俗化的李雨露所能填补的。那是灵魂的空洞，通向孤独的未知。

火星随着热浪上升，在无尽的黑暗中消失。青春流逝，带着无法言说的忧伤。

这忧伤属于在座的每一个人。他们像红山文化围火祭祀的先民，祭奠早已逝去的青春。火光中的一张张脸，早已失去纯真与美好，曾经清澈的眼睛积满岁月的灰尘。

幻象中，有石头堆砌的圆形遗址。各族首领坐在遗址的中央，在篝火旁围坐吃烤肉，高谈阔论如何征服世界。空中形成倒置的旋涡，不断有雷霆闪电霹雳轰鸣。火光闪烁的虫洞显现出银河系与仙女系的星系碰撞，高浓度宇宙辐射瞬间摧毁地球生态系统……

如剑桥大学吉莫尔所说："最后所有恒星都将死亡，新星系变成一个巨大的死亡星系。"

每一段历史，都会以不同的形式重复。我们生活在无限循环的宇宙，所看到的宇宙可能是时空里的遗留影像——按照爱因斯坦的相对论和霍金的黑洞蒸发理论，如果人走近黑洞，越接近质量中心，时间就越慢。当与质心距离达到史瓦西半径时，时间就会停止，光会被吸进去。从地球上看，他在停滞的时间点上，会因多普勒红移慢慢消失。

天上一天，地上一年。复杂的概念，科学推测的假象。古人的推断，是否因为曾有人进入虫洞？在高维宇宙迷失，回来后发现身边人都已老去。每一个人终将变老。我们曾以为老去的只是别人，与自己无关。当衰老爬满额头，我们才幡然悔悟，原来衰老是每个人必经的过程。而这个过程，远比我们的想象要快得多，让人猝不及防。

顾之风想到莪相，想到他的母亲萨布被邪恶的德鲁伊教徒变成一只鹿；他被海神马纳南带到青春仙岛，娶海神女儿为妻，度过三百年快乐时光；他不听仙妻"不要下马"的劝告，为炫耀力量从马鞍滑落，由英俊健壮的青年瞬间变成目盲枯槁的老人……

凯尔特神话里的仙岛，是否与平行宇宙有关？无法用科学解释神秘现象的先民，只能通过神话来描述。埃及、印度、希腊、罗马、北欧的诸神，是否是更高维度的外星人？

一头鹿，穿越在现实与梦幻中的鹿。犹如李雨露提到的白鹿，消散在夜风中。

刚才打牌、喝酒、跳舞、狂欢的余热，已然化为冰冷的灰烬。几个人没有言语围坐在篝火旁，心里是激情冷却后的安静。安琪睡眼惺忪地望着火，在肖正阳怀中打瞌睡。温舒雅和马文杰聊死去的杜哲浩。韩晓冉几次离开接电话，回来后心不在焉地望向肖正阳。

李雨露起身从车里取出 iPad，坐在顾之风身边用视频播放《奔腾年代》。顾之风在大学时曾看过这部影片，还专门写过与之相关的评论。那匹叫"海洋饼干"的矮小伤马和两个失意的男人霍华德、波拉德，共同为意志消沉的年代带来勇气与希望……

希望。真的有希望吗？汉尼拔与大西庇阿的决战，摧毁了他所有的希望。十五年对罗马的争战，最终以失败而告终。迦太基的灭亡。逃亡，暴虐，还是内心无比的强大与执着。与威廉·华莱士有着相似宿命的英雄，最终没能逃脱服毒自杀的命运。

李雨露见顾之风没有与她一起看影片的意思，将播放的影片换成《世界上最快的印第安摩托》。顾之风心里翻滚着无数念头。他觉得，很多时候人都在抵御自己内心不断涌现的想法。这些想法很可能将人引入万劫不复的境地。

付郁楠望向李雨露和顾之风，揶揄道："雨露，现在是越来越重色轻友啦，竟然抛下自己的姐妹，跑去跟帅哥厮混！"

"什么重色轻友嘛，我怎么闻到一股醋味儿？雨露，你刚才站起来时，撞翻醋坛子了吧！"温舒雅听到付郁楠的话，嬉皮笑脸回腔道。

"你不和马文杰同学好好聊爱情，出来充什么程咬金？看人家韩晓冉同学多乖巧，守着肖正阳，一副贤妻良母的光辉形象。"付郁楠似乎有意要打破这种沉闷，带着柏杨先生震荡酱缸的勇气与毅力调侃众人。

"郁楠现在是想某个人哩，所以见不得别人亲热……嘻嘻，这酸葡萄的心理呀，大家心知肚明！"李雨露见付郁楠成为众矢之的，趁势火上浇油。

"你们这帮有异性没人性的娘们儿，没男人能死啊！"付郁楠不平道。

顾之风听几位女生斗口，觉得无趣之极，起身寻找野外的旱厕。无果，只能到庄稼地里小解。听到有响动，他用狼眼手电照去，见一只獾子在地里匆匆跑过。他快步追赶，那只看似笨拙的獾子迅速消失进庄稼地。顾之风反身走出庄稼地，点支烟，仰望满天繁星。

不坚守内心的理想，是件很容易的事情。可是，将要面对漫长而乏味的婚姻，却显得未知而恐怖。终生面对一个没有感情基础的人，这需要多么强大的内心。顾之风不愿屈从，只是对婚姻还有微弱的希望。他相信总有一天，会遇到那个让他愿意停下来的人。

可是，年龄增长像不断加重的砝码压在他心头，使他陷入一次次的自我否定之中。

因为如果那个人最终不会出现，那么他所有的优势都会变为劣势。而且年龄越增加，这种劣势越扩大。如果他不能掌控，则很可能成为一个空留悔恨的孤独老人。

老人。他越来越倾向于这个词。年轻与年老，是被情境定义的。身边的同龄人都已经有孩子，他还带着近乎愚蠢的固执，在坚守一种没有前途的理想。爱与婚姻，理想与现实，形成搅混在一起的凝固体，固化在他的心里，成为吸食他勇气与活力的不断膨胀的肿块。

他回到篝火旁，有附近过来的紫红脸膛的农民与肖正阳聊天。

顾之风坐下，听到那人喝着啤酒讲村子里的逸事。原来是个好吃懒做的酒鬼。顾之风望着那人一瓶接一瓶喝啤酒、吃剩下的烧烤，渐渐对他失去好奇心。

那人酒量甚浅，没喝多少就开始滔滔不绝地说大话，边说边唱带有土腔的山歌。不久，鬼哭狼嚎的歌声引来他粗壮结实的老婆。那悍妇拿着笤帚过来边骂边打要将他赶回去。农夫吐沫四溅地回嘴，临走不忘将地上的半瓶酒揣进怀里。

农人夫妇的离开，使气氛重新沦为灰冷。几人将柴火浇灭，各自回到支好的帐篷。顾之风和马文杰，肖正阳带着安琪，付郁楠和李雨露，温舒雅和韩晓冉。

铺好防潮垫，躺在睡袋里，顾之风翻来覆去睡不着。马文杰打鼾打得不亦乐乎，更加重了他心里的烦乱。外面有异样的响动，他探出头看到獾子和野狗在争食空地上留下的食物和垃圾。文明的糟粕，破坏自然的风景。

文明古国衰落成为不可逆转的趋势。尼罗河孕育的埃及文明，那种在不变物价中逐渐贫乏的民众，那些在古代废墟中日渐荒芜的心灵。曾经的辉煌成为固化的陈迹，没有核心竞争力的社会，丧失缔造奇迹的内驱力。而所谓的文明，不过是心灵废墟上的残垣断壁。

还有丝绸之路上的那些古国，它们曾经是世界的中心，并创造出前所未有的辉煌文明。然而，随着最后的帝国——奥斯曼帝国的土崩瓦解，它的碎片变成无数纷争不断的国家。它们不再依赖丝绸之路的贸易，而是通过大量出卖石油来换取经济发展。它们成为列强的刀俎之鱼，在国际博弈中被任意宰割……没有同情，只有压榨。

弱肉强食的社会，法律在限制强者，也在保护弱者……国家，权力，财富，战争，对于个人而言都远不如幸福生活更实惠。宏大的时代，人应该真正成为人。

他想着，听到有异样响动，悄悄钻出睡袋向声源处走去。

黑暗中大片玉米地像黑色涌动的海。黯淡星光下，似乎能听到浩淼的潮声。空气清冷而潮湿，带有山野的气息。有猫头鹰的怪叫，渗透在空气里，带着恶意嘲笑的阴森。

他点支烟，走到几棵枝繁叶茂的榆树下。看到李雨露正目不转睛地盯视他。

她怎么会在这里？顾之风觉得奇怪，刚想说话，李雨露温湿的唇轻轻印在他的唇上。那柔软而带有甜香的唇似乎有无穷吸力，像宇宙黑洞般以无法抗拒的魔力将他的整个灵魂吸纳进去。顾之风觉得体内的某种欲望被激发，正以野兽般的强悍冲破躯体的束缚。

李雨露发出微弱而恍惚的呻吟。这种微小的声音像军阵前擂动的战鼓，激发起顾之风的征服欲。他的手温柔而坚决地抚摸李雨露的身体，那富有弹性焕发出青春气息的身体在他的抚慰下变得绵软无力。李雨露像条水蛭，融化在他的怀里。

"你爱我吗？"李雨露气息短促地问。她的眼神中满是迷离的期待。

顾之风像被从头浇下一盆凉水，瞬间恢复清醒与冷漠。他退后，盯着李雨露的眼睛，不知如何表达自己的感情。我爱她吗？他心里问自己。欲望之火被瞬间冻结在寒冰里。那头身体里无法约束的野兽，也霎时成为冰河世纪被冰封的标本。

李雨露眼中漫过无法言喻的失望。她向顾之风要支烟，沉静地抽烟。

顾之风坐在她旁边，心里堆满灰冷的失望。失望，对自己的失望。他觉得刚才的举动，就是个地地道道的渣男。他点支烟，望向不协调地屹立在星空下的帐篷。

我心里想要的究竟是什么？我为什么要把自己囚禁在孤独地狱。

人失去希望，是多么可悲的事情。或者，我对婚姻寄予太多的希望，所以才使自己陷入无望的泥沼。为何对婚姻产生渴求，为何自己的内心在悄无声息中发生变化……

"我有过一段不幸婚姻，短暂得像流星划过夜空。不过，我的爱情没有光焰，只有灰烬。所以，我不想让自己再次陷入失望……"李雨露抽着烟，在微弱的光线里可以看到她冰冷的神情。几年没有联络，原来李雨露已有过一段婚姻。顾之风想，没有接她的话茬。

"如果再次遭遇不幸，我会变成一个绝望而堕落的人……"李雨露将吸完的烟蒂在石头上神经质地拧灭，她怅怅吐口气说，"我不想委曲求全，也不想让你有所缺憾。你是个像风一样的人，整天都在世界各地漂流。我不想为等你，耗尽最后的韶华，所以我选择了婚姻。可是，我的婚姻无法留住美好的青春，如今我已成为婚姻的弃儿。"

原本想约几个曾经的朋友，带肖正阳和安琪共拾美好的回忆。没想到这里的许多人，都有不愿与人吐露的隐伤。黄昏时候，人们一起划船、钓鱼、烧烤、吃水果、打大 A，难道都是刻意的伪装？来到郊外寻找快乐，却在夜晚暴露出每个人内心的伤痛。

荒山之趣，如今已然丧失所有趣味。顾之风取出烟，递给李雨露一支，点燃后语速缓慢地说："婚姻是两个人经营的事业，非一个人的主观所能左右。用新的感情为旧的感情疗伤是不智之举，很可能陷入玩火自焚的境地。"

李雨露透过口中吐出的烟雾睨着顾之风，说："我们本应是青梅竹马的一对，谁曾想你出国就不再回来。那时你与肖正阳高傲嚣张，哪个女生会自取其辱向你们表露心迹！"

"我和肖正阳一样，是会被感情摧毁的人。我们都不敢让自己轻易陷入感情，因为孤注一掷的我们，只要付出感情就不能容忍背叛。"顾之风望向肖正阳休息的帐篷，心里有隐隐的疼痛，"肖正阳全心全意爱自己的妻子，可结果多么令人悲伤！"

"肖正阳，他对安姝婷太好嘞。关心则乱，他的溺爱使安姝婷迷失了自己。女人的心里都住着一个魔鬼，在她软弱的时候，会引诱她误入歧途。其实，肖正阳那么优秀，又何必在一棵树上吊死！"李雨露站起身说，"你不是肖正阳，你是你自己！"

"我曾经喜欢过你，可惜有缘无分。"

"我有个梦，你是一匹白狼，我是一头白鹿。我们徜徉于额尔古纳河边，听大地母亲的心声……"李雨露叹口气说，"我有点累了，回去休息嘞。"

我是白狼？顾之风心里泛起莫名的惆怅，目送她离开。电话铃响，看到是陌生号码。接听，有熟悉的声音传过来："喂，是之风吗？我是张露，已来到你的城市，在火车站。你能过来接我吗？"顾之风听到张露的声音，整个人被冰冻在寒夜里。

四十七　希望之花

大多数的奢侈品，以及许多所谓的使生活舒适的东西，非但不是必不可少的，而且必定阻碍人类的崇高向上。

——梭罗《瓦尔登湖》

在国外时，顾之风从未感到如此大的压力。回来，才发现不论是生活还是爱情，都被一种盲目而功利的氛围所压迫。成功和富有变成烘烤人心的烈火，使人们难以过平静而克制的生活；财富与门阀成为束缚爱情的桎梏，使真爱在浮躁中千疮百孔。

世界的规律，被资本挟持后，成为少数人压榨多数人的残酷游戏。那么，我们是否需要一场革命，来改变这个世界。他苦笑，觉得自己本应生在战火纷飞的年代。

简单而平静的生活，这是多么奢侈的事情。相对于古朴的年代，现代人更加空虚。很多时候，他会不由自主地吟诵徐志摩的《我不知道风是往哪一个方向吹》——我不知道风是在哪一个方向吹——我是在梦中，在梦的轻波里依洄……无序的生活，使他无法看清方向。

他曾有过一种不切实际的冲动：希望可以在兴安岭或长白山建一座小木屋，与心爱的人安静地生活在那里。可以打猎，采蘑菇，还可以看东北虎、棕熊、野猪和驯鹿。不过这种理想化的愿望，只能在将暮未暮的黄昏，躺在藤椅里似睡非睡时幻想。

他曾在阴雨霏霏的日子，乘车上长白山看天池。原以为只能看到浓浓雾气，不料冷风过，云雾缭绕中美丽天池宛如镶嵌在山间的碧绿宝石。他欣赏着天池美景，有种莫名的感动。

他是个理想主义者。不过，一个理想主义者，在这个现实的缺乏想象力的时代，显然是一种悲哀。现实，究竟是我们经历的现在，还是存留在记忆里的过去？

我们经历过的一切，终究会灰飞烟灭。我们目睹过的一切，终究会沧桑变迁。

夜气催逼，使他陷入莫名的遐想。疲惫却没有睡意，脑袋迟钝得有些生疼。他将车停好，快步走向火车站。有拿住宿招牌的老鸨招呼从出站口涌出的行客。车站前的广场上躺满铺着报纸或毯子，枕着旅行包睡觉的旅客，也有毫无睡意抽烟、吃零食、聊天的旅客。

顾之风拨电话，进入东侧出站通道。通道大厅的长椅上横躺竖卧疲惫的旅客。超市和商店里有拿地图的散客在采购物品。他进入休息区，看到神情疲惫的张露。

她像一株稀有的彼岸花，倔强地开在喧嚣的人潮中。

顾之风驱车回到住处，张露疲倦地蜷缩在客厅沙发里熟睡。顾之风在厨房为她做夜宵，磨咖啡豆煮咖啡。做好后，他到客厅唤醒张露。望着眼前的女子，心里有种踏实感。

从未发现一个女子，能给人带来心灵的踏实。他想，露出迷人微笑。

吃过夜宵，收拾完毕。张露睡在主卧，他从床箱里取出蚕丝被和荞麦皮枕头给她。自己抱着被子到侧卧休息。躺在床上，他翻来覆去睡不着，起身去客厅冲了杯咖啡。不知明天肖正阳、安琪和同学们会继续怎样的行程。自己的不辞而别难免显得不够仗义。

为什么张露会突然来访，她在俄罗斯究竟经历了什么？他将咖啡饮尽，起身去盥洗室洗澡。洗完，裹着浴巾回到自己的卧室。自从与栗莉娜有过肌肤之亲，他的心里似乎生出某种障碍，对于肉体，丧失美好的敬畏。他穿好睡衣，起身去书房，从书架上拿本索尔·贝娄的《赫索格》，靠着抱枕翻看；看得累了，熄灯，躺进温暖的被窝。

睡得迷迷糊糊，感觉有人钻进自己的被窝。他醒来，感到冰凉而光滑的身体。是他的沐浴液，有薄荷的清香。张露温柔而枯涩的声音在他耳畔响起："抱紧我，好吗？"

顾之风将她拥在怀里，未睡醒的疲倦被体内涌动的欲望燃烧，化作流淌进血液的火焰。他轻嗅她长发上野菊花的味道，将眼睛轻轻闭上。这样的味道，仿佛使他回到童年时经过的香草怡人的农田。金灿灿的阳光洒满皮肤，有暖洋洋的惬意感觉。

顾之风觉得有股能量融入血液，在他两腿间流淌。他的心被白色光芒照彻，使他在黑暗中的躯体几乎变成透明。他感觉四周都是黑色潮水。而他和张露是在这潮水中漂浮的亚当和夏娃，有未吃分别善恶果的圣洁。空气中蒸腾起身体里透出的汗湿味。细微的似有似无的汗液混着淡淡的薄荷香味，使他不知不觉在其中沉沦。

张露为什么会来到他的房间，而且……他透过张露的身体，感到均匀的呼吸。

她睡着了。顾之风想，心里有空荡荡的落寞。这就像一个饥饿的人，遇到美味香甜的食物，却无法吃到嘴里。他心里的美好，像被印度教徒朝拜的浑浊的恒河水，在受到污染后不得不强力进行自我修复。在男女床事上，他像一个陷入迷宫里没有任何经验的孩子。

孩子——这真是莫大的讽刺。那次酒后与栗莉娜在酒店里发生的事，像枚火红的烙铁烙在他的心坎上。不过若没有那夜的事情，他可能会怀疑自己在这方面的能力。

他已经忘记自己是通过什么方式来解决这方面的需求。如今面对躺在自己被窝里的张露，他才感到一种来自雄性的无可抑制的欲望，像蜕变前的绿巨人要冲破他的躯体。

张露翻个身，将身体转向顾之风。她的乳房不大不小，像那尊绝美的雕塑断臂维纳斯或者绘画维纳斯的诞生的那对比例适中又充满魅力的乳房；而且这双乳没有石材的冰冷和画布的平板，富有活力与弹性，且带有年轻女性无限的生命力。这是怎样的诱惑？他曾欣赏过无数被西方视为珍品的裸体雕塑和绘画，不知为何面对张露美好的胴体，他的脸像被火炭炙烤般红得发疼。他刚想坐起来离开这灼人的诱惑，不料张露居然睁开眼睛。

"吻我。"张露的声音，像墨西拿海峡塞壬的歌声。

顾之风久久凝视她，觉得那难以抑制的欲望与内心的克制使他成为笼中困兽。他焦灼的唇被张露迷离的神情所吸引，轻轻印在她水润芬芳的唇上。他们像两条相濡以沫的鱼，在那带有甜美气息和令人悸动的亲吻中，陷入欲望的潮水。每一份想念、每一份渴望、每一份爱恋、每一份悸动，都在芳醇而令人迷醉的香吻中融化。

顾之风的唇像一条水蛭，从张露的唇滑过她温润的脸颊，滑过她有着修长睫毛的眼睛和粉嫩得几乎透明的耳朵。他听到张露短促的呼吸和微弱的呻吟，体内的雄性激素被肆无忌惮地激发。他轻轻吻她的颈项，用手温柔地抚摩那有维纳斯般诱惑的乳房。他觉得它们不是文人笔下形容的乳鸽或者馒头，而是可以将人的灵魂吸纳进去的两团温存。

他的唇触碰到她的乳头，那柔软的花骨朵在他温湿的嘴唇亲吻和吮吸下逐渐变得膨胀，像含苞欲放的花蕾要开出耀眼夺目的花。那粉红色的乳晕和坚挺的乳房像达利的画，以毫无征兆的性感刺穿他坚硬的灵魂的躯壳。他多少年来被封禁的灵魂从肉体里挣脱出来，带着沉寂的身体里不可阻挡的渴望，完全融化进张露窈窕的身体……

他感到鲜润芳唇如温柔的波浪，丝滑暖流袭遍全身。巨大的幸福感，如蜜糖般甜美滋养全身每个细胞。那种美妙欢愉的感觉，像一枚烟花在夜空绽放，千万道璀璨光华照彻整个天际。炽热火焰几乎将人吞噬，身体进入说不出来的妙境。那奇妙感觉，使五脏六腑里，像熨斗熨过，无一处不服帖；三万六千个毛孔，像吃人参果，无一个毛孔不畅快。

他紧闭双眼，浑身痉挛，沉溺在幸福的时刻。大脑一片空白，思想、意识和身体都仿佛沉入冰岛让人骨软筋酥的蓝湖温泉。欢愉的感觉犹如不断涌动的潮汐，一浪高过一浪将人席卷吞没。他在急速旋转的温热旋涡，幸福得有些晕眩、美妙得令人窒息……

有一些记忆通过神经一点一滴融入他的身体。这种私密的感觉，需要用一生的时间来回味；若香醇而馥郁的红酒，需要经过味蕾的感触，最终形成陶醉灵魂的美好。

他感觉自己像一个懵懂的孩子，无意间闯入有着无限奥妙的神秘花园。他屡次与这美好擦肩而过，却从不曾注意她的美妙。直到今夜驻足，才发现她所蕴含的无穷无尽的魅力。

他现在能够理解，为什么亚当会为了夏娃而偷食分别善恶树的果实。因为那是他在上帝之外，遇到的真正属于男人的诱惑。那是让男人升入极乐天堂的致命诱惑。

一个多小时，他都沉溺在温润绝伦的秘境，被激情牵引冲向快乐的巅峰。

张露像只吃饱喝足的小猫，惬意地蜷缩在她的安乐窝里。顾之风体内还有未挥发尽的激情如游蛇般蠢蠢欲动。他悄无声息地钻出被窝，光着脚丫走进客厅。他觉得喉咙干痒，第一次渴望喝到碳酸饮料。他从餐厅冰箱里取出可口可乐，拉开拉环咕嘟咕嘟大口灌下。

夜晚的城市，有零星的灯火。他在黑暗中坐着，能听到自己的心脏强有力的跳动声。原来爱情会随肉体的碰撞被激发。他没想到和张露的相见，会以这样的形式度过第一个夜晚。他从茶几上摸到烟，用Zippo打火机点燃，贪婪地抽着。他是个念旧的人，这只打火机已经用了很多年。烟头的火光在黑暗中一明一灭，香烟的气味让他的情绪趋于平静。

他将烟蒂掐灭在烟灰缸，枯坐在沙发里发呆。若在平时，他一定会跑进健身房让自己大汗淋漓。可是，如今他只能枯坐在客厅，忍耐克制自己体内井喷的欲望。

原来他体内有如此强烈的对女性肉体的渴望，可是为何这么多年他完全不了解自己身体的需求？或者只是闯入他生活的张露，不小心打开被他封闭的潘多拉之盒，使他多少年来养成的节制而规律的生活习惯被打破，将他身体里那个阴暗面的自己彻底释放出来。

他回到卧室，钻进被窝。嗅着张露身上淡淡的体香和沐浴液的薄香，轻轻将唇印在她的身体上。他的亲吻得到张露的回应。他不知道亚当如何在伊甸园生活。可是当他发现了有着无限神秘与梦幻色彩的伊甸园时，像个充满求知欲的孩子般流连忘返。

初中时，他读到小仲马《茶花女》关于玛格丽特与阿尔芒肉体接触的描写，曾不由自主地脸红。虽然凄美的爱情曾使他彻夜难眠，可是关于床戏的描写像枚火炭灼伤他稚嫩的灵魂。他以为爱情只是歌德《少年维特之烦恼》里圣洁到吻手都是莫大的亵渎，不承想心中完美的爱情会牵扯到肉体。大学时，他读了米兰·昆德拉的《生命不能承受之轻》，使他的灵魂再次受到巨大的撞击。在国外阅读晦涩难懂的詹姆斯·乔伊斯的《尤利西斯》，则彻底摧毁他对于文学中纯美爱情的向往……可他始终是个禁欲者，过着苦行僧式的生活。

今晚，他对肉体产生某种留恋，这不单是陶渊明《桃花源记》里对于与世无争的世外桃源的向往，更多的是宛若在柯罗绘画里的梦幻仙境中与仙女相守的缥缈。

放纵欲望是否会成为达摩克利斯之剑？他觉得自己最终被知识和想法束缚。

他总会不由自主陷入想法，不断挣扎却陷得越来越深。他全部的能量和感觉都集中在身体的某个部位。唯有沉寂的火山喷涌出炽热的岩浆，才会在释放能量后逐渐趋于平静。他躺在床上，将张露拥在怀里。原来所有禁忌都是自设的囹圄，只需某种偶然就会从中解脱。

随着年龄增长，他发现所有的优势都会被岁月冲淡。当需要直面婚姻时，他才明白自己的选择实在寥寥。因为同龄人大多结婚，社交圈里已鲜有适合结婚的女性。

剩男或剩女，剩下的不是精华、就是糟粕。不起眼的中间层，作为人群中的大多数，已然平稳地选择婚姻，过起平凡而温馨的生活。此刻，他多么想娶眼前的女子为妻！

梦想是什么？人生活得不幸福，多数是因为追逐一种虚无的梦想。

汉尼拔的梦想，最终不过是给罗马人民带来灾难，给他的雇佣兵带来死亡。若没有西庇阿家族为了宣扬自己而强化对手式的留下文字，也许汉尼拔会永远沉没在历史的尘埃——汉尼拔的梦想，使他终身颠沛流离，最终客死他乡。悲剧，英雄的悲剧。

自己呢？苏菲·玛索式的梦想，是否是柏拉图式的爱情？只会让他成为一个没有婚姻的孤家寡人。他实在不敢想象，若有一天自己不再年轻，而身边皆是比自己年龄小很多的异性，他是否还能有机会来成就属于自己的婚姻……恐惧，来自恐惧本身。

清晨起来，张露已然为他做好早餐。相对而坐，吃传统的中式早餐，有种无言的温馨。顾之风注视张露，心里有种无言的恐惧。这种恐惧源于什么，他也说不清楚。

有多少人是因为恐惧而选择婚姻？他想，觉得自己像大江健三郎《个人的体验》里那个被迫卷入命运旋涡的鸟。只是他没有一个脑凸出症的婴儿，张露也不是火见子。

"为何这样看着我，我的脸上有花儿吗？"张露微笑着问。

"你比花儿更好美。看着你，我觉得幸福。"他说，看到意识世界的自己被卷入命运的旋涡。那旋涡撕扯着他向深渊下沉。他伸手想抓住希望之花，却怎么也够不到……

四十八　诱惑之果

在路上，不为旅行，不因某人，只为在未知的途中遇见未知的自己。

张露独自去了西伯利亚，寻找意识深处命运的召唤。她说，人类来自于高维宇宙，因为被彻底封印所以无法返回。只要找到三维世界的漏洞，就能回到那个世界。

宿命，就像希腊神话高高在上的命运。她研究丝绸之路历史，越来越悲伤。

从俄罗斯回国后，她独自去云南丽江的大研古城和白沙。她说那是梦中的场景，恍如前世的图景重现眼前。在宇宙鸿蒙之河，她曾是一头引导波斯商队走出戈壁的九色鹿、是一匹引领鲜卑祖先脱离困境的马鹿、是一头遇到蒙古苍狼驰骋草原的白鹿……

有时，她分不清哪些是幻象，哪些是现实。她觉得自己灵魂深处住着一头鹿，夜深人静时能够感受到它的存在，能够听到它的心跳，能够嗅到它的气息。

她曾怀疑自己的精神出了问题，因此产生不切实际的幻觉、幻听、幻想……

顾之风回想自己的梦境，耐心地听张露讲述。若非自己遇到过离奇的事情，真以为眼前的女子神经系统出了毛病。不过那些似有似无的征兆，是否是大脑造出的骗局。

张露喜欢那里的古建筑和民宅，悲哀地发现这片被洛克称为香格里拉的土地，这片弥漫浓郁信仰和东巴文化的土地，已然满是作秀似的商业化表演和现代化腐迹。

她去玉龙雪山下的白水台，站在梯田般美好而圣洁的地方，禁不住热泪盈眶。若没有被现代文明所浸染，这里会是何等的原始神秘。可惜，所有愿望都是种一厢情愿的空想。

时光无法回溯，她找到东巴教的大东巴，寄宿在他的家里。她听耄耋之年的老人讲木氏家族的故事，以及纳西族人与迁徙来云南的古羌人的渊源。

她请老人揭开自己的宿命之谜。老人用巫术带她穿越幽冥之门，看到轮回里的前世今生。那种催眠般的幻象，带着难以置信的真实。在那里，她曾是一头鹿、一只鹰、一条鱼、一粒沙、一朵花、一棵树、一个人……最后，从一枚受精卵，变成眼前美丽的女子。

老人终日都在绘制神秘而美丽的图案，用毛笔书写世界上唯一存活的象形文字——东巴文。她将老人送的东巴文祝福语很好地收藏起来。她觉得比起大研古城刻在商店门口或印在 T 恤上的东巴文，这些才是从石器时代流传至今仍然活着的东巴灵魂，而不是被商业资本钉在展架上的东巴文化标本。商业，使原始的祖先崇拜，变成世俗的金钱崇拜。

她觉得，即使大研纳西古乐，也只有在祭祀的时候，才会有摄人心魂的力量。若是在剧院内演出，总感觉已然离开天地和神灵，成为人类功利的享乐。

顾之风听张露描述，不禁自问人生能有几次是不为名利而做决定？

每一种看似落后的文明，都有自己深厚的历史积淀。所谓的现代文明，不过是科技与贪欲的蔓延。最后以功利的扩张将传统而神秘的地方进行满足好奇心的旅游开发。

吃过早餐，张露去厨房收拾。顾之风在屋里读梭罗的书。

对于追求心灵自由的人，他很羡慕那种保持自我的简朴生活。他已记不起，在什么地方见过一位用马赛克创造自己理想世界的老人。他用玻璃、镜子、陶瓷和砖石砌筑自己的童年、少年、青年和中年时代的故事，风格有些像晚年的马蒂斯与毕加索、米罗风格的混搭。

收拾完，张露说想去植物园。她觉得屋子充满刚性，缺乏温柔的调和。顾之风同她一起去植物园。进入绿意盎然的大厅，听她讲每一株植物的出处与习性。顾之风跟随她，不明白眼前这个熟悉而陌生的女子，她小小的躯体里究竟装着一个怎样的灵魂。

虽然游历很多地方，顾之风对于植物却知之甚少。偶尔叫出一些植物的名字，也只限于知道它们的名字。他常自嘲自己是"植物盲"。因为他觉得强迫自己去记一些乏味的东西，是不人道的。他认为自虐式的学习，不适合自己。不过他倒挺羡慕别人拥有这样的知识。

产生这种心理，只因人总会对别人身上自己不具有的天赋产生钦慕。

种类繁多的植物，不乏名贵稀有的品种，张露选择一株龙骨、一颗兰花、一簇满天星、一瓶水仙花和一盆郁金香。她要离开时，发现一家店铺里摆放一架纯白色桃形吊椅，恋恋不舍向老板询问价格。顾之风喜欢她那小女人式的温存，见她喜欢便去收银台掏钱买下。

回来，张露悉心地侍弄花草。顾之风不愿打搅她，在一旁静静地观赏。

不知为何，他想起《浮生六记》里沈复那位颇具才情的妻子陈芸。他坐进沙发里，随手翻阅茶几上的《三希堂法帖》，心里洋溢淡淡的满足。

张露从深圳带来一套茶具和几包上好的普洱茶。喝惯绿茶清苦的顾之风，起初略有些不适应。喝得多起来，逐渐被那种褐色透明温厚的味道所吸引。那感觉就像小时候祖母熬好的绿豆粥，浓醇而久远的滋味使人沉溺其中回味无穷。

这是爱情吗？他将铜版纸书法集放回桌上，不禁问自己。一切发生得顺其自然，使人想起来都觉得不可思议。难道爱情需要轰轰烈烈或伤痕累累吗？浪漫与激情，何尝不是种表象！

犬儒学派创始人安提塞尼斯。他的学生戴奥基尼斯不就住在木桶，只要一袭斗篷、一根木棍、一条面包袋，就可以快乐而满足地生活。或者，这只是自己斯多葛式的冷静……

顾之风望着滟滟阳光里的张露，觉得眼前的场景宛如一幅印象派的油画。他心里暗自诧异何时开始以貌取人。曾看过一篇报道，说年轻人已抛弃传统贤德的标准，而单从外貌来选择配偶——这个时代要孤注而固执地保持自我，需要多么强大的内心啊！

他觉得内心膨胀的懦弱，正在侵蚀性格中最刚硬的部分，使如磐石般的信念在时间里风化。他真希望和肖正阳去疯狂地放纵一把，以自己的方式来嘲笑这个将他们钝化的世界。可是肖正阳如同一只斗败的蟋蟀，只能穴居在自己黑暗的地洞。

张露修剪完花草，回到顾之风身边，像只温顺的猫咪依偎在他的怀里。

顾之风亲吻她的额头，心里生出淡淡的惆怅。他不知这份甜美的感情能维持多久。一个不受羁縻的女子，当她感觉厌倦时是否就会离开。这是不确定，还是不自信？他觉得年龄摧毁坚强的信念，使他从一个阳光而自信的青年，变成一个衰老而隐晦的老人。

他多么想拥有坚固而长久的感情，可是性格将他囚禁在无声的沉默！

恋爱，难道不是像肖正阳那样轰轰烈烈地将自己燃烧殆尽？

他依然清晰记得肖正阳每天带一束玫瑰花，在韩晓冉宿舍楼下风雨无阻地坚守；记得肖正阳抱着大得惊人的毛绒熊，溜进韩晓冉正在上课的班级；记得肖正阳肩背相机包骑单车驮着韩晓冉，哼唱幸福的校园民谣游山玩水的美好；记得肖正阳召集铁哥们儿精心为韩晓冉准备生日 Party，在祝福的烛光前高唱生日歌时青春无畏的脸庞……

可是燃烧尽激情，又能怎样？如今的肖正阳，难道不是一团失去光焰的灰烬。如果肖正阳娶了韩晓冉，结果会怎样——他们为什么会出人意料地分手？顾之风曾觉得人生中所有的事情，过去即过去，没有什么值得后悔。后来他才明白人生其实有无数懊悔。

他凝视张露，紧紧地将她拥在怀里。他觉得只有身体涌出的力量，才是对于眼前这个迷人的女子爱的体现。他不知道她究竟得了什么病，隐约预感这份感情从开始就暗含某种不幸。他的眼泪莫名其妙地润湿眼眶，像个孩子将头埋进张露丰腴的胸脯。

午餐，顾之风做法式鹅肝，将已经放置四十八小时用保鲜膜包好的鹅肝取出，用刀均匀地切片，放在平底锅里煎不到一分钟，出锅后有芳香四溢。鹅肝煎出来外焦里嫩，像剥皮的荔枝，进入口中会随唾液融化。与心爱的人享用美食，是种难得的福分。

所有的旅行，都有走马观花的主观。我们只能远远地观赏，却无法尽知当地人的生活。他学法国人的手艺，也只是东施效颦，并不能得到其深厚文化底蕴的美食精髓。

几年前，他曾听梅庵琴派的一位长者弹奏《关山月》。在古雅的花园，可见翠竹雅舍、拱桥流水、怪石池塘、游鱼芙蕖。他恍然明白中国人那份古拙淡雅，有着与环境浑然天成的高洁。绵延的古韵，并非单纯的游山玩水所能体悟，也非好奇的取悦耳目所能理解。

其实，浪漫并非是和爱人在法兰克福挂满同心锁的锁桥，效仿自以为是的人们没有创意地挂上一把属于自己的锁。这样的锁，锁不住爱情。即使锁住，爱情也会变成一只囚鸟。每当他看到四川峨眉山的同心锁栈道、首尔南山的爱心锁墙、巴黎莱茵河的爱情锁桥……感到那些情人的美好愿望，总是带有某种隐藏心底的自私。

路易十四使钻石取代珍珠进入宫廷时尚圈。为给自己的钻石卖个好价钱，商人编造出从印度佛像上取下的法兰西之蓝的传说，被切割后又编撰出带诅咒的希望之蓝的故事。时尚与爱情、珠宝与爱情、权势与爱情，在不知不觉中被人们赋予某种难以割舍的联系。

顾之风在短暂的午休后，带张露去购物商厦。虽然心里排斥被金钱包裹的时尚，不过想到要带心仪的女子出门，还是不得不选择购物中心。他认为，男人为女人挥霍金钱是天经地义的事。为钟情的女子购物，似乎能感到那种男性的虚荣心被满足的成就感。

Chanel 经典复古包、Burberry 紫色格纹围巾、Gucci 黑色中筒靴、Prada 黑桑蚕丝收腰小袄、Dior 真我香氛、Lancome 化妆品……当他们提着大包小包从商场出来，天色已近黄昏。将物品放在后备厢和车后座后，顾之风选择一家比较正宗的巴西烤肉餐厅吃晚饭。

大学刚毕业时，他和一位来自阿根廷的同学伊格纳西奥，一起去了阿根廷和巴西交界的伊瓜苏瀑布。这条呈马蹄形的瀑布，被称为世界上最宽的瀑布。伊瓜苏河注入魔鬼咽喉大峡谷形成的大瀑布，具有气势恢宏震撼人心的浩大气魄。万千条垂落的飞瀑，比之中国山水画里的"飞流直下三千尺"的庐山瀑布，更具南美独有的粗犷与神秘。

顾之风在国内曾领略过黄河壶口瀑布那奔腾汹涌若万马冲锋的气势。那种被誉为中华民族精神的气魄，有中华之魂的湍流奔涌、烟波浩渺、腾空而起、威武雄壮。

相比较而言，伊瓜苏瀑布则是一种绵延无尽的壮美。在晴朗的天气出现彩虹时，会给观者人间仙境的瑰丽。当地人常常将死去的亲人葬在附近。他们认为每个人都有蝴蝶之魂。而这片美丽而神秘的土地，飞舞着无数稀有而色彩斑斓的蝴蝶。

餐厅里演奏巴西的 Bossa Nova（巴萨诺瓦）。这种融合了巴西森巴舞曲和美国酷派爵士的音乐，有非洲音乐的不规则节奏和多样打击乐器形成的自成一格的旋律。餐厅先后播放得是 Jobim 的《Chega De Saudade》《Manhade Carnaval》和《Sambadeorfeo》。

这种唱片在国内不容易找到。不知开餐厅老板从哪里带回这些唱片。

顾之风常称自己是个肉食动物。他喜欢烤牛肉、猪肉、火鸡腿和香肠。张露则喜欢刷上巴西蜂蜜烤菠萝和苹果。人们因为不了解而产生误解。生活中，无数丰富而饱满的人，因为我们不了解或不关注而成为擦肩而过的影子或纸片人。

《A Felicidade》使顾之风想起早年看过的法国导演马尔塞·加谬的电影《黑色奥菲斯》。正是这部影片，使他产生要去里约热内卢旅行的念头。那种巴西风情的狂欢节，从影片开始就给人感官和心灵的震撼。伴随着场景流淌的富有磁性的音乐，使人的身心都似乎融入那片金色的满是阳光气息的土地。

张露似乎并不喜欢巴西餐厅的气氛，食物吃得很少。顾之风猜测，她喜欢玛格丽特·杜拉斯，喜欢阿伦·雷乃拍摄的新潮电影《广岛之恋》。她应该喜欢日本餐厅的古雅情调，像浅草寿司大、神户牛怀石、茶寮都路里祇园本店、银座久兵卫银座本店的食物。

顾之风望着张露，觉得他们的心灵隔着一道无法跨越的天堑。他不知道自己迷恋眼前女子的什么，或者是她美好的胴体，或者是那种让他陷入就无法自拔的欲望。他想到她的时候，身体会无比亢奋。他觉得下体有充血的膨胀，心里产生羞赧与恼恨。

他不明白自己是怎么了，难道这就是内心的欲望被唤醒后的结果？他明显感到自己的内心住着一个没有羞耻感的魔鬼，它总会为自己的邪恶念头寻找各种无耻的理由。

他觉得躲在阴暗深处的自己，露出安东尼·霍普金斯所饰汉尼拔式的邪恶笑容。他觉得那个阴暗里的自己随时会从镜子里走出，将他关进无限循环的镜像世界。

爱情，难道无法挣脱欲望？他觉得美味的烤肉嚼起来逐渐失去滋味。爱情开出希望之花，原来结出的最终不过是欲望之果。或许爱情本来就是一种说不清的感觉，它不能用具体的物质来做成模型或标本。他越来越感到对于爱情，自己的幼稚与不切实际。

他像一个荒漠里饥渴的人，突然面对绿洲与水源时，却丧失了人最基本的机能。他不知该如何保有既得的爱情，只感到一种瓜熟蒂落的危机……

四十九　爱情之塔

毛姆在《刀锋》里说："大多数人在恋爱的时候会想出各种理由说服自己，认为照自己的意旨行事是唯一合理的举动。我想不幸的婚姻那么多，就是这个原因。"

每个经历创痛的人，都能体悟过分主观带来的不幸。孤独，像柄利刃在他灵魂上划出长而深的伤口。经历刻骨铭心的爱情，才明白自己真正需要怎样的人。

回到寓所，他突然产生强烈的欲望——饮酒的欲望。他喜欢红酒，打开酒柜，看到收藏的两瓶 Le Pin、一瓶 Chateau Rayas、三瓶 Petrus 和七瓶 Chateau Lafite。

他取出珍藏多年的 Romanee Conti 红酒，到厨房准备简单而美味的夜宵。

在餐厅柔和灯光下，张露美得有些不真实。顾之风觉得男人完全不在乎女人的外貌纯属假话。很多时候，男人只是迫于现有条件，而不得不做出抉择罢了。郎才女貌，女人的相貌是男人首先看重的东西。他透过梦幻光彩的玫瑰色液体，感到幸福的晕眩。

两个人温馨小酌，增添别样的情调。张露的笑容散发怡人的香味。她两颊因微醉而绯红，娇羞道："做什么不好，学人家做酒鬼。还好色地往人肉里盯。"

"唉，男人本色嘛。英雄与美女，才子与佳人。美，似乎才是女人真正的代名词。"顾之风与张露碰杯，啜饮红酒，感到灵魂站在暗处，冷眼观望他的作为。

他感觉自己的虚伪，不习惯地咳嗽，从烟盒里取支烟，几次都没能点燃。

张露从他手里取过打火机，帮他将烟点燃，轻声说："可是，我喜欢你……"

他感觉自己像个没穿衣服的男人，毫无保留地站在喜欢的女子面前。他无法掩饰自己的情绪，也无法具体描述这种感觉。他心里诧异，眼前的女子竟令他如此惊慌失措。

"我希望一生中最美的年华，和心爱的人一起度过。我知道这样做很傻，可是我无法控制自己。有时候想念一个人会痛入骨髓。我不想再自欺欺人地浪费仅有的青春。你会不会觉得我很傻？"张露深情地凝望顾之风，眼中有读不出的情绪。

"怎么很长时间都不和我联系？"顾之风瞧着熟悉而陌生的张露，感觉自己似乎从来都不了解眼前的女子。他仿佛置身于一个充满假象的世界。这个世界由无数面镜子组成。他以为看到的是事实，最终发现不过是假象，是人们刻意或随意投射在他心里的假象。

"我感觉青春在体内枯萎，可是无能为力。我想独自枯萎，却无法抑制强烈想见你的冲动。我感到越来越力不从心。"张露凄楚地苦笑，"这已足够。"

时间，将他变老。使他这头充满雄心壮志的狮子，最终倒在岁月的杀猪刀下。

他回避张露的目光，站起身，走进卫生间方便，将烟头丢进马桶。烟头被急速旋转的水流吸入无底的黑暗，感觉自己再一次被上帝抛进命运的旋涡。

对于女人，他从来都不曾真正了解。他坐回座位，望着张露，恍如隔世的感觉。

孤独催人老。他明显感到自己的衰老，不是生理，而是心理。人们的年龄在不同环境是有相对性的。姑且不用爱因斯坦的相对论和霍金的理论去分析，简单的十几岁读学前班、二十几岁读中学、三十几岁不结婚、四十几岁没孩子，都可以用晚或者老来表述。

因为过了适当的年龄，人就会在那个特定时间段老去。

"贾宝玉说，女孩儿未出嫁，是颗无价之宝珠；出了嫁，不知怎么就变出许多不好的毛病来，虽是颗珠子，却没有光彩宝色，是颗死珠了；再老了，更变得不是珠子，竟是鱼眼睛了。分明是一个人，怎么变出三样来——其实，女人和男人不一样，拥有的青春和美丽转瞬即逝。男人成熟稳重，会更有魅力；女人年老色衰，就是明日黄花了。"

张露将酒饮尽，眼神逐渐迷离。她用白皙如温玉的修长手指剥松子，优雅地递送到唇边，用玉齿叼住含入口中。她的唇形很美，娇小而性感，色泽犹如水润的樱桃。

顾之风不愿凝视那红润丰腴的嘴唇，仿佛有无限魔力要将他的灵魂吸纳进去。他垂头丧气喝下杯中酒，极力压制体内蠢蠢欲动的情欲。

"为什么不敢看我？"张露走到顾之风面前，"你喜欢我，对吗？"

顾之风仰起头，凝视那双明亮迷人的大眼睛。那双眼睛有如宝石般光洁，散发出温婉智慧的光芒。她的肌肤光滑细腻，犹如莹润的粉彩瓷器。来自肌肤的天然香气弥漫在清凉空气里，使空气都带有淡淡的甜香。张露轻声问："你不想吻我吗？"

顾之风极力克制，还是不由自主被吸引过去。他的唇轻轻印上张露的唇。温湿而富有弹性的唇，犹如绵软滑润的水蛭，会将整个灵魂都吸进去。他紧紧闭上眼，舌头在黑暗中寻找出路。仿佛进入漆黑的迷宫，只能通过触觉来感受路径。唇与唇，宛如两只缠绵的蜗牛。舌头像触须般敏锐地感触光滑的牙齿，一次次从缝隙间试图闯入；它锲而不舍，直到找到藏在深闺带有红酒甜香的伴侣，便情不自禁陷入美妙得让整个灵魂都为之颤抖地温存。

"嘤咛"一声，张露绵软地倒进顾之风怀里。顾之风将她抱住，全身筋肉紧绷，几乎要将她纳入自己的躯体。可是，他所有的力道，都被张露柔软的身体化解。

他似乎抱着一个棉花糖，甜蜜得令人忘乎所以。他将张露抱起来，吻着她走进卧室。空气香甜得让人迷醉。他将张露轻轻放在床上。蓬松柔软的床，将他们整个埋进去。

他觉得自己掉进儿时的梦里，仿佛躺进飘浮的云朵。他的手像条游蛇，滑过张露的肌肤。从那软绵绵的手游向光滑细腻的手臂，轻轻解开张露的衣扣。

那对丰满圆润富有活力的乳房毫无征兆地从衣服里跃出来。那是一对白嫩有如粉红色乳头的白璧，乳头像含苞待放的花蕾散发出迷人的芬芳。他情不自禁将唇吻上去。

他仿佛坠入温柔的罗网，又像跌进无底的深渊；他感到不断坠落带来的晕眩。张露像只青春健美的小鹿，每一寸皮肤都蕴含无限的活力。如此年轻美丽的胴体，为他开启一扇从来都不曾知晓的神秘之门。他的整个生命似乎都融化进玫瑰色的美梦。

他像个迷途的旅者，陷入温柔乡无法自拔。从未有过如此强烈地想要征服女性的欲望，浑身肌肉都释放出巨大的能量。他听到张露迸发出生命的呻吟，感觉浑身燃烧起欲望的火焰。多年积蓄在身体里的渴望，像山洪般裹挟摧毁一切的力量喷涌而出。

汗水，难以平息熊熊燃烧的火焰；时间，难以平复源源不断的热浪。

他像一头雄狮，要将这美丽得令人窒息的生命完全据为己有。他像一团烈火，要将眼前这水做的女子完全蒸发为水汽。他是那样的彪悍而野蛮，又是如此的怜惜与不舍。

他将唇贴近张露耳边，亲昵地吻她的脸颊，说："我是不是太粗鲁了？"张露温柔甜蜜地说："你真坏！"他听到张露的话，比吃了蜂蜜还甜，一直甜到心底。他从来不知道自己身体里蕴含如此强大的能量。从这种能量的释放中迸发属于男人真正的自信。

他爱恋地瞧着瘫软在床的张露，感到无比幸福。她起身，穿睡衣走进盥洗室。他听着"哗哗"水声，轻声哼着小调到客厅。生活，因为一个人的出现而变得无比幸福。他吃几颗坚果，喝下小杯红酒。望着盥洗室透出的灯光，感觉自己是世界上最幸福的人。

张露裹着浴巾，头发湿漉漉走出来。她身上散发出浴液的香味；那是属于他的味道。杨贵妃出浴的景象不知是何种风情？张露犹如出水芙蓉深深地打动他的心。

他注视眼前的美人，情不自禁地说："我们结婚吧！"

"你说的是真的吗？"张露似乎不相信自己的耳朵，走过来依偎在他怀里。

"你决定，我一切都听你的！"

"真的吗，都听我的？那我还想要！"他色眯眯地盯着张露说。

"什么嘛，"张露故意蹙起眉头，用那双美丽的眼睛瞅着他，故作生气地说，"你的身体里是不是锁着一头永远喂不饱的野兽呀。平日里文质彬彬，谁知道到床上就——"

张露还想说，被顾之风叼住舌头。他吻着樱唇说："哈哈，后悔了吧！我就是那个要吃掉小红帽的大灰狼。这么好吃的美味，说着就流口水嘞！"他将她抱回卧室。

睡到日上三竿才起床。他似乎完全陷入情欲无法自拔，不觉想到为博褒姒一笑而烽火戏诸侯的周幽王。他感觉浑身充满活力。这是反常的，似乎有耗不尽的精力在体内萌动。

他带张露去卡地亚选购订婚戒指。望着脸上洋溢幸福的张露，心里甜蜜而踏实。

张露是韩剧的忠实粉丝。她从《爱情是什么》《星梦奇缘》《蓝色生死恋》《冬季恋歌》《天国的阶梯》《浪漫满屋》《大长今》，直追到《继承者们》《来自星星的你》。她追剧的痴迷，如清末老戏骨对于京剧的痴迷。她曾沉浸在韩剧的浪漫世界无法自拔。

"知道我为什么喜欢韩剧吗？因为那里有女人所有的梦想。"

"我认识许多韩国男人，有严重的大男子主义。所谓浪漫爱情背后，是女性被动乃至受压迫的生活。"他想起萨特的话，如果你极度迷恋一个人，那么你一定配不上这个人。

"我想去韩国完成一个心愿！"张露含情脉脉望着他。

"无论什么心愿，我都愿意陪你完成。"顾之风打电话订机票。

他不知道张露的心愿是什么，也不知道未来会怎样。他委托公司助理帮忙办理出国手续，自己在房间收拾必备的物品。他隐隐感到某种不安，努力克服这种隐秘的情绪。

"你性子太急，怎么说走就走呀！"张露甜蜜地抱怨。

收拾完毕，做简单可口的饭菜。晚上，躺在床上看完娱乐节目相拥而眠。

早晨，公司师傅过来送站。从贵宾通道进入 VIP 休息室，吃茶几上准备的奶食和甜点，要两杯焦糖玛奇朵。工作人员引领，通过安检。他觉得凡事多站在对方立场考虑，才能设身处地体会对方的感受。相爱，是放下自己的想法，逐渐与对方心灵相通的过程。

飞机在首尔仁川国际机场降落。从 10 号门附近买 T-money 交通卡，打车去钟路 3 街 Sutton Hotel 酒店。他领房卡，将东西放进去，去 Water Mark 餐厅吃韩国料理。

休息后，去明洞购物。这条从地铁 4 号线明洞站到乙支路、乐天百货店的街道，两侧有各种品牌专卖店、百货店和保税商店。他是个不太喜欢逛商场的人，满怀爱意陪张露在 Migliore、Avata 和乐天百货店闲逛，帮张露精心挑选适合的衣服和化妆品。

晚上，去 N. 首尔塔。这座塔位于南山之巅。他觉得无聊，还是与张露在同心锁墙锁上寄托美好憧憬的情侣锁。观看美轮美奂的灯光秀夜景。到塔底层店喝咖啡、买纪念品，上塔顶法式旋转餐厅用餐、俯瞰首尔。他凝视溢满幸福的娇美面容，心里泛起无言的甜蜜。

次日，去金浦国际机场。乘飞机到达济州岛。在房间里短暂休息，徒步去俊姆海滩。没有喧闹的人潮，顾之风的心情逐渐好转。他搂着张露在海滩漫步，嗅着海风送来的潮湿空气，心情无比惬意。沿海岸线欣赏风景，到西归浦逛泰迪熊博物馆，去七豚家吃烤肉。

在信不信由你博物馆，参观德国推倒的实际柏林墙、从火星飞来的火星陨石、带独角兽角的男子、NASA 飞行员勘查月球时穿过的宇宙服、吞自己鼻子的人、木乃伊美人鱼、中世地下监狱、神秘的部族村……比起孤独的旅行，与爱人共同旅行，无疑更加幸福。

接下来的行程，是去乐天免税店、新罗免税店及仁寺洞文化商业街购物，去梨花壁画村、仁寺洞画廊游览，去景福宫、三清洞文化街、北村韩屋村、清潭洞参观。

在汉江公园美丽朦胧的夜色中漫步，欣赏灯光下美不胜收的夜景。顾之风觉得爱情的萌芽在胸腔慢慢长大。张露依偎在他怀里，像只温顺的小猫。幸福地嗅着张露头发散出的清香，隐约感到背部似乎长出翼翅，随时会带着张露飞向浩瀚无边的天际。

从韩国回来，他们在机场餐厅吃晚餐。灯火辉煌的城市，万家灯火的温馨，曾将他拒之千里之外，使他感到异常孤单。如今，身边有张露陪伴，他心里涌起暖意。

爱是什么？他想，或许是心灵的默契，无需多余的语言，带给人心满意足的安宁。他望着车窗外无尽延伸的街灯，有橙黄色的感动融化在心里，随血液将温暖传遍全身。

他和保安打招呼，出租车将他们送到楼下。提着大包小包进屋，温馨舒适的氛围让人全身松懈下来。他心里美滋滋的。如果能这样生活一辈子，该是多么幸福的事情。

夜色温柔地流淌进屋内，灯光逐渐暗淡，有甜蜜的温存弥漫在房间的每一个角落。

"你说我是不是在犯罪，将一个童心未泯的小姑娘诱拐到家。"

"不仅是诱拐，简直是绑架。要将人家如花似玉的小姑娘，绑架给你做老婆。"张露依偎在他怀里，调皮地说，"所以你以后要好好待我。因为你，我以后的称谓前要加一个'老'字，而且是终身都摆脱不掉的'老婆'，然后还要变成'老婆婆'！"

"怎么，你想摆脱我？嘿嘿，后悔已经晚喽，大灰狼现在就要吃小红帽咧！"顾之风翻身将张露抱倒在床上。他吻着张露说："嫁给我。我们永远都不要分开！"

五十　杜鹃之血

一生之中至少要有两次冲动，一次奋不顾身的爱情，一次说走就走的旅行。

对于普通人而言，安迪·安德鲁斯的话颇具煽动性。对于一个行者而言，旅行更像一场苦修。而旅游无非是徒步探险、登高涉远、风光览胜、休闲娱乐，兼有探寻人文历史、寻访古寨村落、了解乡土民俗、感受城市风情、参观世纪盛会、体验澎湃豪情……

张露的旅行始于二〇〇三年。那场疫情，毫无征兆降临人间，使深圳陷入前所未有的恐慌。

这种传染性极强的病毒，使她联想起在欧洲造成大量死亡的黑死病。她憎恨那些为满足口腹之欲，残杀并贪吃野生动物的人。她同情那些被隔离起来的感染者，可怜那些被疫病夺去生命的受害者……她觉得这是大自然对人类展开的复仇。

她将自己隔离在家中，喝着不起作用的板蓝根，读着阿尔贝·加缪的《鼠疫》，盼望出现满怀人道主义精神的里厄医生，带领人们打赢这场没有硝烟的战争——那时，她看到带给人们希望的钟南山院士。

世界怎么了？她感到前所未有的恐惧，从网上查阅大量资料，找到雅典大瘟疫、古罗马大瘟疫、君士坦丁堡瘟疫、欧洲黑死病、印第安天花、西班牙大流感……瘟疫，似乎从未离开人类世界。她感觉比病毒更可怕的是恐慌。睡梦里，她被登革热、艾滋病、西尼罗河病毒、埃博拉病毒、新型冠状病毒包围，陷入绝境，无路可逃，最终被死亡之火无情吞没。

一个亲如姐妹的闺密，因感染病毒在广州医院去世。她为闺密彻夜流泪，在客厅一根接一根抽烟，一罐接一罐喝啤酒。那夜过后，她开始发烧，浑身疼痛，四肢无力。她以为自己感染病毒，又不愿在医院隔离中死去，所以决定找一个荒凉角落黯然离世。

她选择像高行健一样孤独地旅行。只不过她没有去神农架寻找野人，更没有寻找虚无缥缈的灵山。她要寻找的是自己的死亡之地。她愿像只小鹿，死于天地之间。

她穿好带风帽的防雨面料的衣服，背起专业登山双肩背包，系紧腰包，脚蹬高帮专业登山鞋准备上路。她给在深圳的几个闺密打电话，满怀诀别的感伤。

她将登山杖、指南针、多用刀、手电、口哨、地图、证件、手机、银行卡、贴身衣物、洗漱用品、便携镜、润唇膏、眼药水、维他命、清凉油、盐和糖果收拾好；带了感冒药、藿香正气胶囊、西瓜霜喷剂、速效救心丸、胃舒平、泻利停、扑尔敏、阿莫西林、仁丹、创可贴和云南白药。她向有信仰的荒凉之地，迈出自己孤独的步伐。

她最初想去西藏，徒步行走不到一周，感冒就已痊愈。她改变行程，去广西寻访刘三姐的足迹，先后去了福利古镇、龙颈河、月亮山。她在红瑶见到十三岁开始蓄发，一生只在十六岁剪一次头发的女子。她们在溪水里快乐地像群天鹅，冲洗自己如同绸缎般的长长秀发。可惜她不被这个封闭的族群接纳，只能向北去贵州，准备参观极负盛名的龙宫。

她的脚步变得轻盈，身体变得强健而富有活力……

顾之风想那时自己在干什么？他参加一个培训班，里面的教授讲海洋上层、海洋中层、海洋深层、海洋深渊层和海洋超深渊层。教授讲他的朋友因潜水过深患上减压症而几近瘫痪；讲饱和潜水及彼得·贝内特利用将氧气换成氦气而试验人类的极限；还讲湿柔斯探索……后来，他和家人为躲避"非典"，去非洲塔伊国家公园旅行。

张露喝着普洱茶，继续说踏上"三里不同风、五里不同俗"的贵州见闻。她到贵州之后，发现到处都安装红外线体温仪。她对自己的身体状况没有信心，怕被安检人员强行隔离，便搭车去青岩古镇。那片古镇依山傍岭，离花溪只有十一公里的路程。古镇的墙都是用石头建造而成，大石屋连着小石屋，鳞次栉比，参差错落。青苍苍的感觉古意盎然。

原本安静古旧的小镇，因"非典"显得更加沉默苍然。颇有韵味的背街古巷，青苍干净的石板小路，躺在藤椅摇蒲扇喝茶的皓发童颜的老人，更增添这座古镇的历史感。而儒、释、道三教与基督教、天主教并存的景象，则显示出中国人的宽厚与包容。尖顶的教堂，古旧的贞节牌坊，斑驳而纹理分明的青石，憨厚而淳朴的居民，使她沉溺其中不愿离开。

春俏、夏艳、秋浓、冬幽……她最终还是离开青岩，去深山老林里的村寨，给寨里的小学代课。在简陋的屋子，她过起简朴而无欲的生活。那里与世隔绝，风景有原始而野性的美。她以为自己会客死乡野，没想到竟奇迹般生还。

后来她回深圳医院复查，才知道自己从未感染非典。但旅行已浸渍她的血液，使她再无法安于冰冷的都市生活。

二〇〇三年是个特别的年份，先是哥哥张国荣跳楼，后是梅艳芳去世。她的父亲也在那一年万念俱灰，信奉基督教。她坐在吊椅里翻看《意大利艺术之旅》，仿佛是在谈与自己毫不相干的事——她的父亲毕业于清华大学，与大学同学结婚。没想到母亲在她两岁时出国，从此再没有回来。据说母亲在加拿大结了婚，嫁给了搞建筑的加拿大人。

小时候，她偶尔还会收到贴有外国邮票的信件，后来便没有任何消息。她只见过母亲留下的几张照片，小心翼翼将它们珍藏。懂事后，她将所有照片都付之一炬。她觉得自己恨母亲，一生都无法原谅她。她结束群居式的大杂院生活，被送到乡下的奶奶家。

父亲独自带着多年的发明去深圳创业，很少回来看她。乡村生活给她留下美好印象。

等她被接到深圳时，父亲已然再婚。结婚的女子是恋慕父亲多年的研究生组的学生。那女子与父亲育有一个男孩。可是女子移情别恋，不久便和父亲离婚，与有生意合作的政府高官结婚。他们通过不正当的"法律手段"，将父亲辛苦筹建的公司夺去。

那位高官在主席台上满嘴"仁义道德"，在背地里却干些"卖官鬻爵"的勾当。后来，听说那高官因贪污受贿而落马，他的妻子、儿子和女儿也因参与受贿被判刑。

对于这个充满未知的时代，什么都似乎没有必然的保障。父亲只留下一栋房子，这是他仅有的财产。他对世界无比绝望，万念俱灰地跟随在深圳宣教的牧师进入教会。

父亲离开后，她的世界陷入痛入骨髓的冷寂。她在这座城市，毫无征兆地成为被遗弃者。她害怕独处，害怕思考，每天在夜店打发寂寥的时光。就是那时，她意外接触到神秘的黑衣人，也窥到让人感到惶惑的世界。她发现自己是一头鹿，尘封在历史里的鹿。

九色鹿，可能是一种宿命。那匹驰骋于丝绸之路上的鹿，常常出现在意识深处。

旅行，成为她释放心灵的方式，也是她寻找生命真谛的过程。她以为自己会疯狂地自毁，可是最后她依然坚强而独立地活着。她想要无限接近真相，却查出足以致命的疾病。

死亡，让人绝望。她强迫自己读《鹿母经》，也开始研究丝绸之路的历史。

她倔强地穿越绝望，先后去盐台、威海、青岛，大理、丽江、香格里拉、阿坝州、甘孜州、成都，洛阳、嘉峪关、敦煌，以及那曲、昌都、拉萨、锡林郭勒和呼和浩特。她独自踏上丝绸之路，孤独地面对残忍的绝症。她害怕死亡，按照萨满指示寻找宿命中的苍狼。

很多时候，她像凯鲁亚克《在路上》里的萨尔一样，靠搭车和徒步来完成自己的旅行。认识不同的人，欣赏不同的风景，以自己的方式感知每一片土地。她认为旅行是一个人的事，没有必要去效仿别人，也不值得去炫耀。她希望生命，如流星般绚丽陨落。

她曾以为野狼爵士酒吧的朋友是苍狼，因为林子锋的身上文着苍狼。可惜，她没能完成宿命中的救赎，而使自己陷入更深沉的绝望。她去俄罗斯寻找杀死奥丁的苍狼，可惜最终一无所获。她感到体内的九色鹿正在死去，她的生命也会随之消逝……

顾之风不能完全理解张露的孤独与倔强，也不能体悟她的悲伤与绝望。两个人的相处是种破除习惯硬壳的心灵接触。他与张露之间有无法规避的差异。他安静聆听张露讲述，心里隐隐生出张露离开的隐忧。他不知道这是对自己的不自信，还是对对方的不信任。

他的心被这种无形的恐惧笼罩，压迫他陷入亟待暴发的痛苦。

人，面对自己无法掌控的事情，会显出无力的狂躁。他克制情绪，与她一起观看自己大学时画的各种图案和效果图。他曾想当一位艺术家，想去维也纳大学学习艺术理论和各种技艺。可惜，他最终没有成为一名艺术家。而且，自从有了相机，连画笔都很少拿起。

他曾把阁楼的房间作为书画室。无聊时画画油画，或者写写书法。随着年龄增长，他的绘画天赋逐渐被岁月磨蚀殆尽。买的许多巴林石和鸡血石，也成为箱底的旧物。

他一直认为爱情的产生，会碰撞出激情的火花。可是，面对张露，他们之间没有丝毫火花，甚至连个火星也没有。一切顺其自然。他们坐在沙发里，看动画电影《森林战士》和《勇敢传说》。感到无聊，看碟包里的《南极料理人》和《在世界尽头相遇》。

从冰箱取出可乐，聊各自旅行中的见闻。顾之风觉得自己的激情不知何时已被耗尽。他和张露本应开始一段浪漫而激烈的爱情，可现在只有平静如水的生活。

生活本真的状态是否就是这样？他有时会想，自己的前世会是哪种动物或植物。会不会是李雨露说的白狼。那么，自己何以会成为天命之子，何以要背负水晶球的预言。

他无法看到张露体内的九色鹿，也无法参透那个关于九色鹿的传说。

他曾找出无数证据，想证明多维宇宙的存在，或者未知生命体的存在。他总会想到那些梦，也总在疑惑自己是否曾进入诡异空间。有时会产生某种错觉，认为自己是虚拟空间中的存在。他和张露都生活在巨大的虚拟空间，是别人编织的程序。

张露对顾之风的碟包颇有兴趣，翻看时不停地询问。两个碟包插满世界三大男高音歌唱家的唱片、普契尼的歌剧《波西米亚人》《蝴蝶夫人》《图兰朵》，韦伯的歌剧《猫》《歌剧魅影》《艾薇塔》和雅克·贝汉执导的《迁徙的鸟》《微观世界》《喜马拉雅》。

他不明白张露为何对这些东西感兴趣，努力驱散脑子里杂乱无章的想法。

我们喜欢一个人，并不是因为她为我们做了什么，或者她有某种家世与条件；这喜欢只是我们遇到她的时候，心里不由自主生出的一种感情。他想，不觉苦笑。

张露拿出一张陈旧的碟片，问："你怎么会有《Triumph of the Will》？"

"很多年前，从国外买的。"

"我很喜欢莱妮·里芬施塔尔拍摄的影片。"

"她很有才华，可效命于纳粹。我买下这张影碟，主要想看看它是否像别人吹嘘的那样有感染力。为什么对这些落满灰尘的影碟感兴趣？"

《意志的胜利》，是他在北大听完某位教授介绍，几经周折从国外带回来的片子。

那位教授宣称，"这部纪录片由希特勒授意，莱妮·里芬斯塔尔执导。从希特勒乘坐飞机到纽伦堡开始，就给人巨大的心理冲击。这部被称为'最具权威性的宣传电影'，以希特勒的演讲和宏大而震撼人心的场景，使观者有无法抑制的想加入纳粹的冲动。若这部纪录片不被禁演，会有多少人受到这部堪称伟大电影的影响，成为拥护纳粹的激进分子！"

他将纪录片反反复复看过很多遍，没有产生加入纳粹的冲动，也没有被影片的场景感染。他认为那位教授有些夸大其词，脑海总会浮现查理·卓别林的《大独裁者》。

"我总觉得每张碟片，像《午夜凶铃》那样拥有容纳灵魂的广阔空间。不一定是鬼魂，但应该有某种神秘空间。"张露脸上淡雅的微笑，像一朵优美的水仙花。

"神秘空间？"他盯着张露的眼睛，感受眼睛深处那颗炽热的灵魂。

"嗯，我总觉得自己会看到一些别人无法看到的东西。"

午夜凶铃。神秘空间。顾之风不禁感到脊背发凉。他可以接受存在多维宇宙的科学猜想，却无法相信世界上有鬼魂的迷信。而且午夜凶铃用的是录像带，根本不是镭射影碟。

"没有人可以真正了解另一个人。我也不了解自己。"

"距离产生美。同一个屋檐下，没有美女，也没有英雄。"

"你是个复古的人，精致得像米开朗基罗的大卫雕像。"张露仰起姣好的脸庞。

"你是在恭维我吗？"顾之风温柔地把她拥在怀里，亲吻她的脸颊说，"我保留很多爱好，只是不想让自己被这个世界同化。我需要保有内心一点点的小不同。"

顾之风感到张露修长而白皙的手指间透出的冰冷，轻轻将她的手放在自己的掌心，为她暖手。张露将头轻轻靠在他的肩膀，那份无言的信赖使他感到莫名的温暖。

若可以一直温暖贴心地相守到老该多好。顾之风想着，感到张露的身体在微微地颤栗。他将张露抱起来，看到张露苍白的脸颊和从她鼻孔里流出的殷红鲜血……

五十一　蓝莓之恋

时间像凋落的花瓣，散落在枕边。从睡梦中醒来，顾之风感到温暖而惬意。身边躺着一个属于自己的女人，原来是如此踏实的一件事情。

当他睁开眼睛，才发现不过是个梦。面对巨大的疲惫与压力，居然还会做温煦的梦。

医院的病房内有浓烈的药味。污浊的空气给人沉闷而压抑的感觉。他望着熟睡中脸色苍白的张露，蹑足走到阳台将推拉门轻轻掩上。他点支烟，望着雾霭里苏醒的城市。

远处绛紫色的天空，厚重的乌云被镶上金边，漏下的光束有天使降临般的神秘。

灰冷建筑给人冰寒的感觉。顾之风深吸清晨满是灰霾的空气，望向病房的张露，心里产生对上苍的怨怼。他觉得体内被驯服的雄狮愤怒地咆哮，少年时混迹帮派的血腥透过毛孔散发出来。他不知上苍为何如此不公，遇到可以相守一生之人，却让她患上这种疾病。

他将烟蒂拧灭，轻咳着走进病房。这世上，有太多无奈……

张露已经苏醒，变成淡粉色的嘴唇，露出一个浅浅的微笑。顾之风坐在床边，用手轻轻抚摸她的头发。她用清澈的眼睛凝视顾之风，声音略带沙哑地说："我知道它迟早会来，可是没想到它来得这么快。它来自那个黑暗的世界，源于对人类的诅咒。"

"别多想，安心休养。"顾之风安慰。他爱恋地注视眼前的女子，觉得心被洞穿般没有凭持。他不知道自己该怎么办，只觉得忧伤已不知不觉侵蚀他的灵魂。

他曾经写过一首诗，其中一句是：我把忧伤埋进土里，期待它上面开出一朵花……可是，当忧伤浓郁到连土壤都被腐蚀的话，上面剩下的将只有荒芜。

"我不应该来看你，让你承受我的不幸。我是不是太自私了！"张露的眼睛有些湿润，她苍白的脸颊因为激动而泛起红晕。她声音枯涩地干咳，眼角淌出泪来。

顾之风将水递到她唇边："所有的事情，我们共同面对。"

她小口喝着，盯着顾之风的眼睛说："你爱我吗？"

顾之风见她喝完，将水杯放回床头柜，说："我爱你，或许比你想象中更爱你！"

他给张露摆好枕头，调节床位使她躺得更舒服。这难道是我和肖正阳所要承受的宿命！我们深爱的人，最终都会残忍地离开我们的世界——为什么？为什么！他感到激烈的情绪在体内汹涌。他努力使自己保持平静。平静，这是力量的源泉。

医生过来给张露量体温，询问她的感觉，给她打点滴。这个身材矮胖长得粗枝大叶的男人，若不是那身标志性的白大褂，会使人误以为他是个屠夫。不过这位医学院的高材生，确实是位医术出色的医生。人不可貌相，在此人身上得到充分验证。

顾之风坐在折叠医用椅上，像落水的人看到救命稻草般瞅着这个壮实的医生。

外表冷漠的人，只是不善于表达自己的思想和感受。这不代表他们没有炽热的感情和丰富敏感的内心。医生走后，顾之风坐回到张露的床边。他坚强的外表已然无法包裹内心奔涌的恐惧。他是多么害怕失去眼前这得来不易的幸福呀！

多少年来，他都在寻找一个与之灵魂契合的人。可是当他找到时，才发现其间潜藏巨大的不幸。有些东西，不是金钱和财富所能换取。这种非人力或财力所能左右的恐惧，会使一个坚毅的人孤傲的内心被彻底粉碎。他像从百尺高台上被人突然推下，没有丝毫防备地落入万丈深渊。他的灵魂浸渍在冰冷的绝望，极寒与刺痛使他无法呼吸。

"二〇〇七年底，广东下了冻雪。我本想从深圳去郑州，因为那场雪灾打消念头。我在图书大厦邂逅从青岛过来买设计书籍的林。他是个有忧郁气质的男子。我喜欢他，用尽自己的全部。我们一起去香港的迪斯尼乐园，一起去北京参加奥运会，一起去上海看世博会，一起去青岛海边吃海鲜……最后，他离开我，选择显赫家世的国有企业老总的女儿——我像一件没有价值的物品，被他随意弃置在冰冷的角落——我带着无法愈合的淌血的伤口，开始自己无休止地被遗弃的生活……"张露望着顾之风，用失血的双唇吐露自己的秘密。

顾之风不想听这样的过去，又不能离开。每个人都有伤心往事，这些掘开的伤口血肉淋漓地使他看到人世的残酷。他是个活在自己理想世界的人，始终相信世界会变得越来越好。他不知如何劝慰，也不明白初见时快乐的人，何以有与外表无法契合的受伤灵魂。

"我看过一部根据真实故事改编的影片《荒野生存》。我看到亚历山大·超级流浪者死在荒野巴士，感到人生的荒诞与无奈。我不知道，为何上苍一次次将我遗弃。从小到大我从未感到过幸福与快乐。好不容易遇到一个可以给我温暖的人，为何高傲的上帝将我狠心地丢弃……我好绝望！"张露美目溢出泪水。从心灵深处涌出的泉，透出晶莹的忧伤。

他想到那部由西恩·潘根据乔恩·科莱考尔的小说改编并执导的电影。克里斯多夫·麦坎得勒斯在北美大陆漂泊，最终在阿拉斯加州废弃的公交车厢里变为一具腐烂尸体。

他在国外时曾看过这部两个多小时的电影，也曾登上那辆废弃的公交车。那种理想主义与超验主义不切实际的冲动，原来也曾深深触动眼前女子的内心。受尼采隐者思想和梭罗自然哲学影响，向非理性发展的恶性结果，始终无法浇灭向往自由的年轻人心中的烈火。

"我们所谓的旅行，不过是对于当下生活的逃避。我们期待在其他地方可以找到让灵魂休憩的避难天堂或者世外桃源，最终会发现这种逃避现实的方式，不过是种自欺欺人的自我麻痹。"顾之风取出面巾纸为张露擦干眼泪，温情地说，"我会倾尽全力医好你的病，也会将你生命中缺失的部分，用我的余生为你补全。"

"你真的愿意和我共度余生吗？"张露用冰凉而秀美的手，触摸顾之风熬夜长出的胡子茬，苦笑着说，"我怕是没有那个福气。谁找了你都会幸福的，可是这个浮躁而媚俗的时代又有谁能配得上你。我爱你，我们的灵魂注定是孤独的。"

"别傻了！我是个平凡者中的平庸者。没有女子会愿意嫁给一个不切实际的理想主义者，我也没有心力去应付世事的功利与虚浮。我讨厌为名利地位去出卖灵魂，也不想为功名利禄去缔结婚姻。我只需要一个懂我的人，能够平安地同我共度余生。每个人都有过去，我们需要把握的是现在和将来！"顾之风把她的手紧紧攥在自己掌心。

他也不明白为什么，眼泪源源不断从眼眶涌出。他感到心痛得无法呼吸，这种痛像侵入血管的毒液，迅速使他沉入无底的恐惧。

他是多么害怕失去眼前这个美好的女子，可又没有丝毫的能力。他一直以来都在享受掌控一切的成就感，如今才发现自己的无力。他不愿张露看到他流泪的样子，强忍住眼泪转身离开病房。躲进开水间，眼泪大颗大颗落在地板上。他像个孤独的孩子，无助而无声地哭泣。

他感到自己坚硬若玄冰的心被彻底融化，汇成悲伤的河流从眼眶中倾泻而出。

他，也是一个"被遗弃的孩子"。只是他被自己的亲生父母遗弃在冰冷空廓的房间。在父母创业的许多年，他都只能在自己的孤独里艰难成长。他被锁在屋里，一张又一张地画画，一遍又一遍地弹钢琴，一次又一次地读绘本。起初这些事情是他不情愿做的，后来当所有的事情成为习惯，他便用这些来对抗漫长的无聊，与将他淹没得无边无际的时间。

他看到有人进来，起身出去。他去洗手间，看到自己红肿的眼睛布满血丝，用凉水擦把脸。他曾经认为不能爱一个人的最好方法，就是用最快的时间将她忘记。他用这种方法解决了那些可能出现又不会有结果的感情。可是当他真正爱上一个人，才发现所有的回忆已经长在身体里，强行的剥离就像血淋淋地撕下自己身上的血肉般让人无法忍受。

爱一个人，从开始时就是伴随点点滴滴的记忆逐渐成长。他回到走廊，等待自己的情绪平复，才走进张露的病房。张露已然自己坐起来按了电铃，细瘦的戴着特大号眼镜的护士在给张露换药。他走到阳台叼支烟，手颤抖得竟难以顺利将烟点燃。他望着远处街道堵塞的车流和忙碌的人群——有谁会在意这狭窄的病房里蓄积的忧伤啊！

人与人之间有着怎样的隔膜？无数人会成为我们生命中的过客，我们也会成为无数人生命中的过客。我们像无数不断向前的平行线，在生活中永远无法形成交点。有限的几个与我们的生命形成交点的人，有多少会在意我们的生活，有多少是发自内心地关心我们。

虽然我们可能认识很多人，但我们真正的生活范围，只是十几乃至几十人的圈子。这个圈子只有几人是我们生命的组成部分，如今他感到生命的一部分正无可阻挡地漂向未知。

我曾走进一座被高墙围困的城市，那里长年累月在下雪。雪地里埋藏九色鹿的尸体。城市没有出口，巨大的机械轰鸣声响彻云霄。人们像幽灵，生活在阴暗潮湿的角落。

我看到一名邋遢的流浪汉，领着一个细瘦的孩子。他们站在高耸入云的黑色烟囱前乞讨。我摸索灰格衣服的口袋，没有找到任何可以施舍的东西。

他们身后是杂乱林立的墓碑。那些死去的石头上篆刻曾活过者的名字。我用手掌接住落下的雪片，看到灰白的碎片有焦黑的边缘。它们没有融化，而是露出残忍的微笑。

"那不是雪，那是死者的骨灰——"孩子稚嫩的声音穿透沉寂。

流浪汉慌忙捂住孩子的嘴，眼睛流露出过街老鼠的恐惧。他拉住孩子的小手，将孩子拖进雾霾浓深的墓地。墓地周围是大片石化的木墩，年轮核心几个两寸高的黑衣小人围坐烤火。树墩延伸进苍凉虚无的大地，犹如无数为亡魂祈祷的烛火。

我像躲避瘟疫般离开墓园，看到城市里悬浮的建筑分崩离析。天上的建筑和地上的建筑，成为彼此仇视的敌营。它们之间燃烧着硫磺烈焰，犹如巨大的焚尸炉散发恶臭。

无数瘦骨嶙峋的活死人，如同成群结队的蜘蛛爬向诡异的建筑。一栋没有窗户的焦黑建筑，结满乳白色的巨大蜘蛛网。空洞如骷髅眼睛的窗户里，有位长有八条手臂的红骷髅，向浑浊污秽的天空吹响死神的号角。无数吸血蝙蝠从长号管源源不断飞出。

我看到大街小巷都有三头恶犬撕裂九色鹿的尸体，流着涎液吞食鲜血淋漓的皮肉。烧毁的汽车长出树根般的黑色触手，垃圾桶里钻出残缺不全的丑陋猫狗。

巨大的骨头，如同古希腊的神柱通向暗红色的祭坛。骑着骷髅马的红发恶鬼，贪婪地吸食死者的灵魂。我惊恐地逃避恶鬼的猎杀，感到死亡透入骨髓的冰冷……

我躲进灰色建筑。无数如金属棺材的盒子，储存着人类的信息。那些妄图永生的人类，将自己所有的意志植入冰冷的机器。他们舍弃人类的肉身，变成计算机冰冷的代码。

无数骨骸被陈列在玻璃罩里，成为异化时代人类的形象。

那些被通过脑机接口注入的记忆，使冰冷的人形机器人成为杀戮机器。人类，最终被来自黑域的力量诱惑，成为死神祭坛上最廉价的祭品……

死亡的场景，死后的世界。张露的描述，曾刺穿他的灵魂。

"带我离开这里吧，我想躺在你的怀里安静地睡会儿。"张露哀求地望着走进来的顾之风。她注视顾之风的眼睛，似乎想从眼里读到所有的情绪。

　　顾之风坐在她身边，努力微笑道："别说傻话，我要医好你的病，怎么可能在此时离开。等你身体康复，我们就结婚。每年去两到三座城市旅行，过属于我们的生活。"

　　"先带我回家吧，我讨厌这里的一切。"张露固执地盯着顾之风，声音里满是苦涩的痛楚，"风，我不想自己最后的岁月，在这满是药味儿和消毒液的病房里度过。我讨厌那些病怏怏的脸庞，也讨厌不断传来的痛苦的呻吟。我想回你那里，只有我们俩。"

　　"那也等你身体稍微恢复一些再回去，听话！我们不能意气用事，冒这样的险——"顾之风的话还没说完，就被张露歇斯底里地喊叫打断——"我不需要医生，也不想待在这让人窒息的病房！我的病自己知道，你为什么就不能听听我的想法！让你和你的理智见鬼去吧！"张露猛然拔出插在手上用胶布固定的针头，因为过于用力有大量鲜血从手背涌出。

　　顾之风想上前阻拦，被张露恶狠狠地推开。"滚开，别拦着我！你让我觉得恶心！"她气急败坏地离开病房，光着脚丫向电梯间跑去。顾之风不能理解张露的行为，他冲上去一把将她抱起来。张露愤怒地捶打顾之风，口中喊道："放开我，快将我放下来！你在干什么，我和你有什么关系，别拦着我！"

　　顾之风任张露歇斯底里地发作，听到电梯开启声走进去。他不顾走廊和电梯里人们异样的眼光，下楼将车门打开，把张露抱进去。他给医院上班的李雨露打电话，让她代办出院的相关手续，风驰电掣开车离开医院……

五十二　青提之吻

世界变得支离破碎。所有建筑在意识世界里疯狂生长。

他在钢筋混凝土的城市森林拼命奔跑，逃避不断蔓延的战火。

呼啸的炮弹，犹如邪恶的毒龙，喷射出致命的火焰；飞射的子弹，犹如可怕的杀人蜂，穿过父亲的身体，咬碎孩子的头颅……战争野兽，残暴地肆虐无辜的平民。

他不论如何努力奔跑，都无法逃离邪恶的战争。无辜者的悲号或惨叫，像千万只子弹蚁不停追逐他。他从声音里听到疼痛、恐惧、乞怜、愤怒、绝望……

他听到金属天穹上，手持镰刀的黑衣人发出令人毛骨悚然的狞笑。

他想跑进那片沙漠中的绿洲。可是，他被无数虚拟景象迷惑，无法正确找到出口。

夕阳西下，他看到沙丘上投下商人与驼队的剪影。驼铃声声，黄沙长出巨大扭曲的沙柱，犹如巨型沙虫张开狰狞的口器。黄色的旋风，撕扯丝绸的长卷。黑色的龙卷，抛洒宝石的雨滴。风，用金色的暴虐蹂躏无辜的生命，吞噬所有的一切。

他看到梦中的自己变成一名侍童,跟随阿拉伯商人游走于梦幻的东方世界。身穿楼兰服饰的张露,孤零零站在罗布泊的古城头上,望眼欲穿等待自己的爱人。她远眺从茶马古道上运回的珠宝、香料、金银器、西域马,同整座楼兰古城被铺天盖地的黄沙吞没……

他,究竟是实体,还是别人的意念,像《环形废墟》里别人梦中的幻影。

他看到整个世界镜像折叠,仿佛《盗梦空间》里造梦师缔造的世界。他像个误入弥诺斯迷宫的闯入者,拼命想找到被黄沙隐藏的张露,却不知道从哪里找到她。

他在月光下,发出悲伤的嗥叫。身体长出钢针般的白毛,他的鼻子隆起,从嘴角龇出锋利的牙齿。他看到黄沙下有股黑色暗流,像毒液般覆盖整片大地……

散落的梦,带来心灵的阴影。他无力改变,只能用全身每一个细胞,记录与张露共处的时光。因为他知道失去是无可挽回的事实。既然无法阻止,就要用全部生命来记住她。

他的住宅,就是他的神奇巴士。唯一不同的是,这所住宅在繁华的城市,而不是阿拉斯加荒野。可是他的心与克里斯多夫的心一样孤独,孤独到绝望。

他们都曾狩猎,不过他没有打死一头鹿,也不用无奈地看着已然生蛆的鹿肉,成为狼群或秃鹫的食物。但他们都要面对即将失去的痛苦,而且顾之风的失去,会伤及灵魂。

他不明白克里斯多夫离开清新可人的女孩崔西,心里作何感想;如果是他,也许会毫不犹豫地留下,或者带她一起走。他和肖正阳都是会被爱焚毁的人。他们对所有的异性冷漠,只是不愿释放积压在心里的感情。因为他们清楚一旦爱上一个人，就会用全部的身心去倾尽所有地爱对方。如果失去，他们将一无所有。

顾之风陪张露重新观看《荒野生存》，心情变得异常沉重。他不知道自己能做些什么，该做些什么。他用唱机播放班得瑞的音乐，希望淡雅的音乐可以涤去房间的压抑。

如果没有这场突如其来的疾病，生活将会是何等幸福。可是既然生活已渗入无可回避的忧伤，他就应该用更多的真诚与勇气改变这种不幸。

每当悲伤抑郁孤独绝望时，他都会听布莱恩·亚当斯的《一切为了你》。有时候甚至会听着这首歌泪如泉涌。他在厨房为张露准备早餐，眼泪禁不住地流。

当初他与家族对抗的时候，看到母亲迷蒙的泪眼，竟丝毫不为所动。

那时，他觉得自己拥有改变世界的力量。总有一天，他会让母亲看到这种力量。如今，自己究竟改变了什么。难道人的年岁增长，内心所有的刚硬都会被时间软化掉吗？

直到此时，他才明白人的快乐原来很容易获得。只是很多时候，人们被自己的欲求蒙蔽眼睛。可是所有的后悔，对于事物本身都不会起到任何作用。他感到内心的痛楚像旋转的滚刀，将他的五脏六腑搅碎。他努力想抵抗，像个衰弱到濒死的人，没有丝毫气力。

他找关系联系国外的医院，被倔强的张露一次次拒绝。绝望，无可回避。

他陪张露一起去游乐场坐海盗船、乘过山车、登摩天轮、双人蹦极。他不明白张露为何要带病玩这些"自杀式"的游乐项目。他听张露发出撕心裂肺的尖叫，感受那种从生命深处爆发出来的不甘。每次下来，看到张露脸色苍白瑟瑟发抖，整个人虚脱般没有生气。

他感到既心疼又怜惜，没有丝毫办法。怎么能和一个病人争执。而且每当看到张露缓过来时脸上泛起快乐且不健康的红晕，他都强迫自己一次次向张露提出的不合理要求妥协。

为避免张露因过分兴奋和体力消耗而发生危险，顾之风带她去购物中心的娱乐场打地鼠、玩跳舞机、街机、深海狩猎、摩托车模拟机和模拟枪械游戏……张露似乎要在游戏中挥霍尽全部精力。顾之风陪她放纵，感到无比绝望。

少年时，他和肖正阳带着争强好胜以及玩遍所有游戏的雄心壮志，将每一款新出来的街机游戏都通关。他们成为游戏厅里的焦点，总有很多少年围在他们身后发出赞叹声。当发现那些游戏不过如此时，他们失去对这些游戏的热情。

现今，他和张露沉迷游戏厅，感到内心深处有股悲伤之泉，随时会喷涌而出。

夜里，他听到张露哭泣的梦话："救救我，我不想死，我好怕……"他逐渐理解张露的反常行为。这个瘦弱女子用自造的疯狂来抵御内心的恐惧。她夜里痛苦地呻吟，折损顾之风的神经。顾之风爱怜地将她拥在怀里，随张露的梦魇进入黑暗领域。痛苦，没有出路。

每天起床，顾之风都需要调整自己，以最好的状态来面对张露。他会按照菜谱，为张露烹饪她喜欢吃的家乡菜松鼠鱼、凤尾虾和盐水鸭。

做盐水鸭是他比较头疼的事情。他按菜谱上的方法将花椒、盐炒香混合后涂在鸭腿上，放入冰箱腌制整整一上午。午饭，做好自己拿手的意大利面，与张露一起吃。下午，他冲去鸭腿上的花椒盐，放入用葱、姜、八角、香叶和黄酒制成的白卤水小火烹煮三小时。取出做好的盐水鸭外表油润光亮，吃起来却不是那般皮肥骨香鲜嫩可口。

他尽量每一件事都让张露参与，以避免她独处时想自己的病。他边忙碌边给她讲自己在英国读书时的奇闻逸事，以及周游列国旅途中遇到的各种危险。

有一次，他在黄石公园遭遇一头棕熊。他将自己隐蔽在灌木丛中，屏住呼吸瞧着近在咫尺的庞然大物从身边慢腾腾地经过。这只看似肥胖笨拙的动物，如果当时发现他，一定会以风驰电掣的速度将他捕杀。他第一次感到成为猎物的恐惧与无助。

有一次，他和一位研究大型猫科动物的女科学家艾琳，在北美丛林里躲进帐篷用摄像机拍摄。夜间，意外出现一头体型健硕的美洲豹。出人意料的是，那头敏捷的猎食者好像发现他们，目光炯炯地朝他们的帐篷走过来。他们的心都提到嗓子眼儿。若被发现，他们瞬间就会被撕得粉碎。可是在离帐篷不足一米的地方，那只猛兽竟然拐弯向别处去了。

还有一次，他在安第斯山脉攀岩时，因判断失误而从峡谷跌落。他的脑子一片空白，出于本能想抓住任何可以借力的东西。可是巨大的下坠力使他根本没有抓到任何救命的植物。若不是悬崖上挑出的一棵巨树的枝杈接住他，很可能被摔得粉身碎骨。即使当时他保住性命，也付出摔断三根肋骨的代价。他在圣地亚哥医院住了一个多月才出院。

旅行期间，他花光挣到的每一分钱，也挥霍尽青春与热情。当然，也使他在青春年少的时候，错过可以结为伴侣的许多不错的女孩。如今，他的尴尬不是因为自己不优秀，而是所认识的朋友、同学和同事都已然结婚生子，有了属于自己的幸福家庭。他觉得找一个心心相印的人结婚越来越困难。在他濒临绝望时，遇到可以让他安心的张露。

可惜，上帝在此时与他开了一个如此恶意的玩笑！

张露的情绪逐渐平复下来。顾之风常陪她去附近的公园漫步。他们像是一对结婚多年的老夫老妻，携手默契地穿过林荫小路。公园里有不知何处请来的艺术家雕塑的各种现代派雕像，有多处被人无聊地涂画上恶作的涂鸦，有几件则被人恶意地毁坏。

环卫工人沿途捡拾游人随意丢弃的垃圾。有老人在残缺不全的健身设施区域锻炼。

他和张露坐在公园的凉亭歇息。不知怎么，竟想起等待费尔明娜·达萨五十三年七个月零十一天，并最终和心爱的人在一起的弗洛伦蒂诺·阿里萨。

其实抛开所有对于功名利禄的欲望，人最真实的渴望，还是能够与心爱的人相守到老。父母也好，孩子也罢，他们最终会淡出我们的视线。倾尽全力追求的成就，也不会有人长久纪念。历史上留下姓名的众多人物，对于不研究历史的人也没有多少意义。

他握紧张露冰凉的玉手，那种皮肤与皮肤间的接触，给他爱恋而踏实的感觉。

医院里的西药虽然能快速遏制病情，但是逐步改善张露身体状况的，还是他父亲的朋友老中医吴鼎铭开的中药。不过，对于有"不治之症"之称的系统性红斑狼疮，依然没有彻底的解决方法。如果出现狼疮肾炎，对于患者则会是灭顶之灾。

这种知晓像希区柯克设置的悬念，使他和张露陷入不确定的恐惧、怀疑和焦虑之中。原来疾病带来的恐惧远比疾病本身更可怕。可是作为张露的守护者，他需要克制内心的爱怜与惶恐，将更多勇气和快乐传递给眼前深爱的人。他别无选择，也没有退路。

他需要小心且恰当地做好所有事情。因为任何一个小的疏忽，都可能使变得敏感而神经质的张露做出意想不到的举动，而使他所有的努力都前功尽弃。

张露说想在家，有一次温馨而浪漫的晚餐。这段时间，她首次提出明确要求。顾之风觉得被禁锢的房间，重新有阳光和氧气透进来，使他沉闷而压抑的精神有了活力。

他将张露冰凉的手放入衣兜，去蛋糕店买黑森林樱桃奶油蛋糕和蓝莓奶酪蛋糕。顺路去超市买红啤梨、黑加仑、黄布林、青提、榴莲等水果，及牛肉、鹅肝、龙虾、扇贝、黑菌、芦笋、西芹等食材。拎着大包小包回房间，张露洗菜，顾之风掌勺，幸福令人晕眩。

当把一道道色香味俱佳的菜肴摆上餐桌，顾之风心里不由溢出美滋滋的感觉。

他将屋子里的主光源关闭，只开启色泽迷人的 LED 灯带。他从储物柜里找出旅游时带回来的色彩斑斓的各种香薰蜡烛，将它们摆成两个环绕的心形点燃。用唱机播放滚石乐队的黑胶唱片，在酒柜找出他从法国勃艮第带回来的罗曼尼·康帝红酒。

许久不曾喝红酒，一时找不到开酒器。顾之风从鞋柜找出皮鞋，以在国外学到的极不雅观的方式将它放入鞋内在墙上撞开。他学过许多小窍门，比如用干电池将烟盒的锡纸点燃、用装水的透明塑料瓶点燃纸张、在鞋子磨脚的地方涂白酒、用柚子皮除冰箱异味。

他为能和爱人一起出游或者共同生活，储备各种实用的知识。希望可以在两个人漫长到乏味的生活里，多一些温馨和浪漫。

他将红酒倒进高脚杯，深情地望着张露。虽然同眼前这个深爱的女子生活要面对很多艰辛，但他相信自己有足够强大的内心来面对所有未知的困难。他为能与张露共进晚餐而感动，为能守着一个人而动容。多久了，他一直在以常人难以想象的毅力来坚守自己的孤独，并一次次将自己弃置荒野来坚定内心的想法。

其实，他心里多么渴望有一个人能够分享他的成功与喜悦、执着与感伤。

每一个独生子女都有对独处的恐惧。他已经强迫自己忍受太长时间这种让人接近崩溃的孤独！

晚上，他们相互依偎躺在床上。顾之风轻轻吻张露留有淡淡青提甜香的唇，感到生活原本可以出乎意料的幸福。他静待张露安然睡熟，独自到客厅里绝望地枯坐。

他看到卧室透出冰蓝色的荧光，像打开投影仪射出的光。他快步走到卧室门边，看到张露身体犹如灵魂出窍般出现一只流光溢彩的九色鹿。那只九色鹿像投射出的全息影像，昂首望眼顾之风，随即转头向窗户方向飞奔，跃出窗外消失进茫茫夜色。

顾之风不敢相信自己的眼睛，跑到阳台望向九色鹿消失的方向，久久不能平静。他回床搂着张露入睡，像个孩子般睡得香甜而深沉。他觉得自己仿佛进入了真善美的天堂。

太阳暖洋洋地透过窗帘照在身上，他伸懒腰睁开眼睛。他看到张露不在身边，轻声唤张露的名字，没有应答。他预感到不妙，忙起身在各个房间寻找，没有人。他不断地安慰自己，或许张露起来到楼下锻炼去了。他像热锅上的蚂蚁，慌乱地在房间里不停地踱步。

突然，他看到用杯子压住的便笺。他快步走过去，拿起杯子，看到上面的字迹，感觉瞬间从温暖的天堂跌入冰冷的地狱。四周，一片黑暗……

五十三　绝望之星

一个人体内日积月累积蓄的痛苦，要通过努力一点一滴释放出去。

顾之风难以接受这种毫无征兆的离开。他不知道自己做错了什么，竟招致这样的结果。他在房间里近乎疯狂地击打沙袋，直到手上的皮击落，血水顺着指缝滴下。

他浑身被汗水浸湿，虚脱般坐在地上牛喘。眼泪还是肆无忌惮地从眼角渗出。

他手里攥着张露留下的纸条，心里一次次查找自己身上存在的问题。他实在找不出因为自己的何种作为，让张露毅然决然地离他而去。她要求一次温馨而浪漫的晚餐，我就应该意识到她可能要离开。为什么我会如此迟钝！

风：我走了。不要问为什么，也不用找我。

顾之风将手中汗湿的字条丢进废纸篓，去餐厅冰箱取出一罐红牛一口气喝完。

他躺进阳台的藤椅，播放 Beyong 乐队的《光辉岁月》。这首写给南非总统曼德拉的歌，给他灵魂的抚慰。甘地、格瓦拉、卡斯特罗、阿塔图尔克、曼德拉……这些为民族解放和国家自强而坚持不懈的斗士，曾是他年轻时的偶像——他们身上彰显出人性的光辉。

该如何排解内心的忧伤。他仰望天花板，泪水情不自禁流满脸颊。

失去，疼痛得无法呼吸。他感觉心脏被撕裂，留下无法弥补的黑洞。他透过黑洞，看到黑洞中的自己，像站在日轮下的孤独投影。他饮尽悲伤，孤独地走向更深的绝望。

他看到黑暗中出现一张脸，露出淫邪而得意的微笑。笑容里弥散出死亡气息。

那股神秘的黑暗力量，如幽灵般侵入每个角落。它们腐蚀人心，诱发贪婪、引起仇恨、教唆犯罪、挑动战争……那股力量激发人性的恶，使整颗星球不断坠向毁灭的深渊。

人类制造的武器，绝大部分用来杀死同类；人类制造的城防，绝大多数用来抵御同类。人类将同类视为仇敌，彼此挑起战争，彼此进行杀戮……那些童真的孩子，从小被灌输狭隘的思想，心里被埋下仇恨的种子……他们亲手毁掉无辜的生命、毁掉美好的家园、毁掉赖以生存的星球……然而，他们所吃、所穿、所需、所用的，只是世上极少的一部分。

世界上，通过战争可以积聚财富，通过贸易也可以积聚财物。近代，所谓文明的野蛮人，用枪炮摧毁古老的文明、掠夺有限的资源、奴役善良的百姓、抢占别国的土地……而在古老的丝绸之路上，人们用自己土地上的产物，换取别人土地上的出产；用自己辛苦制作的器物，换取别人辛勤劳动的果实；用自己提炼的珍贵金银，换取别人挖掘的珍贵宝石——他们用真诚换取友情，用贸易换取所需，用智慧积攒财富，用善良缔造和平……

然而，西域无强国。他们想维护的和平，被蔑视、被侵占、被践踏、被摧毁……

人要养活自己，世上的出产已足够。人们无限膨胀的欲望，使世间万物都难以填补内心的黑洞。于是，人贪婪地想占有财富、独霸地球、侵略宇宙……这种欲望，源自哪里？

我对爱情强烈的占有欲，是否也出于贪婪的欲望？一位女子倾心于我，为何就不能尊重她离开的选择？我不能像肖正阳，让自己被占有的欲望摧毁。我该去趟深圳，不论结果如何，都要陪她走完最后的旅途——他不停地劝慰自己，心里依然灌满忧伤。

他给张露打电话，传来"您所拨打的用户已关机"的提示音。机械化的声音，敲击他的灵魂。他像失心的比干，不知如何感触这个世界，甚至丧失疼痛的感觉。

他从书房抽出《安娜·卡列尼娜》，强迫自己通过读书归于平静。然而，看到安娜钟情于渥伦斯基，他的心感到无比刺痛。他将书放回书架，在客厅里来回踱步。

他在跑步机上跑得大汗淋漓，从冰箱里取出饮料喝着，感到心被掏空般难受。现在只剩下欲哭无泪的感伤，无法在短时间将它们排出体外。他把所有张露留下或用过的东西，统统塞进垃圾袋，下楼将这些东西丢弃。他仰望灰霾的天空，感到心里永远失去了阳光。

他不知该如何打发时间，也不知张露会乘什么交通工具回去。他去车库取劳斯莱斯幻影，漫无目的在长街游荡。拥堵的道路，暴涨的车辆，喧嚣的城市，冷漠的人群。他从心里排斥城市带来的心理压抑。这里有很多朋友，可自尊心不容许他向别人诉苦——失恋的痛苦！

这就是失恋吗？他心里空荡荡的，无法给出答案。一个习惯于掌控的人，突然失去所有的控制力；就像被弃置在荒无人烟的小岛，只能独自消化所有的感伤。

他觉得张露离开像地狱里的火焰，瞬间燃烧尽他所有的自信。曾经他在所有的事情上，都愿意占据主动；包括感情。可是，如今铁证的事实，是他被人抛弃了。

爱是每个人的权利，即使最高尚或者最卑微的人都有拒绝别人的权利。他被拒绝是理所当然，可他的心里无法接受。肖正阳被摧毁，并不单纯是安姝婷的背叛。在安姝婷去世后很长时间，肖正阳仍然痛苦却理智地活着。他被摧毁，是因为见到让安姝婷出轨的男人。

一个如此龌龊的男人带来的侮辱，给肖正阳钢铁般的自信以粉碎性地打击。他们可以被自认为优秀的人击倒，但他们不能被一无是处的人侮辱性地击败。

他去广场边的售票厅订机票，开车去肖正阳那里。肖正阳虽然消瘦，精神倒是颇好。

安琪被送到奶奶家，只有他自己在房间。他没用电子设备，而是自己用墩布拖地，然后用抹布仔细地擦拭家具。一个人不停地劳动可以排遣无聊，也能抵御内心杂乱的想法。

"姝婷死后，我才发现自己是一个没有才华的人。我拥有的不过是高傲。可这高傲被摧毁后，我就像一个无家可归的孩子，只能蜷缩在自己冰冷的世界……"肖正阳沏壶上好的大红袍，带顾之风到茶室，坐在木墩上。时间摧毁很多东西，不是外在，而是内在。

顾之风瞅着茶杯里绛红色的茶汁，小口喝着茶。肖正阳的茶室添置一套雕工精美的红木茶台。坐在茶台前颇有高山流水的古韵。肖正阳手法娴熟地展示茶道，若有所思地说："古人能够法天地自然而自成一格，实在是因为自然可以升华人的境界、净化人的心灵。"

"何以有如此高深的体悟？"

"心性高洁，是一种认识自身并由内而外的修炼。"

顾之风没有发表意见，扭头见书架上新添的精装版《道德经》《南华经》《鬼谷子》《素书》和《抱朴子》，明白肖正阳为何要发表如此议论。不过，向来对中国文化和国学怀有偏见的肖正阳，能够从中找到解脱自我的门径，倒是件值得庆幸的事。

"这大红袍嘛，真正好的是武夷山天心岩九龙窠母树所产的茶。而龙井茶，真正好的是西湖龙井，分为狮、龙、云、虎、梅五大产区。最正宗的是狮峰山下胡公庙前老龙井御茶园里，被乾隆皇帝圈起来的十八棵茶树。"他给顾之风添茶，边介绍。

"今后有什么打算？"顾之风不想听他讲茶道，岔开话题。

"我和家里商量，准备利用所学再开家公司。"肖正阳喝口茶，说："没有将我摧毁的，终将造就我。现在才明白陷进想法，结局不过是愚蠢的自毁——我，肖正阳，死也要站着死——除了死亡，我不会再让任何事物将我摧毁！"

"不要从一个极端走向另一个极端。别人的赞美或嘲笑，与我们没有任何关系。我认为，心平气和地做好自己，比刻意地追求成功更好。"顾之风瞧着朋友那双透露出杀气的眼睛，忧心忡忡道。他很清楚肖正阳内心的野兽一旦被释放，也许会伤及他和周围的人。

一个刚从抑郁症里走出来的人，顾之风难以确定他有多么强大的内心。

万一事业失败，肖正阳有多大的承受力来面对这一切。毕竟任何事情都有风险。

"我知道你的好意。我不会那么轻易就被二次摧毁。"肖正阳一脸坚定道，"人生的悲剧，是你用真诚善待这个世界，却发现所有努力不过是用时间来证明一段谎言。人们用太多假象来掩盖自己的目的。其实将所有伪饰撕去，才能看到他们真正的嘴脸。"

"为何要发表这种议论？"顾之风担忧道。

"极限思维，会让你看清所有被迷雾遮盖的事物。"

"你可以去做个哲学家。不过，我觉得你似乎走入某种误区。成功不能证明什么，洞穿人性也不是什么了不起的事情。不要过度夸大个人的力量。我不想非议你的梦想，希望你能多些谨慎和理智。未来可期，但不应盲目乐观。"

"上帝死了！我希望他可以像摧毁以色列人一样摧毁我。可是他在哪？我看到地狱之火像流淌的红色血液，我深深地厌恶这个世界！"肖正阳面部血管和青筋暴露，咬牙切齿道："我没有愧对过任何人，可是这个世界辜负了我。我所有的荣耀，在一夜之间化为齑粉。我失去了姝婷，失去了信心，也失去了对这个世界所有的热情！"

"人的肤浅，莫过于把别人的荣耀拿来当自己的成就炫耀，沾沾自喜目中无人。我们有一些才能，但不足以称为优秀。我们的学识不过得益于书本而非自出己见、财富不过来自家族而非自己创造。我们没有卓然于世的优势。所有不平是高估了自己，并低估了别人。我们没有万事通顺的理由，更没有承受失败的内心。我们是无法摆脱家族影响的普通人。"

"我不仅是个平凡人，还是个失败者。"肖正阳像泄气皮球瘫坐于木墩。他神情沮丧地说："我也不知为什么，内心有无法排泄的愤懑，却一次次被理智牵引向现实妥协。我以为自己是块百折不挠的精钢，最后发现刚强终难摆脱折断的命运。"

"正视自己，宽恕自己，接受自己。"

"我很羡慕年少轻狂的自己，天不怕，地不怕！我被摧毁了——真正的强者不须用口舌来树立自己。我真想抛弃这一切，无忧无虑地生活。可是，还有安琪！"

"时间会淡化一切。每个人都有低谷，走出来就是坦途。你可以选择真正爱你的人再结婚，可以重新缔造幸福。开公司的事，可以利用你家族的很多资源。我们太想脱离家族影响，所以过分强调自己。其实，我们一直坚守的，不一定是正确的。"

"我曾被困在自己的意识世界，那里所有的一切都由我的意识创造。我情愿沉溺其中，再也不回到现实世界。可是我无法割舍下安琪，我必须重新回到这个世界。"

"安琪是上帝赐予你最好的礼物。"顾之风将杯中的茶饮尽，起身说："我要离开一段时间，希望你开公司的事一切顺利。不要太情绪化，踏踏实实把事情做好！"

顾之风离开肖正阳家，心里压着一团无奈。本想与他聊聊张露的事，听听肖正阳的意见。没想到自己反而陷入肖正阳的情绪。很多事情随着时间对心灵的腐蚀，逐渐使人与人之间产生隔阂。康复后的肖正阳，像一个需要重新认识的陌生人。有某种说不清的距离感。

不过，他和肖正阳的情谊不会因为时间而变质。他相信肖正阳会走出封闭的自我世界，成为更加健康而阳光的男人。有一天，他们可以联手创造新世界。

晚餐，自己简单将冰箱里的熟食用微波炉加热，又煎了两颗鸡蛋，将就吃了一顿。他坐在偌大的房间，感到心被掏空般难受；起来坐下，总是难以平静。

电视节目没有吸引人的内容，打开电脑也找不到有趣的事情。空气里弥漫着烦躁，他被坐立不安折磨得心乱如麻。

他需要和人聊聊，却没有可以倾诉的对象。他没有赫索格的耐心，不停地给假想的人写信。他只能不停地在房间徘徊，抽出书架上的书，再放回去。

我是怎么了？我不是已经习惯单身生活，而且已然开始享受这种生活了吗？现在为何不能平静地过自己的生活？顾之风去厨房打开窗户抽烟，望着灯火燃烧的城市，脑子里满是张露的身影。我不应该动感情，这会使我落入肖正阳那样的窘境。

可是，我的心在什么时候被软化，没有丝毫预兆地陷入爱神的罗网。

爱情，不过是将你所有的优势抛弃，去迎合另一个人。张爱玲那样的才女，即使低到尘埃里，也没能逃脱被胡兰成遗弃的命运。这是多么可悲的事情！我可以去倾尽全部爱一个人，可我不能放下所有的尊严来任人践踏。爱情不应该丧失自我，否则将一无所有。肖正阳是前车之鉴，我应该保持冷静。他怅怅吐口气，将烟蒂掐灭，丢进厨房的垃圾桶。

内心起了风浪，人像无头苍蝇失去方向。他躺在床上，翻来覆去睡不着。多少年来一直睡眠很好的他，竟然在半夜醒来。望着漆黑的房间，无法入睡。因为家族遗传，他从来不起夜。从小到大一觉到天明，起来后精神饱满。可是现在他感到困倦难当，却心里亮堂堂难以入睡。孤枕难眠，呵呵，他心里自嘲。起床，在黑暗中摸索回到客厅。

此次去深圳不知结果如何。如果张露不回深圳该怎么办，如果她在深圳拒绝与我见面又该怎么办？他摸到烟盒，取支烟，点燃，孤独而空虚。他仿佛在风雨飘摇的海上，被无底的黑暗包裹，所有的不确定性肆无忌惮地将他吞噬。

五十四　荒芜之心

我们在熙熙攘攘的人潮中孤独地游走，直到将身体扎根在苍茫大地。

飞机像一只穿过伴随厚重云层的雄鹰，正以优美的弧度往下俯冲，准备降落深圳机场。透过窗户可以俯瞰海上的货轮、鳞次栉比的建筑、川流不息的车辆……

雄鹰如被猎枪击中，伴随巨大的轰鸣在跑道上缓冲。它仿佛经过垂死挣扎，绝望地发出最后一声悲叹。机舱里响起如同挽歌的音乐，人们被从鹰嘴中陆续吐出。

他没有回自己的公寓，迫不及待驱车去张露的住所。张露并未回来，电话依旧关机。虽然预料到可能是这种结果，心里还是涌起难以抑制的失落。

从张露体内跑掉的九色鹿，是否存在某种预示。那是寄存在她体内的元神，还是村上春树寻找的可以进入人体的背部带星纹的"羊"。羊男，鹿女，狼人……他不愿被囚禁在光怪陆离的意识世界，也不愿相信近乎迷信的神话传说。他要挣脱封印他的茧。

张露的身影，始终在他脑海若隐若现，最终清晰地呈现在眼前。他很想爆发，胸口堵着团什么。他的理智冰冷地熄灭不切实际的念头，只留下心痛在胸腔弥漫。

我们总习惯于以自己的经验来判断不熟悉的人，往往被表象欺骗而陷入主观臆想。对于张露，他似乎从来不曾真正了解。此刻，他不知道如何恰当表达自己的思想。

他感到一种巨大的孤独感袭来，将他囚困在黑色浑浊的领域。那里有无数道墙，也有无数道门。他感到愤懑，不知该何去何从。像待宰的羔羊，被独眼巨人用石锤击打。亦如大江健三郎《人羊》的主角，虽然没有受到欺凌，却陷入与主人公同样的无奈悲哀。

或许，自己该像赫索格那样，通过给不同的人写信来挥发蓄积体内的情感。他呢，可以给耶和华、亚当、美尼斯、汉谟拉比、摩西、居鲁士、孔丘、亚历山大、凯撒、释迦牟尼、耶稣、穆罕默德、但丁、拿破仑、费米等写信。可是，他又不愿做这种自欺欺人的事。

一个星期，没有任何张露的消息。每天三次的守候，耗尽他所有的热情。

离开，有不舍，也有失望。坐在头等舱，远眺连绵无尽的云海。他努力拨开遮蔽心房的乌云，让阳光驱散集聚内心的阴霾。他掘开土，将痛苦深埋心底。

喝着苦涩的咖啡，慵懒地翻阅航空杂志。他想到曾经的欧洲帝都君士坦丁堡，以及消逝的拜占庭王朝和奥斯曼帝国。如今，它不再是土耳其的首都，而成为现代化的城市——伊斯坦布尔。他收回目光，掏出书，阅读马克·李维的小说《伊斯坦布尔假期》。

他有位牛津大学的朋友彼得，专门研究丝绸之路的历史。

有年暑假，他随朋友去伊斯坦布尔考察罗马帝国、拜占庭帝国、拉丁帝国、奥斯曼帝国的兴衰，以及这些曾经强大的帝国与丝绸之路的关系。在那座古老的城市，他的朋友整日泡在图书馆，仿佛要把所有知识都装进脑袋。顾之风则游览七山，徜徉于罗马帝国时期的圣索菲亚大教堂、柯拉修道院教堂，奥斯曼帝国时期的苏丹艾哈迈德清真寺、努鲁奥斯曼清真寺，及收藏大量中国古瓷器的托普卡帕宫、矗立于博斯普鲁斯海峡的多尔玛巴赫切宫……

世界历史，可以从不同角度进行解读。比起古老的东方世界，西方很多国家更像是年轻的野蛮人。他们拿起最新式的火器，野蛮而血腥地摧毁古老文明。他们认为被击败的国家都是野蛮落后的种族，标榜自己是新世界文明的代言人。

这些虚伪的代言人，提着带血的屠刀征服世界，使世界成为强权者的天堂。

他在飞机上昏昏欲睡，迷糊感到自己站在巨型宝船甲板上，看到郑和正手持过洋牵星图和水罗盘确定航向。船艏威武的虎头浮雕破浪而行，不时有海豚从海里跃出。两百多艘舰船满载丝绸、瓷器、茶叶、漆器、金银、器具，浩浩荡荡在海上航行……隐隐听到有甜美女子的声音呼唤他，像墨西拿海峡的塞壬；睁开眼睛，看到面带微笑的空姐。

他从窗口鸟瞰熟悉的城市，有种怅然若失的感觉。

肖正阳开辆法拉利来接他。这位曾经英俊帅气的朋友，发际线越来越高，头发大量脱落后显出苍老的憔悴。他曾经很在意自己的仪表，如今有种不修边幅的邋遢感。

命运，在他的脸上留下无法磨灭的印记，在他心里留下无法恢复的伤痕。

"之风，安琪想你嘞。她和爷爷奶奶待在一起，性格越来越孤僻，我怕时间久了会出问题。公司刚开业，我揽下几单海外业务，有点忙。让家政公司给推荐几个保姆，孩子都不喜欢。不知道你最近有没有时间，帮我带她一段时间。"肖正阳边开车边说。

"为什么不送她去幼儿园？"他点支烟问。

"安琪太腼腆，不会和小朋友们相处。送去一段时间，孩子不和老师说话，每天独自坐在窗口流泪。她的脸上有淤青，说是从滑梯上被小朋友推倒碰的，性格变得更孤僻了。我看着心疼，不忍心将她留在幼儿园。"肖正阳叼支烟，神情抑郁地说。

"你该为自己物色一位妻子哩，对你和孩子都好。"顾之风叹口气。

"慢慢再说吧。还记得宣铭鸿吗？"肖正阳岔开话题。

"他不是在韶关吗，怎么突然说起他？"顾之风望向窗外的风景。

"前几天，他跳楼自杀喽！"

顾之风将烟屁股丢进烟灰缸，许久没有表态。他从剑桥回国期间，曾通过宣铭鸿认识薛佳琪。他带安琪去丽江古城时，宣铭鸿带着位大眼美女旅行度假，说准备年底结婚。他们卿卿我我如胶似漆，顾之风不愿碍眼，吃过午餐匆匆告辞。没想到，他已跳楼自杀。

"据说他在韶关混得不济，变得孤僻而阴郁。他常带些不谙世事的女学生在出租屋厮混，又被那些女生一次一次抛弃。他同离婚的妇产科大夫谈恋爱，对那娇生惯养脾气暴躁的女医生百般呵护。不料人家三天两头与他闹别扭，还找家里人把他骂个狗血淋头、打得遍体鳞伤。凌晨，他说有黑衣人要追杀他，从十八楼阳台踢碎玻璃跳下去。"

"死亡不能解决真正的问题。为这样的女人，何必呢。"

"他父亲是个杂种，发财后抛妻弃子，找了个如花似玉的小姑娘。他母亲没多久就改嫁，继父有子女，不待见他，诬陷他偷东西。他成为了城市里的流浪儿。"

"他的事情，我知道一些。"

"我们都是用情很深的人，非常容易为情所伤。如果我没有熬过最艰难的岁月，也许会像他一样抑郁跳楼。"肖正阳见马路上有行人翻越护栏，按喇叭，点脚刹车让过去。

"他的死，可能不完全因为感情。"

"我们都一样。虽然做事情很强势，但心里非常渴望有个关心体贴自己的人。我看《拳王泰森》纪录片，即使拳坛称霸的重量级拳王，在内心深处依然渴望来自伴侣的关爱。钢铁般的男人，也有脆弱无助的时候——英雄，是种家庭之外的称谓！"

"为何要发这样的感慨？"顾之风扭头瞧着肖正阳，觉得他把事情复杂化。

不过张露的不告而别，给他心里造成某种不安，使原本以为地久天长的感情变得遥不可及。最亲密的人，可能会突然离开。没有什么可以约束毫无敬畏的心灵。

"宣铭鸿喜欢的女医生，据说是个大美女。他为讨那女生的欢心，放弃自己的所有，屈从于对方的喜好。他害怕对方与陌生人接触，害怕突然间失去所爱。他们经常闹别扭，每次他都屈辱地向对方赔礼道歉。我觉得他活得没有尊严，也不开心。"

"那是他自己的选择。"顾之风点支烟，望向街道上冷漠的行人。

"前段时间，我给韩晓冉过生日见过他。他从广东回来，显得郁郁寡欢。他太希望在同学中有尊严，被可怜的自尊折磨得痛不欲生。"肖正阳眼中透出忧郁。

"找个爱他的女子结婚，也许生活会更幸福。至少，他不会自杀。"

所谓尊严不过是自欺欺人的东西。如果是真正的朋友，不仅不会瞧不起他，还会真心实意帮他。如果不是朋友，又何必在意他们的眼光。其实，人没有必要太在意别人的看法。

"社会飞速发展产生浮躁，使人们不由自主互相攀比。男人是靠面子来应付局道的动物，宣铭鸿不过是这种社交文化的牺牲品。如果他是高富帅，就不愁娶个白富美，又何至于落到这步田地！"肖正阳面带嘲讽道："我没有成为他，只因我有个好家世！"

"我们抛弃信仰，所以只能信奉金钱至上。"

"从中世纪到二十世纪初，欧洲精英分子为逃避迫害，纷纷躲进修道院。"

"欧洲的道德，就是宗教道德。不过，心里有坚守，人就不会堕落。"

"我真想在全球搞一场革命，解放所有被压迫的人民！"

"我们的先辈就是这样做的。不要愤世嫉俗嘞，我们都过了愤青的年纪。"

"人死不能复生，每个人都应好好珍惜生命。幸亏我还有安琪，我不能让她失望。"

肖正阳将车开进地下车库。顾之风和肖正阳乘电梯上楼，有位身材高挑的美女不断朝他抛媚眼。他以为自己看错，扭过身，看到镜子里那女子目不转睛盯视自己。他感觉浑身不自在，掏支烟点燃，以掩饰自己的尴尬。看那女子面露厌恶地扭转身，才稍稍舒口气。

肖正阳的房间，那些艺术品和陈列品不知去向，变得简单而空廓。如此决绝地处理安姝婷留下的器物，看来肖正阳真的放下了。时间会抚平一切，然而人生真正能留下什么。

"你一定很好奇屋里的那些收藏品去哪了吧。它们被扔得扔，卖得卖，送人得送人。我要开始新生活，没必要为旧物伤感。"肖正阳沏壶碧螺春端上来。

"看你恢复如初，真为你感到高兴。"

"我不想总是活在对于一个女人的回忆里。前段时间，我看克里斯托弗·诺兰执导的《盗梦空间》，突然明白一个道理：人，应该活在属于自己的现实中。"肖正阳呷口茶说，"安姝婷和我的悲剧，是我们都活在自己的幻想里。"

"为何这样说？"顾之风轻嗅着茶香的蒸汽，觉得很舒服。

"我爱她，胜于一切。可是，她心里始终有不切实际的梦。为此我陪她，到她想去的任何地方旅游，陪她过三毛一样的生活；这些始终都未能满足她内心的妄想。我不是'盗梦者'道姆·柯布，可是姝婷已成为陷入自己梦境无法自拔的梅尔。"肖正阳苦笑。

"人生不是电影，没有可比性。"

"女人的欲望得到满足，不是结束，而是另一个更大的欲望的开始。我最近才真正想清楚这些事情。正是我竭尽所能满足她的愿望，才催生她更多不切实际的欲望。"

"你们一直貌合神离？"顾之风觉得自己走进一座迷宫。

"我们曾经彼此相爱。但是，她逐渐沉迷于自己的世界无法自拔。每个女人心里都有一个臆想出来的白马王子，那个虚幻的人物会影响她们的生活。她们总在拿自己臆想出的形象与现实中的丈夫进行对比，逐渐陷入自己的幻象。"肖正阳的眼神冰冷而残忍，像一名医生正在解剖自己的爱人。他灵魂深处冷血的一面浮现在脸上，使人望而生畏。

顾之风冷眼瞧着他，没有接话。他想到莫卧儿帝国皇帝沙·贾汗为自己的爱妃姬蔓·芭奴建造的泰姬·玛哈尔陵。这座被泰戈尔誉为"永恒面颊上的一滴眼泪"的泰姬陵，见证了刚愎残暴的君王内心的柔软。这种柔软引来其子奥朗则布弑兄杀弟篡位，使年迈的国王每天只能透过小窗凄然遥望远处泰姬陵倒影，直至在思念与绝望中郁郁而终。

"姝婷以为心里的白马王子，一定存在于世界的某个地方。只是她没有遇到。于是，她从网络寻找心目中的王子形象。这是多么愚蠢而荒唐的事情！"

顾之风啜饮茶水，耐心听他讲话。

"我承认，比我优秀的人很多，但那个营养不良的鸭子般的人，绝对不是这座城市里的佼佼者——我不该满足她所有的欲望，而使她忽略柴米油盐酱醋茶的生活本质。"肖正阳说起安姝婷的事，情绪变得激动。脸颊充血紫胀，太阳穴青筋暴露。

"正阳，你误解了你的妻子。"顾之风冷冷地说。

"我怎么会误解她！我对她那么好，我将全部的爱都奉给她，我怎么会误解她！"肖正阳牙齿咬得咯咯作响，眼里喷射出愤怒与痛苦的火焰。

"很多女人怀孕期间激素水平改变，会患上抑郁症。安姝婷怀孕期间，你还在忙于自己的事业，疏于对她的关心呵护，所以她才有时间从网上阅读那些文字。本来抑郁的她，看到忧郁的文字，陷入狭隘的臆想，因此才会发生意外！"顾之风略带气愤地说，"肖正阳，别让阴暗的想法暗化你的心灵，也别让污秽的思想玷污你死去的妻子！"

"你怀疑我的判断！如果我错了，如果我错了……我该怎么办……"肖正阳颓然倒进沙发，用手使劲揪着头发，嘴里发出痛苦的呻吟。

"正阳，别为过去痛苦，过去的已经过去。前一段感情绝不是下一段感情的指南针，我们没有必要把它作为导向。有些爱，需要释怀。毕竟，过去的已然过去！"

顾之风上前紧握住肖正阳的手，真诚地盯视他的眼睛。他害怕肖正阳再次被心魔牵引，陷入孤独地狱，尽量使声音柔和道："一起出去吃饭吧，有些事情我想和你谈谈。"

五十五　死亡之书

世界是一本书，从不旅行的人，只读了其中的一页而已。

读万卷书，是为放大格局；行万里路，是为增长见识。读书与游历，二者不可偏废。

然而，古代受交通工具限制，纵为皇帝终身也不过出游数次。能游历天下者，更是寥寥无几。想来不过孔丘、张骞、司马迁、班超、谢灵运、郦道元、李白、郑和、徐霞客等人。

顾之风认为，中国人的精神构成，是儒家、道家和释家的调和，既有儒家的入世思想，也有道家的处世哲学，还有释家的出世信仰。因此，古代很多文人既是修身齐家治国平天下的君子，也是逍遥天地间的隐修士，还是见性成佛的禅悟者。

中国文人得志时，会为天下苍生谋福利；失意时，会为独善其身寻乐土。他们会为国捐躯，会为大义赴死。他们的死，不能"留取丹心照汗青"，也要"去留肝胆两昆仑"。

顾之风与肖正阳在酒吧开怀畅饮，请代驾将酩酊大醉的肖正阳送回家。他觉得资本摧毁原有的社会体系，使追求利润成为人们的共同目的。人们抛弃传统、抛弃信仰、抛弃道德，甘愿沦为金钱的奴隶……人们为自己找到新的神祇，那是浑身鲜血淋漓的魔鬼形象。

马克思曾在《资本论》里描述，"自从来到人间，资本的每一个毛孔都是肮脏的和血淋淋的，随时都要向外扩张"。没有人愿为信仰而死，却甘心死在资本脚下。

作为穷光蛋的宣铭鸿，为离婚的女人跳楼自杀。这种死不免让人觉得可悲。顾之风翻看从肖正阳处带回的宣铭鸿的笔记，对于里面浸渍忧伤的文字，涌起无法言说的感喟。

我常常看到死神带血的翅膀，我能闻到他身上特有的硫磺味和血腥味。

我看到冰蓝色的长剑和幽蓝色的眼睛，那是穿黑袍的死神，

他以最残忍的方式追杀我，直到天涯海角、直到地老天荒……

我感到压抑，却无法解除这种折磨我的痛苦。

我讨厌这个世界的势利，像臭气熏天的茅厕吸引肮脏污秽的蛆虫。

而我，是这个世界上抱有愚蠢信念的堂吉诃德，驾驭老迈的驽马游走在世界边缘。

我的身躯一次次被风车的叶片撞飞，只能无助地坚守自己的信念。

那一刻，我就像被命运吹飞的蒲公英的种子，

努力想扎下根，却没有与风抗衡的力量……

我生来彷徨，像条受伤的狗一样，只能躲在黑暗角落独自咀嚼忧伤。

我是上帝的弃儿，是人类厌弃的弗兰肯斯坦，

创造我的父亲给予我生命，却让我成为孤独而冷血的怪物。

我用真诚善待这个世界，可是世界却以虚伪冷酷伤害我的身心。

我像被摧残的笑面人，带着无辜的微笑面对演员与观众的鄙夷。

我像那将死的小丑儿，看着病态的世界弥漫奢华与糜烂的气息。

人们将灵魂卖给魔鬼，换取仅能满足肉体的物质，

他们充满对金钱、权势、名利、地位、美貌和情欲的渴望，

贪婪地在世界上寻找肉体的饕餮和感官的刺激——

他们不知道，灵魂的空洞无法用物质来填补，

无限放大的欲望，只会牵引我们无限堕落，

最终，我们跳着野蛮的舞蹈落入死亡的深渊……

我不愿将灵魂卖给魔鬼，因此受到最恶毒的诅咒！

我感到悲伤，我渴慕来自爱情的温暖，

我以为那是来自天堂的光明，像投火的飞蛾，

拼命拥抱炽热的光明，被歹毒的火焰烧灼得失去原形。

我是多么绝望，绝望得已然忘记了悲伤。

我的心在绝望中石化，"咚咚"地敲击我空虚混沌的胸膛。

那些绝情的女子，用纯情的外表欺骗了我。

我只是她们生命里无数过客中的一个，偶尔成为她们在寂寞夜晚的慰藉。

我从不曾在她们淫荡的心里留下痕迹，

这些婊子养的荡妇，只把我当作满足她们肉体欲望的玩物！

我是玩物？我是玩物！我是玩物……

我在狂风中嘲笑自己，嘲笑我作为小人物无力抗争的命运！

是谁摧毁了我高尚的灵魂，是谁击碎了我钢铁的意志，

是谁让我成为可笑而可怜的存在，是谁使我沦为软弱而卑微的玩偶！

面对强大的世界，面对固化的阶层，我只感到渺小的绝望，

我只能看着自己的一切，被这个冰冷的世界无情地吞噬……

我不是屈原，我不是夸父，我是——宣铭鸿！

我本来是上帝的杰作，却沦为魔鬼戕害的牺牲！

这罪恶的渊薮，褫夺我所有美好的梦想。

虽然我生得并不伟大，可是没有人能阻止我死得荣光；

因为，我若选择骄傲地死去，连高高在上的上帝也无法阻止。

你们大可以嘲笑我，用尽你们所有的方式，

我认为这不过是污秽的苍蝇，对我骄傲的方式发出无奈的悲鸣。

我看到苍狼与白狼在山巅悲嗥，它们想要召唤长生天的庇佑。

然而，这满是行尸走肉的世界，到处是九色鹿和独角兽的尸体，

那些美好的神祇，已无法用它们的牺牲，换回人类良知的觉醒。

这个世界，终究要被地狱之火焚毁，遍地将是人类悔恨的哀嚎！

我恐惧，我害怕，我在夜晚想到死，会被死亡的黏液浸渍，

可是我要做俄瑞斯忒斯，我要战胜这惧怕，我要选择自己存在的方式，

在绝望中毁灭上帝的创造，这是我最后的梦想……

《苍蝇》。萨特。俄瑞斯忒斯。顾之风感到有些头疼。黑衣人，究竟是黑狼的转世，还是魔鬼的化身。我时常听到黑衣人的声音，他是否准备以残忍的方式追杀我？

他和肖正阳去夜店毫无节制地饮酒，使他夜里汗落如雨。起来将被褥挂在晾衣架上晾晒，冲杯咖啡，轻轻合上宣铭鸿的遗书。他从这些文字里感到压抑，生出莫名的厌恶。

他进入厨房找吃的，肚子咕咕作响。冰箱里有几个过期的罐头。他打开后，

坐在沙发上细嚼慢咽地吃起来。他想起王家卫的《重庆森林》，想起总是吃过期凤梨罐头的金城武。

爱情会在人的心里留下什么？他想，感到内心空荡荡的难受。这种感觉不是泪水涟涟的疼痛，不是欲哭无泪的悲伤，而是思念某个人带来的隐忍不发的压抑。

他把吃完的空罐头盒扔进垃圾桶，打开电视看《体育频道》直播的NBA比赛：湖人队VS热火队。他一直觉得篮球比赛和足球比赛，是真正属于男人之间的对抗。那片没有硝烟的战场，到处都弥漫团队配合与英雄主义摩擦出的火药味。

他很喜欢马刺的配合，雷霆的闪耀，热火的勇猛，步行者的战术。他喜欢看拥有杀手锏的球队，在强者如林的球场突出重围，或者虽败犹荣地洒泪告别。很长时间，他喜欢火箭和雄鹿。姚明和易建联离开后，开始关注有林书豪加入的球队，勇士、火箭和尼克斯。

大学时，他非常喜欢篮球和足球运动。他会长时间驻留美国看联赛，会不远千里到举办地看世界杯。他喜欢乔丹、奥尼尔、詹姆斯、科比、姚明、麦克格雷迪、易建联、库里、哈登、林书豪等篮球明星；也喜欢贝利、马拉多纳、罗纳尔多、贝克汉姆、齐达内、克里斯蒂亚诺、梅西、鲁尼、梅西、C罗等足球明星。他看到昔日星光璀璨的球星因年龄或伤病黯然退役，会禁不住落泪。英雄迟暮，壮心不已。他敬慕那些用自己的努力创造辉煌的人。

他喜欢拳击比赛，尤其是重量级拳王争霸赛。虽然有些血腥，却是男人力量的体现。

他不喜欢散打，觉得不过是没有力量的男人在故弄玄虚地瞎踢乱打。练散打的人，若与真正的重量级拳王PK，只会被打得脑浆迸裂粉身碎骨。

他相信中国古代存在武术，却不相信武术有多么厉害。他认为中国的武侠小说如同西方的骑士小说，想象力很丰富，可信度不高。虽然还珠楼主、宫白羽、王度庐、金庸、梁羽生、古龙等小说家，极尽想象力地把中国功夫吹捧上天。可他始终认为，中国人的武功从未超出司马迁的《游侠列传》《刺客列传》或施耐庵的《水浒传》所夸张的水平。

在国外时，他没有喜欢上棒球和橄榄球。回国后，他偶尔会打斯诺克或保龄球。

他打高尔夫，不过是附庸风雅。他觉得高尔夫过分夸大富人阶层运动的功效，更像是一帮没有真正力量的大腹便便的绅士自我吹嘘的运动。它显得奢侈而充满功利，更适合所谓上流社会进行交际或标榜，而非彰显奥林匹克精神的英雄竞技。不过，他还是颇欣赏高尔夫名将老虎伍兹，以及网球名将费德勒和纳达尔——因为他敬重英雄。

看完比赛，回归短暂的平静。他在健身室里打拳击，尽情挥发多余的体力。

张露像一块划过他心脏的玻璃碎片，闪烁水晶光芒将他的心脏割开。他心里生出疏浅的怨恨，不理解张露为何不愿留下。为何故意出现在他生命里，又狠心地离他而去。

张露用美好得让人疼痛的爱情，摧毁他平静而坚强的内心。他开始怀疑自己，带着自责查找这段感情风蚀的原因。他的自信被击碎，有种无所适从的迷茫。

他不是宣铭鸿，不会选择以懦弱的方式结束生命。但是，他需要将内心的忧伤一滴滴挤出，重新找回对于生活的热情。因为丧失自信对于他是极为可怕的事情，就像被别的雄狮斗败并逐出狮群的狮王，只能带着满身伤痕选择孤独地死去。

他下楼去麦当劳要份汉堡包、炸鸡腿、薯条和热橙汁。他没有食欲地吞咽东西，眼泪不由自主地从眼眶溢出。他慌乱地用餐巾纸揩眼泪，低头怕被别人看到。

他不知道自己是怎么了，竟会没有丝毫征兆地流泪。他强迫自己将食物大口吞进胃囊，很清楚只有吃东西才能保持健康，只有持续健康才能对抗悲伤，只有战胜悲伤才能重获勇气，只有获得勇气才能重建自信，只有建立自信才能成为真正的顾之风……

他独自去公园，漫无目的在林荫小道游荡。荒凉苍冷的感觉，弥漫在空气里。其实整座城市都散发出节日将至的喜气，只是他不愿在那种氛围里独自感伤。

"冠盖满京华，斯人独憔悴"。这是属于他的凄伤。他真希望自己可以生出对感情的免疫力，那样就可以开开心心地生活。这显然是一种奢望，带有软弱与无助。

电话铃响，他慌忙掏出手机，失望地看到手机屏显示的名字。接听，走出公园，看到满脸苦闷表情的马文杰。他的那辆路虎车身上满是泥点，同样落魄的感觉。

"急着找我什么事？"顾之风问。

"没事，就是想找你聊聊。"马文杰丢支烟给他，点燃，招呼他上车。

"去哪？"他感到莫名其妙。

"这你就别管啦！"马文杰开车风驰电掣在车流中穿梭，一副玩儿命的架势。他眼神里透露出杀气，仇恨地瞪视阻挡去路的车辆，野蛮地不停按喇叭。

"哥们儿，你想去见阎王，我可不想给你陪葬！"顾之风掐着烟，提醒道。他用余光扫视这位不算熟悉的同学，心里犯嘀咕，这个面善的胖子遇到什么事？

莫非因为李雨露，他把我当情敌喽？或者，他求婚被李雨露拒绝，特意来找我决斗？看起来，他的仇恨似乎不是冲我，而是冲着外面的整个世界。

可是，他为什么要仇视社会？一个开路虎的人，社会给予他如此丰厚的回报，有什么理由去仇视社会？顾之风将烟蒂丢进烟灰盒，不愿像个白痴般思考马文杰的问题。马文杰既然专程来找他，很快就能知晓答案。他按开视屏，播放汪峰的《勇敢的心》。

马文杰手把方向盘，忽然扭头说："知道吗，我完蛋啦！"

"不是活得好好的吗，怎么就完蛋啦？能不能把话说清楚，我可是刚刚才上了贼船。"顾之风听他的话，有些丈二和尚摸不着头脑，扭头望向他。

"我在鄂尔多斯搞民间融资，投进去的钱都人间蒸发嘞！操，我辛辛苦苦这么多年，竟是为别人做嫁衣。他娘的，老子现在杀人的心都有！"马文杰恶狠狠地咒骂。

"唔，所以你选择了我？"顾之风瞧着他，不无嘲讽地说。

"你他娘的真不够朋友！我赴死的心都有，投进九千多万，如今血本无归。你就不能有点同情心！"马文杰瞪着顾之风，本来胖嘟嘟的脸僵化成满脸横肉。

"你约我出来，是让我同情你？"

"唉，他娘的，有异性没人性！没天理。真是龙游浅水遭虾戏，虎落平阳被犬欺呀！"马文杰一声长叹，反而笑起来，"你他娘的和肖正阳一样，都是铁石心肠的主！"

"早晨忘刷牙了吧，满嘴口臭。你赔得血本无归，我同情你有什么益处？"顾之风望向那张因怨恨而抽搐变形的脸，说，"别遇到屁大点儿挫折就一蹶不振。"

"这是屁大点事儿吗，您真是站着说话不腰疼！我可是拿全部身家周转了九千万！"

"我坐着说话也不腰疼。"顾之风点支烟，再次抽起来说，"失败没什么大不了，害怕失败才可耻。若因为失败而选择极端的方式，则更让人鄙夷！"

"是啊，失败不可怕，可怕的是我那九千多万打了水漂。"马文杰神情沮丧。

"钱没了还能挣，人没了，可就真的什么都没了。"顾之风观察马文杰脸上微妙变化，感觉完全不了解眼前这个人。不过，他不希望马文杰因此发生意外。

宣铭鸿刚刚跳楼，若马文杰再有轻生的念头，后果将不堪设想。他见马文杰恶狠狠地瞪他，觉得自己身边的世界有某种暗流涌动，所有的事情似乎变得无法掌控……

五十六　城市之光

"我们生活在一个充满不确定性的世界，随时随地会因未知的变化而陷入绝境。"

马文杰端着酒杯，瞪着通红的眼睛，喃喃地说。

"没必要这么悲观，就当是花大价钱买个经验。"顾之风劝慰。

"九千万哪，我花九千万买个狗屁经验，想想都是血泪呀。多么触目惊心的数字，多么痛的领悟啊！唉，这就是血的教训啊！"马文杰把酒灌进嘴里，又给自己倒一杯。

"你这奸商，挣的都是老百姓的血汗钱。付出点血的代价，也是应该的。"顾之风感觉不痛不痒地规劝没有什么作用，索性调侃道。

"哥哥呀，我自己挣的才是血汗钱嘞。"马文杰一副苦大仇深的表情，控诉道，"若是在那万恶的旧社会，我就是那背井离乡走西口、闯关东、下南洋的苦情郎耶。这些年，我沿丝绸之路经济带与各国友人做生意，辛辛苦苦才挣下点积蓄，我容易吗？"

"世界是一群左右脸都给人打、内外衣都给人剥的亚当、夏娃。"他想起木心的话。

"唉，我砸锅卖铁凑了两千万，把能借钱的亲朋好友都找遍了，才弄来七千万。瞅准机会投资，觉得肯定能挣得盆满钵满。谁承想，飞来一只'黑天鹅'，顷刻间便让我赔得血本无归，还欠下一屁股的债。我招谁惹谁了，不就想多挣几个钱嘛！"

顾之风喝口酒，不觉想起《牧羊少年奇幻之旅》，那个一次次被夺去钱财的圣地亚哥。世界，究竟是充满哲理的寓言，还是充满欺骗的谎言。是否跟从心中的信念，就能找到属于自己的宝藏。他借着酒劲儿说："天生我材必有用，千金散尽还复来。"

"你别拿李白的诗搪塞我。我还'抽刀断水水更流，举杯销愁愁更愁'呢。哥们儿心中的愁，现在浓得化不开。只有酒，难销哥们儿胸中郁积的戾气。"马文杰抱怨。

"胸中小不平，可以酒消之；世间大不平，非剑不能消也。看来喝过酒，我得出去给你买把老菜刀，以便你去消戾气。"顾之风想起张潮的词句。

"砍人能砍出钱来？"马文杰酒气熏天道，"没钱，我可真要被放高利贷的砍了！"

"悲伤也解决不了问题，豁达些吧。"

"汉武帝时，铜铁冶铸技术发达。卫青、霍去病的丰功伟绩，不过是带领装备精良的装甲师去攻击手无寸铁的野蛮人，根本没什么了不起。匈奴部落因武器落后被打得落花流水，被逼无奈远遁欧洲大陆。那时他们学到汉人铸造工艺，以相对先进的武器，在欧洲所向披靡无人能敌。"马文杰侃侃而谈，"我真想穿越回汉朝，靠砍人赚取黄灿灿的金币！"

"钻进钱眼儿里的葛朗台，你该探出头看看更广阔的世界。"

"我看的世界还少呀？我可是在阿拉木图升天大教堂做过礼拜，在托克玛克寻访过李白出生地、在撒马尔罕雷吉斯坦参观过古老神学院、在阿什哈巴德阿哈尔捷金种马场购买过汗血宝马、在大马士革哈米迪亚大市场开展过皮革贸易、在伊斯坦布尔博斯普鲁斯大桥邂逅过美丽爱情、在巴格达目睹过汽车炸弹袭击、在喀布尔被塔利班用枪顶过脑袋的……哥们不是没见过世面，是心疼那些拿命换来的钱呀！"马文杰眼泪汪汪地说。

"死亡都经历过，还看不开阿堵物？"顾之风点支烟道。

"阿堵物，那是不食人间烟火的王珩之流，自命清高的说法！我在到处弥漫战争硝烟的贝鲁特，都从没见过不爱钱的人。经历过死亡的人，才能真正懂得生命的珍贵；饱尝过贫穷的人，才能真正体会金钱的重要。"马文杰点支烟，狠命抽几口，吐个烟圈。

"感悟挺深的吗？"顾之风喝口闷酒，已明白马文杰来意。

"我是无产阶级，从贝鲁特白手起家，可玩不起什么魏晋玄学！"

马文杰情绪激动，说："古代名士能够自命不凡谈玄学，是因为他们生在地缘环境绝佳的中华大地。东面是无边无际的太平洋，西面和西南面是帕米尔高原、横断山脉、喜马拉雅山脉，北面和西北面是西伯利亚冰原及草原、沙漠、戈壁。这些成为冷兵器时代很难逾越天然屏障。中间大面积平原及黄河、长江的滋养，使中华民族能够以农立国、生养众多，逐渐形成绵延五千年的文明古国，而免受丝绸之路沿线国家的兵燹之灾或血腥屠杀。"

他酒劲上来，滔滔不绝讲丝绸之路的辉煌历史，讲国内大量热钱游资涌入的不稳定性，讲资本市场投资无法回避的政治因素，讲中国商人不愿做百年企业的短视效应，讲金融危机对于中国经济带来的巨大冲击，讲宏观调控、通货膨胀、市场营销、长尾理论……

他像个怨妇，喋喋不休地讲鄂尔多斯民间借贷崩盘多名官员自杀，讲包头富豪非法融资自焚，讲九芝堂掌门人坠楼，讲万昌科技董事长跳楼，讲浙江商人投湖，讲湖南首富自缢……讲所有理论都是狗屁，讲他多年苦心经营抵不住一个金融风浪。

顾之风小口喝酒，耐心地听马文杰发牢骚。酒吧里浑浊而喧嚣，给人光怪陆离的迷乱。中国人的谈资，可以从家长里短谈到国际大势。他瞧着高谈阔论的马文杰，想起查理·卓别林的电影《城市之光》。若是个身无分文的流浪汉，他会不会发表如此议论。

由俭入奢易，由奢入俭难。人们拥有大量财富与安逸生活，就很难有勇气放弃。

他选择以自己的方式旅行，只是种无力的逃避。据说列夫·托尔斯泰取得巨大声誉后，因虔诚于宗教放弃优越生活，为此付出妻子与他关系恶化的代价。他晚年离家出走，在火车上困顿疲劳病倒于达阿斯塔波沃火车站。最终因肺炎离世，孤独而悲凉……

他曾想，如果可以放弃心灵的负累，到想去的城市流浪，也许生命会出现无数新的可能。但现实是，当你在流浪的城市老去，便会为自己的任性付出惨痛的代价。

每个人，只有面对内心，才会看到真实的自我。而从别人身上，我们能看到自己投下的影子。我们与别人相处时，从别人的态度可以折射出他们对我们的看法。那是我们给他们心里留下的影像。顾之风瞅着马文杰，不知自己在他心中留下什么影像。

随着年龄增长，人与人越来越难以沟通。有时候恰当地表达自己的想法，让别人准确地了解自己，会变得很困难。因为家庭教育、人生遭遇、社会历练，逐渐形成人们性格的多面性，也为他们披上伪装。这种自我保护，使人与人之间变得功利而模糊。

有时，他希望自己能如懵懂少年，与人单纯而交心地相处。可惜面对别人的不确定性，又不敢将自己毫无戒备地袒露给别人。我们表现出来的，是我们想要展现给别人的样子，不一定就是我们真实的样子。人们用真诚面对世界，在一次次受伤后长出老茧。

马文杰醉话连篇的言论，多是对于社会的不满。这种不满，源于他损失的九千万。不见得就是内心真实的想法。如果他的投资带来丰厚回报，也许会欢欣鼓舞地为社会发展歌功颂德。以个人得失评价社会好坏，这种利己主义格调，不免让人感到无趣。

顾之风像个局外人听他发表议论，觉得潜在的利益纠葛使人变得越来越复杂。

科技飞速发展，带来物质极度丰富和物欲极速膨胀，使人们陷入"拜物主义"的泥潭。在自造的功利氛围，人心变得越来越浮躁、越来越疲惫、越来越不知所措。

顾之风很清楚自己与马文杰的不同。马文杰爱这个纸醉金迷的世界，想用自己的能力或手段来挣到觊觎的财富。他感到愤愤不平，只因他的努力遭遇挫折，所以感到痛苦与忿恨。

但是恨得越深，证明他曾经爱得越深。今天他酩酊大醉地咒骂社会，明天就可能奋不顾身拥抱这个充满机遇与挑战的社会，去重新攫取他所梦寐以求的东西。

"你，难道眼睁睁看着兄弟将死无葬身之地，而见死不救吗？"

"九千万，对谁都不是个小数字。"

顾之风想到《大时代》里的丁蟹，去吧台结账，找酒吧代驾送马文杰回去。

他没有应付醉鬼的经验，与代驾费九牛二虎之力，才将这个肥重的大胖子抬回家。他从马文杰身上摸出家门钥匙，把这个满身肥肉的胖子丢进硕大的床里。他把钥匙放在鞋柜上，满头大汗带着代驾离开。他思考要不要帮这个大胖子，最终理性压倒感性。

城市的夜晚，布满灰霾的忧伤。没有星星，依然能感到地球的孤独。

顾之风眺望绵延的街灯和流淌的车灯，回想发生在身边的事。他从不谙世事的孩子，变成如今的模样。这是进化，还是退化。在这座城市，有多少人想靠自己的努力出人头地，却不得不向现实妥协。远处传来汪峰的歌声，沙哑撕裂城市的悲伤。

"我在这里欢笑，我在这里哭泣，我在这里活着，也在这儿死去；我在这里祈祷，我在这里迷惘，我在这里寻找，在这里失去；北京，北京……"

如果没有心爱的人共同分享，即使做再大的事业、挣再多的钱，又有什么意义。

没有星星的夜空，被无底的黑暗吞噬。他点支烟，仰视灰霾的天空。张露，是他内心深处一道长长的伤口。这种内在的疼痛，使他对陌生女人产生某种说不清的畏惧。

他不想再重温这种令人撕心裂肺的疼痛。他需要守着一个人，过安定而温馨的生活。

他需要一个真正意义上的家，一个可以使他恢复平静的港湾。他不需要女人的庇护，但需要来自女性的温存。他会保护自己的女人，也希望能幸福地把她搂在怀中。

他对婚姻怀有相对传统的观念。他希望与一个人从一而终、相守到老。可是，所谓的窈窕淑女，似乎只能从古书里寻找。他将烟蒂揉灭，丢进垃圾桶。回到自己豪华而冰冷的水泥洞穴。他去盥洗室用冷水敷脸。躺回客厅的沙发，用遥控器打开等离子电视。

电视里介绍世界著名服装设计师瓦伦蒂诺。切换节目，回顾1985年布鲁塞尔海瑟尔球场利物浦队与尤文图斯队球迷造成的骇人听闻的惨案。关联介绍1949年苏佩加空难、1958年慕尼黑空难、1993年赞比亚空难，1964年利马足球惨案、1982年莫斯科足球惨案、1985年布拉德福德足球惨案、1996年危地马拉足球惨案，2001年约翰内斯堡足球惨案……

他起身沏杯大红袍，对于生命而言，任何体育竞技的输赢都显得微不足道。

从古至今，人类都是残忍好斗的。中华文明能够存续，得益于得天独厚的地理位置、生育众多的人口优势、相对先进的官僚体系、博大精深的优秀文化……古巴比伦、古印度、古埃及、古罗马、古波斯、古印加帝国，因为不能同时具备几大优势，在其他文明崛起的过程中，被无情地摧毁……顾之风喝着绿茶，心里泛起淡淡的惆怅。

人类的灾难，绝大多数是自己亲手制造的。他感到某种危机，认为人类强大会带来前所未有的巨大危险。未来某个时刻，人类会因为自己的狂妄，突然从这颗星球上消失。

门铃声伴随砸门声粗暴闯入。什么人，竟然打开防盗门，闯到他家门口！

他皱眉，起身开门，猝不及防被满身香气又混着酒气的女子扑倒在沙发上。那张肉嘟嘟的嘴，像头发疯的野猪在他脸上狂吻。他推开女子，见李雨露醉眼惺忪盯着他，满脸幸福痴醉的甜蜜。他从沙发上站起，把门关上。嘴里泛起阵阵恶心感。

李雨露脸颊绯红，嘟哝道："顾之风，我要和你睡觉！"

她看到茶几上顾之风喝剩的茶，端起来一饮而尽。她用手扇着风，环顾四周抱怨道："之风，你家好热呀！"说着，她一件一件往下脱衣服。

顾之风手足无措地阻拦她，手忙脚乱找遥控器把窗帘关上。

他不知道是谁将李雨露灌成这样，她怎么在酩酊大醉中还能找到这里。现在如何把她送回去？他望着失去自制力的李雨露，有种想骂娘的愤怒……他没有处理这类事情的经验，去卧室取出毛巾被把李雨露脱得只剩胸罩的上身裹住。那对丰腴白嫩的乳房如欲出窝的乳鸽，随时都会……顾之风极力克制自己不往情色方面想，将她抱起来放进侧卧室。

李雨露扯着顾之风的衣襟，娇滴滴地说："之风，我要和你睡觉！"

顾之风发力将她的手指掰开，轻声安慰："你先睡觉，有话等酒醒再说。"

"我不管，我要和你睡觉！"李雨露眯起眼，满脸期待的表情。

"你喝醉了，先休息吧！"顾之风帮她把鞋和袜子褪掉，关灯走出房间。他轻轻阖上门，将李雨露"我没醉"的声音关进屋里。

这叫什么事！他回到客厅，感觉头皮发麻。平日里端庄矜持的女子，为何喝醉酒像换了个人。他用水壶往茶杯添水，担心李雨露会像醉酒的江利智惠美，被自己的呕吐物堵塞喉咙憋死。他走到阴台，点支烟，远眺窗外城市的灯火。

李雨露不知什么时候出来，无骨地依偎在他身旁。她自己脱去长裤，美腿修长而白皙。顾之风回身，李雨露踮起脚尖将唇印在他的唇上。李雨露紧紧搂住他，发出微弱的呻吟。

顾之风努力想推开她，发现自己像被水蛭吸去血液，已然丧失抵抗的勇气。他听到李雨露急促的喘息和微带呻吟的含糊话语："顾之风，我想和你睡觉……"

五十七　亲情之痛

没有知识的旅行者，是一只没有翅膀的鸟。

有知识的旅行者，会是一只什么样的鸟？或者，是一种什么样的生物？

顾之风坐进阳台上的藤椅，翻阅奈保尔的书《米格尔街》。不觉想到这位出生于英属殖民地特立尼达岛的印裔作家，那个周游世界又无家可归的"流浪者"。

他的流浪，只因失去了精神家园——印度婆罗门家庭的孤独者，出生在后殖民社会，抛弃家园选择定居英国。他满心悲凉地投奔西方主流社会。

他笔下的《毕司沃斯先生的房子》，以其父亲寻找栖居之地，书写灵魂深重的孤独。

他在寻根的过程中，看到千疮百孔的家园，写下印度三部曲：《幽黯的国度：记忆与现实交错的印度之旅》《印度：受伤的文明》《印度：百万叛变的今天》。

曾经伟大的民族，曾经文明的古国，是谁使他们堕入幽暗的孤独……

伟大文明被摧毁，势必进入更加黑暗的时代。像西罗马灭亡，使欧洲进入黑暗的中世纪；像奥斯曼帝国崩溃，使中东陷入无尽的战争……所谓雄才大略的野心家，没有建起真正文明的世界秩序，只是使平民被驱逐、被摧残、被践踏、被凌辱、被戕害、被屠戮……

行遍千山万水，他对遭受过侵略、殖民、奴役的民族，有发自内心的悲悯。

顾之风觉得自己是个流浪者。值得庆幸的是，他有自己的祖国，也有自己的精神家园。然而，他心灵的土地，长满杂草。他感到来自灵魂的孤独。有时，他觉得自己像奈保尔。

爱情，在历史的宏观叙事面前，显得微不足道。他起身倒杯茶，望着朦胧中小区人造的风景。人类将自己从大自然中剥离出来，又渴望回归自然，所以便有了人造花园。

由于整晚都在思考自己和李雨露的关系，他感觉疲惫而迟钝。他不想因为情欲失控或一时贪欢，而伤害与李雨露现有的关系。所以，他将自己封闭进自设的囚笼。

他曾设想恋人分手能成为朋友，后来发现这不过是一种幻想。每段付出真情的恋爱，都会带来伤害。爱得越深，伤得越重。爱之欲其生，恶之欲其死，就是这个道理。

危险的男女关系，对于彼此的感情生活，有何益处？

他强打精神，使自己不陷入欲望的陷阱。夜里，他将李雨露送回房间，连哄带骗，给她吃下褪黑素。瞧着李雨露睡熟迷人的脸庞，他心里隐隐疼痛。如果时光可以回溯，他可能会娶眼前这个美丽的女子。可惜时光不会倒流，他也不会娶眼前的女子。

随着年龄增长，会有浓郁的遗憾弥漫在身边。他去书房，打开投影仪看《魔法奇幻秀》。觉得人生要面对很多扇门，最初不经意的选择，会导致以后难以预料的命运。

人是有思维的动物，不可能脱离思考。他不愿看电视剧的原因，是他认为电视剧情节化的同时，使人们丧失了思考。剧情化的爱恨情仇，逐渐使人变成白痴。

娱乐淡化历史的厚重，何尝不是一种悲哀。他无法清除自己的思想。

无眠的夜晚和孤寂的凌晨，对人是种折磨。他躺回床上读法国作家阿兰·罗布·格里耶的小说《橡皮》。世界是个具有多样性和矛盾性的迷宫，人无论如何努力都无法走出去。新小说带来的古怪、荒诞与不确定性，也许更符合现代人的心情。看似侦探小说的架构，带给人巨大的迷离与无助感。他将书阖上，按开收音机听《中国之声》。

年度经济人物，限购令对于汽车产业的影响，日本的军国主义倾向，叙利亚销毁化学武器，美国在欧洲的导弹防御系统，俄罗斯的北极战略部署……整个世界，同他有什么必然联系？

他起身去厨房倒杯水。喝了几口，肚子咕噜噜作响。他慌忙跑进卫生间。

怎么会拉肚子，他坐在马桶上想。晚上和马文杰去餐馆吃的砂锅鲶鱼，难道吃坏肚子？他瞅着卫生间带换气扇的灯，觉得所有的雄心壮志都会被拉肚子摧毁。

他去柜子里找泻立停，吃过躺回床上。肚子里还在咕咕地叫。他关闭收音机，觉得卧室里闷热得难受。翻来覆去睡不着，开始向黑暗中的上帝祈祷。他不是基督教徒，不知道自己为什么要祷告。只感到内心空寂而疼痛，继而伴随心脏隐隐地疼痛。

窸窸窣窣的声音，响亮的冲水声。顾之风从床上起来，看到李雨露正坐在盥洗室的小凳子上淘洗床单。那种秀美与朴素的画面，使他呆立在门口不知该说什么。

李雨露仰起头，面带羞涩地说："你起来咯，昨天真不好意思打搅你。"

"没，没什么！"顾之风觉得尴尬，从洗漱台上取牙膏和牙刷，将有薄荷香味的牙膏挤在刷头上。他有些疑惑地说："有洗衣机，何必自己洗。"

"我喜欢手洗随身衣物或床单，这样会使我觉得踏实。"李雨露脸上开出阳光明媚的笑容，用白皙的手用力拧床单，说："你忙你的，不用管我。"

顾之风瞧着这个美好的女子，心里不是滋味。他过去帮忙，将床单拧干。两个人将床单的褶皱抖去，挂在阳台的晾衣架；像对亲密无间的小夫妻。他心里泛起惆怅，从客厅取盒烟，心情抑郁地到阳台打开窗户抽烟。不知为何，想到王家卫的电影《阿飞正传》。

我该怎么办？他再一次问自己。听到门"嘭"的一声关上。李雨露不告而别，心里会有何种想法。他走到阳台上，目送李雨露走出小区的身影，怅怅叹口气。

他下楼吃早点，开车漫无目的在街上游荡，无聊而乏味地消磨时光。

他很想有个温暖的家，一家人其乐融融地围坐吃顿饭。可惜，这只是个梦想。

父母已分居多年，关系并不融洽。金钱放大人性中的丑恶，使亲情变得稀薄。人们不再被既定条件限制，所作所为变得肆无忌惮。他觉得，金钱带来的巨大诱惑，使人逐渐背弃最初的梦想。最近他才知晓，父亲把企业做大，频繁参加各种应酬，个人生活变得不检点。无数小花裙子愿意投怀送抱，使他沉醉于温柔乡里乐不思蜀。母亲赌气辞去副总兼财务总监的职务，成日和几位阔太太打麻将、逛夜店，通过挥霍金钱来慰藉内心的寂寞。

他回到那栋奢华的大宅子，不是被逼着去父亲公司任职，就是被逼着相亲尽快结婚。他讨厌这种木偶式的安排，也不想成为繁殖工具。他讨厌那个已经名存实亡的家！

可是，如今他落入难以自拔的困境——心灵的困境！他发现自己像个老人，越来越喜欢回忆。某些时候则像个自恋狂，在心里默默数算自己的成绩。他灵魂的阴暗面，想要为那个浅陋的自己树立一座丰碑。这种自欺欺人的狂妄，使他难以客观地认识自己。

他不知道自己是怎么了，被虚无的假想所左右，变得愤愤不平。在矛盾中渐行渐远。

内心自由的人，才能享受旅行的快乐。多年来，他一直觉得自己自信而快乐。可是随着年龄增长，他不知不觉丢失这份快乐。尤其张露离开，以残忍的方式彻底摧毁他的信念。

他觉得一个生病的女子，即使性格里潜藏如何的不羁，都会选择条件优越的他驻留——他一直相信自己，是个能让选择他的女子幸福的男人。可是，铁证的事实是——张露，这个需要照顾的女子，这个灵魂独立的女子，根本不愿意选择他作为伴侣。

他总在思考自己身上有哪些缺点，导致张露断然离开。他被这种自我定罪式的想法，折磨得心力交瘁。他控制不了自己的意识，觉得周围的人都比他优秀。

他像一只生活在地下的鼹鼠，突然被暴露在日光之下，产生强烈不适与惶恐，所有信念干裂破碎。他想挖个地洞回到属于自己的黑暗，却掘不开被现代工业硬化的路面。

他不知道心中的痛苦，源于失去的疼痛，还是来自于丧失自信的痛楚。但是，这种痛苦每时每刻都折损他的神经。他将车泊在星巴克的停车场，进去要杯咖啡。

人的年龄越增长，可供娱乐的项目越少。他坐在靠窗的位置，观望街道上穿梭的人流。

有衣衫褴褛的妇女背着孩子，向十字路口等红灯的司机乞讨；有身材窈窕穿着时尚的女子，挎着 LV 的包包扭腰摆臀逛专卖店；有将双手袖在黄绿军大衣里的老人，向楼下停车的顾客收费；有大腹便便眼高于顶的老板，领着年轻的小秘大摇大摆地走进酒店。

顾之风喝完咖啡，又向侍者要一杯。莫名想起乖巧的安琪，想孩子现在做什么。据说 J·K·罗琳在咖啡馆完成《哈利·波特与魔法石》的手稿。那时，她是个带女儿艰难度日的单身母亲。英格兰咖啡馆的娴静与优雅，给这位生活拮据的女子提供温馨的写作环境。不过，很多西式餐饮店进入国内失去原有的特质。他呷口咖啡，有些怀念在英国的日子。

一个留披肩长发、背吉他包的青年走过来，坐在顾之风对面。他将吉他包放下，要杯图兰朵音乐咖啡。他瞅眼顾之风杯里喝剩的蓝山咖啡，微笑道："我观察您很久哩。"

"哦？"顾之风莫名其妙瞧着他，疑惑地问，"我们认识吗？"

"您可能不认识我，我与您却神交已久。我在驴友网的论坛，看到许多有关您的信息，尤其是您参与史蒂芬·纽曼的几次登山旅行——我知道您玩音乐，而且几次横穿无人区和大沙漠自驾游旅行，颇具传奇色彩。"男子显得兴奋异常。

"唔……"顾之风望着滔滔不绝说话的男子，不知他为何同自己说这些。

"我是个户外运动爱好者，看过您发在论坛里的许多照片和文字。很久以前，我就非常想结识您。可惜没有机会。没想到，您竟会出现在这里！"

"你是自由音乐人？"顾之风不想让陌生的闯入者搅扰自己的清静。但出于礼貌，不得不作必要的敷衍。他不了解眼前的男子，望向那个磨旧的吉他包。

"我是名网络歌手。在网络上有点小名气，可是挣不到多少钱。我参加过一些选秀节目，最出名的要数《星光大道》。可没等开唱，就直接被刷下去啦。后来我找知情人询问，说是人家都有经纪公司。我这样没资历没背景的音乐人，想成名简直就是异想天开。"他愤愤不平地抱怨道，"人心都坏透了！什么狗屁逻辑，行行都有潜规则！"

顾之风冷冷瞧着他，不知道这种抱怨有什么意义。

"我在北京的酒吧唱了五年歌，住在几平米的地下室，过着猪狗不如的生活。我在那里唯一温馨的记忆，就是附近有几只流浪猫愿意陪着我。我喝啤酒会把吃剩的鸡爪子喂它们。有一次，我听汪峰的歌禁不住泪流满面。北京埋葬了我的青春与梦想，我只能带着自己的躯壳离开这座冷漠的城市。有时候想起来，又爱又恨这座消耗我全部激情的城市。可是我离不开它，只能一次次回来！"他诉说过往，太阳穴上血管突突地跳。

"家人没有给过你合理的建议吗？"顾之风将咖啡喝尽，想要离开。

"家人？他们都是该诅咒的。我父母本来生活在城镇，后来我考到市重点中学，他们变卖镇子里的房屋来城市租房子陪读。父亲是个懦弱的人，没什么本事，靠在城里打零工供我读书。母亲比我父亲小十岁，成天在麻将馆打麻将。有天晚上，我回家见几名警察把我妈带走嘞。她给我爸吃安眠药，用绳子将我爸勒死嘞。"他甩开眼前长发，恶狠狠地说。

顾之风想到芭芭拉·艾伦瑞克的《我在底层的生活》。"穷忙族"的生存窘境，还是人性中无法隐匿的恶念。本来打算离开的顾之风，想听听他究竟想要说什么。

"我妈还不起赌债，就用身体偿还。她鬼迷心窍，勒死我爸。撒谎说我爸吃过中午饭，一觉睡到晚上，怎么叫都不起来。房东是位中医，进屋查看说人都死了，怎么可能有反应。我妈说人死埋掉就行哩。房东说事出在他屋子里，怕担干系，就打电话报警。"

"我妈经过几轮盘问就招供，尸检找到药物残留，在屋后发现作案的绳子。我姑姑骂我是野种，说我妈在外面勾引野男人，不让我待在他们家。亲戚朋友没有人愿意收留我。我趁姑姑不在家，偷些钱独自来北京……靠在酒吧卖唱为生。如今，我是个无家可归的流浪者。"男子面部痛苦而狰狞，像一头濒临崩溃的野兽，把拳头攥得咯咯作响。

"为什么和我说这些？"他盯着男子，身体积蓄应对突发变故的力量。

"我想请您给我一次机会。我调查过您的资料，知道您能改变我的人生！"

"唔，我为什么要帮你？"顾之风冷眼瞧着他，似乎看到他脸上黑衣人的影子。

"我，了解隐藏在黑暗中的力量。我和它们做过交易。"男子露出阴鸷的笑。

"我对这些没兴趣。"顾之风站起身，离开咖啡厅。他不愿受人威胁，更不想与此人有任何瓜葛。他觉得世界是一座迷宫，某些神秘力量使他无法看清真相。

他感到无比厌恶。男子的怨恨像不断增殖的海拉细胞，在人的精神世界长出癌的肿块。他驾驶劳斯莱斯，心里作出决定，要让孩子远离病态的人群。既然安琪没人照顾，他愿意带孩子继续属于他们的旅程。对于这个纷扰的世界，他们要做坚定的叛逃者。

五十八　暹罗之盟

梭罗说：旅行的真谛，不是运动，而是带动你的灵魂，去寻找到生命的春光。

人类在蒙昧中诞生，在野蛮中奋起，在发展中壮大，在文明中兴盛，在科技中迷失，在狂妄中毁灭……从中东回来的肖正阳，对于人类世界充满悲观情绪。

他在约旦拜访哈希姆家族的成员哈桑。这个阿拉伯古莱什部落的古老家族，曾诞生先知穆罕默德。他去那里谈生意，出于好奇，返程时进入叙利亚。他听到大量骇人听闻的消息，看到许多惨不忍睹的场景。战争，带给广大平民的只有伤亡和灾难。

叙政府与反对派组织、叙政府军与反政府武装、什叶派与逊尼派、阿拉维派与穆斯林兄弟会……他看到妇女和儿童被枪杀，僵硬的躯体倒在被鲜血染红的土地上；他看到满身泥土和血污的孩子，哭泣着走在死尸和伤者组成的炼狱；他看到伤心欲绝的母亲，爱抚着五个孩子冰冷尸体的恸哭与绝望；他看到浑身是血的父亲，抱着死去的孩子眼神中透露出的悲伤与仇恨；他看到挂着枪的士兵，坐在街角破旧的沙发上显出的麻木与迟疑；他看到曾经的城市化为死亡废墟，看到古老的建筑被夷为平地，看到人们亲手制造人间地狱……

"我憎恶挑起战争的人类，他们都是披着人皮的魔鬼！"

"真正的力量，是数以万计的弱者。然而，他们的力量，被极少数人利用。"

"我们被统治者的棋局围困，成为被暗中操控的棋子。"

肖正阳坐在藤椅里，茶几上放着刘慈欣的《三体》和弗兰克的《沙丘》。他像个独善其身的隐士，自斟自饮喝着金骏眉。他的头发脱落不少，显得稀疏而苍老。发达的额头凸显睿智，也使他丧失昔日的俊美。原本英俊的面容，因为失去头发而显出丑陋。

顾之风观察熟悉而陌生的朋友，若有所思地听他讲述中东之行。

中东，流淌着奶与蜜的地方，是否会因丝绸之路而改变……他喝口茶，从心里产生陌生的感觉。以前，肖正阳头发浓密，人们会将视线聚焦在他俊朗的五官上。如今发际线升高，五官不再成为视觉焦点。他的头顶和额头似乎都变成了"脸"，使整张脸看上去像戴着副怪诞的面具。犹如南极仙翁的大脑门，挤压五官的空间，显得比实际年龄更加衰老。

"对讨厌的人和事露出微笑，是我们必须学会的恶心。我越来越讨厌那些道貌岸然的人，却不得不和他们打交道。我发现，无论你多么成功，都必须笑脸面对一些恶心。"

"自然界，没有什么可以为所欲为。因为相互制衡，才能长期共存。"

"人类是个例外，他们的为所欲为，已经带来深重的灾难。"

顾之风点支烟，听肖正阳情绪化地发表议论，想起阿里·福尔曼执导的动画纪录片《和巴神尔共跳华尔兹》。他想起了黎巴嫩难民营的大屠杀，想起了影片最后一分钟，想起了巴勒斯坦难民们悲伤绝望的哭泣……人类是这个世界上，最残忍的屠夫。

巴勒斯坦，旧约里的迦南地。若没有上帝，谁还能阻止人类？

人类给整个地球带来什么？无数的森林被砍伐，无数的植被被破坏，无数的动物被宰杀，无数的生物被灭绝……人类吃掉它们的肉，喝下它们的血，穿着它们的皮毛，陈列它们的骨架……人类挖尽地下的煤炭，抽干地下的石油，掏空地下的宝藏，用光地下的水源……那时，地球将会变成怎样的景象。人类为何要将光明天堂，亲手制造成黑暗地狱！

安琪穿件漂亮的新衣服，在神情拘谨的保姆陪同下走出来。保姆来自乡下，自己拉扯过三个孩子，是个不愿多说话的老实人；额头有一条显眼的伤疤，是丈夫用农具打她留下的。还有个保姆因为儿子娶媳妇，回了老家。有个教安琪音乐和绘画的家教，请了假去度蜜月。

肖正阳找家政公司推荐几个保姆，因为安琪不喜欢而作罢。

安琪长高许多，比以前消瘦些，变得腼腆而乖巧。一双水汪汪的大眼睛，还是那样明澈迷人，却失去往日的神采。她见到顾之风礼貌地问声"老师好"，没有昔日的亲昵。

顾之风将一套汽车总动员玩具送给她。她安静地接过礼物，礼貌地说"谢谢"。

顾之风的心脏犹如被黄蜂狠蜇一下，感到钻心的刺痛。他用手抚摸孩子的小脑袋，故作轻松地逗孩子说："安琪不是想让老师过来看你吗。怎么老师来了，安琪却不开心？"

安琪低下头，用小手轻轻抠玩具包装箱的边角，没有说话。

顾之风感觉，整个房间像一座冰冷的坟墓。孩子的天真快乐被深深埋进泥土。这里不会长出娇艳美丽的花朵，只会成为朽土的一部分，被封印进无底的黑暗。死气沉沉的空间，带来心灵的压抑。他坚定地说："正阳，让我带安琪一段时间吧。你好忙自己的工作。"

"你带她也好。她每天待在屋子里，感觉很不开心。"肖正阳叹口气说。

顾之风将带来的水果交给保姆，请她帮忙洗干净给安琪吃。安琪坐在沙发上，显得闷闷不乐。她没有听顾之风和肖正阳聊天，只是低头抠纸箱。偶尔，她会抬头望向两个成年人，感觉他们在说自己听不懂的事情……顾之风坐在安琪身边，剥开洗好的红毛丹，将里面如荔枝般水嫩的果实喂给她。他看着安琪吃水果，心里绷紧的弦，才稍稍松弛。

"我准备和韩晓冉结婚。"肖正阳聊完中东话题，话锋一转，说起婚姻的事。

顾之风给安琪剥水果，抬起头凝视肖正阳问："怎么突然要结婚，你考虑好了？"

"考虑好了。安琪也很喜欢晓冉。我不想再独自咀嚼苦果，我需要新的生活。"肖正阳走过来，爱抚安琪的小脑袋，爱恋地看着她说："我不想让安琪回到幼儿园，还总是没有妈妈的陪伴与呵护。我不想让她在学校里受到任何歧视。"

安琪仰起脸说："老师，我还是想我妈妈！阿姨不是安琪的妈妈！"她眼睛红红的，像只可怜的小兔子，失去母亲庇护的小兔子。她不开心，原来是想妈妈。

"你喜欢晓冉阿姨吗？"顾之风柔声问。

"阿姨很好，她常给我做各种好吃的食物。可是，我还是想妈妈！"安琪低声说，眼泪终于大颗大颗地溢出来，滴在白皙的小手和玩具箱子上。

"现在安琪小，容易接受一位新的母亲。如果她长大，事情会变得比较棘手。而且我和晓冉已商量好，结婚不要孩子。那样就能保证安琪享受到百分之百的疼爱。"肖正阳显然不是要征求顾之风的意见，而是向他宣布一项决定。

"那样对韩晓冉，是不是有失公平？哪个女子不想与心爱的人生育自己的宝宝——看来韩晓冉真的很爱你！"顾之风用面巾纸给安琪轻轻擦拭眼泪。

"她很爱我，我也很爱她。可是我更爱安琪！我不能让安琪受任何委屈。"肖正阳斩钉截铁地说，"任何爱都有牺牲。如果安琪将来长大，也能接受一个弟弟或妹妹，我会考虑和晓冉生一个孩子。否则，我不会要孩子。"

"顺其自然吧。孩子是爱情的结晶，不是婚姻的障碍。"顾之风低头看安琪，见她安静地听父亲讲话，显然明白父亲的意思。她用极小的声音说："安琪喜欢晓冉阿姨，也喜欢她给安琪生个小弟弟。安琪只是想妈妈，很想妈妈……"

"安琪，有些事情我们没办法改变，但是我们可以想很多开心的事。比如，有爱你的爸爸和晓冉阿姨，有爱你的爷爷和奶奶，还有老师会经常来看你……"顾之风给孩子擦掉脸上的泪珠，声音温柔地安慰。孩子，他们将来要面对怎样的世界？

"你还不打算结婚吗？老大不小哩，别把自己蹉跎老了。其实，婚姻没有我们想象的那么美好。钱锺书《围城》里说，城中的人想出去，城外的人想冲进来。过日子就是漫长忍耐的互相磨合。带有太多理想主义过生活，会变得不幸！"肖正阳望着顾之风说。

"我在考虑！"顾之风喝口茶。他明显感觉自己不愿和别人谈论婚姻，尤其是自己的婚姻。肖正阳感觉到他态度的变化，不再说话，无趣地翻看《三体》。安琪从茶几下取出摄影集，里面有肖正阳在喜马拉雅山脉拍下的犀鸟、巨松鼠、羚牛和金色乌叶猴的照片。

无语，乏味的思考。中国的婚姻，历来遵从礼法。周朝近八百年的统治，曾形成严格的礼仪规范。春秋时期，宋襄公对楚成王的战争，曾严格遵循战礼。后世观《左传》记载，认为宋襄公太过迂腐，但对于古代礼制社会，那是对礼法严格遵从的悲剧。楚成王被自己的儿子杀死，连煮熟的熊掌都未能尝一口，这是没有礼法的蛮族丧失人伦礼数的悲剧。

曾经的周王朝，废除商朝的人牲祭。因为没有从平民视角记录的历史，所以难以考证其礼制的效果。然而，其后诸多王朝，也并没有形成真正的礼治。短暂的太平盛世，很快就被武力征伐带来的灾难所取代。时至今日，地球上所有国家都没有建立美好世界的范本。

肖正阳给顾之风杯里添水，斟酌道："孤独会折损人的神经。我曾经很享受独处，将自己封禁在孤独狭隘的空间。可是随着年龄增长，才发现它对于我身心的损害。"

"爱情是可遇而不可求的。我们被囚禁在各种条件筑起的象牙塔，却希望找到一只带来爱情与自由的金丝雀。我感到孤独而失望。"

"那是意识的荒原，我曾迷失在那里。我遇到没有记忆的女子，她用鲜花筑起爱巢。她想让我留在无忧无虑的花之都，不愿让我探寻无边无际的饶之海。她说外面的世界浩瀚无垠，纵然穷尽我的一生，都无法走出那片灰冷的荒原。那里遍布死去的记忆残骸……"

"可是，你最终离开了封困你的意识世界。"顾之风想起自己的梦境。

"是啊，我离开了那里。磨难会使人变得成熟，也会使人变得阴郁。在最痛苦的时候，我很长时间都在读《安徒生童话》和《格林童话》。我从童话里汲取单纯的快乐，对人性中的真善美恢复信念。我能理解你！"肖正阳简短的话，出于朋友善意的理解。

"谢谢。"顾之风能感到友谊的力量。他呷口茶水，看安琪翻阅影集。

高山流水觅知音。俞伯牙与钟子期，两个楚国人的友谊。

楚人是火神祝融的后代，应该不属于蛮族。他们被商驱逐，避祸南方。周武王伐纣，楚人曾协助武王。周成王时，熊绎始封子爵，封地五十里。周朝重血缘，天下七十一邦，亲信封五十三邦。楚人因远离中原文化圈，被视为蛮夷。文明与落后，常因战争而发生改变。

礼法的缺失，造成人心变乱。楚庄王以礼待诸侯，换来霸主地位，也赢得人心。不过礼治弊端，也束缚楚国发展。楚人从一个善战的民族，逐渐变成礼制下的顺民。他们最终被能征善战的秦人彻底击败。周朝的礼制，最终没有形成礼治。随着诸侯争霸、王朝兴替，功利观念逐渐深入人心。孔子所谓的礼治，最终在中国社会消失。

我不会将自己的失恋，归咎于中国礼治的丧失吧！他心里觉得可笑。

没有交谈，空间里多出苍白的冷寂。相较于陷入战火的中东国家、陷入贫穷的非洲国家，生活在中国是件幸福的事情。他不愿引出话题，独自想不着边际的礼治。

这个社会，需要更好的模式。所谓礼仪，产生于以剩余价值为基础的有闲阶层。西方的绅士和贵族阶层不必说，就是中国鼓吹的魏晋风雅，也是以严格的门阀制度为基础。这样的礼治，使平民阶层得不到应有的尊重和礼遇，成为"民可使由之不可使知之"的匹夫。

古代礼制只维护特权阶层的利益，然而人们从心里羡慕这种特权。包括《红楼梦》里描写的那种为文人所羡慕的生活，也是在剥夺人权的基础上形成的贵族生活。

我怎么越来越像摩西·赫索格,陷入自己的情绪和遐想。我在什么时候丢失了快乐?他从糖盒找出巧克力,希望这被称为上帝的食物,能带给他快乐。记得初看《猜火车》,他觉得在嬉皮恶搞中寻找低级趣味是种自欺欺人的堕落。当他陷入无法自拔的痛苦,又希望通过狂暴的方式找到快乐。他见肖正阳抽烟望向窗外,感到每个人都有无法与人道的隐伤。

人如果没有想法该多好。想法造成人的痛苦,也造成人类的痛苦。

知识,从最初为人类带来福音,到最终为人类带来痛苦,经历多么漫长的过程呀。

如果变成白痴,是否会活得快乐?白痴的世界、疯子的世界、天才的世界、楚门的世界……物竞天择,适者生存。那样,也许人类早就被优胜劣汰的法则淘汰。

如果没有人类,这个世界将被植物覆盖,各种动物会在残败的建筑里自由生活。没有战争,没有屠杀,没有破坏……地球的生态系统将自我修复,将自动形成新的生物链。

我该离开了。他从自己的想法里挣脱出来,感到不断涌现的想法令他混沌。

五十九　金玉之缘

爱情的根本是人。真正的爱情是不附带任何条件的。

如果需要附带众多条件才能维持的爱情，绝不是真正的爱情。

婚姻是需要物质基础的，但幸福婚姻的基础是爱情。如果没有爱情只有条件，条件消失时，婚姻也会破裂。如果只有爱情而没有物质，爱情消退时，婚姻也会濒危。

人总活在矛盾中。这些看似偶然的矛盾，结成我们生命的必然。

如果人类不是来自高维宇宙，那么漫长的进化过程中，人类从满足基本生存到更复杂的思维，他们逐渐成为区别于其他物种的存在。思维，本可以更高端地进化，却被人类滋生的自私，腐蚀了进化的根系。无法挣脱资本的枷锁，人类终将成为利益的囚徒。

顾之风想，我们希望从爱情中得到浪漫，也希望从婚姻中得到安全。但是，更多时候我们希望爱情和婚姻能完美结合，来共同滋养我们的生命。这样生命才不会枯萎。

这种美好的愿望，很少能在生活中成为现实。即使有爱情的婚姻，也会因为荷尔蒙消退而逐渐冷却。姣好的容貌会看腻乏味，卓越的才能会习以为常，所有的神秘会在朝夕相处中化为平淡。生活也会变得日常而琐碎。人们在相守中慢慢变老，时间磨蚀了我们的青春，岁月苍老了我们的容颜；我们身上褪去青涩的芳香，漫上苍老的腐臭。

也许正因为爱情短暂易逝，所以它在人们心中才神圣美妙。若它漫长得足以让人乏味，那么它只会带给人腻烦与厌弃。人们从封禁中解脱，爱情已不再是唯一的主题。

金钱，似乎成为万能魔鬼的代言，可以买到世上你想要的一切。

顾之风不明白自己为何思考爱情与婚姻。这似乎是他目前亟须解决的问题。

肖正阳和韩晓冉结婚的请柬，犹如红色的烙铁灼伤人的眼眸。他从心里祝福朋友，也为安琪的未来担忧。他望着正在拼装海德薇乐高积木的孩子，感到某种安慰。

房间里多出一个孩子，起初有些不适应，等成为习惯倒觉得颇为惬意。他给孩子读绘本，陪她学牛津树，和她一起弹钢琴，帮她共同垒积木……他会教孩子下象棋、围棋、跳棋、军棋、五子棋、斗兽棋、飞行棋、憋死牛棋和国际象棋，也会与孩子共同完成一幅画作。

孩子是善良的。晚上睡觉卧室飞进一只蚊子，将她咬得满身红包。顾之风心疼地说，蚊子真可恶，把安琪咬成这样。安琪问，那蚊子吃饱没？顾之风说，肯定吃饱了。安琪问，那它高不高兴？顾之风说，应该挺高兴。安琪说，老师，你知道蚊子为啥咬我不？顾之风问，为啥？安琪说，我告诉你啊，因为它看见我白白的，觉得我很好吃……

下午，他们去玉渊潭公园散步。他问孩子，家里的蚊子还在，怎么办？安琪想了想说，哎，没事。我有个好主意，咱们不回家，把蚊子饿死吧。可是，我不想让它死……

他们在宋庆龄青少年科技文化交流中心参加活动，去大董烤鸭店吃烤鸭、咸水鸭肝、奇妙虾球、鳕鱼狮子头等特色菜……开车回小区，看到路边站着位窈窕的长发美女，脑海浮现出在英国伦敦参加凯莉·布鲁克的"疯马秀"巡演时，看到的身材撩人的伴舞。

当年，阿兰·贝尔纳丁在巴黎乔治五世大街十二号开设"疯马"夜总会，最后他在自己的办公室自杀身亡。资本的暗流下是供富翁消遣娱乐的情色游戏。

停好车，他带孩子上楼，说老师先去关窗户，然后再开灯。安琪问，怕蚊子进来吗？顾之风说，对啊，怕躲在暗处的小蚊子看见光钻进来。安琪说，为啥蚊子喜欢往有光的地方飞呢？顾之风沉吟道，可能是因为它有趋光性，或者喜欢热？安琪说，我知道它为什么喜欢亮的地方。顾之风问，为什么？安琪说，因为亮的地方有人，蚊子要吃饭！

村上春树式的标题：男人、孩子、嗜血的蚊子。安琪使他平淡无奇的生活，变得温馨而惬意。他真切感受到一个孩子，带给他的前所未有的快乐。他觉得自己在面对一位天使，从某种意义上摆脱内心的孤独。可是，他不得不带安琪去参加那场婚礼——盛大的婚礼！

肖正阳和韩晓冉的婚礼，在巨龙建筑盘古七星酒店举行。婚礼的场面因动用家族的力量，显得奢华而宏大。劳斯莱斯幻影、宾利欧陆GT、布加迪威龙、阿斯顿马丁、兰博基尼、科尼赛克、法拉利、保时捷、迈凯伦、帕加尼组成的迎亲车队，反衬出某种清寂。

当年，肖正阳娶安姝婷受到肖父的强烈反对。他擅自与安姝婷去民政局领了结婚证。婚礼也是肖正阳自行筹备的，因为仓促和没有经验，场面有些混乱。肖母帮着百般维持，才使婚礼没有出大的差错。婚后，肖正阳沉溺于幸福的二人世界，与家里的关系疏离而冷漠。

安姝婷的父母都是普通老师，她本人受过良好的教育。肖家的冷漠，使她心理受到极大的创伤。肖正阳觉得缺少父亲祝福的婚姻，对安姝婷是不公平的。因此他将工作之外的所有时间，都用来陪安姝婷完成心愿。如今想来，或许安姝婷的心里始终有个结。

这个心结，肖正阳不论怎样努力都无法解开。安姝婷不愿伤害肖正阳，也从不向肖正阳说出自己的心结。她从网络里找到倾诉对象，却不知道那只是一个龌龊无能而缺乏道德的伪知音。直到安琪出生，肖正阳与父亲的关系才稍有舒缓。可是安姝婷已然离世。

在安姝婷之前，肖父已为肖正阳订好一门亲事。女孩的父亲在财政部门工作，母亲在宣传部门工作，有资深的家族背景和广博的社会资源。如果联姻成功，不仅肖正阳会平步青云，而且整个家族都会受益匪浅。可是肖正阳没有见那女孩，便断然拒绝了这门亲事。

那时，韩晓冉去马来西亚留学。而且，离他们莫名其妙分手已两年有余。肖父满心期望自己的儿子能够接受这份门当户对、前程似锦的婚姻。可是，肖正阳倔强地抗拒家里的安排，因为他已然选择安姝婷。他坚定地向父亲宣布决定，遭到父亲的激烈反对。

肖父对他们的恋情百般阻挠，甚至以断绝父子关系和让他净身出户为要挟，令他终止与安姝婷的交往。肖正阳与家里进行几次沟通，都不能得到父亲的谅解。在一次彻夜长谈后，他将花家里钱买的所有东西都堆在客厅地板上，只穿了条半腿裤和大背心就离开家。

他决绝的态度，并不能改变他父亲的决定。他的婚礼，肖父拒绝参加。

据说因为这件事的影响，肖父与有关领导的关系恶化，家族企业损失惨重。而且，肖父迫不得已登门谢罪，还吃了闭门羹。这种屈辱，使肖父始终都不接受安姝婷。

肖正阳为了安姝婷，几年都不曾回家探望父母。他是家中独子，他心里的煎熬无人知晓。他将对于安姝婷的爱和对于父母的歉疚，都化为对妻子无微不至的呵护和关爱。

肖正阳想用自己的方式，使安姝婷的世界充满温馨与浪漫。他以为这样的努力，会使安姝婷成为世界上最幸福的女人——可是，在肖正阳与韩晓冉的婚礼上，顾之风才真正明白安姝婷的不幸——因为安姝婷和肖正阳的心，始终都在哭泣。

肖正阳的不幸，似乎印证了肖父的论断。肖父也变得更加苍老。因为肖父亦是整个不幸的经历者。亲生儿子不愿回家，父子关系降到冰点。儿子的婚姻破灭后，老人既要痛心地管理企业，还要抽时间照看孙女。这种煎熬，对于一位未老先衰的父亲，其打击可想而知。尤其在肖正阳精神失常那段时间，老人刚毅而威严的脸上刻满心灵创伤产生的深重皱纹。

老人心脏病突发，住院数月之久，每日只能由几位保姆照看安琪。

其间，韩晓冉从马来西亚留学回来，进入家族企业工作。她父亲是制药集团的老总，还在国内一线城市拥有十几家规模庞大的私人医院。付郁楠说韩晓冉当年和肖正阳因为赌气分手，心里始终对肖正阳怀有感情。韩晓冉以为自己去马来西亚会激发肖正阳的爱意。谁知肖正阳不仅没有去马来西亚，而且独自去了加拿大的温哥华，远得让她得不到任何消息。

更让韩晓冉难以理解和接受的是，等到她从国外回来，听到的却是肖正阳结婚的消息。她为自己的任性而懊悔，几天几夜以泪洗面。她不愿再听到任何关于肖正阳的消息，便独自去了香港。因为肖正阳和她共同的岁月耗尽了她的青春，而肖正阳倾尽所有对她的好，也使她丧失了爱别人的能力。她爱肖正阳，却无能为力。她的逃避，使她蹉跎了自己。

付郁楠、李雨露等人约顾之风找肖正阳去野炊，这也是韩晓冉得知肖正阳已然单身后的小小私心。她希望通过一起野炊来唤起彼此美好的记忆，期待能够重修旧好。

为了嫁给肖正阳，韩晓冉故意不结婚。家里百般催促，都无动于衷。当家里知道晓冉要嫁给有孩子的肖正阳，韩父暴跳如雷。多亏韩母百般调和，才使韩父勉强答应这门婚事。倒是肖家因祸得福，捡了个大便宜。肖父喜不自胜地跑前跑后忙得不亦乐乎。

李雨露觉得他们能够破镜重圆，总是值得庆幸的事情。她想到自己，心情显得忧郁。她得知关于张露的事情，怀着又爱又恨的矛盾心理坐在顾之风斜对面的位置。

蒋明坤去了德国出差，让顾之风给捎礼。马文杰仿佛人间蒸发般始终没有露面，而且温舒雅、冀云迪、李承哲、董子亮等同学都没见过马文杰的踪影。温舒雅和医学院副教授的丈夫闹矛盾，脸色异常难看。不过她似乎和冀云迪很投缘，两人像恋人般显得颇亲昵。

李承哲因为汽车卖得不错，准备扩展业务，与周晟钰谈论合资开连锁项目。董子亮辞职去了外企工作，近日要去比利时。他与一个江苏南通的小美女正在热恋，准备出国前举办婚礼。

吕斌特意从深圳赶回来，见到顾之风就说纳荷芽对他一往情深。他说自己的孩子都会打酱油了，催顾之风尽快结束钻石王老五的单身生活。吕斌的口无遮拦，使顾之风成为众人调侃的对象。他本来对这种事情就缺乏应对的智慧，不由得面红耳赤。

幸亏有安琪陪伴，使他可以借照顾孩子避免尴尬。其中有个女士眼里射出怨毒的光。顾之风不知她为何如此仇视自己，心里犯嘀咕，觉得面熟却一时想不起来——突然脑子里电光石火，惊诧得几乎叫出声来——那女士，不就是在西安和他有过一夜情的栗莉娜！

顾之风觉得脑壳膨胀，瞬间大出几号。他与众人勉强应酬几句，借故带安琪去卫生间，逃之夭夭。真没想到，在肖正阳的婚宴上会见到栗莉娜。他像吃了只死苍蝇般犯恶心。

那些折损神经的黑色记忆像地沟里的污泥，不断在他的胃里翻滚。

他多么想抹去那段不堪回首的记忆。可是这些记忆将他的灵魂钉死在罪与罚的十字架上，使他像阴沟里的老鼠带着某种负罪感不敢见光。

他开着车，心里想着栗莉娜的出现。他与肖正阳情同手足，栗莉娜不是他们小圈子里的人。为何栗莉娜会出现在肖正阳的婚礼上？他认为事情没那么简单。是否应该对自己的行为负责？可是对于一个有夫之妇，自己该怎么为自己的行为负责？

张露似乎打开了一扇门，从那扇门里他品尝到禁果的滋味……难道是内心的情欲，驱使他迫切想要婚姻？可是，栗莉娜为何没有唤起他如此强烈的感情。还有，是否是潜意识里自己已不再年轻，所以要为自己缔结一段婚姻……所有的疑问，都没有答案。

张露给他感情上带来阴翳，使他生活在忧郁的情绪中。这些被安琪带来的明媚，稀释淡化。他从路边的超市买了罐装啤酒，上楼放进冰箱。原本以为只有对自己喜欢的人才能产生感情，直到如今他才明白，所有的爱情都是在毫无预兆的情况下发生的。

张露离开后，他才真切体会到内心涌出的无法抑制的想念。那种想念，像毫无征兆产生的爱情一样，使他的脑海不由自主就会浮现出张露笑靥如花的面容。

顾之风没有在喜宴上喝酒，回来心里泛起淡淡的惆怅。原来想念，也会变为惆怅。肖正阳和韩晓冉结婚，他打心眼儿里高兴。可是高兴之余，心里开始涌上对于独身的酸楚。

随着年岁增长，他对于别人的结婚会不由得产生羡慕之情。这对于内心傲慢的人，显然是种衰老的表现——起码，是心境的衰老。他苦笑，看着睡眼惺忪的安琪，将她抱回床上。

他从冰箱取出冰镇啤酒，在橱柜里拿出杯子，坐在沙发上自斟自饮。他并不馋酒，也没有形成酒瘾。不知为什么，他如此强烈地想喝点酒来麻醉自己。

他用遥控器打开电视，看央视三套的选秀节目。我也该结婚了——《创世记》，耶和华说，那人独居不好，我要为他造一个配偶帮助他。——我也需要一个配偶。

他想着，听到门铃电话响，感到纳闷，起身接听——喂，是之风吗？我是栗莉娜。这么久都不和人家联系，有没有想人家呀。真是讨厌死啦，还不快点开门耶——栗莉娜！

顾之风看着显示屏上栗莉娜浓妆艳抹的脸，像被雷电击中般脑子嗡嗡作响。他木然望着那如美杜莎般的女子，不知如何是好。

六十　苦涩之杯

坐在星巴克的角落，要了慕斯蛋糕、法式马卡龙、佛罗娜咖啡月饼几样甜点。

顾之风点了杯卡提卡提综合咖啡。栗莉娜点了杯草莓芝士奶香星冰乐。咖啡店内有美洲风情的浪漫氛围。可是顾之风的心里，始终压抑一种难以言说的厌恶。

他对于朱月华的口无遮拦颇为恼火。朱月华和霍炳国去西安看兵马俑，竟然将自己的住址透露给栗莉娜。他的住址只有几位至交知道，却被朱月华有意无意地扩散了。

朱月华的世故，全然没有诗人的风度。她倒挺像霍炳国，有种政客的权谋。

他是一个爱清静的人，这种扩散无疑是种困扰。他不想带栗莉娜进入自己的房间，更不想与这个女人有任何瓜葛。可是西安的荒谬行为，使他成为野猫利爪下的小白鼠。

空气中飘荡着《I Could Write A Book》，舒缓而带有异域情调的音乐。

在昏黄灯光下，可见栗莉娜那张经过化妆显得妖媚的脸。这张脸被柔和的灯光抹去瑕疵，眉秀唇红、明眸皓齿，倒显出几分难以描述的动人气息。栗莉娜从某种意义上说还算是位美人。不过，她的美带着过分的妖娆。这种妖娆，恰恰是顾之风最反感的。

音乐转换成小野丽莎的《Family》。那种低沉而带着磁性的嗓音，给人心灵的宁静。

顾之风喝着咖啡，忽然很想念张露。对面坐的若是张露，该是多么美妙的一件事。可惜，只是痴想。他小口吃着可以使人感到幸福愉悦的甜点，保持最大的耐心听栗莉娜讲述婚姻的不幸，以及在西安分别后对他的想念。他似乎看到一条伺机而动的美女蛇。

他隐约觉得，每个人都有动物相。他们可能前世是某种动物，投胎转世后成为人的模样。那么，蒲松林的《聊斋志异》，应该属于写实的笔法，记述动物变成人后的行径。

小野丽莎的歌声结束，Duffy 的《Endlessly》仿佛成为她故事的配乐，为她的讲述营造出一种动人的氛围。不过，顾之风的直觉警告他，这不过是女人为得到男人欢心，而耍的一种小把戏。他无法沉浸于虚假的氛围，心里不由担心起家中熟睡的安琪。

栗莉娜说她被身为军官的丈夫死缠烂打追求，一时心软嫁给现任丈夫。结婚后才发现那是一个粗鲁而缺乏情趣的人。除了粗野地与她同床之外，那个健壮如牛、没有大脑的男人，简直就是一块没有感情的石头。她讨厌自己的丈夫，讨厌无聊透顶的婚姻。

顾之风对她的丈夫不了解，也未从她的话语中听出婚姻的不幸。他清楚任何女人出轨，都会编织一个婚姻不幸的理由。只是栗莉娜编织的理由很拙劣，不能令人信服。

记得吕斌曾煞有介事地说过："女人一旦出轨，便不会只和一个男人。"

顾之风无法验证吕斌的话，却不由想起出轨的包法利夫人和瓦尔特夫人。他突然发现福楼拜和毛姆都选择让医生的妻子出轨。这是作家的偏爱，还是不谋而合？

他喝着咖啡，有一句没一句地听栗莉娜讲话，不觉想起比利时作家莫里斯·梅特林克《花的智慧》里的一段话：如果大自然无所不晓，如果它从不出错，如果它在任何地方、任何事务中，一开始就能表现得完美无缺、绝对可靠，如果在所有事情上它都能够显示出一种远远超越我们的智慧，这倒是一件使人恐惧、丧胆的事儿。我们会觉得自己是一种奇特力量的牺牲品和猎物，而我们则毫无希望去了解和揣度这种力量。

从栗莉娜的描述知晓，她的老公在湄公河惨案之后参加维和护航。因为不愿独守空闺，所以她每日和闺密在夜店花天酒地。后来，她与蒋明坤、时林荣等同学逐渐有了联系。大伙儿都不愿沉寂于麻木而乏味的婚姻，因此厮混在一起排遣寂寞。这种各取所需的聚会，被时林荣戏谑为"换妻俱乐部"。她始终洁身自爱，不愿混迹于他们的圈子。

她以为生活本就是沉闷而乏味的，直到遇见顾之风，才发现自己心里一直寻找的是什么——她爱顾之风！她不愿再欺骗自己，在沉闷的婚姻中窒息而死。她要为自己的爱情献身，要用全部身心来扑向向往的爱情，哪怕被爱情的火焰烧成灰烬。

顾之风静心聆听音乐《Love Is A Losing Game》。他觉得栗莉娜像一个拙劣的演员，正用拙劣的演技来表演一场对于婚姻实行背叛的丑剧。当知道栗莉娜老公名字的时候，顾之风的心里生出说不出的厌恶——秦洪，这是个并不陌生的名字。

秦洪和顾之风同级，曾一起打过篮球。读初三时，秦洪当兵，在保定军分区。那个憨厚而仗义的红脸男生，给他留下很深刻的印象。因为他当初为追求韩晓冉，起早贪黑付出百般努力都没能打动韩晓冉。那种锲而不舍的精神，让人佩服，也令人感动。

秦洪得知韩晓冉成为肖正阳的女友，不愿伤及兄弟感情，流着泪退学当了兵。

顾之风没料到他会和栗莉娜结婚。这样一个有情有义的男人，为什么要去背叛？

他喝完咖啡，起身离开。栗莉娜追出来，用手挽起他的手臂。这种虚假的亲昵，让人心里不舒服。他无法掩饰心里的反感说："你买机票回西安吧。"

"为什么？人家千里迢迢来看望你，你怎么忍心这样对我？"栗莉娜瞪着一双佯装无辜的眼睛娇滴滴地说。

"比起和我没有结局的揪扯，不如好好珍惜真正爱你的人！何况秦洪是个很不错的男人，你不该辜负他。"顾之风想把胳膊从她手中撤出来，尝试几次都没有成功。他未能甩脱，又不好用手强掰开栗莉娜的手指，面色冷峻。

"你这是什么意思？秦洪好不好，不需要你来提醒我。玩完老娘，就想拍拍屁股走人！你觉得可能吗？"栗莉娜恼羞成怒眼里喷出怒火，似乎要将眼前的猎物烤成美食。

她咬牙切齿地说："你以为你是谁？今天不和我把话说清楚，就别想走！"

顾之风见过往行人露出诧异的眼神，强压不快道："别在马路上吵！有什么问题，我们找个地方坐下来谈。"他讨厌被人用这种方式威胁。他没有处理这种事情的经验，思考着如何处理，也暗恨自己的荒谬。当初为什么要喝那么多酒，竟和这种女人发生关系。

他不愿逃走，也没有应对的智慧。想了半天，只能折返星巴克。

服务员显然还没有忘记这两位客人，微感诧异，随即微笑着问要什么。顾之风已经没有任何食欲，也不想在此久留。他要了杯卡布奇诺。栗莉娜要了杯浓缩康保蓝。音乐在放 Kris Allen 的《Red Guitar》。顾之风瞅着栗莉娜问："你想如何解决这件事？"

"没什么，我只想让你做我的男朋友，仅此而已。"栗莉娜脸上的狰狞已经消退，堆上一脸丑陋的妩媚，自以为风情万种地说，"人家本来就喜欢你嘛，你却对人家那么凶。人家是女孩子嘛，怎么受得了？只要你对人家好，人家会死心塌地对你好！"

"你想让我做你的情人？"顾之风面带讥诮，"你认为我有这样的潜质？"

"什么呀，人家是诚心实意地喜欢你，你却反唇相讥。你知不知道，自从那晚之后，我每天都是那样想念你。想得睡不着，感觉每一寸皮肤都焦渴得让人无法忍受。"栗莉娜含情脉脉地瞧着顾之风，佯装羞涩地说，"我从来不知道做女人会那样幸福。我以前一直觉得男人和女人不就是那么回事嘛。遇到你，我才发现，原来床事是那么美妙的一件事！"

The Carpenters 的《I Need To Be In Love》，柔美的歌声飘荡在空气中。然而本来美妙的歌声，此时化作奥德赛听到的海妖的歌声。顾之风非常清楚栗莉娜的所有言语不过是一种谎言。一个被情欲充满的女人，没有足够财力去养小白脸，而把自己当成她的猎物。

真是荒谬！顾之风想到《失乐园》里的凛子。可惜自己不是久木，而栗莉娜也远没有凛子美好。所有情欲都会消退，剩下的只有冰冷和死亡。日本的性开放，从某种意义上说，何尝不是一种退化。人如果为了单纯的情欲而滥交，何尝不若森林里的动物。

母系社会。女性集权的武则天。大沙漠里养男宠的石观音。顾之风觉得好笑，感觉自己踩到一坨狗屎，却没有走所谓的狗屎运。此刻，他竟被一个女人要挟。

人能进化到基督教的一夫一妻制，是种进步。这种进步，中国花了比西方国家更长的时间。可是，随着个性解放和自由主义蔓延，某些人的行为逐渐沦为禽兽。他的理想不是在房间里蹂躏一个又一个女人，或者被一个又一个女人蹂躏。他之所以产生这样奇怪的思想，是因为他不禁想起《百年孤独》里那个不断接客的无助少女。畸形的人类欲望的扭曲，是多么可怕的事情。为什么我们在强调自己的自由和个性时，总要拿别人充当牺牲品。

他每次从新闻里听到那些带女学生去开房的禽兽不如的校长或老师，以及猥亵儿童的英国 BBC 著名主持人吉米·萨维尔那样的恶棍，就感到无比痛心，有想宰人的冲动。

弗拉基米尔·纳博科夫的代表作《洛丽塔》，他曾读过很多遍。他佩服小说家伟大的创意，也憎恶小说里面人性的丑陋。如果人性中的丑恶不断被挖掘放大，在这个世界上生存将是多么恐怖和绝望的一件事情。情欲，只是人生极小的组成部分。

他想到木心和通信五年的女笔友，分别执着于《旧约》和《新约》的信仰。他认为耶稣是个奇迹，是伟大的——尼采是衷心崇敬耶稣的，尼采反上帝，而奉耶稣为兄长。

人类，不该用无知掩盖智慧。他耳边嗡嗡作响。栗莉娜喋喋不休说些什么，他一句也没听进去。他觉得所有心灵深处的厌恶，都被激发了出来。他想到性，产生恶心的感觉。

我的人生应该有很多更有意义的事情要去做，我为什么要将生命浪费在这个灵魂千疮百孔的女人身上？他脑海里出现一条不断蠕动的虫，满身都是白粉色的肥肉。油腻腻的感觉，充满他的大脑。他感觉卡布奇诺使人腻得要吐，起身去卫生间呕吐起来。

真是令人厌恶的一天！他想，蹲在地上不愿起来。

我该如何才能将这个令人反胃的女人打发走。那种散发海藻味的腥腻感觉，从他脑海拥挤出来，喷涌进他的鼻腔。鼻孔里有辛辣的感觉，眼睛里被刺激出眼泪。

他长长吸了口气——卫生间污浊的空气。他冲了马桶，凝视旋转的水流，暗想自己若是牙仙或蚁人，可以顺着冲水马桶逃走，也可以像迈克尔从水箱取出枪，将外面的人干掉。

没有意义的遐想。他走出洗手间，用凉水敷把脸。他看到栗莉娜坐在椅子里对着小镜子描眉画眼，令人产生《聊斋志异》中画皮的错觉。他恍然明白，男人喜欢女人是不需要任何附带条件的。如果不喜欢，所有的装饰和撒娇都会令人浑身起满鸡皮疙瘩。

他走回去，坐在栗莉娜对面，点支烟，透过烟雾缭绕，瞧着眼前的女人。

"女人找男人是为遮风避雨，后来发现暴风骤雨都是男人带来的。"栗莉娜像个怨妇，发出幽幽的悲叹，"我是个多愁善感的女子，偏嫁给五大三粗的男人。"

顾之风没有接她的话茬儿，沉闷地抽着烟。他看到烟雾里栗莉娜脸部长出黑色硬毛，耳朵如德国牧羊犬般越变越长，鼻子和嘴巴隆起来，锋利的獠牙探出唇外。她的眼瞳变成绿色，犹如两柄利刃深深扎进顾之风的身体——那是埃及壁画中阿努比斯的形象。

栗莉娜面带微笑，虚情假意地说："考虑考虑呗，我们相处一段时间，不合适再说。否则，我会终生遗憾的。我不想错过你，更不想留下终生遗憾。"

顾之风摆脱脑海的幻象，从皮夹取出一张卡，推到栗莉娜的面前："这里有五十万，作为对你的补偿。我没有做男宠的资质，所以不打算开始这段婚外情！"

那头黑色母狼瞪圆眼睛，恼羞成怒地咆哮："五十万！嘿嘿，你很有钱嘛，花五十万就想打发掉姑奶奶！顾之风，你给老娘听着，我要告你强奸我！我要让你身败名裂！"

餐厅的顾客和服务员纷纷投来好奇的目光。顾之风恨不得一拳打过去，拳头攥得咯咯作响，没有发作。他强压怒火说："你究竟想怎么样，不要欺人太甚！"

"什么欺人太甚，我是投怀送抱耶。你倒好，拒人于千里之外！"

"你的婚姻呢，要如何处理？"

"我会和秦洪离婚，然后咱们结婚。这些我早就想好嘞！"

"你先回西安吧。这件事，我需要时间考虑。如果决定，我会给你打电话。"

"考虑什么，那晚要人家的时候，怎么不要考虑？而且还那么厉害！"

"那晚我喝醉酒，唉——"他不知如何解释自己的酒后乱性。

"人常说，酒后吐真言嘛。喝醉酒想要人家，才是真心实意。秦红是个废物，那方面不行。我从没发现外表帅气的男人，身体里藏着一头野兽哩，好厉害哟！"

顾之风不愿谈这个话题，慢吞吞吐出烟，尽量使自己平静。他是个不善说谎的人，更不愿被栗莉娜识破谎言。他心里已经决定，只要栗莉娜离开，就买机票回英国。

"你愿意考虑就行咧，人家可是很善解人意哪！"栗莉娜嘟起嘴，冲他抛了个媚眼。

顾之风浑身都是鸡皮疙瘩。他将烟掐灭，起身要走，却听到栗莉娜妖媚的声音："要我回西安可以，不过有个条件，今晚你得陪我。我会让你过了今夜，就再也忘不了我！"

六十一　天机之灾

顾之风离开星巴克，抬头看到天空中悬浮两枚月亮。

一枚皎洁如玉盘，一枚乳黄如羊脂。他仰望两枚月亮，不觉想起星球大战中出现的两个太阳。他有种恍惚的记忆，曾迷失在神秘的世界。那里是过去影像的集成。

那个世界，有银灰色的城堡，有紫罗兰色的苍穹，也有橙黄色的月亮。顾之风觉得两个世界不断重合，所以那个世界的月亮和这个世界的月亮，同时出现在头顶的夜空。

有时，他害怕抬头看到的苍穹，出现金属般闪烁电火花的裂缝。然后整个天空瞬间黑屏，整个世界仿佛断电的虚拟世界般消失。他成为核废墟中孤独卑微的存在……

栗莉娜在万达索菲特酒店订了房，缠磨要顾之风陪她去酒店。孤男寡女去酒店，会发生什么不言而喻。顾之风从心里抵触那看似温柔的陷阱，想到西游记里摇曳缃裙的蜘蛛精，想到霍比特人里遭遇蜘蛛袭击的比尔博……他不愿成为蜘蛛的猎物。

布满蛛丝的盘丝洞，不是至尊宝见到紫霞仙子的盘丝洞。他没有孙悟空的神通，自然不愿去触碰蜘蛛精的霉头。可是唐僧不愿惹蜘蛛精，还是难以逃脱成为盘中餐的命运。

他抬头望着两轮月亮，联想到青豆看到的两轮月亮——黄色的大月亮和绿色的小月亮。还有天吾和深绘里共同完成的作品《空气蛹》。小小人；两个月亮；1Q84 的世界。

他总觉得自己有爱情洁癖，对于没感觉的人根本就不会有任何反应，更别说是上床。西安发生的事情，可能与饮酒有关。一般情况下，他都无法克服这种心理障碍。

他听栗莉娜说去酒店，想到子宫被破坏的阿翼，心里泛起污秽不堪的恶心感。

他不想在街上发生口角，更不愿和栗莉娜去酒店。

栗莉娜亲昵而邪恶地挽住他的手臂，使他像被猫擒住的老鼠无法逃脱。

猫？——埃及的猫神贝斯特。猫是太阳神拉神的化身。栗莉娜没有那份优雅，更像死海古卷里邪淫的莉莉娜的化身。顾之风觉得这样想一位女子似乎有些恶毒，不习惯地咳嗽。

也许很多人都喜欢《尤利西斯》里布卢姆的妻子玛莉恩那样的女人。可是顾之风讨厌那样的女人。玛莉恩很漂亮，栗莉娜也很漂亮，而且她们都背叛自己的丈夫。这种漂亮背后隐藏的淫荡，并不能激发他的欲念，反而激起他内心的厌恶。

他对女人了解不多。很多判断，源于书本。想象中的女性应该是温柔善良的化身。如此难缠，使他心里生出某种恐惧。他带栗莉娜去商场买衣服和首饰，以抵消内心的负罪感。他挥金如土，激发起栗莉娜内心的欲望，使她错以为顾之风是喜欢才会如此破费。

顾之风硬着头皮陪她。听她讲公司里的富婆是多么嚣张。她所在公司里三十岁的女主管，参加同学聚会时见别人都开豪车，唯有她骑自行车。酒宴上被别人调侃嘲笑受了刺激，回去和自己的老公离婚，被与她有业务往来的老板包养，成为名副其实的小三。她戴四枚金戒指，两条金链子和各种庸俗的首饰到公司炫耀。辞职后，她专门请原公司的所有员工吃饭，不停介绍她出国旅游买的各种奢侈品，临走还不忘介绍自己是司机开车接送的。

栗莉娜鄙夷女主管的行为，认为无廉耻的拜金是该鄙夷的。她似乎忘了自己也在做类似的事情。不过栗莉娜将出轨贴上爱情标签，而解释为名正言顺。其实离婚后被包养，或者出轨后的偷情，都是不道德的行为。人们在否定传统文化的时候，真正丢失的是道德。

我们有知识、有能力、有智慧、有财富，可是我们没道德；这何尝不是一种悲哀！

栗莉娜说逛商场有些累，想回酒店，让顾之风送她回去。顾之风摆脱胡思乱想，清醒得手心出汗。他不愿做一个背德者，吱吱呜呜不知如何推脱。他打车将栗莉娜送到酒店楼下，恰好马文杰的电话打过来——这电话无异于来自天国的福音。

他等马文杰开车来接，深深感激这位救星。坐进马文杰的路虎，心里充满囚徒被释放的快乐。不过，这种心情没持续多久，就被马文杰突如其来的问话震醒。

"你账户里有多少钱，我借用一下。我遇到点麻烦，急需三千万！我给你打借条，利息一分不会少给你。"马文杰满头大汗，油津津的脸被困境压出许多皱纹。

"三千万，你以为我是开银行的。"顾之风扭过头，思考自己账户里的钱，以及是否要借给马文杰转这笔钱。他叹口气，认为每个人都很难设身处地去了解别人。

"哥们儿，帮兄弟个忙。否则，可就得给我送葬啦！拜托！"

"你这薅羊毛，不能总从一只羊身上薅吧！"

"老兄，我就认识你这只肥羊，不薅也不行哪。行行好，帮老弟个忙。"

"没想到你人缘这么差！"顾之风觉得自己像待宰的羔羊。

"唉，世态炎凉啊！穷在闹市无人问，富在深山有远亲。一朝马死黄金尽，亲者如同陌路人。我现在可是穷途末路，有这三千万翻盘，我才能重新做人呀！"

"你在生意场摸爬滚打这么多年，难道没有几个至交好友？"

"至交好友，他娘的，都是狐朋狗友！人，无论你曾经多么成功，只要最后你失败了，你就是个失败者；无论你曾经多么富有，只要最后你破产了，你就是个穷光蛋。我现在走投无路啦，酒肉朋友连电话都不接。患难见真情，哥们儿不会见死不救吧？"

马文杰的一段话，在他心里回荡，没有形成波澜却不断泛起涟漪。从古至今人们都看重结果。过程重要的谬论，不过是失败者自我安慰的借口。没有好结果，过程什么都不是。

马文杰曾经是同学中的佼佼者，如今成为他们同情却不愿帮助的对象。此次不能东山再起，他可能终生都要背负沉重的债务生活，或者就此失去自己的生活。

顾之风出手相助是将风险分摊在自己身上，心里一点儿底都没有。

马文杰眼睛里的火焰熄灭，叹口气说："哥们儿不帮忙，我也不怪你——"

"这个需要预约，我两天后转给你。先送我回家吧。"

"哥们儿真够意思，我静候佳音！"马文杰感激道。

马文杰开车送顾之风回小区。他独自上楼，换好拖鞋，去卧室看安琪。安琪还在小卧室的床上熟睡，美丽无邪的小脸流露出梦的甜美。有些好奇怎样的梦境让孩子发笑。

冷清的房间，孤独的人。他独自坐在沙发里抽烟。幽蓝色烟雾像思绪般四处飘散。

他的脑海再次浮现出张露的身影。不知道她现在过得好不好？张露是上帝送给他的潘多拉，他固执地打开那个本不属于她的盒子。他到底爱张露什么，到现在也说不清楚。他的记忆里，张露的形象已然模糊不清。他只是习惯性地还会想起那个模糊的影像。

该出去旅游了，不然我会疯掉。外面的世界，会冲淡内心的孤独感。

原来没有忙碌，生活便只能充斥孤独和绝望。无聊足以令人崩溃。某些时候，死亡的阴影像鬼魅般渗入他的内心。他需要极大的勇气和毅力才能将它们完全驱除。——我会不会变成宣铭宏？黑衣人的追杀！他不敢往下想。赫索格和温斯顿可以写信或日记，而我呢？

他将烟掐灭，丢进烟灰缸。到餐厅，发现冰箱里空空如也。无聊而孤寂，坐进沙发里发呆。许多年不曾弹钢琴，心里已然不习惯寂寞。脑子里浮现出一句话："世上最痛苦的事，不是生老病死。而是生命的旅程虽短，却充斥着永恒的孤寂"——永恒的孤寂。

他重新点燃一支烟，轻轻吐个烟圈。曾经希望旅行像《爱在黎明破晓前》，有一场出人意料的邂逅；或者《爱在日落黄昏时》，有一场刻骨铭心的重逢；或者《爱在午夜降临前》，有一段浪漫恒久的承诺。可惜，生活里的一切只让人感到乏味。乏味，是种沉积在生活底层发霉的气息。它将人活活闷死在死气沉沉俗不可耐的生活里。

白天，顾之风带安琪去玩碰碰车、海盗船、摩天轮和过山车。他从未发现这个娴静的小女孩不仅完全不害怕，而且表现得出奇兴奋。虽然安琪几次说想爸爸，可好玩的游戏最终冲淡对于爸爸的想念。他怕栗莉娜打电话，将手机关机。想起那女人，心中生畏。

两天后，马文杰开车过来。他去预约的银行给马文杰转了三千万。望着马文杰开车绝尘而去，心里有种空落落的感觉。几年间的旅行和挥霍，他的账户里已没有多少存款。

时间不会使人成熟，使人成熟的是阅历。如果自己一贫如洗，那么结局不过是个穷光蛋。很长时间他是在享受过程，以此来丰富生命。但是从马文杰身上，他看到某种不幸。

几天来，他一直关机。白天带安琪去游乐场玩，晚上在屋里看二战纪录片。

他觉得栗莉娜是种噩梦。他只能以逃避的方式来躲开这场噩梦。心里盼望栗莉娜尽早回西安，若惊弓之鸟，听到门铃声就会惶恐不安。他不知道自己为何变得如此胆小。觉得自己很快就会变成卡夫卡《变形记》里那只甲虫——在饥饿中孤独痛苦地默默死去的甲虫。

参观南京大屠杀遇难同胞纪念馆时，他觉得只有受军国主义思想毒害的日本人，才会做出禽兽不如的作为。可是看二战纪录片，才明白真正的历史远比任何影片更血腥。

任何形式对战争的美化，都是对人类的犯罪。将年轻生命输送到战场，再将无辜生命血腥屠杀，这是任何美妙言论和虚伪言辞都无法美化的罪恶。设身处地想想自己和自己的亲人，就能明白被自诩为战神的拿破仑和魔鬼般的希特勒都是以自己的主观对人类犯罪！

他阅读大量二战将军的传记，对于战争英雄的美化掩盖战争的血腥。无数惨死的生命，只被冰冷的数字轻轻掩盖，那些真实的生命腐朽为无人关注的尘泥。人们在战争中表现出的丑恶是令人发指的。许多人为讨好纳粹保全生命，变成非人的异类。

他曾从丘吉尔身上看到人性的光辉。丘吉尔在最初就表现出抵抗野蛮兽行的坚强意志。他将孩子们转移到农村，号召全国人民拿起武器捍卫领土。当看到妇女、一战老兵、剑桥和牛津的学生都拿起武器保卫自己的国家，禁不住热泪盈眶。随着年龄增长，他曾经的许多看法都发生了改变。他不再相信虚妄的宣传，更愿意透过宣传去看真正的事实。

他重看斯皮尔伯格的《辛德勒名单》，重读张纯如的《南京暴行》。

日本侵华时，抱孩子的妇女被砍杀，刀光过后母子的头颅在鲜血中飞滚；日本军官为拍摄砍头后脖颈喷血的画面，屠杀一百五十多人取景；无辜百姓跪成两排，疯狂的日军开展砍头颅比赛；普通村民被屠杀，被砍下的头颅整齐地摆成一排排；无数年轻女子，被作为慰安妇奸污后残忍杀害；无数生命被屠戮残杀，成千上万的尸骨堆积成山……日本战犯对中国人犯下不可饶恕的罪行，二战魔鬼对于世界人民犯下不可饶恕的罪行！

战争，在野心家的蛊惑下，从来没有停止。这种灾难从美国对阿富汗、伊拉克、叙利亚挑起战争可见一斑。每个国家和民族都有自己的生活方式和风俗习惯。所谓的"文明人"将自己奉为上帝，把不符合他们习惯的种族进行灭绝性"改良"，是多么恶毒而残忍。

如果没有哥伦布发现新大陆，没有迪戈·德·兰达主教的血腥屠杀，没有西方自诩的文明来摧毁美洲文明，玛雅人不仅会拥有自己的文明，还会以自己的方式幸福生活！

　　所谓文明人用狂妄自大的方式毁掉别人的幸福！每个战争狂人或战争魔鬼都以其诡辩，打着为本民族或全人类维护正义或造福的幌子，来为自己邪恶的野心增加资本。其实，他们只能给人类带来灾难——灭顶之灾！人类为资源和意识形态而战，狂妄地想取代上帝。

　　他把手机开机，心里空落落不知该做些什么。起身倒杯绿茶，望向灯火阑珊的窗外。

　　电话响起来，是国际长途。他心里"咯噔"一下，某种不祥预感袭遍全身。没有重大事情，李威廉很少打电话；尤其深更半夜。他犹豫一下，接起电话。那边说英语，不是李威廉的声音。他听电话，明白事态严重，身体被晴天霹雳击穿，血液瞬间从心脏喷射而出……

　　我该马上去趟英国！——都是我的任性酿成如此恶果。我为何要陷在自己的情绪里无法自拔？我真是个混蛋！

六十二　颓丧之夏

清晨，顾之风起来用面包机做面包，将面包切片。用煮蛋器煮好鸡蛋，切好；加入煮熟的青豆、玉米、杏仁和沙拉酱拌好，做成三明治；将牛奶微热，摆上餐桌。

长期独居，使他养成自己做饭的习惯。做饭可以排遣寂寞颐养心性，所以他用心地做每顿饭。他觉得静心做饭，安心享用自己做好的美食，是件惬意而颇享受的事情。

有段时间，他很喜欢蔡澜主持的美食节目。觉得中华料理才是拥有悠久历史的美食，只因不善传承和推广而难以名扬海外。

很多时候，他没时间做"食不厌精、脍不厌细"的传统美食，而只是做简单的西餐将就一顿。他害怕传统美食逐渐失传，更怕传统文化在国民中彻底遗失。

蔡澜主持的《蔡澜"食"尚》、谢霆锋主持的《十二道锋味》，以及央视播出的纪录片《舌尖上的中国》，都是对美食不错的推广。归根结底，中国还是缺乏具有国际视野和战略眼光的餐饮企业。人们为了利润不择手段。对于食品安全堪忧的社会，中华美食要做大做强还有很长的路要走。他让罗堃明介入家族餐饮业，也是出于这样的考量。

他将做好的食物摆上餐桌，招呼安琪过来吃早餐。

安琪眼睛红红的，脸上还残留泪痕。顾之风给她洗脸时，她哽咽着说："我梦见妈妈哩，她在美丽花丛中向安琪招手。我知道妈妈想抱抱安琪，可安琪无论多么努力奔跑，都跑不到妈妈身边……妈妈骑着一头硕大的白狼，跑进幽暗的森林……"

"不哭，妈妈肯定想安琪了，所以托梦给安琪。见到妈妈多好呀！"顾之风安慰这个美丽的小女孩。照看她洗脸刷牙坐上餐椅，心里不是滋味。

"爸爸说妈妈去很远的地方，以后会回来看安琪。可是，妈妈没有回来，却来了位美丽的阿姨。安琪想妈妈，很想妈妈……"眼泪从双漆黑明亮的眼睛涌出来。

"等安琪长大嘞，妈妈就会回来看安琪哩。"他违心编制善意的谎言。

因为夜里没有睡好，他感觉浑身不适。他以为安琪不介意韩晓冉的出现，原来这个腼腆的孩子只是不说而已。她心里一直都介意，内心深处始终都在思念自己的妈妈。

时间是否会抚平她内心的伤痕？顾之风叹口气，感到无限迷惘。

所幸吃饭的时候，安琪平静下来。看着孩子安静地吃早餐，他压抑的心情稍得舒缓。有个天使般的小孩陪伴，也是种幸福。他想，爱怜地注视安琪。安琪边吃三明治边瞪起毛茸茸的大眼睛问："老师为什么看着我，不好好吃饭？老师因为安琪不高兴了吗？"

"老师吃饱哩。"他面带微笑，抚摸安琪的小脑袋。

"老师没骗人吗？安琪都吃这么多，老师却吃那么少。老师有什么事情不开心吗？"安琪眼睛里流露出关心。可能孩子比大人更敏感，也更善于察言观色。

"老师在做早餐时就偷偷吃过哩，那时安琪还在睡觉觉呢。"他望着相信自己谎言的安琪，起身去厨房打开窗户抽烟。该将安琪送走了，他已和肖正阳通过电话。

吃过早餐，收拾完，他带安琪看宫崎骏新拍的动画电影《起风了》。初次知道堀辰雄的这部小说，源于渡边淳一的《失乐园》。读《失乐园》时，他恰巧在日本轻井泽。

堀辰雄就是在轻井泽创作了这部小说。为了那句话——"风起，唯有努力试着生存。"——他特意阅读堀辰雄的《起风了》，之后又读了他的《菜惠子》。

不过，他看完《起风了》的动画电影，才发现这是一部宫崎骏创作的作品。与堀辰雄的作品没有太多关联，而且远不及以前的电影有深意。安琪虽然很喜欢宫崎骏的动画片，却不喜欢这部现实主义风格的电影。她竟然怀抱爆米花蜷缩在座椅里睡着了。

顾之风没有叫醒安琪，独自看着电影。堀越二郎对于飞机制造的信仰，与现实的无奈；在轻井泽疗伤时爱情的美好，与现实的残酷……菜穗子随风而逝的告别——"起风了，我们还要努力活下去"——活着，是人类最基本的信仰。

每个人都应该积聚勇气，面对生活中的幸与不幸。因为活着才有希望！

可惜，国人丢失原有的情趣，变成城市间忙忙碌碌的蝼蚁。他们似乎与传统文化割裂，成为徒有华人外表的人种。人们就像疲于奔命的小白鼠，跑丢了生命的意义。

影片结束，顾之风将安琪唤醒，抱起她离开影院。坐进车里，他问安琪想吃什么。安琪摇头说随便。他将车开到意大利餐厅要四喜披萨、意大利面和一份冰激凌。

餐厅里座无虚席，多数是情侣和年轻的上班族。西方饮食文化影响中国，也沾上中国餐饮文化的气息。餐厅有些吵闹，人们似乎把这里作为拉家常的场所。顾之风没有食欲，看安琪乖巧而腼腆地进餐。现在是樱花烂漫的时节，可惜……他瞧着邻桌摆放的樱花想。

日本京都的樱花给人浪漫的情怀。平安神宫的垂枝樱，白川河岸的夜樱花，醍醐寺的樱花树，都是绝美的景色。可惜今年去不成了。他想，望向窗外的景色。

他瞧着安琪吃披萨和冰激凌，莫名想起张露。接听肖正阳的电话，他唤服务生结账，带安琪离开餐厅。没有看到肖正阳，首先看到光彩照人的韩晓冉。

韩晓冉开辆红色的保时捷 Cayenne。她身材窈窕，穿一件 Donna Kara 紫罗兰色紧身长裙，拎着 Versace 蓝色手拿包，有种成熟女人特有的迷人魅力。那种与生俱来的美有夺目的光芒，能强烈地穿透人的眼眸直钻到心底，使人毫无征兆地被这种美征服。

韩晓冉脸上焕发幸福女人特有的光泽，神采奕奕美丽动人。肖正阳从车里出来，头发稀疏，理短发后显得睿智精干。他的五官依然英俊，有成熟男人由内而外的迷人魅力。

"出了什么事，是否需要我帮忙？"肖正阳关切地问。

"我的公司出了些问题，急需回去处理。"

"你先去处理，如果有什么需要及时联系我。"肖正阳抱起安琪。

"爸爸，安琪想你啦！"孩子将脸埋进肖正阳的肩膀。

"爸爸也想你呦。"肖正阳用手抚摸安琪的小脑袋。

"还有事情要处理，我先走了。"顾之风和朋友道别，觉得灵魂被某种东西牵引而陷入黑暗。他能做的是用意志力克服源源不断产生的不该有的想法。

他听到身后安琪低低地哭泣，感到揪心的疼痛。公司不出事，还能和安琪多待几天。可现在只能尽快着手处理公司的诸多事务。他做梦也想不到，李威廉竟会做出如此背信弃义的事情。他给开律师事务所的同学卫国华打电话，开车去朋友的事务所。

卫国华是中国政法大学法学院的高材生，毕业后开了家律师事务所。因为打过几场漂亮的官司，在业界小有名气。当年他因背得出《红楼梦》里所有诗句而被冠以才子的美誉。

谁都没料到，这样一位有诗人情怀又颇感性的人，最后竟成了理性且睿智的大律师。究竟是性格决定命运，还是命运改变性格，有时真的说不清楚。

初中时，他和卫国华放学后常去美国加州牛肉面，要两碗牛肉面和一份凉菜，吃得津津有味。因为两人父母都很忙，而且家离得不远，所以彼此成为朋友。那时，他和肖正阳、蒋明坤、杜哲浩、卫国华，放学后常混迹在游戏厅、台球厅或网吧。他们一起做作业，一起翘课，一起打群架，一起追女孩。直到初中毕业，每个人怀揣不同梦想，各奔东西。

他找停车位，将车锁好，扫视熙熙攘攘的人流。卫国华的办公楼在闹市区。相交的几条街都是商铺和饭店。穿出去就是主街，大型商场和购物城林立。他走进外装修略显陈旧的办公楼，乘电梯上六楼。整层办公楼被几家公司分租，分隔成几个大型区域。

卫国华坐在办公椅里，像一头伺机而动的棕熊。他的个头没能纵向发展，而是横向发展得不亦乐乎。肥胖的身躯上顶着一颗硕大无比的脑袋，将脖颈都压进身体里，看上去仿佛没有脖子。他的头发稀疏，用发蜡固定在左侧。一副金丝边的眼镜增加脸上的学术气，如鹰般犀利的目光从镜片后刺出，让人觉得寒气逼人。

卫国华的律师事务所，有二三十名员工。全国超过一百人的事务所有三十多家，超过三十人的事务所有六七百家。国内共有一万七千多家事务所，二十万名律师。以此推测，卫国华在同行业还是不错的。顾之风心里盘算，坐入办公桌对面的沙发。

办公室里书架、资料柜、杂志栏、保险柜、办公桌椅，布置得简约而现代。拉起百叶窗，对事务所的情况一目了然。茶几上摆着茶具，放着几本介绍茶文化的书。随着时代发展，国人似乎越来越喜欢用国学或者国粹来装点门面。顾之风自己动手沏茶，边喝边欣赏办公室里的几盆盆景。他和卫国华客套几句，便直奔主题介绍自己遇到的困境。

卫国华听他的讲述，许久没说话。那双目光锐利的眼睛盯着顾之风，仿佛要刺穿他的躯壳、看透他的内心。顾之风面无表情瞅着他，安静地品茶。经营公司出现这种低级错误，实在是交友不慎的结果。不过，比起经济上的损失，更痛心的是朋友的背叛。

"如果在国内，首先你要尽快接管公司，尽可能保护公司财产和相关账目；其次，要收集证据，证明你的合作伙伴没有把钱用于公司经营，最好找到充足的证据；再次，聘任专业人士清理公司债权债务和公司财产，根据清理结果决定公司继续经营、解散或者破产；最后，根据清理后决定提起诉讼，依法追究合作伙伴的民事责任或刑事责任……"

"我想知道在英国如何处理相关事宜。"

"我国采用的大陆法系和英美法系不同，我们是成文法，英国法系主要是判例法，你去那边打官司，还要具体咨询和聘请那边的律师。"卫国华端起茶杯，小口呷着。

"就是说，在你这里无法得到准确的建议？"

"我无法给出准确的建议。"卫国华脸上有种让人琢磨不定的表情，说，"你太大意嘞。为什么如此相信那个携款逃逸的混蛋，竟将整个公司都放心地交给他？"

"李威廉是我在剑桥的同学，已经合作很多年。我一直认为他是个为朋友两肋插刀的人。不料在巨大的利益面前，友谊显得如此微不足道。"他自嘲地苦笑，不由想起那个曾亲如手足的朋友——李威廉。他将茶喝尽，淡淡地说："他可能有苦衷吧。"

他不愿刻意往坏处想"朋友"。因为他宁愿失去金钱，也不愿失去朋友。钱财失去了，还可以再挣；朋友失去了，就很难再成为朋友。他走出卫国华的律师事务所。卫国华留他吃晚饭，被他婉言谢绝。曾经最亲密的朋友，出乎意料从背后捅了他一刀。

我该去英国了。他打电话订机票，开车往回走。心里涌起孤苦无依的凄凉感。狮子座的人在遭受挫折时，会变得消极。——我可以消极吗？还有很多事亟须我去处理。

今天的忧愁今天当就够了。他想。房间，空寂的房间。简单吃过晚餐，无所事事地看电视节目。不知何时躺在沙发上睡着，有怪异的梦袭来。

他骑着一头瘦骨嶙峋的驽马，走在泥泞的街道上。灰霾的城市，飘落着冰冷的雨丝。城市如同溺死在阴郁的空气里，没有灯火，也没有光亮。

泥泞的道路两旁，是枯瘦而落尽叶片的树木。无数书籍的尸体，横七竖八地散落各处。他俯身捡起几本书籍，看到泥水浸渍的纸页，满是模糊不清的文字。

他随手将死书丢进冷雨，听到书的灵魂在泥水里绝望地哀鸣。无数灰色小人围着书跳一种奇怪的舞蹈，像古代先民在举行某种神秘的祭祀。他催马前行，看到那些建筑都用书籍砌筑，如今残缺不全的建筑正在冷雨里垮塌。铅字融入雨水，流淌黑色的眼泪。

他眺见远处的高楼上，一头九色鹿忧伤地俯瞰整座城市。九色鹿从楼梯上轻盈地跃下，在流淌黑水的长街上飞奔。他快马加鞭追赶九色鹿。在城郊看到人类用书籍砌筑的巴别塔。高耸入云的塔，四周布满幽蓝色荧光森林。无数后脑插U盘的人与电子树相连。

是人类驯化了机器，还是机器驯化了人类？一株巨大的电子树吸干书籍的养分，长成远超人类智慧的参天大树。树的周围是一眼望不到边的书籍的坟墓。无数文字垃圾形成黑色的湖，铺天盖地的蚊虫带着恶臭飘飞湖上。湖里游弋几条狰狞丑陋的水怪。

离开无限扩张的城市残骸，可以看到书籍城墙的残垣断壁。九色鹿减缓脚步。他和瘦马仿佛穿越黏稠的时间之壁。那匹马变成一辆汽车，他变成一个硅基生命体。

九色鹿停在一个孩子身边。那个瘦弱的孩子，正从书上撕下一页页纸，努力维护细雨中奄奄一息的火光。纸张灰烬被冷雨打湿，发出毫无意义的绝望呻吟。

他走向那个孩子，看到九色鹿化作一株菩提树。树的根系在大地蔓延，将生命的绿色植入黑色腐朽的土地。那些根系在腐土中开花结果，有飞鸟从花苞中孕育诞生。

瘦弱的孩子对他说："唯有心中的善，才能真正改变世界。"

他睁开眼，起身扭开床头音乐，播放器传出中岛美雪演唱的《邮递马车》。这首由古关裕作曲的欢快歌曲，扫淡他心情的阴霾。他起身走到落地窗前，脑海浮现出泰戈尔《飞鸟集》的话语——如果你因失去了太阳而流泪，那么你也将失去群星了。

六十三　幻灭之旅

大多数人的贫穷，都是被设计好的。民智的觉醒，因此受到限制。

整个社会体系，潜藏着社会达尔文主义的规则。那些潜伏在幕后的大鳄，害怕既得利益缩减，而让民众始终处于蒙昧状态。这种利己的狭隘，最终会影响整个民族的进步。

中国的封建社会，从周朝之后便分崩瓦解。中国没有像古希腊、古巴比伦、古埃及、古印度等分裂消亡，是因为秦始皇修筑了万里长城、统一了文字和度量衡、建立了天下归一的郡县制。这种"大一统"的政治模式，奠定中国整体不可分割的政治体系。

顾之风闭目养神，思考若国人丢失传统文化，未来是否会出现亡国灭种的危机。

飞机在云层上飞行，从窗户可以看到云下漏出的盘旋无尽的群山。城镇被挤压在群山的间隙。曾经高不可攀的物体，在鸟瞰下成为低微的存在。连绵不尽的云海将所有陆地遮盖。飞机穿越云层向上提升高度。云团犹如乳白的山峰，在阳光下层峦叠嶂。

音响里飘荡出爱尔兰组合西城男孩的《Swear it Again》。歌声撩动情绪，使人不觉沉溺于略带感伤的回忆——"so you should know this love we share，was never made to die"——你应该知道我们之间的爱，注定不会凋谢……

美丽空姐笑容可掬送来咖啡。顾之风将目光移向窗外，心里产生不恰当的念头。

每个人心里都潜藏罪恶，因为在内心深处包裹，所以绝大多数时候不会显露出来。如若将人心照彻，会有多少肮脏的东西暴露出来？也许自己就是龌龊角落的污秽者。

他有极强的自制力，可污浊的思想总不由自主跃入他的脑海。他不知道这些思想从哪里来，更不知道这些想法该如何除去——色欲，会将人引向何方？

生活，那种没有女性的生活，将他周围的一切变得苍白而冰冷。他似乎需要一个女人，哪怕是出现在温斯顿·史密斯生活里的朱丽亚般的女人。可惜，没有。他身边的很多女性，犹如大洋国里的女党员，使他犹如置身蜡像馆般不会产生任何非分之想。

"老师，安琪要作一只鸟，一只飞在天空上永远也不要落地的鸟。"安琪的声音，带着思念的味道，"如果我是一只鸟，我就能不停地在天上飞着找妈妈。天上有太阳，也有云朵，还有天使一样漂亮的姐姐，多美好！"孩子坐飞机时的话语。

如果把安琪带在身边，是否心情会变得开朗？他喝着咖啡，轻叹口气。

独立和自由，是他心中的圭臬。他该如何低头，向威严的父亲请求事业上的帮助；或者如何低头，接受父亲安排的一切，俯首帖耳在父亲的公司讨生活。他成长于富裕家庭，对于金钱没有概念，不能理解钱对于人的真正意义。他不愿低头，不愿牺牲可怜的自尊。

空姐甜美的声音响起，飞机穿过稀薄的云层下落。城市轮廓逐渐清晰，可以看到公路上飞驰的车辆。顾之风透过机窗望着熟悉的城市，心里说不清是什么滋味。

伦敦是座繁华而美丽的城市。若是来旅游，这座城市可以满足你的一切虚荣心。不论是威斯敏斯特城内古典高贵的白金汉宫，还是大罗素广场悠久宏伟的大英博物馆，或者是泰晤士河畔永恒标志的伊丽莎白塔大本钟，抑或泰晤士河北岸神圣庄严的威斯敏斯特教堂……都会带给人来自心灵深处的震撼。可惜，他来这里处理公司事务，全无观光的心情。

还记得他和奥利维亚登上贝兰斯区有千禧之轮美称的伦敦眼，体会这座数学上的奇迹带给人的美妙观感——泰晤士河优美的风景和伦敦城区古典与现代结合的建筑，使人仿佛置身于古巴比伦的空中花园般奇幻而美好。那个迷人的夜晚，流光溢彩装点城市与河道，仿佛进入童话般的世界，美得令人无措，美得让人心痛。

他和奥利维亚曾一起参观瑰丽沧桑的圣保罗大教堂、美奂绝伦的特拉法尔加广场、庞大气派的温莎古堡、秀美优雅的利兹堡、气势恢宏的汉普顿宫，以及索尔兹伯里平原上神秘久远的巨石阵……英国的悠远与美好，有着古老欧洲国家独特的贵族气质。

可是，顾之风在这座美丽的城市，感到的只有孤独。打车回到自己的公寓，有种深入骨髓的疲惫。他强打精神收拾落满灰尘的房间，倒在床上直睡到日头平西。

人生的过程，就是不停遇到困难并解决困难的过程。每天面对公务员、律师、员工及公司的诸多问题，他感到心力交瘁。不过天生不服输的性格，支撑他在困难面前变得冷静而坚毅。他母亲常说"没有过不去的坎儿"。时间会将重要的事情变得普通，也会将困难的事情化为平淡——"错误经不起失败，但是真理却不怕失败。"

据说沿着莫比乌斯带，过去和未来可能会调换位置。人随着年龄的增长，会逐渐体会悔恨的滋味。但悔恨本身解决不了任何实质问题。人们把貌似真理的理论作为人生信条，其结果总是得不偿失的。因为没有完美的人生，只有带着缺憾的不断完善的人生。

夜晚拖着疲惫的身体回家，他会静下心读斯蒂芬·威廉·霍金的著作。

一个月里，他先后读完《时间简史》《黑洞、婴儿宇宙及其他》《果壳里的宇宙》和《大设计》。他觉得科学推论，有时是种自以为是的荒谬之举，以推论证明推论并得出所谓科学的结论，其过程本身就是不科学的。科学的本质是发现规律，而不是创造规律。

米兰·昆德拉说，"人类一思考，上帝就发笑"。很多时候，人类只是狂妄地以自己的视角在观察并解释世界，而世界乃至宇宙的本质并未被人类知晓。我们连地球本身都知之甚少，更别说是从未接触并探究的浩瀚无际的宇宙。

我们只是宇宙尘埃上的观察者，借助观察和算法得出相对科学的推论。

推论就像画鬼，因为谁都没有见过，所以可能就是在描摹想象。结果不过是谁的想象力更丰富、谁的技艺更精湛，至于画出的是不是鬼，估计鬼看了都忍不住要发笑。

我们对于未知事物会不由自主生出敬畏，对于貌似真理的理论会觉得神奇而伟大。这只是人们习惯仰视的惯性。如果跳出"庐山"之外看问题，庐山面目也就不再扑朔迷离。

当我没有什么事做时，便让我不做什么事、不受骚扰地沉入安静深处吧，一如那海水沉默时海边的暮色。——泰戈尔的诗句，在夜阑人静时，给人心灵的抚慰。

浮躁的时代，人们已经难以静下心来读诗。可是当心灵遭受创伤，诗歌会成为最好的心灵鸡汤。尤其听着优美的爱尔兰风笛，仿佛连灵魂也受到洗涤。

他很喜欢梅尔·吉布森的《勇敢的心》。影片里的爱尔兰风笛有浓郁而苍凉的美感。这部反映华莱士带领苏格兰人民为自由而战的影片，曾使他几度落泪。他是个有英雄情结的人，曾极度崇拜汉尼拔。他看到伟大英雄的平凡，也看到他们从平凡走向卓越。

苏菲·玛索，永远是他心目中的女神。在影片里，苏菲·玛索饰演的法兰西公主伊莎贝拉，美得令人心碎。这朵令人心驰神往的法式玫瑰，成为他心口上的法兰西之吻。

让他难忘的，还有那部算不上经典的影片《侠盗罗宾汉》，及那首布莱恩·亚当斯演唱的主题曲《Everything I Do》。那个在他记忆中已然模糊不清的邻家小妹，向他推荐这首歌。不知为何，在那个女孩随家人远去加拿大后，只要听到这首歌就禁不住想落泪。

也许是年龄增长的缘故，许多熟悉的场景会猝不及防涌到眼前，使他内心最柔软的部分被融化成水。读完霍金的作品，他专门去书店买本卡勒德·胡赛尼的《追风筝的人》。这本小说曾经很火，一直没有时间阅读。这段时间，不知怎么很想读这本小说。

不眠之夜，独自躺在床上读一本温暖细腻又带着刺痛的小说，对于心灵是种洗礼。

有评论说，这本书不仅仅展示一个人的心灵成长史，也展示一个民族的灵魂史，一个国家的苦难史。他觉得有些言过其实。不过这本书确实是部非常优秀而感人的作品。

读这本书时，他不由想到自己和李威廉之间的关系。他认为所有的背叛都有隐性的原因，比起怨恨，宽恕更有价值。——"世界以它的痛苦吻我，而我报之以歌"。

英国经济以金融业和服务业为主，房地产市场存在泡沫，外债问题不算严重。银行经营不善，为保全大银行，政府不惜债台高垒。乔治·索罗斯在接受英国广播公司采访时曾说："金融行业是英国经济的重要部分，所以我认为，英国在这次金融危机中受到的冲击远比其他绝大多数国家更严重。"自从金融危机爆发，英国巴克莱银行、汇丰银行、LLOYDESTSB 银行、皇家苏格兰银行都受到重创，英镑贬值严重。英国企业生存困难，失业率不断攀升。

顾之风和李威廉合资的公司，受到金融危机和英国国内经济影响，经营状况不容乐观。尤其是吉米·萨维尔性侵未成年人和精神病人丑闻曝光，对 BBC 公司名誉和公信力造成不可估量的影响。随着性侵丑闻不断发酵，BBC 内部不断有人被卷入儿童性侵案。

李威廉家族为 BBC 提供服务，因性侵丑闻不良影响而蒙受损失。也许李威廉迫于丑闻和金钱压力，预估到合伙公司前景不乐观，所以才会有预谋地同财务拍拖，最终卷款潜逃。

该何去何从？他睡不着，起来冲杯咖啡，坐在沙发里翻阅《泰晤士报》。

他分析相较于英国，中国经济受到金融危机的冲击比较轻。中国不但没有像一些专家预料的那样陷入严重衰退，反而在全球经济中率先复苏。尤其是 4 万亿刺激经济方案及时出台，以及宏观调控政策的有力举措，使中国经济不到一年时间就出现回暖。也许搭乘祖国飞速发展的经济快车，回国内创业是不错的选择。可是那样势必要借助家族的力量。

若他向父亲妥协，一定会得到支持；而且父亲一直想让他接手家族的业务。如果那样，自己这些年所有的努力，都等于竹篮子打水一场空。他好不甘心！

他叹口气，将咖啡饮尽。已经申请破产托管，在优先清偿破产费用和公益债务后，首先要考虑补偿员工应得收入。这样的话，他多少年的积蓄都将付诸东流，甚至可能因此倾家荡产。他现在住的房子，很快就会被用来抵债。他苦笑，起身望向窗外的夜景。

他感到屈辱而愤懑。睡梦中，常会听到黑衣人阴森刺骨的嘲笑。

对于金钱，他看得比较淡，认为钱就是用来花的。人应该做金钱的主人，而非奴隶。把挣到的钱花掉，会有某种成就感。他曾几次把挣到的大笔金钱花得不剩分文。

他与李威廉投缘，就因为李威廉也将钱财看得很淡。他们坚信能够掘到第一桶金，就能够如法炮制掘到第二桶金、第三桶金……因为他们相信自己的能力。可是如今他感到屈辱，被欺骗的屈辱。他痛恨李威廉把他当傻子耍——这种恶作的暗箱操作，不仅使他被当成傻子般愚弄，还使他毫无戒备就输得一败涂地。他鄙夷这种低劣的阴谋手段。

"问之以是非而观其志；穷之以辞辩而观其变；咨之以计谋而观其识；告之以祸难而观其勇；醉之以酒而观其性；临之以利而观其廉；期之以事而观其信。"

李威廉给他打电话说招聘新员工，不过是探察他的动态。他竟白痴般地把"诸葛亮观人七法"发过去。李威廉看到信息不知要如何讪笑。这比当面讥诮更甚！没想到李威廉以这种方式侮辱他。他陷入卑鄙而龌龊的想法。再冲一杯咖啡，百无聊赖地翻看手机。

手机相册有薛佳琪穿翠绿色绸缎长裙的照片。薛佳琪笑颜如花，美得令人心痛。

她身后的中欧班列，是中国通向世界的明证。也许，可以参与丝绸之路贸易。

我可以被击倒，但不会被毁灭。这不是毁灭之旅，而是重新认识自我的过程，也是破茧重生的契机。他暗自安慰自己，点支烟。烟草的气味，可以使人平静。

徐志摩和林语堂曾将吸烟看作文化重要的组成部分。林语堂宣称自己只要清醒不眠时，就抽烟不止，而且宣称他的散文都是由尼古丁构成的。他知道自己的书哪一页尼古丁最浓。徐志摩曾写过一篇题为《吸烟与文化》的散文，更是大谈特谈吸烟的文化。

不过，顾之风还是喜欢徐志摩那首脍炙人口的诗歌《再别康桥》。

康桥；剑桥。等处理完这里的事情，该回剑桥看看。毕业后，他没有回过那里。那里留下他的许多回忆。他喜欢那里的一切。如果时光可以倒流，他情愿永远生活在那个风景优美且学术氛围浓厚的地方——他是多么讨厌现实世界的勾心斗角和尔虞我诈啊！

没有言语交流的空间，他被囚禁在自我的世界。他深刻感悟梵高和卡夫卡的绝望。好像变成被困在世界尽头阅读古梦的"我"，选择永远留在自己创造的世界。

六十四　萧飒之秋

秋天，是个伤感的季节。似乎还没有经历夏季的炎热，就已感到秋的萧瑟。

生活原本没那么复杂。心静下来，生活就会呈现出意想不到的美好。顾之风逐渐发现慢生活带来的各种益处，逐渐理解古人生活的妙处。沏一杯香茗，悠闲地坐进藤椅，读一本喜欢的诗集，或者欣赏窗外的风景。那种抚慰心灵的惬意时光是无法用语言准确形容的。

时间不再是奔泻而过的洪流，将人裹挟其中来不及辨别便冲得七零八落，连生活也被冲得支离破碎。我们仿佛巨大洪流中的蚍蜉，满怀求生的本能努力为了活着而活着。

我们拼命地努力，除了逝去的时间和衰老的躯体，似乎什么也没剩下。在没有达到财务自由时，人成为疲于奔命的机器；在实现财务自由后，人成为穷奢极欲的奴隶。

古人在物质不丰富的时候，反而活得悠然自得充满情趣。社会价值观的改变，使人们成为这个时代有自我意志却被迫抛弃自由意志的卑微存在。人们被资本驱逐，沦为失去土地并自我流放的群体。他们变得浮躁而麻木，最终不得不向现实低头。

读大学时，他曾专门去风景优美的贝尔餐馆。他喜欢那里的鸭胸蘑菇调味菜、炸鱼和馅饼。因为没有手机信号，所以不用担心会被打扰。他住的房间窗户正对青山和石桥，有种陶渊明《归田园居》的悠然，却没有古代文人的清苦，有种木心旅居英伦的闲适。

他认为，木心是当代有人格魅力的人。面对困境，保持人的尊严，有独立的思想。

木心说，我从小最着迷两件事：艺术和宗教。宗教，只读《圣经》和佛经。

知是哲学，爱是艺术。西方评价，除了基督教，希腊文化是世界文化可以夸耀的一切的开始——我觉得艺术、哲学、宗教，都是人类的自恋，都在适当保持距离时，才有美的可能、真的可能、善的可能——耶稣真正是一个绝世的天才，道德与宗教的艺术家……

在狱中，被折断手指的木心，在手绘钢琴的黑白键上无声地弹奏莫扎特与巴赫。

顾之风坐在车里，望着窗外景色。思想，如一只不被囚困的鸟，飞向远方天际。

剑桥像一座神圣的英伦风格的艺术品，是自然美、历史美和人文美的结晶。走在整洁的林荫小道，经过一望无垠的草坪和古典精美的建筑，感觉心旷神怡。欧式园林给人整洁而人工的美；比之中式园林取法自然，欧式园林更愿意发挥人的主观能动性来创造美。

中国人尊重权威和秩序，敬畏天地自然。西方人注重人性解放，强调个人感受。

西方的哲学，注重科学论证。中国的哲学，注重个人感悟。所以西方的生物学家、物理学家、医生等都可能成为哲学家，或者形成哲学的理论论述。中国的哲学，只停留在文士阶层，汉代独尊儒术后虽有革新，但天下书生始终都无法跳出孔子的圈子。

顾之风独自徜徉于美丽校园，心中的烦恼似乎烟消云散。这里不仅适合学术研究，还适合谈情说爱。骑着凯旋摩托或者哈雷摩托车，带着喜欢的女生去海滨兜风，是件浪漫而快乐的事情。虽然顾之风没有女朋友，却结交许多英国本土或外国留学的女性朋友。

他和学校里的死党 Gavin、威尔斯、李威廉、采尼和牛津的彼得，常会带着 Daisy、Ella、艾莉娜、贝尔纳黛特、卡特琳、玛格丽特和伊冯娜去海滨消夏。他们在海滨的住宅内海吃豪饮彻夜狂欢，肆无忌惮地挥霍青春活力。那时，他希望所有朋友像"欢乐英雄"般快乐地生活。然而，唯有他和李威廉合作开公司，其他人早已奔向各自的生活。

"风，我们联手征服这个世界好不好？"李威廉坐在栏杆上远眺大海。

"为什么要征服它，和平共处不好吗？"他将一支烟弹给李威廉。

李威廉接住烟，掏防风打火机点燃："不征服，它就不会属于我们！"

"帅哥，说什么呢！男人要想征服世界，先要学会征服自己喜欢的女生。"

贝尔纳黛特从房间走出来，插入他们的谈话。这位美丽动人的法国姑娘，与很多人关系暧昧。夜晚，在酒精作用下他与贝尔纳黛特有过亲密接触。他曾想与贝尔纳黛特有深入交往，可不久就打消念头。因为贝尔纳黛特和很多男生都发生过关系，而且早已染上毒瘾。

他无法接受西方"性自由"的思想，也无法接受一个"性开放"的女友。

那件事后，他自闭屋中，每日看美剧《越狱》《生活大爆炸》《欲望都市》，英国 ITV 公司的《憨豆先生》《唐顿庄园》和 BBC 公司的《米兰达》《神探夏洛克》。他看的最后一部完整的电视剧，是法国和意大利合拍的《战争与和平》。之后，就不再看电视剧。

因为他不希望将大量时间浪费在冗长叙事的电视剧，而更愿意看有丰富内涵的经典电影。他以每天三部电影的速度，观看大量影片。从这些影片中，得到许多想要的东西。

人在不同阶段需要不同的精神食粮来喂养灵魂。否则，灵魂会在麻木中死去。

他喜欢尝试新鲜事物。认为人的生命有限，应该尽可能去经历和感知未知世界。如果一辈子囚居斗室，即使研究出震惊世界的理论，也是枯燥而残缺的。因为人的出现，从来都不是为理论而存在，乃是为了生活而存在。快乐与幸福，才是对人类最有意义的事情。

"风，很多人为得到后世纪念，穷其一生研究可以树立自己的理论。可是人类文明最终要化为乌有。随着恒星死灭，地球上所有文明最终都要被烈火烧为星尘——"

"人，唯有寻求上帝，才能找到生命的意义。"采尼懒散地说，"上帝创造了一切，只是让人能够敬畏神；而绝不是让被造物自以为是地建造巴别塔或功绩碑，狂妄地敌对神。"

"我不信奉上帝。"顾之风喝口红酒说，"我没有宗教需求。"

"那你为何总带着奥利维亚送你的《圣经》？"艾莉娜睡眼惺忪地说。

"我不拒绝任何伟大的思想……"他将酒一饮而尽。

"耶稣是天才诗人。他说巴勒斯坦阿拉马克方言，精通希伯来语和希腊语，用充满灵感、比喻、象征的语言传播真理——他的知名度来自误解。恶意曲解将他钉上十字架！"

"不死而殉道，比死而殉道，难得多。"贝尔纳黛特抽支烟说，"一切伟大的思想来自悲观主义。真正伟大的人物都是开始悲观、绝望，最终置之死地而后生。"

顾之风环视众人，不觉想起《这个男人来自地球》里那位神秘的约翰教授。

"风，别跟他们扯淡！"威尔斯喝得酩酊大醉，拽顾之风到海边，大声疾呼，"当你把自己交给神的时候，不要向神说你的风暴有多大，应该对风暴说你的神有多大！"

霍金想证明上帝不存在，是否有些狂妄。他用理论证明理论，最终没有任何实质答案。一个患有肌萎缩侧索硬化症的人，用理论为自己建造一座丰碑。然而人的力量是有限的，无论人类多么主观地夸大这种力量，与浩瀚宇宙相比人类实在是渺小而微不足道的生物。

他对霍金没有敌意，反而充满敬意。霍金是牛津和剑桥的骄傲，曾获得剑桥的博士学位。他的《大设计》，带着人类最大的私心想要取代上帝和哲学，无疑是狂妄而贪婪的。

任何人对于宇宙科学越了解，就会越敬畏自然和宇宙，乃至不由得敬畏造物主。虽然科学家得出众多看似真理的结论，但是从宇宙大爆炸假说的产生，到宇宙大爆炸的时间推算，乃至无边界条件、霍金辐射和霍金语言，他都没有看到能够确实令人信服的实在证据。推论证明推论，并不科学。他对所谓的科学家的诸多结论始终抱怀疑态度。

罗素的著作和剑桥的生活，教会他独立思考。他不习惯仰视并膜拜某一个人，而只会站在与他平等的位置去了解他、学习他、欣赏他。每一个健全的人，都有可能变得伟大。只是很多时候，人们将绝大部分时间用在处理琐碎事情上，且没有适当的时事或机遇将他推到时代的风口浪尖，所以芸芸众生便只能承受平凡的命运。每个人都是不完全的。

盲目或狂热地崇拜，只会将不完全的人神化，并最终演化成悲剧的后果。

有时他会想，像中国的孔子，本来是个有自己独立见解却官场不得志的老人，因为儒家和科举的推崇而被奉为圣人。估计连他自己也无法想象，会在后世的孔庙里吃上冷猪肉。他的话语被奉为至理名言，与他的言论相悖就成了歪理邪说。这是多么可悲的做法。

儒家的兴盛完全得益于儒生要以儒学为敲门砖以求官场亨通。若没有政治上的助推，儒家学说不过像诸子百家般成为主流文化之外的文化枝节。它的兴盛和被功利化地推崇，严重地禁锢中国人的思考力和创新力。可是彻底抛弃他的学说，又会陷入无所适从的境地。

霍金，也是被推上神坛的凡人。对于科学的迷信，很可能成为人类自毁的门径。

《银翼杀手》里复制人 Roy Batty 在临死前说："所有的时光都将湮没在时间的洪流里，如同落入雨中的泪水"。人类智慧对于宇宙，何尝不若"落入雨中的泪水"。

他不愿低估人类的力量，也不想高估人类的力量。他热爱人类和人类创造的文明，因此才如此关心人类的未来。可是，他又是多么卑微，根本无力改变人类的命运。

剑河里有人在划船。几只野鸭悠闲地在水里游荡。苍郁的树木，碧绿的草坪，古老而恢弘的建筑，这些都是那么熟悉而亲切。他的思绪，被秀美的景色所吸引，从灰暗的思索中挣脱出来。他喜欢这种沉静优美的感觉。可惜是秋季，已然看不到满树的樱花、耀眼的玫瑰。一股从心底涌出的秋意，弥漫在他的心田。走上剑桥，不禁怀念起逝去的大学生活。

他不是诗人，也不是散文家，写不出优美的词句。可是，他的感情不比任何对剑桥怀有情谊的诗人或作家少。这种沉郁的感情不是崇洋媚外，而是对自己青春岁月的怀念。

他在这里学到很多东西，铸造他成熟的思想。

他满身疮痍，来到这里才能像头受伤的狮子，有机会独自舔平自己的伤疤。

这里更像是他心灵的家，让他的心能够平静下来。每个人都应有一个心灵的归宿，否则那将是何等的孤苦无依。他知道自己的根在中国，总有一天他要落叶归根。可是他思想的归宿在剑桥，他要秉承这种精神弥合文化，去做一个正直而独立的人。

他给在剑桥执教的同学采尼打电话。不久采尼就腆着大肚子，从国王学院哥特风格的礼拜堂走出来。采尼和顾之风并非同学，因为 Gavin 和李威廉，他们成为朋友。之后关系一直不错，常有联系。采尼主修古代历史，对于古代岩画和考古学造诣颇深。

他面色红润，眼睛幽蓝，曾经有一头金黄的头发。如今已然谢顶，所以显得年龄要比实际年龄大些。他娶了大学同学卡特琳做老婆，生活安逸而稳定。

采尼很善解人意。他知道顾之风喜欢吃中餐，选了 Seven Days 中餐厅。他说这里有道"霍金土豆片"，是霍金来餐厅吃饭老板特意自创的。他们一起上二楼吃自助火锅，聊些剑桥大学的近况、彼得最新发表的论文和丝绸之路的历史。餐厅里有不少中国留学生，也有来吃中餐的外国人。坐在餐厅里，有种回到大学时代的感觉。

吃过饭，采尼得知顾之风在 Cambridge City Hotel 入住，特意到他的房间小坐。

顾之风的情况，采尼或多或少了解一些。他和李威廉始终保持联系，偶尔还会一起开车去酒吧喝酒。前段时间，李威廉喝醉酒说这边事情比较棘手，想出国谋求发展。起初没在意，后来给李威廉打手机，才发现他的手机始终关机。他去李威廉家找过几次，从邻居那里得知李威廉的房子已经转手。他估计李威廉十有八九是出国发展了，短期内不会回英国。

送走采尼，顾之风觉得心内悲凉。他的积蓄已所剩无几，回到国内该如何是好。他觉得心里堵着团什么，却无处倾吐。国内创业是否能成功，他觉得心里没底。

不知道马文杰近况如何？如果他能还钱，起码资金这块就不用犯难。他洗漱完躺回床上，翻来覆去无法入睡。总有种不祥的预感萦绕心头，不知究竟是怎样的不幸在前方等他。

这种如履薄冰的感觉，使他无法释怀。他听到黑暗中冰冷的声音："投靠我，你会得到所要的一切。否则，你会死亡葬身之地！""你是谁？""我是自有永有者的化身，是这个世界的主宰，也是浮士德的领路人。""你是魔鬼？""哈哈，我是神……"

顾之风起身走到窗前，看到天空高悬两轮月亮，一轮正淌出血色眼泪……

六十五　寂寞之城

人类所谓的文明进化，不过是从驯化到顺化的过程。

这个过程中，人类从人人平等，到社会财富积累和剩余价值沉淀而变得越来越自私。这种自私打破氏族平等和群体合作，而将人类逐渐推向阴谋诡诈的境地。

拥有财富者为保有自己的财产，缔造出一系列利己的制度，并将这些糊上公正的幌子推行社会。无数神学家、哲学家和社会学家为自身利益充当统治阶层的帮凶，于是君权被神化成为至高无上的权力，社会大众的权益则被以合理的名义无休止地剥削挤占。

军事家和军队成为这种权力体系的坚强保障，教育学家和文学家成为教化并鼓吹其合理性的精神驯化师。当人们不愿再做被压迫者而奋起反抗，最终摧毁君主及贵族体系之后，哲学家和文学家又为名利而大肆鼓吹独立与自由、个性与存在。他们为了标榜自己，肆意毁灭人类的信仰，使人类陷入信仰危机，逐渐变得自私、任性、狭隘、狂妄……

人类为占有社会财富而勾心斗角尔虞我诈，为满足物欲贪婪而掠夺资源破坏环境，为享受情欲美色而淫邪放荡卑鄙污秽。人类以为社会财富无限累积会形成平等互惠的大同社会，其实社会财富积累催生人类的贪婪与自私，有限的资源绝不可能满足无限膨胀的欲望。

如此肆无忌惮地挥霍地球资源，也许等不到理想社会到来，这颗不堪重负的星球便已成为枯竭的化石。顾之风似乎已经看到无限繁殖的人类，执拗地走进"马尔萨斯陷阱"。

尤其是西方世界崛起后，在全球推行殖民主义，靠海盗式掠夺和血腥屠杀，疯狂掳掠被侵略国家的财富，抢占他国的领土，奴役他国的人民。他们经历中世纪至暗时期，与撒旦签订魔鬼契约，给整个世界带来前所未有的灾难。他们的殖民史，就是被压迫民族的血泪史。

二战之后，他们重新划分世界格局，建立军事基地，组织跨国集团，策动区域政变，挑起局部战争，扶植傀儡政权……他们通过新殖民主义，想要将整个世界牢牢攥在掌中。

顾之风从来不认为哲学可以取代信仰，也不认为某种哲学推论会成为人类发展的绝对真理。无论是人类自身，还是人类社会，都需要在不断发展进步中自省完善。

真理和智慧掌握在少数人手中，而普通大众的盲从催生个人崇拜的流弊。

马文杰的电话始终处于停机状态。他处在骑虎难下的尴尬境地，被无数想法围困。

既然已经落入人生低谷，那么每往前一步都是走出低谷的必需。顾之风躺在床上，用遥控器翻看缺乏新意的电视节目，无聊而无益地浪费时间。这样做是躺平式的放弃，还是盲目的自欺欺人？他真正该做的事，是二次创业。他却以这样的方式逃避现实。

处理完繁杂的事务，他像个野人胡须茂盛躲进宾馆。他是被困在现代文明社会的鲁滨逊，过起与世隔绝的生活。有时他觉得自己像寄宿在伏盖公寓的高老头。

肖正阳的电话，惊醒浑浑噩噩的顾之风。他睡眼惺忪接起电话，听到安琪的声音："老师，你在哪里呀？""老师在伦敦。""你什么时候回来，安琪想你啦！"

"什么时候回来……"他苦笑，感觉自己都要发酵成老陈醋了。

"老师，你为什么总是不笑，你不开心吗？"

"大人是不会经常笑的。"

"安琪可不想长成大人，做大人真没意思！我们楼下的臭嘉宇就不喜欢笑，而且总是用袖子擦鼻涕，脏兮兮的。不过，我只有他一个小伙伴。"安琪的声音有些失落，"老师，你可不可以住在安琪家，那样安琪就不用只和臭嘉宇玩儿。"

"安琪不喜欢和嘉宇玩儿吗？"

"不喜欢！嗯，要是嘉宇每天都收拾得干干净净，安琪就愿意和他玩儿。嘉宇其实也挺好的，他总是带上自己的玩具过来找我玩儿。——安琪，只有他一个小伙伴！"

安琪已经懂得孤单。他轻轻叹口气，问："安琪，让爸爸送你上学好不好？学校里有很多和你一样大的小朋友。你可以每天和他们玩儿。"

"安琪不要去上学。安琪讨厌学校里的小朋友，他们总是欺负安琪。安琪不要去上学……安琪也不喜欢待在家里。没有妈妈的家，只是大房子！"

"之风，处理完那边的事务就回来吧。有事别一个人扛，大家一起想办法。"

"好的，这边的事处理完，我就回去。"顾之风挂断电话，想起安琪精致的小脸。

肖正阳的事业刚起步，怎么可能要他帮忙。顾之风将自己的大胡子刮掉，用沐浴露将满身污垢洗去。他像被施洗约翰洗净的圣徒，裹着浴巾走出盥洗室。

我该先去趟深圳。这么久了，张露可能已回到深圳。他边想边穿衣服，希望能和张露促膝谈心，解开所有心结。他打电话预订去深圳的机票，下楼用午餐。

坐在飞机上，他总在想爱是什么？对于张露的感情，心里始终感到困惑。他从未想过会爱这样一位女子，却毫无征兆地爱上这个女子，而且远比他想象中爱得更加深沉。

造化弄人，人们像平阳提线木偶般任其摆布。他看不到冥冥中无形的力量，总是身不由己被牵引到意想不到的境地。张露使他觉得安心，也使他愿意步入婚姻殿堂。

婚姻和爱情一样，首先应该是选对人。现实常常将人们引向金钱和权势的误区，是因为这些比感情更稳固。然而人们的情感不愿受物质羁绊，像只青鸟寻找属于它们的出路……

飞机落地，他打车去张露的住处，依然没有任何关于张露的消息。回到住所，感觉身心疲惫。他洗个热水澡，躺进自己松软温暖的床里，享受大床带给人的惬意。

人若抛弃所有的欲望，简单而淳朴的生活，定然比现在快乐。牛郎织女的简朴生活，何尝不羡煞神仙。牛郎若有太多欲求和知识，反而会给自己和织女带来痛苦。不过生活在社会底层，难免承受被鱼肉的命运。如果牛郎有孙悟空的才能，或许天庭搞婚姻破坏时也要掂量掂量。可是如果有孙悟空的才能，牛郎是否会甘心守着一个女人默默无闻直到终老？

无聊的想法。他重新阅读卢梭的《社会契约论》和亚当·斯密的《国民财富的性质和原因的研究》和约翰·戈登《伟大的博弈》。读书会逐渐成为一种习惯，尤其是当你感觉到匮乏的时候。顾之风清楚自己欠缺什么，所以总是花时间学习自己需要的知识。

每日，他都给注销的号码拨号，到张露的住宅楼下守候。日复一日无意义地守候之后，他的心逐渐平静下来。他没有联系吕斌，也没有再见那位叫纳荷芽的女生。记性太好，有时不是件好事。健忘的人，会活得更快乐。某些人事留在记忆，总会不经意触动心弦。

张露没有回家。他决定不再浪费时间，去中餐厅吃饭，订机票。既然决定放下，就该彻底忘记。他坐上飞机，安静在座位里读书，偶尔看窗外白云苍狗，心情不忧不喜。

这种不悲不喜的心情，并非心如止水。心底的暗涌，总会侵袭平静的内心。

他是个对异性相对冷漠的人。只关心自己的爱人，会不由自主关心她生活的点点滴滴。会将全部的爱，倾注在所爱之人身上。而失恋，也毫不吝啬地给他造成致命伤害。

王家卫的《东邪西毒》里有一种叫"醉生梦死"的酒，据说可以使人忘却旧情。这种忘情的酒，和忘川河上奈何桥头孟婆给人们喝的"孟婆汤"，是否有异曲同工之妙？

如果真有这种汤药，顾之风倒希望自己可以喝到，而且像武松那样喝它十八碗。若没有，便只能像《重庆森林》里吃过期凤梨罐头的金城武，独自怀念并消化情伤的痛苦。

爱情最悲伤的结局，莫过于安东尼和克利奥帕特拉、阿伯拉德和海洛伊丝、佩德罗伊和内斯的爱情。真挚的爱情，会被政治、世俗、偏见绞杀。只留下唏嘘，在人间回荡。

爱情或许可以短时间战胜物质，婚姻却不能。绝大多数情况是爱情也靠条件来维系，一旦条件消失，爱情便变得岌岌可危。一个事业上惨败的男人，是否有资格谈爱情？

失恋对于慢热的人，常会造成致命的伤害。如果没有人将他内心的火焰点燃，或许他至今都沉寂在自己的生活里我行我素。但是当爱将他所有的情感掏空并烧成灰烬，是否便成为一艘充满悖论的忒休斯之船，以爱的名义牵引，毫无防备地落入万丈深渊。

当他带着满身伤痕历经千辛万苦想回到原地，才发现再也回不去了……

生活总是充满矛盾。孩子之所以快乐，因为他们单纯。他的痛苦，来自知识和想法。

肖正阳打电话问他在哪里。他问有什么事。肖正阳告诉他朱月华和霍炳国结婚。顾之风告诉他在机场。不久，肖正阳开车来接他，风驰电掣地赶往朱月华举办婚礼的酒店。

肖正阳、冀云迪、李承哲、董子亮、韩晓冉、李雨露、温舒雅，还是熟悉的同学坐一桌聊得不亦乐乎。他坐下时，听到男士正在谈论未来中国是否会出现巴林家族、罗斯柴尔德家族、奥本海默家族、洛克菲勒家族、摩根家族等名门望族，形成具有世界影响力的国际品牌。

同桌有位大眼美女，有些面熟，一时想不起来。顾之风询问肖正阳，知道是叫时千惠的同学。肖正阳边喝酒边压低声音介绍女子的情况。宴会厅乐声震耳欲聋，听得不甚清楚。

当年，时千惠是周晟钰喜欢的女生。中学时她留条齐腰的长辫子，后排男生总喜欢用尺子量她的辫子，或偷偷将她的辫子拴在桌腿上……那是青涩而美好的记忆。

周晟钰为追求时千惠，每天上课都央求顾之风给他画时千惠的速写。顾之风为朋友义气，帮他画了上百张时千惠的肖像。那时周晟钰有一个厚厚的笔记本，里面都是写给时千惠的情书；只是写，却从来不敢交给时千惠。每天大清早，他就去时千惠家对面的巷子里猫着，见时千惠骑单车上学，他就远远地跟在后面。如此多年，这份痴情最终打动时千惠。

高考后他们进入同一所大学，去大学报到前就租房子同居，始终如胶似漆。大学毕业后，两人在不同的城市工作。时千惠为周晟钰，去他的城市待了半年多时间。因为两人的家庭贫富悬殊，周晟钰家里不认可时千惠。在家里安排下，他与颇有家族背景的女生结婚。

他们分手后，时千惠便很少出现在同学聚会上。顾之风有七八年没有见过她，所以一时没认出来。如今的时千惠剪成短发，一副城市白领的职业女性形象。

李雨露和时千惠低头窃窃私语。顾之风环顾四周，发现蒋明坤没有到场。蒋明坤和朱月华曾是羡煞旁人的情侣，分手后连朋友都没得做。肖正阳说李雨露找了个比她小三岁的警员，定好日子准备结婚。董子亮娶了江苏的小美女。温舒雅同丈夫和好，准备要二胎。

他觉得肖正阳有些八卦，低头喝闷酒。李雨露要结婚了。所有女子，都会找到幸福的归宿。他有些顾影自怜的阴郁，起身悄悄离开婚庆现场。长此以往，我会得抑郁症。他边走边想，打车回小区，觉得整个世界似乎将他遗弃。苦笑，不知道该怎么办。

他坐在客厅里一根接一根地抽烟，望着烟蒂将烟灰缸塞满。

我的人生，为什么会变成这样？他责问自己。愤怒冲击胸口，感到胸闷而憋屈。为何我用尽全部努力想缔造美好生活，最终却只得到这样的结果？他将烟蒂丢进烟灰缸，再点一支——上帝既然讨厌我，为何不将我彻底摧毁，而是如此绵绵无期地折磨我？

一个黑衣人坐在他对面的沙发上。他几乎跳起来，迅速从沙发后抽出棒球棍准备挥过去。黑衣人冰蓝的眼睛燃烧黑色火焰，冷笑道："放下武器，我们可以谈谈。"

"你是谁，怎么进入我的房间？"顾之风厉声问。

"不要惊慌，我可以进入想进入的任何空间。我就是你，也是你朝思暮想的人。"黑衣人缓缓摘掉风帽，露出一张英俊冷漠的脸——那是顾之风的脸，有双冰蓝色的眼睛。

"你，究竟——"顾之风不知该说什么。

"我想与你签份协议，然后将整个世界送给你。"他将一份羊皮卷协议推到顾之风面前，轻轻吹口气，泛黄羊皮卷上显出世界的全息影像。繁华的都市、穿梭的车辆、熙攘的人流、流淌的金币、丰腴的美食、窈窕的美女……拉丁文封皮，写着"魔鬼契约"。

"你让我出卖自己的灵魂？"顾之风强压怒火。

"年轻人总是爱生气。我让你成为合作伙伴，然后咱们共同征服世界。"

"用战争吗，让和平的国家陷入纷争，让无辜的百姓血流成河？"顾之风愤怒地瞪着眼前的黑衣人，质问，"一个私闯民宅的恶棍，有什么资格和我谈征服世界？"

"战争，只是一种手段。还可以用资本嘛，或者权力、名誉、美女，我都可以给你！"黑衣人露出嘲弄的笑，傲慢道，"世界是你们的，也是我们的，但归根结底是我们的。这个世界上的大人物，很多都与我签署过这份协议。没有我的帮助，他们不过是可怜的蛆虫。"

　　"我不会为利益，出卖自己的灵魂！请你滚出我的房间！"顾之风挥出棒球棍。

　　黑衣人如烟雾消散在空气里，茶几上的合同在黑色火焰中化为乌有。

　　他听到手机铃声，走到玄关拿手机，见是陌生号码，接听，陌生的声音传过来："顾之风吗？我是时千惠。我想和你谈谈，你方便出来一下吗？我们见个面吧。"

六十六　上帝之手

凡事希望越大，失望越大；用情愈真，伤痛愈深。

所谓心如止水，不过是封存波澜壮阔和遍体鳞伤后形成的平静。

爱情需要用真心来呵护，它会使人生变得丰富而感性。若是用智慧相处，甚至带有投机的目的，则会使爱情变质霉烂。因为爱情从来都是不理智的，其属性是感情而不是理智。

一个人在爱情中太过理智，要么可能是没有恋爱，要么可能就另有目的。

所谓有情人终成眷属，只因不常有而成为人们美好的愿景。爱情转变为婚姻，不是升华而是转型，向亲情转变；所以当制造爱情的荷尔蒙消退，人会逐渐变得理性。

顾之风和时千惠坐在星巴克咖啡厅，欣赏 Molly Johnson 的《If You Know Love》，思考爱情和婚姻的关系。人们说婚姻是爱情的坟墓，不过是激情消退后，要长久面对现实的艰辛与生活的乏味而生出的感叹。这个浮躁的时代，似乎很多人已不再相信爱情。

"听李雨露说，你至今还是单身？"时千惠终于打破持续已久的沉默。

"嗯。"顾之风心不在焉地回应。

"为什么还不结婚？是你的要求太高，还是决定一直单身？"

"没有合适的对象。"他颇反感这种审判式的询问。

"我结婚时有些草率，经人介绍后没多久就闪婚。婚后才发现他那方面不行。而且自暴自弃，嗜酒如命，将自己变成一头肥猪。我纠结很长时间，还是决定离婚。"

有爱情的人，不一定有婚姻；有婚姻的人，不一定有爱情。

婚姻是需要理智的，而且很多时候还需要生活的智慧。婚姻是爱情的延续，也是爱情的终结。它使人们逐渐从山盟海誓的梦中清醒过来，被迫面对茶米油盐酱醋茶的琐碎。

他望着眼前的女子，不知道她来此的目的，喝着微凉的咖啡，想心事。

剩男剩女，这个时代无可回避的问题。顾之风还没有结婚，他的同学和朋友有很多已经二婚。这个时代，打破原有的家庭秩序，也打碎原本的婚姻观念。

"当年，我给周晟钰画过上百幅你的肖像。那时你辫子真长。"

"早剪了，现在留短发也挺好。"

"还是觉得你留长发好看。"他没话找话地说，不知那黑衣人去了何处。

"你要是喜欢，我就再留起来。"时千惠微笑，眼角满是细密的鱼尾纹。

婚姻使原本不确定的关系被固定下来，且受到法律保护；原本神秘的面纱被揭开，彼此变得熟悉和了解；激情被漫长的时间浸泡得没有滋味，缺点被习以为常的生活暴露放大。此时需要更多的理解和包容才能使生活和谐美好。人们究竟丢弃了什么？

"我在乌兹别克斯坦塔什干孔子学院任教，教授汉语，传播中国文化。"

"没想到你做这么有意义的事情。"顾之风倒有些钦佩她。

"在丝绸之路上的城市建孔子学院，真正实现文明之间的对话。在那里任教，我们不仅宣传孔子'和而不同'的理念，也让那里的人们更加了解中国文化。"

顾之风听她讲述，不觉想起丝绸之路上的石头城，想起塞维利亚的占卜师——那个有双迷人褐色眼睛的吉卜赛女郎。在她那幽蓝的水晶球里，他看到旋转不停的命运之轮……

塞维利亚，大航海时代的出发地，曾与海上丝绸之路建立千丝万缕的联系。

战争与和平，荷兰与英国的战争，在拆除城墙的土地上建设华尔街。他望着杯中咖啡，无法确定自己是否生活于幻象世界。他对很多事情感到不满，却无法挥棒球棍击碎这个世界。

时千惠凝视他的眼睛："这之前，我曾在缅北的勐拉，跟随基督教会在那里支教。那里的人说中文，延续中国的生活习惯。可惜，那里没有学校。我和二十多名志愿者，在教会办的学校教汉语，讲授中国历史，传播中华文化。你不觉得，我们在灵魂上是相似的？"

顾之风没有回答，只是埋头喝咖啡。艺术、哲学、宗教，都是人类的自恋。中世纪的大学大都是教会办的。牛津、剑桥、哈佛、耶鲁、燕京、金陵等大学，都与教会有关。

时千惠滔滔不绝讲述，湮没他的好感。时千惠和李雨露是闺密。看来李雨露向时千惠讲了不少关于他的事情。不知为何，他想起清人金作砺写的科幻小说《新纪元》。

"你是不是介意我结过婚？其实，我也能理解。不过，我觉得你应该不是那种人。有过婚姻的女人，明白婚姻的内涵，也明白男人的需求，能够设身处地为男人着想。不像没有生活经验的小女生，只在乎自己的感受和享受，不能体谅和照顾男人。"

她秋波暗送，刻意表现出一种成熟女人特有的风韵。

顾之风瞟一眼，收回目光。用咖啡匙搅动咖啡，观察温润液体在咖啡杯里有规律地旋转。他对婚姻仍抱有希望，不想将余生献祭给没有感情的婚姻。他似乎看到黑衣人嘲弄的神情。

"没有婚姻也无所谓。像萨特和波伏娃，生活得也很自在。"时千惠呷口咖啡说，"其实，我倒主张不婚。现在女性都独立，自己能养活自己，想逛街逛街，想旅游旅游。何必要被关在婚姻的牢笼，没完没了地做家务，还得伺候那个寄生虫般的男人！"

"也许吧。"他将咖啡一饮而尽，看了看表，说，"我们走吧。"

"好啊！去你家吧，我还想和你坐会儿！"时千惠拿起包随他走出咖啡厅。

"我送你回去吧。单身汉的屋子，不好让美女观瞻。"他点支烟去车库取车。

"同学哎，我又不是母老虎，不吃人的。何必如此小气！"

"我在香格里拉有会员，我——"

"我没住过香格里拉吗？我可是孔子学院的老师，讲传统礼仪的耶！"

因为没有结婚，所以他成为单身女性和离婚妇女围猎的对象？他想起不婚的木心。"凡永恒伟大的爱，都要绝望一次，消失一次，一度死，才会重获爱，重新知道生命的价值。"

"孤男寡女，总不太好。我送你回住处吧。"

"那也行，我在这边也有房。虽然不常回来，不过还可以待客。"

顾之风叹口气，开车送她回住处。时千惠再三邀请他上楼，犹豫片刻，还是跟随她上楼。毕竟是同学，又不是母老虎，也不怕她能吃了自己。时千惠打开电视机，给他冲杯铁观音。他坐在临窗的沙发上，可见窗外景色已染上秋意，显出将衰的迹象。几位老人坐在凉亭里打扑克。还有几位坐在马扎上，似乎对着鸟笼品评各自的鸟雀。

"这房间许久没住，也没怎么收拾，请你别见笑。"时千惠将外套脱下，挂在门口的衣挂。她的身材开始走形，小腹凸起，显得臃肿。她见顾之风不说话，端起杯子喝茶水。

"房子装修得不错！"顾之风没话找话说，不由想起横穿墨西哥的旅行，漂满垃圾的海岸，阿卡普尔科的旅馆，不翼而飞的物品。每次退房，再仔细检查，总会有小物件丢失。

"凑合吧，我觉得房子是用来住的，自己觉得舒服就行。"她笑眯眯地说。

"随遇而安，也不错。"顾之风望着她，心里产生莫名的怜悯。女人结婚等于二次投胎，离婚无疑毁掉曾经的优势。他将电视调到国际频道，听评论员阐述关于斯诺登棱镜门事件、叙利亚内战、乌克兰危机的相关看法。世界局势风云变幻，个人生活杂乱无章。

"你相信命吗？我觉得自己会成为孤家寡人,这可能是少年时花心的报应。嘿嘿，我曾经可是在北海公园，唱着《让我们荡起双桨》的好少年。那时候周晟钰追我，可我心里喜欢马文杰，还喜欢你和肖正阳。你们都出国了，我只能随便找个人把自己嫁出去。"

"唔，你情窦开得早，我那时比较木讷。肖正阳找韩晓冉时，也没觉得自己应该找个对象。"顾之风拿起茶几上福斯特的小说《莫斯瑞》，随手翻看，以避免无语时的尴尬。他不觉想起李安的电影《断背山》，还有那部让人深思的电影《少年派的奇幻漂流》。

"我的几个朋友，都是不婚族。不结婚也挺好，活得自由自在。"时千惠苦笑，"毕竟，这个世界上值得我们真爱的人太少哩！有时我想，就在孔子学院传道授业了却残生！"

"时间不早哩，我们去吃饭吧。"顾之风没有接话，提议道。

"好呀，去簋街，吃小龙虾。"时千惠提起兴致，与他下楼，开车去胡大饭店。

当年，他和肖正阳、吕斌曾在这里同调戏俄日勒和克妻子的小流氓大打出手。现在，他和时千惠坐在两人桌，吃着小龙虾、喝着啤酒，各怀心事聊着终将逝去的青春。

"唉，若不是周晟钰死缠烂打地追我，也许我就嫁给马文杰了。"时千惠喝着啤酒说。

顾之风给她夹菜，不觉回忆起少年时光。他的记忆力很好，而与同学聊天的好处，是他们总会让你有时光倒流的错觉。"马文杰那时是什么样子，有些想不起来。"

"他开始个子很矮，后来仿佛吃了增长素般长得很高，瘦得仿佛一阵风就可以吹倒。不过，他那时还算帅气。"时千惠感叹，"那时班里最帅的要数你和肖正阳。对于你们，有几个女孩敢奢望啊？谁曾想你们这种男人会剩下，你说这是不是宿命中的缘分！"

"缘分……"顾之风重复这个词，心里涌起莫名的感伤。

餐厅旁的店铺在播放曲婉婷的《Love Struck Me Down》。听这首歌的歌词，被哀伤情绪触动。人应该学会封存感情。生活路途漫长而遥远，需要不断积蓄勇气继续前行。

"为讲好中国文化，尤其是海上丝绸之路文化，我曾专程去泉州、广州、马尼拉、曼谷、科伦坡、扎法尔、阿杜利斯、阿克、罗马、希腊和威尼斯调研学习。"时千惠自豪地说。

"很了不起！"他称赞道。可是脑海不由浮现出张露的身影，以及净如明镜的天空、金碧辉煌的庙宇、神圣的雪山、幽深的峡谷、宁静的湖泊、迎风招展的风马旗、刻满经文的玛尼石、徜徉在草原上成群的牛羊……如果没有遇见张露，他的生活会怎样。如今，张露像在虚无中盛开的彼岸花，消失得无影无踪——缘分，是个充满未知与无奈的词。

"我认为，中国未来会成为世界的中心，会用和平与贸易改变整个世界！"

"好吧，为祖国繁荣昌盛干杯！"他提杯和时千惠喝酒，随性聊着共知的往事。在酒精催化下，两人不再隔膜而疏离。但他酒量深不可测，而时千惠已然超量，便试图阻止。

时千惠喝到伤心处，全然不顾别人劝阻。哭得稀里哗啦，喝得烂醉如泥。

每个人都有伤心事。他望着醉倒的时千惠，觉出自己的失智。他去款台结账，搀扶人事不省的时千惠，费九牛二虎之力将她塞进车里。代驾开车，将她送回自己的住处。

顾之风找热毛巾给她敷脸，冲杯蜂蜜水给她醒酒。他给时千惠脱掉鞋和外套，将她扶进卧室，找条毯子给她盖上。心里生出莫名的悲凉，觉得她是个可怜的女人。

时千惠神情凄婉道："之风，你要走吗？我没喝醉。如果马文杰还在，我总不至于落到这步田地。他出事，我卖掉父母的房产，凑两千万给他。可他却寻了短见。当时，我真想嫁给追求我的非洲黑人。可是，我不甘心。我心里难受，却没有办法！"

"你说什么，马文杰怎么了？"顾之风僵在门口，半天回不过神。

"他服氰化钾自杀啦，大概有两三个月吧。当初，就是为了他，我才去乌兹别克斯坦塔的。你说我还能找到爱我的人吗，还有人愿意娶我吗？"时千惠已泣不成声。

"会的——"顾之风感到两腿发软，没想到马文杰已服毒自杀。这条死讯像晴天霹雳击中他。他勉强走回客厅，颤抖着手给自己倒杯水。

"他带大量资金去澳门豪赌，想赢回损失的钱。最终输掉自己的命！"

"人死不能复生，节哀顺变！"他感到痛心，没想到马文杰已自杀！他有悲天悯人的情怀，却不得不为自己考虑。借给马文杰三千万，如今看来是血本无归了。

唉，他苦笑，没想到从时千惠这里，听到马文杰离世的消息。他有能力东山再起，可是需要时间；而他现在最缺的就是时间。他害怕等到东山再起，年岁已然令人生畏。

那时，他该怎么办？坐拥财富，孤苦终老。这是多么悲哀的结局！

他之所以付出比别人更多的努力，来创造属于自己的财富，最终目的是想要将这一切毫无保留地献给心爱的人。如果没有心爱的人分享，他所有的努力有什么意义？

公司倒闭，朋友背弃，文杰去世，真是祸不单行！

他的疏忽大意和毫不设防，让他付出惨痛代价。懊悔解决不了任何实际问题——该去父亲的公司，俯首帖耳接受他安排的命运？为什么总不能摆脱父亲的魔咒！——我若去别人的公司打工，必将丧失独立与自由。没有财务自由，生活将变成为金钱而工作的乏味命题。

成为笼中困兽，或者被豢养的家畜，他不愿意。叹口气，有种深深的挫败感。

即使重新融入家庭，他也希望是以一个独立的男人来面对父亲，而不是一条依附在父亲身上的寄生虫。他是父亲的儿子，也是成熟的男人。男人应该有自己的事业，并承担应有的责任。"富二代"的宿命不是啃老，而是靠自己的努力来创造更辉煌的人生。

"投靠我，我会给你全世界，哈哈哈哈……"黑暗中传来轻蔑的笑声。

"你以为这样就能将我打倒吗？"他仰头向黑暗发问，努力克制没有咆哮。他没有看到上帝伸向亚当的手指，而是听到来自亘古黑暗传出的邈远的回响。

六十七　鹬蚌之争

顾之风坐在阳台的藤椅里，读房龙的《宽容》。

每一次遭遇挫折时，他总是强迫自己静下心来读书。

房龙是位智者，《宽容》是充满人文关怀的书。他喝着咖啡，逐字逐句读智慧语言。

这个世界充斥很多有益或无益的忠告，若没有辨别力很容易被引入歧途。

对于古代社会，为了艰难地生存下去，个人必须将个性融入复杂的部落氏族性格。对于现代社会，个人被迫作出类似的抉择。人们在工业化进程中被迫丢失自己。

"从前的日色变得慢。车，马，邮件都慢。一生只够爱一个人。"

他放下书，不觉回想起木心的诗。从藤椅上起身，将喝剩的茶汁倒进马桶。洗净杯子，走回客厅——不结婚，也许是种不错的选择。为什么非要将自己的感情，捆绑在另一个人身上。过自己的生活，也可以开心快乐。他需要自我调节，让自己获得自由。

没有将我们摧毁的，终将造就我们。他从玄关上拿下手机，打开看微信。

信息化时代，人们获取信息变得多元而便捷；大量无用信息和虚假信息混淆视听。迷失在海量信息的世界，会是怎样的感受？他插上耳机，听哈琳和锡林宝力日演唱的歌曲《吻你》。蒙古族歌曲有辽阔而纯净的美，令人烦乱的心灵得以涤荡。

哈琳是位迷人的蒙古族女子。顾之风很喜欢她演唱的《遥远的妈妈》。那种纯净的声音带给人心灵深处的感动。为此，他曾专门买过一盒哈琳的专辑《草原天韵》。

音乐具有净化心灵和疗伤作用。《乐》作为古代六经之一，其地位可想而知。

《诗经》，古时是用来歌唱的，曾被孔夫子极力推崇。这是幸，也是不幸；否则，它不会只剩下三百零五首。如此说，搞文化破坏，最早始于被奉为圣人的孔子。

听着音乐，他不禁想到一个人，一个在记忆里几乎忘却的人……

在去雅加达之前，他很赏识且有些喜欢的师姐——左佑婷，因为车祸离开人世。左佑婷是和几个朋友开车去新疆库车市，发生了意外。那段时间，顾之风非常痛苦，每天反反复复听布仁巴雅尔的《天边》。那首歌，陪伴他度过暗无天日的几个月。

他去雅加达，为完成左佑婷的心愿，也为忘却的纪念。因为左佑婷是他的挚友，也是他灵魂的引路人；他是左佑婷的蓝颜知己，左佑婷是他的红颜知己。虽然他们不是恋人，却有心灵上的某种默契。左佑婷是他在剑桥读书时的学姐，学的是古希腊和罗马语言文学。

顾之风是她的崇拜者，钦佩她的冰雪聪慧、知识广博以及弹奏钢琴的高超琴艺。

他非常清楚这位古典优雅的学姐，不会成为结婚对象。因为她不喜欢比自己小的男生，为此他小心翼翼维系这份难得的友谊。从某种意义上，她更像引导但丁上升的永恒女性：贝阿特丽切。可惜，所有的感情只若微风吹过湖面，没有形成波澜便消失波痕。

人生总有无法预料的未知；或许，这就是冥冥中的注定。

在雅加达，他强迫自己忘记左佑婷；因为他是个不愿背负痛苦生活的人。回国后，他带安琪旅行，是种选择重新开始的心灵之旅。他没想到会邂逅张露，更没想到会丢失自己。

如今耳际回响哈琳的歌声，关于左佑婷的记忆毫无征兆地涌到眼前……

那时，他一直相信自己喜欢苏菲·玛索，对身边的女人视而不见。当他被爱神牵引走入未知，才明白是自己的偏执将他隔离在冰河世纪，使他活在臆想的世界无法解脱。苏菲·玛索不过是他假想的爱人，却被他无限放大最终占据所有的情感。

在国内，左佑婷和顾之风没有共同的人际圈。她的父亲是政府高官，母亲是大学教授，长年生活在上海。他们之间的联系，似乎总有些虚无般的不真实。

他之所以能忘记左佑婷，或许因为始终把左佑婷当作挚友，而非至死不渝的恋人。他会为左佑婷的死而痛苦，却不会沉溺其中无法自拔。左佑婷只是生命中的过客，而非生命最重要的组成部分。或者，他本身就是个绝情的人，不愿用情用心铭记一个女人。

其实，在认识张露之前，有三个人给他留下印象：邻家小妹娇娇、薛佳琪和左佑婷。但这些人似乎都是记忆中的符号，没有深刻触动他的内心，也很少被他提及或想起。

张露的出现，使他感受精神之外肉体的鲜活，也将他从柏拉图式的恋爱中引导出来，得以全身心地投入爱情——然而这种爱，是否从开始就不健全。

顾之风关闭音乐，坐起来。不知为何，听音乐竟听出这么多想法。

他是一个相信爱情的人。男人与女人，身体的接触会突破爱情。一旦形成身体上的需索，则极有可能成为性伴侣。这种两性同盟在西方社会比较普遍，但顾之风极为反感。

他不会为生理需要而缔结这样的同盟。这种坚守，并非因为他高尚，只是因为他有信仰。对爱情的信仰，对人性美好的信仰。人性中的恶，总可以规避，并引导向真善美。

有的人初次见面便有让人内心被触动的疼痛；那是被爱神之箭射中的感觉。罗密欧热恋罗瑟琳，当他遇到朱丽叶，便彻底丢失灵魂。"人生若只如初见"，可谓道尽这种感觉。不过，初见之后，往往不尽如人意。红颜薄命，有情人难成眷属，成为爱情凄婉的注脚。

太阳透过窗帘射进来，温暖明媚。他担心醉酒的时千惠，因吐泻物堵塞气管而窒息。打电话，开车去她的住处。停车，上楼按门铃，见时千惠正笑盈盈准备早餐。房间已收拾过，显得明亮而整洁。早餐是翡翠菜蔬卷、芙蓉蛋卷和皮蛋瘦肉粥。时千惠邀他一起吃早餐。他心里涌出温暖的感觉，安心地坐在时千惠对面吃早点。

"还记得中学时的情景吗？那时候我总和你借书。至今我对《简爱》里的情节还记忆犹新。我很喜欢你弹的钢琴曲，以及你画的那些画。"时千惠眼里涌出无限柔情蜜意。

她的厨艺颇佳；也许能留住男人的胃，未必能留住男人的心。对于聪明而花心的女子，男人总会敬而远之。顾之风低头吃食物，说："许多事，我都不记得了。"

"那时我很喜欢简·爱。我认为你和肖正阳都是罗切斯特般的绅士。我喜欢过你很长时间，如果那时你也喜欢我就好哩。"时千惠显得有些感伤。

"这世上，除了爱情，还有很多事情可以做。"他喜欢聪明人，却不喜欢和自己耍聪明的人。主观上不愿伤害任何人。喜欢一个人没有错，不应该成为伤害别人的理由。

"猜你会这样说。"时千惠苦笑，"其实，结不结婚都无所谓。我有几个大学闺密，远嫁到非洲，有一个据说已经当上王妃；还有几个，则成为酋长的小妾。多可悲！"

"每个人都有自己的选择，也许她们并不觉得可悲。"

"吃完早餐，我就走哩，回什干孔子学院。"

"善待自己，你会找到属于自己的幸福。"他帮时千惠收拾碗筷，用苫布将家具盖起来。整理好皮箱，帮时千惠把皮箱放入汽车后备箱。开车，送时千惠去机场。

送走时千惠，他想，婚姻不幸，也会成为人生的不幸。一个婚姻观念相对保守的国度，择偶是件充满风险与未知的事。他无力改变别人的人生，只能尽力过好自己的人生。他生性光明磊落，喜欢用阳谋，而非耍阴谋。李威廉能够算计他，只因与李威廉相交多年，使他消除戒备。而带给他致命伤害的，往往是至亲至近之人。因为信任，也因为不设防……

开车往回走，接到父亲的电话。苍老声音传过来："风儿，你爷爷病啦，想见你！"

他像被雷电击中，灵魂瞬间焦黑碳化。家族，爷爷；门店里正播放周杰伦的歌曲《爷爷泡的茶》。他似乎第一次从吐字不清的歌词听到亲情的味道——爷爷泡的茶，有一种味道叫做家——这种味道曾充满他童年的记忆。只是这种记忆在不知不觉中遗失。

他心急如焚地按喇叭，想起祖父的音容笑貌。小时候，祖父常将他放在宽大结实的肩膀上，给他买冰糖葫芦、糖炒栗子、棉花糖、爆米花吃；还会给他做冰车、陀螺、木剑、风车，带他去逛公园、博物馆、美术馆、纪念馆；给他买铁公鸡、绿青蛙、火车、飞机等玩具……五岁之前，他的脑海满是祖父的记忆。被父亲接走那天，他哭得好伤心、好伤心……

之后，童年变得孤独而无趣。他被父母关在屋里，像只无助的小兽绝望地窥视窗外。他曾声嘶力竭地哭喊，以此来抵抗父母的冷漠，发泄心中的不满。他明白改变不了任何事情，绝望地失去哭泣的勇气。从抽屉找到笔和纸，用想象构筑梦想的世界。他被保姆从幼稚园接回来，独自待在小屋。他失去童年的快乐，直到遇见肖正阳，才逐渐敞开心扉。

那时，最大的快乐就是祖父来看他。祖父会买许多礼物给他，将他放在膝头，用满是胡子楂的嘴唇，亲他皮肤稚嫩的小脸。虽然感到扎扎的，还是觉得很幸福。他生病的时候，祖父会专程过来照顾他。他心里会盼自己生病，期待祖父能一直在身边照顾他。

近几年，祖父身体越来越差，瘦得只剩皮包骨头。老人每天六点起床，在警卫照料下洗脸刷牙，吃简单营养的早餐，拄拐杖坐在沙发上看新闻。顾之风从柬埔寨回来，曾专程看望祖父。祖父戴上假牙，费力地吃他带回的蛇皮果、红毛丹与龙公果，很开心。

祖父拉起他的手，眼中弥漫惆怅说："爷爷在有生之年，想见一见孙媳妇……"

他不愿被催婚，也不愿去见祖父。如今，眼泪夺眶而出，遮挡住视线。

他努力挤出眼泪，可是眼泪止不住地流。他将车停在路边，趴在方向盘上竭力克制地哭泣。昨夜他感到心脏隐隐作痛，以为是心脏出问题。如今才知道，原来是祖父生病了。

他像头牛，反刍曾经亲情在身体里留下的热量。眼泪和鼻涕流得满脸都是。他用纸巾揩去泪，觉得悲伤将五脏六腑都融化成泪水，波涛汹涌地从眼眶奔涌而出。

我们总在自以为是地忙碌中，疏离至亲的人。我是在报复父母的冷漠，还是在证明自己的优越？自己开公司，难道不是向家族挑衅？从古至今，有多少能力超群的人曾经存在过。可是除了少数被载入史册的佼佼者，有多少人会被别人记住？我们如同蚁类，无论怎样努力做出成绩，都微不足道。我们生前有无数强者，我们之后会有无数更强者。

我们活在世上，应该像约翰·列侬一样——做一个幸福的人——可是我们追逐成功的过程中，早已丢失最初的幸福。因为成功与否，与别人没有任何关系。

只有至亲的人愿意分享你的成就。当你奋斗的时候，他们可能已离我们而去。

不知怎么，他想起高尔基的《童年》和帕斯捷尔纳克的《日瓦戈医生》开篇所描写的关于死亡的场景。他似乎仍能看到一个孩子坐在祖父腿上，听祖父用粗犷而硬朗的嗓音，给他讲爬雪山、过草地、打日寇、求解放的诸多故事。那是老人最珍贵的记忆。

回家吧！想到祖父，他归心似箭，驱车飞驰。不知为何，心里泛起淡淡的乡愁。近乡情更怯，不敢问来人。这是种落叶归根的惆怅，萌芽在每个背井离乡者的心中。

汽车停到祖父居住的四合院，看到父亲的司机小李蜷缩车里打盹。他快步走进庭院，望见祖父躺靠在床上，戴副老花镜看《求是》杂志。父亲陪在身边。听到门响，父亲抬起头。他望见父亲雪白的头发和如刀刻的皱纹，心里不由涌起酸楚。父亲老了……

"风儿，回来啦？"祖父摘下老花镜，放入眼镜盒。

"您身体怎么样？"顾之风心里担忧，坐在祖父床边。警卫给他倒杯水。

"还好，虚惊一场。死不了！"祖父气喘着说，用干瘦的手攥紧顾之风的手。

"父亲打电话，我……"

"你父亲有事找你，我也想见见你。我都去过好几次鬼门关哩，阎王嫌我命硬，不肯收我。"祖父露出豁达的笑容，"风儿，多帮帮你父亲！他也不容易。"

"您的意思是？"顾之风望向父亲，不知有什么事能使父亲示弱。

"房地产业和酒店业冲击很大。我们只能重新调整投资策略。还有，呆明昊做了些背叛公司的事，使公司蒙受很大损失。"

"呆明昊怎么会背叛……"

"他使公司卷入不必要的竞争，想鹬蚌相争渔翁得利。我希望你来帮我！"父亲望着他，眼里充满期待。那双饱经风霜的眼睛，满是失去青春和热血的男人残留的疲倦。

他初次见父亲露出这种神情，心里被触动。那位"英雄迟暮，壮心不已"的父亲，似乎骤然间变成一个衰弱的老人。仿佛遭遇押沙龙反叛的大卫王，再也没有战胜歌利亚的勇力。而他的胜利，最终也不过是看到儿子的尸体。对于父亲而言，这是何等的痛苦！

"呆明昊，他究竟做了什么？"顾之风感到被辜负的愤怒。

"因为企业不景气，各方势力开始蚕食分割公司利益。我不愿苦心经营的一切，毁在他们手里。所以，我需要你的帮助！"父亲叹口气说："我只有你一个儿子……"

何去何从？他缓缓抬起头，盯视父亲说："好吧，我帮您！"

六十八　樱花之逝

生如夏花之绚烂，死如秋叶之静美。

——泰戈尔《飞鸟集》

相遇，总是缘分。但有些事，无论怎么保守都会过去；有些人，无论多么不舍总会离开；非人力所能左右。得之泰然，失之坦然。与其悲伤，不如祝福。

离开祖父的庭院，他努力驱除心底的黑暗。与父亲冰释前嫌，有种无法言说的释然。

他开车往回走，不停告诫自己不可儿女情长，也不可纠结于蝇头小利。他要积蓄驾驭家族航空母舰的智慧和力量，去迎对充满未知的狂风巨浪，开启乘风破浪的大航海时代。

每个人都需要信仰。有信仰的人，会活得虔诚而快乐——内心有根的人，不会肆无忌惮胡作非为。他们会遭遇各种困难和问题，却不会陷入绝望。人真正的绝望是丢弃信仰。

　　这种信仰，不见得是宗教。但，人总需要某种力量，来支撑他前行。

　　当灵魂失去归属，年轻力壮可以无所畏惧，年老体衰只能孤苦无依。骄傲而自信的萨特，鼓吹自己的理论并诋毁上帝，在面对死亡时恐惧得像个再也回不了家的孩子。

　　世界的摩登和人类的进步，使人们融入信息的洪流。所有进步加速人类对于大自然的掠夺，也加重这颗无私孕育人类的母星的毁灭。如果我们还生活在冷兵器时代，也许这颗星球乃至人类的存在，会更长久些。所谓的进步，在某些时候也暗藏杀机。

　　他开车去公司，将车停进停车场。所有都市都充斥高楼大厦。这些建筑形态各异，却不能给人心灵的宁静。它们像钢铁、玻璃和混凝土造就的巨人，遮挡天空，压抑心灵。自从世上出现高楼，人们便逐渐远离自然，进入封闭自我的世界。他讨厌这种物化的压力。

　　乘电梯到三十九层，走进宽敞明亮的办公室，静享秘书安排好的一切。喝着热气腾腾的咖啡，放松心情俯瞰窗外的城市。灰蒙蒙的天空，不断生长的建筑，预示人心的不足。它们是现代人为自己建造的巴别塔。随手翻看秘书准备的财经报纸、各种文件及资料。

　　读报是他创业后养成的习惯。在国外曾订阅《金融时报》和《华尔街日报》。虽然他不喜欢这类报纸，却养成这种习惯。习惯一旦养成，就很难改变。

　　每个人都有自己喜欢和必须做的事情。他在保持爱好的同时，坚持做好自己必须做的事。没有任何事可以通过抱怨解决，只有你把事情处理好，才能有更多的时间和财力来支撑自己的爱好。失败可以摧毁一部分人，另一部分人会找到新的途径来战胜失败。

　　人生最大的失败是结束生命，只要活着一切皆有可能。马文杰选择轻生，无疑是不智的。他完全可以像肖正阳一样东山再起，是他心中的绝望最终杀死了他。

"顾总，打电话通知开会的人，一个都没有来。"秘书轻声向他汇报。

顾之风看表，吩咐道："再给他们打一遍电话。"

秘书答应走出去。他凝视有世界地图表盘的 Patek Philippe 腕表，觉得旅行离他越来越远。他挥霍自己的全部资产，继承家族企业数百亿的资产。这是幸运，抑或不幸。

他觉得自己像被钉死在十字架上的耶稣，得到天国的荣耀，却失去永恒的自由。

"顾总，他们都不接电话。接下来，我们该怎么办？"他的秘书是清华大学的高材生，名叫金子曦，是个眉目清秀的姑娘。聪明而没有阅历，可塑性很强。

不料这些老狐狸会给他下马威。不过，他会让他们尝到任性的代价。他望着秘书，沉思道："我知道哩。你联系罗总，让他到我这里一趟。其他事情，我自有安排。"

人们将被困死在欲望的小岛，便用无数奢侈品装饰狭隘的空间。所谓的豪宅与广袤的世界相比，何尝不若恒河的一粒砂砾。为公司能够良性发展，他不得不向家族里影响企业发展的人挥刀。欲望的黑洞无法填满，真正将公司拖进无底深渊的是贪得无厌的亲人。

不久，秘书引罗堃明进入办公室。罗堃明是位精明强干的商界精英。他的眼睛深邃，脸上总挂着让人捉摸不透的微笑。他与顾之风握手，安静地听顾之风说明意图。

顾之风向罗堃明阐述自己的想法，表明为长远发展，需要将公司里家族成员所占资源转化为股份，使他们享受富足而不干预公司事务。他让罗堃明处理此事，既要顾及家族成员颜面，又不能把事情弄僵——他清楚父亲让他接手此事，既要让他在公司立威，也要检验他处理问题的能力。如果事情处理出现难以预料的问题，父亲自然会出面干预。

罗堃明是个聪明人。他看表，说事情会妥善处理，起身告辞。

顾之风颔首，送他出办公室。有罗堃明出马，事情会有五成把握。

近年，罗堃明在地产业和餐饮业干得风生水起，为企业发展立下汗马功劳。领导的智慧，是将恰当的人放到恰当的位置。依靠人治的企业，会因个人疏失而陷入困境；依靠团队合作的制度化企业，才能稳步快速发展。千里之堤毁于蚁穴，曾让他丧失与家族讨价还价的资本。

他接到肖正阳的电话，乘电梯下楼。见肖正阳和韩晓冉带安琪在楼下等他。安琪头发齐肩，韩晓冉给她头上扎出漂亮的小辫子，使那原本美丽的小脸愈加招人喜爱。

他赶上几步，将安琪抱在怀里，问："安琪，有没有想老师呀！"

"有啊……"安琪羞怯地点下头。

"哦，那安琪是心里想老师，还是脑子里想老师呀？"

"心里想，脑子里也想！"安琪一本正经地说。

"最近过得好吗？许久没见，特意过来看看你。"肖正阳将安琪接过，抱在怀中。

韩晓冉安排在希尔顿酒店吃饭，约了自己的闺密。肖正阳说准备和晓冉去夏威夷度蜜月，要把安琪留给父亲。他本想带上安琪，经过考虑觉得应该过二人世界，否则太委屈晓冉。

韩晓冉是典型的事业型女性。她的优秀使肖正阳颇感压力。外面光彩夺目的人，在家里并不会温柔体贴。鱼肉熊掌不可兼得。选择美丽聪慧的女强人，便不可能希求她成为相夫教子的贤妻良母。人的精力有限，能够上得厅堂下得厨房，又能掌控企业的女子凤毛麟角。

肖正阳像"书痴"郎玉柱，不仅得到娇媚如花的颜如玉，还洞悉残酷世界的潜规则。不过，肖正阳似乎并不快乐。他是个有雄心壮志的男人，需要一个小鸟依人的伴侣。若没有，安琪便成为他的精神寄托。这种寄托，隐隐透出某种无言的悲凉。

安琪，浑身上下都透出灵气！她的声音像百灵鸟，笑容像夏花，眼睛像水晶，言语像诗歌——而我，就是"山姆"——有个汉娜·达科塔·范宁那样的女儿！露西或者汉娜根本不重要，重要的是她能唤醒灵魂深处的纯真——安琪，我有一个这样的女儿该多好！

人生应该追求心灵的静美，还是事业的绚烂？每个人追求的目标不一样。不过，他从心里厌倦尔虞我诈冷酷无情的社会。——"老师，如果我有翅膀，要永远生活在云上""老师，我们将家安在云朵上，永永远远快乐地生活，好不好""老师，我要是有双翅膀该多好，那样我就可以在天上见到妈妈""老师，天堂是个很美丽的地方吗……"

顾之风觉得潜意识像无边无际的海洋，里面究竟隐藏什么根本无从知道。

韩晓冉礼貌地询问他的近况以及恋爱情况。他微觉尴尬，心里产生隐约的厌烦；他仿佛成为朋友中的异类，逐渐脱离正常生活轨迹。他避重就轻谈些琐事，低头吃盐焗梭子蟹。

韩晓冉的闺密姗姗来迟。她落座，顾之风才认出是褚子萱。

这个世界真小！顾之风心里感叹，礼貌地同她打招呼。不知这个女孩，何以是韩晓冉的闺密。见到她，不觉想起俄日勒和克，也想起张露留下的笔记本。

褚子萱见到他，满是惊喜道："怎么你也在这里！"

"姐姐，安琪可想你啦！"安琪离开座位，向褚子萱跑过去。

"姐姐也想你。"褚子萱将安琪搂在身前，微笑瞧着顾之风。

"我们的大美女，可是刚从非洲回来。"韩晓冉介绍，"听说你去东非的坦桑尼亚，见识了乞力马扎罗山的犀牛和塞伦盖蒂平原的角马；观看了东非大裂谷火山和安博塞利的雄狮与象群；还到了位于撒哈拉沙漠的尼日尔，感受阿伊尔高地和泰内雷沙漠……"

褚子萱见闺密询问，粗略介绍对美艳绝伦的尼日尔河日出和迷宫般的津德尔旧城街巷的印象。那里红土筑墙的豪萨建筑及墙面上野性的浮雕装饰。街道上偶尔有裹头巾、穿长袍的人走过。孩子们很喜欢有人给他们拍照。还说在津德尔租摩托车出行是种冒险的举动。

顾之风耐心听她讲述，脑海不断浮现出那些贫困而乐观的非洲孩子。人，只有面对贫穷和死亡时，才能真正懂得生命的含义。有什么能比活着，更让人觉得可贵！

他曾去过阿加德兹，为了得到"布各德特"——那种延续生命的神秘项链。他在那里苦苦寻觅，一无所获。只是参观了阿加德兹古城和阿加德兹清真寺。之后，他去邦贾加拉悬崖，与掌握丰富天文知识的多贡民族生活一段时间，得到几个造型奇特的木雕。

旅行，不过是带着好奇，闯进别人原本平静正常的生活。他是个旁观者，有时觉得自己是赫索格——崩溃边缘的赫索格，完全被生活抛弃或游离于生活之外的旁观者。

见两位女士开始聊天，肖正阳问："刚才在楼下遇到罗堃明，是来找你的吧？"

"是。我找他有些业务上的事。"

"罗堃明办事干练，不过野心很大，手比较黑。你与他共事要多留个心眼儿。"

"我想整合家族资源，所以请他助我一臂之力。"

"家族利益牵一发而动全身，需要慎重考虑。切莫为了利益，伤害家人感情！"

"我只动那些对企业产生负面影响的人，而且会妥善安置他们。"

"没想到你会涉足家族企业。既然插手企业事务，总难免要触及家族成员的利益。做企业是为家人谋幸福，如果本末倒置不免得不偿失。你家族的事，我不好多说。"

"企业的事，不谈也罢！"

"老师，你遇到坏人了吗？"安琪仰起小脸问。

"爸爸和叔叔谈话，安琪找阿姨玩儿，不可以插嘴。"

"安琪不想和阿姨玩儿。"安琪小声说。

"为什么？"肖正阳温柔地问。

"阿姨不是从心里喜欢安琪。安琪不喜欢和阿姨玩儿。"安琪委屈地说。

肖正阳将安琪抱在怀里，爱怜地抚摸她黑缎般的头发。

"我带安琪去趟香港，参加乌溪沙青年新村的活动。带她去迪斯尼乐园、海洋公园和杜莎夫人蜡像馆游玩。晓冉信仰基督教。我决定不要孩子，对她造成不小伤害，所以她才会一心专注于事业。年轻女子，有谁不想要一个自己的宝宝……唉！"

"为什么不尝试和安琪谈谈？"

"不要孩子是我的决定。安琪是个孤僻而懦弱的孩子。再有一个孩子，晓冉和我的精力势必会放在新的孩子身上。那时安琪该怎么办？唉，我只能作出取舍。"

自私，是他们的共性。理想，是他们的内驱。但是，能够像汉尼拔或者格瓦拉，成就梦想的人并不多；而且，他们最终以失败而告终。顾之风隐约觉得哪里不对。

肖正阳为安琪，伤害韩晓冉的感情；顾之风为自由，伤害家里人的感情。每个人做出选择，都有鲜为人知的原因。他觉得苛责肖正阳，是拿自己的"义"在模化别人。

"我们都想做王，可是没有王者之剑。我们都有梦想，却缺乏实现的力量。我们自以为无所不能，其实只是这个残酷而复杂的世界上最软弱的存在。我们不了解冥冥中掌控一切的力量，也不愿降低到卑微的位置。我们对自己远没有想象中那么了解……"

"你，确实很自私！"韩晓冉的声音像坚冰从嗓中涌出，将肖正阳冰冻在原地。

"这是我们的约定，为了安琪！"肖正阳强辩道。

"哪个女人不想有自己的孩子？"韩晓冉眼中涌出泪水。她紧咬嘴唇，将眼泪憋回去。

离开饭店，肖正阳和韩晓冉带安琪离去。韩晓冉强忍悲伤，将褚子萱介绍给顾之风。

顾之风取车，问褚子萱去哪里。褚子萱告诉他住址。顾之风开车，两人有一句没一句地聊天。从褚子萱那里了解到，肖正阳和韩晓冉关系不太融洽。韩晓冉本打算独自去以色列待一段时间。肖正阳为缓和关系，提出去夏威夷度假，以消弭彼此间的隔阂。

"他们生分，是因为孩子？"顾之风将车窗打开，点支烟。

"哪个女人不想有自己的宝宝？肖正阳的做法霸道而自私，他武断地剥夺晓冉生育的权利。可是，晓冉依然那么爱他……"褚子萱说，"在婚姻里，女人往往处于劣势。晓冉那么爱正阳，他们有个宝宝，还是会很爱安琪。肖正阳太固执自己的想法……"

"唔，可曾再见过张露？"他的话说出口，才觉出自己是哪壶不开提哪壶。

"她生病后，专程来找我。我陪她去独克宗古城，度过两个月。一个阴雨的下午，我们出去散步。为救落水的藏族孩子，她在纳帕海溺水，只留下一枚卡地亚戒指……"

顾之风送给她的订婚戒指！他心里有冰锥刺穿的巨大疼痛。他似乎明白张露的全部用意。他觉得悲伤，无可抑制的悲伤！这个女子用全部生命铭记与顾之风在一起的日子，却不愿给他带来任何负担。她知道生命短暂而不可逆，所以选择独自离开。

那匹九色鹿消失进漫天飞舞的樱花雨，化作飘落的相思泪……

六十九　青鸟之梦

我喜欢你是寂静的，仿佛你消失了一样，

你从远处聆听我，我的声音却无法触及你。

好像你的双眼已经飞离，

如同一个吻，封缄了你的唇。

如同所有的事物充满我的灵魂，

你从所有事物中浮现，充满了我的灵魂。

你像我的灵魂，一只梦的蝴蝶。

你如同忧郁这个词。

我喜欢你是寂静的，好像你已远去……

——聂鲁达《我喜欢你是寂静的》

他再次看到那枚水晶球，然而里面呈现的景象已模糊不清。

九色鹿的死。被救下的藏族孩子。这些与那个世界究竟有什么联系？

独克宗古城，月光之城。古色古香的咖啡馆、传统古朴的特色商店、幽雅安静的书吧、奇思妙想的酒吧。记忆中的蘭若青年旅舍、"卓玛的家"客栈、独克宗书吧、"天堂·时光"书吧、布达拉木楼餐厅、藏月楼川菜火锅，以及有花园的旅馆——"梅里花园客栈"。

张露最后的岁月，在茶马古道上的独克宗古城度过。古朴而带有鲜明藏族特色的建筑，免费教授藏语的独克宗书吧，晚饭后热闹的四方广场，以及色泽金黄、香甜可口的青稞饼，就着糌粑、芳醇绵柔的酥油茶……使人得到心灵的皈依。它的静不是没有汽车，而是心真正的可以静下来。它是有信仰的地方，也是有灵魂的地方。适合安放孤独的灵魂。

去独克宗之前，她们一起去洱源，品尝那里口味独特的梅子酒，吃雕梅、生皮、乳扇、温泉鸡和热水藕。喜欢咖啡的张露，还专程到神秘美丽的朱苦拉村，特意品尝那里的阿拉比卡咖啡。它是中国最早的咖啡种植地，有国内最古老的咖啡林。清代的教堂，法国神父种植的咖啡林。享用阿拉比卡、波邦、铁毕卡和卡第摩咖啡豆磨制的咖啡。

张露很想嫁给深爱的男人，可是她不能。她独处时，长久对着无名指上的戒指落泪。她畏惧死亡，却不得不独自面对死亡。她跃入湖中救人，以最勇敢的方式直视死神。

顾之风坐在藤椅里，啜着咖啡，听褚子萱讲述关于张露的故事。望向窗外林立的高楼，产生某种疏离感。离开褚子萱的小区，他将车停在路边，几次抱头痛哭。在凄冷的夜，肆无忌惮宣泄自己的悲伤。可是，胸口始终堵着团什么，无法克制涌动的情绪。

他想起与张露在一起的点点滴滴。他们一起逛超市，一起吃街边小吃，一起游览城市景点，一起看新上映的影片……每个片段，都需要用全部的生命细致感受。

从超市买霹雳果、榛子、核桃、松子和几罐啤酒。见有被惯坏的孩子，在收银台旁哭闹要母亲买零食。他付了钱，走出超市。万家灯火，唯有自己是个多余的人。

上楼，吃着干果，喝着啤酒，眼泪禁不住往下流。他想静心来读书，想为张露画几幅肖像、想弹奏肖邦的钢琴曲……巨大的悲伤随时会将他吞没，进入乐房疯狂地打架子鼓。

他看到从窗口跃入一头光彩夺目的九色鹿，完全不符合透视规律，以远大近小的方式出现。九色鹿轻盈跃上他的架子鼓面，成为只有巴掌大小的全息影像。

那只九色鹿似乎在唱一首歌。他附耳倾听，似乎是诗经里的《鹿鸣》。"呦呦鹿鸣，食野之苹。我有嘉宾，鼓瑟吹笙。吹笙鼓簧，承筐是将。人之好我，示我周行……"

他凝视仿佛白色蒸汽凝聚成的九色鹿，有奇异的九色光焰在体内流动。那匹鹿仰头望着他，眼中流淌无尽的忧伤——这是张露的守护神吗？它为何会出现在这里。

他曾目睹它从张露体内分离，消失进苍茫夜色……

顾之风不知道自己该爱还是该恨这匹鹿。他看到九色鹿用眼睛向他说话，跃下架子鼓向客厅奔去。它要带我去是什么地方？顾之风迟疑，起身跟随跳跃的九色鹿。

客厅的背景墙，出现一扇光彩熠熠的门。九色鹿跃入光之门。顾之风犹豫片刻，踢腿迈进去。神奇的是他迈进的右脚消失于光门。他感到诧异，还是整个人走进去。

这是另一个世界，仿佛钻入衣橱的露茜看到的纳尼亚世界。可是，他是一个成年人，怎么会看到孩子眼中的世界——那是一个由群山环抱的世界。那些山峰悬浮在空中，有状如《山海经》里的青鸟、朱雀、玄鸟、孔雀、毕方、鹣鹩、灭蒙鸟、重明鸟展翅翱翔。

山峰垂下飞瀑笔直落入地面的浩瀚湖泊，不时有蠃鱼、赤鱬、陵鱼、旋龟、虎蛟、巴蛇、冉遗鱼、何罗鱼露出水面。湖泊四周是一望无际的茂密森林，林中有狌狌、猾褢、鹿蜀、猼訑、穷奇、玃如、白泽、九尾狐等异兽闪现。草地上有数十匹独角兽在吃草。

溪水边，张露如同鲛人在皎洁的月光下织绩龙绡。天空中，赫然悬挂两轮月亮。

这究竟是现实，还是幻象。我身处的是现实世界，还是自己的梦境。他想走近张露，可是无法穿窬时间的厚壁。那透明而黏稠的时空，永远隔断他与张露之间的联系。

他目送九色鹿越过时间，奔到张露身边。它用舌头轻轻舔舐张露的手背。张露用手轻轻抚摸它的额头。张露抬起头，似乎看到此处的顾之风。可是她的脸上没有任何表情。那张美丽明媚的脸颊，犹如几百万年投向地球的星光，只是历史中飞逝的影像。

他看到黑衣人如旋风卷走诵经的孩子。张露奋不顾身跃入水中。无数黑色的不明生物，伸出发丝般细韧的触手将她裹住。她徒手撕开缠绕孩子的茧，像剥出一枚白嫩的花生。

张露拼命托起孩子，却无法上游。她的身体里蹿出一只九色鹿，化作七彩莲花将孩子送出水面。而张露被层层黑丝包裹成黑色的蛹，被黑衣人拖进湖水的最深处……

他退出光之门，望着张露空洞的眼神，感觉自己沉入永恒的虚无。光门从墙壁上消失，只有他呆呆立在客厅，仿佛穿越时空的旅者，无法适应身处的现实世界。

下楼，无法排出悲伤的情绪。在广场与头发花白的流浪歌手聊天，听他坐在角落弹吉他，讲述自己的故事。为追求音乐梦，与朋友组建乐队。乐队解散，不愿被庸俗的生活吞没，几十年如一日坚持梦想，背着吉他四处流浪。他将过往化作一首首无人问津的歌，在驻留的城市深情弹唱……他与志同道合的人为音乐献身。那些自称热爱音乐的人最终离他而去。

他崇拜约翰·列侬，却没有那样的才华；他渴慕爱情，却没有小野洋子那样的女人。他不愿虚度此生，也不愿献身没有爱情的婚姻，所以他始终是个孤独的漂泊者。

顾之风觉得这位流浪的老人，与自己有某种灵魂上的相似——孤独地面对这个世界，自私地坚持无法实现的梦想——我们年轻气盛，我们无所顾忌！当我们不再年轻的时候，最终要为自己狂放的青春埋单。没有人可以逃脱时间的魔咒，也没有人会成为例外。

我们终将和所有人一样无可逆转地老去。我们的青春，终将成为记忆……

黑衣人呢，他在哪里？他不是要与我做交易吗，为何变成躲进黑暗的缩头乌龟？那股黑恶势力，他们究竟要如何腐蚀这个世界？他怀疑自己会变成一个彻头彻尾的疯子。

人，到了一定阶段，不再夸耀、不再抱怨，清楚自己想要什么，知道自己该做什么；能够对自己的行为负责，并承担应有的责任……他似乎真正明白汉尼拔的伟大。

一个人，面对一个强大得近乎不可战胜的国家，需要多么强大的内心和勇气来使自己坚持下来。何况，他仅凭借一己之力，便给罗马帝国造成重创。后人站在旁观者的角度，可以大言不惭地说风凉话，甚至诋毁这位英雄。可是苍蝇恶心人，却咬不死人。

在面对极端环境时，人性会发生异化。这种异化是生存需要。人与动物的差异，本质上很微小。有时动物的爱，人类远远不及；而动物界没有的残忍，人类却发挥得淋漓尽致。动物界的杀戮，多数出于生存需要。人类为个人喜好，可能将千万生灵变成白骨。

科技没有给人们带来心灵的安慰，反而将人们裹挟进繁忙的工作，让他们成为现代化的奴隶。这柄双刃剑，给人类带来便捷，也给赖以生存的星球带来无尽破坏。

他将自己封闭，成为豪宅内孤独的囚徒。公司几次打来电话，他索性将手机关机。他在孤独地狱里独自咀嚼悲伤。他厌倦勾心斗角，厌倦物欲横流，厌倦繁华世界……

因为不再需要群体生活来求生存，人类变得自私自利自高自大。今人认为自己的智慧超越古人，也许古人的智慧远超今人。哲学无法解决人类的问题，哲学家也无法救赎自己。人类的群体智慧和行为，会为人类发展寻求出路。但人类天性中的自私和贪婪，会阻碍这种发展。所谓伟大人物最终会被死神收割，他们的创造最终会伴随星球毁灭化为乌有。

面对这个变幻莫测的世界，他感到力不从心。总会想到《楚门的世界》。现实与虚构，现实与梦幻，现实与虚拟，现实与梦境……个体面对整个世界，有与生俱来的恐惧。人类得以存续，是牺牲部分个人利益来保全群体利益的繁衍；否则，人类早在远古便已绝迹。

可是，他无法融入群体。每个人真正需要面对的，是如何更好地成为一个人的问题。每个人只能独自来完成这种自省和救赎。在自我完善的同时，为人类进步贡献自己的聪明才智。使人类在这颗蔚蓝星球上长久存续，才是每个人应该努力的方向……

褚子萱登门造访，约他去帮助贫困山区的孩子。他是个喜欢孩子的人，没有拒绝。他像个山顶洞人，诧异地观察闯入者。他用剪刀剪去胡须，用剃须刀将脸刮净。他像要进入文明世界的人猿泰山，努力使自己的形象能融入这个社会。褚子萱在客厅耐心地等他。

冬日里灰褐色土地，点缀有光秃秃的树木。朝阳在青黛色的群山间，流露出暖色的温煦。逆光的背影中，有成群的黄牛或者成群的山羊，以及穿破旧衣服的头发蓬乱的孩子。无数漆黑明亮的眼睛。那些眼睛无辜而纯净，仿佛晨曦般直接穿透人的心扉。

如果有转世该多好！一个叫程风的女孩，那双明亮无辜聪慧无邪的眼睛，很像张露的眼睛。这个穿破旧校服的小女孩，扎条漆黑的马尾辫，总露出甜甜的微笑。父亲死于眼癌，母亲死于车祸。女孩与爷爷奶奶共同生活。褚子萱从共青团得知孩子的情况。看到患类风湿的老人躺在冰凉的炕上呻吟。他和褚子萱留下一些钱给老人。感到来自灵魂的疼痛。

他问孩子想要什么。孩子说想要一台笔记本电脑。他从车上取下自己的苹果电脑，用移动硬盘拷贝重要文件，将电脑送给孩子。看着孩子眼中的快乐，心里稍觉舒畅。

"还有几个孩子，不是家里特别贫困，就是父母患有重病。"褚子萱说。

"没有企业家愿意资助他们吗？"

看到这些孩子，他想到曾在非洲见过的可怜孩子。那些孩子甚至连生存都成为问题。他们瞪着无辜而无助的眼睛，绝望地等待死神降临。他们不知道为何来到这个世界，也不知道何时会离开这个世界。他们被饥饿折磨得奄奄一息，仍然形销骨立地艰难活着。

"部分企业家的资助，根本就是杯水车薪，没有持续性。很多人如同做秀，拿点慰问品，放点钱，和孩子们合几张影，便大肆宣传自己如何做公益。他们利用可怜的孩子。"

"我们得设法帮助他们，也要让全社会重视他们！"

"他们是弱势群体，被人们当作空气里的灰尘般漠视。作为人类，有些人连活着都是那么奢侈。我和几个朋友正在筹备相关事宜，希望能更多地帮助他们。"

"这件事，我想参与。我也想帮助他们！"

"我们一起帮助他们，会照亮孩子们未来的路。"

顾之风和褚子萱开车回市区，心里总想起安琪。不知道她在祖父家过得好不好。送褚子萱回家，他开车往家走，心里总在思考褚子萱关于爱情发表的议论。

"爱情不仅是恋慕，更重要的是分享。你生命中的一切，被另一个人感知并分享，这本身就是非常美妙的事情。所以，真正的恋人，只要在一起便会幸福无比，根本不需要冗杂的外部条件做画蛇添足的铺垫。两个人心灵相通是最重要的。没有语言，也能在安静中分享彼此的心意。"——他想到岛本、想到有纪子，想到国境以南、太阳以西。

回家，自己做简单的晚餐。他将美味的食物放在茶几上，边吃边看新闻联播。新闻播报国家领导人出访哈萨克斯坦，在纳扎尔巴耶夫大学演讲提出共建丝绸之路经济带。

他回想和安琪的旅行，觉得公司未来可以参与丝绸之路经济带建设。这条跨越时空的经济大走廊，有利于促进中西方文明交融互鉴，推动区域经济繁荣发展，还可以促进丝绸之路沿线各族人民交往交流交融，使更多沿线国家有机会重新融入世界经济主流。

我该回归社会哩！他感到长期独身，使内心的某种平衡被打破。潜意识里许多被禁锢的想法逐渐冲毁理智的堤防。我要走出孤独地狱，开始自己全新的生活。

他感到新的生命在体内生成。那个黑暗中的自己被茧层层包裹，彻底封印。

黑衣人始终没有出现。他可能与张露一同葬身湖底，或者去别的地方实施可怕的计划。我要阻止他，让和平取代战争，让贸易消弭死亡！可是，九色鹿去哪儿了……

不知为何，他再一次泪流满面。他窥到浩瀚时间之海，无数面影浮沉。那里有张露、安琪、肖正阳、薛佳琪、左佑婷……无数他爱过，或爱过他的人，消失进翻涌的海浪之中。